Christine Millman

Ellin

DRACHENMOND VERLAG

DRACHENMOND VERLAG

Astrid Behrendt
Rheinstraße 60
51371 Leverkusen
http: www.drachenmond.de
E-Mail: info@drachenmond.de

Satz, Layout: Astrid Behrendt, Leverkusen
Umschlaggestaltung: Gina Brooks, Melbourne
Druck: EuroPB, Tschechien

ISBN 978-3-931989-83-5

1

Der greise Mann stöhnte leise, während Ellin eine scharfriechende Kräutersalbe auf seinen Schultern verteilte. Josts Stimme war brüchig, vom Alter gezeichnet, genau wie sein Leib. Mit dem verkrümmten Rücken und dem zerfurchten, wettergegerbten Gesicht erinnerte er Ellin an einen morschen Baum, der splitterte und zerfiel, bis nichts mehr von ihm übrig blieb als ein faulender Stumpf.

Bis auf Josts Stöhnen und dem Regen, der schon seit Tagen unablässig gegen das Fenster trommelte, war es still in der Kammer. Von Zeit zu Zeit drang ein eisiger Hauch durch die Mauerritzen, fuhr in das Feuer und blies winzige Funken an die Decke, die dann als Ascheflocken auf den Steinboden rieselten.

Ellin warf einen prüfenden Blick hinaus. Der Himmel war düster und grau. Wolkenberge türmten sich über dem Hammerfels und verdunkelten die Sonnen. Die Zeit des Langen Regens begann früh in diesem Sternenlauf. Viel zu früh.

»Aah«, Josts Schmerzenslaut schreckte sie aus ihren Gedanken.

»Verzeihung, ich war unachtsam«, sagte sie entschuldigend und rieb vorsichtig über sein gerötetes Schultergelenk. Während des Langen Regens würde der alte Mann nicht der Einzige bleiben, der in ihre Kammer kam, um sich heilende Salben auf schmerzende und entzündete Glieder reiben oder einen Trunk gegen andauernde Müdigkeit, Halsweh oder Husten verabreichen zu lassen. Schon jetzt hatte Heiler Mathýs alle Hände voll zu tun und bat sie immer wieder um Hilfe.

Mit einem Seufzen beendete sie die Behandlung und wischte ihre Hände an einem sauberen Leintuch ab. »Ich bin fertig, Jost. Das sollte dir eine Weile Linderung verschaffen.«

Der alte Mann straffte sich und quälte sich von dem Schemel. Sie griff unter seine Armbeuge, um ihn zu stützen.

»Ich danke dir.« Er ächzte laut, während er langsam auf die dürren Beine kam. »Meine Glieder wollen einfach nicht mehr so, wie ich es will.«

Ellin schenkte ihm ein Lächeln. »Wenn es schlimmer wird, dann geh zu Heiler Mathýs, er wird dir einen Trunk gegen die Schmerzen geben, damit du ruhen kannst.«

Jost schüttelte den Kopf. »Ach Ellin, meine Tage sind gezählt. Ich möchte sie trotz meiner Schmerzen lieber im Wachen verbringen.«

Ellin nickte verständnisvoll und führte ihn aus der Kammer. Anschließend wusch sie ihre Hände in der flachen Schale, um sie von dem Geruch der Salbe zu befreien. Ein weiterer Blick aus dem schmalen Fenster zeigte ihr, dass das Zwielicht des Tages langsam von der nächtlichen Schwärze verschlungen wurde. Höchste Zeit, in die Gemächer ihres Herrn zu eilen und ihre Arbeit zu verrichten, bevor sie die Rute zu spüren bekommen würde. Ihr Herr, Lord Wolfhard, war ein hartherziger und unerbittlicher Mann. Weder duldete er Fehler noch Schwäche und ahndete diese mit an Grausamkeit grenzender Strenge. Doch in letzter Zeit hatte sich zu dem Knoten in ihrem Bauch, der immer dann entstand, wenn es an der Zeit war, in Lord Wolfhards Gemächer zu gehen, auch eine unangenehme Beklommenheit gesellt. Vor wenigen Tagen erst hatte er sie mit der flachen Hand geschlagen anstatt mit der Rute, was höchst merkwürdig war. Normalerweise ließ sich ein herrschaftlicher Mann nicht dazu herab, das Gesinde mit der Hand zu strafen. Zudem beobachtete er sie bei allem, was sie tat. Selbst wenn sie ihm den Rücken zukehrte, spürte sie seine Blicke, die ihr in jeden Winkel der Kammer zu folgen schienen und ihr kalte Schauer über den Rücken jagten. Natürlich war sie weder einfältig noch naiv. Sie wusste genau, was zwischen Mann und Frau geschah. Und sie wusste auch, dass Lord Wolfhard keine Gefährtin hatte, sondern mit mannigfaltigen Liebschaften vorliebnahm. Fast schien es so, als hätte er gar kein Interesse daran, eine Gefährtin zu wählen, als gefiele es ihm, sein Bett immer wieder mit einer anderen Frau zu teilen.

Ellin hatte nie erlebt, wie es war, wenn ein Mann eine Frau begehrte, doch die Art wie Lord Wolfhard sie musterte, wie eine edle Stute oder einen saftigen Braten, vermittelte ihr eine ziemlich genaue Vorstellung davon.

Eilig zog sie den braunen Kittel, das grob gewebte Hemd und die Strümpfe aus, und warf sich eines der cremefarbenen, knöchellangen Dienstkleider über. Gewissenhaft schnürte sie den bestickten Gürtel und die Bänder am Ausschnitt zu und glättete den Rock mit ihren Händen, denn auch fleckige oder nachlässig angezogene Kleidung erzürnte Lord Wolfhard.

Ein letzter prüfender Blick in den Spiegel aus poliertem Vanadium zeigte ihr, dass sich eine vorwitzige Strähne aus dem Haarknoten gelöst hatte. Vorsichtig steckte sie die dunkelbraune Locke im Nacken fest und schlüpfte in den Gang hinaus. Ein feuchtkalter Luftzug ließ sie frösteln und sie beeilte sich, den düsteren Korridor so schnell wie möglich hinter sich zu lassen. Selbst bei schönem Wetter gelang es den Sonnen nur selten, die Kammern und Gänge der Felsenfestung zu wärmen und während der Zeit des Langen Regens nie.

Nervös nestelte sie an ihrem Gürtel herum. Der Knoten in ihrem Bauch schien heute besonders groß und eine unerklärliche, innere Unruhe hatte sie erfasst. Die Wachen vor Lord Wolfhards Tür blickten ihr grinsend entgegen. Wie immer hofften sie auf ein Lächeln oder ein freundliches Wort. Doch Ellin mochte es nicht, angestarrt zu werden und so huschte sie gesenkten Hauptes an den Männern vorbei, öffnete die schwere Holztür zu den Gemächern ihres Herrn und schlüpfte hinein. Sie fand sich in einer geräumigen, von Fackeln erhellten Kammer wieder, von der aus zwei weitere Türen jeweils in das Schlafgemach und in die Wohnstatt führten. Den Vorraum schmückte eine große Tischplatte, die auf den ausgestopften Beinen eines Bisotts ruhte. Die stämmigen Beine waren mit breiten Hufen und einem kurzen, schwarzen Fell versehen und verströmten noch immer den Geruch nach modrigem Laub. Anhand der unzähligen Trophäen an der Wand und den ausgestopften Tieren, war unschwer zu erkennen, dass Lord Wolfhard, wenn er nicht gerade Krieg führte, ein leidenschaftlicher Jäger war.

Beim Anblick der leblosen Kreaturen schauderte Ellin. Anfänglich hatten sie die entseelten Augen der Tiere bis in ihre kindlichen Träume verfolgt, hatten sie angeklagt mit ihrem jenseitigen Blick und ihr ewige Rache für ihren sinnlosen Tod geschworen. Doch mittlerweile erinnerte sie nur der immer wiederkehrende Schauder an ihre Abscheu.

Ihr Blick fiel in das Schlafgemach. Ein wärmendes Feuer prasselte im Kamin neben der Bettstatt. Lord Wolfhard saß auf einer gepolsterten Bank und blickte ihr entgegen. Einst war er ein Mann ganz nach vecktanischem Ideal gewesen: groß, rotbärtig, mit kräftigen Gliedern. Doch mittlerweile zogen sich graue Strähnen durch seinen Bart, die geröteten Augen wurden von tiefen Falten umrahmt und ein praller Wanst, das untrügliche Zeichen für Trunksucht und Völlerei, wölbte sich über seinen Gürtel. Der eigentümliche Ausdruck in seinem Gesicht, eine Mischung aus Selbstgefälligkeit und etwas, was sie nicht zu bestimmen vermochte, verstärkte ihre Beklommenheit. Überrascht stellte sie fest, dass er nur einen einfachen, Fell besetzten Überwurf trug. Die Luft um ihn herum flimmerte und schien sich auszudehnen, wie ein aufgeblähter Kadaver. Für einen Augenblick glaubte sie sogar, einen schwarzgrünen Schatten wahrzunehmen, der ihn wie eine zweite Haut umgab und aus seinem Inneren zu kommen schien. Wie eine vibrierende Mauer baute er sich vor ihr auf. Erschrocken hielt Ellin inne und blinzelte. Der Schatten war verschwunden.

»Da bist du ja endlich«, brummte Lord Wolfhard.

Sie deutete eine Verbeugung an und machte sich daran, Wasser aus einer großen Kanne in die Waschschüssel zu gießen. Seine Blicke folgten ihr und trotz der Wärme, die das Feuer im Kamin verströmte, fröstelte sie.

»Wäre es nicht völlig ausreichend, wenn ich mich nackt in den Regen stelle? Dann müsstest du nicht diese schwere Kanne heben«, sagte er plötzlich und grinste breit.

Dann mach es doch selbst, du aufgeblasener Kerl, dachte Ellin. Am liebsten hätte sie sich die Hand vor den Mund geschlagen wegen dieses ungehörigen Gedankens.

»Mein Herr könnte sich erkälten«, sagte sie eifrig.

»Hältst du mich etwa für ein verweichlichtes Weib?«, fragte er lauernd.

Ihr Herz begann zu pochen. Warum ließ er sie nicht einfach ihre Arbeit verrichten und beobachtete sie schweigend, wie er es sonst immer tat? Bei dieser Plänkelei konnte sie nur verlieren.

»Verzeiht, mein Herr. Ihr seid alles andere als verweichlicht, Eure Siege und Trophäen zeugen von Eurem Mut und Eurer Stärke, doch Eure Männer und das Gesinde bedürfen Eurer Führung. Ein kranker Lord gäbe Anlass zur Besorgnis. Nicht wenige wurden in letzter Zeit vom Röchelhusten dahingerafft. Der bringt den stärksten Mann zu Fall.«

Lord Wolfhard lachte laut und klopfte sich auf die Schenkel. Ellin fuhr unter dem tiefen, dröhnenden Klang zusammen.

»Du findest immer die richtigen Worte, Ellin. Anscheinend habe ich dich gut gelehrt.« Er starrte sie mit eigentümlicher Miene an und sie musste dem Impuls widerstehen, ihre Arme um sich zu schlingen, um ihre Rundungen zu verbergen. Lange Zeit war ihr Leib kindlich geblieben, hatte erst einen Sternenlauf zuvor angefangen, weibliche Formen zu bilden.

Als hätte er ihre Gedanken gelesen, winkte er sie zu sich heran. »Komm her!«

Gesenkten Hauptes stellte sie sich vor ihm hin. Ein flaues Gefühl breitete sich in ihrem Magen aus und sie musste den Drang niederkämpfen, zurückzuweichen. Er stützte die Hände auf die Oberschenkel, beugte sich vor und musterte sie eingehend. Obwohl er sie nicht berührte, fühlte sie sich missbraucht von diesem gierigen Blick, der wie klebriger Saft an ihrem Leib hing.

»Du hast dich verändert«, stellte er fest.

Ellin hielt den Kopf gesenkt und schwieg.

»Aus dem mageren, unscheinbaren Geschöpf ist eine wohlgeformte Frau geworden«, fuhr er fort. »Wie viele Sternenläufe hast du schon erlebt?«

»Siebzehn«, wisperte sie.

Lord Wolfhard zog überrascht die Augenbrauen hoch. »Siebzehn? Da ist es ja an der Zeit, einen Gefährten zu wählen.«

Sie zuckte mit den Schultern. »Ich weiß nicht, Herr.«

Nachdem, was sie bisher von den an einen Mann gebundenen Frauen gehört hatte, verspürte sie keinen Drang nach einem Gefährten.

»Du weißt es nicht? Spürst du nicht das Verlangen in dir?« Seine fleischige Zunge schob sich zwischen die Zähne und leckte an seiner Unterlippe. »Bist du denn noch unberührt?«

Schamesröte brannte auf ihren Wangen. Innerlich verfluchte sie den Tag, als ihr Körper beschlossen hatte, seine Kindlichkeit zu verlieren, gleichzeitig weckte sein unziemliches Gebaren ihren Zorn. Wie konnte er sich anmaßen, sie derart vertrauliche Dinge zu fragen? Dinge, die sie nicht einmal mit Affra besprechen würde, geschweige denn mit Lord Wolfhard.

Er streckte die schwieligen Hände aus und zog sie näher zu sich heran. »Sieh mich an!«

Ellin zwang sich, die Augenlider zu heben und seinen Blick zu erwidern.

»Du hast die Augen deiner Mutter«, stellte er fest. »Blau wie eine Lobeliablume mit langen, dunklen Wimpern. Augen wie diese können das Blut eines jeden Mannes in Wallung bringen, weißt du das?«

Schnell senkte sie den Blick und ballte die Hände zu Fäusten. Weder wollte sie das Blut eines Mannes in Wallung bringen, noch in einem solch demütigenden Moment an ihre Mutter erinnert werden. Woher kannte Lord Wolfhard überhaupt die Augen ihrer Mutter?

»Warum zierst du dich? Antworte mir!« Seine Hände verweilten an ihrer Taille, die fast gänzlich in seinen Pranken verschwand. Die Hitze seiner Haut brannte sich durch den Stoff ihres Gewandes, versengte sie wie glühende Eisen. Ellin schüttelte den Kopf, ihr Leib fühlte sich plötzlich taub an und fremd. Sie wusste, was er von ihr wollte. Oh ja. Und wenn kein Wunder geschah, würde er es auch bekommen.

Ein leises Grunzen entstieg seiner Kehle, seine Lippen verzogen sich zu einem selbstzufriedenen Grinsen.

»Weißt du Ellin, der Lange Regen ist für einen Mann eine Zeit des Müßiggangs und der Langeweile. Eine Zeit, die er gerne mit einer fügsamen Geliebten an seiner Seite verbringt, die ihn trocken hält und warm.«

Seine Hände wanderten über ihre Hüften bis hinunter zu ihrem Gesäß. Sie zitterte am ganzen Leib.

»Bitte nicht«, wisperte sie.

Lord Wolfhard ignorierte ihr Flehen, umfasste stattdessen ihr Hinterteil und knetete es derb. Wieder zog er sie näher, sodass sie nun zwischen seinen kräftigen Schenkeln stand. Sein Umhang klaffte auseinander und offenbarte Dinge, die sie lieber nicht gesehen hätte. Schnell wandte sie den Blick ab. »Bitte, Lord Wolfhard, bitte lasst mich gehen. Ich muss die Schuhe bürsten und Eure Bettstatt richten.«

»Das hat keine Eile«, murmelte er, während er eine Hand zu ihrer Brust hinaufschob. Ein erschreckter Laut entfuhr ihr, als er sie umfasste und drückte, wie um zu prüfen, ob die Ware auch seinen Vorstellungen entsprach.

»Du hast die Rundungen genau an den richtigen Stellen«, stellte er zufrieden fest.

Abscheu und Zorn kochten in Ellin hoch. Sie war doch keine Prasifrau, die er betatschen durfte, wann immer ihm danach war. Ohne nachzudenken, befreite sie sich aus seinem Griff und wich zurück. Zornig blitzte sie ihn an. »Nehmt Eure Finger von mir!«

Einen winzigen Augenblick lang schien er überrascht, dann verengten sich seine Augen boshaft. »Du wagst es, dich mir zu widersetzen?«

Sie schluckte trocken. Ihr Zorn wich einer schrecklichen Erkenntnis. Sie hatte sich ihrem Herrn verweigert. Lord Wolfhard duldete keine Widerrede, schon gar nicht von einer Dienerin.

»Komm her!«, knurrte er. Seine Stimme ließ keinen Zweifel an der Wut, die in ihm brodelte.

Ellin schüttelte den Kopf, zögerlich, langsam, wohl wissend, dass ihre Weigerung eine Strafe unbekannten Ausmaßes nach sich ziehen würde. Sie starrte ihn an wie ein verängstigtes Tier, konnte nicht wegsehen, gefangen von seinem kaltherzigen Blick.

»Ich bin nur eine einfache Dienerin, mein Herr, und fürchte mich vor dem, was Männer begehren«, wisperte sie.

Mit einer Schnelligkeit, die sie seinem massigen Leib kaum zugetraut hätte, sprang Lord Wolfhard auf und schlug ihr mit solcher Wucht ins Gesicht, dass ihr Kopf zur Seite flog. Sein Siegelring riss ihre Haut auf und hinterließ einen blutigen Striemen, der sich über die gesamte Länge ihrer Wange zog. Der unerwartete Schmerz trieb Tränen in ihre Augen.

»Du verfluchtes Weib, wie kannst du es wagen, mich abzuweisen?«, brüllte er.

Spucketropfen flogen in ihr Gesicht. Ellin sank auf die Knie. »Verzeiht, mein Herr. Bitte, ich kann das nicht.«

Er griff in ihre Haare und zerrte sie auf die Füße. Sein gerötetes Gesicht näherte sich dem ihren, so nah, dass sie einander fast berührten. »Du … kannst … das … nicht?«, fragte er lauernd. »Wie kann das sein? Jedes Weib kann ihrem Herrn dienlich sein, dafür seid ihr ja schließlich geschaffen.«

Mit einem Knurren ließ er sich auf die Bank fallen und zerrte sie bäuchlings auf seinen Schoß. »Ich werde dich lehren, deinem Herrn zu gehorchen, Dienerin«, sagte er kalt. Seine Gier nach ihrem Leib war verflogen und der Lust auf Bestrafung gewichen.

Ellin war von Sinnen vor Angst, ihr Herz schlug so schnell als wäre sie den steilen Weg zur Felsenfestung hinaufgerannt. Sie wusste, was jetzt kam und versuchte, sich gegen das Unvermeidliche zu wappnen. Aus den Augenwinkeln sah sie, wie er die Rute hinter der Bank hervorholte, und flehte die Götter an, ihr beizustehen. Schon sauste der biegsame Stab auf ihr Gesäß hinab, durchschnitt den feinen Stoff des Gewandes und bohrte sich in ihr Fleisch. Ellin schrie auf. Ein scharfer Schmerz zischte durch ihren Körper.

Angefeuert von ihren Tränen schlug Lord Wolfhard erneut zu, klatschte die Rute wieder und wieder auf ihren sich windenden Leib. Selbst als sie von seinen Knien rutschte und auf den Boden fiel, drosch er rücksichtslos weiter auf sie ein. Das Schlafgemach verschwamm vor ihren Augen, sein Keuchen und das Zischen der Rute war alles, was sie noch hörte. Ihr Leib stand in Flammen, schien nur noch aus Schmerz zu bestehen. Um seinen Schlägen so wenig Angriffsfläche wie möglich zu bieten, rollte sie sich zusammen und schützte ihr Gesicht mit den Armen. Hatte sie anfänglich noch geweint und ihn angefleht, sie zu verschonen, so drang mittlerweile nur noch ein Wimmern aus ihrer Kehle. Es schien ihr, als wollte er sie zu Tode prügeln. Etwas in ihr sehnte sich fast danach. Was hielt sie noch in diesem Leben? Alle, die sie einst geliebt hatte, waren tot, gemordet von einer Horde Gesetzloser. Warum sollte sie ihrer Familie nicht folgen, wo es doch nur dem Zufall zu verdanken gewesen war, dass sie überhaupt noch lebte?

Ihr Geist verließ ihren gefolterten Leib, verkroch sich an einen Ort irgendwo zwischen Lord Wolfhards Schlafgemach und den Gerstknollenfeldern ihrer Heimat. Irgendwann lag sie halb bewusstlos auf dem Teppich und wartete auf den Tod, während ihr das Blut über den Rücken rann. Das Zischen der Rute erstarb. Eine Faust packte sie am Ausschnitt ihres Kleides und zerrte sie auf die Füße. Ihre Beine knickten weg, wollten ihren Körper nicht tragen. Lord Wolfhards Gesicht war nur noch eine verschwommene Scheibe, die vor ihren Augen tanzte, ihre Sinne drohten zu entgleiten.

»Das soll dir eine Lehre sein«, hörte sie ihn sagen.

Er atmete schwer, wie nach einer großen Anstrengung. »Geh in deine Kammer. Ich werde dir den Heiler schicken, um deine Wunden zu verbinden. In fünf Nächten erwarte ich dich und dann bist du besser bereit! Falls nicht, lasse ich dich von den Klippen werfen.«

Mit einer verächtlichen Bewegung stieß er sie von sich. Ellin stolperte rückwärts und stürzte. Wie aus weiter Ferne hörte sie, dass Lord Wolfhard jemanden herbeirief. Schritte näherten sich und wieder die Stimme ihres Herrn.

»Bring sie in ihre Kammer!«

Starke Hände schoben sich unter ihre Arme und halfen ihr auf, führten sie mit sanftem Druck aus Lord Wolfhards Gemächern. Unter glühenden Schmerzen stolperte sie den Korridor entlang. Das Gewand hing in Fetzen von ihrem Leib und entblößte mehr als es verbarg.

»Warum hast du dich ihm widersetzt, Mädchen?«, fragte eine mitleidige Stimme, die sie als einen der Wachmänner vor Lords Wolfhards Tür erkannte. Sie war zu schwach für eine Erwiderung. Die Welt erschien ihr wie ein feuriger Strom, der sie auf seinem kochenden Brodem trug.

Fast wäre sie zusammengesackt, als der Wachmann sie für einen Augenblick losließ, um die Tür zu ihrer Kammer zu öffnen. Doch im letzten Moment verhinderte er den Fall und schob sie zu ihrer Schlafstatt. Bäuchlings sank sie auf die Kissen. Die Bewusstlosigkeit griff nach ihr, hüllte ihre Sinne in gnädige Dunkelheit.

»Bei allen Heiligen, wieso hat er sie so zugerichtet?« Die Stimme kam von weit her, drang gedämpft, wie durch dicke Mauern an ihr Ohr.

»Er wollte sie als seine Bettgefährtin, doch sie hat sich ihm widersetzt«, antwortete eine andere Stimme, die ebenso weit entfernt schien.

Jemand seufzte. »Sie sollte es besser wissen.«

Ein unsäglicher Schmerz fuhr ihren Rücken hinab, als würde siedendes Öl über ihre Haut rinnen. Ein Wimmern tropfte von ihren Lippen.

»Schscht, ist ja gut, Kleine. Ich weiß, es tut weh, doch es muss sein.« Das war Mathýs Stimme.

Die zweite Person stand auf und hantierte an der Feuerstelle herum. Ellin hörte, wie Holzscheite aufeinandergestapelt wurden und dann das zischende Geräusch der Feuersteine. Bald darauf verbreite sich angenehme Wärme.

»Ich gehe in die Küche zurück, Lord Wolfhard verlangt sicher bald nach seinem Mittagsmahl«, sagte Affra. Ihre Schritte entfernten sich. Ein kühler Hauch streifte Ellins nackte Haut.

Sie riss die Augen auf. Sie war nackt? Ihr zerfetztes Gewand lag, zusammen mit allem anderen, was sie am Leib getragen hatte, am Boden. Bei dem Anblick brandeten neue Schmerzen über ihren Körper und entlockten ihr ein Stöhnen.

»Gleich ist es vorbei«, versprach Mathýs. »Ich verbinde nur noch deine Wunden.«

Sie öffnete die Lippen, wollte etwas sagen, doch mehr als ein Krächzen kam nicht heraus. Erneut entglitt ihr die Welt, verschwamm zu einem schemenhaften Brei und zog sie in die Dunkelheit.

2

Eine gewaltige, aus schwarzem Stein gehauene Statue ragt in den Himmel empor, ihre Häupter der großen Sonne entgegengestreckt, umrahmt von ihren gleißenden Strahlen. Die Luft flimmernd vor Hitze und einem uralten Zauber, der sie schützend umgibt. Um sie herum ist nichts, nur eine endlos erscheinende, schwarze Wüste, steinig und trocken. Erbarmungslos brennt die große Sonne alles nieder, macht es unmöglich, die Statue zu berühren, die so heiß ist wie ein Feuertopf.

Auf dem Sockel der Statue liegen unansehnliche Blumen. Ihre gelbbraunen, runzeligen Blüten erinnern Ellin an vertrocknete Blätter. Sie zittern leicht, während sich in ihrer Hülle ein Funken bildet, der sich rasch ausbreitet.

Sie muss diese hässlichen Blumen haben, bevor sie verglühen! Zitternd streckt sie ihren Arm aus und schiebt ihn durch das Flimmern hindurch an den Rand des Sockels. Ein gleißender Strom schießt ihren Arm hinauf, kaum dass sie einen Finger an den schwarzen Stein gelegt hat, und verbreitet sich in Windeseile in ihrem Leib. Sie öffnet die Lippen zu einem Schrei, doch kein Laut dringt aus ihrem Mund. Der gleißende Strom fließt ihren Rücken hinab, setzt ihn in Flammen. Es brennt. Unerträgliche Qualen. Schmerzen, Schmerzen und endlich ein erlösender Schrei …

Mit einem Ruck fuhr Ellin aus dem Schlaf. Der Traum verschwand, ließ nur die Schmerzen zurück. Stöhnend blickte sie sich um. Noch immer lag sie bäuchlings auf ihrer Bettstatt. Unbekleidet. Vorsichtig drehte sie den Kopf. Mathýs saß auf der Bettkante und bearbeitete ihren Rücken mit einer Kräutersalbe, die, wie Ellin wusste, die Schmerzen linderte und gleichzeitig dafür sorgte, dass die Wunden sich nicht entzündeten.

»Den Göttern sei Dank, du bist wach«, sagte der Heiler.

Ein heftiger Schmerz streute seine Saat über ihre Haut. Sie sog scharf die Luft ein.

»Es tut mir leid, ich bin so vorsichtig wie möglich.«

»Wie lange war ich bewusstlos?«, fragte sie.

»Die ganze Nacht und den gesamten Tag hindurch«, erwiderte Mathýs. »Hast du Durst?«

Sie nickte schwach. Das hatte sie tatsächlich. Ihre Lippen waren aufgesprungen und ihr Mund fühlte sich an wie vertrocknetes Moos.

Mathýs reichte ihr einen Becher Quellwasser. Zitternd stützte sie sich auf den Ellenbogen, nahm den Becher und setzte ihn an die Lippen. Jede Bewegung war eine einzige Qual.

Mit zunehmender Wachheit kehrten auch die Erinnerungen an die Geschehnisse des vergangenen Tages zurück und weckten Furcht aber auch ihren Zorn. Kein Mann durfte sich eine Frau mit Gewalt zu eigen machen, und obwohl sie Lord Wolfhards Treiben bisher schweigend zugesehen hatte, war sie selbst nicht bereit, sich seinem widernatürlichen Verlangen zu unterwerfen. Doch wie sollte sie sich gegen die Annäherungsversuche schützen? Es gab keine Möglichkeit, seine Zudringlichkeiten abzuwehren, ohne schreckliche Hiebe zu riskieren. Wenn sie es wagte, sich ihm noch einmal zu verweigern, würde er sie töten lassen.

»Ich muss fliehen«, stellte sie fest und war selbst überrascht von ihren Worten.

Mathýs riss die Augen auf. »Das darfst du nicht.«

»Das ist mir egal! Ich werde die Festung verlassen. Um nichts in der Welt lege ich mich in das Bett dieses Tyrannen«, erklärte sie zornig.

Der Heiler ergriff ihre Hand. »Es ist die Zeit des Langen Regens, Ellin. Die Wege sind unpassierbar und nachts ist es eisig kalt. Der Abstieg vom Hammerfels wäre dein sicherer Tod.«

»Das weiß ich«, erwiderte sie. »Doch ich muss es zumindest versuchen, hier kann und will ich nicht bleiben.«

»Selbst wenn du den Abstieg schaffst, wärest du den Naturgewalten und auch bösartigen Kreaturen schutzlos ausgeliefert.«

Erschöpft sank sie auf das Bett zurück. »Auch hier bin ich einer bösartigen Kreatur ausgeliefert. Ich schlage mich bis in die Wälder durch, dort schützt mich das Blätterdach vor dem Regen, und wenn Gefahr droht, klettere ich einfach auf einen Baum.«

»Tu das nicht. Die Welt da draußen ist gefährlich und die Wälder sind es umso mehr. Finstere Gestalten lauern überall. Dein Vorhaben ist das einer Wahnsinnigen. Warum beugst du dich Lord Wolfhard nicht? Er wechselt seine Gespielinnen oft, das weißt du. Wenn er deiner überdrüssig ist, wird er dich gehenlassen.«

Seufzend schloss Ellin die Augen. »Nein, Mathýs, ich werde gehen, auch wenn es meinen Tod bedeutet.«

Der Heiler runzelte die Stirn und warf ihr einen finsteren Blick zu. »Warum bist du nur so ein stures Weib? Du solltest gehorsam und ergeben sein, wie es einer anständigen Vecktanerin gebührt. Willst du denn unbedingt deinen Eltern folgen?«

Ellin schenkte ihm ein trauriges Lächeln. Dass er ihre verstorbenen Eltern ins Spiel brachte, tat ihr weh, zugleich zeigte es ihr, wie sehr er sich sorgte. Tröstend legte sie eine Hand auf seinen Arm. »Gräme dich nicht. Mir wird schon nichts geschehen.«

»Das hoffe ich. Das hoffe ich von ganzem Herzen.« Ruckartig wandte er sich ab und ergriff die Salbe. In seinen Augenwinkeln glitzerte es verräterisch.

Ellin mochte den alten Heiler, auch wenn er bisweilen mürrisch und wortkarg war, so war er im Laufe der Zeit doch so etwas wie ein väterlicher Freund geworden. Ihr Herz wurde schwer, bei dem Gedanken, ihn und alle, die sie in ihr Herz geschlossen hatte, zurücklassen zu müssen. Einen Moment lang überlegte sie, ob sie nicht bleiben und Lord Wolfhards Zudringlichkeiten über sich ergehen lassen sollte. Doch die Vorstellung von seinem haarigen Leib auf ihrer geschundenen Haut ekelte sie und festigte ihren Beschluss. Sie würde die Festung verlassen.

Mathýs beendete das Einreiben der Striemen und begann, ihre Wunden zu verbinden. Er schwieg, schien einzig darauf konzentriert, ihr ein wenig Linderung zu verschaffen, doch seine Wangen waren gerötet, die Lippen zu einem schmalen Strich zusammengepresst. Ein deutliches Zeichen seines Unmuts.

»Bist du jetzt böse auf mich?«, fragte Ellin kleinlaut. Plötzlich kam sie sich vor wie ein Kind, das um die Zuwendung ihres Vaters bettelt.

Der Heiler warf ihr einen vorwurfsvollen Blick zu. »Ich verstehe dich nicht. Du hast hier alles, was du brauchst. Früher oder später teilt jede Frau das Bett mit einem Mann, ob es sich dabei nun um Lord Wolfhard oder irgendeinen anderen handelt, ist bedeutungslos.«

Entrüstet schnappte Ellin nach Luft. »Das ist es nicht. Keine Frau sollte gegen ihren Willen dazu gezwungen werden das Bett mit jemand anderem, als dem ihr zugedachten Gefährten zu teilen.«

Mathýs schnaubte. »Du bist eine Närrin, wenn du glaubst, dass die Begierden eines Mannes vom Einverständnis einer Frau abhängen und davon, ob sie seine Gefährtin ist.«

Nun war es an Ellin, ihn vorwurfsvoll anzusehen. »Vielleicht bin ich eine Närrin, doch solange ich atme, lasse ich mich nicht in Lord Wolfhards Bett zerren. Soll er sich doch eine Prasifrau nehmen, wie es die Soldaten tun.«

Mathýs seufzte, während er vorsichtig eine dünne Decke über ihren Leib zog. »Ruh dich aus«, sagte er und tätschelte ihren Kopf. »Später denkst du vielleicht anders darüber.«

Ohne einen Abschiedsgruß verließ er die Kammer. Ellin war zu müde, um sich über seine Worte zu grämen. Zuerst einmal musste sie schlafen, damit ihre Wunden heilen konnten. Ihre Augen fielen zu und schon im nächsten Moment war sie wieder eingeschlafen.

Eine sanfte Berührung an ihrer Schulter weckte sie. Träge öffnete sie die Augen.

»Wach auf, Kind.« Affras Stimme holte sie schlagartig in die Wirklichkeit zurück. Sie drehte sich auf die Seite und blickte in das rotwangige Gesicht der Köchin.

»Wie lange habe ich geschlafen?«, fragte Ellin.

»Sehr lange, ich habe mir schon Sorgen gemacht. Doch deine Wunden heilen gut.« Sie hielt ihr eine Schale mit dampfendem Eintopf hin. »Hier Kind, iss, damit du wieder zu Kräften kommst. Schließlich sollst du nicht hungrig in die Fremde hinaus.«

Mühsam und unter Schmerzen richtete Ellin sich auf und griff nach der Schale. Ihr Magen knurrte vernehmlich.

»Ich danke dir.« Während sie die Suppe schlürfte, fiel ihr Blick auf ein großes Bündel.

Affra grinste. »Ich habe mir erlaubt, dir ein paar Dinge einzupacken, die du sicher wirst gebrauchen können. Etwas Trockenfleisch, ein paar Gerstfladen und Käse sowie einen Umhang, feste Kleidung und ein Messer.«

Ellin sah die Köchin fragend an. »Mathýs hat dir verraten, dass ich fliehen will?«

Affra nickte. »Er bat mich darum, dich zur Vernunft zu bringen.«

Erneut blickte Ellin auf das prall gefüllte Bündel. »Offensichtlich hast du nicht vor, seiner Bitte nachzukommen?«

Die Köchin seufzte tief. »Ich kenne dich. Wenn du dir etwas in den Kopf gesetzt hast, ist es fast unmöglich, dich davon abzubringen. Und ich verstehe dich, denn auch wenn ich nicht mehr jung und hübsch bin, so gab es eine Zeit, in der ich es war.« Ihr Blick wurde hart. »Eine Zeit, in der auch Lord Wolfhard ein junger Mann gewesen ist, der keinen Augenblick die Finger von den Mägden lassen konnte. Schon damals war er ein Lüstling.«

Ellin riss die Augen auf. »Hat er dich etwa geschändet?«

Affra enthielt sich einer Erwiderung, doch ihre verbitterte Miene war Antwort genug. Hastig reichte sie ihr einen dicken Gerstfladen. »Hier iss. Morgen früh findet Lord Wolfhards Waffeninspektion statt. Da werden die Soldaten keine Zeit zum Herumlungern haben. Das ist die beste Gelegenheit für dich zu fliehen.«

»Morgen schon?« Ohne dass sie es zu verhindern vermochte, traten Tränen in ihre Augen. Zwar war es ihr fester Wille, die Festung zu verlassen, doch dass der Moment der Flucht so schnell herbeieilte, erschreckte sie.

»Woher hast du eigentlich das Messer?«, fragte sie schnell, um sich abzulenken.

Affra zuckte mit den Schultern. »Ich bin die Köchin und umgeben von Messern.«

»Und wenn Lord Wolfhard etwas von dem Diebstahl bemerkt?«

Affra hob ihre fleischige Hand und tätschelte Ellins Wange. »Niemand wird etwas bemerken, Kind. Ich bin die Einzige, die über das Küchenzubehör Buch führt, folglich bin ich auch die Einzige, die das Fehlen eines Messers bemerkt.«

Eine einsame Träne rollte über Ellins Wange. »Wie kann ich das je wiedergutmachen?«

»Indem du überlebst.« Affra betrachtete sie ernst. »Nach dem Essen werde ich dir beim Ankleiden helfen. Mathýs hat Salbe dagelassen.«

Ellin nickte stumm und senkte den Kopf. Es fiel ihr schwer, ihre Gefühle zu unterdrücken. Affras Unterstützung und ihre aufrichtige Sorge verdeutlichten ihr, dass sie nicht nur Schrecken und Grausamkeit hinter sich ließ, sondern auch Menschen, die sie liebte. Während sie ihre Notdurft verrichtete, zog Affra ein frisches Gewand aus der Truhe. Sie bedeutete Ellin, sich bäuchlings auf die Bettstatt zu legen und verstrich dann die Salbe auf den Striemen. Obschon sich eine dicke Kruste auf der Haut gebildet hatte und Affra sehr behutsam vorging, tat es noch immer entsetzlich weh. Ellin musste die Zähne zusammenbeißen, um nicht laut zu jammern. Nachdem sie das Nachtgewand übergestreift hatte, sank sie erschöpft auf die Bettstatt zurück und schloss die Augen. Eine einzige Frage trieb durch ihre Gedanken. Wieso war Lord Wolfhard so versessen darauf, sie in sein Bett zu zerren? Auf der Festung gab es etliche junge Frauen, die das Auge eines Mannes erfreuten und sich mit Freuden ihrem Dienstherrn zur Verfügung stellen würden, in der Hoffnung auf ein paar extra Prasis oder einer besseren Stellung. Warum wollte er gerade sie?

Ein dicker Kloß drückte gegen ihre Kehle. Sie schluchzte leise. Schnell drehte sie Affra den Rücken zu, um ihre Tränen zu verbergen. Sie wollte mutig sein und die Herzen der Menschen, die sie zurücklassen musste, nicht mit Sorge füllen, doch bei dem Gedanken an ihre ungewisse Zukunft und die Gefahren, die auf sie warteten, fiel es schwer, Haltung zu bewahren.

»Möchtest du noch ein wenig ruhen?«, fragte Affra verständnisvoll.

Ellin nickte, der Kloß in ihrem Hals verhinderte eine Antwort. Sie hörte, wie die Köchin sich erhob, zur Feuerstelle stapfte und

Holz auflegte. Dann verließ sie die Kammer. Nun, da sie alleine war, schluchzte sie ungehemmt in ihr Kissen, bis sie vor Erschöpfung in einen traumlosen Schlaf versank.

Noch vor dem Morgengrauen erwachte sie und starrte an die dunklen Wände, die sich wie Kerkermauern um sie schlossen. Bei dem Gedanken an die steilen Felsklippen, den strömenden Regen und die überschwemmten Wege, wurde ihr übel vor Angst. Ihre Wunden kribbelten unangenehm und eine leichte Panik machte sich breit. Sie rieb ihre kalten Hände aneinander und warf einen Blick zur Feuerstelle. Das Feuer war erloschen. Ascheflocken bedeckten den Boden wie grauer Schnee. Vorsichtig setzte sie sich auf und tastete nach der Kerze neben dem Bett. Es war wohl das Beste, das Unvermeidliche nicht länger hinauszuzögern. Je eher sie die Festung verließ, desto weiter würde sie weg sein, wenn Lord Wolfhard ihr Fehlen schließlich bemerkte. Zwar glaubte sie nicht daran, dass er eine unbedeutende Dienerin verfolgen lassen würde, doch sicher war sie nicht. Sie mochte nur eine Dienerin sein, doch eine, die es vorzog, in die Wildnis zu fliehen, noch dazu während des Langen Regens, anstatt sich seiner Begierde hinzugeben. Wer konnte vorhersagen, zu was ihn sein verletzter Stolz treiben würde? Auf jedem Fall war es besser, so viel Abstand wie möglich zwischen sich und die Felsenfestung zu bringen.

Die Tür zu ihrer Kammer öffnete sich, der schwache Schein einer Kerze fiel hinein. Erschrocken ließ Ellin die Feuersteine sinken. »Wer ist da?«

»Ich bin es, Affra. Du bist schon wach?«

Erleichtert atmete Ellin auf. »Ja.«

Hastig schloss Affra die Tür, entzündete das Holz und öffnete die Kleidertruhe. Obwohl Ellin keinen Appetit hatte, nötigte sie ihr einen Gerstfladen und einen Apfel auf. »Du musst etwas essen, Kind. Vor dir liegt ein beschwerlicher Abstieg.«

Ellin nickte ergeben. Ihr war speiübel. Trotzdem würgte sie den Gerstfladen und sogar den Apfel hinunter.

Während Affra ihr beim Waschen und ankleiden half, kroch ein grauer Morgen am Himmel herauf und rückte ihre Flucht in greifbare Nähe. Vorsichtig packte sie das Bündel auf den Rücken. Das grobe Untergewand rieb an ihrem Verband und das schwere Bündel drückte auf die verkrusteten Striemen. Immer wieder sog sie mit leisem Zischen die Luft zwischen die zusammengebissenen Zähne und widerstand dem Impuls, sich das Bündel vom Rücken zu reißen. Affra tat, als würde sie ihre Schmerzen nicht bemerken, wofür Ellin ihr dankbar war, doch ihre Augen waren voller Mitgefühl und Sorge.

Trotz der Gefahr für ihre eigene Stellung begleitete die Köchin sie nach draußen. Vor jeder Biegung hielten sie inne, lauschten und spähten vorsichtig um die Ecke. Endlos, so schien es Ellin, zogen sich die feuchtkalten Gänge der Festung dahin. Nie war ihr das Gemäuer so groß und verwinkelt erschienen. Trotz ihrer Vorsicht begegneten sie zuerst einer jungen Magd und dann einem Küchenjungen, die Ellin jedoch freundlich anlächelten und so taten, als wäre es nichts Ungewöhnliches, dass Lord Wolfhards Leibdienerin in Reisekleidung und mit einem dicken Bündel bepackt Richtung Innenhof strebte.

»Die Ereignisse in Lord Wolfhards Gemächern sind ein offenes Geheimnis«, erklärte Affra auf Ellins fragenden Blick. »Fast jeder hat schon Erfahrungen mit den Wutausbrüchen unseres Herrn gemacht. Die Mägde, die das Bett mit ihm teilen mussten, bewundern dich, und die Diener, die er gedemütigt und gezüchtigt hat, erinnern sich nur allzu gut an ihre Pein. Sie würden dich nie verraten.«

Ellin kannte Lord Wolfhards aufbrausendes Wesen besser als alle anderen und verachtete ihn dafür, trotzdem wurde ihr erst durch Affras Worte bewusst, dass es das Gesinde ebenso empfand wie sie. Unwillkürlich fragte sie sich, wie es geschehen konnte, dass ein einzelner Mann die Menschen in seiner Umgebung in Angst und Schrecken versetzte und warum sie nicht einfach alle flohen. Der Gedanke, dass sie die Erste war, die es wagte, ihm zu trotzen, erfüllte sie mit grimmigem Stolz und so öffnete sie beherzt die Tür ins Freie. Obschon sie jeden Augenblick damit rechnete, aufgehalten zu werden, trat sie in den Hof hinaus und schlug, ohne zu zögern, den Weg zum Tor ein. Affra folgte ihr. Im Gegensatz zu Ellin sah sie sich ständig um. Doch während des Langen Regens hielt sich nur selten jemand draußen auf, jeder blieb wenn irgend möglich innerhalb der Festungsmauern. Reibungslos gelangten sie zum Tor.

Wie Affra vorhergesagt hatte, war kein einziger Soldat zu sehen, nur ein einsamer Wachmann hielt, unter einem schmalen Holzdach stehend, Wache. Die Kapuze seines Mantels tief in das Gesicht gezogen, um ihn vor den dicken Tropfen zu schützen, die durch die schmalen Schlitze des Holzdachs drangen. Ein dunkelblonder Bart quoll unter dem Schatten der Kapuze hervor. Normalerweise waren das Tor und die Mauern der Felsenfestung gut bewacht, doch während des Langen Regens war diese Vorsichtsmaßnahme nicht vonnöten. Niemandem gelang es, die steilen Klippen zu erklimmen, die zu schäumenden Wasserfällen geworden waren, oder die abschüssigen Wege, die mehreren Fuß tiefen, tosenden Abflüssen glichen. Die Menschen auf der Felsenfestung waren zwischen den Wassermassen gefangen, aber sicher.

Missmutig blickte der Wachmann Ellin und Affra entgegen. »Was wollt ihr?«

»Die junge Dienerin muss für eine Weile hinaus«, erwiderte Affra.

»Ellin?« Er betrachtete sie überrascht. »Lord Wolfhards Leibdienerin?«

Ellin, ihr Antlitz im Schatten ihrer Kapuze verborgen, hob den Kopf und zeigte ihm ihr Gesicht.

»Wo willst du denn hin? Da draußen findest du nichts, außer den sicheren Tod.«

»Ich benötige dringend ein seltenes Kraut, welches am Fuße der Festungsmauern wächst«, erklärte sie.

Der Wachmann runzelte die Stirn. »Wieso?«

»Der Küchenjunge hat das Fieber und nur dieses Gewächs kann helfen.«

Der Wachmann wich einen Schritt zurück. Wenn der Küchenjunge das Fieber hatte, war es besser, Abstand zu halten, denn die Krankheit war hochansteckend und endete nicht selten tödlich. »Was ist das für ein Kraut? Warum kümmert sich der Heiler nicht darum?«

»Der Name ist Lundgras. Es wächst ausschließlich auf kargem Fels. Und Heiler Mathýs muss sich um die Kranken kümmern und bat mich darum, das Kraut für ihn zu pflücken.« Dicke Tropfen perlten von ihrer Kapuze. Sie fröstelte. Noch hatte sie die Festung nicht verlassen, schon begann sie zu frieren und dieser einfältige Wachmann hatte nichts Besseres zu tun, als sie im strömenden Regen auszufragen.

»Von dem Kraut hab' ich noch nie gehört«, brummte er.

Affra stemmte die Arme in die Hüften und baute sich drohend vor ihm auf. »Bist du etwa ein Heiler, Bursche? Verschwende nicht unsere

Zeit und öffne das Tor, bevor es dunkel wird und das arme Ding wegen deiner dummen Fragen in die Tiefe stürzt!«

Einen Augenblick lang sah es so aus, als wollte er widersprechen, doch dann zuckte er mit den Schultern. »Wie ihr wollt.« Seelenruhig begann er, das Tor zu entriegeln.

Nervös blickte Ellin über den Hof zur Festung hin. Trotz des Regenschleiers gewahrte sie hier und da ein Huschen hinter den Fenstern, doch niemand kam in den Hof gestürzt, um sie aufzuhalten. Nachdem das Tor geöffnet war, wandte sie sich Affra zu. Ein Lebewohl war angesichts des neugierigen Mannes nicht möglich, was vielleicht sogar besser war. Es erleichterte ihr den schmerzvollen Abschied, wenn sie einfach so tat, als würde sie noch vor Einbruch der Nacht zurückkehren.

»Pass auf dich auf«, sagte Affra mit fester Stimme. »Und achte stets auf deinen Weg!«

Ellin schluckte schwer. »Das werde ich, ganz sicher.«

Der Wachmann verdrehte die Augen und stöhnte. »Törichte Weiber.«

Ellin nahm seine Worte zum Anlass, um sich abzuwenden und über die Schwelle zu treten. Bevor sich das Tor hinter ihr schloss, warf sie einen letzten Blick zurück. Mathýs stand vor dem Dienstboteneingang, die Arme vor der Brust verschränkt. Klein und hilflos sah der alte Heiler aus, wie er da stand, eingehüllt in einen Wollmantel, der so lang war, dass er auf dem nassen Boden schleifte. Ellin lächelte gequält und winkte ihm zu, woraufhin er sich abwandte und in das Innere der Festung verschwand.

»Wenn du wieder hineinwillst, dann schrei oder klopfe so fest du kannst gegen das Tor, sonst hör' ich dich nicht«, rief der Wachmann ihr zu. Seine Worte verhallten in dem tosenden Regen.

Ellin nickte stumm, ihr Herz hämmerte gegen ihre Brust. Mit bedrückender Endgültigkeit schloss sich das schwere Portal. Ein scharfer Wind riss an ihrer Kleidung, peitschte eisige Tropfen in ihr Gesicht – ein Willkommensgruß des Hammerfelsens. Schützend legte sie die Hände über die Augen und blickte sich um. Die bleigrauen Wolken hingen bis auf die Zinnen der Felsenfestung hinab und hüllten die Welt um sie herum in einen düsteren, nasskalten Mantel. Hier, auf der Spitze des Berges, war der Boden eben, doch ein paar Doppelschritte entfernt begann der nördliche Abstieg. Ein schmaler Weg, der aus dem umliegenden Felsmassiv gehauen worden war. Während des Langen Regens verwandelte er sich in eine Wasserrutsche, die steil nach unten führte.

Beherzten Schrittes machte sie sich an den Abstieg. Kaum hatte sie den Weg betreten, versank sie bis zu den Knöcheln im Wasser und musste aufpassen, nicht auszurutschen. Krampfhaft hielt sie sich an der Wand fest und versuchte, die aufsteigende Panik zu unterdrücken. Einen überfluteten Weg entlangzugehen, aus dem es kein Entrinnen gab, war beängstigend, vor allem da sie die Festung seit acht Sternenläufen nicht verlassen hatte. Doch gab es kein Zurück, denn selbst wenn sie jetzt umkehrte, würde Lord Wolfhard von ihrem Fluchtversuch erfahren und sie grausam und unbarmherzig bestrafen.

Mit zitternden Knien arbeitete sie sich weiter vor. Innerhalb kürzester Zeit waren Umhang und Tunika tropfnass und die Beinkleider durchweicht. Der schwere Stoff wickelte sich um ihren Leib wie gierige Schlingen und erschwerte ihr Vorwärtskommen. Sie überlegte, wie viel Zeit ihr noch blieb, bis die Dunkelheit kam und wie lange diese Wasserstraße überhaupt begehbar sein würde. Besorgt richtete sie ihren Blick zum Himmel, dessen Sonnen noch immer hinter grauen Wolkenbergen verborgen waren. Plötzlich rutschte sie aus, verlor den Halt und fiel hin. Ein scharfer Schmerz schoss ihren Rücken hinauf und raubte ihr für einen Augenblick den Atem. Das Wasser strömte um sie herum und riss an ihrer Kleidung. Sie fluchte leise, schob sich ein Stück nach vorne und versuchte, auf die Beine zu kommen, doch sie fand keinen Halt. Immer wieder rutschten ihre Füße unter ihr weg, als würde sie auf einer abschüssigen Eisbahn liegen. Vorsichtig drehte sie sich auf den Bauch und stemmte sich auf die Knie. Aus dieser Position heraus gelang es ihr schließlich, auf die Beine zu kommen. Vor Kälte und Anstrengung zitterte sie am ganzen Leib, ihre Hände waren steif und gefühllos. Sie musste so schnell wie möglich aus diesem eisigen Wasser hinaus. Sie sah sich um. Ungefähr dreißig Doppelschritte entfernt konnte sie eine Art Nische ausmachen, bei der es sich hoffentlich um einen Aufstieg handelte. So schnell es der rutschige Boden zuließ, setzte sie ihren Weg fort.

Die Nische war tatsächlich ein Aufstieg. Behauene Steinstufen führten auf den Felsen hinauf. Das Erklimmen der Treppe war anstrengend, was vor allem an dem herabströmenden Wasser lag, aber auch an der Schwäche, die seit Lord Wolfhards Schlägen in ihren Gliedern hauste. Verbissen kämpfte sie sich nach oben, ihre Fingernägel brachen ab, so fest krallte sie sich an die Felswand. Doch sie spürte es kaum. Immer wieder rutschte sie aus, schlug sich das Knie auf, rappelte sich wieder auf und kletterte weiter. Wenig später erklomm sie die letzte Stufe. Keuchend sah sie sich um. Der Blick auf ihre Umgebung offenbarte ein zerklüftetes Felsmassiv, welches von spitzen Steinen und Rissen durchsetzt war, in denen sich schäumendes Wasser sammelte. Nass, grau und unwirtlich tat sich der Hammerfels vor ihr auf.

Bei den Göttern, wie soll ich dieses unwegsame Gelände überwinden? Ihre Augen wanderten hoch zur Bergspitze, wo, halb verborgen hinter unüberwindbaren Mauern, die Felsenfestung lag. Ein beachtliches Stück Weg lag hinter ihr, doch noch immer ragte die Festung bedrohlich nah in den Himmel empor und mahnte sie zur Eile. Mit einem Stoßgebet an die Götter machte sich an den Abstieg. Ein Vorteil der Felsen war, dass sie durch ihre Risse und Vorsprünge ausreichend Halt boten, um halbwegs sicher hinabzuklettern, doch würde der Abstieg auf diesem Weg wesentlich länger dauern. Immer wieder kreuzten kleine und größere Wasserströme ihren Weg und zwangen sie dazu, einen Umweg zu machen. Mehrmals rutschte sie aus und geriet in Gefahr abzustürzen, konnte sich aber im letzten Moment an einem vorspringenden Gesteinsbrocken oder einem Riss festhalten. Es dauerte nicht lange und ihre Arme zitterten vor Anstrengung. Ihre Haut war eiskalt und trotz der Plackerei schlotterte sie. Tränen mischten sich unter das über ihr Gesicht laufende Wasser. Am Ende ihrer Kräfte ließ sie sich auf einen kniehohen Stein fallen, barg ihr Gesicht in den Händen und schluchzte laut. Der nicht enden wollende Regen hüllte sie in einen rauschenden Strom.

Nachdem sie sich ausgeweint hatte, warf sie einen Blick in den Himmel. Die Nacht brach herein, sie musste einen Unterschlupf suchen. Ächzend stemmte sie ihre tauben Glieder hoch und kletterte weiter. Nebenbei hielt sie Ausschau nach einer Höhle oder einem Felsvorsprung, der ihr ausreichend Schutz vor dem Regen bieten würde, doch weit und breit war nichts zu sehen als scharfkantiges Gestein. Immer schneller senkte sich die Nacht herab. Lange Schatten verdunkelten den Weg. Ellin war kaum noch in der Lage, zehn Doppelschritte weit zu blicken.

Auf allen Vieren schob sie sich an den Rand eines schmalen Plateaus und wagte einen Blick in die Tiefe. Trotz des schwachen Lichts konnte sie die schemenhaften Baumwipfel erkennen, die aus der bodenlosen Tiefe unter ihr aufragten. Der Anblick gab ihr neuen Mut und rüttelte ihre letzten Kräfte auf. Geduckt kletterte sie an die Felswand zurück und setzte ihren Abstieg fort. Ein Wasserschwall klatschte in ihr Gesicht, während sie sich einen schmalen Vorsprung entlanghangelte. Erschrocken krallte sie sich am Felsen fest. Erst als sie sicher war, dass sie nicht abstürzen würde, schüttelte sie das Wasser aus den Haaren, die sich in einen triefenden Schleier verwandelt hatten. Zu ihrer Rechten entdeckte sie einen Vorsprung, über den sich einer der unzähligen Wasserfälle ergoss. So schnell wie möglich klettert sie darauf zu und durchschritt das tosende Wasser. Wie erhofft verbarg sich dahinter ein drei Schritt breiter, höhlenähnlicher Raum. Da er leicht abschüssig war, konnte das Wasser nicht hineinlaufen und so war er vergleichsweise trocken. Erschöpft sank sie zu Boden. Eine Weile saß sie einfach nur da, schöpfte Atem und wartete darauf, dass die zittrige Schwäche aus ihren Gliedern wich. Anschließend nahm sie das Bündel vom Rücken und öffnete es. Ihre Sachen waren durchweicht. Egal.

Heißhungrig wickelte sie ein Stück Trockenfleisch aus und biss hinein. Durch die Feuchtigkeit war es aufgequollen und weich, doch genießbar. Die Fladen hingegen waren zu einem breiigen Haufen verkommen und auch der Käse sah alles andere als schmackhaft aus. Er hatte sich in eine schmierige, zähe Masse verwandelt und klebte an dem Tuch, in das er gehüllt war. Vorsichtig holte Ellin das verdorbene Essen heraus und legte es neben sich. Auf dem Boden ihres Bündels entdeckte sie mehrere unversehrte Rotbaumnüsse. Gerade in der Zeit des Langen Regens waren diese weichen, fingerlangen Nüsse schwer zu bekommen. Affra hatte sich einer großen Gefahr ausgesetzt, als sie diese aus dem Vorratskeller gestohlen hatte. Dankbar nahm sie eine Nuss, schälte die borstige Haut ab und biss hinein. Köstlich!

Nachdem sie einigermaßen gesättigt war, begann sie damit, ihre Kleidung auszuwringen. Anschließend breitete sie die Sachen auf dem Boden aus, in der Hoffnung, dass sie bis zum Morgen trocknen würden. Auch die Kleidung, die sie am Leib trug, zog sie aus und legte sie neben ihr Bündel. Der nasse Umhang, in den sie sich einwickelte, spendete keine Wärme. Schlotternd saß sie auf dem Boden, während die Welt um sie herum in Schwärze versank. Die Nacht brachte eine kaum auszuhaltende Kälte. Ellin fror so erbärmlich, dass ihre Zähne aufeinanderschlugen und ihr ein Platz in Lord Wolfhards Bett gar nicht mehr so schrecklich erschien. Vielleicht wäre es doch besser gewesen, alles über sich ergehen zu lassen? Sie dachte daran, dass ihre Flucht mittlerweile sicher bemerkt worden war und stellte sich vor, wie Lord Wolfhard tobte und schrie, wilde Verwünschungen ausstieß und nach allem und jedem schlug, der in seine Nähe kam. Mit Sicherheit hatte ihre Flucht einen Sturm entfesselt, der sich so schnell nicht wieder legen würde. Doch was hatte das alles für einen Sinn, wenn sie in dieser elenden Höhle erfror? Niemals hätte sie sich vorstellen können, derart zu frieren. Selbst ihre Knochen schienen zu Eis erstarrt. In ihrer Verzweiflung legte sie den Umhang auf den kalten Boden, griff nach der feuchten Kleidung und deckte sich damit zu. Zusammengekauert, wie ein Säugling im Leib seiner Mutter, lag sie da und versuchte, sich selbst zu wärmen. Ihre Muskeln zitterten unkontrolliert.

Das Tosen des Wasserfalls lullte sie ein und die Erschöpfung tat ihr Übriges. Obwohl sie befürchtete, dass sie im Schlaf erfrieren könnte, fielen ihr die Augen zu.

3

Irgendetwas weckte sie. Kein Geräusch, eher ein Gefühl, ein leichtes Erbeben ihres Unterbewusstseins. Angespannt lauschte Ellin in die Dunkelheit, doch sie hörte nur das stetige Rauschen des Regens und den Wasserfall. Langsam setzte sie sich auf und blickte sich um. Das Tosen hatte nachgelassen, was nur bedeuten konnte, dass auch der Regen nachgelassen hatte. Noch immer regierten unheilvolle Schatten die Höhle, doch waren sie nicht mehr so finster wie in der tiefsten Nacht. Der Tag war nicht mehr fern. Steif rappelte sie sich auf. Ihre Kleider waren klamm und kalt, genau wie ihre Haut. Widerwillig streifte sie das feuchte Hemd und die Beinkleider über, tastete sich an der Felswand entlang zum Höhlenrand und schob sich seitlich an dem Wasserfall vorbei nach draußen. Der Regen hatte tatsächlich ein wenig nachgelassen, doch es war noch immer bitterkalt.

Ellin fragte sich, ob sie je wieder aufhören würde zu frieren. Seit sie die Felsenfestung verlassen hatte, war sie ständig unterkühlt und durchnässt. Dieser Umstand machte ihr zunehmend Sorgen, immerhin war sie die Gehilfin des Heilers gewesen und wusste, was ihr drohte, wenn sie sich nicht sehr bald aufwärmen würde. Husten, schmerzende Lungen, Fieber, Atemnot und schließlich der Tod. Wie zur Bestätigung fegte ein eisiger Wind über sie hinweg. Schnell kroch sie in die Höhle zurück, kniete sich neben ihren Essensvorrat und tastete nach einem Stück Trockenfleisch. Während sie kaute, wickelte sie die Gerstfladen ein, die über Nacht zu einem harten Klumpen geworden waren, und steckte sie in das Bündel zurück. Nur für den Notfall.

Nachdem sie das Fleischstück verspeist hatte, gönnte sie sich eine weitere Rotbaumnuss. Zwar war ihr der Wald unbekannt, doch sie ging davon aus, dass er ausreichend Nahrung und Brennholz bot. Der Gedanke an ein wärmendes Feuer trieb sie an. In Vorfreude schwelgend streifte sie ihre Tunika über, packte das Bündel zusammen, füllte den Trinkbeutel auf und verließ den Unterschlupf. Noch war es nicht hell genug, um weit zu sehen, und so musste sie sich auf dem Weg nach unten eher auf ihren Tastsinn und ihr Gespür verlassen als auf ihre Augen. Kurze Zeit später war sie wieder durchnässt und erschöpft. Es schien ihr, als würde der Regen ihre gesamte Kraft fortspülen. Zudem fiel ihr das Atmen schwer und sie verspürte einen leichten Hustenreiz. Sie schickte ein Stoßgebet zu den Göttern, dass sie den Wald noch vor der Dunkelheit erreichen würde, denn eine weitere Nacht auf dem Berg könnte ihren Tod bedeuten. Sie hielt inne und warf einen Blick zurück. Wie ein versteinerter Dämon ragte die Felsenfestung in den Himmel empor, warf ihren unheilvollen Schatten über den Berg. Ellin biss die Zähne zusammen und kletterte weiter, das Zittern in ihren Armen und den Schmerz in ihrer Brust ignorierend. Schritt für Schritt weiter hinab in Richtung des grünen

Rauschens unter ihr. Immer öfter zwang die Schwäche in ihren Gliedern sie dazu anzuhalten, doch ein Blick auf die Felsenfestung trieb sie voran. Während des Tages blieben die Sonnen hinter Wolkenbergen verborgen und die hereinbrechende Abenddämmerung brachte einen beißenden Wind, der sich wie Nadelstiche in die Haut bohrte. Auch der Regen nahm wieder an Stärke zu und klatschte gegen ihren bibbernden Leib. Auf einem Plateau machte sie Halt und kroch an den Rand des Vorsprungs. Aufrecht zu gehen wagte sie nicht, wegen des Windes, aber auch wegen ihrer Schwäche. Winzige, scharfkantige Steine bohrten sich durch die Beinkleider hindurch in ihre Knie und verursachten stechende Pein. Sie setzte sich an den Rand des Felsens, rollte die Beinkleider hoch und pulte die Kiesel aus ihrer Haut. Dann beugte sie sich vor und blickte nach unten. Die Baumwipfel waren nah, doch das Ende des Berges war noch immer nicht in Sicht. Es musste sich um sehr hohe Bäume handeln. Nachdem sie zurückgekrochen war, suchte sie die farblose Ödnis nach einer Bleibe ab. Das Zwielicht des Tages verblasste bereits. Der Wind pfiff zwischen den Felsen hindurch. Kraftlos tastete sie sich an dem Vorsprung entlang, bis sie zu einer schmalen Nische gelangte.

Das muss genügen. Sie nahm ihr Bündel ab und hockte sich in den Spalt. Dort kauerte sie, die Arme um ihren schlotternden Leib geschlungen, während irgendwo über dem wolkenverhangenen Himmel der Nordstern erblühte und jenen, die sich nicht in Veckta befanden, ein wenig Licht spendete. Schwärze umfing sie, dunkler als die dunkelste Nacht. Sie weinte leise vor sich hin, bis sie vor Erschöpfung die Besinnung verlor.

Noch vor der Dämmerung erwachte sie. Ihre Glieder waren gefühllos und steif und in ihrer Brust tobte ein brennender Schmerz. Sie wartete, bis das fahle Morgengrauen die absolute Finsternis vertrieb, rappelte sich dann auf und setzte ihren Abstieg fort. Ihr war schwindlig und ihr Körper schrie nach Ruhe und Wärme. Ein Hustenkrampf löste sich aus ihrer Brust, jagte ein entsetzliches Stechen durch ihre Lungen. Erschrocken legte sie ihre Hand auf die schmerzende Stelle. Plötzlich verlor sie den Halt und rutschte abwärts. Zuerst ruderte sie mit den Armen und versuchte verzweifelt, sich irgendwo festzuhalten. Dann, ohne ersichtlichen Grund, dachte sie an ihre Eltern und wurde ganz ruhig. Sie schloss die Augen, verabschiedete sich im Geiste von

Affra und Mathýs und akzeptierte das Unvermeidliche. Sie würde abstürzen und sterben. Hier auf dem Hammerfels. Die Chancen zu überleben waren sowieso gering gewesen.

Etwas Großes, Hartes stoppte ihren Fall abrupt. Ein Felsbrocken. Die Wucht des Aufpralls presste die Luft aus ihren Lungen. Da lag sie, verkrümmt und außerstande, sich zu rühren. Jeder Knochen tat weh. Das herabströmende Wasser platschte gegen ihren Leib und entzog ihm auch den letzten Funken Wärme. Vorsichtig öffnete sie die Augen. Sie war nicht tot. Wäre sie es, hätte sie keine Schmerzen und würde nicht so entsetzlich frieren. Unter ihr rauschten die Bäume im Wind. Das Ende des Berges war nah. Einen Augenblick lang erlaubte sie sich den Gedanken an Aufgeben, bevor sie sich aufraffte und weiterkletterte. Nur noch ein kleines Stück. Die Baumwipfel waren mittlerweile auf Augenhöhe.

Endlich glitt sie von dem Felsen hinab und ein tiefes Gefühl der Erleichterung machte sich breit. Nur noch ein schmaler Grasstreifen trennte sie vom Waldrand, der nun, da sie ihm so nah war, ungewöhnlich düster und abweisend vor ihr aufragte. Riesige Laubbäume schossen in den Himmel hinauf und breiteten ihr undurchdringliches Blätterdach über den Waldboden. Ellin atmete tief durch, wobei sie erneut feststellte, dass ihr das Luftholen einige Mühe bereitete und brennende Schmerzen verursachte. Offensichtlich hatte sich die Nässe in ihren Lungen festgesetzt. Höchste Zeit für ein wärmendes Feuer.

Geduckt hastete sie über die Wiese und betrat den Wald. Trotz des trüben Zwielichts fand sich auf dem Waldboden eine reiche Pflanzenwelt, die sich den lichtarmen Verhältnissen angepasst hatte. Pilze, Farne, Moos, dorniges Gestrüpp und allerlei Kletterpflanzen, die sich auf der Suche nach Licht um die riesigen Bäume rankten. Ellin legte den Kopf in den Nacken und blickte nach oben. Die Baumwipfel waren so weit entfernt, dass sie nicht einmal genau erkennen konnte, wo sie endeten. Nie zuvor hatte sie derart riesige Bäume gesehen. Während sie lief, behielt sie den Boden im Blick, um nicht über eine Wurzel oder herumliegendes Geäst zu stolpern. Hier und da huschte kleineres und größeres Getier durch das Unterholz und erschreckte sie.

Der Regen war tatsächlich kaum zu spüren. Außer ein paar dicken Tropfen, die sich durch das Blätterdach stahlen und auf ihrem Kopf zerplatzten, blieb sie trocken. Sie beschloss, bis zur Mittagszeit zu gehen und anschließend ein Feuer zu entfachen und ein wenig zu ruhen. Die Wanderung durch den Wald war um einiges angenehmer als der Abstieg vom Hammerfels. Das Moos und die Pilze federten ihre Schritte ab, als würde sie auf einem weichen Kissen laufen, dafür machte die feuchte Luft das Atmen schwer.

Gegen Mittag suchte sie sich einen trockenen Platz zwischen den mächtigen Wurzeln eines ebenso mächtigen Baumes, legte ihr Bündel ab und begann, Holz zu sammeln. Mittlerweile musste sie immer wieder husten und ihre Brust schmerzte wie eine offene Wunde. So schnell sie konnte, trug sie ein paar halbwegs trockene Äste zusammen und schichtete sie zu einem kleinen Haufen. Ein wenig Moos diente als Anzünder. Die Feuersteine hatte sie in ihrer Tunika verstaut. Wie alles was sie am Leib trug, waren sie klamm, doch sie hoffte, dass sie ihnen trotzdem ein paar Funken entlocken würde. Immer wieder schlug sie die silbrig glänzenden Steine aneinander, so wie sie es auch in ihrer Kammer tat, wenn sie ein Feuer entfachen wollte, ohne dafür einen aus dem Gesinde zu rufen. Nach einer Weile gelang es ihr tatsächlich, den Steinen ein paar Funken zu entlocken. Sie fielen auf das Moos und entfachten eine winzige Flamme. Schnell schützte Ellin den wertvollen Schatz mit ihren Händen und begann, vorsichtig zu pusten. Als das restliche Moos Feuer fing, trug sie es zu den kleineren Ästen. Da sie zum Teil ebenfalls feucht waren, entwickelte sich eine nicht unerhebliche Menge Rauch, der einen heftigen Hustenanfall auslöste. Doch die stürmischen Flammen, die kurz darauf an den Ästen leckten, entschädigten sie für diese Qual.

Als Nächstes zerrte sie einen großen Ast neben das Feuer und hängte ihre Kleidung auf. Anschließend ließ sie sich, in ihren Umhang gehüllt, neben dem Feuer nieder und genoss die Hitze, die sie wie ein wärmender Mantel umfing. Erschöpft schloss sie die Augen und fragte sich zum ersten Mal seit ihrer Flucht, wohin sie eigentlich gehen und von was sie zukünftig leben würde. Während sie noch auf der Festung weilte, war das vorrangige Ziel der Abstieg vom Hammerfels gewesen. Nun, nachdem sie diese Hürde geschafft hatte, ergaben sich neue Hindernisse, deren Überwindung nicht ohne weiteres zu bewerkstelligen war. Auf jedem Fall musste sie Veckta verlassen und sich irgendwo eine Anstellung suchen. Aber wo?

Vielleicht in einer der größeren Städte. Oder sie könnte zum Land ihrer Eltern zurückkehren und den Freiherrn um Arbeit bitten, allerdings barg dies die Gefahr, von Lord Wolfhard entdeckt zu werden und Erinnerungen zu wecken, die besser verschüttet blieben. Wohin also sollte sie marschieren, sobald sie den Wald verlassen hatte? Ein Hustenkrampf ersparte ihr die Suche nach einer Antwort. Keuchend lehnte sie sich an die Baumwurzel. So wie sie sich fühlte, war es fraglich, ob sie den Wald überhaupt lebend verlassen würde.

Als sie die Augen wieder aufschlug, stellte sie entsetzt fest, dass sie eingeschlafen war. Die Abenddämmerung hatte bereits eingesetzt. Leise vor sich hin schimpfend raffte sie ihre Sachen zusammen, zog sich an, trank einen Schluck Wasser und machte sich wieder auf den Weg. Da sie nicht mehr allzu weit würde laufen können, nahm sie einen brennenden Ast zur Hand, mit dem sie später ein neues Feuer entfachen wollte. Der Husten wurde immer quälender, sie brauchte unbedingt einen Heiltrank.

Es war bereits finstere Nacht, als sie beschloss, zu rasten. Ihr Kopf pochte dumpf und ihr war heiß. Ein Griff an die Stirn bestätigte ihre Befürchtungen. Sie glühte. So schnell es ihr möglich war, entfachte sie ein Feuer und breitete ihren Umhang aus. Sie verspürte keinen Hunger, nur brennenden Durst, den sie mit ein paar Schlucken aus ihrem Wasserschlauch zu befriedigen versuchte. Dann sank sie auf den Boden und war wenige Augenblicke später auch schon eingeschlafen.

Ein seltsamer Laut stahl sich in ihre Träume. Ein leises Grollen. Schwerfällig kehrte ihr Geist in die Wirklichkeit zurück. Da erklang es erneut. Das Grollen eines Raubtiers, das Beute gesichtet hatte. Mit klopfenden Herzen lauschte Ellin in die Finsternis. Ein Hustenkrampf löste sich aus ihrer Brust. Verzweifelt versuchte sie, ihn zu unterdrücken, doch der Drang war zu stark. Prustend und nach Luft ringend setzte sie sich auf, beugte sich vor und versuchte, ihren keuchenden Atem zu beruhigen. Dann horchte sie erneut auf die Geräusche des Waldes. Zuerst vernahm sie nur das Rauschen der Baumwipfel, den Regen auf dem Blätterdach und das Rascheln kleiner Tiere. Doch dann hörte sie es. Schleichende Schritte im Unterholz, so leise, dass sie sich konzentrieren musste, um sie zu erkennen. Dann das Grollen, tief und rumpelnd, wie der Donnerschlag eines fernen Gewitters. Das

Blut rauschte in ihren Ohren. Ein betäubender Moschusduft gemischt mit dem Geruch nach faulenden Blättern drang in ihre Nase. Starr vor Angst saß sie neben dem Feuer und starrte in die Richtung, aus der sie das Grollen zu hören glaubte.

Sie brauchte eine Waffe. Schnell. Ihr fiel das Messer ein, welches ihr Affra eingepackt hatte. So schnell sie es wagte, kroch sie zu ihrem Bündel, schob die Hand in die Öffnung und tastete nach der Klinge. Das Grollen und Knurren rührte sich, kam näher. Sie verharrte in der Bewegung, hielt den Atem an und suchte die Bäume ab. Ihre Augen entdeckten zwei bleiche Pupillen, die direkt in ihre Richtung blickten. Blindes Glühen in der Dunkelheit.

Oh Göttin des Erbarmens steh mir bei. Die Augen bewegten sich, umkreisten sie und näherten sich, langsam doch unablässig. Sie zwang ihre Finger, weiter nach dem Messer zu tasten, während sie jede Bewegung des Augenpaares verfolgte. Endlich fand sie, was sie suchte. Sie umfasste den Messergriff und zog ihn aus dem Bündel. Die Kreatur schlich um sie herum, lauernd, ohne auch nur ein einziges Mal zu blinzeln. Wie bleiche Sterne schwebten die Pupillen in der Finsternis. Warum zögerte die Kreatur? Worauf wartete sie?

Ellin erhob sich und wich zurück, die Helligkeit des Feuers hüllte sie ein. Hitze brannte sich in ihre Haut. Mittlerweile war sie dem Feuer so nah, dass sie aufpassen musste, um nicht in die Flammen zu treten.

Flammen. Feuer.

Hatte Lord Wolfhard nicht erzählt, dass Tiere Angst vor Feuer hatten? Sie wagte einen schnellen Blick hinter sich, suchte nach einem Ast, der weit genug aus den Flammen ragte, dass sie ihn herausziehen und als Fackel benutzen konnte. Die Kreatur gab einen zischenden Laut von sich, als ahnte sie, was Ellin plante. Ganz langsam ging sie in die Knie und griff nach dem brennenden Ast, ohne dabei die Kreatur aus den Augen zu lassen, die nun in den äußeren Lichtkreis trat. Das Vieh beobachtete jede ihrer Bewegungen, böse und hungrig, bereit zum Sprung. Die fahlen Pupillen, wie die Augen eines Blinden.

»Komm schon«, wisperte Ellin, während sie das Messer in der einen und die Fackel in der anderen Hand hielt. »Zeig mir deine hässliche Fratze.«

Und das tat sie.

Mit einem Satz sprang die Kreatur auf sie zu und kam zwei Schritte vor ihr zum Stehen. Sie war hüfthoch und stämmig. Ihr geöffnetes Maul offenbarte eine Reihe fingerlanger Reißzähne, von denen schaumiger Geifer triefte. Die lederartige, blasse Haut schimmerte durch das schmutzig-braune Fell, nur vom Kopf bis in den Nacken hinunter war das Fell dicht und lang und von kräftigem Gelb. Die Beine der Kreatur waren faltig und nackt.

Ellin wich zurück, hielt das Messer in der ausgestreckten Hand. Die Klinge vibrierte, weil sie so zitterte. Die Kreatur folgte ihr schnüffelnd. Geschmeidig setzte sie ihre Tatzen auf den Boden. Ruckartig stieß Ellin den brennenden Ast vor und schrie. Fauchend wich das Vieh zurück. Ehe die Kreatur sich sammeln konnte, stieß sie die Fackel erneut vor. Wieder wich die Kreatur zurück. Ihre Pupillen verengten sich vor Zorn und sie stieß einen donnernden Schrei aus, der in Ellins Ohren dröhnte wie die Donnerschläge der gefürchteten vecktanischen Gewitterstürme. Die Krallen bohrten sich in das Erdreich, rissen bei jedem Schritt Moos und Erdklumpen heraus. Obwohl ihr das Blut in den Adern gefror, ignorierte Ellin das Gebrüll, schwang die Fackel vor der gierigen Fratze herum und trieb die Kreatur vor sich her. Immer wieder tapste das Vieh nach vorn, nur um einen Augenblick später zurückzuweichen, schwankend zwischen unbändigem Zorn und Angst. Ellin schüttelte die Fackel. Ein Funkenregen ergoss sich über der Kreatur, versengte das Fell. Sie knurrte und jaulte, wich zurück, bis sie schließlich mit einem weiteren donnernden Schrei in der Dunkelheit verschwand.

Ellin starrte ihr nach, Schweißperlen auf der Stirn und kaum noch in der Lage, aufrecht zu stehen. Sie zitterte am ganzen Leib und begrüßte die dicken Tropfen, die von den Blättern trieften. Sie wollte auf den Waldboden sinken und in die Dunkelheit gleiten, doch die Angst davor, dass die Kreatur zurückkehren könnte, hielt sie auf den Beinen. Wie durch ein Wunder hatte sie überlebt, also sollte sie zumindest versuchen, einen sicheren Schlafplatz zu finden.

Wachsam und angespannt packte sie ihr Bündel zusammen, erstickte das Feuer, nicht ohne zuvor eine Fackel zu entzünden, und begab sich auf die Suche nach einem Baum. Die meisten hatten keine Äste in Bodennähe, andere wiederum waren zu klein um ihr Gewicht zu tragen oder nicht hoch genug, um ausreichend Schutz zu bieten.

Endlich fand sie einen Baum, dessen warzenähnliche Verwachsungen das Klettern ermöglichten. Sie löschte die Fackel, setzte den Fuß auf den ersten Auswuchs und stieß sich mit dem anderen vom Boden ab. Zitternd vor Schwäche klammerte sie sich an den Ästen fest. Nur mit reinem Überlebenswillen gelang es ihr, den Baum zu erklimmen, bis sie zu einer breiten Gabelung gelangte, die ausreichend Platz bot. Keuchend sackte sie auf das raue Holz. Unter sich vernahm sie das Knurren der Kreatur, die nun, da das Feuer erloschen war, um den Baum herumschlich und darauf wartete, dass ihre Beute den Halt verlor und hinabstürzte. Die Muskeln an Ellins Armen zitterten unkontrolliert und eine heftige Übelkeit drückte ihren Mageninhalt nach oben. Sie erbrach sich über den Rand des Baumes und sank dann ermattet zurück. Ihr letzter klarer Gedanke galt der Frage, ob die Kreatur wohl in der Lage war, auf Bäume zu klettern.

Es ist der letzte Tag der Ernte. Ellin steht auf einem riesigen Feld inmitten mannshoher Gerstpalmen, die sie weit überragen. Gebogene, rotgrüne Blätter hängen an den mit Gerstknollen beladenen Stämmen. Obwohl ihre Eltern die Lehnsnehmer des Gerstfeldtals sind, helfen auch sie tatkräftig mit. Während der Ernte tut niemand etwas anderes, jeder widmet sich dem Pflücken, sogar die Kinder. Ellins Tragekorb ist fast voll, die Riemen schneiden in ihre Schultern, hinterlassen rote Striemen auf ihrer Haut, trotzdem hat sie ein fröhliches Lied auf den Lippen.

Traditionell wird am letzten Tag der Ernte ein Fest gefeiert, um sich bei den Göttern zu bedanken. Ellin freut sich schon seit langem darauf. Sie liebt das Erntefest, wo bunte Lichter entzündet werden und es süßen Kuchen, gegrilltes Fleisch, warme Gerstfladen, Kräuterschmalz und vergorenen Schwarzbeersaft gibt, von dem sie, trotz ihres kindlichen Alters, einen halben Becher trinken darf. Am meisten gefällt ihr jedoch das Singen und Tanzen. Und die Gaukler, die manchmal vorbeikommen, bei der Ernte helfen und am Abend des Festes ihre Kunststücke vorführen. Es ist magisch.

Sie stellt sich auf die Zehenspitzen, um eine letzte Gerstknolle zu pflücken, als die Halterung ihres Tragegurts reißt. Die Knollen kullern aus dem Korb und fallen zu Boden. Ein paar zerbersten mit einem satten Geräusch und verteilen ihren körnigen Inhalt auf der

Erde. Wütend nimmt sie den Korb ab, kniet sich hin und beginnt, die unversehrten Knollen aufzusammeln.

Irgendwo vom Rand des Feldes trägt der Wind ungewohnte Geräusche heran. Lautes Rufen, Schreie. Pferde wiehern. Sie steht auf, stellt sich auf die Zehenspitzen und versucht, über die Gerstpalmen zu blicken, doch sie ist zu klein. Alles, was sie sehen kann, sind die unzähligen, abgeernteten Stämme mit ihren langen, gebogenen Blättern. Schnell kniet sie sich hin und sammelt die Gerstknollen auf.

Der holzige Duft der zerplatzten Knollen kitzelt in ihrer Nase, vermischt sich mit Brandgeruch. Verdutzt hält sie inne. Hat der Vater etwa schon das Feuer entfacht? Doch der Rauch riecht nicht nach einem Lagerfeuer. Beißend und schwer hängt er in der Luft, er reizt ihre Lungen und lässt sie husten. Sie blickt in den Himmel und sieht eine dunkle Rauchsäule aufsteigen. Wieder erklingen Schreie und etwas, das sich anhört wie Hufeisen, die der Schmied in einen Korb aufeinanderwirft, ein Klirren und Schaben. Männerstimmen flirren durch die Luft, rau und laut, und das Wiehern von Pferden.

Etwas Dunkles senkt sich auf sie hinab. Eine böse Ahnung weht die fröhlichen Lieder fort, die auf ihren Lippen liegen. Plötzlich sind die Gerstknollen unwichtig. Eilig richtet sie sich auf und strebt dem Rand des Feldes zu. Unzählige Male hat sie sich in der Unendlichkeit des Gerstpalmenfeldes verirrt, doch mittlerweile hat sie gelernt, sich an der großen Sonne zu orientieren und an den Geräuschen der Erntehelfer. Trotzdem dauert es lange, bis sie endlich das Ende des Feldes erreicht. Sie wundert sich, warum sie niemandem begegnet. Normalerweise trifft sie immer auf den ein – oder anderen Erntehelfer. Überhaupt ist alles gespenstisch ruhig.

Beklommen tritt Ellin ins Freie. Ihr klopfendes Herz erinnert sie an die verletzte Thalmeise, die sie vor nicht allzu langer Zeit auf der Weide hinter dem Haus gefunden hat. In ihren Händen hat sie den Herzschlag des kleinen Vogels spüren können, rasend schnell, wie der Flügelschlag einer Libelle.

Sie blickt sich um und das Erste, was sie sieht, ist das Feuer. Das Haus ihrer Eltern steht in Flammen. Dicker, grauer Rauch quillt aus den Fenstern und steigt in den Himmel empor. Ihr entsetzter Blick wandert weiter. Überall liegen tote Leiber. Die Luft, geschwängert von dem Geruch nach Eingeweiden und Blut, vermischt sich mit dem beißenden Rauch zu einer Übelkeit erregenden Komposition. Mit schreckensweiten Augen setzt Ellin sich in Bewegung. Wo sind ihre Eltern?

»Mutter? Vater?«, ruft sie.

Die leblosen Augen der Getöteten glotzen sie an. Bleich und reglos liegen sie da, verfolgen sie mit ihrem starren, blutigen Blick. Sie machen ihr Angst. Ellin bleibt stehen und schlägt die Hände vors Gesicht. »Geht weg«, schluchzt sie.

»Ellin?« Eine Stimme, leise und kraftlos.

Sie späht durch die Finger, nimmt dann all ihren Mut zusammen und lässt die Hände sinken. »Mutter?«

Sie blickt sich um und entdeckt den Schatten einer Bewegung hinter der Scheune.

»Ellin«, ruft die Stimme erneut.

Sie zögert. Zwei tote Erntehelfer versperren ihr den Weg. Und warum klingt die Stimme ihrer Mutter so schwach, so zerbrechlich und zart wie eine Götterblüte, die von dem kleinsten Windhauch davongetragen wird?

»Sieh nicht hin, Kind. Hör nur auf meine Stimme. Komm zu mir«, ruft ihre Mutter.

Ellin gibt sich einen Ruck und läuft los. Sie achtet nicht auf ihren Weg, der gepflastert ist mit Leichen, blickt weder nach links noch nach rechts, läuft starr geradeaus, nur darauf bedacht, zu der flüsternden Stimme hinter der Scheune zu gelangen. Plötzlich stolpert sie und fällt hin. Erschrocken blickt sie auf die Füße, die sie zu Fall gebracht haben. Sie kennt diese Füße. Ihr Blick wandert die Beine hinauf, bis zu dem eingeschlagenen Schädel ihres Vaters, der auf einem umgekippten Korb mit Gerstknollen liegt.

»Vater?«, fragt sie unsinnigerweise, denn ihr Vater ist tot, so tot wie all die anderen. Nur blickt er sie nicht mit zwei starren Augen an, sondern nur mit einem – das andere ist zwischen seinen zertrümmerten Schädelknochen gerutscht. Sie wimmert leise.

»Ellin, bitte, sieh nicht hin«, flüstert die Stimme, so schwach und doch eindringlich.

Sie reißt sich vom Anblick des toten Vaters los und geht weiter. Blindlings setzt sie einen Fuß vor den anderen, folgt der wispernden Stimme, die sie an unsichtbaren Fäden auf dem richtigen Weg geleitet.

Ihre Mutter liegt an die rückwärtige Scheunenwand gelehnt. In den Armen hält sie Ellins kleinen Bruder Janus, der noch nicht einmal einen Sternenlauf zählt. Sein bleiches Gesicht ist starr, ein feiner Blutfaden rinnt aus seinem winzigen Mund, wie ein Dämonenmal auf zarter Reinheit. In der Brust ihrer Mutter steckt ein Speer. Entsetzt schlägt Ellin die Hand vor den Mund.

»Komm her«, wispert die Mutter und hebt den Arm. Ellin stürzt auf sie zu, sinkt auf die Knie und ergreift ihre Hand. Sie ist ganz kalt.

»Mutter, was ist geschehen?«

Die Mutter schließt für einen Augenblick die Augen, sie atmet röchelnd. »Ellin … ich … sterbe.«

Ellin drückt die Hand ihrer Mutter so fest sie kann. »Nein. Du darfst nicht sterben. Ich hole den Heiler, der zieht den Speer aus deinem Leib.« In ihrer Stimme klingt Panik.

»Hab … dich lieb … Ellin. Geh zu … Tilda … sie … wird …« Die Stimme verliert sich in einem Stöhnen.

»Mutter?« Ellin schüttelt ihren Arm. »Mutter?«

Die Mutter sieht sie an, versucht zu lächeln. Ein eigenartiges Glucksen entringt sich ihrer Kehle, schaumiges Blut quillt zwischen den Lippen hervor. Wie gelähmt verharrt Ellin an ihrer Seite während sich Tränenbäche aus ihren Augen ergießen und von ihren Wangen tropfen. »Bitte Mutter, geh nicht fort, verlass mich nicht«, schluchzt sie.

Die Mutter blinzelt. Eine Träne löst sich aus ihrem Augenwinkel, rinnt die Wange hinab und vermischt sich mit dem Blut. Obwohl Ellin sie immer wieder darum bittet zu sprechen, bleibt sie stumm. Doch sie hält ihren Blick. Und während die Zeit verrinnt, ringt sie um jeden Atemzug.

Wie lange sie neben ihrer Mutter kauert und ihr beim Sterben zusieht, weiß sie nicht. Es erscheint ihr endlos lang und zugleich viel zu kurz. Schließlich gurgelt sie leise. Dunkelrotes Blut quillt aus ihrem Mund. Das Licht in ihren Augen bricht. Der letzte Atemzug schwebt davon. Das, was einst ihre Mutter war, verlässt den geschundenen Leib und lässt etwas ganz und gar Fremdes und Kaltes zurück. Der Kopf sackt nach vorne. Janus rutscht aus ihren Armen und rollt über ihre ausgestreckten Beine, bevor er zwischen den Schenkeln zum Erliegen kommt.

»Mutter?«, wispert Ellin fassungslos.

Doch ihre Mutter ist tot, vor ihren Augen gestorben. Während sie wie erstarrt neben den Toten verweilt, erhebt sich ein seltsames Rauschen. Ein Vogel schreit. Andere Vögel stimmen in sein Geschrei mit ein, ihr Krächzen schwillt zu einem schier unerträglichen Getöse an. Warum sind sie so laut? Sie sollen still sein! Ellin presst die Hände auf die Ohren.

»Seid still«, ruft sie.

Doch die Vögel krächzen weiter. Ein Schluchzen entringt sich ihrer Kehle.

Plötzlich verschwimmt das Gesicht ihrer Mutter, ihr Körper löst sich auf und mit ihm ihr kleiner Bruder und alles, was sie umgibt, wird fortgeweht wie Rauch. Nur das aufdringliche Geschrei der Vögel bleibt.

Ellin steht auf und dreht sich um. »Haut ab!«, ruft sie zornig. »Verschwindet!«

Doch da ist nichts, kein einziger Vogel, nur das brennende Haus ihrer Eltern und der Tod, der sie aus blicklosen, weißen Augen anstarrt. Sie ballt die Hände zu Fäusten und schreit …

Ihr verzweifelter Schrei schreckte die Vögel auf, die laut kreischend davonflatterten. Verwirrt blickte sie sich um. Nur langsam verblasste die schreckliche Erinnerung und machte Platz für die Wirklichkeit. Sie war nicht im Gerstfeldtal, ihrem Zuhause, sie befand sich auf einem Baum im Wald am Fuße des Hammerfelsens. Ihr Kopf schmerzte, als hätte ihr jemand mit einem Schmiedehammer daraufgeschlagen und in ihrer Brust lagerte ein Gesteinsbrocken, der jeden Atemzug zur Folter machte. Ihre Haut glühte. Sie schloss die Augen und legte sich zurück. Sie hatte keine Medizin, kaum etwas zu essen und war mittlerweile völlig entkräftet. Eigentlich müsste sie den Baum verlassen und weiterlaufen, doch sie war zu schwach und der Wunsch, einfach liegenzubleiben und zu schlafen, übermächtig.

Der Tag flog zwischen Wachen und Träumen dahin. Fiebrige Visionen wechselten sich ab mit erstickenden Hustenkrämpfen. Ab und zu trank Ellin einen Schluck Wasser aus ihrem Wasserschlauch, der sich langsam aber sicher leerte, nur um anschließend erneut in selige Dunkelheit zu versinken. Der quälende Husten riss sie immer wieder aus ihren Träumen, schüttelte sie durch und ließ sie nach Atem ringend zurück.

Die Nacht brachte einen kalten Wind, der sie, trotz der verzehrenden Hitze in ihrem Leib, frösteln ließ. Von Zeit zu Zeit klatschten dicke Tropfen auf sie hinab und auch die knurrende Bestie war wieder da, schlich um den Baum herum, wetzte ihre Krallen an dem Holz und hoffte auf Beute. Die Phasen wirrer Träume und Erinnerungen vermischten sich mit der Wirklichkeit und wurden zu einem Zustand wacher Bewusstlosigkeit. Die Zeit hatte keine Bedeutung mehr. Tag und Nacht verloren sich in einem Meer aus Fieberträumen, das sie auf sanften Wellen in die Unendlichkeit trug. Sie würde einfach hier liegenbleiben und auf den Tod warten. Er war schon ganz nah.

Nein!, sagte plötzlich eine Stimme in ihr. Solange du atmest, wirst du kämpfen!

Aber wofür? Ich bin viel zu schwach zum Kämpfen, erwiderte sie.

Das bist du nicht! Steh auf und geh, verlasse diesen Baum, befahl die Stimme.

Aber ich will nicht!

Du musst! Steh auf, sofort!

Ergeben richtete Ellin sich auf, wartete, bis der Schwindel nachließ. Sie trank etwas Wasser und zwang sich dazu, die letzte Rotbaumnuss zu essen. Dann setzte sie ihr Bündel auf den Rücken und schob sich zögerlich über den Rand des Baumes. Ihre Füße tasteten nach einem Halt, während sie sich an einem über ihr liegenden Ast klammerte. Langsam und vorsichtig begann sie, den Baum hinabzuklettern.

Ich werde sowieso abstürzen, dachte sie nach einem kurzen Blick in die Tiefe. Ihre Glieder waren kraftlos wie die einer alten Frau. Es gelang ihr kaum, die Äste fest genug zu umklammern, um darauf zu stehen, geschweige denn, hinabzusteigen. Immer wieder wurde ihr schwarz vor Augen. Halb blind hangelte sie sich von Ast zu Ast, klammerte sich verzweifelt an allem fest, was sie zu fassen bekam und war jedes Mal überrascht, wenn es ihr gelang und sie nicht in die Tiefe stürzte. Einen Doppelschritt über dem Waldboden verlor sie dann doch den Halt und stürzte ab. Mit einem dumpfen Laut schlug sie auf dem Boden auf. Sie keuchte und verzog schmerzvoll das Gesicht, ein heftiger Hustenanfall schüttelte sie durch, bis sie das Gefühl hatte, zu ersticken. Anschließend lag sie leblos auf dem weichen Moos. Einfach liegenbleiben und in die Dunkelheit gleiten, wäre das nicht wunderbar?

Sie schloss die Augen und schwebte davon. In der Ferne sah sie ihre Eltern und ihren kleinen Bruder Janus. Sie winkten fröhlich, fast konnte sie ihr Lachen hören.

Hör auf zu träumen und steh auf!, befahl die Stimme in ihr.

Aber ich bin so müde.

Schlafen kannst du, wenn du tot bist. Steh auf! Die Stimme duldete keine Widerrede.

Und Ellin gehorchte. Warum hörte sie auf die Stimme? Wimmernd rappelte sie sich auf und stolperte vorwärts. Weiter, immer weiter. Jedes Mal, wenn sie in Versuchung geriet, auf den Boden zu sinken, erklang die Stimme und trieb sie voran. Sie wankte, stolperte, fiel hin und rappelte sich doch immer wieder auf. Der Wald verschwamm vor ihren Augen, verlor seine Konturen, wie eine Landschaft, die sich auf dem Wasser spiegelt. Die Farben flossen ineinander, waberten um sie herum und bewegten sich in Einklang mit dem Waldboden. Schmerzen tobten in ihrer Brust und es war so heiß, so schrecklich heiß.

Wasser. Sie griff nach dem Wasserschlauch, leerte ihn bis auf den letzten Tropfen und behielt ihn in den Händen, zu schwach, um ihn wieder zu verstauen. Wo endete der Wald und wann? Wie lange stolperte sie schon ziellos umher?

Gleich hast du es geschafft, versprach die Stimme. *Sie werden dich finden.*

Wer wird mich finden? Und wo bin ich überhaupt?

Bleib nicht stehen. Geh weiter!

Und Ellin ging weiter, ohne Blick und ohne Ziel, bis ihre Beine sie nicht mehr trugen. Ohne Vorwarnung knickten sie unter ihr weg. Sie schlug flach auf den Boden. Ihre Augen schlossen sich. Dunkelheit senkte sich über ihre Sinne.

Die Stimme war verstummt.

4

Kylian fluchte laut, während er einen dicken Ast unter das Vorderrad des Wagens zu schieben versuchte. Es war tief in den schlammigen Boden gesunken.

»Wegen dieses verdammten Regens sind wir nicht einmal einen Tagesritt weit gekommen«, schimpfte er.

Die schwarzen Haare hatten sich aus dem Lederband gelöst, mit dem er sie normalerweise zu bändigen versuchte, und fielen über sein Gesicht. Regen rann über seine Stirn und tropfte von den Haarspitzen. Sein linkes Auge, das von einer wulstigen Narbe, die sich von Lid aus bis hinauf zur Augenbraue zog, verunstaltet war, zuckte nervös.

Geldis, die alte Seherin der Gruppe, stand auf ihren Stock gestützt an seiner Seite und schüttelte den Kopf. »Ich habe es dir prophezeit. Du wirst den Langen Regen noch verfluchen.«

Kylian warf ihr einen giftigen Blick zu, enthielt sich aber einer Erwiderung und arbeitete verbissen weiter. Seine Schwester Nuelia kam herbei und versuchte mit bloßen Händen, das Rad vom umliegenden Schlamm zu befreien.

»Butan, komm her und hilf uns«, rief sie.

Butan, braunhaarig und breit wie ein Bär, legte die gepolsterten Zugringe der Gäule auf den Kutschbock und stapfte durch den Matsch auf sie zu.

»Lass mich mal.« Beherzt schob er Kylian zur Seite und griff nach dem Ast.

»Danke, mein Freund.« Ächzend erhob Kylian sich und blickte sich um. »Wir brauchen einen dicken, gegabelten Ast und kein erbärmliches Stöckchen, Jesh«, schnauzte er den schlaksigen, jungen Mann an, der am Wegrand stand und einen armlangen Ast in die Höhe hielt. »Geh tiefer in den Wald hinein und sieh, ob du etwas Brauchbares findest.«

Jesh machte ein missmutiges Gesicht.

»Beeil dich!«, knurrte Kylian, hockte sich dann neben seine Schwester und half ihr, den Schlamm zur Seite zu schieben. Obwohl die Bäume vor dem schlimmsten Regen schützten, waren seine Kleider mittlerweile durchnässt. Schlammspritzer sprenkelten sein Wams.

Aus den Augenwinkeln sah er, dass Jesh am Waldrand herumschlich, kleine Äste und Zweige anhob und lustlos in Büsche trat.

»Ich kann dich sehen, Jesh. Wie willst du einen passenden Ast finden, wenn du nur am Rand herumsuchst? Du musst tiefer hinein«, rief er.

Jesh hielt inne. »Da gehe ich nicht rein. Dieser Wald jagt mir Schauer über den Rücken.«

Kylian rollte mit den Augen. Was war nur mit dem Jungen los? Außer Waldhörner erlegen und kochen konnte er nicht viel und feige war er obendrein. Natürlich war Jesh noch nicht so unerschrocken und kampferprobt wie Butan, Nuelia oder er, doch am Tag in einen Wald zu gehen, um einen Ast zu suchen, sollte eigentlich nicht allzu schwer sein. »Dann komm her und hilf Nuelia und Butan. Ich gehe in den Wald«, knurrte er.

Während er den Schlamm von seinen Händen wischte, dachte er daran, wie Jesh fünf Sternenläufe zuvor zu der Gruppe gestoßen war, abgemagert und verängstigt. Auf der Flucht vor einem Menschenmob, der seine gesamte Familie hingerichtet hatte. Der Landesherr hatte ihre wahre Natur entdeckt und eine Belohnung auf ihre Köpfe ausgesetzt. Wie die meisten Uthra war es Jeshs Familie lange Zeit gelungen, ihr wahres Gesicht zu verbergen, doch wie alle waren sie irgendwann leichtsinnig geworden und hatten sich verraten. In Gestalt und Gebaren unterschieden sie sich kaum von den Menschen, nur wer sie unbekleidet sah, konnte die Unterschiede erkennen. Über ihre Rippen zogen sich bis zum Rückgrat hinauf feine, hellbraune Linien, die in einem ebenfalls aus feinen Linien bestehenden, runenartigen Gebilde endete, welche sich genau zwischen den Schulterblättern befand. Auch an der Innenseite der Oberschenkel zogen sich mehrere Linien wellenförmig bis zum Gesäß hinauf. Jeder Uthra hatte von Geburt an diese Zeichnung. Seine Mutter erzählte ihm einst, dass ihre Seelen von Mabon, dem Herrscher des Lichts geschaffen und in einen menschlichen Körper gebannt worden waren, und dass die Linien auf ihrer Haut sie als seine Kinder kennzeichneten.

Der Vorteil, eines von *Mabons Kindern* zu sein, war, dass sie länger lebten als die Menschen. Fast zweihundert Sternenläufe, sofern sie nicht vorher ermordet wurden. Kylian empfand seine Herkunft eher als Nachteil, zwang es sie doch dazu, sich alle zehn bis zwanzig Sternenläufe eine neue Heimat zu suchen, denn die Menschen hatten Angst vor ihnen. Sie erzählten sich, die Uthra würden ihre Seelen stehlen, um so ihr langes Leben zu ermöglichen.

Bei dem Gedanken schnaubte er verächtlich. Alles Ammenmärchen, die sich die Menschen erzählten, um jemandem die Schuld für Krankheit und Tod geben zu können. Weder hatte er bisher irgendjemands Seele gestohlen, noch hatte er je eine gesehen.

Gesenkten Hauptes huschte Jesh an ihm vorbei und kniete sich neben Nuelia. Er schwieg. Offensichtlich schämte er sich. Kylian bedachte ihn mit einem abfälligen Blick und stapfte dann in den Wald hinein.

Die Luft war stickig und machte das Atmen mühevoll. Dunst, der von dem feuchten Boden aufstieg, erschwerte die Sicht. Es schien, als betrete er eine andere Welt. Er hielt inne und versuchte, sich zu orientieren. Überall um ihn herum raschelte und knirschte es. Regentropfen perlten über die Blätter und rieselten auf den Waldboden. So leise wie möglich zog er sein Schwert und hieb einen Dornenbusch zur Seite, hinter dem etwas scharrte und fiepste. Doch es war nur ein Waldhorn, das sich vor ihm verkrochen und nun, da er es seines Unterschlupfes beraubt hatte, panisch mit den verkümmerten Flügeln flatterte und floh. Äste gab es genug, doch keiner war groß genug, um das Gewicht des Wagens zu heben. Er stapfte tiefer in den Wald hinein. Wurzeln, die aussahen wie die Beine eines Kraken, schlängelten sich über den Boden. Seltsame Laute wehten um die Bäume begleitet von einem widerlichen Geruch, süßlich und modrig, wie verwesendes Fleisch, verborgen unter faulenden Blättern. Jesh hatte Recht. Etwas Unheilvolles ging von dem Wald aus. Ein paar Doppelschritte entfernt sah er ein formloses Bündel auf dem Waldboden liegen, eine mit Blättern und Zweigen bedeckte Erhebung. Neugierig näherte er sich. Das Gebilde hatte menschliche Form. Nach einem weiteren Schritt erkannte er, dass es sich tatsächlich um einen Menschen handelte, eine Frau. Ihr Umhang war schmutzig, das Haar verfilzt und mit Blättern gespickt. Wirr lag es um ihren Kopf herum und verbarg das Gesicht. Kylian steckte sein Schwert weg und kniete sich neben sie. Sie rührte sich nicht. Vorsichtig schob er ihr Haar zur Seite und offenbarte eine bleiche Wange, über die sich eine verkrustete Schramme zog. Sie zählte höchstens achtzehn oder neunzehn Sternenläufe.

»Bei allen Göttern.« Er hielt den Kopf über ihre Lippen und prüfte, ob sie noch atmete. Das tat sie, doch ihr Atem ging flach, begleitet von einem beunruhigenden Rasseln. Sein erster Impuls war, sie einfach liegenzulassen und davonzugehen. Schließlich war er nicht hier, um eine Menschenfrau zu retten, denn um eine solche handelte es sich zweifelsohne. Er erhob sich, tat ein paar Schritte und hielt dann inne. Verflucht. Das war nicht richtig. Leise vor sich hin schimpfend ging er zurück, hob sie empor und stapfte zum Waldrand.

Die anderen unterbrachen ihre Arbeit und blickten auf.

»Was hast du da?«, rief Butan.

Geldis eilte ihm entgegen, warf einen kurzen Blick auf das Gesicht der jungen Frau und fühlte ihre Stirn. »Sie hat hohes Fieber.«

Ohne etwas zu erwidern trug Kylian sie in den Wagen, legte sie auf den Boden und nahm ihr das Bündel ab. Geldis stieg ächzend hinauf, kniete sich hin und tastete nach ihrem Puls. Nuelia, Butan und Jesh drängten sich vor den Einstieg und blickten neugierig hinein.

»Ein hübsches Ding«, murmelte Butan, was ihm einen strafenden Blick von Nuelia einbrachte.

»Was ist mir ihr?«, fragte Kylian an Geldis gewandt.

»Sie scheint schwerkrank.« Geldis legte ihr Ohr auf die Brust des Mädchens und lauschte. »Ihre Lunge ist befallen. Ich vermute den Röchelhusten.«

Kylian musterte die junge Frau abschätzend. »Wird sie sterben?«

Geldis zuckte mit den Schultern. »Es sieht nicht gut aus. Ich kann ihr Heiltränke geben, doch ihr Überleben ist ungewiss.«

Wieder stieß Kylian einen Fluch aus. »Ich hätte sie nicht mitbringen dürfen. Wir können uns nicht mit einer Kranken belasten, schon gar nicht, wenn ihr Tod so gut wie sicher scheint.«

Geldis blickte ihn herausfordernd an. »Aber du hast sie mitgebracht. Was sollen wir nun deiner Meinung nach mit ihr tun?«

»Bei den Göttern, ich weiß es nicht. Am besten wäre, wir würden sie am Wegrand zurücklassen. Weder sind wir für sie verantwortlich noch haben wir Zeit, sie gesund zu pflegen. Außerdem ist sie ein Mensch. Wenn sie überlebt, könnte sie unsere wahre Natur erkennen und uns verraten.«

Jesh machte ein entrüstetes Gesicht. »Wir können sie nicht einfach verstoßen. Das wäre herzlos und gegen den Willen der Götter.«

Kylian knurrte leise. »Was weißt du schon vom Willen der Götter! Es wäre nicht herzlos, eher gnädig.«

»Gnädig?«, stieß Jesh ungläubig hervor. »Was ist gnädig daran, eine junge Frau einfach sterben zu lassen, oder sie gar an den Wegrand zu legen, selbst wenn sie ein Mensch ist?«

»Der Tod ist gnädig! Dieses Leben, gefangen in einem schwachen Leib, ist ein Fluch! Sie sollte froh sein, es hinter sich zu haben.«

»Es scheint, als hätte sie es sehr bald schon hinter sich, wenn wir nicht schnell etwas tun«, warf Geldis ein, während sie damit begann, die junge Frau zu entkleiden.

»Was tust du da?«, knurrte Kylian.

»Ich will sie nach Verwundungen oder Malen absuchen.« Mit geschickten Fingern schob sie die Tunika über die Schultern bis hinab zur Taille und hob das Untergewand an, dabei achtete sie darauf, nicht zu viel nackte Haut zu entblößen. Nachdem sie sorgfältig den Bauch abgetastet hatte, hievte sie das Mädchen mit Kylians Hilfe herum und gab einen erschreckten Laut von sich. Der Rücken war mit halb verheilten Striemen übersät. Vorsichtig zog sie die Beinkleider nach unten. Auch auf dem Gesäß und den Oberschenkeln fanden sich unzählige verkrustete Striemen. »Hier sehen wir den Grund, warum sie während des Langen Regens völlig allein im Wald herumgeirrt ist«, stellte Geldis fest.

»Und den Beweis, dass sie froh sein kann, dieses elende Leben bald hinter sich zu haben«, bemerkte Kylian trocken.

»Welche Bestie tut einer Frau so was an?«, fragte Butan angewidert.

»Wer weiß, ob er ihr nicht noch viel mehr angetan hat«, gab Nuelia zu bedenken.

Vorsichtig zog Geldis die Beinkleider wieder hoch. »Wen hat sie wohl derart gegen sich aufgebracht?«

»Was auch immer ihr widerfahren ist oder wen sie vielleicht gegen sich aufgebracht hat, wir müssen sie in jedem Fall loswerden«, entgegnete Kylian.

»Das kann unmöglich dein Ernst sein«, sagte Jesh entsetzt. »Erst bringst du sie mit und nun willst du sie einfach entsorgen wie einen lahmen Gaul. Das lass ich nicht zu.«

Kylian blitzte ihn wütend an. »Seit wann wagt ein Feigling wie du, mir zu trotzen?«

»Seid still«, befahl Geldis. »Ich versuche zu sehen, ob sie überleben wird.«

Vorsichtig legte sie eine Hand auf den Rücken des Mädchens und schloss für die Dauer von ein paar Atemzügen die Augen.

Kylian beobachtete sie gespannt.

»Wir werden uns ihrer nicht entledigen«, sagte sie dann mit fester Stimme.

Kylian schnaubte. »Sie bringt uns in Gefahr, siehst du das denn nicht? Und wer soll sich um sie kümmern? Wir haben genug mit uns selbst zu tun. Die Herrscherin erwartet unsere Rückkehr und wir haben ihren Auftrag noch nicht erfüllt. Die Pflege der Menschenfrau würde uns Zeit kosten. Zeit, die wir nicht haben.«

»Ich werde sie pflegen«, erwiderte Geldis. »Außer Visionen heraufzubeschwören, kann ich sowieso nicht viel tun.«

»Und ich unterstütze Geldis«, fügte Jesh hinzu. »Dieses Mädchen hat offensichtlich Schreckliches erlebt. Sie verdient unsere Hilfe.« Wütend starrte Kylian die beiden an.

»Sobald sie halbwegs genesen ist, können wir sie ja wieder aussetzen«, schlug Nuelia vor. »So hat sie zumindest eine Chance.«

Kylian kniff die Lippen zusammen und richtete seinen Blick auf die junge Frau zu seinen Füßen, betrachtete das zerzauste Haar und die Striemen auf ihrer Haut. Das Wohl seiner Gefährten lag ihm am Herzen, nicht aber das dieser Menschenfrau. War das herzlos? Immerhin trug er die Verantwortung für die Gruppe. Er sorgte für die Aufträge, die ihr Überleben sicherten, hielt sie von den Menschen fern. Warum nur hatte er die junge Frau aus dem Wald getragen? Sie brachte nichts Gutes, das spürte er. Zugleich bot sie einen erbarmungswürdigen Anblick, wie sie da lag, hilflos und geschunden. So gesehen wäre es tatsächlich herzlos, sie ihrem Schicksal und damit dem sicheren Tod zu überlassen.

»Also gut«, willigte er ein. »Aber wenn wir sie mitnehmen, muss sie im Wagen bleiben und unserem Weg folgen, bis wir zu einer Siedlung oder einem Weiler gelangen. Weder werde ich einen Umweg machen, noch sie vor denen beschützen, die nach ihr suchen. Und sie darf auf keinem Fall erfahren, wer wir sind.«

Zur Bekräftigung seiner Worte blickte er jeden Einzelnen an und wartete, bis sie mit einem Nicken ihr Einverständnis signalisierten. »Gut. Jetzt macht euch wieder an die Arbeit, damit wir endlich diesen verfluchten Regen hinter uns lassen können. Jesh, du suchst nach einem Ast.«

Gehorsam stapften Nuelia, Butan und Jesh davon, nur Geldis blieb zurück. Sie erhob sich, legte eine Hand auf Kylians Arm und lächelte ihn an. Dabei entblößte sie eine breite Zahnlücke, ein Zeichen ihres fortgeschrittenen Alters. »Es war die richtige Entscheidung.«

»War es das?«, fragte Kylian zweifelnd.

Die alte Frau nickte. »Als ich sie berührte, hatte ich eine Vision. Ich habe gesehen, dass sie dein Leben retten wird.«

Kylian stieß ein freudloses Lachen aus. »Das ist lächerlich. Wie könnte eine Menschenfrau mein Leben retten?«

»Meine Visionen trügen nie«, erwiderte die alte Frau. Ein Schatten huschte über ihr Gesicht, Kummer, gemischt mit einer Sorge, die Kylian nicht verstand.

»Was ist mit dir?«, fragte er misstrauisch. »Hast du noch etwas anderes gesehen? Was verbirgst du vor mir?«

Geldis schüttelte den Kopf und schwieg. Ihre trüben Augen glänzten feucht.

»Antworte mir!«, forderte er.

Die alte Frau stieß einen tiefen Seufzer aus. »Wie du willst. Ich sah, dass dies meine letzte Reise sein wird. Ob das Alter mich zur Ruhe zwingt oder der Tod, vermag ich nicht zu sagen, nur dass es keine weitere Reise mehr geben wird.«

Kylian schluckte nervös, war für einen Moment sprachlos. Dann nickte er bedächtig. »Ich verstehe.«

Tröstende Worte zu sprechen lag nicht in seiner Natur, auch wenn er verstand, was die Vision für die alte Frau bedeutete. Viele Sternenläufe lang war sie mit seiner Gruppe umhergezogen, hatte Visionen heraufbeschworen und sie dann schnell und sicher ans Ziel geführt. Nie hatte sie sich über das entbehrungsreiche und gefahrvolle Leben beklagt oder auch nur in Erwägung gezogen, die Gruppe zu verlassen. Etliche Male hatte sie die Gefährten vor Gefahren gewarnt und ihrer aller Leben gerettet. Durch seine Verbundenheit mit Geldis hatte Kylian die zunehmende Schwäche bemerkt, schon bevor sie für alle offenbar geworden war. Doch mit jeder Falte, die sich in ihr Gesicht gestohlen hatte, war zwar ihre körperliche Kraft gesunken, gleichzeitig waren ihre Visionen und Vorhersagen immer ausführlicher und genauer geworden. Und so hatte er geschwiegen, hatte nur still beobachtet, wie sie immer langsamer und schwächer wurde. Bis zu diesem Tag. Betreten blickte er zu Boden. »Es tut mit leid, das zu hören.«

Geldis lächelte traurig. »Bemüh dich nicht um tröstliche Reden. Ich weiß, du bist kein Freund großer Worte. Wir wussten schon immer, dass ich nicht halb so lange leben werde wie ihr. Doch das Ende meiner Reise bedeutet auch, dass ihr keine Seherin mehr bei euch haben werdet. Es ist an der Zeit, einen Ersatz zu suchen.« Sie nickte in Richtung der jungen Frau zu ihren Füßen. »Vielleicht hat sie Talent. Noch habe ich genug Kraft in mir, um sie zu lehren.«

»Wir brauchen keine neue Seherin«, murrte Kylian, dem der Gedanke an eine Fremde in ihrer Gemeinschaft zutiefst widerstrebte. »Vor allem keine menschliche.«

Geldis seufzte. »Wenn du auf eine Uthra warten willst, wirst du niemals fündig werden. Es gibt zu wenige von euch, das weißt du. Entweder du suchst dir eine menschliche Seherin oder du wirst sesshaft werden und einer gewöhnlichen Arbeit nachgehen müssen.«

Er schnaubte. »Wir brauchen keine Seherin und gewiss werde ich nicht sesshaft werden. Unser Leben ist so schon gefahrvoll genug. Wenn ich an einem Ort verweile, erhöht sich die Gefahr einer Entdeckung um ein Vielfaches und auf einen aufgebrachten Menschenmob, der sich des Nachts über meine Familie hermacht, kann ich wahrlich verzichten. Das habe ich schon einmal durchlebt und will es gewiss kein zweites Mal.«

»Wie immer malst du dein Leben in den düstersten Farben. Aber Menschen ändern sich. Vielleicht werden sie euch eines Tages akzeptieren.«

Kylians linkes Augenlid begann zu zucken, wie immer wenn er angespannt war. »Die Menschen ändern sich nicht, niemals.«

Geldis zögerte, ihr Blick glitt über sein Gesicht. Wie von selbst wanderte ihre Hand zu der Narbe über seinem Auge, ihre Fingerspitzen berührten die wulstige Haut. »Was auch immer geschehen ist und ob du es willst oder nicht, du bist ein Teil dieser Welt, Kylian. Bin ich nicht auch ein Mensch? Und doch vertraust du mir.«

Er ergriff ihre Hand und zog sie weg. »Das ist etwas anderes. Du lebst in unserer Welt nach unseren Regeln. Doch niemals wirst du erleben, wie ich mich zu deinesgleichen geselle.«

Seine Stimme war so kalt und hartherzig, dass Geldis zurückwich. Lange schon hatte er seinen Zorn auf die Menschen nicht mehr so deutlich gezeigt.

»Du bist bitter und voll Hass«, erwiderte sie kraftlos. »Ich hoffte, dass ich es bis zu meinem Tod schaffen würde, dein verschlossenes Herz zu öffnen.«

Langsam wandte sie sich um und wirkte plötzlich mehr denn je wie eine alte Frau, tief gebeugt unter der Last ihres mühseligen Lebens. Kylian verspürte ein nagendes Drängen in der Brust und das Bedürfnis, sich bei ihr zu entschuldigen. Doch Geldis kam ihm zuvor. »Geh«, sagte sie. »Ich muss mich um das Mädchen kümmern.«

Unbehaglich verlagerte er sein Gewicht und überlegte, wie er sie um Verzeihung bitten könnte, ohne zugeben zu müssen, dass er ihr unrecht getan hatte. »Immerhin bedeutet deine Vision wohl, dass sie überleben wird.«

Geldis zuckte nur mit den Schultern, während sie eine Handvoll getrocknete Kräuter in eine flache Schale füllte.

»Die Zukunft kann sich immer ändern, ist nie gewiss. Das Kommende ist wie ein sich windender Fisch, der unvermittelt die Richtung ändert und dir, ehe du dich versiehst, entgleitet.« Sie blickte zu ihm auf. Die Trübung ihrer Pupillen hatte sich gelichtet, für einen Augenblick hatte sie wieder die Augen einer jungen Frau. »Sie ist ein Geschenk deines Gottes, Kylian. Weise Mabons Gabe nicht zurück.«

Kylian verengte die Augen zu Schlitzen. »Du redest wirres Zeug, Weib«, stieß er hervor. »Wenn sie überlebt, sehen wir zu, dass wir sie so schnell wie möglich wieder loswerden. Das ist mein letztes Wort.« Damit machte er kehrt und stürmte aus dem Wagen.

5

Der Weg zur Felsenfestung ist lang, doch Ellin kann er gar nicht lang genug sein. Immer wieder fleht sie Tilda an, sie nicht fortzubringen, aber Tilda zerrt sie unerbittlich weiter, den Hammerfels hinauf, tiefer hinein in Lord Wolfhards Reich. Wo sind die Wiesen und endlosen Felder hin, die sie so liebt? Kein einziger Baum, keine Blume, nicht einmal ein Büschel trockenes Gras wächst auf dem kargen Felsmassiv. Die Festung selbst erhebt sich wie ein unheilvoller Schatten über den Berg, ragt hinauf bis in die Wolken und verdunkelt die große Sonne. Dieses düstere Gemäuer aus grauem Stein soll ihre neue Heimstatt sein? Niemals. Wenn Lord Wolfhard genauso ist, wie das Land, das ihn umgibt, dann muss er ein wahrhaft schrecklicher Mensch sein.

»Warum kann ich nicht bei dir bleiben?«, fragt Ellin wohl zum hundertsten Mal.

Tilda seufzt ergeben. »Versteh doch Kind, es geht nicht! Als Lord Wolfhard vom Tod deiner Eltern erfuhr, hat er angeordnet, dass du zur Festung gebracht werden sollst, um in seine Dienste zu treten. Das ist eine große Ehre.«

»Ich will aber nicht in seine Dienste treten«, erwidert sie trotzig.

Tilda hält inne und ergreift ihren Arm. Plötzlich sieht sie ungehalten aus. »Reiß dich zusammen! Du bist kein kleines Kind mehr. Die Welt ist grausam und die Menschen sind es umso mehr. Lord Wolfhard bietet dir Schutz und eine sichere Stellung. Eines Tages wirst du das zu schätzen wissen.«

Ellin zuckt zusammen, senkt ihr Haupt und blickt auf das Gestein zu ihren Füßen. Nicht einmal ein Käfer oder ein Büschel trockenes Gras findet eine Heimstatt auf dem Hammerfels. Eine einsame Träne rinnt ihre Wange hinab, kullert über das Kinn und tropft auf den Boden. Sie wagt nicht mehr, zu widersprechen. Schweigend folgt sie der Mume auf den Berg hinauf.

Vor einem riesigen, mit Eisenscharnieren beschlagenen Tor halten sie. Ellin erscheint es wie das Tor zu einem finsteren Kerker und die

Felsenfestung, die sich dahinter verbirgt, wie ein Dämon, der sie zu verschlingen droht. Mit schreckensweiten Augen blickt sie auf das schartige Holz. Tilda beugt sich zu ihr hinab und umfasst ihre Schultern. Aus großen, blauen Augen blickt Ellin sie an. Sie bemerkt ein verräterisches Glitzern in Tildas Augen. »Warum weinst du?«

»Ach Ellin«, sagt Tilda. »Bitte glaube mir, nichts täte ich lieber, als der Tochter meines geliebten Bruders eine Mutter zu sein, doch Lord Wolfhards Befehlen darf man sich nicht widersetzen. Ich weiß nicht, wie er von der Ermordung deiner Eltern erfahren hat und ich weiß nicht, warum er dich bei sich aufnehmen will, doch es ist sein Wille und Lord Wolfhard bekommt seinen Willen.«

»Immer?«, fragt Ellin.

»Immer!«

Ellin nickt. Dicke Tränen tropfen von ihren Wimpern.

»Versprich mir eines«, fährt Tilda fort.

Wieder nickt Ellin stumm.

»Gehorche deinem Herrn, sei fleißig und verrichte deine Arbeit so gut du kannst, doch vergiss nie, wo deine Heimat ist und dass du von Herzen geliebt worden bist.«

Ellin schlingt die Arme um Tildas Hals. »Ich werde es nicht vergessen, ich verspreche es«, schluchzt sie.

Tilda streichelt über ihr Haar. »Sei tapfer und hab keine Angst. Die Götter geben auf dich acht.«

Sie nickt, klammert sich noch fester an den Hals ihrer Mume.

Tilda löst sich aus ihrer Umklammerung, strafft sich und klopft an das Tor.

Ein Wachmann öffnet. »Was wollt ihr?«

Tilda deutet auf Ellin. »Das Mädchen hier wurde von Lord Wolfhard in seine Dienste berufen. Ich bin ihre Mume.«

Der Wachmann mustert sie mit gleichgültigem Blick und winkt sie dann herein. Als sie den Hof betreten, schließt er das Tor und kehrt wortlos an seinen Posten zurück. Verunsichert stehen Tilda und Ellin da, bestaunen die dicken Mauern, die sie wie eine riesige Gruft umschließen, und die winzigen Fenster darin. Kein Farbtupfer ist zu sehen, nur das Grau und Braun von Eisen, Holz und Gestein. Nach einer Weile tritt ein hagerer Mann auf sie zu. Der wieselnde Gang und das spitze Gesicht mit den kleinen, schwarzen Augen erinnern

Ellin an eine Flussratte. Sie hasst Flussratten, die alles fressen und deren Biss eiternde Wunden hinterlässt, die nur schlecht heilen.

Er befiehlt Tilda zu warten und führt Ellin durch kalte Gänge bis zu einer schmalen Holztür. Er öffnet sie und schiebt sie wortlos in eine Kammer hinein, die nur dürftig von einer Fackel an der Wand erhellt wird. Darin warten Frauen unterschiedlichen Alters, drei kräftige, junge Männer und zwei Kinder, kaum älter als sie selbst. Alle sind ärmlich gekleidet und schmutzig, doch nach der langen Reise ist auch Ellin schmutzig und zerzaust.

Sie müssen lange warten. Die Männer haben es sich mittlerweile auf dem Boden bequem gemacht, die Kinder stehen schweigend in einer Ecke und betrachten die Erwachsenen ängstlich, die Frauen tuscheln leise. Ellins Füße schmerzen vom langen Stehen, sie hat Hunger und Durst, doch wagt sie nicht zu fragen, wie lange sie noch warten muss. Sie wundert sich, warum ihnen niemand einen Becher Wasser anbietet. Im Haus ihrer Eltern bekamen die Gäste und das Gesinde immer etwas zu essen und zu trinken angeboten.

Endlich tritt ein reich gekleideter Herr ein. Seine Beinkleider und das Wams sind aus einem feinen, glänzenden Stoff, der Ellin gänzlich unbekannt ist. Auch die kräftige blaue Farbe hat sie noch nie gesehen. Sein rostfarbener Umhang ist mit einem weißen Pelz verbrämt und die Schuhe sind aus weißem Leder. Inmitten der in ungefärbtes Tuch gekleideten Menschen wirkt er wie ein Paradiesvogel.

Die Menschen in der Kammer verbeugen sich ehrerbietig und Ellin beeilt sich, es ihnen gleichzutun.

»Das sind die Anwärter, ehrwürdiger Lord«, sagt der hagere Mann mit dem Rattengesicht.

Lord Wolfhard brummt etwas Unverständliches und beäugt die gebeugten Menschen. Weder fordert er sie auf, sich zu erheben, noch richtet er das Wort an sie. Er geht herum und betrachtet sie wie Handelsgut, von dessen Qualität er sich noch überzeugen muss.

Seine Schritte nähern sich. Ellin wagt nicht aufzublicken, hält ihre Augen starr auf den Boden gerichtet. Plötzlich treten seine Schuhe in ihr Blickfeld. Sein Zeigefinger legt sich unter ihr Kinn und hebt es an.

Er betrachtet sie mit einer Mischung aus Verachtung und Neugier. Ihr Herz pocht wie nach dem Schleppen eines gefüllten Gerstknollenkorbes.

»Wie heißt du?«, fragt er.

»Ellin, mein Herr.«

»Ellin? Soso. Und wie alt bist du, Ellin?«

»Ich zähle fast elf Sternenläufe.«

Er nimmt seinen Finger von ihrem Kinn. Sofort senkt sie ihr Haupt und blickt wieder zu Boden.

»Das wird meine neue Leibdienerin sein«, verkündet Lord Wolfhard.

»Sehr wohl, mein Herr«, sagt der hagere Mann. Ellin kann hören, dass er überrascht ist. »Sieh auf und bedank dich gefälligst bei deinem Herrn«, zischt er ihr zu.

Sie schluckt trocken und tut wie geheißen. »Vielen Dank, mein Herr«, presst sie mit zittriger Stimme hervor.

Verächtlich blickt Lord Wolfhard auf sie hinab, dann grinst er, nicht freundlich, eher lauernd. »Kümmer dich drum, dass sie gewaschen und angemessen gekleidet wird, Skavos, und bring sie anschließend in meine Gemächer.«

»Sehr wohl, mein Herr«, erwidert der hagere Mann, greift nach Ellins Arm und führt sie hinaus.

»Wohin bringt Ihr mich?«, fragt Ellin, doch Skavos antwortet nicht. Mit großen Schritten schreitet er voran und zerrt sie hinter sich her.

»Wo ist meine Mume?«

»Schweig still«, zischt er.

»Bitte, ich muss mich noch von ihr verabschieden. Sicher wartet sie unten im Hof auf mich«, fährt sie unbeirrt fort.

Skavos hält inne und dreht sich zu ihr um, ein hämisches Grinsen auf den Lippen. »Deine Mume ist fort!«

Ellin schüttelt den Kopf, Tränen schießen in ihre Augen. »Ihr müsst Euch irren. Tilda würde nicht gehen, ohne sich von mir zu verabschieden.«

»Sie würde und sie ist gegangen. Und jetzt sei still, bevor ich dir deine erste Schelle verpasse, noch bevor Lord Wolfhard es tut.« Er wendet sich ab und setzt seinen Weg fort. Das Klappern seiner Holzschuhe hallt durch den Gang. Für Ellin klingt es wie eine Drohung.

»Bitte Herr, haltet ein. Wo ist Tilda? Wo ist sie?«, ruft sie und eilt ihm nach. »Ich will zu ihr, versteht doch bitte …«

Bitte! Ihr Flehen blieb ungehört. Wo war sie? War sie tot? Es roch nicht nach Wald und der Boden unter ihr bewegte sich. Sie versuchte, die Augen zu öffnen, doch aus irgendeinem Grund wollte es ihr nicht gelingen. Ihre Kehle war trocken und brannte. Das Atmen fiel ihr schwer. Durst, sie hatte schrecklichen Durst und diese Hitze. Bei den Göttern, sie hatte das Gefühl von innen heraus zu verglühen.

Jemand hob ihren Kopf. »Trink!«

Ein Becher wurde an ihre Lippen gehalten und herrlich kühles Wasser floss in ihren Mund. Dann ein anderer Becher mit einer zähen, bitteren Flüssigkeit. Sie hustete. Quälende Schmerzen in ihrer Brust, als würde jemand mit einem Dolch darin herumfuhrwerken.

Dann Dunkelheit. *Sei gegrüßt, Dunkelheit, du bist willkommen.* Die Dunkelheit erlöste sie von Schmerz und Angst, von Hunger und Durst. In der Dunkelheit war sie frei.

Sie steigt empor. Stufe um Stufe erklimmt sie die Treppen eines endlos anmutenden Turms. Oben wartet eine Frau, mit schwarzem Haar und einem leuchtend-weißen Gewand. Der Wind zerrt an ihren Haaren, während das Kleid sie flatternd umspielt und die Vollkommenheit ihres Körpers enthüllt. Neben ihr steht ein dunkelhaariger Mann. Seine grünen Augen blicken ihr erwartungsvoll entgegen. Ellin fällt auf, dass sein linkes Auge kleiner ist als das rechte, eine wulstige Narbe auf dem Lid verhindert, dass es sich vollständig öffnet. Auch die darüber liegende Augenbraue sowie seine Unterlippe sind von heller, narbiger Haut durchtrennt.

Sie betrachtet ihn. Trotz der Narben ist er auf eine ungezähmte Art schön. Sein Gesicht, mit der gekrümmten Nase und dem lodernden Blick lässt ihn hochmütig erscheinen und gefährlich. Es erinnert sie an einen Raubvogel. Sein Leib ist schlank, soweit sie das unter der weiten Tunika erkennen kann und er hat wohlgeformte Beine. Sie fragt sich, ob die Frau seine Gefährtin ist? Seltsamerweise gefällt ihr dieser Gedanke nicht.

»Hast du ihn getötet?«, fragt die Frau.

Der Mann tritt auf sie zu und streckt seine Hände aus. »Hast du ihn getötet, Ellin?«

Sie sieht ihn fragend an. Die grünen Augen bohren sich in ihre.

»Ellin?«, fragt er.

Woher kennt er ihren Namen? Und wen soll sie getötet haben?

»Gib mir den Beweis«, fordert er sie auf. »Denn wenn du es nicht getan hast, muss ich es tun.«

Sie weicht zurück. »Ich weiß nicht, von was Ihr sprecht. Ich habe niemanden getötet.«

»Gib mir den Beweis!«, fordert er erneut und folgt ihren Schritten. »Gib ihn mir, schnell!«

Die Frau tritt hinzu. Ihre schlanken Finger klammern sich um Ellins Arm, wie Krallen bohren sich die Fingernägel in ihr Fleisch. »Du hast ihn doch getötet, oder?«

»Ich weiß nicht, was Ihr von mir wollt«, sagt Ellin verzweifelt. »Ich weiß es nicht ... bitte«.

Sie weicht zurück, bis an den Rand des Turms. Grenzenlose Tiefe tut sich hinter ihr auf. Der Mann und die Frau lassen sie nicht aus den Augen, folgen ihr, drängen sie bis an den Abgrund. Plötzlich verschwimmt das Antlitz der Frau, verändert sich, wird zu dem Gesicht eines Mannes, der ihr ähnelt wie ein Bruder.

»Warum hast du mich getötet?«, fragt der Mann.

»Das hab ich nicht«, erwidert Ellin und weicht einen weiteren Schritt zurück. Ihre Füße rutschen ab. Sie tastet nach einem Halt, stolpert. Verzweifelt greift sie nach den Händen des Mannes, doch plötzlich ist der Turm verschwunden und auch der Mann ist fort.

Sie fällt ins Leere.

Der Traum endete abrupt, machte Platz für einen tiefen Schlaf, in dem es nichts gab, außer Dunkelheit. Tagelang wankte sie zwischen Traum und Wirklichkeit, erwachte nie vollends. In dem Dämmerzustand zwischen Wachen und Schlafen schmeckte sie Wasser und bittere Medizin, spürte Feuchtigkeit auf ihrer Haut, als jemand sie wusch, hörte weit entfernte Stimmen und nahm den Geruch von Tieren wahr. Immer wieder wurde sie von anhaltenden und schmerzhaften Hustenkrämpfen durchgeschüttelt, die sich anfühlten, als würde sich ihr Inneres nach außen kehren.

Und plötzlich erwachte sie. Hatte sie ihre Umgebung bisher nur im Delirium als verschwommene Schemen wahrgenommen, so war sie nun zum ersten Mal bei klarem Verstand. Verstört blickte sie sich um. Zu ihrer Rechten saß eine alte Frau. Sie hatte ihr den Rücken zugewandt und summte leise vor sich hin, während sie in einer Schale rührte. Die grauen Haare trug sie zu einem langen Zopf geflochten. Der braune Kittel war an vielen Stellen geflickt, doch der Gürtel, der um ihre Hüfte geschlungen war, war fein gearbeitet und glänzte golden im schwachen Schein der Feuerschale. Allerlei seltsame Dinge hingen daran. Ellin erspähte eine ovale Scheibe, die einen eigenartigen Schimmer verbreitete, eine bestickte Scheide mit einem Dolch und ein prall gefülltes Säckchen. Sie drehte ihren Kopf und betrachtete den Innenraum des Wagens. Sie lag im hinteren Bereich. Vor ihr, nur einen Doppelschritt entfernt, befand sich der Einstieg. Zu ihrer Linken entdeckte sie Schlafmatten und mehrere Felle, die ordentlich gefaltet und aufeinandergestapelt worden waren. In einem Korb, der an einem Seil hing, lagen Becher, Essmesser und das Kochgeschirr.

»Oh, du bist wach.« Lächelnd beugte sich die alte Frau über sie und offenbarte eine große Zahnlücke. Zahllose Falten zogen sich von Augen und Lippen über ihre Wangen.

Ellin betrachtete sie schweigend. Da sie viel jünger war, durfte die alte Frau sie in vertraulicher Weise ansprechen, doch selbstverständlich war es nicht.

Die Frau griff nach einem Becher, hob ihren Kopf an und gab ihr etwas Wasser. »Mein Name ist Geldis«, stellte sie sich vor.

»Ellin«, krächzte sie. Ihre Kehle brannte. Ein Hustenkrampf ließ sie zusammenfahren. Noch immer fühlte sich ihre Brust an wie eine offene Wunde und der Husten war eine einzige Qual, doch der Todeshauch war gewichen.

»Hast du Hunger, Ellin?«

Sie nickte. Und wie sie das hatte.

»Jesh hat Wühlhorneintopf gemacht. Ich gehe hinaus und hole dir eine Schale.«

Während Geldis den Wagen verließ, versuchte Ellin, sich aufzurichten. Ihre Arme zitterten und sie befürchtete, dass es ihr nicht gelingen würde, doch sie zwang sich ächzend nach oben, löste mit ihrem Versuch aber einen erneuten Hustenanfall aus. Mit schmerzverzerrtem Gesicht und nach Atem ringend, saß sie da und wartete darauf, dass der Schwindel verging.

Wer waren diese Leute? Wie war es ihnen gelungen, sie zu finden, wo sie doch mitten im Wald gelegen hatte?

Sie werden dich finden, hatte die Stimme gesagt. Doch das war im Fieber gewesen und nicht die Wirklichkeit.

Geldis tauchte wieder auf und brachte den dampfenden Eintopf. Mühevoll kletterte sie in den Wagen zurück. Ellin befürchtete, dass sie die Suppe verschütten würde, so sehr schwankte sie beim Erklimmen der Stufen. Der kräftig-würzige Duft nach Kräutern und Fleisch stieg in ihre Nase und machte ihr den Mund wässrig. Ihr Magen knurrte vernehmlich.

»Hier iss, damit du wieder zu Kräften kommst.« Geldis reichte ihr die Schale, zusammen mit einem Holzlöffel.

Das mütterliche Gebaren empfand Ellin als wohltuend und erinnerte sie ein wenig an Affra. Dankbar lächelte sie die alte Frau an, nahm die Schale entgegen und begann, die Suppe zu schlürfen.

»Iss langsam, wir wollen ja nicht, dass du alles wieder erbrichst.«

Sie nickte und zwang sich, langsamer zu essen. Geldis beobachtete sie schweigend und wartete, bis sie die Schale geleert hatte. Anschließend reichte sie ihr einen Becher mit einem hellgrünen Sud. Ellin roch daran und erkannte den Duft von Lindbaum und Spießwurz, Kräuter, die auch Mathýs bei Husten und Fieber verabreichte. Sie nahm einen großen Schluck und sofort breitete sich wohltuende Linderung in ihrer wunden Kehle aus.

»Woher kommst du?«, fragte Geldis.

Ellin räusperte sich. »Aus Veckta. Sind wir noch in Veckta?«

Die alte Frau schüttelte den Kopf. »Wir haben gestern die Grenze zu Thal überquert.«

Die Nachricht erleichterte Ellin. Falls Lord Wolfhard sie wirklich verfolgen ließ, stiegen ihre Chancen mit jedem Schritt, den sie sich von Veckta entfernte. »Wie lange habe ich geschlafen?«

»Vier Nächte lang. Du warst sehr krank, ich befürchtete schon, dass du es nicht schaffen würdest.«

Ellin nickte. Sie hatte ihn gespürt, den Todeshauch. Der Knochensammler hatte an ihrer Seite gewacht. »Wie habt Ihr mich gefunden?«

Geldis tätschelte ihre Hand. »Du hattest großes Glück. Wir sind im Schlamm stecken geblieben und Kylian hat dich auf der Suche nach einem Hebel im Wald gefunden.«

»Wer seid Ihr?«, fragte Ellin.

»Wir sind Nomaden. Drei Männer und zwei Frauen. Wer bist du?«

Nervös knetete Ellin an dem Schlaffell herum. Keinesfalls durfte sie zuviel verraten. Noch war nicht sicher, ob sie diesen Leuten trauen konnte. Es war durchaus möglich, dass sie sich eine kleine Belohnung verdienen wollten, indem sie eine entflohene Dienerin wieder zu ihrem Herrn zurückbrachten. Bevor sie eine unverfängliche Antwort fand, wurde der Vorhang am Einstieg des Wagens zur Seite geschoben. Ein Mann kletterte hinein. Seine Kleidung und Statur schienen seltsam vertraut. Als er den Kopf hob, erschrak sie und starrte ihn mit offenem Mund an. Ein bartloses Gesicht und grüne Augen, die sie durchdringend musterten. Es war der schwarzhaarige Mann aus ihren Träumen, haargenau derselbe Mann. Selbst die Narben über dem linken Auge und der Unterlippe waren vorhanden.

»Ich kenne Euch«, stieß sie hervor.

Der Mann zog überrascht die Augenbrauen hoch. »Ihr kennt mich? Woher?«

»Ich habe von Euch geträumt.« Das klang selbst in ihren Ohren lächerlich und Ellin wünschte sich, sie hätte den Mund gehalten. Sicher war er oft in ihrer Nähe gewesen, während sie im Fieber gelegen hatte. Sie hatte einfach Traum mit Wirklichkeit vermischt.

Er lächelte, doch das Lächeln erreichte seine Augen nicht, die sie kalt und abschätzend musterten.

Ellin empfand eine jähe Abneigung gegen ihn.

»Ich hoffe, es waren angenehme Träume.«

»Nicht wirklich«, erwiderte sie.

»Wie ich sehe, seid Ihr wohlauf«, stellte er fest, während er sich neben sie hockte. »Dann macht es Euch hoffentlich nichts aus, wenn ich Euch ein paar Fragen stelle.«

»Streng sie nicht zu sehr an, Kylian«, mischte Geldis sich ein. »Sie ist noch immer geschwächt.«

Die alte Frau hatte nicht unrecht. Ellin fühlte sich, trotz des Eintopfs und dem Kräutersud, kraftlos und elend, zudem hatte sie stechende Kopfschmerzen.

»Es geht schon«, beteuerte sie. Nervös umklammerte sie den Rand des Felles.

»Um Euch nicht zu überanstrengen, werde ich mich kurzfassen«, sagte Kylian. »Woher kommt Ihr? Ich weiß, dass ihr aus Veckta seid, doch wo genau habt Ihr gelebt?«

»Auf der Felsenfestung.«

»Und wovor seid Ihr geflohen?«

»Wer sagt, dass ich geflohen bin?«

Kylian presste die Lippen aufeinander, schloss die Augen und atmete tief ein, so als wäre sie einfältig und er dazu verdammt, ihr etwas ganz einfaches zu erklären. Als er die Augen wieder öffnete, fixierte er sie mit seinem durchdringenden Greifvogelblick.

»Ich glaube, ich muss etwas klarstellen, Ellin«, sagte er. »Weder bin ich einfältig noch leicht übers Ohr zu hauen, also bitte ich Euch darum, mir ehrlich und ohne Zögern zu antworten, sonst sehe ich mich gezwungen, Euch hier und jetzt aus dem Wagen zu werfen und Euch Eurem Schicksal zu überlassen. Habt Ihr das verstanden?«

Ellin schluckte schwer und nickte.

»Gut, also beginnen wir von vorn. Vor wem oder was seid Ihr auf der Flucht?«

»Ich bin vor dem Herrn von Veckta geflohen«, antwortete sie kleinlaut.

»Warum? In welcher Beziehung steht Ihr zu ihm?«

»Ich war seine Leibdienerin.«

»Sonst nichts?«

Ellin bedachte ihn mit einem vorwurfsvollen Blick und schüttelte energisch den Kopf. Wie konnte er sie nur so etwas fragen? Das gehörte sich nicht.

Kylian rollte mit den Augen. »Jeder kennt den Herrn von Veckta und seine Vorliebe für junge Frauen. Ihr ward seine Leibdienerin und Ihr seid eine junge Frau. Wollt Ihr wirklich behaupten, dass Ihr nicht in seinem Bett gewesen seid?«

Trotzig presste sie die Lippen aufeinander und schwieg. Was Lord Wolfhard getan hatte, ging ihn nichts an.

»Was ist? Antwortet mir!«, befahl er.

Ellins Wangen glühten, doch diesmal nicht nur wegen des Fiebers. »Ich habe ihm nicht beigelegen«, erklärte sie so würdevoll wie möglich.

Kylian musterte sie stirnrunzelnd. »Also hab Ihr Euch ihm verweigert. Ist das der Grund für Eure Flucht?«

Woher wusste er das? Konnte er ihre Gedanken lesen? Sie nickte. Heiß brannte die Scham auf ihren Wangen.

Kylian fuhr sich über den Kopf und stieß prustend die Luft aus seinen Lungen. »Der Herr von Veckta ist nicht gerade für seine Nachsicht bekannt. Besteht die Möglichkeit, dass er Euch verfolgen lässt?«

Sie zögerte. Sollte sie lügen? Wie gut kannte sie ihren Dienstherrn wirklich? Würde er eine entflohene Dienerin verfolgen lassen?

»Ich weiß es nicht. Bei Lord Wolfhard ist alles möglich«, antwortete sie schließlich.

Kylian wandte sich Geldis zu und warf ihr einen bedeutungsvollen Blick zu. »Das ist nicht gut. Wie ich sagte, sie bringt uns in Gefahr.«

Die beiden starrten einander an, als würden sie ein wortloses Gefecht austragen. Nervös blickte Ellin von einem zum anderen. Sie war noch nicht stark genug, um da draußen zu überleben. Wenn die Nomaden sie jetzt aussetzen würden, wären ihre Überlebenschancen ebenso gering wie während des Abstiegs vom Hammerfels.

»Ich bringe Euch nicht in Gefahr, ich bezweifle, dass mich Lord Wolfhard verfolgen lässt. Sicher geht er davon aus, dass ich den Abstieg nicht überlebt habe«, warf sie hastig ein. »Bitte glaubt mir.«

Eine plötzliche Schwäche ließ sie schwanken.

Wieder musterte Kylian sie mit diesem durchdringend Blick, als versuchte er, herauszufinden, was sich hinter der Fassade des unschuldigen Mädchens verbarg. Kein Mitgefühl war in seinen Augen zu erkennen.

»Gib ihr ein paar Nächte, um zu genesen, dann kann sie immer noch gehen«, schlug Geldis vor. »Und zu den Braunen Seen werden Lord Wolfhards Männer gewiss nicht kommen.«

Kylian seufzte. »Also gut. Sie bleibt hier, bis sie wieder zu Kräften kommt.«

»Ich danke Euch«, wisperte Ellin.

»Dankt nicht mir, dankt meinen Gefährten für ihr weiches Herz.«

Brummend erhob er sich und verließ den Wagen. Erleichtert sackte Ellin auf die Felle zurück. Sie war kaum noch in der Lage, die Augen offen zu halten. Beruhigend strich Geldis über ihr Haar. »Sei unbesorgt. Kylian mag eine raue Schale haben, doch sein Inneres ist weich wie Kräuterschmalz.«

Ellin wagte das zu bezweifeln, doch zumindest schien die unmittelbare Gefahr, dass er sie einfach irgendwo aussetzen würde, vorerst gebannt.

»Du musst jetzt ruhen«, fuhr Geldis fort. »Morgen wird es dir sicher bessergehen.«

Vogelgezwitscher weckte sie aus einem tiefen, heilsamen Schlaf. Nicht das laute Kreischen der Waldvögel, sondern das wohlklingende Tirilieren sangesfreudiger Thalmeisen. Sie gähnte herzhaft und streckte sich. Die Kopfschmerzen waren verschwunden und der Fels in ihrer Brust war auf die Größe eines Kieselsteins geschrumpft. Auch das Atmen fiel ihr nicht mehr halb so schwer wie zuvor.

Ein wenig zu hastig setzte sie sich auf und kämpfte gegen den plötzlichen Schwindel. Der Wagen stand still, daran konnte ihr Schwanken nicht liegen. Neben ihrer Schlafstatt fand sie einen Gerstfladen mit Kräuterschmalz und einen Becher Schwarzbeersaft, den Geldis, dem Geruch nach zu urteilen, mit Kräutersud gemischt hatte. Hungrig machte sie sich über das Morgenmahl her. Anschließend kämpfte sie sich hoch und wankte, noch etwas schwach auf den Beinen, zum Einstieg. Zaghaft öffnete sie den Vorhang einen Spaltbreit und spähte hinaus. Sie erblickte zwei wunderschöne, silbergraue Pferde, die auf der Wiese grasten. Kylian, sowie zwei weitere Männer und eine Frau saßen schweigend um ein kleines Feuer herum und bearbeiteten ihre Waffen. Die Frau war groß und von schlankem Wuchs und hatte ebenso schwarzes Haar wie Kylian, nur bändigte sie es nicht mit einem Lederband, sondern trug es offen. Ihr Gesicht wurde von mehreren schmalen Zöpfen umrahmt. Ihre Nase war, wie Kylians, leicht gekrümmt, wenn auch zierlicher. Ellin vermutete, dass es sich um seine Schwester oder zumindest eine nahe Anverwandte handelte. Die beiden anderen Männer hingegen waren von unterschiedlicher Natur. Einer war sehr groß und muskulös und erinnerte sie an einen von Lord Wolfhards Meisterkämpfern. Die braunen Haare hatte er im Nacken zu einem Knoten zusammengefasst. Der andere hatte, im Gegensatz zum Rest der Gruppe, kurzes, blondes Haar und wirkte vergleichsweise schmächtig aber flink, er schien nur zwei oder drei Sternenläufe älter als Ellin. Überhaupt war er der Einzige, dessen Alter sie zu schätzen wagte, die anderen wirkten auf eigentümliche Weise alterslos. Noch hatte die Gruppe sie nicht erblickt und so wanderten ihre Augen zu der Ausrüstung und den Waffen. Ein jeder hatte ein Schwert, mindestens zwei Dolche sowie mehrere Wurfscheiben.

Auch eine Streitaxt, eine Schleuder und eine Armbrust entdeckte Ellin. Unwillkürlich fragte sie sich, warum einfache Nomaden über ein derart umfangreiches Waffenarsenal verfügten.

Verwirrt zog sie den Vorhang zu und kehrte zu ihrer Schlafstatt zurück. Sie mochte jung und unerfahren sein, doch bei den Göttern, das waren keine Nomaden. Sie fragte sich, welche Funktion Geldis innehatte. Eine Kämpferin war sie offensichtlich nicht. Auch als Köchin schied sie aus, ansonsten hätte sie und nicht dieser Jesh den Eintopf vom Abend zuvor zubereitet. War sie die Mutter von einem der Männer? Einen Moment lang überkam Ellin der Gedanke an Flucht, der jedoch umgehend von der Stimme der Vernunft abgelöst wurde. Die Leute mochten ihr nicht geheuer sein, doch sie hatten sie gesund gepflegt und waren ihr somit nicht feindlich gesonnen. Dennoch beschloss sie, wachsam zu bleiben und den seltsamen Trupp bei der ersten sich bietenden Gelegenheit zu verlassen.

Im rückwärtigen Teil des Wagens entdeckte sie eine gefüllte Waschschüssel, einen Kamm und eine kleine, polierte Vanadiumscheibe. Sie streifte das fremde Nachtgewand über den Kopf und wusch sich ausgiebig. Anschließend machte sie sich daran, ihr völlig zerzaustes Haar zu entwirren, was einige Zeit in Anspruch nahm. Da sie weder Haarklammern noch Bänder zur Verfügung hatte, um es zu einem züchtigen Knoten aufzustecken, versuchte sie es mit einem geflochtenen Zopf. Die Sachen aus ihrem Bündel lagen gereinigt und gefaltet neben ihrer Schlafstatt. Sie streifte Untergewand, Tunika und Beinkleider über, schlang ein Lederband um ihre Hüfte und begab sich zum Einstieg. Es war an der Zeit, ihren mysteriösen Rettern gegenüberzutreten.

Mit pochendem Herzen kletterte sie aus dem Wagen. Kylian erblickte sie zuerst. Sofort sprang er auf, verschränkte die Arme vor der Brust und bedachte sie mit einem strengen Blick. Die anderen hatten ihr Erscheinen nun ebenfalls bemerkt und erhoben sich. Der junge Mann lächelte breit, seine Augen blitzten vergnügt. Er trat auf sie zu und verneigte sich. »Es freut mich, dass es Euch bessergeht. Mein Name ist Jesh.«

Vor Aufregung brachte Ellin keinen Ton heraus, lächelte nur scheu.

Jesh tat, als würde er ihre Unsicherheit nicht bemerken und wies auf die schwarzhaarige Frau. »Das ist Nuelia.«

Nuelia nickte ihr zu.

»Und das ist Butan«, er deutete auf den kräftigen Mann, der sich nun seinerseits vor ihr verneigte.

Das Blut pochte in ihren Ohren und ihre Wangen glühten, als sie sich zu einer Antwort zwang. »Ich danke Euch für Eure Hilfe und Gastfreundschaft und es ist mir eine Ehre, Euch alle kennenzulernen.«

Alle, bis auf Kylian, musterten sie neugierig, aber nicht unfreundlich, trotzdem waren ihr die Blicke unangenehm und sie verspürte den Wunsch, sich wieder im Wagen zu verkriechen. Jesh bot ihr einen Platz neben sich an. Sobald sie sich gesetzt hatte, bestürmte er sie mit Fragen. Auch Nuelia und Butan legten ihre Arbeit nieder und lauschten interessiert. Da Ellin alle Fragen nur einsilbig beantwortete, berichteten sie ihr schließlich, dass sie fünf Tage und Nächte auf dem Krankenlager gelegen hatte, was sie staunend und auch ein wenig erschrocken zur Kenntnis nahm. Anscheinend war sie dem Knochensammler gerade noch entkommen.

Kylian machte ein missmutiges Gesicht und bearbeitete schweigend die Klinge seines Schwertes mit einem ölgetränkten Tuch. Seine offensichtliche Abneigung gegen sie war ihr ein Rätsel und zugleich ein Problem, da es sich bei ihm offensichtlich um den Anführer der Gruppe handelte. Ihn gegen sich zu haben, könnte sie das Leben kosten.

Als er sich wenig später erhob und zu dem Wagen ging, um die gereinigten Waffen zu verstauen, sammelte sie allen Mut, den sie aufbringen konnte, und folgte ihm. Von Affra hatte sie gelernt, dass es besser war, sich einer unangenehmen Situation zu stellen. Vielleicht stellte sich seine Abneigung als Missverständnis heraus.

»Was wollt Ihr?«, fragte er, ohne sie sich nach ihr umzusehen.

»Wenn es Euch nicht allzu viel ausmacht, würde ich gerne mit Euch sprechen«, erwiderte sie.

Unwillig wandte Kylian sich um und verschränkte sogleich die Arme vor der Brust, als würde er sie daran hindern wollen, Fragen zu stellen oder ihm zu nahe zu kommen. »Warum?«

Ellin räusperte sich. »Ich möchte mich für meine Rettung bedanken. Dafür stehe ich tief in Eurer Schuld. Ihr sollt wissen, dass ich nicht vorhabe, ein lästiges Anhängsel zu werden. Sobald wir ein Dorf oder eine Siedlung erreichen, werde ich Euch verlassen. Bis dahin kann ich mich nützlich machen, Euch bei den täglichen Verrichtungen helfen.«

Wieder dieser eindringliche Blick, wie ein Greifvogel auf Beutejagd. Sie spürte, wie sich ihre Wangen röteten. Warum nur ließ sie sich von ihm derart verunsichern? Er war nicht Lord Wolfhard, er hatte keine Macht über sie.

»Wenn Ihr uns nicht in den Sümpfen verlassen wollt, dann müsst Ihr uns wohl noch eine Weile begleiten«, sagte er schließlich.

Ellin sah ihn entsetzt an. »Ihr geht zu den Braunen Seen? Aber … warum?«

»Wir haben einen Auftrag«, antwortete er.

Gerne hätte sie ihn gefragt, welcher Art der Auftrag war und ob sie aus diesem Grund so viele Waffen bei sich trugen, doch nach einem Blick in sein abweisendes Gesicht, entschied sie sich dagegen.

»Ich möchte nicht zu den Braunen Seen. Könnt Ihr mich nicht zuvor in einem Dorf absetzen?«, wagte sie stattdessen zu fragen.

»Nein. Das letzte Dorf haben wir gestern um die Mittagszeit passiert. Wenn Ihr gehen wollt, werde ich Euch nicht aufhalten, doch wir werden nicht umkehren.«

»Aber die Braunen Seen sind gefährlich. Es ist kein Ort für Menschen.«

Kylian schnaubte. »Alle Wege sind gefährlich, die Sümpfe sind es nicht mehr und nicht weniger als andere Orte auf dieser Welt. Geht oder bleibt. Es ist Eure Entscheidung.«

Damit kehrte er ihr demonstrativ den Rücken zu und begann, die Armbrust in ein ledernes Tuch zu hüllen.

Sie stand unsicher da und überlegte, ob sie eine weitere Frage wagen durfte. »Wie weit ist es noch bis zu den Sümpfen?«

Seine Hände krallten sich in das Tuch, mit mühsam beherrschter Wut drehte er sich zu ihr um. Instinktiv wich sie einen Schritt zurück.

»Ihr redet zu viel!«, fauchte er. »Seht Ihr denn nicht, dass ich nicht belästigt werden will?«

Ihr lag eine Erwiderung auf den Lippen, doch da sie ihn nicht noch mehr erzürnen wollte, schwieg sie. In Lord Wolfhards Diensten hatte sie gelernt, Worte zurückzuhalten, trotzdem brannte das erzwungene Schweigen wie Säure in ihrer Kehle. Trotzig reckte sie das Kinn vor, wandte sich ab und stolzierte davon. Sie würde wohl damit leben müssen, dass dieser Mann aus unerfindlichen Gründen eine Abneigung gegen sie hegte. Wenigstens schien er nicht vorzuhaben, sie in der Wildnis auszusetzen. Sie wünschte sich, Jesh oder Nuelia würden ihr erklären, warum er sie verabscheute, doch als sie am Lagerfeuer Platz nahm, taten sie so, als wäre nichts Ungewöhnliches geschehen, obwohl sie die Auseinandersetzung sicher mitangehört hatten. Aus den Augenwinkeln beobachtete sie, wie Kylian Jesh ein Zeichen gab, woraufhin dieser ihr ein Messer reichte und sie darum bat, die Rüben für das Nachtmahl zu schneiden.

Während sie still ihre Arbeit verrichtete, dachte sie über die Braunen Seen nach. Als Kind hatte ihr Vater viele unheimliche Geschichten erzählt. Von giftigen Pflanzen, deren tödliche Sporen vom Wind davongetragen wurden und die jedes Lebewesen töteten, die sie einatmeten, und von vogelähnlichen Kreaturen, jedoch viel größer und weitaus gefährlicher, und auch von unwegsamem Boden, der unvermittelt nachgab und jeden in die Tiefe zog, der das Pech hatte, darauf zu gehen. Sie war sich nie ganz sicher gewesen, ob es sich bei diesen Geschichten nur um Schauermärchen handelte oder ob sie der Wahrheit entsprachen. Zumindest hatten sie bewirkt, dass sie überall hinwollte, aber keinesfalls zu den Braunen Seen.

Geldis kehrte erst am Abend in das Lager zurück. Ihre Haut war fahl und sie wirkte erschöpft. Schwer auf ihren Stock gestützt humpelte sie zum Feuer. Jeder Schritt schien eine Qual zu sein. Ellin blickte ihr entgegen, und wie bei Lord Wolfhard zuvor, konnte sie für einen Augenblick eine sichtbare Aura wahrnehmen. Nur dass Geldis' Aura keinem Schatten glich, sondern aus trübem Licht zu bestehen schien, wie die Flamme einer heruntergebrannten Kerze oder die Morgendämmerung während des Langen Regens. Ellin biss sich auf die Unterlippe. Derartige Erscheinungen hatte sie während der letzten beiden Sternenläufe öfters gehabt, doch erst bei Lord Wolfhard waren sie zusätzlich mit dem Erkennen des Charakters und der Lebenskraft verknüpft. Sie eilte zu Geldis und bot ihre Hilfe an, doch die alte Frau wies sie barsch zurück. Ächzend setzte sie sich an das Lagerfeuer und ignorierte die fragenden Blicke der anderen. Ellin reichte ihr eine Schale gedünstete Rüben mit Grünlingen und einen Waldhuhnschenkel, den sie vom Abendmahl übriggelassen hatten.

Die alte Frau nahm ihn schweigend entgegen und begann zu essen, ihr Haupt tief über die Schale gebeugt, während die anderen einander bedeutungsvolle Blicke zuwarfen. Schließlich stellte sie die geleerte Schale zur Seite und seufzte. Sofort starrten alle sie an und warteten.

»Meine Vision zeigte mir eine kleine Insel inmitten der Braunen Seen. Dort werdet ihr sie finden.«

»Eine Insel?«, fragte Butan. »Die ist mir völlig unbekannt.«

»Kaum jemand dringt je tief genug vor, um sie zu finden«, erwiderte Geldis. »Doch sei versichert, sie ist da.«

Ellin betrachtete die alte Frau erstaunt. War sie etwa eine Seherin? Im Gerstfeldtal hatte es keine Seherin gegeben, doch auf der Felsenfestung lebte eine Frau, Inga, die manchmal Visionen hatte und Geschehnisse voraussagte, die später tatsächlich eintrafen. Soweit Ellin wusste, konnte Inga die Visionen nicht bewusst heraufbeschwören. War Geldis dazu in der Lage?

»Seid Ihr eine Seherin?«, fragte sie.

Geldis nickte.

»Und Ihr könnt die Visionen willkürlich erzeugen?«

Wieder nickte die alte Frau. »Ja. Ich habe die Gabe von meiner Mutter geerbt. Sie war es auch, die mich gelehrt hat, sie zu nutzen.«

»Wie außergewöhnlich! Wen sucht ihr denn?«

Zuerst schien es, als würde ihr niemand antworten, doch dann beugte Jesh sich vor und sagte »Abtrünnige.«

Ellins Neugier war geweckt. »Was sind das für Abtrünnige? Was haben sie getan? Sollt Ihr sie zu ihrem Herrn zurückbringen?«

Jesh setzte zu einer Erwiderung an, doch Kylian brachte ihn mit einem scharfen Blick zum Schweigen.

»Wieder einmal fragt Ihr zu viel«, zischte er sie an. »Unser Auftrag geht Euch nichts an. Geht in den Wagen. Wir haben noch Dinge zu besprechen, die nicht für Eure Ohren bestimmt sind.«

Wütend starrte Ellin ihn an. Niemand widersprach ihm und so schluckte sie zum zweiten Mal an diesem Tag die Erwiderung, erhob sich und eilte zum Wagen. Ihre Wangen glühten. Nicht nur, dass er sie wie ein dummes Kind behandelte, auch zeigte er überdeutlich, wie sehr ihn ihre Anwesenheit störte. Frustriert ließ sie sich auf die Felle plumpsen, umschlang ihre Knie und starrte vor sich hin. Vielleicht sollte sie die Gruppe verlassen, auch auf die Gefahr hin, sich in der

Wildnis zu verirren oder erneut zu erkranken. Sie war unerwünscht und eigentlich wollte sie auch gar nicht hier sein. Diese Leute waren ihr unheimlich.

Gedämpfte Stimmen drangen von draußen herein. Unwillkürlich fragte Ellin sich, was sie wohl so außerordentlich Geheimes zu besprechen hatten. Eine Weile lauschte sie dem Gemurmel, hin und hergerissen zwischen Neugier und Wut, bis sie es nicht mehr aushielt. Auf Zehenspitzen schlich sie zum Einstieg, öffnete den Vorhang einen Spaltbreit und spitzte die Ohren.

»... war unnötig!« Jesh hatte gesprochen.

»Du bist ein Narr«, herrschte Kylian ihn an. »Verstehst du denn nicht, dass sie eine Gefahr für uns ist?«

»Wie kann sie eine Gefahr sein? Sie erscheint mir aufrichtig und ohne Tücke. Wir sollten es ihr sagen.«

»Sie würde uns verraten, wie alle Menschen, die unsere wahre Natur erkennen. Lass dich nicht von ihrem hübschen Lächeln und den blauen Augen täuschen, der Büttel im nächsten Dorf wüsste schneller Bescheid, wie du deine Notdurft verrichten kannst. Als Nächstes hätten wir die Männer der gesamten Provinz auf den Fersen. Gerade du solltest wissen, wie gefährlich es ist, einem Menschen zu vertrauen.«

Missmutig schabte Jesh kleine Rindenstücke von dem Baumstamm, auf dem er saß. »Nur weil ein Mensch meine Familie verraten hat, bedeutet das nicht, dass alle es tun würden.«

Kylian schnaubte verächtlich. »Du bist viel zu vertrauensselig. Glaube mir, wenn ich dir sage, dass wir sie loswerden müssen, denn selbst wenn sie uns nicht verrät, haben wir zumindest den Herrn von Veckta auf den Fersen. Irgendetwas sagt mir, dass hinter der Sache mehr steckt als das Mädchen zugibt.«

»Sprich leiser«, zischte Nuelia und nickte Richtung Wagen.

Kylian blickte auf. Obwohl der Wagen in Dunkelheit lag, hatte Ellin den Eindruck, dass er ihr direkt in die Augen sah. Erschrocken ließ sie den Vorhang los und hechtete in den hinteren Teil des Wagens zurück. Ihr Herz schlug ihr bis zum Hals. Fast befürchtete sie, er könnte es draußen pochen hören. Hatte er sie gesehen? Wenn ja, dann wusste er, dass sie gelauscht hatte. Angespannt starrte sie auf den Vorhang, der im nächsten Moment auch schon zur Seite gerissen wurde. Kylian stürmte herein. Sein Gesichtsausdruck verhieß nichts Gutes. Sie wich zurück, bis ihre Fersen gegen die Rückwand stießen. Mit drei großen Schritten war er bei ihr und baute sich drohend vor ihr auf.

»Ihr habt gelauscht«, fauchte er gefährlich leise.

Ellin schüttelte den Kopf. »N … nein. Ich habe Euch nur beobachtet.«

Blitzschnell schloss sich seine Hand um ihre Kehle. »Lügt mich nicht an, Weib. Ihr seid eine Heuchlerin wie alle Menschen, nur darauf bedacht, jeden zu vernichten, der nicht so ist wie Ihr.«

Panik stieg in ihr empor. Bei den Göttern, was redete er da? War er etwa kein Mensch? Er drückte ihre Kehle zu. Tränen sammelten sich in ihren Augen und rannen über die Wangen. Röchelnd schnappte sie nach Luft.

»Ich … bin nicht … wie alle anderen … bitte«, krächzte sie. Verzweifelt versuchte sie, seine Hand zu lösen.

Er drückte sie gegen die Wagenbespannung und näherte sich ihrem Gesicht bis seine Nase fast die ihre berührte. Seine hasserfüllten Augen fixierten sie. »Oh doch, Ihr seid genauso verlogen und hinterhältig wie alle Menschen. Das habt Ihr mit Eurem Lauschen allein bewiesen.«

Sein unbändiger Zorn erinnerte Ellin an Lord Wolfhard und die Ereignisse in seinem Schlafgemach. Panik kroch ihren Rücken hinauf, sein Gesicht verschwamm vor ihren Augen.

»Lass sie los«, befahl jemand zu ihrer Rechten. An der Stimme erkannte sie, dass es sich um Nuelia handelte. Sie trat auf Kylian zu und legte eine Hand auf seinen Arm. »Sie trägt keine Schuld an den Dingen, die unserem Volk widerfahren sind, Bruder. Lass sie nicht für etwas büßen, wofür sie nichts kann.«

Mit einer verächtlichen Bewegung ließ er Ellin los. Keuchend griff sie an ihre Kehle, beugte sich vor und hustete.

»Du hast dich nicht mehr unter Kontrolle. Wieso lässt du deinen Zorn über deine Vernunft siegen?«, fragte Nuelia vorwurfsvoll.

»Sie sollte nicht hier sein«, stieß er zwischen zusammengebissenen Zähnen hervor. »Sie bringt uns alle in Gefahr.«

»Weißt du, wie lächerlich du dich anhörst? Immerzu redest nur von Gefahr. Sie ist noch ein halbes Kind, verdammt.«

Kylian schnaubte verächtlich. »Sieh sie dir doch an, sie ist kein Kind. Du machst dir etwas vor. Sie wird uns verraten, ich weiß es genau.«

Nuelia stemmte die Arme in die Hüfte. »Woher willst du das wissen? Kannst du plötzlich in die Zukunft sehen?«

»Verspotte mich nicht!«, zischte er.

»Dann benimm dich wie ein Mann von Ehre und nicht wie ein wildgewordenes Bisott.«

Ellin rappelte sich auf, atmete tief ein und hustete die Luft wieder hinaus. Ihre Beine zitterten. Nuelia trat auf sie zu und stützte sie.

»Ich weiß nicht, wovon Ihr sprecht«, keuchte Ellin und zwang sich, Kylian anzusehen. Die Angst vor seinem Zorn rang mit ihrem Stolz. »Seid versichert, dass ich Euch weder verraten noch irgendjemandem erzählen werde, dass sich unsere Wege gekreuzt haben. Ihr habt mein Leben gerettet, dafür stehe ich in Eurer Schuld. Wie könnt ihr mich des Verrats bezichtigen, ohne mich zu kennen?«

Kalt und unbarmherzig war Kylians Blick und je länger er auf ihr ruhte, umso kleiner fühlte Ellin sich. Hilflos flatterte ihr Herz in ihrer Brust wie ein Vogeljunges. Sie wünschte sich, er möge endlich aufhören, sie anzustarren. Warum ging er nicht einfach und ließ sie in Ruhe?

Als hätte er ihre Gedanken gehört, wandte er sich ab und stürmte nach draußen. Keuchend lehnte Ellin sich gegen die Wand und versuchte, ihren Atem und das Zittern in ihren Beinen zu beruhigen.

Nuelia sah sie mitleidig an. »Er war nicht immer so. Doch er hat zuviel gesehen und zuviel erdulden müssen. Das Leben hat ihn bitter gemacht.«

Ellin hustete, ihr Hals brannte. Es war ihr egal, ob er schon immer so gewesen war oder nicht und auch, was er erduldet hatte. Auch sie hatte Dinge gesehen, die kein Mensch und schon gar kein Kind hätte sehen sollen, doch war sie deswegen nicht herzlos und bitter. Er war einfach nur ein Widerling, unberechenbar und aufbrausend. Keinen Augenblick wollte sie länger in seiner Nähe verweilen.

»Kann ich … bitte … alleine sein«, bat sie leise.

»Natürlich. Ruht Euch aus«, sagte Nuelia. »Ich verstehe, dass Ihr verstört seid. Kommt doch morgen früh zu mir auf den Kutschbock und dann reden wir über alles.«

Ellin nickte. Sie wollte nicht reden. Alles, was sie wollte, war, alleine zu sein und nachzudenken. Glücklicherweise respektierte Nuelia diesen Wunsch und verließ den Wagen. Kaum hatte sich der Vorhang am Einstieg geschlossen, sank sie auf die Felle, barg ihr Gesicht in den Händen und weinte. Sie dachte an all die Tränen, die sie seit dem verhängnisvollen Abend in Lord Wolfhards Gemächern vergossen hatte, und wunderte sich, dass Weinen überhaupt noch möglich war. Würden ihre Tränen nicht irgendwann einmal versiegen? Was bliebe dann von ihr? Ein seelenloser Leib, ohne Freude und Schmerz?

Seltsamerweise machte ihr die Tatsache, dass es sich bei ihren Rettern scheinbar nicht um Menschen handelte, weniger aus als Kylians Verachtung. Sein ungerechtfertigter Zorn ängstigte sie und nicht das, was hinter seinem menschlichen Antlitz steckte. Es war nicht abzusehen, wie er sich ihr gegenüber verhalten und ob sich ein Wutanfall dieser Art wiederholen würde. Keinesfalls war sie vor Lord Wolfhards Tyrannei geflohen, nur um von dem nächsten Despoten gedemütigt und misshandelt zu werden.

Dieser Gedanke führte sie zu der Erkenntnis, dass es erneut an der Zeit war, zu fliehen. Zwar war sie noch nicht vollständig genesen, doch durfte sie darauf keine Rücksicht nehmen. Wenn sie erst die Sümpfe erreichten, war es zu spät. Dies war die einzige Gelegenheit. Kurzentschlossen packte sie ihr Bündel zusammen, steckte ein paar Gerstfladen dazu und füllte den Kräutersud in ihren Trinkschlauch. Mit fahrigen Fingern löste sie die Lederbänder an der vom Lager abgewandten Seite und rollte die Wagenbespannung auf. Der Stoff war dick und schwer und ließ sich nur unter Einsatz ihrer ganzen Kraft so weit nach oben rollen, dass sie sich nach draußen schieben konnte. Hinter dem Wagen wartete völlige Finsternis. Das Lagerfeuer warf seinen Schein nur auf die Vorderseite des Wagens. Wenn ihre Retter nicht vermochten, wie Kreaturen der Nacht in der Dunkelheit zu sehen, würden sie Ellins Verschwinden unmöglich bemerken. Selbst ein leises Rascheln würden sie nur für ein neugieriges Tier halten.

Zuerst schob sie das Bündel durch die schmale Öffnung. Mit einem dumpfen Laut schlug es auf dem Boden auf. Angespannt lauschte sie, ob jemand sich näherte, doch bis auf das entfernte Murmeln blieb alles ruhig. Nun quetschte sie ihren Körper hindurch. Etwas unsanft landete sie im kühlen Gras und verspürte sofort den wohlbekannten

Hustenreiz. Hastig rappelte sie sich auf, schwang sich das Bündel auf den Rücken und presste die Hand auf den Mund, um den Hustenreiz zu unterdrücken. So schnell es ihr geschwächter Zustand zuließ, hechtete sie über die Lichtung, die wesentlich breiter war, als sie angenommen hatte. Schon stahl sich ein unterdrücktes Hüsteln aus ihrem Mund. Ein kurzer Blick zurück zeigte ihr, dass sie sich ein gutes Stück vom Lager entfernt hatte. Sie erlaubte sich, noch einmal so leise wie möglich zu husten, während sie weiter auf den Wald zustrebte, der bei näherer Betrachtung eher einer zufälligen Ansammlung von Bäumen glich als einem richtigen Wald. Dort angekommen machte sie Halt, stützte sich auf den Knien ab und rang keuchend nach Luft. Ihre Lungen brannten. Nachdem sich ihr Atem ein wenig beruhigt hatte, lief sie in die Richtung, aus der sie gekommen waren. Der Nordstern spendete gerade so viel Licht, das sie erkennen konnte, was direkt vor ihr lag. Die hageren Bäume standen zwar nicht so dicht beieinander, doch hatten sie lange, dünne Wurzeln, die sich über den Boden schlängelten und zu regelrechten Stolperfallen wurden. Mehrmals blieb sie hängen und stürzte. Sie verfluchte die schlechte Sicht und die tückischen Wurzeln. Am Ende des kleinen Waldes machte sie Halt. Wenn sie auf den Weg hinauslief, bestand die Gefahr, entdeckt zu werden. Zudem war sie erschöpft und sehnte sich nach einer kurzen Rast. Die Bäume würden ihr zumindest ein wenig Schutz gewähren, und falls sich jemand näherte, würde sie es rechtzeitig hören und könnte sich zwischen den Wurzeln verstecken. Sie wickelte sich in ihren Umhang, sank zu Boden und lehnte sich gegen einen Baumstamm. Um das Kratzen in ihrem Hals zu beruhigen, trank sie ein paar Schlucke Kräutersud.

Die ungewohnte Anstrengung hatte ihr sämtliche Kraft geraubt. Obwohl sie gegen den Schlaf ankämpfte, verfiel sie dem machtvollen Drang nach Ruhe und schloss die Augen.

6

Ellin ist fort«, erklang Geldis' Stimme aus dem Wagen.

Jesh schob den Vorhang zur Seite. »Was bedeutet, sie ist fort?«

Geldis steckte den Kopf aus dem Einstieg und warf Kylian derartig zornige Blicke zu, dass dieser unbehaglich zur Seite blickte. »Es bedeutet, sie hat ihr Bündel gepackt und ist geflohen.«

Ächzend kletterte sie vom Wagen und humpelte auf Kylian zu. Mit dem Finger stieß sie in seine Brust und zwang ihn, sie anzusehen. »Das ist allein dein Werk.«

»Glaubst du das wirklich?«, fragte Kylian kalt.

»Oh ja, und ob ich das glaube.«

Kylian warf einen Blick in die Runde seiner Gefährten. Betretene Gesichter, wohin er auch sah. »Ich habe euch gewarnt«, rief er. »Nun wird sie uns verraten.«

»Was soll sie denn schon sagen?«, stieß Butan ungehalten hervor. »Die Kleine weiß nicht, wer oder was wir sind. Ich bezweifle, dass sie es überhaupt bis zum nächsten Dorf schafft. Sie hat keine Ahnung, wie man in der Wildnis überlebt.«

»Und genau aus diesem Grund sollten wir sie zurückholen«, warf Jesh ein.

Kylian trat auf Jesh zu, verschränkte die Arme vor der Brust und blickte höhnisch auf ihn hinab. »Und dann? Was sollen wir dann mit ihr tun?«

Jesh zuckte mit den Schultern. »Wir nehmen sie mit nach Huanaco, dort kann sie ein neues Leben beginnen.«

Kylian lachte verächtlich. »Hast du den Verstand verloren? Ich schleppe doch nicht ein verdammtes Menschenweib den langen Weg bis nach Huanaco mit.«

Trotz zeigte sich auf Jeshs Gesicht. »Warum nicht? Im Wagen ist ausreichend Platz und sie kann uns bei den täglichen Verrichtungen zur Hand gehen.«

»Der Junge hat recht«, warf Geldis ein. »Sie kann bei mir im Wagen schlafen, Beeren, Kräuter und Holz sammeln und sich um das Reinigen der Kleider und des Kochgeschirrs kümmern. Solange sie bei uns ist, besteht zumindest nicht die Gefahr, dass sie jemandem von uns erzählt.«

Kylian verschränkte die Arme über dem Kopf und stapfte unschlüssig hin und her. Er wollte das Mädchen nicht zurückholen, genauso wenig wollte er die Häscher des hiesigen Lords auf den Fersen haben. Eine Zwickmühle.

»Du musst dich entscheiden«, drängte Nuelia. »Jeden Augenblick, den du mit sinnlosen Überlegungen vergeudest, entfernt sie sich weiter von uns.«

Beherzt trat Geldis ihm in den Weg und stoppte seinen Lauf. »Beweise dem Mädchen, dass die Uthra besser sind als die Menschen. Lass ihr dieselbe Gnade zuteilwerden, die Mabon seinen Kindern zuteilwerden lässt – schenke ihr ein langes Leben.« Ihr Tonfall hatte fast schon etwas Beschwörendes.

Kylian wusste, dass sie ihn an ihre Prophezeiung erinnern wollte, daran, dass dies ihre letzte Reise sein würde, und verwünschte sie innerlich für ihre Beharrlichkeit.

Wütend trat er gegen einen Ast. »Verflucht. Ich werde sie zurückholen. Ihr fahrt voraus. Wenn ich sie gefunden habe, nehme ich sie mit zu den Braunen Seen. Sollte ich euch nicht rechtzeitig einholen, dann wartet am westlichen Mahnstein auf mich.«

Butan hob erstaunt die Augenbrauen. »*Du* willst sie suchen?«

»Er wird sie wahrscheinlich umbringen«, murmelte Jesh.

Kylian warf ihm einen scharfen Blick zu und setzte zu einer Erwiderung an.

»Lass es«, beschwor Geldis ihn. »Geh und such' das Mädchen.«

Er zögerte noch einen Moment und kämpfte gegen das Verlangen, Jesh zurechtzuweisen, doch schließlich stapfte er mit finsterer Miene davon. Nachdem er seinen Hengst gesattelt hatte, schwang er sich auf dessen Rücken und galoppierte ohne einen Abschiedsgruß davon.

Er folgte Ellins Spuren über die Lichtung bis zum Waldrand hin. Da er davon ausging, dass sie den Wald durchquert hatte, ritt er nicht hinein, sondern folgte nur seinem Verlauf. In regelmäßigen Abständen drosselte er das Tempo und warf prüfende Blicke hinein. Als der Wald sich schließlich lichtete und in einem schmalen Saum auslief, hielt er an, stieg ab und suchte zu Fuß nach weiteren Spuren. Zuerst fand er nichts, was auf Ellins Anwesenheit hindeutete, doch schließlich entdeckte er eine Kuhle sowie verräterische Krümel am Fuße einer Korbeiche. Frische Fußspuren führten in Richtung des Weges. Schnell schwang er sich auf Jalos Rücken und folgte dem Weg. Seine Anspannung wuchs. Hoffentlich würde sie nicht versuchen, vor ihm zu fliehen. Der Gedanke, sie mit Gewalt zurückzuschleppen, behagte ihm nicht, doch würde er es tun, wenn es sich nicht vermeiden ließ. Mit dem Druck seiner Schenkel trieb er den Hengst zu einem schnellen Galopp an und versuchte, Ellins Gestalt in der Ferne auszumachen, sah jedoch nichts, außer die endlosen Grasfelder, gesprenkelt mit mannshohen Felsen und windschiefen Bäumen.

Spuren am Wegrand erregten seine Aufmerksamkeit. Er hielt inne, stieg ab und betrachtete sie. Die Grasnarbe war von einer Vielzahl Hufe aufgewühlt, dazwischen fanden sich die Abdrücke von schweren Stiefeln. Er folgte den Spuren bis zu einem Felsen. Auch dort war das Gras niedergetrampelt und die Erde aufgewühlt. Er ging einer Reihe von Fußabdrücken nach und stieß auf Ellins Bündel, welches im hohen Gras verschwand.

Verflucht. Offensichtlich hatten Berittene das Mädchen in ihre Gewalt gebracht. Wer waren sie? Hausierer, Sklavenhändler, Wegelagerer oder eine zufällig vorbei gerittene Soldatenschar? Letzteres wäre fatal, denn die Gesetzlosen, aber auch die Soldaten, würden Ellin mit an Sicherheit grenzender Wahrscheinlichkeit schänden. Frustriert trat er gegen das Bündel. Die Vorwürfe, die Geldis ihm machen würde, sobald er ihr davon berichtete, konnte er sich lebhaft vorstellen, ebenso die anklagenden Blicke der anderen. Kurz überlegte er, ob er dennoch umkehren und sie ihrem Schicksal überlassen sollte. Ihr Auftrag wartete. Doch dann dachte er an Geldis' Worte. Er war ein Uthra, ein Abgesandter des Lichts, er war besser als ein Mensch. Ob er es nun wollte oder nicht, das Schicksal des Mädchens lag in seiner Hand, seit er sie aus dem Wald getragen und zugelassen hatte, dass Geldis sie gesund pflegte. Es wäre unrecht, ihr jetzt den Rücken zu kehren. Mit einem geschmeidigen Satz sprang er auf sein Pferd und preschte davon.

Er musste sie finden, so schnell wie möglich.

7

Seit ihrer überstürzten Flucht von der Felsenfestung hatte es nur wenige Momente gegeben, in denen Ellin sich halbwegs wohl und sicher gefühlt hatte. Dieser war keiner davon. Müde, hungrig und mit schmerzenden Gliedern von dem unbequemen Schlaf, trottete sie den Weg entlang. Die Weite des Landes verunsicherte sie, war sie es doch gewohnt, zwischen dunklen Festungsmauern zu leben. Immer wieder blickte sie zurück, aus Angst, dass die seltsamen Leute, die sie gesund gepflegt hatten, ihr folgen würden, doch gab es nur einen Grund, warum sie das tun würden: um zu verhindern, dass sie anderen Menschen von ihnen erzählte. Sie schnaubte. Angesichts dessen, dass sie nicht einmal wusste, wer oder was sie waren, gab es auch nichts zu erzählen, vor allem da sie, zumindest äußerlich, nicht von Menschen zu unterscheiden waren.

Sie beschattete ihre Augen und richtete ihren Blick gen Norden. Am Horizont entdeckte sie eine Ahnung des dunklen Waldes. Hier und da erhob sich ein Fels oder ein verkümmerter Baum inmitten der wogenden Grasfläche. Das Krächzen einer vorbeifliegenden Krähe erschreckte sie und sie beschleunigte ihren Schritt. Wenn sie bis zum Abend nicht an eine Wegkreuzung gelangte, würde sie querfeldein marschieren, denn zum dunklen Wald und damit nach Veckta wollte sie keinesfalls zurück.

Die galoppierenden Pferde spürte sie, noch bevor sie sie hörte. Ein unheilvolles Vibrieren unter ihren Füßen, welches sich schnell auf ihre anderen Sinne ausweitete. Mit pochendem Herzen spähte sie in die Richtung, aus der sich die Reiter näherten. Berittene in Eile waren selten wohlgesonnen, und wenn es sich dabei gar um Soldaten handelte, nahm man als Frau besser die Beine in die Hand. Der Drang, sich zu verstecken überfiel sie mit einer Dringlichkeit, die sie nicht zu ignorieren vermochte. Hektisch blickte sie sich um. Die Ebene bot kaum Deckung, alles, was sie tun konnte, war, sich in das hohe Gras zu werfen und darauf zu hoffen, dass die Soldaten ihrer Umgebung keine Aufmerksamkeit schenkten. Fünfzehn Doppelschritte entfernt erspähte sie einen Felsen, doch würde sie ihn nicht rechtzeitig erreichen, ohne von den Berittenen gesehen zu werden. Sie hechtete in das Gras, so nah wie möglich an den Felsen heran, zerrte ihr Bündel vom Rücken und warf sich flach auf den Boden. Hastig bog sie ein paar Grashalme über ihren Rücken und spähte durch die Zwischenräume. Die Reiter waren fast da. Ellin zählte sechs an der Zahl. Die donnernden Hufe näherten sich ihrem Versteck. Mit Entsetzen sah sie, dass Lord Wolfhards Wappen auf den Schilden und dem Waffenrock prangte.

Oh gnädige Götter, lasst sie in ihrer Eile blind sein für alles, was um sie herum geschieht.

Doch ihr Flehen blieb ungehört. Kaum waren die Reiter auf ihrer Höhe angelangt, hob der Anführer die Hand und stoppte den Trupp.

»Da liegt etwas im Gras«, rief er und deutete auf die Stelle, wo Ellin sich flach auf den Boden presste.

Mit einem Schrei, der ihre ganze Wut und Verzweiflung zum Ausdruck brachte, sprang Ellin auf und hechtete davon. Hinter ihr wurden Befehle gebellt. Die Männer machten sich an die Verfolgung. Einer wendete sein Pferd und ritt zu dem Felsen, um ihr den Weg abzuschneiden.

Sie hatte keine Chance. Die Soldaten waren größer, stärker und schneller. Vor dem Felsen holten sie Ellin ein. Zwei Männer ergriffen sie und warfen sie zu Boden.

»Hauptmann, wir haben sie«, rief der junge Soldat, der ihre Beine umklammert hielt. Der Hauptmann, ein kleiner, muskelbepackter Kerl mit schuppiger Haut und dürftigem Bartwuchs, näherte sich gemächlich, ein höhnisches Grinsen auf den Lippen.

Ellin warf ihm einen giftigen Blick zu. Sicher würde er von Lord Wolfhard reich belohnt werden und schwelgte in Gedanken bereits im Schoß einer hübschen Kriegsgefangenen oder in einer Schankstube, wo er die für seine Dienste erhaltene Belohnung in billigen Gerstschnaps und Prasifrauen umsetzte.

»Lange, braune Locken, Augen vom strahlenden Blau einer Lobeliablume, wohlgeformter Leib und ein fast verheilter Striemen auf der Wange. Das muss sie sein.« Feixend beugte er sich zu ihr hinab, griff in ihre Haare und zog ihren Kopf zurück. »Wie ist dein Name?«

»Geldis«, erwiderte Ellin.

Er schlug ihr ins Gesicht. Ihre Oberlippe platzte auf und begann zu bluten. Grob zerrte er sie auf die Beine und bog ihren Kopf in den Nacken. »Ich frage dich noch einmal, Weib. Wie ist dein Name?«

Ellin schluckte schwer. Sie konnte dieses Spiel noch weiter spielen, Drohungen und rohe Gewalt war sie mittlerweile gewohnt und töten würde er sie nicht. Doch hatte es keinen Sinn, sich wegen ihres Namens zu Schande prügeln zu lassen. Früher oder später würde der Hauptmann die Wahrheit aus ihr rausholen, wusste er doch genau, wer sie war, auch warum sie es leugnete.

»Ellin«, stieß sie zwischen zusammengebissenen Zähnen hervor.

Der Hauptmann ließ sie los, sichtlich erfreut über seinen Fang. »Lord Wolfhard wird beglückt sein, seine Leibdienerin wohlbehalten in Empfang nehmen zu dürfen. Fesselt sie!«

Die Männer zerrten ihre Hände auf den Rücken, schoben ihre Füße zusammen und umwickelten sie mit einem Seil. Anschließend schlangen sie eines um ihren Hals und übergaben das Ende dem Hauptmann. Dieser zerrte sie zu seinem Pferd und warf sie wie einen Sack Gerstmehl über den Rücken des Tieres. Die Demütigung trieb Tränen des Zorns in Ellins Augen, doch sie biss die Zähne zusammen und verbot sich, auch nur eine davon zu vergießen. Während die Soldaten die Pferde wendeten und in Richtung des dunklen Waldes davonritten, kreisten ihre Gedanken unablässig um Flucht. Der Hauptmann würde sicher wie ein Wachhund auf sie aufpassen, denn eine solche Gelegenheit kam so schnell nicht wieder. Sicher wartete eine Beförderung auf ihn, wenn er sie wohlbehalten in der Felsenfestung ablieferte.

Alles in allem sah es für eine Flucht nicht besonders gut aus. Eines wusste sie jedoch mit Sicherheit: Sie würde sich nicht zu Lord Wolfhard bringen lassen. Wenn es sein musste, würde sie sich von den Felsklippen stürzen, giftige Beeren essen oder sich selbst strangulieren. Selbst der Tod war besser, als in die Hände dieses Tyrannen übergeben zu werden.

Die Männer ritten ohne Rast, bis weit in die Nacht hinein. Ellins Arme und Beine schmerzten, ebenso ihr Bauch, in den sich der Sattelknauf bohrte. Kurz, bevor der Nordstern hinter der verdunkelten Sonne verschwand, stoppten der Trupp neben einem verkrüppelten Baum und bereitete das Nachtlager. Der Hauptmann zerrte sie von seinem Pferd, band ihre Arme an den knorrigen Ästen fest und befahl einem jungen Soldaten, sie zu bewachen.

»Wenn du sie auch nur einen Augenblick lang aus den Augen lässt, bezahlst du mit deinem Leben dafür«, drohte er.

Die anderen entfachten ein Feuer und bereiteten ein karges Mahl. Ellins Magen knurrte und sie hoffte, dass sie ihr wenigstens etwas zu essen geben würden. Nachdem ihr Bewacher jedoch eine Schale Gerstbrei mit getrockneten Schwarzbeeren und einen Strang Trockenfleisch in die Hand gedrückt bekam, ohne sie auch nur zu beachten, stellte sie sich auf Hungern ein.

»Möchtet Ihr etwas essen?«, fragte der junge Soldat unerwartet höflich, nachdem er seine Schale geleert hatte.

Ellin nickte, woraufhin er einen Kameraden bat, seine Schale ein weiteres Mal zu füllen. »Ich darf Euch nicht losbinden, doch ich kann Euch füttern«, bot er an.

Sie nickte ergeben. Das war immer noch besser als ein knurrender Magen. Der Brei schmeckte fad und war voller Klumpen, doch wenigstens füllte er den Bauch.

Die Seile rieben an ihren Knöcheln, in ihrer aufgeplatzten Lippe pulsierte der Schmerz und ihre Muskeln brannten von dem langen Ritt. Zudem war sie derart unbequem an dem Baum festgebunden, dass sie zwar einigermaßen sitzen, jedoch nicht liegen konnte. Es würde eine lange Nacht werden. Sie lauschte den Männern, die sich darüber unterhielten, was sie mit der zu erwartenden Belohnung anzustellen gedachten. Anschließend erzählten sie einander zotige Witze, bei denen Ellin die Schamesröte in die Wangen stieg. Irgendwann wurde ihr Bewacher von einem grobschlächtigen Kerl mit wildem Bart abgelöst, der die Arme vor der Brust verschränkte und sie finster betrachtete. »Du kannst froh sein, dass Lord Wolfhard dich unberührt haben will«, knurrte er.

Darüber war sie in der Tat froh, nicht auszudenken, was die Soldaten mit ihr anstellen würden. Die Vorstellung ließ sie schaudern.

Die Nacht wurde kälter. Ellin begann zu frieren. Die Soldaten hatten sich in ihre Felle gewickelt und schnarchten, ihr Bewacher stand neben ihr und beäugte sie missmutig.

Plötzlich hob er seinen Waffenrock und das lange Hemd und schob seine Beinkleider hinab. Entsetzt blickte Ellin ihn an. Als er ihre Blicke bemerkte, lachte er freudlos, drehte ihr den Rücken zu und fummelte an seiner Männlichkeit herum. Ein Plätschern erklang. Erleichtert atmete sie auf, nur um im nächsten Moment erneut zusammenzuzucken, als sich vor ihr ein Schatten aus dem hohen Gras schälte. Mit zusammengekniffenen Augen spähte sie in die Finsternis. Der Schatten hatte menschliche Gestalt und fuchtelte mit den Armen. Sie beugte sich vor, soweit es ihr gefesselter Leib zuließ, und stieß einen überraschten Laut aus. Es war der Anführer des Nomadentrupps. Kylian. Und er gab ihr seltsame Zeichen. Immer wieder deutete er abwechselnd auf die Dunkelheit hinter ihr und ihren Bewacher. Dieser hatte mittlerweile seine Notdurft verrichtet und sein Gehänge wieder eingepackt. Lautlos wich Kylian in die Finsternis zurück.

Ellin überlegte fieberhaft. Was wollte Kylian ihr verdeutlichen? Unauffällig betrachtete sie den Soldaten. Seine Beinkleider waren nachlässig verschnürt, sodass sie bis zu seinen Hüften hinabgerutscht waren. Das Hemd hing lose darüber. Und plötzlich verstand sie. »Verzeiht, werter Herr, aber dürfte ich auch meine Notdurft verrichten?«

Sie versuchte, ihrer Stimme einen sanftmütigen und lockenden Klang zu verleihen.

»Nur zu«, brummte ihr Bewacher.

»Ich muss dafür meine Tunika anheben und meine Beinkleider abstreifen.«

»Ich bind' dich nicht los«, erwiderte er.

»Dann wäre ich Euch überaus dankbar, wenn Ihr mir helfen würdet«, sagte Ellin und lächelte ihn schüchtern an.

Der Kerl grinste lüstern, leckte sich über die Lippen und beugte sich zu ihr hinab. »Da helfe ich doch gerne.«

Sein Gesicht war ihrem so nah, dass sie die Narben sehen konnte, die sich wie ein gezacktes Muster über seine Wange bis hinauf zum Haaransatz zogen.

»Aber nicht hier«, erwiderte sie schnell. »Ich möchte meine Notdurft nicht im Schein des Feuers und vor den Augen der anderen Männer verrichten.«

»Zier dich nicht so, die schlafen tief und fest.«

»Ich bitte Euch nicht darum, meine Arme und Beine von den Stricken zu befreien, nur um ein paar Schritte Abstand zwischen mir und dem Feuerschein.« Flehend sah sie zu ihm auf.

Der Kerl musterte sie, schien abzuwägen, wie hoch die Gefahr für eine Flucht war. Doch selbst wenn es ihr gelänge zu fliehen, wären seine Kumpane mit einem einzigen Ruf auf den Beinen, um sie wieder einzufangen.

»Na gut«, brummte er. »Aber keine Zicken, sonst bekommst du die Peitsche zu spüren, ist das klar?«

Ellin nickte. »Natürlich.«

Er löste den Strick vom Baum und zog sie auf die Beine. Anschließend warf er sie über seine Schulter wie ein erlegtes Tier und entfernte sich vom Lagerfeuer.

»Könnten wir noch ein paar Schritte gehen?«, bat sie, als er anhielt. Noch immer befanden sie sich im äußeren Lichtkreis.

»Übertreib' es nicht«, knurrte er, machte aber noch zwei weitere Schritte. Unerwartet vorsichtig stellte er sie auf die Beine, beugte sich zu ihr hinab und begann, ihre Tunika nach oben zu ziehen. Er atmete schwer und sein Geruch, eine Mischung aus Schweiß, schmutziger Kleidung und ungewaschenen Füßen, hüllte sie ein. Angewidert verzog Ellin das Gesicht. Hoffentlich hatte sie Kylian nicht missverstanden.

Plötzlich versteifte der Kerl sich. Ein Gurgeln drang aus seinem Mund, bevor er für immer verstummte. Mit einem dumpfen Laut schlug er auf den Boden auf. Jemand machte sich flink an ihren Fußfesseln zu schaffen. Anschließend wurden die Seile um ihre Handgelenke durchtrennt. Alles geschah in völliger Lautlosigkeit, nur Ellins Atemzüge hallten durch die Stille. Erleichtert dehnte sie ihre tauben Glieder und spürte, wie das Blut in Hände und Füße zurückkehrte. Eine Hand ergriff ihre und zog sie mit sich fort. Blind rannte sie neben Kylian her, darauf vertrauend, dass er wusste, was er tat. Hoffentlich geriet sie nicht vom Regen in die Traufe. Sie stolperte über einen Erdhügel, woraufhin er sie auf die Arme nahm und trug. Sein Atem ging tief und gleichmäßig, wie jemand, der es gewohnt war zu laufen. Ellin fragte sich, wie er es schaffte, in dieser undurchdringlichen Finsternis zu sehen. In den Stunden der tiefsten Nacht, wenn nicht einmal der Nordstern leuchtete, versank die Welt in blinder Schwärze. Doch er rannte so zielsicher, als könne er sehen. Hinter ihnen hallten Stimmen durch die Nacht, doch sie waren leise und weit entfernt.

»Sie haben Eure Flucht bemerkt«, wisperte er.

Ängstlich blickte Ellin über seine Schulter. »Können sie uns einholen?«

»Keine Angst, sobald wir Jalo erreichen, wird er uns sicher durch die Nacht tragen. Ihre Pferde sind nicht in der Lage, in der Finsternis zu sehen.«

»Und Jalo kann das?«

»Ja.«

»Aber sie könnten Fackeln nehmen«, wandte Ellin ein.

»Das könnten sie, trotzdem sind ihre Pferde nicht halb so schnell wie Jalo, er ist ein Grej Perlino.«

Ellin gab einen erstaunten Laut von sich. »Sind die nicht eine Legende?«

Statt einer Antwort lachte er freudlos.

Was gibt es da zu lachen?, hätte Ellin am liebsten gefragt, doch bevor sie die Frage stellen konnte, vernahm sie das leise Schnauben. Kylian blieb stehen und setzte sie ab. Anschließend half er ihr auf den Rücken des Pferdes und schwang sich dann selbst hinauf. Wieder war Ellin erstaunt, wie er das in dieser vollkommenen Finsternis zustande brachte. Er schnalzte mit der Zunge und der Hengst trabte los. Es war ein beängstigendes Gefühl, blind und hilflos durch die Schwärze zu reiten, darauf angewiesen, dass andere für sie sahen. Jeden Augenblick erwartete sie einen Sturz oder zumindest einen Zusammenstoß, doch Jalo fand zielsicher seinen Weg. Ellin dachte an die Geschichten, denen zufolge Grej Perlinos nicht nur die Augen eines Falken, sondern auch die Fähigkeiten und Instinkte von Flughunden hatten, die in der Lage waren, auch in der finstersten Nacht zu sehen.

Der Hengst jagte über das Land, bis der Morgen graute, und noch weit darüber hinaus. Der Wind pfiff um ihre Ohren, ihr Haar flatterte gegen Kylians Brust.

Die Wärme seines Leibes im Rücken machte ihr bewusst, dass tatsächlich Kylian ihr Retter war. Der Kylian, der sie doch aus tiefstem Herzen verabscheute, der sie gewürgt und bedroht hatte. Der kein Mensch war. Der Gedanke machte ihr Angst. Andererseits: Alles war besser als Lord Wolfhards Soldaten. Über die Gefahr, die von ihm ausging, konnte sie sich später noch Gedanken machen.

Als sie kurz darauf rasteten, rieb er das schweißfeuchte Pferd mit einem Tuch ab und gab ihm etwas zu saufen. Anschließend holte er

Gerstfladen und zwei Äpfel aus seiner Satteltasche und setzte sich mit dem Rücken zu ihr auf einen flachen Stein. Während sie sich heißhungrig über das Essen hermachte, betrachtete sie ihn verstohlen. Seine Haut war etwas dunkler als ihre, jedoch nicht so dunkel wie die der Küstenmenschen. Sein Körper war schlank, aber muskulös, die schwarzen Haare trug er zu einem Zopf, den er mit einem Lederband bändigte. Auch im hellen Licht des Tages und trotz eingehender Betrachtung vermochte sie nicht zu schätzen, wie viele Sternenläufe er wohl zählen mochte. Es könnten zwanzig aber ebenso gut auch vierzig sein. Sein Gesicht wirkte alt und jung zugleich. In ihm stand Reife, aber auch Jugend. Erfahrung aber auch Kühnheit und etwas, was Ellin als eine Mischung aus Bitterkeit und Hochmut beschreiben würde. Er war nicht dem vecktanischen Schönheitsideal entsprechend blond, bärtig, hochgewachsen und muskulös, doch war er trotz des versehrten Auges und der gespaltenen Lippe auf eine gefährliche Art gutaussehend.

Während des Mahls sprach er nicht und Ellin wagte auch nicht, das Wort an ihn zu richten, obwohl ihr unzählige Fragen auf der Zunge brannten. Allen voran die Frage, warum er sie befreit hatte und was nun mit ihr geschehen würde.

Hauptsache, er hat dich befreit, die Gründe sind doch unwichtig, sagte sie sich, doch Unsicherheit und Angst nagten an ihr.

Nach dem Frühstück setzten sie ihren Ritt fort. Ellin, die langes Reiten nicht gewohnt war, taten sämtliche Muskeln weh und sie überlegte, ob sie ihn um eine weitere Rast bitten sollte. Doch bei dem Gedanken an Lord Wolfhards Männer, die sicher ihren Spuren folgten, biss sie die Zähne zusammen und ertrug den Schmerz. Sie ritten bis in die Abenddämmerung hinein, bis Kylian sein Pferd in eine flache, von Dornenbüschen umgebene Senke steuerte, die vom Weg aus kaum zu erkennen war. Nachdem er sie von Jalos Rücken gehoben hatte, humpelte sie an den Rand der Mulde und ließ sich ächzend auf das weiche Gras sinken. Kylian, der ihre Gehversuche beobachtete, lachte leise. Ellin sah überrascht auf. Es war das erste Mal, dass sie ihn lachen sah, wenn auch mit einem abfälligen Unterton.

Nachdem er den Sattel abgenommen und Jalo versorgt hatte, nahm er einen kleinen Tiegel aus der Satteltasche und hielt ihn ihr hin.

»Hier. Reibt Euch das auf die schmerzenden Stellen, es wird Euch guttun.«

Zögerlich nahm sie den Tiegel entgegen, öffnete ihn und schnupperte. Der Inhalt roch nach Pfeilblumenkraut gemischt mit verschiedenen Kräutern. Da Kylian sich wieder entfernt hatte, um Feuerholz zu suchen, schob sie ihre Tunika hoch, löste die Beinkleider und zog sie über die Knie nach unten. Beim Anblick ihrer Schenkel entfuhr ihr ein erschrockener Laut. Die Innenseiten waren mit Blutergüssen übersät, die sich bis zu den Knien hinabzogen. So vorsichtig wie möglich begann sie, sich einzureiben und wagte doch kaum, die Haut zu berühren. Zischend sog sie den Atem durch die zusammengebissenen Zähnen.

»Seid Ihr fertig?«, fragte Kylian hinter ihr.

Ohne dass sie es bemerkt hatte, war er an sie herangetreten und starrte nun auf ihre nackten Schenkel. Erschrocken und beschämt schlang sie die Arme um ihre Beine, um sie vor seinem Blick zu verbergen.

Ein spöttisches Grinsen kräuselte seine Lippen. »Seid versichert, dass Ihr nichts habt, was ich nicht schon hundertfach gesehen hätte.«

»Meint Ihr die Flecken oder die Schenkel einer Frau?«, fragte Ellin spitz und befürchtete zugleich, zu weit gegangen zu sein. Sie durfte ihn nicht provozieren.

»Beides«, sagte er gleichmütig. »Seid Ihr nun fertig oder nicht?«

Ellin verschloss den Tiegel und reichte ihm die Salbe. Er riss ihn regelrecht aus ihren Händen und stapfte davon. Beklommen blickte sie ihm nach und beobachtete, wie er das Feuerholz aufschichtete, als würde er jeden einzelnen Ast zerbrechen wollen. Warum war er schon wieder zornig?

Vorsichtig rollte sie die Beinkleider hoch, hievte sich auf die Beine und humpelte zu dem Hengst, der um einiges größer war, als die Pferde, die sie kannte, wenn auch nicht so kräftig. Nach eingehender Betrachtung stellte sie fest, dass die ungewöhnliche Größe bedingt war durch den hoch aufgesetzten Hals und die langen Beine. Der gesamte Körper des Tieres schien einzig auf Schnelligkeit ausgerichtet zu sein. Zärtlich strich sie über das seidige Fell und betrachtete die wachen, mandelförmigen Augen. Der Hengst schnaubte leise und Ellin streichelte zwischen den Nüstern hinauf zur Stirn. Ihr Blick fiel auf die Ohren, welche ungewöhnlich groß und mit vielen kleinen Rillen versehen waren, wie die Ohrmuschel eines Flughundes. Mähne und Schweif waren weich wie Menschenhaar und von dunklerem Silbergrau als das Fell. Es war tatsächlich ein außergewöhnliches Tier, und obwohl Ellin noch nie ein Grej Perlino gesehen hatte, zweifelte sie nicht an seiner Abstammung. Neben dem Pferd lagen das Sattelzeug sowie ihr Bündel, welches sie vor ihrer Gefangennahme hatte fallenlassen.

»Ihr habt mein Bündel gefunden?«, fragte sie erfreut.

Kylian nickte stumm.

Ellin öffnete es und prüfte den Inhalt. Nichts fehlte, sogar der Gerstfladenklumpen war noch vorhanden. Vorsichtig nahm sie ihn heraus und verfütterte ihn an Jalo.

Anschließend erkundete sie die nähere Umgebung und entdeckte, sehr zu ihrer Freude, ein kleines Rinnsal hinter den Büschen. Nachdem sie vier Eier aus einem Vogelnest geklaubt hatte, überwand sie sich und bat Kylian darum, ihr einen Weg durch das Gestrüpp zu schlagen. Während er mit seinem Schwert eine schmale Schneise schuf, konzentrierte sie sich in sicherem Abstand auf seine Aura. Sie wirkte nicht gefährlich, hatte keinen finsteren Kern. Doch er hatte sie gewürgt, was bedeutete, dass etwas Dunkles in ihm war, auch wenn sie es im Augenblick nicht sehen konnte. Seufzend zog sie frische Kleidung aus ihrem Bündel, ging zum Bach und wusch sich. Als sie fertig war, begann sie, ihre Tunika zu reinigen. Lauter als nötig kam Kylian durch die Büsche getrampelt, hockte sich ein paar Doppelschritte entfernt ans Wasser und entkleidete sich. Obwohl er darauf achtete, seinen Körper vor ihren Blicken zu verbergen, errötete sie. Es behagte ihr nicht, ihn unbekleidet zu wissen. Nervös spähte sie zu ihm hinüber. Er hatte ihr den Rücken zugekehrt und einen Umhang um seine Schultern geschlungen. Sein für einen Mann ungewöhnlich schamhaftes Verhalten irritierte sie. Er verbarg etwas vor ihr. Sei nicht so neugierig, schalt sie sich in Gedanken. Wenn sie ihn bloßstellte, würde er nur wieder zornig werden, vielleicht sogar die Beherrschung verlieren. Zu was er dann fähig war, hatte er bereits bewiesen. Dennoch konnte sie nicht widerstehen, ihm immer wieder verstohlene Blicke zuzuwerfen. Und dann geschah es. Für einen kurzen Augenblick rutschte der Umhang von seinen Schultern. Sein Kopf ruckte zu ihr herum, doch sie hatte sich bereits wieder über ihre Tunika gebeugt und rubbelte an einem imaginären Fleck herum. Aus den Augenwinkeln sah sie, wie er misstrauisch die Stirn runzelte und dann eilig seine Waschung beendete.

Ellin blieb allein am Wasserlauf zurück. Sie hatte die Zeichen auf seinem Rücken gesehen, die weder willkürlich noch durch äußere Einwirkung verursacht worden waren, sondern Teil seiner Haut zu sein schienen. Was waren das für Zeichen? Was bedeuteten sie? Wer war Kylian wirklich? Sie stöberte in ihren Erinnerungen und reihte im Geiste die ihr bekannten Völker auf. Doch weder war er ein Mossa, die in den Steppen lebten und für ihren kleinen Wuchs bekannt waren, noch einer der Küstenmenschen, die von dunkler Hautfarbe waren. Die Männer von Thal dagegen waren zwar berüchtigt für ihre Kriegskunst sowie für ihre ungewöhnliche Leibesbemalung, doch die Zeichen auf Kylians Rücken waren keine Bemalung. Ihre Gedanken wanderten zu den übernatürlichen Wesen, die Truden, die Thyiaden, die Afrit und die Uthra. Stirnrunzelnd dachte an alles, was ihr Vater ihr über menschenähnliche Wesen erzählt hatte. Die Thyiaden und die Truden schieden aus, auch die Afrit passten nicht, doch was wusste sie über die Uthra? Allgemein galten sie als herausragende Kämpfer, die die Seelen ihrer Opfer als Zeichen ihrer Überlegenheit an sich banden, und auf diesem Weg ein unnatürlich langes Leben erlangten. Ihre Körper waren vom Herrscher des Lichts gezeichnet, der sie so als seine Kinder offenbarte.

Das musste es sein. Plötzlich war sie sich ganz sicher, einen der letzten Uthra vor sich zu haben. Im Gegensatz zu anderen Menschen hatte ihr Vater nie schlecht über fremde Wesen gesprochen, weder über Göttliche noch über Dämonische, auch nicht über die Uthra. *Die Götter halten alles im Gleichgewicht*, pflegte er zu sagen. *Das Gute, wie das Böse, das Schöne und das Hässliche, Glück und Leid und auch Geburt und Tod. Alles hat seinen Platz und seinen Nutzen in dieser Welt.*

Hastig wrang sie ihre Tunika aus und kehrte zum Lagerplatz zurück. Kylian hatte zwischenzeitlich ein Feuer entfacht und röstete Gerstfladen. Der köstliche Duft stieg in ihre Nase, ließ ihr das Wasser im Mund zusammenlaufen. Er blickte nicht auf, als sie zu ihm trat und ihre Tunika über einen Ast hängte.

Auch während des Nachtmahls, welches aus Trockenfleisch, Gerstfladen und gebratenen Eiern bestand, sprachen sie nicht. Seit dem Waschen war er noch verschlossener als zuvor, falls dies überhaupt möglich war. »Was wollt Ihr mit mir tun, jetzt, nachdem Ihr mich ein weiteres Mal gerettet habt?«, begann Ellin.

Kylian zuckte mit den Schultern und starrte weiter ins Feuer. »Darüber habe ich noch nicht nachgedacht.«

»Ich finde, wir sollten darüber sprechen, bevor ich Euch erneut verärgere.« *Und ihr einen weiteren Wutanfall bekommt*, fügte sie in Gedanken hinzu.

Er strich über seinen Bartschatten und überlegte. »Ihr solltet mit uns nach Huanaco reisen«, sagte er schließlich. »Die Herrscherin ist uns wohlgesonnen. Ich könnte sie um eine Anstellung für Euch bitten.«

Überrascht riss Ellin die Augen auf. »Würdet Ihr das tun?«

Er nickte. »Ich habe es mit meinen Gefährten besprochen. Alle halten es für eine gute Idee.«

»Das … das ist sehr freundlich. Danke.«

Wieder schwiegen sie.

»Wie viele Sternenläufe zählt Ihr eigentlich?«, fragte sie beiläufig, während sie die Reste ihres Fladens zwischen den Fingern zerbröselte.

Kylian hob den Kopf und sah sie an, sein Blick war nicht unfreundlich, aber wachsam. »Warum fragt Ihr?«

Sie zuckte betont gleichmütig mit den Schultern. »Es interessiert mich. Normalerweise vermag ich das Alter eines Menschen zu schätzen, doch bei Euch versagen meine Fähigkeiten.«

»Versucht es, ich sage Euch anschließend, ob Ihr richtig liegt.«

»Wie wäre es mit sechsundzwanzig?«

»Fast. Siebenundzwanzig«, erwiderte er ernst.

Lügner dachte Ellin und sagte: »Wo seid Ihr geboren? Gehört Ihr schon immer zum fahrenden Volk?«

»Wieso stellt Ihr schon wieder so viele Fragen?«, murrte er.

»Weil ich gerne mehr über meinen Retter erfahren möchte. Ist das denn so verwerflich?«

»Ihr kennt meinen Namen. Mehr braucht Ihr nicht zu wissen.«

Sie wusste, dass sie besser den Mund halten sollte. Er mochte keine Fragen, das hatte er nur allzu deutlich gemacht. Doch bevor sie mit ihm und seinen Gefährten ins ferne Huanaco reisen würde, wollte sie Gewissheit über seine Herkunft. »Ich kenne nur Euren ersten Namen, das ist nicht besonders viel. Wie lautet der Name Eurer Sippe?«

»Ich gehöre keiner Sippe an und trage keinen zweiten Namen.«

»Dann seid Ihr kein Vecktaner und auch kein Mossa oder Thalaner. Wo liegt Eure Heimat?«

Missmutig stocherte Kylian im Feuer herum. Ellin rückte vorsichtshalber von ihm ab, bereit, aufzuspringen, falls er die Beherrschung verlieren würde. Er bemerkte es.

»Ich werde euch nichts tun, Ellin. Dass ich im Wagen die Beherrschung verloren habe, tut mir leid und ich schwöre, dass sich derlei nicht wiederholen wird. Das solltet ihr wissen.«

Ellin seufzte. Noch vertraute sie ihm nicht, doch seine Worte beruhigten sie ein wenig. »Warum fällt es Euch dann so schwer, etwas von Euch zu erzählen? Ich will Euch nichts Böses.«

Er schnaubte. »Ihr wollt alles über mich wissen. Doch das geht Euch nichts an, also hört auf, danach zu fragen.«

Sie sah ihn eindringlich an. »Warum vertraut Ihr mir nicht? Wer auch immer Ihr seid, es ist mir egal. Das schwöre ich.«

Er stieß ein freudloses Lachen aus. »Ihr erwartet doch sicher kein Vertrauen für diesen billigen Schwur?«

Der Versuch, ihn zum Reden zu bringen, begann, sie zu frustrieren. Warum konnte er nicht ein einziges Mal seine abwehrende Haltung aufgeben? »Ihr müsst mir nicht vertrauen, ich weiß auch so schon genug über Euch«, erwiderte sie trotzig.

Kylian hob eine Augenbraue. »Tatsächlich? Was glaubt Ihr denn, über mich zu wissen?«

Sie schluckte trocken, ignorierte ihr klopfendes Herz und ihre feuchten Handflächen. »Ich glaube, Ihr seid kein Mensch.«

Unbehagen huschte über sein Gesicht, doch sogleich hatte er sich wieder im Griff. »Aha. Was bin ich denn, wenn nicht ein Mensch?«

»Ich glaube …«, sie zögerte, atmete tief durch und fasste Mut. »Ich glaube, Ihr seid ein Uthra.«

Er presste die Lippen zusammen, seine Kiefermuskeln spannten sich. Ellin befürchtete, zu weit gegangen zu sein. Schnell sprang sie auf und trat einen Schritt zurück. Er fixierte sie mit seinem Greifvogelblick.

»Was ist, wenn ich tatsächlich ein Uthra bin? Wie steht Ihr dazu?«, fragte er lauernd.

Nervös ballte sie die Hände zu Fäusten. »Alles, was ich dazu sagen kann, ist, dass Ihr mir um einiges freundlicher begegnet seid, als die Menschen. Nicht Ihr persönlich, aber Eure Gefährten.«

Er hob die unversehrte Augenbraue, dann lächelte er plötzlich. »Ich schätze, das habe ich verdient.«

Sie zuckte mit den Schultern, wagte eine neue Frage. »Sagt mir, ist Geldis ebenfalls eine Uthra?«

»Nein, sie ist ein Mensch.«

Mit einem Kopfnicken deutete er neben sich. »Setzt Euch, ich tu Euch nichts.«

Ellin tat wie geheißen, wenn auch zögerlich. »Wie lange ist sie schon bei Euch?«

»Sie zählte zwanzig Sternenläufe, als sie zu uns gestoßen ist, also schon sehr lange.«

»Wieso reist sie mit Euch umher, anstatt sesshaft zu werden? Als Seherin hätte sie einem hohen Herrn dienen und ein gutes Auskommen haben können, ganz zu schweigen von einem Gemahl und Kindern«, sagte sie.

Plötzlich machte Kylian ein verdrossenes Gesicht. »Das solltet Ihr sie selber fragen.«

Er hatte recht. Das sollte sie wohl. »Ich habe nur noch eine Frage, dann verspreche ich, zu schweigen.«

»Das höre ich gerne«, erwiderte er.

»Wie alt seid Ihr wirklich?«

Er grinste freudlos. »Ich zähle neunundsechzig Sternenläufe.«

Ellin betrachtete ihn staunend. »Ich muss zugeben, dass Ihr Euch ausnehmend gut gehalten habt.«

Ihre Worte sollten scherzhaft klingen, doch er wirkte unangenehm berührt. Hastig stand er auf, rollte die Matte und das Schlaffell aus und forderte sie auf, sich hinzulegen. Er selbst setzte sich ans Feuer. Offensichtlich war die Unterhaltung für ihn beendet

»Wollt ihr Euch nicht auch zur Ruhe begeben?«, fragte sie. Trotz ihrer Aussprache behagte ihr die Vorstellung nicht, zu schlafen, während er wachte.

»Ich muss aufpassen.«

»Glaubt Ihr, Wolfhards Männer könnten uns einholen?«

»Nein, zumindest nicht heute Nacht. Allerdings verlasse ich mich nicht darauf. Schlaft jetzt. Morgen haben wir einen langen Ritt vor uns.«

Trotz ihrer Müdigkeit dauerte es lange, bis sie endlich einschlafen konnte. Tausend Gedanken und Fragen huschten durch ihren Kopf. Acht Sternenläufe lang hatte sie nichts gesehen und erlebt, außer Lord Wolfhards Launen. Nun lag sie in der Wildnis mit einem Uthra, den sie trotz ihrer Gabe nicht einzuschätzen vermochte. Einerseits fürchtete sie sich vor ihm. Andererseits hatte er ihr bereits zweimal das Leben gerettet und verschaffte ihr sogar die Möglichkeit eines Neubeginns. Zumindest behauptete er das.

Ob es der Wahrheit entsprach, würde sich erst noch zeigen.

8

Zum ersten Mal betritt Ellin Lord Wolfhards Gemächer. Schüchtern schleicht sie in die erste Kammer und blickt sich um. Die ausgestopften Tiere an der Wand ängstigen sie. Ihre starren Augen erinnern sie an die toten Menschen vor dem Haus ihrer Eltern.

»Komm zu mir«, ertönt Lord Wolfhards tiefe Stimme aus dem Nebenraum.

Zitternd vor Angst trippelt Ellin in die Schlafkammer. Ihren Kopf hält sie gesenkt und stolpert prompt über ein Paar Stiefel, die vor der Tür stehen.

»Mir scheint, du bist ein tollpatschiges Ding. Sicher haben dich deine Eltern verzärtelt, hab ich recht?« Lord Wolfhards Stimme klingt kalt und hart, sie erschauert unter dem frostigen Klang.

»Antworte mir, Dienerin, bist du ein verwöhntes Gör oder kannst du auch anpacken?«

»Ich kann arbeiten, mein Herr. Im Haus meiner Eltern habe ich bei der Ernte geholfen und bin meiner Mutter in der Küche und im

Stall zur Hand gegangen.« Ihre Stimme ist kaum mehr als ein Flüstern.

»Dann fülle Wasser in die Schüssel, damit ich mich waschen kann. Anschließend legst du mir ein Nachtgewand zurecht, richtest meine Bettstatt, bringst mir einen Becher Würzwein und bürstest meine Schuhe«, befiehlt Lord Wolfhard.

Ellin schwirrt der Kopf von den vielen Aufträgen. Leise wiederholt sie die Befehle, während sie zum Waschtisch eilt. Der Krug ist groß und dazu noch bis zum Rand mit Wasser gefüllt. Es gelingt ihr kaum, ihn zu heben. Lord Wolfhards Rute saust auf ihren Rücken, bevor sie überhaupt bemerkt, dass er hinter ihr steht. Sie schreit auf vor Schreck und Schmerz, die Kanne poltert auf den Waschtisch zurück. Wasser schwappt über den Rand und tropft auf das Holz. Mit der linken Hand umfasst er ihr Kinn. Tief bohren sich seine Finger in ihr Fleisch, während er ihr Gesicht anhebt und sie zwingt, ihn anzusehen.

»Jedes Mal, wenn du einen Fehler begehst oder deine Arbeit nicht zu meiner vollsten Zufriedenheit verrichtest, werde ich dich hiermit bestrafen.« Er hält die Rute hoch und lässt sie gefährlich nah an ihrem Ohr vorbeizischen. Ellin zuckt zusammen, Tränen sammeln sich in ihren Augen. Erneut pfeift die Rute durch die Luft und klatscht auf ihr Gesäß. »Nur zur Warnung«, sagt er leise.

Sie fragt sich ernsthaft, ob sie gestorben und ihre Seele in die Hände eines Dämons gefallen ist. Dieser schreckliche Ort kann unmöglich ihr neues Zuhause sein. Als er sie loslässt und ihr befiehlt, weiterzuarbeiten, kann sie sich nicht mehr erinnern, was er ihr aufgetragen hat. Mit hängenden Armen steht sie vor ihm und starrt auf den Boden. Er grinst wölfisch, weidet sich an ihrer Hilflosigkeit und Angst. »Was ist, Dienerin? Warum tust du nicht, was ich dir aufgetragen habe?«

»Ich habe es vergessen«, wispert sie.

Die Rute zischt an ihrem Gesicht vorbei, so nah, dass sie den Lufthauch spürt.

»Es heißt: Ich habe es vergessen, mein Herr oder Lord Wolfhard. Streck die Hände aus«, befiehlt er.

Zögerlich schiebt Ellin ihre Hände vor. Dreimal saust die Rute auf ihre Finger nieder. Die Haut platzt auf. Blut quillt hervor. Sie weint. Lord Wolfhard wiederholt seine Befehle und sie beeilt sich, sie zu befolgen. Brennender Schmerz pocht in ihren Fingern und sie muss aufpassen, dass kein Blut auf die Bettdecke tropft. Er beobachtet sie, kontrolliert jede Verrichtung und schlägt sie erneut, als sie vergisst, ihn mit Herr anzusprechen. Als sie endlich Lord Wolfhards Kammer verlässt, zittert sie am ganzen Leib und schluchzt vor Schmerz und Angst, wohl wissend, dass dies der erste albtraumhafte Tag in einer langen Reihe von albtraumhaften Tagen war und es kein Entrinnen gibt aus dieser Qual …

Ellin schreckte aus dem Schlaf. Träume von Lord Wolfhard waren kein guter Tagesbeginn. Kylian war schon aufgestanden. Er stand neben Jalo und studierte eine Karte. Als er sah, dass sie wach war, nickte er ihr zu und vertiefte sich dann wieder in die Landkarte. Er sah müde aus. Ellin fragte sich, ob er überhaupt geschlafen hatte.
Zu ihrer Rechten erspähte sie einen Becher Wasser mit einem Gerstfladen, der vom Nachtmahl übriggeblieben war. Er war hart und an einigen Stellen verkohlt, aber um ihren knurrenden Magen zu beruhigen, würgte sie ein paar Brocken hinunter.
Anschließend richtete sie ihre Kleider, fuhr sich mit den Fingern durch die Haare und packte ihre Bündel.

Kylian rollte das Schlaffell zusammen und verstaute es in der Satteltasche. »Wir müssen uns beeilen«, sagte er. »Bevor uns Lord Wolfhards Männer einholen.«

»Glaubt Ihr, dass sie uns noch folgen?«

»Was glaubt Ihr? Wenn Wolfhard trotz des Langen Regens seine Männer ausschickt, um seine Leibdienerin zu suchen, dann geben sie gewiss keine Ruhe. Wie Blutwölfe werden sie Eurer Spur folgen.«

Der Gedanke erschreckte sie. »Aber wieso? Ich verstehe das nicht. Wie kann er nur so rachsüchtig sein?«

Kylian schnaubte. »Sicherlich geht es ihm nicht nur um Rache. Ich habe das Gefühl, dass da noch weit mehr im Spiel ist.«

Ihre Augen weiteten sich. »Mehr? Außer Rache fällt mir kein Grund ein, warum er mich verfolgen lassen sollte.«

»Dann weiß er vielleicht etwas, was Ihr nicht wisst. Um Euer Leben willen solltet ihr es herausfinden.«

»Warum seid ihr Euch dessen so sicher?«

Kylian machte eine wegwerfende Handbewegung. »Ich kenne die Welt und die Wesen, die darin leben. Es gibt Dinge, die sind unabänderlich, dazu gehört auch, dass sich ein Mann wie Lord Wolfhard keinen einzigen Prasi um seine Diener schert.«

»Unterschätzt ihn nicht. Er ist boshaft und …«

»Seid still!«, befahl er plötzlich.

Ellin verstummte und starrte ihn erschrocken an. Jalo tänzelte unruhig und schnaubte leise.

»Reiter, sie nähern sich«, zischte er.

Ellin schluckte nervös. »Lord Wolfhards Männer?«

»Ja. Sie müssen die Nacht hindurchgeritten sein, um uns einzuholen. Wir müssen uns verstecken.«

Er ergriff ihren Arm und zerrte sie an den Rand der Hecke. »Geht zum Wasser und kauert Euch flach auf den Boden.«

»Was ist mit Jalo?«

Kylian antwortete nicht. Er hastete zu seinem Hengst und führte ihn an ihr vorbei durch die Schneise, die er am Abend zuvor in das Gestrüpp geschlagen hatte. Ungeduldig winkte er Ellin zu sich und zerrte sie zu Boden. Der Hengst wieherte leise. Beruhigend strich Kylian über seinen Hals.

Die Reiter hielten genau in Höhe der Senke. Vielleicht hatten sie etwas gehört, vielleicht wollten sie die Gegend auch nur einer eingehenderen Prüfung unterziehen. Schlagartig wurde Ellin bewusst, dass sie Spuren hinterlassen hatten, und dass die Feuerstelle noch immer glimmte. Besorgt spähte sie durch das Gestrüpp. Zwei Reiter stiegen von ihren Pferden und begannen, die Senke abzusuchen. Die beiden gingen recht sorglos vor. Scheinbar glaubten sie, niemanden mehr vorzufinden. Einer stocherte mit seinem Schwert in der Feuerstelle herum und sagte etwas.

Jalo schnaubte leise. Ruckartig zog Ellin den Kopf ein und biss sich auf die Unterlippe.

Kylian kroch an ihre Seite und spähte durch das Gestrüpp. Die Soldaten steuerten direkt auf sie zu. Ohne die Männer aus den Augen zu lassen, wanderte seine Hand zu seinem Gürtel, zog einen Dolch und reichte ihn ihr. Anschließend zog er sein Schwert. Trotz ihrer Angst bemerkte Ellin die seltsamen Zeichen, die auf der fein geschliffenen Klinge eingraviert waren. Sie kannte sich mit Waffen nicht besonders gut aus, doch sie ahnte, dass dieses Schwert sehr wertvoll sein musste.

Ein Soldat entdeckte die Schneise und rief nach seinem Kameraden. Kylian ging in die Hocke und wartete. Sein gespannter Leib erinnerte sie an ein Raubtier, welches seine Beute anvisierte, bereit zum Sprung. Gleich würde sich zeigen, ob er ein so guter Kämpfer war, wie es die Geschichten erzählten. Ellin hoffte es. Mit schweißfeuchten Händen hielt sie den Dolch umklammert und betete darum, ihn nicht benutzen zu müssen.

Kylian bedeutete ihr, still zu sein und liegenzubleiben, sprang dann ohne Vorwarnung auf und hechtete über das Gestrüpp. Ellin hob den Kopf und spähte durch die Blätter. In ihren Ohren rauschte das Blut.

Fassungslos beobachtete sie, wie er auf die überraschten Männer zustürmte und dem Ersten das Schwert in die Brust stieß, bevor dieser auch nur die Gelegenheit hatte, seines zu erheben, geschweige denn, einen einzigen Streich gegen ihn zu führen. Einen Lidschlag später wirbelte er herum und hieb den Kopf des anderen von dessen Hals, durchtrennte die Wirbelsäule mit einer Leichtigkeit und Grazie, die wie ein Tanz anmutete. Nie zuvor hatte Ellin jemanden so kämpfen sehen, nicht einmal Lords Wolfhards Meisterkämpfer.

Die anderen beiden Soldaten stürmten nun ebenfalls in die Senke und rannten auf Kylian zu. Als sie ihre toten Kameraden erblickten, hielten sie abrupt inne. Kylian erhob sein Schwert und wartete. Er war nicht einmal außer Atem. »Kommt näher«, rief er ihnen zu.

»Wir wollen keinen Kampf«, erwiderte der Hauptmann. »Gebt uns das Weib und wir verschwinden.«

Kylian lachte. »Wie kommt Ihr darauf, dass ich eine Frau bei mir habe?«

Die Männer zögerten, warfen einander Blicke zu. Sie wussten, dass er log. Doch sie hatten gesehen, mit welcher Leichtigkeit er ihre Kameraden getötet hatte. »Ihr lügt«, rief der Hauptmann.

»Beweist es«, erwiderte Kylian.

»Wenn wir unserem Herrn von Eurer Tat berichten, wird es Euch schlecht ergehen«, drohte er nun.

Ein verschlagenes Grinsen stahl sich auf Kylians Gesicht. »Was lässt Euch annehmen, dass ihr jemals zu Eurem Herrn zurückkehren werdet?«

Die Soldaten schluckten schwer, wirkten plötzlich verunsichert. Langsam wichen sie zurück. Kylian folgte ihnen, erst gemächlichen

Schrittes, doch unvermittelt stürmte er los. Die beiden machten auf dem Absatz kehrt, hechteten zu den Pferden, sprangen auf ihren Rücken und galoppierten davon, als wäre der Fürst der Finsternis persönlich hinter ihnen her. Da von den Soldaten keine Gefahr mehr ausging, führte Ellin Jalo aus dem Bachbett. Den Anblick der beiden Toten mied sie. Oft hatte sie Heiler Mathýs bei der Behandlung von Verletzten geholfen und schon Schlimmeres gesehen. Doch nie zuvor waren Menschen wegen ihr erschlagen worden, zudem von einem Mann, der ihr nun, da sie ihn hatte kämpfen sehen, noch unberechenbarer erschien.

Kylian steckte sein Schwert weg und eilte ihr entgegen.

»Eure Fertigkeiten im Kampf sind beeindruckend«, sagte sie dumpf. »Die beiden Männer hatten Glück, dass sie fliehen konnten.«

Er ergriff Jalos Zügel und strich ihm über den Kopf. »Ich hatte nie vor, gegen sie zu kämpfen, ansonsten wären sie nicht geflohen, sondern tot.«

»Oh … ach so«, stammelte Ellin. »Sind Jesh, Butan und Nuelia ebenso gute Kämpfer wie Ihr?«

»Sie sind vergleichbar.«

Ellin versuchte sich vorzustellen, was *vergleichbar* bedeutete und welchen Schaden die Gruppe anrichten konnte, wenn sie ihre Kampfkunst vereinte. Kein Wunder, dass die Menschen sie fürchteten. »Sicher seid Ihr stolz auf euer Können.«

Statt einer Antwort umfasste er ihre Taille und hob sie auf Jalos Rücken. Nachdem er hinter ihr aufgestiegen war, schnalzte er mir der Zunge und der Hengst trabte los.

»Kylian?«

»Hm?«, brummte er.

»Warum habt Ihr die beiden Männer entkommen lassen?«

Er zögerte, schien zu überlegen. Das Schweigen dehnte sich aus, bis Ellin glaubte, dass er ihr nicht mehr antworten würde. Resigniert betrachtete sie die Rillen an Jalos Ohren und fragte sich, ob der Hengst tatsächlich so gut hören konnte wie ein Flughund.

»Der Kampf ist zwar mein Geschäft«, sagte Kylian plötzlich. »Doch es bereitet mir keine Freude. Ich meide Kämpfe, um nicht gezwungen zu sein, das zu tun, was ich am besten kann.«

»Und das wäre?«

»Töten.«

»Töten? Das ist, was Ihr am besten könnt?«

»Ja.«

Wenige Tage zuvor hätte sie diese Offenbarung noch mit Abscheu erfüllt, doch nun, da sie ihn besser kannte, gestand sie sich ein, dass sie nicht so frei von Vorurteilen war, wie sie immer geglaubt hatte. Es gab viele Gründe, warum ein Mann seinen Lebensunterhalt als Soldat oder mit Söldnerdiensten bestreiten musste. Der Mangel an Möglichkeiten war einer davon. Die Uthra wurden verachtet und verfolgt. Was sollten sie anderes tun?

Eine Weile ritten sie still dahin, während Ellin über die Uthra und ihre Art des Broterwerbs nachdachte. Nur das dumpfe Trommeln der Hufe und das Schnauben des Pferdes folgten ihrem Schweigen.

»Ich glaube, Ihr irrt Euch«, sagte sie schließlich. »Ihr könnt viel mehr.«

»Ach ja?«, erwiderte er gleichgültig.

»Ja. Ihr könnt gut mit Pferden umgehen, Ihr sprecht mehrere Sprachen. Ihr seid ein guter Spurenleser und nicht zuletzt seid Ihr loyal und jederzeit bereit, Euch für Eure Gefährten zu opfern.«

Er stieß einen brummigen Laut aus. »Eure Sicht ist getrübt, weil ich Euch nun schon zum zweiten Mal aus einer misslichen Lage befreit habe.«

Das mochte sein, doch wenn sie an seine Unbeherrschtheit zurückdachte, zweifelte sie an seiner Theorie.

»Die Männer werden Lord Wolfhard Bericht erstatten«, merkte sie an.

»Ich weiß.«

»Wenn er, aus welchen Gründen auch immer, tatsächlich so besessen von mir ist, werdet auch Ihr zum Gejagten, seid Ihr Euch dessen bewusst?«

»Das ist mir bewusst, doch darüber brauchen wir uns noch nicht zu sorgen. Bevor der Abend dämmert, sind wir bei den Braunen Seen, dorthin wird er uns nicht folgen.«

Ellin musste ihm Recht geben. Die Braunen Seen waren gewiss kein Ort, den irgendjemand freiwillig betrat. Ginge es nach ihr, würde sie es genauso halten. Doch wenn sie mit der Gruppe ins sichere Huanaco reisen wollte, musste sie ihnen wohl oder übel folgen.

Nach einem ereignislosen Ritt erreichten sie den westlichen Mahnstein, welcher den Beginn der Sümpfe markierte. Schon von weither konnte man sie sehen, und das, obwohl sich die Landschaft von einer endlos anmutenden Grasfläche langsam in eine hügelige, Moos überwucherte Steinwüste verwandelte, die immer wieder mit scharfkantigen Gesteinsbrocken sowie kleineren und größeren Tümpeln und Pfuhlen durchsetzt war. Ein Hinweis auf das Kommende. Kantig und düster ragte der Stein in den Himmel empor. Schon durch seine Größe erregte er Aufmerksamkeit, doch war er zudem mit vielerlei seltsamen Symbolen verziert, die zwar teilweise von Moos und Flechten überwuchert waren, jedoch nichts von ihrer Eindringlichkeit und Kraft verloren hatten. Ellin vermutete, dass sie vor dem Betreten der Sümpfe warnen sollten.

Vor dem Mahnmal stieg Kylian ab und suchte nach Spuren seiner Weggefährten. Anschließend nahm er die Karte zur Hand und überprüfte ihre Position. Ellin wartete auf Jalos Rücken und warf immer wieder besorgte Blicke in die Runde.

Sie hörten das leise Rumpeln gleichzeitig. Aus dem Halbdunkel näherte sich ein Wagen, begleitet von einem Reiter, der, als er ihrer ansichtig wurde, seinem Pferd die Sporen gab und ihnen entgegeneilte.

»Butan«, rief Kylian erleichtert.

Butan stoppte seinen Wallach, saß ab und umarmte Kylian.

Wie sich herausstellte, hatte die Gruppe Schwierigkeiten mit dem steinigen Gelände gehabt und die Radachse des Wagens reparieren müssen, die während der Fahrt gebrochen war. Das hatte sie zu einer längeren Rast gezwungen.

Ellin, die es vorzog, sich so wenig wie möglich an den Gesprächen zu beteiligen, verstaute ihr Bündel im Wagen, froh darüber, Kylians unmittelbarer Nähe zu entrinnen. Anschließend sammelte sie Zweige und entfachte ein Feuer. Aus irgendeinem Grund fühlte sie sich schuldig. Zwar schien ihr niemand einen Vorwurf zu machen, im Gegenteil, Jesh kümmerte sich rührend um ihr Wohlbefinden und versuchte mit allerlei Späßen, ihr ein Lächeln zu entlocken, dennoch fühlte sie sich befangen. Nun, da sie wusste wer Jesh, Kylian, Nuelia und Butan wirklich waren, empfand sie sich noch mehr als Eindringling als zuvor. Etliche Fragen türmten sich in ihrem Kopf. Wo kamen die Uthra her? Wie hatten sie zueinandergefunden? Wie war es ihnen gelungen, der Verfolgung durch die Menschen zu entgehen?

Doch sie wagte nicht, auch nur eine davon zu stellen. Es war eine verschworene Gemeinschaft, zu der sie ungewollt gestoßen war, eine Gemeinschaft, in der sie eine Fremde bleiben würde. Und obwohl ihr die Uthra mit Freundlichkeit begegneten, spürte sie doch das tiefsitzende Misstrauen, welches auch sie empfand. Sie sprachen über Dinge, die sie nicht verstand, stockten inmitten eines begonnenen Satzes und warfen einander bedeutungsvolle Blicke zu, als würden sie sich plötzlich daran erinnern, dass sich eine Unbefugte in ihrer Mitte befand.

Ellin war froh, als das Nachtmahl vorüber war und sie endlich in den Wagen kriechen konnte, ohne unhöflich zu wirken. Am liebsten hätte sie den Einstieg verschnürt, damit sich niemand unbemerkt nähern konnte, doch da Geldis ebenfalls im Wagen schlief, konnte sie das nicht tun. Erschöpft wickelte sie sich in das Schlaffell und versuchte, ihre Sorgen und Ängste auszusperren.

9

Lord Wolfhards Zorn brach über das Gesinde herein wie eine Flutwelle über ein Küstendorf. Jeder bangte um das Wohl der Bediensteten, die gezwungen waren, sich in seiner Nähe aufzuhalten. Niemand kam ungeschoren davon. Selbst sein loyalster Diener und rechte Hand Skavos bekam Fußtritte und Hiebe. Gerüchte machten die Runde, darüber, warum Lord Wolfhard über Ellins Flucht derart außer sich war. Die meisten waren der Ansicht, dass ihn die Dienerin bestohlen hatte, andere behaupteten, dass ihr Herr besessen sei von ihrer Schönheit. Als er erfahren hatte, dass Ellin noch lebte, bekam er einen Wutanfall, unter dem die Festungsmauern erzitterten. Er brüllte und schrie, zertrümmerte die Wasserkanne samt Waschtisch, riss die Jagdtrophäen von den Wänden und zerstörte das filigrane Fenn an den Fenstern. Den Hauptmann, der sie hatte entwischen lassen, peitschte er eigenhändig aus, bevor er ihn vor den Augen aller die Klippen hinabstieß. Der überlebende Soldat wurde ebenfalls gezüchtigt und anschließend auf unbestimmte Zeit in den Kerker gesperrt.

In einem verzweifelten Versuch, ihren Herrn zu beruhigen, schickte das Gesinde eine hübsche Magd, die ihn mit körperlichen Gefälligkeiten zur Ruhe bringen sollte. Doch als der Morgen graute, kehrte sie weinend und geschunden in die Küche zurück, während Lord Wolfhard weiter tobte und sich bis zur Besinnungslosigkeit betrank. Seither glich die Festung einer Gruft. Das Gesinde huschte durch die Gänge und sprach nur im Flüsterton miteinander. Selbst die Soldaten zogen sich in ihre Quartiere zurück.

Jede Nacht betete Affra darum, dass Lord Wolfhard Ellin nie finden möge, und dankte den Göttern dafür, dass sie noch lebte. Nach Ellins Flucht hatte Wolfhard den Torwächter in den Kerker werfen lassen, wo er sich noch immer befand. Natürlich hatte dieser Affra als Fluchthelferin beschuldigt, doch aufgrund ihres stetigen Leugnens und einer Notlüge seitens der Mägde und Küchenjungen, die behaupteten, dass sie sich die ganze Zeit über in der Küche befunden hätte, war sie von dem Verdacht freigesprochen worden. Wahrscheinlich hätte Lord Wolfhard sie trotzdem in den Kerker sperren lassen, überlegte Affra, nur ihre Kochkünste hatten sie vor diesem Schicksal bewahrt.

An diesem Morgen kam Skavos in die Küche, mit tiefen Schatten unter den Augen und einer rot geschwollenen Wange. Seine dünnen Haare waren zerzaust, die Kleidung knittrig, als hätte er darin geschlafen, und dunkle Bartstoppeln zierten sein normalerweise glattrasiertes Gesicht. Erstaunt blickte Affra ihn an. Sie kannte Skavos nur als unnahbar und beherrscht, stets tadellos gekleidet und sauber. Akribisch und scheinbar ohne Gefühle führte er Lord Wolfhards Befehle aus und stand genau wegen dieser eiskalten Präzision in dessen Gunst. Doch an diesem Morgen wirkte er weder beherrscht noch kalt. In seinen Augen standen Erschöpfung und Angst. Ohne Morgengruß trat er auf Affra zu, umklammerte ihren Arm und zerrte sie zu sich heran. »Wo ist Mathýs?«

Affra runzelte die Stirn. Skavos' dürre Finger bohrten sich in ihr Fleisch und hinterließen schmerzhafte Abdrücke auf ihrer Haut. Sie hatten einander noch nie leiden mögen, doch normalerweise beschränkte sich ihre Abneigung auf verächtliche Blicke und spitze Bemerkungen.

»Nehmt Eure Finger von mir, sonst sage ich gar nichts«, fauchte sie.

Skavos hielt sie weiter umklammert. »Antworte mir, bevor ich dich auspeitschen lasse, Weib.«

Sie warf ihm einen verächtlichen Blick zu. »Mir scheint, als wäre nicht ich diejenige, die sich Sorgen um eine Auspeitschung machen muss.«

Skavos' Gesicht näherte sich dem ihren, sein nach Gerstschnaps stinkender Atem schlug ihr entgegen. »Hüte deine Zunge.«

»Hört auf, mir zu drohen.«

Sie taxierten einander, ein wortloses Ringen um Macht.

»Warum verlangt Ihr nach dem Heiler?«, fragte Affra schließlich.

»Der Herr fühlt sich nicht wohl.«

Ihr Herzschlag beschleunigte sich. »Was hat er denn?«

Skavos zuckte mit den Schultern. »Ich weiß es nicht, er klagt über starke Schmerzen und kann sich kaum bewegen.«

Das sind nicht unbedingt schlechte Nachrichten. Angestrengt versuchte Affra, nicht allzu zufrieden auszusehen. »Seid Ihr schon in Mathýs Kammer gewesen?«

»Natürlich, einfältiges Weib«, giftete er. »Ich wäre wohl kaum hier, wenn ich den Heiler in seiner Kammer vorgefunden hätte.«

Affra lag eine Erwiderung auf den Lippen, doch hätte das nur zu einem weiteren Wortgefecht geführt.

»Und das alles nur wegen dieser Hure«, stieß Skavos hervor.

Affra hob fragend die Augenbrauen. »Von wem sprecht Ihr?«

Er spie aus. »Ich spreche von der geflohenen Leibdienerin. Sie hat uns das alles eingebrockt. Wenn ich sie in die Finger bekomme, stürze ich sie eigenhändig von den Klippen.«

Affra kniff die Lippen zusammen. Zorn brannte in ihrem Leib. Wie konnte er Ellin die Schuld für etwas geben, was einzig und allein Lord Wolfhard zu verantworten hatte?

»Mathýs ist beim alten Jost«, presste sie mühsam beherrscht hervor, entriss ihm ihren Arm und wendete sich wieder dem Mahlen von Gerstknollensamen zu. Leise Verwünschungen ausstoßend verließ Skavos die Küche.

Wenig später kam eine Magd herein und beauftragte Affra, einen Kräutersud zu bereiten und ihn in Lord Wolfhards Gemächer zu bringen. Nur zu gerne hätte sie diese Aufgabe einer Küchenmagd überlassen, doch war sie nicht sicher, ob das in Lord Wolfhards Sinne war. Also bereitete sie den Sud zu und machte sich anschließend auf den Weg zu ihrem Herrn. Mit weichen Knien betrat sie die Gemächer. Wolfhard lag bäuchlings auf seiner Bettstatt und stöhnte. Mathýs stand zu seiner Rechten und tastete seinen Rücken ab. »Stell den Trank auf den Tisch, ich werde ihn gleich mit schmerzlindernden Tropfen versehen«, wies er Affra an.

»Was ist denn nun mit mir?«, brummte Lord Wolfhard.

»Ihr habt Euch den Rücken verrenkt, mein Herr.«

»Dann renk ihn wieder ein!«

Mathýs seufzte. »Das geht nicht. Ich kann Eure Schmerzen lindern, Herr, doch was Ihr vor allem braucht ist Ruhe.«

Lord Wolfhard knurrte ungeduldig. »Ruhe? Wie lange?«

Der Heiler zuckte mit den Schultern. »Das kann ich nicht genau sagen. Vier, vielleicht auch fünf Nächte.«

Lord Wolfhard stieß eine Verwünschung aus und rollte sich auf den Rücken, wobei er stöhnte und fluchte wie ein gestrandeter Seemann. Mathýs half ihm, eine einigermaßen bequeme Lage zu finden.

»Für was beschäftige ich einen Heiler, wenn er mich nicht heilen kann?«, knurrte Wolfhard.

Hilflos blickte Mathýs zu Affra auf. Er konnte Medizin verabreichen, Wunden nähen und Glieder amputieren, doch seinen aufbrausenden Herrn zu beruhigen, fiel ihm schwer.

»Eure Lordschaft hat sich völlig verausgabt«, versuchte Affra ihn zu beschwichtigen. »Gönnt Euch ein wenig Ruhe. Wir werden dafür sorgen, dass es Euch an nichts mangelt.«

»Ich soll ruhen, während diese Hure umherzieht und sich über ihren Dienstherrn belustigt?« Lord Wolfhards Gesicht lief rot an. »Ich muss sie einfangen, bevor sie zum Land ihrer Missgeburt von Mutter gelangt und Rechte fordert, die ihr nicht zustehen.« Wutentbrannt trommelte er mit der Faust auf das Bett. »Und diesem Bastard, der bei ihr ist, werde ich die Haut in Fetzen peitschen, bevor ich ihn von den Klippen baumeln lasse, bis ihm die Greifvögel das Fleisch von den Knochen picken.«

Affra warf Mathýs einen besorgten Blick zu. Wer war der seltsame Fremde, in dessen Begleitung Ellin sich angeblich befand? Und wieso sollte sie Rechte auf das Land ihrer Mutter haben? Soweit sie wusste, war das Gerstfeldtal nur Pachtland, höchstenfalls ein Lehnsgut. Ein Lehen würde zwar Ellins erblichen Anspruch erklären, doch da Lord Wolfhard sie lebenslang in seine Dienste genommen hatte, war dieser Anspruch erloschen.

»Au! Pass doch auf, du elender Tölpel«, schimpfte Lord Wolfhard und hieb nach Mathýs, der seine Füße angehoben hatte, um ihm ein Kissen unterzulegen. »Tu endlich etwas gegen diese verfluchten Schmerzen.«

»Sofort, mein Herr.« Mathýs sprang auf, ergriff den Becher mit Kräutersud und träufelte schmerzlindernde Tropfen hinein.

Affra trat auf Lord Wolfhard zu und verneigte sich. »Soll ich eine Magd mit dem Mittagsmahl heraufschicken, Herr?«

Wieder stöhnte Wolfhard, Schweißperlen glänzten auf seiner Stirn. »Ich habe keinen Hunger. Bring mir vergorenen Schwarzbeersaft und schick Skavos zu mir«, presste er zwischen zusammengebissenen Zähnen hervor.

Affra verneigte sich. »Wie ihr wünscht, mein Herr.«

Erleichtert eilte sie in die Küche zurück. Während sie vergorenen Schwarzbeersaft in einen Krug füllte, dachte sie an Ellin und wie froh sie war, dass das Mädchen wohlauf zu sein schien. Gleichzeitig sorgte sie sich um sie. Lord Wolfhard schien fest entschlossen, sie im Zweifelsfall höchstpersönlich zurückzuholen. Nur die Götter wussten, was mit ihr geschehen würde, sollte er sie je in die Finger bekommen.

Da sie sich glücklich schätzen konnte, Lord Wolfhard so glimpflich entkommen zu sein, und ihr Glück nicht überstrapazieren wollte, schickte sie eine Magd in die Gemächer hinauf, um ihm das Gewünschte zu bringen. Sie selbst widmete sich den Vorbereitungen für das Nachtmahl. Zum ersten Mal war sie fahrig und unkonzentriert und so geschah es, dass die Gerstfladen verkohlte Ränder hatten, während das Fleisch nur halb durchgegart war. Zudem schnitt sie sich beim Kräuterhacken in den Finger und ließ einen Krug mit teurem Würzwein fallen. Wäre sie einer der Küchenjungen oder Mägde, wäre sie wegen dieser Unachtsamkeit gezüchtigt worden. Die Küchenmeisterin hingegen wagte niemand zu tadeln. Doch die verstohlenen

Blicke, die die Untergebenen einander zuwarfen, bemerkte sie wohl, zog es aber vor, sie zu ignorieren. Seit das Küchengesinde für sie gelogen hatte, stand sie in ihrer Schuld.

Immer wieder fragte sie sich, welche Rechte Ellin wohl auf das Lehen ihrer Mutter haben mochte. Handelte es sich vielleicht gar nicht um Pachtland? Von Ellins Mume Tilda wusste sie, dass die Abgaben, die Ellins Eltern entrichtet hatten, nur dem Steuerwert entsprachen, den auch die Herren eines freien Grundbesitzes zu entrichten hatten. Tilda hatte ihren Bruder immer um dieses Sonderrecht beneidet. Der neue Pächter hingegen musste mehr als die Hälfte seiner Erträge und Einkünfte an Lord Wolfhard abtreten. Bei einem ertragreichen Land dieser Größe war das ein beträchtlicher Zugewinn, der schon einige von Lord Wolfhards Feldzügen und Jagdgesellschaften finanziert und die Vorratsspeicher mit Gerstknollen gefüllt hatte.

Plötzlich war sie sich gar nicht mehr so sicher, dass der Überfall auf Ellins Familie wirklich nur die Tat einer marodierenden Räuberbande gewesen war. Der Gedanke versetzte ihr einen solchen Schreck, dass sie sich am Tisch festhalten musste, weil sie schwankte. Sie biss sich auf die Lippen und blickte auf ihre Hände hinab. Sie zitterten. Tief atmete sie ein und aus, bis sich der Schwindel gelegt hatte.

Sie musste sich zusammenreißen. Niemand durfte von ihrem Verdacht erfahren, nicht einmal Mathýs, denn wenn es sich als wahr herausstellte, befand sich nicht nur Ellin in großer Gefahr, sondern jeder, der davon Kenntnis hatte.

10

Die Nacht war heiß und schwül und auch der Morgen brachte keine Abkühlung, nur feuchten Dunst, der über den Boden zog und die Landschaft in einen fleckigen See aus weißen Schwaden verwandelte. Wie ein Rettungsboot schwebte der Wagen inmitten des dunstigen Brodems, der von den Braunen Seen zu ihnen herüberwehte. Ellins Haare waren schweißnass und klebten an ihrer Stirn. Die Felle hatte sie längst von sich geworfen. Da sie allein mit Geldis im Wagen schlief, musste sie keine Angst vor der unzüchtigen Zurschaustellung ihres Körpers haben, doch zum ersten Mal verstand sie, warum die Uthra es vorzogen, im Freien zu schlafen. Jesh hatte ihr erzählt, dass sie dies nicht aus praktischen Gründen taten, sondern weil sie sich im Wagen eingeengt fühlten. Uthra, so erklärte er, bräuchten frische Luft und den Himmel über ihren Köpfen.

Als Nuelia sie in den frühen Morgenstunden weckte, hatte Ellin das Gefühl, kaum geschlafen zu haben. Müde wusch sie sich, während Geldis ihr beim Entwirren ihrer Locken half.

»Wie können wir bei diesem Nebel sehen, wohin wir fahren?«, fragte Ellin, als sie aus dem Wagen stieg und in den feuchten Schleier trat. »Ich kann ja kaum die Hand vor Augen sehen.«

»Der Nebel wird sich bald lichten. Bis wir zu den gefährlichen Tiefen gelangen, haben wir hoffentlich bessere Sicht«, erklang Butans Stimme irgendwo inmitten des weißen Waberns.

Ellin dachte daran, dass Kylian bewiesen hatte, dass die Uthra auch unter ungünstigen Sichtverhältnissen sehen konnten. Zumindest besser als ein Mensch. Wer die Finsternis der sternenlosen Nacht zu durchdringen vermochte, dem machte ein wenig Nebel sicher nicht allzu viel aus.

Je tiefer sie in das unwirtliche Gebiet vordrangen, umso schwerer und feuchter wurde die Luft, begleitet von einem fauligen Brodem, der Ellin Übelkeit verursachte und sich wie eine zähe Wolke auf ihre Atemwege legte. Weit und breit gab es nichts, außer dürren Sträuchern und verkrüppelten Bäumen, deren kahle Äste sich wie Krallen nach ihnen reckten, sowie die stinkenden, braunen Pfuhle um sie herum. Die Sümpfe waren, bis auf ein gelegentliches Glucksen und Plätschern, vollkommen still. Je länger sie durch diese unnatürliche Stille fuhren, umso unwirklicher wurde Ellin zumute. Ihr kam es vor, als würde das Land selbst alle Geräusche verschlucken und sie direkt in das Herz der Finsternis fahren.

Tief gruben sich die Räder in den Boden und rüttelten den Wagen kräftig durch. Immer wieder ließ Kylian sie anhalten. Nicht selten befanden sie sich in beträchtlicher Schräglage und gefährlich nahe an einem der blubbernden Gewässer. Je weiter sie in das Sumpfgebiet vordrangen, umso schmaler und unwegsamer wurden die Pfade. Für die Flüchtigen war dies der perfekte Ort, sich zu verstecken und gäbe es Geldis' Visionen nicht, wäre dies wohl der letzte Ort, an dem die Uthra gesucht hätten. Nach endlosen Stunden, in denen sie mehr als einmal um Haaresbreite einem Sturz in die Tümpel entgangen waren, befahl Kylian zu rasten.

»Hier werden wir die Nacht verbringen und morgen früh ohne Wagen weiterreisen«, entschied er.

»Ihr wollt ihn einfach so zurücklassen?«, fragte Ellin erstaunt.

»Wir holen ihn wieder, sobald unser Auftrag erfüllt ist.«

Ellin schaffte es einfach nicht, den Mund zu halten. »Aber Ihr könnt ihn doch nicht einfach so inmitten der Sümpfe stehenlassen.«

Kylian zog eine Augenbraue hoch und grinste, was seinem Gesicht einen spöttischen Ausdruck verlieh. »Wieso? Glaubt Ihr etwa, er wird gestohlen?«

Die anderen lachten, und Ellin kam sich plötzlich töricht vor. Mit glühenden Wangen kreuzte sie die Arme vor der Brust und wandte sich ab.

Butan und Kylian verließen das Lager, um den Weg für den nächsten Morgen auszukundschaften. Nuelia machte sich daran, brennbares Material zu suchen und Jesh spannte die Zuggäule ab und nahm dann neben Ellin Platz, die auf dem Kutschbock saß und schmollte. »Nehmt es nicht persönlich, Ellin. Kylian und Butan sind nicht besonders mitfühlend und bisweilen auch ein wenig grob.«

Ellin zwang sich zu einem Lächeln. »Nein, es war töricht von mir. Wer sollte uns hier schon den Wagen stehlen? Doch was ist mit den Zugtieren?«

»Geldis bleibt zurück und kümmert sich um sie«, er zögerte. »Würdet Ihr mir helfen, das Nachtmahl zuzubereiten?«

Gemeinsam krochen sie in das Wageninnere und trugen das Kochgeschirr sowie Möhren, Trockenfleisch und Gerstfladen nach draußen. Geldis, die unter der drückenden Schwüle litt, saß gegen ein Wagenrad gelehnt auf dem moosigen Boden und wühlte in ihrem Beutel. Haarsträhnen hatten sich aus ihrem Zopf gelöst und klebten an der feuchten Stirn. Sie atmete schwer.

Ellin ging neben ihr in die Knie. »Geht es Euch gut? Trinkt Ihr genug?«

Geldis versuchte sich an einem Lächeln. »Es geht schon, mein Kind. Mein alter Leib verlangt nur nach ein wenig Ruhe.«

Ellin betrachtete sie besorgt. Geldis wedelte mit der Hand, als würde sie versuchen, einen Stechling zu verscheuchen. »Geh schon und hilf Jesh bei der Zubereitung des Essens, es geht mir gut.«

Ellin versprach, später nach ihr zu sehen, erhob sich und ging Jesh beim Möhrenschneiden zur Hand.

»Ich bin sehr froh, dass Ihr bei uns seid«, sagte er. »Mit Euch an meiner Seite macht die Arbeit Freude.«

»Das ist nett von Euch. Ich bin dankbar, dass Ihr mir Zuflucht gewährt habt«, erwiderte sie.

Jesh winkte ab. »Das ist doch selbstverständlich.«

Ernst blickte Ellin ihn an. »Nein, ist es nicht. Die meisten hätten mich dem Tode überlassen oder gegen ein Lösegeld zu meinem Dienstherrn zurückgebracht.«

Jesh errötete. »So etwas könnte ich niemals tun und auch Kylian und Butan, so raubeinig die beiden auch sind, würden einer Frau nie etwas zuleide tun.« Zaghaft legt er seine Hand auf Ellins. Seine Wangen glühten. »Wir kennen uns kaum, doch darf ich Euch vertraulich ansprechen?«

»Ja. Ja natürlich«, erwiderte Ellin. Die unerwartete Berührung erschreckte sie. »Ihr habt mich gerettet, also ist es nicht unangebracht.«

Eigentlich dachte sie, er würde ihre Hand nun wieder loslassen, doch stattdessen beugte er seinen Kopf vor und näherte sich ihrem Gesicht. Ellin erstarrte. Wollte er sie etwa küssen? Bei den Göttern. Das musste sie verhindern.

Ein leises Platschen erklang. Jesh fuhr zurück und blickte sich hektisch um, seine Hand wanderte zum Schwertknauf.

Hinter dem Wagen fluchte jemand. Ellin und Jesh sprangen auf und rannten um den Wagen herum. Nuelia steckte bis zur Hüfte in braunem Morast und klammerte sich an ein Büschel Gras. Dürre Zweige lagen verstreut um sie herum.

»Ich stecke fest«, rief sie. »Helft mir hier raus.«

Ellin und Jesh fielen auf die Knie, umfassten Nuelias Oberarme und versuchten, sie aus dem schlammigen Boden zu ziehen, was nicht einfach war, denn der Morast hielt seine Beute fest umklammert. Außer Schimpfen und Fluchen konnte Nuelia nichts tun, um ihnen zu helfen. Schweiß strömte über Ellins Gesicht und brannte in ihren Augen, während sie so fest sie konnte an Nuelia zog. Langsam löste diese sich aus der Umklammerung, bis der Sumpf sie schließlich mit einem schmatzenden Laut entließ. Keuchend lag sie auf dem Boden. Auch Ellin und Jesh sanken auf das Moos und rangen nach Atem. »Wie ist das passiert?«, japste Jesh.

»Ich bin zu nah an den Rand getreten. Plötzlich ist der Boden unter mir weggesackt und ich bin in diesen elenden Sumpf gerutscht«, berichtete Nuelia. »Bei den Göttern war das knapp.«

Sie richtete sich auf und rümpfte die Nase. »Und jetzt stinke ich wie ein Haufen Bisottscheiße.«

Jesh lachte. »Dann geh dich waschen. Ellin und ich kümmern uns um das Feuer.«

»Seid vorsichtig, wenn ihr das Holz auflest, der Boden ist nicht sicher.« Nuelia erhob sich und schlurfte davon. Stinkender Schlamm tropfte von ihren Kleidern.

Ellin und Jesh sammelten das Holz auf, wobei sie die Zweige, die sich zu nah am Rand des Gewässers befanden, liegenließen. Anschließend entzündeten sie ein Feuer und machten sich erneut ans Kochen.

»Du bist geschickt«, lobte Jesh, als Ellin die in heißem Fett schwimmenden Rüben wendete.

»Danke«, erwiderte sie.

»Und du hast schöne Hände«, fügte er hinzu.

Ellins Wangen röteten sich. Plänkelte Jesh etwa mit ihr? Wie sollte sie darauf reagieren?

Glücklicherweise kam Nuelia hinzu. Noch immer zog sie einen miefigen Hauch hinter sich her. »Ist das Essen fertig? Kylian und Butan kehren zurück und sind bestimmt hungrig.«

Jesh betrachtete sie naserümpfend. »Das Waschen hat wohl nicht ausgereicht, ich empfehle dir ein ausgiebiges Bad.«

Nuelia schubste ihn, sodass er zur Seite fiel. »Werd nicht frech, Kleiner, sonst verpass ich dir eine Abreibung.«

Lachend blickte Jesh zu ihr auf. »Ich sage dir nur, was jeder hier riechen kann.«

Nuelia warf sich auf ihn und drückte ihn zu Boden. »Du behauptest also, dass ich stinke? Na warte. Ich gebe dir was Stinkiges.« Sie riss eine Handvoll feuchte Erde und Moos aus dem Boden und bewarf ihn damit. Jesh rollte zur Seite, griff nach ihren Beinen und zerrte sie zu sich heran. Lachend wälzten sie sich auf dem Moos herum. Auch Ellin konnte sich ein Kichern nicht verkneifen. Die Unbekümmertheit der beiden wirkte ansteckend und erinnerte sie daran, wie lange sie schon nicht mehr fröhlich gewesen war.

Das Wiehern von Pferden unterbrach die Rangelei. Kylian und Butan ritten in das Lager, saßen ab und begannen, die Pferde abzusatteln. Kylian blickte missmutig drein. Ellin fragte sich, ob er schlechte Nachrichten hatte. Vielleicht fiel ihr seine düstere Miene auch nur auf, weil sie eben Zeuge von ausgelassener Fröhlichkeit geworden war.

»In der Tat bleibt uns keine andere Wahl, als zu Fuß weiterzugehen«, verkündete er. »Zweihundert Doppelschritte entfernt verengen sich die Pfade zu einem schmalen Saum, der kaum breit genug für die Pferde ist, geschweige denn für den Wagen. Zudem halten wir heute Nacht abwechselnd Wache. Die Gegend ist mir nicht geheuer.«

»Wieso? Was habt ihr gesehen?«, fragte Nuelia.

Butan schüttelte den Kopf. »Nichts, doch wir hatten fortwährend das Gefühl, beobachtet zu werden.«

»Habt ihr die Insel entdeckt?«, fragte Jesh.

»Einen halben Tagesritt voraus erhebt sie sich aus den Sümpfen. Wir sollten sie morgen, kurz vor Sonnenuntergang, erreichen.«

Im Gegensatz zu Ellin schienen die anderen diese Nachrichten nicht besonders beunruhigend zu finden. Ellin jedoch blickte sich ängstlich um und fühlte sich schlagartig ebenfalls beobachtet. Die Vegetation hatte sich von karger Dürre in ein feuchtes Biotop aus Sumpfgewächsen verschiedenster Art gewandelt. Buschige Farne, kleine, scharlachrote Blumen, Schilf, Teichbinsen und dichtes, grünes Kalmuskraut überwucherten den Boden und verdeckten nicht nur den Übergang von festem zu schlüpfrigem Grund, sondern gaben auch dem dort lebenden Getier Schutz. Wie konnten die Uthra im Angesicht solcher Gefahr nur ruhig bleiben?

So ungerührt Kylian von der drohenden Gefahr blieb, so besorgt zeigte er sich, als er von Geldis' geschwächtem Zustand erfuhr. Mit düsterer Miene eilte er in den Wagen, in den die alte Frau sich geschleppt hatte, und kam eine ganze Weile nicht mehr hinaus. Auf Ellins Frage, ob sie nach den beiden sehen sollte, schüttelte Nuelia den Kopf und bat sie, fast ein wenig barsch, draußen zu bleiben. Als die Sonne hinter dem dunstigen Horizont versank, kletterte er wieder nach draußen. In seinem Arm hielt er Geldis, die sich auf ihn stützte. Verwundert beobachtete Ellin, wie rührend er sich um die alte Seherin kümmerte und ihr sogar dabei half, ihre Notdurft zu verrichten.

Das Nachtmahl verlief schweigend, jeder hing seinen Gedanken nach. Im Anschluss half Ellin beim Reinigen und Verräumen des Kochgeschirrs und zog sich dann eilig in den Wagen zurück. Sie verspürte den Wunsch, allein zu sein und nachzudenken. Später, als Kylian Geldis in den Wagen half, legte sie sich hin und gab vor zu schlafen.

Die Nacht zog sich dahin. Ängstlich lauschte sie auf jedes Geräusch und auch die feuchte Hitze machte ihr zu schaffen. Am liebsten hätte sie sich nackt auf den Holzboden gelegt, die Arme und Beine abgespreizt. Erst Geldis' leises Schnarchen beruhigte ihr aufgebrachtes Gemüt und verschaffte ihr die ersehnte innere Ruhe.

Vielstimmiges Krächzen vermischte sich mit den Rufen der Uthra. Was Ellin zunächst für einen Traum gehalten hatte, entpuppte sich als Wirklichkeit. Erschrocken öffnete sie die Augen und setzte sich auf. Überall um den Wagen herum ertönte ein dissonantes Krächzen aus den Kehlen unzähliger Kreaturen. »Was ist das?«

Geldis stemmte sich hoch. »Es hört sich an wie Vögel.«

Mit zitternden Beinen stand Ellin auf. Behutsam, um ja kein Geräusch zu verursachen, kletterte sie über die Vorratskiste und die Kleidertruhe hinweg und schob sich bis an den Rand des Kutschbocks vor. Mit angehaltenem Atem öffnete sie die Bespannung einen Spaltbreit und spähte hinaus.

Was sie sah, verschlug ihr schier den Atem. Die Uthra kämpften gegen eine wahre Übermacht hüfthoher, vogelähnlicher Wesen. Im Feuerschein glänzten ihre Schnäbel, Flügel und Klauen silbrig wie Metall. Sie sprangen sie an und versuchten, sie mit ihren Krallen zu verletzten oder ihnen mit ihren dolchartigen Schnäbeln die Augen auszustechen. Funken sprühten, als ein Schnabel an Kylians Schwert entlangschabte. Ein anderer hackte auf Nuelia ein, die ihr Schild erhob. Doch anstatt abzuprallen, fuhr der Schnabel durch das Schild hindurch und kam auf der anderen Seite wieder zum Vorschein. Mit einem eleganten Hieb schlug Nuelia der Kreatur den Kopf ab. Schon drangen weitere Vögel auf sie ein und umkreisten sie kreischend, während sie hektisch mit ihren verkümmerten Flügeln schlugen. Der stechende Geruch des heraustropfenden Blutes ihres Artgenossen, dessen Kopf noch immer in Nuelias Schild hing, trieb sie schier zur Raserei. Butan fegte wie ein Wirbelwind durch die Vogelschar, schwang sein Schwert zu allen Seiten, durchbohrte Leiber, trennte Köpfe von Hälsen und schlug dürre Beine durch.

Die Zuggäule kreischten panisch und versuchten zu fliehen. Schon machten sich vier Vögel über eines der Tiere her, durchbohrten es mit ihren Schnäbeln, zerrten Fleischbrocken aus dessen Leib. Blut spritzte. Jesh eilte hinzu und versuchte, das Tier zu retten. Mit einem zornigen Schrei stürzte er sich auf die Bestien und hieb auf sie ein. Eine der Kreaturen begann, mit den Flügeln zu kreisen, schneller immer schneller. Noch nie hatte Ellin einen Vogel gesehen, der dies konnte. Sie fragte sich gerade, wozu diese Geste wohl diente, als sich plötzlich eine der glänzenden Federn löste und auf Jesh zuschoss. Instinktiv stieß Ellin einen Warnruf aus. Jesh duckte sich. Zu spät. Die Feder grub sich in seine Schulter. Wie aus dem Nichts tauchte eine weitere Kreatur auf und sprang direkt vor Ellin auf den Kutschbock. Ihre Krallen schabten über das Holz und verursachten ein schauriges Geräusch.

Erschrocken schrie Ellin auf und taumelte zurück. Mit ihren Krallen begann die Kreatur, die Plane zu zerfetzen. Dabei stieß sie hohe Töne aus, die Ellin in den Ohren schmerzten. Eine weitere Kreatur kam hinzu und zwängte ihren metallischen Schnabel durch die Öffnung. Immer weiter riss die Plane auf. Mit bebenden Fingern wühlte Ellin das Messer aus ihrem Bündel. Geldis, die sich mittlerweile von ihrem Lager erhoben hatte, griff nach der Pfanne und einem Dolch.

»Was sind das für Kreaturen?«, fragte Ellin panisch.

»Stymphaliden«, stieß Geldis hervor.

Schon presste der erste Vogel seinen Leib durch die Plane und hüpfte auf sie zu. Ellin sprang zur Seite und stieß das Messer nach dem Untier, verfehlte es jedoch. Am Eingang wurde der Vorhang zur Seite gerissen. Ellin hoffte inständig, dass es sich bei dem Eindringling nicht um einen dieser verfluchten Vögel handelte. Erleichtert vernahm sie Jeshs Stimme.

»Geht zur Seite«, befahl er knapp.

Ellin drückte sich gegen die Plane. Das Untier warf sich herum und hackte nach Jesh, der ihm geschickt auswich und es mit einem Streich enthauptete. Der andere Vogel sprang nun ebenfalls auf sie zu und versuchte, Jesh zu umrunden, um an die wehrlosen Frauen zu gelangen. Er flatterte mit den verkrüppelten Flügeln, ohne jedoch einen seiner dolchartigen Federn abzuschießen, und stieß dabei laute, abgehackte Krächzlaute aus. Jesh hielt sein Schwert erhoben. Das Schild hatte er fallenlassen, nachdem die Feder in seine Schulter gedrungen war. Die Stymphalide öffnete den Schnabel und entblößte ein zahnloses Maul in dem sich eine lange, an der Spitze gespaltene Zunge befand. In ihrem Rachen ragten mehrere hintereinanderstehende Dornen aus dem Oberkiefer. Ein schrilles Krächzen erklang tief aus ihrer Kehle. Ellin presste die Hände auf die Ohren. Jesh verzog das Gesicht. Brüllend stieß er sein Schwert in das geöffnete Maul. Unter gellendem Kreischen brach die Kreatur zusammen, zappelte wild auf dem Boden herum, bis sie schließlich verstummte. Helles Blut verteilte sich auf den Fellen und erfüllte den Wagen mit einem beißenden, säuerlichen Gestank.

Jesh hechtete zum Einstieg, als auch schon zwei weitere Stymphaliden ihre Schnäbel durch die Wagenbespannung schoben. Irgendjemand spießte sie hinterrücks auf und zerrte sie nach draußen. Jesh sprang hinterher. Keuchend sackte Geldis auf die Vorratskiste.

Ellin beugte sich über sie. »Seid Ihr verletzt?«

Geldis winkte ab. »Nein, es geht schon.«

»Kann ich Euch für einen Moment alleine lassen?«

»Geh ruhig, ich muss nur kurz zu Atem kommen.«

Ellin reichte ihr einen Trinkschlauch und rannte dann zum Einstieg. Vorsichtig schob sie sich nach draußen, das Messer und die Bratpfanne vor sich haltend. Schweiß rann ihren Nacken hinab. Der Kampf war noch in vollem Gange, doch es schien, als würde der Ansturm der Stymphaliden endlich nachlassen. Überall lagen die Kadaver der getöteten Vögel, die Luft war erfüllt von dem beißenden Geruch ihres Blutes. Übelkeit stieg in Ellin auf. Von rechts sprang ein Vogel auf sie zu. Instinktiv holte sie aus und donnerte die Pfanne auf den Schädel des Untiers. Die Stymphalide taumelte kreischend gegen den Wagen, während sie in rasender Geschwindigkeit mit den Flügeln kreiste und mehrere Federn abstieß. Ohne zu zögern, warf Ellin sich auf den Boden. Die Federn zischten über sie hinweg, nur eine fand ihr Ziel. Wie ein Eiszapfen bohrte sie sich in ihre Wade, wühlte sich durch ihr Fleisch, bis fast zum Knochen. Obwohl sich ein unsäglicher Schmerz durch ihr Bein fraß, warf sie sich herum. Keine Sekunde zu früh, denn schon war das mordgierige Vieh über ihr. Es taumelte ein wenig, während es versuchte, seinen Schnabel in ihre Brust zu stoßen. Mit aller Kraft rammte Ellin das Messer in das Auge der Bestie. Bis zum Heft drang es in den Schädel ein. Der Vogel krächzte schrill, flatterte herum und zuckte unkontrolliert, bis er schlagartig verstummte und starb. Angewidert schob Ellin den Kadaver von ihren Beinen und sackte dann erschöpft zurück.

Alles war ruhig, der Kampf vorüber. Sie war schweißgebadet und in ihrer Wade pochte ein eiskalter Schmerz.

»Ellin.« Jemand rief ihren Namen. »Ellin, was ist mit Euch?«

Sie öffnete die Augen und blickte in Kylians Gesicht.

»Es geht mir gut«, wisperte sie.

Er ging neben ihr in die Knie und begann, ihr Bein zu untersuchen. Ein scharfer Laut entfuhr ihr, als er ihre Wade berührte.

»Eine Feder hat Euch getroffen«, stellte er fest.

»Ach was«, zischte sie.

Er ignorierte ihren Sarkasmus. »Ich muss sie entfernen.«

Ellin hatte das Gefühl, als würde sich Säure durch ihr Fleisch fressen. »Beeilt Euch«, stieß sie hervor.

Aus den Augenwinkeln sah sie, dass Butan und Nuelia die toten Stymphaliden in die braune Brühe warfen. Jesh war nirgendwo zu sehen. Kylian rannte zum Wagen. Als er wieder kam, rief er Butan herbei und beauftragte ihn, Ellins Bein festzuhalten.

Ellin krallte die Hände in den Boden und stöhnte laut. Der Schmerz in ihrem Bein war unerträglich. »Bitte. Holt endlich dieses Ding aus mir heraus.«

Butan umklammerte ihren Schenkel, während Kylian ihre Wade mit einer trüben Flüssigkeit übergoss, die auf der Haut brannte und ihr ein weiteres Stöhnen entlockte.

»Tut mir leid, es muss sein. Ihr wollt doch nicht, dass die Wunde brandig wird«, erklärte Kylian.

Beherzt machte er sich daran, die Feder aus ihrem Fleisch zu pulen. Der Schaft war hauchdünn, kaum dicker als ein Faden, doch die Federn daran waren mit winzigen Widerhaken versehen, die sich an ihr Fleisch klammerten und sich nur mit großer Mühe entfernen ließen. Hochkonzentriert löste Kylian Feder für Feder aus ihrem Fleisch. Um ihre Schmerzensschreie zu ersticken, biss Ellin in den Ärmel ihres Nachtgewandes. Unendlich lange, so schien es ihr, stocherte er in ihrer Wade herum. Tränen tropften aus ihren Augen und versanken im Moos, vermischten sich mit ihrem Schweiß.

»Geschafft«, war das Letzte, was sie hörte, bevor sich ihre Sinne trübten und sie in gnädige Bewusstlosigkeit versank.

11

Sanftes Licht fiel durch die Plane in das Innere des Wagens, als Ellin die Augen aufschlug. Neben ihr lag Jesh und schlief. Seine Schulter war mit einem sauberen Leintuch umwickelt, welches einen angenehmen Geruch nach Heilkräutern verströmte. Sie hob den Kopf und sah nach ihrem Bein. Ihre Wade war ebenfalls verbunden. Langsam setzte sie sich auf und wartete auf den stechenden Schmerz, der jedoch nicht kam. Verwundert berührte sie ihren Unterschenkel. Sie spürte die Berührung, also war ihr Bein nicht taub. Neben ihrer Schlafstatt entdeckte sie einen Becher Wasser sowie den Stock, auf den sich Geldis normalerweise stützte. Sie trank gierig, anschließend versuchte sie, sich auf die Beine zu stemmen, was ihr den Umständen entsprechend mühelos gelang. Sie war sogar in der Lage, aufzutreten, wenn auch nur kurz, bevor ein scharfer Schmerz sie mit Nachdruck an die Wunde erinnerte.

Draußen warteten Geldis, der es wieder besserzugehen schien, sowie Kylian, Butan und Nuelia. Sie saßen um das Lagerfeuer herum und reinigten ihre Schwerter von den Spuren des Kampfes. Nuelia sprang auf und half ihr, aus dem Wagen zu klettern. »Wie geht es Euch?«

»Es geht mir unerwartet gut, danke.«

Nuelia nickte zufrieden. »Geldis hat Euch etwas gegen die Schmerzen gegeben. Doch die Wunden der Federn sind allem Anschein nach nur anfänglich sehr schmerzhaft, heilen aber schnell und verursachen später vergleichsweise geringes Leid. Scheinbar dienen sie nur dem Zweck, die Beute vorübergehend wehrlos zu machen.«

Am Lagerfeuer reichte Geldis ihr einen Gerstfladen und einen Apfel. Ellin bedankte sich und verschlang das Essen hungrig.

»Wie geht es jetzt weiter?«, fragte sie zwischen den Bissen.

»Wir haben unsere Zuggäule verloren, was bedeutet, dass wir den Wagen zurücklassen müssen. Glücklicherweise sind die Grej Perlinos unverletzt. Sie haben sich losgerissen und in sicherer Entfernung das Ende des Kampfes abgewartet. Wir geben Euch ein oder zwei Tage Zeit, um Euch von dem Kampf zu erholen, dann setzen wir die Reise fort«, erklärte Kylian.

Ellin spürte einen Anflug von Enttäuschung. »Heißt das, Ihr wollt trotz allem zu der Insel?«

Kylian runzelte die Stirn und blickte sie verständnislos an. »Wir haben einen Auftrag. Nur weil ein Hindernis auftritt, verlieren wir nicht gleich unser Ziel aus den Augen.«

Sie enthielt sich einer Erwiderung. Wenn für Kylian der Kampf mit den Stymphaliden nichts als ein Hindernis war, würde er sich nicht von dem Auftrag abbringen lassen, egal was sie sagte. Sie selbst hatte genug vom Kämpfen, genug von Verletzungen und Schmerzen, von Gefahr und Tod. Einen warmen Schlafplatz, etwas zu essen und Ruhe und Frieden – das war, wonach sie sich sehnte. Wie es aussah, würde dieser Wunsch so schnell nicht in Erfüllung gehen.

Sie rasteten zwei Tage lang, wobei allen mulmig zumute war. Jeder befürchtete das Auftauchen weiterer Stymphaliden. Kylian, Nuelia und Butan hielten nachts Wache und schliefen am Tag. Während dieser Zeit passten Jesh und Ellin auf. Geldis übernahm derweil das Kochen, sehr zum Leidwesen von Kylian und Butan. Ellins Wunden heilten gut, trotzdem war sie auch am dritten Tag noch nicht in der Lage, richtig zu gehen. Kylian entschied jedoch, dass sie nicht länger an diesem Ort verweilen durften und so machten sie sich am Morgen des dritten Tages nach dem Angriff der Vögel auf den Weg. Vieles mussten sie zurücklassen, nur was sie auf dem Rücken tragen konnten und was in die Satteltaschen passte, nahmen sie mit. Jeder bekam einen gefüllten Wasserschlauch, Gerstfladen, Trockenfleisch und ein halbes Dutzend Äpfel. Geldis ritt mit Kylian und Ellin durfte wegen ihrer Verletzung mit Butan reiten. Jesh und Nuelia gingen zu Fuß weiter, was vor allem Nuelia missmutig stimmte.

Ellin fürchtete sich vor dem, was auf der Insel auf sie wartete. Wenn es sich um ganz normale Menschen handelte, dann hatten sie gegen die Uthra wohl keine Chance, doch welcher Mensch, der auch nur halbwegs bei klarem Verstand war, versteckte sich inmitten der Braunen Seen? Sie hatte so eine Ahnung, dass es sich bei den Gesuchten genauso wenig um Menschen handelte, wie bei den Uthra.

Butans Wärme im Rücken empfand sie in der schwülen Hitze als unangenehm. Ihr Unterkleid war schweißnass und klebte an ihrer Haut, doch am schlimmsten war die Erschöpfung, die sich wie eine tödliche Krankheit in ihr eingenistet hatte. Zusammengesunken saß sie da und hielt sich mehr schlecht als recht am Sattelknauf fest. Immer wieder sackte sie gegen Butans Brust und fiel in einen leichten Dämmerschlaf. Ihre Beinkleider hatte sie nach oben gekrempelt, einerseits damit die Wunde an ihrer Wade schneller heilte aber auch wegen der schwülen Hitze. Die Schicklichkeit war ihr egal. Während Kylian die Feder entfernt hatte, hatten sowieso alle ihre nackten Beine gesehen.

Den anderen schien es nicht besser zu ergehen, auch sie waren verschwitzt und wirkten erschöpft. Mit hängenden Armen schlurften Jesh und Nuelia voran und selbst die tapferen Pferde ließen die Köpfe hängen und trabten lustlos hinter den beiden her. Auf dem Stoff unter Kylians Armen zeichneten sich große, dunkle Flecken ab. Das Lederwams hatte er ausgezogen und an seinem Bündel befestigt.

»Da ist sie«, rief er plötzlich und deutete auf eine kuppelartige Erhebung. Ellin schreckte aus ihrem Dämmerschlaf und spähte in die Ferne. Das war sie also, die Insel. Verschwommen erhob sie sich aus dem Dunst. Plötzlich war ihre Müdigkeit wie weggeblasen.

Eine Weile hielten sie geradewegs auf das Eiland zu, waren dann aber aufgrund eines mit Sumpfwasser gefüllten Grabens gezwungen, einen Umweg zu machen. In unregelmäßigen Abständen platzten auf seiner Oberfläche zähflüssige Blasen. An manchen Stellen zerteile sich die Brühe und offenbarte einen graubraunen, schuppigen Rücken.

Ängstlich beobachtete Ellin das Auf und Ab des schlanken Leibes. Sie umrundeten den Graben, ohne jedoch einen Weg zu finden, der sie auf das Eiland führte. Kylians Miene verdüsterte sich zusehends. Irgendwann befahl er ihnen anzuhalten, zog die Karte aus der Satteltasche und studierte sie eingehend. Dann brummte er etwas Unverständliches und ritt weiter. Die anderen folgten ihm schweigend.

Ellin betrachtete das Eiland. Es war nicht groß, in einem kurzen Marsch konnte man es zu Fuß durchqueren, und es sah aus, als wäre es nicht von alleine entstanden, sondern durch Magie oder göttliche Kraft erschaffen worden. Im Gegensatz zu den Sümpfen war es mit mannshohen, ineinander gekrümmten Bäumen bewachsen, die unzählige weiße Blüten trugen. Der fremdartige Anblick inmitten der feindlichen Umgebung war faszinierend und unheimlich zugleich.

Kylian führte die Gruppe zu einem schmalen Pfad, der sich in Schlangenlinien durch den Sumpf wand. Der weiche Boden wandelte sich langsam zu einem leicht ansteigenden, fester werdenden Untergrund, auf dem erste Schösslinge wuchsen. Fasziniert betrachtete Ellin die filigranen Blüten an den Zweigen. Sie schimmerten wie Perlmutt und schienen in der feuchten Luft zu schweben. Nie zuvor hatte sie etwas Derartiges gesehen. Die Uthra schienen für ihre Schönheit kein Auge zu haben, mit gezogenen Schwertern stapften sie auf das Eiland zu.

»Gefallen Euch die Götterblüten?«, fragte Butan.

»Das sind Götterblüten? Ich habe von ihnen gehört, sie jedoch nie zuvor gesehen. Sie sind wunderschön.«

Butan brummte zustimmend. »Sie wachsen angeblich an heiligen Orten, aber eigentlich findet sie man sie fast überall.«

»Ich bin bisher nicht viel herumgekommen«, gab Ellin zu. »Wobei ich das keineswegs bedaure. Lieber sitze ich vor einem gemütlichen Feuer, als gegen todbringende Vögel zu kämpfen.«

Butan lachte leise. »Verständlich. Die meisten Menschen sind für das Nomadenleben ungeeignet. Es ist entbehrungsreich und gefahrvoll.«

Sie warf ihm über die Schulter hinweg einen kurzen Blick zu. »Die Gefahr liegt wohl eher in Euren Aufträgen.«

»Das Reisen ist nie ohne Gefahr, auch wenn man keine Söldnerdienste verrichtet.«

Kylian wandte sich zu ihnen um und bedeutete ihnen zu schweigen. Mittlerweile hatten sie den Rand der Insel erreicht. Vor ihnen entfaltete sich ein undurchdringliches Dickicht aus Blüten und Blättern und einem Gewirr ineinander verschlungener Äste. Lautlos glitten sie von den Pferden und banden sie an einen der kräftigeren Bäume.

Kylian winkte sie voran. »Butan, du bleibst mit Geldis zurück und bewachst die Pferde. Wir nehmen Ellin in unsere Mitte und suchen die Insel ab. Ich bin mir sicher, dass sie uns entweder gesehen oder zumindest gehört haben, seid also vorsichtig. Wer sie sichtet, stößt einen Warnruf aus.«

Angst überfiel Ellin, als Kylian, Jesh und Nuelia sie in ihre Mitte nahmen und begannen, sich durch das Blütenmeer zu arbeiten. So wunderschön der Anblick war, so ungünstig war er für den Auftrag, boten die Bäume doch unzählige Möglichkeiten, sich zu verstecken. Ellin tastete nach ihrem Messer und zog es hervor. Schwer und beruhigend lag der Griff in ihrer Hand. Die Wunde an ihrer Wade pochte. Tapfer humpelte sie über den weichen Boden und starrte in die Schatten zwischen den Bäumen. Die Anspannung der anderen war fast körperlich spürbar. Die Blätter raschelten und die Blüten verströmten einen zarten Duft. Sie duckte sich unter Ästen hindurch, umrundete miteinander verflochtene Bäume und kletterte über ein ganzes Heer von Schösslingen.

Auf dem höchsten Punkt der Insel, in einer kreisrunden Lichtung, hielten sie inne. Noch immer hatten sie keine Spur der Gesuchten entdeckt.

»Wo zum Henker sind sie?«, fluchte Kylian.

»Vielleicht hat Geldis sich geirrt«, erwiderte Nuelia.

»Geldis irrt nie.«

Nuelia drehte sich im Kreis und spähte zwischen die Bäume. »Dann haben sie die Insel vielleicht schon wieder verlassen.«

Kylian steckte das Schwert weg und brummte etwas Unverständliches. Ein kahler Baum, der wie ein trauriges, verkümmertes Kind zwischen den anderen stand, zog Ellins Aufmerksamkeit auf sich. Er war farblos und wirkte wie erstarrt. Seine Blüten lagen am Boden verstreut, als hätte er sie von einem Augenblick zum anderen allesamt abgeworfen. Vorsichtig hob Ellin eine auf. Sie war kalt und hart und zersplitterte in ihrer Hand. Der Anblick beunruhigte sie. Nachdenklich betrachtete sie die Blütenstücke in ihrer Hand. Was war mit dem Baum geschehen? Aus den Augenwinkeln gewahrte sie einen huschenden Schatten. Sie schreckte auf und spähte zwischen die Bäume. Die zerbröselten Blütenblätter rieselten zu Boden.

»Kylian«, wisperte sie und deutete auf die Stelle, wo sie den Schatten gesehen hatte.

Sofort zog Kylian sein Schwert und lauschte. Ellin wagte kaum, zu atmen. Ein Rascheln erklang hinter ihr. Sie fuhr herum, starrte in das Dickicht und erschrak, als eine Blüte auf ihr Haupt segelte und sanft an ihr hinabglitt. Die Schatten bewegten sich, huschten zwischen den Bäumen umher. Kylian deutete geradeaus. Sofort nahmen die Uthra die Verfolgung auf. Mit zusammengebissenen Zähnen humpelte Ellin hinter ihnen her. Ihre Wade brannte und sie hatte das Gefühl, dass die Wunde blutete.

Die Bäume wirkten wie ein natürlich gewachsenes Labyrinth, in dem sie innerhalb kürzester Zeit die Orientierung verlor.

Der Ruf eines Vogels erklang, gefolgt von einem Schrei.

»Butan«, rief Kylian und schlug die Richtung ein, aus der der Ruf erklungen war.

Ellins Blut rauschte in den Ohren. »Lasst mich doch hier«, bat sie.

»Zu gefährlich«, zischte Kylian.

Zu gefährlich, dachte sie bitter, *als wäre es nicht ebenso gefährlich, sich in das Kampfgetümmel zu stürzen.*

Unvermittelt sprangen vier Männer hinter den Bäumen hervor und versperrten ihnen den Weg. Mit grimmiger Miene blickten sie auf Ellin und die Uthra hinab, in der Hand hielten sie goldglänzende Krummschwerter. Ellin betrachtete sie staunend. Drei von ihnen waren, bis auf ein Tuch und den Waffengurt, den sie um ihre Hüfte geknotet hatten, nackt. Ihr Körper war unbehaart und überaus muskulös, die bronzefarbene Haut schimmerte, als wäre sie mit Öl eingerieben worden. Selbst ihre Häupter waren haarlos. Zudem glichen sie einander wie Zwillingsbrüder. Sie überragten die Uthra um eine Kopfeslänge. Der vierte Mann dagegen unterschied sich beträchtlich. Nicht nur, dass er von wesentlich kleinerem Wuchs und schmächtig war, er schien auch auf eigentümliche Weise farblos. Keine Spur von bronzefarbener Haut oder auch nur einem rosa Hauch auf den

Wangen. Alles an ihm wirkte fahl. Leblos. Seine Haut glich gewalktem Fenn, die Haare weiß und matt. Sein Anblick erinnerte Ellin an den verkümmerten Baum.

Zuerst glaubte sie, dass es sich bei den halbnackten Männern um Menschen handelte, doch während sie die Uthra umkreisten, erkannte sie die fremdartige Aura, die sie umgab. Diese äußerlich sehr ansprechenden Männer hatten ein dunkles Herz, einen ganz und gar unmenschlichen, pechschwarzen Kern. War Lord Wolfhards Aura wie eine schwarzgrüne Wand gewesen, so umgab diese Männer ein kaltes, finsteres Nichts. Und die Finsternis kam nicht aus ihren Körpern, sondern ihre Körper waren ein Teil der Finsternis, wie ein dämonisches Trugbild, geschaffen, um die Menschen zu täuschen.

»Was seid Ihr?«, wisperte sie.

Ein eisiger Hauch kroch ihren Rücken hinauf, kälter als die Nächte auf dem Hammerfels. Er lähmte ihre Glieder, machte sie wehrlos und stumm. Die Haare auf ihrer Haut richteten sich auf, sträubten sich, wie das Fell einer Katze.

Flieh, rief eine Stimme in ihr.

Einer der Männer sah sie an. Seine Augen bohrten sich in ihre, hielten sie gefangen, verteilten Eiseskälte in ihrer Seele. Die Welt schrumpfte auf diesen einen Blick. Sie merkte nicht einmal, dass der Kampf begonnen hatte, stand ganz still, unfähig, ihre Augen abzuwenden. Sie sah die Seelen, die dieses Wesen gestohlen hatte, um sie einem dunklen Gott zu bringen, der sie versklavte und in seine Dienste stellte und sie erblickte sein wahres Gesicht. Faltige, tiefschwarze Haut, die sich über einen breiten Schädel zog. Gelbliche Hörner und ein lippenloser, blutroter Mund.

Urplötzlich verschwand die Vision. Der Dämon in Menschengestalt gab einen gurgelnden Laut von sich. Die Schwertspitze, die aus seiner Brust ragte, wurde zurückgezogen. Mit einem Ausdruck des Erstaunens im Gesicht brach er zusammen. Und plötzlich erkannte Ellin, dass nicht der Dämon sie, sondern sie den Dämon mit ihrem Blick gelähmt hatte. Kylian, der ihn von hinten durchbohrt hatte, verfolgte seinen Fall. Dann sah er Ellin an. Ihre Blicke trafen sich. In seinen Augen eine unausgesprochene Frage. *Was hast du gesehen?*

Schon trat der fremdartige Mann auf ihn zu. Ein abgetragener Umhang umwehte seinen Leib, und obwohl er nicht die beeindruckende Größe der anderen hatte, so wirkte er auf Ellin doch weitaus gefährlicher. Sie versuchte seine Aura zu erkennen, doch sie sah nichts, nicht das kleinste Bisschen. Sein Leib war leer, wie die abgestreifte Haut eines Reptils.

»Wer seid Ihr?«, fragte er.

Seine Stimme klang wie splitterndes Eis. Er schnüffelte und fixierte Kylian mit seinem seelenlosen Blick. »Ihr seid ein Uthra. Welch Überraschung.«

Kylian knurrte leise und umkreiste das Wesen.

»Warum kämpft Ihr gegen uns?«, fuhr das Wesen fort. »Seid Ihr denn nicht auch Gejagte? Warum stellt ihr Euch auf die Seite der Menschen?«

Er sprach ruhig, schien die Kampfgeräusche um sich herum, das Keuchen und das Klingen der Schwerter, nicht einmal wahrzunehmen. Vielleicht war es ihm auch egal, dass seine Weggefährten nur einen Doppelschritt von ihm entfernt um ihr Leben kämpften.

Statt einer Antwort ging Kylian zum Angriff über. Blitzschnell schoss seine Klinge vor. Der Mann parierte den ersten Hieb und wich aus, doch Kylian setzte rasch einen Zweiten nach, so schnell, dass er für das menschliche Auge kaum zu sehen war. Tief bohrte sich die Klinge in die Brust des Mannes. Gleichzeitig fielen auch die bronzehäutigen Hünen geschlagen zu Boden. Lächelnd blickte der fremdartige Mann auf das Schwert in seiner Brust. Mit einem Ruck zog Kylian es heraus. Ungläubig starrte er die Klinge an. Kein Blut haftete daran.

Alle Blicke richteten sich nun auf den seltsamen Mann, der vor ihren Augen zu verblassen begann, durchscheinend wurde, wie ein Geist und sich schließlich in bleichen Rauch verwandelte.

»Bei den Göttern, was ist das?«, fragte Nuelia.

Jesh haschte nach dem zurückweichenden Rauch. »Ist er vernichtet?«

»Ich weiß es nicht«, gab Kylian zu.

Der Rauch hielt an anderer Stelle inne, zog sich zusammen und begann erneut, menschliche Gestalt anzunehmen. Die verschwommenen Konturen verloren ihre durchscheinende Blässe, verdichteten sich zu einem festen Leib. Kaum dass er wieder menschliche Formen angenommen hatte, stach Kylian erneut zu, und erneut verschwamm die Gestalt und wandelte sich zu Rauch. Immer wieder versuchte er, das Wesen zu vernichten, doch jeder Schwerthieb war so wirkungslos wie der vorherige.

Ein Ruf lenkte Nuelias und Jeshs Aufmerksamkeit von dem Gebilde ab. Nur Kylian behielt ihn im Auge.

»Butan«, rief Nuelia und rannte los.

»Soll ich hierbleiben?«, fragte Jesh.

Kylian fixierte den Rauch, der sich erneut zu materialisieren begann. »Nein, folge Nuelia, ich versuche herauszufinden, wer oder was dieses Wesen ist.«

Jesh deutete auf Ellin. »Was ist mit ihr?«

Ellin, die sich am Fuße eines Baumes zusammengekauert hatte, blickte Kylian fragend an. Liebend gerne wäre sie mit Jesh gegangen.

»Sie bleibt bei mir.«

Jesh wandte sich um. Die bleiche Gestalt hatte sich wieder zu seiner menschlichen Form gewandelt und betrachtete sie amüsiert.

»Was seid Ihr?«, fragte Kylian.

Das Wesen zog die Augenbrauen hoch. »Seid Ihr also endlich zu der Einsicht gelangt, dass Euch Eure Kampfkunst nicht von Nutzen ist?«

»Offensichtlich«, knurrte er.

»Was ich bin, ist bedeutungslos. Vielmehr solltet Ihr fragen, was ich will.«

»Gut, was wollt Ihr?«

Das Wesen trat einen Schritt auf Kylian zu. »Ich gedenke, mich an der Herrscherin zu rächen und das einzufordern, was mir zusteht.«

»Das ist lächerlich.« Kylian hob sein Schwert und hielt es dem Wesen an die Brust, um es am Näherkommen zu hindern. »Wie kommt Ihr darauf, dass Euch irgendetwas zustünde?«

Das Wesen lächelte süffisant und blickte an Kylian vorbei zu den Bäumen. »Willkommen Bruder, war deine Mission erfolgreich?«

Kylian und Ellin fuhren herum. Aus den Blüten löste sich ein Mann, der eine verblüffende Ähnlichkeit mit dem anderen hatte, auch er war blass und farblos, sodass er in dem bleichen Licht regelrecht zu schwinden schien. Zwar war sein Haar von dunkler Farbe, doch sah es stumpf und leblos aus, als wäre es mit einer feinen Ascheschicht bedeckt.

»Sein Leben ist verwirkt. Noch vor dem nächsten Sternenlauf wird er zu dem Gott zurückkehren, von dem er geschaffen wurde«, wisperte er. Er sprach seltsam, wie ein Mann, der versucht, eine weibliche Stimme zu imitieren.

»Wovon sprecht Ihr?«, fragte Kylian.

Das Wesen lachte. »Von der kleinen Lektion, die ich Euch für euren Hochmut erteile, Uthra. Es wäre uns ein Leichtes, Euch alle zu töten, dennoch fühlt ihr Euch überlegen, anstatt vor uns zu knien und um Euer Leben zu betteln. Doch wir sind gnädig, denn wir wollen, dass Ihr zur Herrscherin zurückkehrt und Ihr von uns berichtet.«

Kylian drückte ihm die Schwertspitze in die Brust. Ein Mensch würde mittlerweile bluten. Das Wesen schien es nicht einmal zu bemerken. »Wie lauten eure Namen?«

Wieder lächelte die bleiche Gestalt. »Wir sind Unan und Dau, die ersten zwei. Merkt Euch das gut, Uthra, und seht der Herrscherin in die Augen, wenn Ihr von uns berichtet.«

»Warum?«

»Um die Wahrheit zu erkennen ...«, er schob die Schwertspitze zur Seite als wäre sie nichts als ein harmloses Stöckchen, und trat auf Kylian zu. »... und die Angst.«

Seine Stimme war kaum mehr als ein Flüstern, doch sie fuhr durch Ellins Inneres wie ein gefrorener Blitz. Sie fröstelte.

»Sag ihr, erst wenn die anderen vernichtet sind, werden wir zurückkehren und ihren Auftrag erfüllen«, fuhr Unan fort.

Wütend griff Kylian nach Unnas Kehle. »Welchen Auftrag? Wer seid Ihr, verdammt?«

Unans Lippen zogen sich zu seinen Wangen hinauf. Er lachte, doch war es nur sein Mund, der lachte, die Augen blieben unberührt. Schon begann er, durchscheinend zu werden. Kylian versuchte, ihn festzuhalten, doch alles, was er zu fassen bekam, war kalte Luft. Unan und Dau lösten sich auf und verschwanden. Ihr leises Lachen verhallte zwischen den Bäumen. Gefrorene Blüten rieselten zu Boden, wo der Rauch sie berührte. Ein paar Herzschläge lang stand Kylian reglos da und starrte auf die Stelle, wo eben noch Unan gestanden und mit ihm gesprochen hatte, dann wandte er sich Ellin zu. »Ihr blutet«, stellte er mit einem Blick auf ihr Bein fest. »Streckt Euer Bein aus. Ich will mir das ansehen.«

Ellin tat wie geheißen. Eigentlich könnte sie selbst danach sehen, schließlich war sie die Gehilfin des Heilers gewesen, doch im Augenblick fühlte sie sich außerstande, irgendetwas anderes zu tun als vor sich hinzustarren.

»Was habt Ihr gesehen?«, fragte Kylian, während er den Verband von ihrer Wade löste.

»Was meint Ihr?«, fragte Ellin schwach.

»Spielt jetzt nicht die Einfältige! Dafür bin ich nicht in Stimmung. Ihr wisst genau, wovon ich spreche.«

Vorsichtig betastete er die aufgeriebenen Wundränder, zog eine kleine Phiole aus seinem Wams und träufelte ein paar Tropfen der milchigen Flüssigkeit auf die Verletzung. Ellin betrachtete ihn und verspürte plötzlich den aberwitzigen Wunsch, sein Gesicht zu berühren, über den Bartschatten zu streichen und die Wärme seiner Haut zu fühlen. Ein Beweis von Leben in Gegenwart der dämonischen Kälte um sie herum.

»Ich warte«, knurrte Kylian.

Ellins Blick glitt in die Ferne. »Manchmal kann ich die Aura eines Menschen sehen, und auch die anderer Wesen. Sie offenbart mir Dinge, zum Beispiel, ob derjenige friedlich ist oder gewalttätig, ob er mir wohl gesonnen ist oder nicht und, wie ich jetzt feststellen musste, ob es sich überhaupt um einen Menschen handelt.«

»Was habt Ihr bei den Getöteten gesehen?«

»Sie sind dunkel und kalt, wie ein tiefer Brunnen. Sie kommen aus der Finsternis und sie verbreiten sie auch. Ich glaube, einst waren sie menschlich, doch jetzt sind sie es nicht mehr. Sie schwächen uns, machen uns mutlos und kalt und dann töten sie uns.«

Überraschend geschickt befestigte Kylian den Verband. »Ihr ähnelt Geldis«, sagte er. »Auch sie kann die wahre Natur eines Wesens erkennen.«

»Ich erkenne sie, doch ich weiß nicht, wer sie sind.«

Kylian wickelte ihr Beinkleid nach unten und sah sie an. »Sie sind Afrit, Dämonen der Unterwelt. Sie können menschliche Gestalt annehmen und sind damit einige der wenigen Dämonen, denen dies gelingt. Sie waren tatsächlich Menschen, grausame Menschen, die ein Dämonengott in seine Dienste genommen hat.«

»Aber das sind doch nur Legenden«, zweifelte Ellin.

»Eine Legende nährt sich von der Wirklichkeit. Im Laufe der Zeit mag diese Wirklichkeit in Vergessenheit geraten, doch ändert es nichts an der Tatsache, dass es sie gab. Die Wirklichkeit verschwindet nicht, nur weil die Menschen beschließen, nicht mehr an sie zu glauben. Manche Wesen halten sich im Verborgenen, wie die Uthra, andere verstecken sich oder warten ab, bis ihre Zeit kommt.«

»Wollen sie die Menschen vernichten?«

»Nein, ich denke, sie wurden von den bleichen Wesen gerufen, zu welchem Zweck, kann ich nicht sagen.«

»Warum seid Ihr ihnen überlegen?«, fragte Ellin.

»In ihrem menschlichen Körper verfügen sie nur über menschliche Fähigkeiten. Zudem sind wir unempfänglich für ihre geistige Beeinflussung«, er zögerte kurz und sah sie eindringlich an. »Genau wie Ihr.«

»Und wer waren die beiden seltsamen Wesen?«

Auf einmal wirkte Kylian besorgt. »Das ist eine Frage, die auch ich nicht beantworten kann. Konntet Ihr die Aura sehen?«

Sie schüttelte den Kopf. »Nein, da war nichts. Entweder haben sie keine oder ich kann sie nicht sehen.«

Kylian runzelte die Stirn. »Alle Lebewesen haben eine Aura.«

»Diese nicht. Doch vielleicht haben meine Fähigkeiten auch einfach nur versagt.«

»Das bezweifle ich«, er richtete seinen Blick auf die Stelle, wo Unan und Dau gestanden hatten. »Doch wenn sie keine Aura haben, existieren sie nicht, und wenn sie nicht existieren, wie sollen wir sie dann töten?«

Er stand auf und half ihr auf die Beine. »Lasst uns zu den anderen gehen.«

Sie folgten den leisen Stimmen bis zu dem Pfad. Butan lag gegen einen Baum gelehnt, Schweißtropfen glänzten auf seiner Stirn. Nuelia hockte neben ihm und hielt seine Hand.

Kylian sank auf die Knie. »Was ist geschehen, Bruder?«

»Einer dieser bleichen Mistkerle hat mich erwischt«, berichtete Butan, »ich habe ihn auf alle nur erdenkliche Arten mit meinem Schwert bearbeitet, doch es half nichts, er kam immer wieder. Ich glaube fast, er hat nur mit mir gespielt. Und dann hat er mich plötzlich gebissen, einfach so, hat meine Hand geschnappt und hineingebissen. Zuerst hielt ich das für einen albernen Scherz, doch jetzt fühle ich eine Schwäche durch meine Glieder ziehen, die mir Sorgen bereitet.« Butan zeigte ihnen seine Hand.

Deutlich waren die Zahnabdrücke zu sehen. Sie hatten die Haut durchdrungen und sich tief in das Fleisch gebohrt. Ellin sah die Sorge in Nuelias und Kylians Mienen. Die Tatsache, dass Butan seine Schwäche zugab, zeugte vom Ernst der Lage.

»Wir müssen dich so schnell wie möglich zu einem Heiler bringen«, sagte Kylian. »Wahrscheinlich ist der Biss giftig.«

»Wir haben keinen Wagen und Huanaco ist noch viele Tage entfernt. Wird er so lange durchhalten?«, fragte Nuelia.

»Er muss«, erwiderte Kylian. »Packt zusammen, wir machen uns unverzüglich auf den Weg.«

»Kannst du reiten?«, fragte Nuelia besorgt.

Butan nickte. Nicht zum ersten Mal fiel Ellin auf, mit welch liebevollen Blicken die beiden einander bedachten. Obwohl sie vor den anderen keine Zärtlichkeiten austauschten, konnte man deutlich sehen, dass sie ein Liebespaar waren.

Gemeinsam mit Kylian und Jesh hievte Nuelia Butan auf den Rücken seines Pferdes. Ellin bot an, zu laufen, doch Kylian bestand darauf, dass sie hinter Butan aufsaß und auf diese Weise nicht nur ihr Bein schonte, sondern auch auf ihn achtete. Nuelias Gesichtsausdruck zeigte deutlich, dass sie das lieber selbst übernommen hätte.

Geldis ritt, wie zuvor, mit Kylian auf Jalo. Erschöpft und müde, doch von dem drängenden Wunsch beseelt, die Insel und die Braunen Seen noch vor dem Ende der hereinbrechenden Nacht hinter sich zu lassen, zogen sie weiter.

12

Der Ritt durch die Sümpfe verlief unerwartet reibungslos. Ab und zu glaubte Ellin, einen nebligen Hauch zu sehen, der jedoch sofort verschwand, sobald sie das Gebilde betrachtete. Butan hing schlaff im Sattel und fing weder die Bewegungen des Pferdes ab, noch hielt er die Zügel. Glücklicherweise trottete der Wallach brav hinter Jalo her. Immer öfter musste Ellin mit sanftem Druck ihrer Arme Butans Sitz korrigieren.

Kurz, nachdem der Nordstern hinter der verdunkelten Sonne verschwand, erreichten sie das Ende der Braunen Seen. Ellin konnte zwar nichts sehen, doch sie spürte am Tritt des Pferdes, dass sie wieder festen Boden unter den Füßen hatten. Die Nacht verbrachten sie im Schutz eines Felsens. Jesh machte Feuer, damit Ellin und Geldis genug sehen konnten, um ihre Schlaffelle auszurollen. Trotz der ungewohnten Umgebung und der Ereignisse des vergangenen Tages schlief sie fast sofort ein, viel zu erschöpft, um sich noch über irgendetwas zu sorgen.

Kurz vor Morgengrauen wurde sie von Jesh geweckt, der ihr frisches Wasser reichte, eine wahre Wohltat für ihre trockene Kehle. Anschließend verteilte Geldis Gerstfladen und Äpfel. Ellin sah nach Butan, dessen Haut fahl und schweißig aussah. Die Bisswunde hatte sich, trotz der milchigen Flüssigkeit, die Kylian darübergegossen hatte, entzündet und leuchtete rot.

»Halt durch, in sechs Nächten sind wir in Huanaco. Der Heiler dort kann dir sicher helfen«, beschwor Nuelia ihn.

Butan lächelte schwach und nickte. Er zitterte. Seine Essensration lag unangetastet neben ihm, nur etwas Wasser hatte er getrunken. Nachdem sie zusammengepackt hatten, hievte Kylian Butan auf den Wallach und bat Ellin darum, die Zügel zu übernehmen.

Schweigend ritten sie durch das felsige Land. Im Laufe des Tages wandelte sich die Landschaft. Die Felsen wurden spärlicher, der Boden grüner und hier und da fanden sich vereinzelte Bäume und Sträucher. Gegen Abend erblickten sie in der Ferne bewaldete Hügel, die sich wie ein Schattenbild in den Himmel erhoben. Wieder ritten sie bis tief in die Nacht.

Butans Zustand verschlechterte sich. Am Abend war er kaum noch in der Lage, sich auf dem Pferd zu halten. Sein Körper verströmte einen unangenehmen Geruch, säuerlich mit einem fauligen Hauch, wie Lauge. Ellin kannte diesen Geruch, den Geruch des nahenden Todes.

Kurz bevor die kleine Sonne hinter dem Horizont versank, rasteten sie und Ellin warf einen besorgten Blick auf Butans Bisswunde. Die Haut war geschwollen, hellrote Linien zogen sich über seine Hand bis unter die Ärmel seiner Tunika hinauf. Ein sicheres Zeichen dafür, dass sich das Gift in seinem Blut verteilte. Wenn er nicht sehr bald Hilfe bekam, würde er sterben. Ellin bezweifelte, dass er es bis Huanaco schaffen würde, und selbst wenn, war es für eine Heilung wahrscheinlich zu spät. Mathýs riet in einem solchen Fall zu einer Amputation.

Nachdem sie ihr Nachtlager bereitet hatten, bat sie Kylian um eine Unterredung und berichtete ihm von ihren Befürchtungen.

»Eine Amputation wird ihn nicht retten«, wehrte Kylian ab.

»Warum nicht? Es ist die einzige Möglichkeit.«

Kylian senkte den Kopf. »Habt Ihr nicht gehört, was dieser Unan sagte? Was wir auch tun, er ist verloren.«

»Heißt das, Ihr gebt ihn einfach so auf, nur weil ein dämonisches Geschöpf seinen Tod prophezeit hat?« Ellin betrachtete ihn bestürzt. »Ich dachte, er wäre Euer Freund?«

Er stieß einen zornigen Laut aus. »Sprecht nicht über Dinge, von denen Ihr nichts versteht. Ich würde mein Leben geben, um seines zu retten, doch seht ihn Euch an«, er ergriff ihren Arm und zerrte sie herum, sodass ihr Blick auf den am Boden kauernden Butan fiel. »Seht ihn Euch ganz genau an und dann sagt mir, ob Ihr wirklich glaubt, dass er eine Chance hat.«

Ellin betrachtete Butan. Sein Kopf war nach hinten gesunken. Aus fiebrigen Augen starrte er teilnahmslos in den Himmel. Der Mund stand offen, Speichel floss an seinem Kinn herab und tropfte auf das Wams. Die Haut sah aus wie grauer Wachs, unnatürlich glatt, wie tot. Tränen traten in ihre Augen, unwillkürlich ballte sie die Hände zu Fäusten und schüttelte ihren Arm. »Lasst mich los.«

Sofort nahm er seine Hand fort, so schnell, als hätte er sich verbrannt.

Der Impuls, ihm nicht länger zu widersprechen, war stark. Während ihrer Zeit auf der Felsenfestung hatte sie nie auf ihrer Meinung beharren dürfen, hatte tun müssen, was andere ihr auftrugen. Doch diese Zeiten waren vorbei. Sie musste lernen, für ihre Überzeugungen einzustehen. »Wir sollten es trotzdem versuchen. Es mag nur eine winzige Chance sein, doch es ist die Einzige, die er hat.«

Kylian erwiderte nichts. Sein Kiefer mahlte.

Flehend sah sie zu ihm auf. »Bitte Kylian, lasst es uns versuchen.«

»Na gut«, willigte er schließlich ein. »Wenn Ihr Butan von dem Plan überzeugen könnt, versuchen wir es.«

Ellin nickte erleichtert und eilte zu Butan. Mit einem gezwungenen Lächeln auf den Lippen hockte sie sich neben ihn und ergriff seine Hand. »Butan?«

Butan schwankte ein wenig, hob den Kopf und blickte sie verwirrt an.

»Ihr seid sehr krank«, fuhr sie fort.

Er schnaubte schwach, und versuchte zu lächeln.

»Wir müssen Euren Arm amputieren«, sagte sie frei heraus.

Butan schüttelte den Kopf. »Niemals.«

»Das ist Eure einzige Chance.«

Er entzog ihr seine Hand. »Nein, lieber … sterbe ich.«

»Weiß Nuelia, dass Ihr lieber sterben wollt, als mit einem Arm weiter zu leben?«, flüsterte sie.

»Ich werde … kein … hilfloser Krüppel.«

Ellin seufzte. »Ihr seid ein Krieger, Butan und ein fehlender Arm wird daran nichts ändern. Wir amputieren Euren Schildarm, doch Ihr braucht keinen Schild, ich habe es gesehen. Kein Feind kommt je nah genug an Euch heran.«

Butan schloss die Augen und schwieg. Fast sah es so aus, als wäre er eingeschlafen.

Ellin legte die Hand auf seine Schulter. »Bitte, Butan. Tut es für Nuelia.«

»Macht es«, wisperte er schließlich.

Mit dem Handrücken strich Ellin über seine Wange. »Gute Entscheidung. Eure Gefährten brauchen Euch.« Dann stand sie auf und kehrte zu Kylian zurück, der in einigen Schritten Entfernung das Gespräch beobachtet hatte. »Er hat eingewilligt.«

Kylian hob überrascht die Augenbrauen. »Tatsächlich? Scheinbar verfügt Ihr über größere Überzeugungskraft, als ich dachte.«

Ellin ignorierte seine Worte. »Wann wollen wir es tun?«

»Im Morgengrauen«, erwiderte er. »Wisst ihr auch sicher, wie es geht?«

Ellin zuckte mit den Schultern. »Ich bin keine Heilerin, nur eine Gehilfin, doch ich werde mein Bestes geben.«

Sie ritten, bis der Nordstern versank, und bereiteten ihr Nachtlager am Fuße eines Felsens, dessen gewölbte Form einen natürlichen Unterstand hervorgebracht hatte, der sie vor Wind und Kälte schützte. Ellin war nervös. Noch nie hatte sie eine Amputation selbst durchgeführt, war immer nur Mathýs zur Hand gegangen. Zudem trug sie keine Instrumente bei sich, die man für einen solchen Eingriff brauchte. Die halbe Nacht lag sie wach und grübelte über die Möglichkeiten nach. Während der anderen Hälfte wälzte sie sich, von Albträumen gequält, auf ihrer Schlafmatte herum. Kurz vor Morgengrauen erwachte sie mit pochenden Kopfschmerzen. Sobald der erste Hauch der Morgenröte über den Horizont kroch, stand sie auf, spritzte sich kaltes Wasser ins Gesicht, um die Müdigkeit zu vertreiben und begann mit den Vorbereitungen.

Nicht weit von ihrem Lager entfernt fand sie einen Busch, der nicht nur kleine, grüne Beeren trug, sondern auch mit fingerlangen Dornen versehen war. Die Dornen konnte sie als Nadeln verwenden und die hochgiftigen Beeren zur Betäubung. In größeren Mengen waren sie tödlich, doch in kleinen Mengen verabreicht, wirkten sie lähmend und machten den Körper schmerzunempfindlich. Allerdings war die Dosierung eine heikle Angelegenheit, weswegen Mathýs nur bei schweren Eingriffen auf die Wirkweise der Beeren zurückgriff. Ellin hatte keine Ahnung, wie hoch die Dosis sein durfte, die sie Butan verabreichen musste. Mathýs verfügte stets über einen kleinen Vorrat des Beerensaftes und Ellin hatte nie gesehen, wie er ihn herstellte. Vielleicht gab es eine geheime Zutat oder er verdünnte ihn mit Wasser oder Wein. Trotzdem zupfte sie eine Handvoll Beeren ab und stopfte sie in ihre Tunika. Die Dornen wickelte sie vorsichtig in ein sauberes Tuch. Als sie zum Lager zurückkehrte, waren die anderen wach. Kylian erhitzte ein großes Jagdmesser, Geldis befreite den Boden von Steinen, Ästen und Ungeziefer und rollte dann zwei Grasmatten aus. Jesh schleppte Seile herbei und Nuelia lag neben Butan und hielt ihn umschlungen. Ellin trat auf Geldis zu und zeigte ihr die Dornen und die Beeren.

»Gaiabeeren, das ist gut«, sagte sie. »Soll ich sie für dich auspressen?«

»Weißt du, wie viele wir verwenden dürfen?«, fragte Ellin hoffnungsvoll.

Geldis legte ihren Kopf schief. »Nicht genau, ich weiß nur um ihre Wirkung und Kraft. Verwendet habe ich sie nie.«

Ellin überreichte ihr die Beeren. Anschließend half sie Nuelia und Jesh dabei, den mittlerweile bewusstlosen Butan umzubetten. Wenig später trat Geldis hinzu und verabreichte ihm drei Tropfen Gaiabeerensaft.

»Wird das reichen?«, fragte Nuelia zweifelnd.

»Wir können ihm jederzeit einen weiteren Schluck verabreichen«, erwiderte Geldis. »Der Saft ist sehr gefährlich. Wir sollten zuerst sehen, wie er auf diese Gabe reagiert.«

Alle blickten gespannt auf Butan und warteten auf ein Zeichen, dass der Gaiabeerensaft seine Wirkung tat. Es dauerte nicht lange, da hörte er auf zu zittern und versteifte sich. Ellin prüfte seine Schmerzempfindlichkeit, indem sie ihn mit einem Dorn in die Armbeuge stach. Er reagierte nicht. Sie nickte Kylian zu, woraufhin er ihr das Jagdmesser reichte. Nuelia und Kylian umklammerten Butans Arme. Jesh hockte sich vor die Füße, fesselte sie und drückte sie mit seinem Gewicht zu Boden. Geldis band Butans Schildarm ab, um die Blutung abzuschwächen, tauchte dann die Dornen in die milchige Flüssigkeit und platzierte sie zu Ellins Rechten auf ein sauberes Tuch.

Sorgfältig untersuchte Ellin Butans Arm und versuchte abzuschätzen, wo sie den Schnitt ansetzen musste, um die Verbreitung des Giftes zu unterbinden. Dann atmete sie tief durch, rief sich ein letztes Mal Mathýs Vorgehensweise in Erinnerung und begann mit der Amputation.

Zuerst durchtrennte sie die Haut in einer geraden Linie, wobei Butan fast sofort damit begann, sich gegen die Lähmung zu wehren.

Seine Muskeln zuckten und er stieß unartikulierte Laute aus. Geldis verabreichte ihm schnell einen Schlaftrunk, dem sie zwei Tropfen Gaiabeerensaft beigemischt hatte. Ellin arbeitete fieberhaft weiter, durchtrennte Haut, Muskeln und Fleisch. Als sie bis zum Knochen vorgedrungen war, befreite sie diesen vom umliegenden Muskelgewebe. Geldis hatte größte Mühe, die Blutung zu stillen. Ellin kannte das. Sie durfte jetzt nicht zögern. Unbeirrt begann sie, den Knochen zu durchtrennen. Wie aus weiter Ferne vernahm sie Nuelias Schluchzen, Jeshs keuchenden Atem und Butans Wimmern. Schweiß rann ihre Stirn hinab. Irgendjemand reichte ihr ein größeres Messer. Sie ergriff es und begann, an dem Knochen zu sägen. Ihre Muskeln zitterten vor Anstrengung. Schon begann Butan, sich wieder zu regen.

»Soll ich ihm noch ein paar Tropfen verabreichen?«, fragte Geldis. Mit dem Ärmel ihrer Tunika wischte sich Ellin über die Stirn. »Ich weiß nicht, wie viel hat er bekommen?«

»Sechs oder sieben Beeren.«

»Zu viel.«

Butan bog den Rücken durch, sein Gesicht zu einer Fratze verzerrt. Ellin rutschte ab und schnitt mit dem Messer in das gesunde Fleisch. Sie fluchte. »Also gut, gib ihm noch ein paar Tropfen.«

Geldis schnappte die Phiole mit dem Saft und träufelte die Tropfen auf Butans Lippen. Kurz darauf gab er ein schauerliches Gurgeln von sich und fiel dann in sich zusammen wie ein leerer Sack Gerstmehl. Mit ganzer Kraft durchtrennte Ellin das letzte Knochenstück, reichte den abgetrennten Arm an Geldis weiter und begann dann, die Hautlappen über den Stumpf zu ziehen und mit Dornen zu fixieren. Eine schlüpfrige und mühevolle Arbeit.

»Atmet er noch?«, fragte sie, während sie den letzten Dorn durch die Haut fädelte.

Nuelia legte ihren Kopf auf Butans Brust. Ellin griff nach der Flasche mit der milchigen Flüssigkeit und träufelte sie über die Wunde. Ihre Hände und der Kittel waren blutverschmiert, ihre Armmuskeln zitterten. Erschöpft sackte sie in sich zusammen.

»Sein Herz ist schwach, doch es schlägt«, sagte Nuelia.

»Was geschieht jetzt?«, fragte Jesh. Er war fast so bleich wie Butan und sah aus, als würde er jeden Moment das Bewusstsein verlieren.

»Jetzt müssen wir warten und beten«, erwiderte Ellin.

Ihr Blick fiel auf Kylian, der sie mit einem seltsamen Ausdruck im Gesicht musterte. Unglauben? Respekt?

Ellin rappelte sich auf, schlurfte zu der kleinen Wasserstelle hinter dem Felsen und versuchte, das Blut aus ihrer Tunika zu waschen. Sie fühlte sich körperlich und seelisch ausgelaugt. Leer, wie ein ausgeweideter Fisch. Alle Kraft war aus ihr gewichen. Nachdem sie sich notdürftig von den Spuren des Eingriffs gereinigt hatte, schlurfte sie zu ihrem Schlaffell, legte sich hin, schloss die Augen und schlief ein.

Jemand rüttelte an ihrer Schulter. »Ellin?«

Sie blinzelte in den flammenden Himmel. »Was ist?«

Jesh hielt ihr einen Gerstfladen hin. »Du musst etwas essen.«

»Wie lange habe ich geschlafen?«, fragte sie verwirrt.

»Den ganzen Tag und die Nacht hindurch.«

»Was? Wieso habt ihr mich nicht geweckt?«

Jesh lächelte. »Du warst am Ende deiner Kräfte und wir können vorerst sowieso nicht weiterreiten.«

Die Erinnerung an den vergangenen Tag kehrte zurück. »Wie geht es Butan?«

»Er hat starke Schmerzen, aber er lebt«, erwiderte Jesh.

»Das ist gut. Ich muss nach seinem Arm sehen.« Ruckartig setzte Ellin sich auf. Stechende Kopfschmerzen ließen sie innehalten.

»Zuerst musst du etwas essen«, befahl Jesh und drückte ihr den Gerstfladen und ein Stück gebratenes Fleisch in die Hand. Ungeduldig stopfte sie das Essen in sich hinein, fühlte sich anschließend aber tatsächlich besser. Die Kopfschmerzen verblassten zu einem dumpfen Pochen. Sie flocht ihr Haar, glättete ihre Tunika und eilte zu Butans Krankenlager.

Er sah nicht gut aus, doch immerhin lebte er. Geldis hatte den Stumpf verbunden und ihm einen schmerzlindernden Trank verabreicht. Sie berührte Butans Stirn. Er hatte kein Fieber. Die Haut war warm und trocken und er atmete tief und gleichmäßig, was sie als gutes Zeichen wertete. Sie blickte sich nach den anderen um, die die freie Zeit nutzten, um sich um ihre Waffen zu kümmern. Kylian war fort, kehrte aber kurz darauf mit mehreren erlegten Wühlhörnern zurück. Es gab nicht viel zu tun und so streifte Ellin durch die Gegend, sammelte Wildkräuter, Pilze und Wurzeln und widmete sich der Körperpflege. In regelmäßigen Abständen sah sie nach Butan, der bei Geldis und Nuelia jedoch in guten Händen war. Während des Tages dämmerte er zwischen Wachen und Schlafen dahin, erst am Abend schlug er die Augen auf und sah sie mit klarem Blick an. Nuelia flößte ihm Fleischsud ein und hielt seine Hand, als er vor Schmerz das Gesicht verzog. Ellin half derweil bei der Essenzubereitung und fühlte sich zum ersten Mal, seit sie zu der Gruppe gestoßen war, zugehörig. An diesem Abend saßen sie lange am Lagerfeuer beisammen und sprachen über das Kommende. Nuelia erzählte ihr von Huanaco und der Herrscherin Nosara, die ihrem Land nicht nur zu Ansehen und Macht verholfen hatte, sondern auch zu Wohlstand. Ellin freute sich darauf, eine neue Stadt zu sehen und gab ihrer Hoffnung Ausdruck, dass sie dort ein Zuhause finden würde. Kylian indessen wirkte nachdenklich und in sich gekehrt. Mehrmals ertappte sie ihn dabei, wie er sie beobachtete.

Während der Nacht wachten sie abwechselnd an Butans Krankenlager und verabreichten ihm in regelmäßigen Abständen einen schmerzlindernden Trank. Er bettelte nach dem Saft der Gaiabeeren, doch Ellin hielt es für zu gefährlich, ihm den giftigen Saft zu verabreichen. Geldis stimmte ihr zu.

Am Morgen fühlte Butan sich nach eigener Aussage besser und nahm sogar einen halben Gerstfladen und ein paar Apfelschnitze zu sich. Der Stumpf heilte weiterhin gut. Aufgrund seines hoffnungsvollen Zustands beschlossen Kylian und Nuelia, eine Trage zu bauen, damit sie ihren Weg fortsetzen konnten.

»Wir können nicht ewig hier bleiben«, entgegnete Kylian auf Ellins Protest. »Die Herrscherin von Huanaco wartet auf uns.«

Ellin stemmte die Arme in die Hüfte und funkelte ihn zornig an. Zum ersten Mal war es ihr egal, ob sie ihn erzürnte. Sollte er es wagen, sie zu bedrohen, würde sie ihn zwischen die Beine treten oder beißen, genau wie dieses seltsame Wesen. »Das ist unvernünftig. Sollte sein Zustand sich aus welchen Gründen auch immer verschlechtern, bestehe ich darauf, dass wir sofort anhalten.«

Kylian versprach es und setzte seine Arbeit fort.

Den restlichen Tag verbrachte Ellin mit dem Ausbessern ihrer Kleidung und dem Reinigen von Butans Verbänden. Sie wusch sie in einer Schale mit warmem Wasser, welches sie mit der milchigen

Flüssigkeit versetzt hatte, bis die Spuren des Blutes und der Wundflüssigkeit fast herausgewaschen waren. Anschließend schwenkte sie die Tücher in Quellwasser, bis die Blutflecken nur noch als gelbliche Ränder zu erkennen waren.

Am folgenden Morgen erneuerte sie Butans Verband und warf einen zufriedenen Blick auf den Stumpf. Der Heilungsprozess verlief gut, sogar besser als erwartet. Da Butan einen an Aas erinnernden Geruch verströmte, bat sie Nuelia, ihn zu waschen und ihm frische Kleidung anzuziehen. Anschließend betteten sie ihn vorsichtig auf die Bahre, die sie am Sattel von Butans Wallach befestigt hatten. Ellin versuchte, den Armstumpf so aufzupolstern, dass die Unebenheiten des Bodens nicht allzu sehr auf ihn einwirken würden.

Aus Rücksicht auf Butans Zustand setzten sie ihre Reise in gemächlichem Tempo fort, was Ellin die Gelegenheit gab, über die vergangenen Ereignisse nachzudenken. Zum ersten Mal fragte sie sich ernsthaft, warum Lord Wolfhard sie so vehement verfolgte. Kylian vermutete, dass es mehr war als die Rache dafür, dass sie nicht in sein Bett gekrochen war. Doch was hatte sie, was er so unbedingt wollte? Sie war nur eine Dienerin, frei geboren, doch arm. Vielleicht sollte sie Tilda besuchen, um sie nach Lord Wolfhards Motiven zu fragen. Irgendjemand musste ihr Auskunft geben können. Angestrengt versuchte sie, sich an Tildas Abschiedsworte zu erinnern. Die Mume war überaus besorgt gewesen und schien ein schlechtes Gewissen gehabt zu haben. Hielt sie etwas vor Ellin verborgen?

Sie seufzte. Die Antwort auf ihre Fragen würde sie hier, weit weg von Zuhause, sicher nicht finden. Verstohlen betrachtete sie Kylian, der mit Geldis auf Jalo ritt. Er war unberechenbar, abweisend und fremd, doch er faszinierte sie. Seine Aura zeigte ihr, dass er weder ihr, noch irgendeinem anderen Lebewesen Böses wollte. Seine vermeintliche Härte war nur Schau, der Schutz vor einer Welt, die ihm alles genommen hatte. Bilder tauchten vor ihrem geistigen Auge auf, von Kylian, wie er sich um Geldis kümmerte. Wie traurig und weich sein Gesicht wurde, wann immer er die alte Frau betrachtete. Wie er sich um Butan sorgte und das Wohl seiner Gefährten. Wie er die Soldaten hatte gehen lassen, obwohl er sie hätte töten können.

Er war nicht böse. Nicht einmal jähzornig. Aber warum hatte er sie gewürgt? Was war an ihr, dass ihn derart in Rage versetzte? So sehr sie auch grübelte, sie fand keine Antwort darauf. Als hätte er ihre Gedanken gehört, drehte er sich plötzlich um und sah sie an. Sie wollte wegsehen, doch sie tat es nicht. Sie ließ es zu, dass ihre Blicke einander berührten, einen Herzschlag lang, vielleicht auch zwei. Schließlich war er es, der sich verlegen abwandte.

Als die kleine Sonne versank, ließ Kylian die Gruppe rasten. Während die anderen ihre Sachen abluden, sah Ellin nach Butan. Trotz der frischen Kleidung verströmt er noch immer den widerlichen Verwesungsgeruch. Fast schien es ihr, als wäre der Geruch stärker geworden. Besorgt öffnete sie den Verband und betrachtete den Stumpf. Die Wunde heilte, keine Entzündung oder eitriger Ausfluss.

»Wie geht es Euch?«, fragte sie, als sie sah, dass Butan die Augen geöffnet hatte.

»Mir ist ein wenig schwindlig und ich bin schrecklich müde, doch die Schmerzen haben nachgelassen«, erwiderte er.

Ellin reichte ihm einen Becher Wasser und befühlte seine Stirn.

»Was tut Ihr da?«, fragte er.

»Ich kontrolliere, ob Ihr fiebert.«

Auf einmal wirkte Butan verwirrt. Besorgt blickte er zu ihr auf. »Ich kann Eure Hand nicht spüren.«

Ellin runzelte die Stirn. Vorsichtig kniff sie in seinen gesunden Arm. »Spürt Ihr das?«

Seine Augen wanderten zu seinem Arm und wieder zurück zu ihrem Gesicht. »Kaum.«

»Hm, das ist seltsam.«

»Ist es ein Grund zur Sorge?«

Sie schüttelte den Kopf, ein wenig zu hastig, um überzeugend zu wirken. »Es ist nichts. Ihr habt kein Fieber. Eure Haut ist trocken und kühl, fast schon zu kühl. Die Wunde heilt sehr gut. Es gibt nichts, worüber ihr Euch sorgen müsst. Die Gefühllosigkeit ist sicher nur eine Folge des Gaiabeerensaftes und des schweren Eingriffs.«

Butan machte ein zweifelndes Gesicht. »Seid Ihr sicher?«

Sie nickte. »Natürlich.«

»Nun, das ist gut. Fast schon zu gut. Warum habe ich das Gefühl, das Ihr mich belügt, Ellin? Wollt Ihr mich in falscher Sicherheit wiegen?«

Ellin setzte ein zuversichtliches Lächeln auf und hoffte inständig, dass es ehrlich wirkte. »Aber nein. Taubheit der Glieder ist eine Wirkweise des Gaiabeerensaftes und wir mussten bis an die Grenze einer tödlichen Gabe gehen, um den Eingriff erfolgreich zu Ende zu bringen. Es ist also kein Wunder, dass Eure Haut noch ein wenig taub ist.«

Die Lüge kam ihr glatt von den Lippen, nur das verräterische Glühen ihrer Wangen und ihr pochendes Herz sprachen die Wahrheit.

Butan lächelte schwach. »In diesem Fall danke ich Euch, für das, was ihr auf Euch genommen habt. Ihr seid eine tapfere junge Frau und ich stehe für den Rest meines Lebens in Eurer Schuld.«

Das Lob war Ellin unangenehm, vor allem, da sie sich mehr denn je um ihn sorgte. Dieser aufdringliche Geruch, den sein Körper verströmte und die Taubheit seiner Haut ängstigten sie weit mehr, als sie zugeben wollte. Als Nuelia hinzutrat, um nach ihrem Gefährten zu sehen, nutzte sie die Gelegenheit, um sich zu entfernen. Sie überprüfte den Vorrat von Geldis' schmerzlindernden Pflanzen und stellte besorgt fest, dass er fast aufgebraucht war. Wenn sie keine Neuen fanden, mussten sie Butan entweder die Gaiabeeren verabreichen oder ihn seinen Qualen überlassen. Zwar behauptete er, kaum Schmerzen zu verspüren, doch sie bezweifelte, dass dieser Zustand lange anhielt. Aus Erfahrung wusste sie, dass die Schmerzen nach einer Amputation in Schüben kamen und immer wiederkehrten.

Mitten in der Nacht wurde sie von Geldis geweckt. Es war stockfinster. Die alte Frau hielt eine Fackel hoch, die gerade genug Licht spendete, damit Ellin einen Schritt weit sehen konnte. »Was ist?«

»Butan geht es schlecht«, sagte Geldis.

Sofort stand Ellin auf und folgte ihr zu Butans Lager. Nuelia kniete an seiner Seite. Am Kopfende seines Schlaffells steckte eine weitere Fackel im Boden. Er war nicht ansprechbar, zitterte am ganzen Leib und seine Mundwinkel waren seltsam verzerrt, wie ein gedehntes Stück Fleisch.

»Was ist mit ihm?«, fragte Nuelia panisch.

Ellin prüfte seine Körpertemperatur, zog die Augenlider hoch und fühlte seinen Puls. Butans Haut war schwammig und kalt, fast schon unterkühlt, als hätte man ihn aus eisigem Wasser gezogen. Die Augen waren blutunterlaufen und sein Puls flach und unregelmäßig. Ratlos blickte Ellin auf ihn hinab. Sie bat Geldis um mehr Licht und öffnete den Verband. Die Wunde sah gut aus, kein Anzeichen eines gestörten Heilungsverlaufs.

»Sein Zustand ist mir ein Rätsel«, gab sie zu. »Die Wunde heilt, sie ist weder entzündet noch brandig. Zudem müsste er in diesem Fall Fieber haben, doch er ist eiskalt.«

Nuelia blickte sie fragend an. »Wie kann das sein? Wenn es nicht die Wunde ist, was ist es dann?«

Ellin zuckte mit den Schultern. »Ich weiß es nicht. Es scheint fast so, als würde er erfrieren. Vielleicht ist das die spezielle Wirkweise des Giftes. Ich werde seine Wunde noch einmal reinigen und ihm etwas von dem Kräutersud verabreichen. Mehr kann ich nicht tun.«

Nuelia nickte stumm, beugte sich zu Butan hinab und sprach beruhigend auf ihn ein. Vorsichtig reinigte Ellin die Wunde und legte einen frischen Verband an.

Bis zum Morgengrauen wachten sie an Butans Seite. Erst im Tageslicht offenbarte sich die gesamte Tragweite seines Zustands. Obwohl Nuelia mehrere Felle über ihn gebreitet hatte, zitterte er unkontrolliert. Seine Lippen, Wangen und Hände hatten sich bläulich verfärbt, die Haut war so bleich, dass sie fast durchscheinend wirkte. Ratlos flößte Ellin ihm den letzten Rest Kräutersud ein. Als sie zu dem kleinen Teich ging, der nicht weit entfernt hinter einer Ansammlung schmaler Bäume lag, trat Kylian unvermittelt auf sie zu.

»Wie geht es ihm?«, fragte er.

Erschrocken fuhr Ellin herum. Sollte sie ehrlich sein? »Nicht gut«, gab sie zu. »Sein Zustand ist besorgniserregend.«

»Geldis sagt, sein Zustand hat nichts mit dem Abtrennen seines Armes zu tun.«

Sorgfältig wusch Ellin ihre Hände. »Das ist richtig. Und ich habe keine Ahnung, was mit ihm nicht stimmt, aber ich habe das sichere Gefühl, dass er stirbt.«

Kylian riss die Augen auf. »Er stirbt? Warum?«

Sie erhob sich und trocknete ihre Finger mit einem Tuch. »Er erfriert. Ich sehe seine Lebenskraft schwinden und es gibt nichts, was ich dagegen tun kann.« Ihre Augen füllten sich mit Tränen.

»Seid Ihr Euch sicher?«

Sie nickte. »Ich frage mich, ob ich es Nuelia sagen soll, damit sie sich darauf vorbereiten kann.«

»Nein«, sagte Kylian bestimmt. »Alles, was meine Schwester noch hat, ist die Hoffnung, nehmt sie ihr nicht, bevor Butan wahrhaft verloren ist.« In seiner Stimme klangen Bitterkeit und ein tiefer Schmerz. »Wir müssen versuchen, ihm unnötiges Leid zu ersparen.«

Ellin seufzte. »Wir haben keinen schmerzlindernden Sud mehr und die Pflanzen, die ich benötige, um einen neuen herzustellen, wachsen ausschließlich in Wäldern. Bei Tageslicht kann ich Ausschau halten, doch ich bezweifle, dass ich etwas finden werde.«

»Was ist mit den Beeren?«

»Sie sind zu gefährlich.«

»Ist das jetzt noch von Belang? Wovor habt Ihr Angst?«

Sie drehte sich um und blickte ihn an. Der Impuls, nachzugeben, war fast übermächtig. »Ich möchte nicht für Butans Tod verantwortlich sein«, gab sie schließlich zu.

»Ihr habt ihm den Arm abgetrennt, wie könnt Ihr da sagen, dass Ihr nicht für seinen Tod verantwortlich sein wollt?«

»Das ist etwas anderes«, entgegnete sie. »Die Amputation war der Versuch, ihn zu retten, die Gaiabeeren wären ein Willkommensgruß für den Knochensammler. Es tut mir leid, Kylian, ich kann das nicht verantworten.«

Kylian betrachtete sie mit steinerner Miene. »Mir tut es auch leid«, sagte er schließlich, wendete sich abrupt ab und stapfte in die Dunkelheit davon.

Resigniert schlurfte Ellin zu ihrer Bettstatt, wickelte sich in die Felle und versuchte zu schlafen. Im schwachen Schein des Feuers beobachtete sie Nuelia, die neben Butan kniete und ihm einen Becher Wasser an die Lippen hielt, während sie leise auf ihn einredete. Anschließend tupfte sie sein Kinn ab und strich liebevoll eine Haarsträhne aus seiner Stirn. Ellin schloss die Augen und drehte ihnen den Rücken zu.

Am nächsten Morgen brachen sie früh auf. Butan zitterte nicht mehr, was Nuelia als gutes Zeichen wertete. Doch ein Blick in seine Augen zeigte Ellin, dass er sich immer weiter von dieser Welt entfernte. Dass er nicht mehr zitterte, lag einzig an seinem schwächer werdenden Leib, der nicht mehr in der Lage war, gegen das Gift in seinem Blut zu kämpfen. Jesh und Kylian hievten Butan auf die Bahre und banden ihn fest, damit er nicht hinunterrutschte. Der faulige Gestank, den er verströmte, überdeckte mittlerweile jeden anderen Geruch. Während Ellin den Stumpf aufpolsterte, versuchte sie, nur durch den Mund zu atmen, trotzdem musste sie immer wieder die aufsteigende Übelkeit niederkämpfen. Anschließend stieg sie hinter Nuelia auf das Pferd. Nuelia nahm die Zügel zur Hand. »Auf geht's, Pineo«, sagte sie und presste ihre Schenkel in die Flanken des Wallachs, der sich gehorsam in Bewegung setzte.

Der Schlafmangel und die Sorge um Butan hatten deutliche Spuren in ihrem Gesicht hinterlassen.

»Können wir nicht schneller reiten?«, fragte sie nach einer Weile gereizt.

»Das ist keine gute Idee«, erwiderte Kylian. »Ein schneller Ritt könnte Butan schaden.«

Nuelia schnaubte. »Er braucht dringend einen Heiler. Wenn überhaupt, dann schadet ihm unser Zögern.«

Kylian enthielt sich einer Erwiderung, was Nuelia anscheinend noch zorniger machte. »Verdammt Kylian. Er stirbt, wenn er nicht bald Hilfe bekommt.«

Kylian ließ sich zurückfallen und warf einen Blick auf Butan. »Am Waldrand rasten wir. Dann legen wir einen Schritt zu.«

Nuelia nickte und blickte nach vorn. Der Wald war nicht mehr fern.

»Mirabeeren«, rief Jesh plötzlich und hastete auf eine Ansammlung unscheinbarer Sträucher zu. In Windeseile hatte er eine Handvoll kleiner, gelber Früchte gepflückt. »Hier, probiert mal«, sagte er und reichte Ellin und Nuelia einen Zweig voll saftiger Kugeln.

»Ich kenne Mirabeeren«, erwiderte Ellin. »Die Gaukler haben sie von ihren Reisen mitgebracht und auch am Fuße der Felsenfestung findet man den ein oder anderen Strauch.« Sie streifte die Beeren von dem Zweig und ließ sie genüsslich in ihrem Mund zerplatzen. Saftige Süße, vermischt mit einem erfrischenden Teil Säure, füllte ihren Mund. Die winzigen Kerne im Inneren der Beeren schluckte sie zusammen mit dem Fruchtfleisch hinunter.

Jesh lief neben dem Pferd und blickte grinsend zu ihr auf. »Schmeckt es dir?«

Ellin nickte lächelnd.

»Hebt ein paar für Butan auf«, bat Nuelia.

Jesh lief zu Butans Bahre und musterte ihn, dann sah er mit besorgter Miene zu Ellin hinauf. »Du solltest nach ihm sehen, er sieht nicht gut aus.«

Nuelia griff nach den Zügeln, stoppte das Pferd und sprang hinab, die Mirabeeren kullerten auf den Boden. Ellin folgte ihr eilig. Eine dunkle Ahnung kroch ihren Rücken hinauf.

Leblos hing Butan auf der Bahre, sein Kopf sah aus wie ein Totenschädel. Dunkle Schatten zogen sich über sein Gesicht. Die Lippen ein blutleerer Strich in einem wächsernen Gesicht, getrockneter Speichel klebte an seinem Mund. »Helft mir«, krächzte er.

Kylian kam gerannt, gefolgt von der humpelnden Geldis.

In Windeseile durchtrennte Nuelia die Seile, die ihren Gefährten auf der Bahre hielten. Wie ein Stein rutschte er zu Boden.

»Bei den Göttern, was ist mit ihm?« Verzweifelt warf sie sich neben ihm auf die Knie.

Ellin beugte sich über ihn. Unzählige Male hatte sie Sterbende gesehen, und Butan war eindeutig einer davon. Sie schluckte schwer und starrte ihn mitleidig an. Butans Mund war weit geöffnet, er schnappte nach Luft, lautlos, wie ein Fisch, der an Land gespült worden war.

»Bitte Butan«, schrie Nuelia. »Bitte, stirb nicht, bitte. Oh großer Mabon, rette ihn.« Sie zerrte ihn auf ihren Schoß. »Bitte. Bleib bei mir.«

Kylian warf Ellin einen fragenden Blick zu. Sie schüttelte den Kopf und wandte sich ab. Minutenlang rang Butan um Atem. Sein Körper versteifte sich. Schaumiger Speichel quoll aus seinem Mund. »Bitte Butan. Bleib bei mir«, flehte Nuelia immer wieder.

Doch ihr Flehen blieb ungehört. Butan starb in ihren Armen.

Ellin versuchte, ihr Trost zu spenden, doch Nuelia stieß sie fort. Niemand durfte ihren Geliebten berühren, nicht einmal Kylian, der seine Erschütterung hinter einer starren Maske verbarg. Auch Jeshs Augen schwammen in Tränen.

Einzig Geldis schien einen kühlen Kopf zu bewahren, aber vielleicht war das auch nur ihre Art, den Schock zu bewältigen. »Steh hier nicht unnütz herum, sammle die Grabsteine«, wies sie Jesh an.

Jesh erhob sich gehorsam und begann, faustgroße Steine zu sammeln. Kylian verharrte noch einen Augenblick an Butans Seite und stürmte dann davon.

Geldis wandte sich Ellin zu, die auf dem Boden saß und ihre Beine umschlungen hielt. »Geh ihm nach.«

Verwirrt blickte Ellin auf. »Warum?«

»Nun geh schon«, befahl sie und sah sie streng an. »Er braucht Trost.«

Ellin fühlte sich wie betäubt. Sicher brauchte er Trost, genau wie Nuelia, doch gewiss nicht von ihr. Da sie jedoch zu schwach war, um sich gegen Geldis' Aufforderung zu wehren, stand sie auf und folgte Kylians Spur. Sie fand ihn hinter einem Baum, wo er auf dem Boden kauerte und ins Leere starrte. Als er ihre Schritte vernahm, drehte er ruckartig den Kopf und herrschte sie wütend an. »Was wollt Ihr?«

»Ich habe mir Sorgen um Euch gemacht.«

»Geht und kümmert Euch um Nuelia. Ich will allein sein.«

Ellin ließ sich nicht beirren. »Geldis trug mir auf, nach Euch zu sehen. Sie nahm an, dass Ihr Trost braucht.«

»Diese dumme alte Frau«, stieß er hervor. »Warum muss sie sich immer einmischen? Ich brauche keinen Trost, geht einfach!« Er sackte nach vorn, alle Kraft schien ihn verlassen zu haben.

Unsicher blickte Ellin auf ihn hinab. Warum hatte Geldis sie gebeten, ihm zu folgen? Gerade sie? Wollte die alte Frau, dass er wieder die Beherrschung verlor? »Es tut mir leid«, flüsterte sie, wandte sich ab und ging davon.

»Wartet!«, rief er plötzlich.

Sie hielt inne. Kylian rappelte sich auf und trat auf sie zu. »Butan war mehr als nur ein Freund«, sagte er mühsam beherrscht, »er war mein Bruder und mein Weggefährte für eine sehr lange Zeit. Den Verlust kann sich niemand auch nur ansatzweise vorstellen, außer vielleicht meine Schwester. Doch es ist mein Schmerz, Ellin, meiner allein und ich werde ihn alleine ertragen. Ich will keinen Trost und ich bitte Euch, dies zu respektieren.«

Sie nickte. »Ich verstehe.«

Wieder wandte sie sich um, bereit zu gehen, als er unvermittelt ihre Hand ergriff und sie an sich zog. Ihre Körper berührten sich. Regungslos stand Ellin da und starrte ihn an, unsicher, ob sie um

Hilfe schreien oder ihn umarmen sollte. Ihr Herz hämmerte gegen ihre Rippen. Kylians Brust hob und senkte sich im Rhythmus ihres aufgeregten Herzschlags, während er ihr Handgelenk umklammert hielt, zu fest, um als Geste der Zuneigung gewertet zu werden und zu verzweifelt, um sich darüber zu beklagen. Dann ließ er sie unvermittelt los und stapfte davon.

Verstört blickte sie ihm nach. Was geschah mit ihr? Sie sollte ihn verachten. Doch das tat sie nicht. Nicht mehr.

»Konntest du ihm Trost spenden?«, fragte Geldis, als sie ins Lager zurückkehrte.

Ellin zuckte mit den Schultern. »Nein. Wahrscheinlich bin ich nicht die Richtige.«

»Doch, das bist du«, erwiderte sie.

Verwirrt runzelte Ellin die Stirn. Warum nur hatte sie das Gefühl, dass die alte Frau mit diesen Worten nicht ihre Fähigkeiten als Trösterin gemeint hatte?

Stundenlang hielt Nuelia Butans schlaffen Leib umklammert und weigerte sich, ihn loszulassen. Sie forderte, ihn mitzunehmen, was Kylian jedoch rundheraus ablehnte. Erst als er mit strenger Stimme seltsame Worte in einer fremden Sprache sagte, ließ sie von ihrem Geliebten ab. Jesh hatte mit bloßen Händen ein flaches Grab ausgehoben, in das sie Butan nun betteten. Anschließend stellten sie sich in einem Kreis um den Toten herum und fassten einander an den Händen. Kylian sprach Worte in derselben Sprache, die er zuvor mit Nuelia gesprochen hatte. Schließlich lösten sie ihre Hände voneinander und knieten sich auf den Boden. Nacheinander nahmen sie eine Handvoll Erde und ließen sie auf seinen Leib rieseln.

»All asru lahinda, Butan lei«, sagte Kylian.

»All asru lahinda, Butan lei«, widerholten Nuelia, Jesh und Geldis.

Für einen Augenblick glaubte Ellin, ein Leuchten unter den Kleidern der Uthra wahrzunehmen, doch der Eindruck verschwand ebenso schnell, wie er gekommen war. Sie war unsicher, was sie sagen sollte. Sie beherrschte die Sprache der Uthra nicht, kannte nur die vecktanischen Totenworte. Als sie schließlich an der Reihe war, sprach sie spontan die Worte, die gefallenen Meisterkämpfern zuteilwurden.

»Die Götter heißen dich willkommen, Butan. Erklimme den Heldenturm und nimm Platz an der Tafel der unsterblichen Krieger.« Damit nahm sie eine Handvoll Erde und ließ sie auf Butans Leichnam rieseln. »Steige empor und finde Frieden.«

Normalerweise wurden in diesem Moment die Waffen des Verstorbenen von dessen Hauptmann oder, bei besonders hochrangigen und heldenhaften Männern, vom Lord persönlich in das Grab gelegt. Butans Waffen befanden sich bereits an seiner Seite und so ließ sie stattdessen, wie die anderen zuvor, eine weitere Handvoll Erde auf ihn rieseln.

Nuelia wirkte gefasst, doch ihre versteinerte Miene verriet die enorme Anstrengung, mit der sie ihre Gefühle zu beherrschen versuchte. Wie betäubt starrte sie in das Grab.

Jesh hatte die gesammelten Steine in vier Haufen aufgeschichtet. Gemeinsam nahmen sie Stein um Stein zur Hand und legten sie auf Butan, bedeckten seine tote Hülle, bis er vollständig unter einem Steinhügel verborgen lag. Da die Tradition der Uthra es gebot, einen Tag und eine Nacht lang am Grab eines Verstorbenen zu wachen, packten sie die Satteltaschen aus und rasteten. Ellin verspürte das Bedürfnis, über das Geschehene zu sprechen, doch die Uthra hüllten sich in tiefes Schweigen. Stumm und unbeteiligt verrichteten sie ihre Arbeit, sammelten Feuerholz, füllten Wasser in die Trinkschläuche, wuschen sich und ihre Kleidung und bereiteten das Nachtmahl zu. Ellin verstand das Schweigen nicht, in ihren Augen war es ungesund, die Trauer zu unterdrücken und sie still in sich zu vergraben. In einem günstigen Moment fragte sie Geldis, die die erste Totenwache übernommen hatte, nach diesem absonderlichen Verhalten.

Geldis seufzte. »Für die Uthra gilt Schweigen als Zeichen des Respekts gegenüber dem Verstorbenen. Nichts soll die Gedanken der Trauernden von dem Toten ablenken.«

Ellin verstand und beschloss, sich dem Brauch der Uthra nicht zu verschließen. Während sie schwieg, dachte sie an ihre Heimat. In Veckta war es Tradition, dass die Hinterbliebenen zu einem üppigen Mahl luden, die Nacht durchzechten und sich selbst beglückwünschten, noch am Leben zu sein.

Als die Abenddämmerung hereinbrach, nahmen sie ein karges Mahl zu sich. Ellin übernahm die nächste Totenwache. Nach kurzer

Zeit gesellte sich Nuelia zu ihr und setzte sich mit überkreuzten Beinen auf die andere Seite des Grabhügels. Ihre Hände flach auf den Knien liegend, schaukelte sie mit dem Oberkörper vor und zurück. Dabei bewegte sie die Lippen zu einem lautlosen Gebet. Ellin lehnte sich gegen die Steine und spielte mit einer Strähne ihres Haares, die sich aus dem Zopf gelöst hatte. Sie dachte an all die Dinge, die in letzter Zeit geschehen waren. Ihre Flucht von der Felsenfestung, die Gefangennahme, die Kämpfe und Verletzungen und nicht zuletzt die Begegnung mit fremdartigen Wesen, von denen sie nie geglaubt hatte, dass sie existieren. Am überraschendsten jedoch war ihre schwindender Hass gegenüber einem Mann, den sie kaum kannte und der nicht einmal ein Mensch war. Das alles vereinte sich zu einer Flut widersprüchlicher Gefühle.

Irgendwann kam Kylian, um sie abzulösen. Sanft berührte er sie an der Schulter und setzte sich ihr gegenüber. Ellin hob den Kopf und sah ihn an. Der Feuerschein warf zuckende Schatten auf sein Gesicht. Unvermittelt griff er nach ihrer Hand. Sie versteifte sich. Was tat er da? Stirnrunzelnd betrachtete sie ihn. Alle Härte war aus seinem Gesicht gewichen. Traurig sah er aus, gebrochen, als trüge er die Last der Welt auf seinen Schultern. Zögerlich hob sie ihre Hand und berührte seine Wange. Tief sog er den Atem ein, atmete den Duft ihrer Haut. Dann, mit einem fast unhörbaren Seufzer löste sie sich von ihm. Der kostbare Moment war vorüber. Kylian senkte den Blick, nahm die gleiche Haltung ein wie seine Schwester und vertiefte sich in ein stilles Gebet.

Ein wenig benommen kehrte Ellin zu ihrer Schlafstatt zurück. Was machte sie nur? Warum tauschte sie Zärtlichkeiten mit Kylian aus? Das war nicht richtig.

Eine Weile lag sie wach und befürchtete, nicht schlafen zu können, zu verwirrend war die unerwartete Vertrautheit zwischen Kylian und ihr. Doch irgendwann fiel sie in einen unruhigen Schlummer, aus dem sie erst von dem Gezeter streitlustiger Schwarzkopfdohlen geweckt wurde.

Jesh hatte seinen Schlafplatz verlassen, Geldis und Kylian schliefen noch und Nuelia saß noch immer neben dem Grabhügel. Ihr Kopf war gegen die Steine gesunken, die Augen geschlossen. Leise richtete Ellin sich auf, schlich hinter einen Felsen und verrichtete ihre

Notdurft. Anschließend hielt sie nach Jesh Ausschau, der mit einer Handvoll kleinen Eiern und einem mit Mirabeeren gefüllten Tuch zwischen den Felsen hervorkam.

Gerstfladen und Eier und zum Nachtisch saftige Mirabeeren. Ihr Mund wurde wässrig bei dem Gedanken an das bevorstehende Mahl. Wortlos löste sie die Pfanne vom Sattel und gab etwas Öl hinein. Anschließend legte sie frisches Feuerholz auf und briet die Gerstfladen, bis sie knusprig braun waren. Während sie die Eier in die Pfanne schlug, warf Jesh kleingeschnittene Kräuter hinein. Ellin bedankte sich mit einem Lächeln. Der aromatische Duft der gebratenen Eier weckten Kylian und Geldis, die sich schweigend um das Feuer versammelten. Nuelia nahm ihr Frühstück neben Butans Grab zu sich, doch sie aß nur wenig. Blass, mit dunklen Ringen unter den Augen saß sie da und starrte auf den Steinhaufen.

Nach dem Frühstück packten sie ihre Sachen zusammen und hielten bis zum Mittag gemeinsam Totenwache. Kylian beachtete Ellin nicht mehr und nicht weniger als zuvor und sie fragte sich, ob sie sich seine Zuneigung nur eingebildet hatte. Nichts deutete darauf hin, dass er etwas anderes in ihr sah, als eine zufällige Weggefährtin.

Ein letztes Mal kniete Nuelia vor Butans Grab, legte ihre Hände auf die Steine und senkte den Kopf. »All asru Lahinda, Lobeia lei, gehe in Frieden, mein Geliebter. All Sida Lei tu an dei, in meinem Herzen bin ich bei dir.«

Erneut glaubte Ellin einen hellen Schein durch die Kleider zu sehen, der jedoch sofort wieder verschwand. Dann erhob Nuelia sich und stolzierte mit hoch erhobenem Haupt zu Butans Wallach. »Dieses Pferd ist fortan mein«, sagte sie und stieg auf. Um ihr Handgelenk trug sie ein Lederband mit dem Anhänger in Form eines Triskels, welches Butan zuvor getragen hatte.

Kylian wollte Geldis auf Jalos Rücken heben, doch die alte Frau bat ihn, mit Nuelia reiten zu dürfen. So war Ellin gezwungen, sich mit dem Platz hinter Kylian zu begnügen. Jesh trottete missmutig zwischen ihnen einher und versuchte, mit dem zügigen Tempo, welches Kylian angeschlagen hatte, Schritt zu halten.

»Morgen erreichen wir die Steppe von Norlania, zuvor müssen wir unbedingt unsere Wasservorräte auffüllen, da wir für mindestens ein bis zwei Tage keine Wasserstelle finden werden«, sagte Kylian.

Ellin seufzte. Sie hatte es gründlich satt, durch die Wildnis zu reiten und sich immer neuen Gefahren zu stellen. Butans Tod hatte ihr gezeigt, dass jeder von ihnen jederzeit sterben konnte, zumindest solange sie sich in menschenfeindlichen und unwegsamen Gegenden befanden.

»Wann erreichen wir endlich bewohnte Gebiete?«, fragte sie.

»Nachdem wir die norlanische Steppe durchquert haben, sind es noch zwei Tagesritte bis Huanaco«, erwiderte Kylian.

Ellins Gedanken schweiften in die Zukunft. In drei oder vier Nächten würden sie in Huanaco sein, einer richtigen Stadt. Endlich würde sie wieder in einem Bett schlafen, sich waschen und ihre Kleider ausbessern können. Und vielleicht würde sie sogar eine Anstellung als Dienst- oder Küchenmagd oder sogar als Heilgehilfin finden. Veckta wäre weit weg und die Wahrscheinlichkeit, dass Lord Wolfhard sie jemals finden würde, gering. Immerhin waren Veckta und Huanaco alles andere als Verbündete. Sie könnte frei und ohne Angst leben. Der Gedanke zauberte ein hoffnungsvolles Lächeln auf ihr Gesicht.

13

Die Norlanische Steppe, die zugleich die Grenze zwischen Huanaco und Thal markierte, begann hinter einem kleinen Wald, dessen schlanke, hochgewachsene Bäume nur wenige, dafür aber umso größere Blätter trugen. Zuerst war das Gras noch grün, wurde jedoch von Stunde zu Stunde spärlicher und wechselte seine Farbe in schmutziges Gelb. Die gesamte Vegetation veränderte sich, wurde karg und trocken. Kümmerliche Sträucher bedeckten die staubige Erde. Nach der schwülen Hitze der Sümpfe und den windgeschützten Wäldern war es hier fast schon kalt. Eine raue Brise wehte über die Ebene und veranlasste Ellin dazu, sich in Kylians Windschatten zu kauern.

Nuelia tauschte in regelmäßigen Abständen ihren Platz auf Pineos Rücken mit Jesh, damit auch er sich ausruhen konnte. So kamen sie recht zügig voran und erreichten, kurz bevor der Nordstern versank, den Mittelpunkt der Steppe. Mangels schützender Felsen oder Bäume verbrachten sie die Nacht auf freier Flur, wo pfeifende Winde an den Schlaffellen zerrten und dürre Bälle aus getrocknetem Gras über sie hinwegwehten. Das Feuer vollführte einen wilden Tanz, brennende Äste zerbarsten, Funken stoben in die Nacht hinaus.

Am Morgen fiel es Ellin schwer, aus dem warmen Fell zu kriechen und sich dem Wind zu stellen, doch Kylian trieb sie zur Eile an. Er wollte die Stadt so schnell wie möglich erreichen.

In der Ferne nahmen die Berge von Huanaco Gestalt an. Sie waren rund und dicht begrünt, wie ein bewaldetes Ei. Kylian erzählte Ellin, dass die Stadt sich spinnennetzartig von der Mitte aus über das seltsam geformte Gebirge zog. Gleichzeitig bildete die Gebirgskette eine natürliche Grenze zu Kismahelia, einem wüstenreichen, an das große Wasser grenzenden Land, in dem der Bruder der Herrscherin, Fortas al Surani, regierte. »Die al Suranis sind eine für die Menschenrasse sehr langlebige Herrscherdynastie«, erzählte er. »Üblicherweise zählen sie weit über einhundert Sternenläufe, bevor sie sterben. Man erzählt sich, sie seien die Nachfahren der Göttin Anat, die sich einst mit einem Menschenkönig gepaart und die daraus entstandenen Kinder in dieser Welt zurückgelassen hat.«

Ellin, die Kylians Erzählung fasziniert lauschte, betrachtete die eiförmigen Hügel. »Dann fließt in den al Suranis also göttliches Blut?«

Kylian lachte. »So erzählt man sich zumindest, doch wenn Ihr mich fragt, ich bezweifle diese Theorie und führe das unnatürlich lange Leben des Herrschergeschlechts eher auf Magie zurück als auf göttliche Vorfahren. Wenigstens sorgt ihr langes Leben dafür, das Nosara sich nicht, wie andere Menschen, vor uns fürchtet.«

»Kennt Ihr auch ihren Bruder Fortas?«, fragte Ellin.

»Nein, bis nach Kismahelia bin ich nie gekommen. Seit vielen Sternenläufen schon stehen wir ausschließlich im Dienst der Herrscherin. Einst waren die beiden Länder eins gewesen, müsst Ihr wissen, doch Nosara und Fortas sind eine Zwillingsgeburt und somit war der Herrschaftsanspruch des Erstgeborenen nicht eindeutig. Aus diesem Grund wurde das Land nach dem Tod der Eltern geteilt. Seit achtunddreißig Sternenläufen regieren die Geschwister nun schon ihr geteiltes Reich und sind dabei unerwartet friedlich.«

»Wieso ist das unerwartet? Haben Zwillinge naturgemäß nicht eine ganz besondere Bindung?«

»In der Geschichte der al Suranis hat es bereits zahllose kriegerische Auseinandersetzungen um den Herrscherthron gegeben. Bruder kämpfte gegen die Schwester, Tochter intrigierte gegen den Vater oder Enkel tötete die eigene Großmutter. Bei den al Suranis gibt es keine Intrige, die noch nicht gesponnen, keinen Verrat, der nicht schon begangen worden wäre. Zwillinge oder nicht, ich glaube, es ist nur eine Frage der Zeit, bis einer der beiden den Frieden bricht.«

Ellin war überrascht, wie offenherzig Kylian sprach und beschloss, so viele Informationen wie möglich aus ihm herauszuholen. »Wieso glaubt Ihr das?«

Er zögerte. »Erinnert Ihr Euch an die Wesen, auf der Insel in den Braunen Seen?«, fragte er schließlich.

Ellin beugte sich vor. Wie könnte sie Unan und Dau vergessen? »Natürlich.«

»Als Nosara uns den Auftrag gab, sie zu töten, sagte sie, dass sie es auf ihren Bruder abgesehen hätten, und wir sie unbedingt finden müssten, doch mittlerweile zweifle ich an ihren Worten. Ich glaube, sie führt etwas im Schilde.«

Ellin erschrak. »Glaubt Ihr wirklich? Ist es da nicht gefährlich, in ihren Dienst zurückzukehren, vor allem jetzt, wo der Auftrag gescheitert ist?«

Kylian warf ihr einen kurzen Blick zu. »Ich will Euch nicht beunruhigen. Huanaco ist ein friedliches und wohlhabendes Land und Nosara eine gerechte Herrscherin. Die Sorgen und Pläne der Regenten sollen nicht die Euren sein. Es wird Euch dort gefallen, glaubt mir.«

Der plötzliche Sinneswandel verwirrte Ellin und sie überlegte, ob sie weiter in ihn dringen sollte, entschied sich aber dagegen. Mittlerweile kannte sie ihn gut genug, um zu erkennen, wann er keine weiteren Geheimnisse mehr preisgeben würde. Es glich schon einem kleinen Wunder, dass er überhaupt seine Bedenken mit ihr geteilt hatte.

Auf halber Strecke zwischen der Steppe und den huanacischen Bergen wurden sie von einem breiten Erdriss zu einem Umweg gezwungen. Sie umrundeten den Spalt in einem weitläufigen Bogen und gelangten an den westlichen Rand, von wo aus sie wieder ein gutes Stück zurückreiten mussten. Die Nacht verbrachten sie am Fuße der Berge, neben einem Bach, der in wildem Galopp durch sein steiniges Bett rauschte. Das gurgelnde Wasser erinnerte Ellin an den Abstieg vom Hammerfels und ließ sie, trotz Feuer und Fell, frösteln.

Im Morgengrauen begann der anstrengende Aufstieg. Die Stadt lag verborgen zwischen mächtigen Gebirgskuppen, eingebettet in einen endlos anmutenden Tropenwald. Der eingeschlagene Weg schlängelte sich durch das moosbewachsene Geäst, umrundete Schlingpflanzen, riesige Blätter, mannshohe Farne und gigantische Bäume mit freiliegenden, kurios verdrehten Wurzeln. Nackte Vögel mit ledrigen Flügeln flogen über die Baumwipfel, gaben hohe, piepsende Laute von sich und versenkten ihre langen Schnäbel in leuchtende Blütenkelche. Kleine, pelzige Tiere sprangen behände zwischen den Bäumen umher, während sie so durchdringend kreischten, als wäre ein Dämon hinter ihnen her.

Ellin bestaunte die Vielfalt um sie herum. Nie zuvor hatte sie einen derart lebendigen Wald gesehen. An die pelzigen Tiere erinnerte sie sich. Die Gaukler auf den Ländereien ihrer Eltern hatten einmal ein solches Tier bei sich gehabt, sie nannten es einen Apina. Alle hatten es bestaunt, vor allem aber die Kinder, die gar nicht genug von den Kunststückchen bekommen konnten, die das Tier vollführte und sich dafür mit Nüssen und Früchten belohnen ließ. Sein hellrotes Fell war am Rücken mit mehreren schwarzen Streifen versehen und auch die Spitze des langen Schwanzes war schwarz. Zudem hatte das Tier einen lustigen Schnurrbart, der in dünnen Fäden fast bis auf die Brust fiel. Schon damals hatte sie dieses Wesen aufregend gefunden, doch in seiner natürlichen Umgebung und in solch großer Zahl boten die Apinas ein wahrhaft beeindruckendes Bild.

Ellin war so sehr in die Betrachtung ihrer Umgebung vertieft, dass sie sogar ihre Sorgen vergaß.

Der gewundene Weg führte langsam aber stetig bergauf und offenbarte nichts, als endloses Grün gesprenkelt mit bunten Blütentupfen. Die kleine Sonne versank hinter den Kuppelbergen, die große Sonne war schon längere Zeit verschwunden. Besorgt blickte Ellin zum Himmel hinauf. Würden sie etwa mitten im Dschungel rasten? Die Vorstellung verursachte ihr Unbehagen. In dem dichten

Gestrüpp könnten sich alle möglichen gefährlichen Wesen verstecken, ohne gesehen zu werden. Ihr Stolz verbot es ihr, die Bedenken zu äußern und so versuchte sie, in den Gesichtern der anderen zu lesen. Doch weder Geldis' noch Jeshs Miene gaben Aufschluss darüber, ob sie hier übernachten würden und Nuelia machte seit Butans Tod sowieso ein verbissenes Gesicht. Ellin rief sich in Erinnerung, dass die Gruppe den Wald nicht zum ersten Mal durchquerte. Wenn die Uthra keine Angst hatten, dann bestand kein Grund, warum sie Angst haben sollte. Seufzend schloss sie die Augen. Es hatte keinen Sinn zu grübeln, sie konnte nur abwarten. Der schaukelnde Gang des Pferdes wiegte sie in einen Dämmerzustand zwischen Wachen und Schlafen, unbewusst sackte sie gegen Kylians Rücken.

»Hier werden wir nächtigen.« Kylians Stimme riss sie aus ihren Träumen.

Da es schon dunkel war, dauerte es einen Augenblick, bis Ellin etwas erkennen konnte. Sie befanden sich noch immer im Wald, doch das Dickicht war an dieser Stelle nicht ganz so undurchdringlich. Fünf riesenhafte Bäume standen in einem Kreis um eine kleine Lichtung herum. Zwischen den Baumstämmen befanden sich Plattformen, auf denen zahllose Apinas herumlungerten. Als die Tiere ihrer ansichtig wurden, fingen sie an zu kreischen und herumzuhüpfen. Eines der Tiere sprang nach links und landete auf der nächsten Plattform. Die anderen Apinas sprangen hinterher, scheuchten weitere Apinas auf, bis sie in einem großen, kreischenden Haufen von Plattform zu Plattform sprangen. Auf der Plattform hinter ihr entdeckte Ellin Menschen, die mit lauten Rufen und Fackeln versuchten, die aufgebrachten Tiere zu verscheuchen. Der verführerische Duft nach gebratenem Fleisch wehte von ihrem Lagerfeuer zu ihnen hinab. Ellin lief das Wasser im Mund zusammen.

»Wo sind wir?«, fragte sie.

»Ein Ruheplatz für Reisende. Eine der vielen Annehmlichkeiten, die die Herrscherin hat errichten lassen. Auf den Plattformen können müde Wanderer, unbehelligt von räuberischen Kreaturen, die Nacht verbringen«, erklärte Kylian.

Nachdem sich die Apinas wieder beruhigt hatten, kletterte die Gruppe über eine schmale Leiter hinauf, wobei die wackelige Stiege eine echte Herausforderung für Ellin darstellte. Jesh sammelte Feuerholz, band es sich auf den Rücken und folgte ihr. Oben angekommen zogen sie die Leiter hoch und wickelten sie um einen Stab. Der durchdringende Moschusgeruch der Apinas hing noch in der Luft und ihre aus Farnen und Blättern gefertigten Schlafnester lagen über die gesamte Plattform verteilt. Jesh lief zur Feuerschale, legte das Holz hinein und entzündet es. Ellin und Nuelia schubsten die Schlafnester hinunter und Geldis packte den restlichen Proviant aus.

»Es wird Zeit, dass wir nach Huanaco kommen. Ich will endlich wieder etwas Richtiges essen«, murrte Kylian beim Anblick des kargen Mahls.

»Und dann auch noch der Geruch von Fleisch, der zu uns herüberweht. Das macht es umso schlimmer«, bestätigte Jesh.

»Jammert nicht herum«, schalt Nuelia. »Seid ihr Uthra oder ein Haufen klagender Waschweiber?« Flink zerteilte sie die dürftigen Reste Trockenfleisch und die schrumpeligen Rüben. »Butan hätte nie derart herumgejammert.«

»Du hast recht«, gab Kylian zu, spießte die altbackenen Gerstfladen auf und hielt sie über das Feuer.

Jesh gab Öl in die Pfanne und fügte das Trockenfleisch/Rüben-Gemisch hinzu, welches ihm Nuelia reichte. Anschließend verteilte er das Essen. »Für morgen früh haben wir dann jeder noch einen Apfel und einen Gerstfladen«, sagte er.

Ellin beteiligte sich nicht an der Unterhaltung der anderen, in Gedanken war sie mit der Planung ihrer Zukunft beschäftigt. Es würde nicht leicht sein, in einem fremden Land mit unbekannten Sitten und Gebräuchen zurechtzukommen und Verbündete zu finden. Doch war sie zuversichtlich, dass ihr der Neuanfang gelingen würde. Schlimmer als in Lord Wolfhards Diensten konnte es kaum sein.

Als Jesh ihre Hand ergriff, schreckte sie auf. »Was ist? Du wirkst so nachdenklich«, fragte er.

Ellin entzog ihm ihre Hand, nicht ohne zuvor einen Blick auf Kylian zu werfen, der mit finsterer Miene in die Dunkelheit starrte. »Ich bin einfach nur müde«, erwiderte sie und griff nach ihrem Fell.

Jesh nickte verständnisvoll. »Es waren anstrengende Tage. Ruh dich aus. Sobald wir in Huanaco sind, zeige ich dir die Festarena und die heißen Quellen, und, wenn es die Herrscherin erlaubt, auch den Götterhain. Es wird dir dort gefallen.«

Ellin zwang sich zu einem Lächeln. »Danke, das ist ein nettes Angebot.«

Jesh war so bemüht darum, ihr zu gefallen und es tat ihr leid, dass sie seinen Wunsch, in ihrer Nähe zu sein, nicht teilte. Traurig wickelte sie sich in das Schlaffell.

»Schlaf wohl«, sagte Jesh.

»Danke, das wünsche ich dir auch.«

Obwohl sich alsbald auch die anderen zur Ruhe begaben, war an Schlaf nicht zu denken. Grübelnd starrte Ellin zur benachbarten Plattform, beobachtete, wie sich die Menschen nacheinander schlafen legten und das Feuer löschten. Irgendjemand hinter ihr kletterte die Leiter hinab, wohl um seine Notdurft zu verrichten. Auch Ellin verspürte den Drang, sich zu erleichtern und ärgerte sich, dass sie es nicht getan hatte, bevor sie auf die Plattform gestiegen war. Mittlerweile war es stockfinster. Nuelia neben ihr rührte sich. Sie verließ ihren Schlafplatz, kroch auf den Rand zu und kletterte nach unten.

Sollte sie ihr folgen? Auf keinem Fall wollte Ellin alleine in der Finsternis herumtapsen und leichte Beute für irgendein Raubtier werden.

Leise, um Jesh nicht zu wecken, schälte sie sich aus ihrem Fell und kroch zur Leiter. Unten angekommen lauschte sie in die Dunkelheit. Nicht weit entfernt glaubte sie, flüsternde Stimmen zu hören. Sie tastete sich an den Bäumen entlang und folgte dem Klang, bis sie erkannte, dass es sich um Kylian und Nuelia handelte, die leise miteinander redeten. Sie hielt inne. Vor Kylian wollte sie gewiss nicht ihre Notdurft verrichten.

»… habe gemerkt, dass etwas nicht stimmt«, hörte sie Nuelia sagen.

»Warum interessiert dich das überhaupt?«, fragte Kylian.

»Weil du dich verschließt. Warum lässt du es nicht einfach zu?«

Ein Seufzen. »Ich kann nicht.«

»Warum, Kylian, warum kannst du es nicht? Nenne mir nur einen guten Grund.«

»Jesh mag sie.«

»Aber sie will nicht Jesh.«

»Mich will sie auch nicht. Sie verachtet mich und das kann ich ihr nicht einmal verdenken.«

Ellin hielt den Atem an. Sprachen sie etwa über sie?

»Wie kommst du darauf?«, entgegnete Nuelia. »Gut, du hast einen Fehler gemacht, doch den hast du vielfach wieder ausgeglichen. Du bist ein ehrenwerter Mann und ein geachteter Kämpfer, jede Frau könnte stolz sein, dich an ihrer Seite zu haben.«

»Sie ist keine Uthra.«

Nuelia schnaubte. »Wenn du auf eine Uthra warten willst, wirst du nie wieder eine Gefährtin finden. Bei den Göttern, Kylian, was ist nur los mit dir? Sie ist perfekt, sie hat die Gabe und könnte Geldis ersetzen.«

»Sie kann nicht mit uns reisen. Das entspricht nicht ihrer Art, sie sucht ein Zuhause und keine Abenteuer. Zudem müsste sie lernen, die Visionen hervorzurufen und auch zu beherrschen. Es ist nicht sicher, ob ihr dies wirklich gelingen würde.«

Nuelia stöhnte genervt. »Dann beauftrage Geldis, sie zu unterrichten.«

Kylian tat etwas. Was es war, konnte Ellin nicht erkennen. Vielleicht fuchtelte er auch nur mit den Armen. »Ich kann das nicht von ihr verlangen, du weißt warum. Außerdem ist Ellin eine Fremde, sie gehört nicht zu uns, das wird sie nie und ihr Wohl liegt mir zu sehr am Herzen, um ihr unsere Lebensweise aufzuzwingen. Ich will nicht noch einen Menschen unglücklich machen.« Seine Stimme klang belegt.

»Dir liegt etwas an ihr«, stellte Nuelia fest.

Er brummte unwillig.

»Komm schon. Ich bin deine Schwester, vor mir kannst du nichts verbergen.«

»Es ist wahr. Ich bin … verzaubert von ihrer Schönheit, ihrem Mut und ihrem wachen Verstand, und wenn ich nicht in ihrer Nähe bin, werde ich unruhig und beginne, mich zu sorgen. Immer wieder ertappe ich mich dabei, wie ich sie beobachte und darauf hoffe, dass sie mir ein Lächeln schenkt, mir zeigt, dass sie mir vergeben hat.«

Nuelia gab einen überraschten Laut von sich. Ellins Herz machte einen Sprung. Kylian hatte Gefühle für sie? Das konnte unmöglich sein! Gerne hätte sie weiter zugehört, doch das Bedürfnis, sich zu erleichtern, wurde so drängend, dass sie es nicht mehr zurückhalten konnte. Hastig tastete sie den Boden ab, zog ihre Beinkleider nach unten und hockte sich hin. Unangenehm laut hallte das Plätschern durch die Nacht.

»Wer ist da?«, rief Nuelia.

Ellin biss sich auf die Lippen und verfluchte die nächtliche Stille und Nuelias gutes Gehör.

»Gebt Euch zu erkennen, oder Euch wird es schlecht ergehen«, drohte sie.

»Ich bin es, Ellin.« Schnell zog sie ihre Beinkleider hoch.

Nuelia trat auf sie zu. »Was tut Ihr hier?«

»Ich musste meine Notdurft verrichten.«

Kylian runzelte die Stirn. »Warum habt Ihr Jesh nicht geweckt? Ihr begebt Euch in Gefahr, wenn ihr alleine im Wald herumschleicht.«

»Ihr habt recht, es tut mir leid, es kommt nicht wieder vor«, erwiderte Ellin, froh darüber, dass die Dunkelheit ihre glühenden Wangen verbarg.

»Ich begleite Euch hinauf.« Nuelia umfasste ihren Arm und führte sie zurück. Ellin ließ es willig geschehen. In ihrem Kopf schwirrten die Gedanken umher wie Stechlinge. Kylian lag etwas an ihr. Die Frage war, lag ihr auch etwas an ihm? Romantische Gefühle waren ihr fremd, zudem war er nicht gerade ein Schmeichler. Im Gegenteil, nicht einmal Mathýs war so mürrisch und wortkarg wie er. Dass sie ihn immer wieder heimlich beobachtete, dass ihr Herz schneller schlug, sobald er in ihrer Nähe war, hatte sie für einen Ausdruck ihrer Angst gehalten. Zumindest am Anfang. Den Wunsch, ihn zu berühren hingegen hatte sie auf die jeweiligen Ereignisse geschoben. Im Grunde war es egal, ob er Gefühle für sie hegte und auch, ob sie diese erwiderte. Sie wollte nicht mit den Uthra umherreisen und von Geldis das Sehen lernen. Sie wollte Sicherheit, ein Dach über dem Kopf und ein Auskommen.

In dieser Nacht lag sie noch lange wach und grübelte, obwohl es im Grunde nichts mehr zu grübeln gab. Ihre Entscheidung stand schon lange fest. Wenn möglich, würde sie in Huanaco bleiben. Der Abschied von den Uthra war ein notwendiges Übel, das sie für den Beginn eines neuen Lebens in Kauf nehmen musste.

14

Am Mittag des folgenden Tages erreichten sie die Ausläufer Huanacos. Die Stadt war in einem Kessel mehrerer flach auslaufender Berge gebaut worden und breitete sich strahlenförmig bis auf die Hügelkuppen aus. Die aus weißem Stein errichteten Häuser waren zumeist einstöckig, mit getrocknetem Farn gedeckt und verfügten über einen ummauerten Innenhof, der mit einer Feuerstelle und manchmal auch mit einem kleinen Garten versehen war. Zwischen den Gebäuden zogen sich unzählige Pfade dahin, die alle Häuser miteinander verbanden. Je weiter sie in das Herz der Stadt vordrangen, umso breiter wurden die Wege und umso größer die Gebäude. Viele waren nun zwei oder drei Stockwerke hoch, auch die Innenhöfe und Gärten wurden prächtiger, waren mit Blumen und Sträuchern bepflanzt und verfügten zum Teil sogar über einen eigenen Brunnen.

Halbnackte Kinder folgten ihnen lachend, während ihre Mütter die Wäsche über Seile hängten oder am Feuer saßen und eine Mahlzeit zubereiteten. Den Mittelpunkt der Stadt bildete eine riesige Arena, die gewaltsam aus dem Herz des Urwalds gerissen worden war. Ein ovaler, mit Sand gefüllter Platz, umrahmt von zahllosen Steinbänken. Unzählige Menschen fanden darin Platz. Für Ellin war es unvorstellbar, dass sich so viele Menschen an einem Ort aufhalten konnten.

Auf den entfernten Hügeln sah sie terrassenförmig angelegte Felder, auf denen alles wuchs, was die Bewohner Huanacos zum Leben brauchten, einschließlich einer Pflanze, die in Geschmack und Gebrauch der Gerstknolle ähnelte, wie Kylian ihr erzählte. Nur dass ihre Frucht von brauner Farbe war und aus mehreren länglichen Kolben bestand, die abgeerntet, gemahlen und zu langen Stangen verarbeitet wurden. Manche Gemüsesorten und Früchte waren Ellin bekannt, andere wiederum hatte sie nie zuvor gesehen.

Beeindruckt von der Größe der Stadt und den unzähligen Menschen darin, starrte sie ungeniert alles und jeden an, der ihren Weg kreuzte. Die Kleider der Frauen ähnelten ihrer ehemaligen Dienstkleidung, waren jedoch so fein gewebt, dass sie jeden Windhauch aufnahmen, sich an den Körper der Trägerin schmiegten und weibliche Formen enthüllten, die in Veckta sicher großes Aufsehen erregt hätten. Fast alle trugen diese knöchellangen Gewänder in den unterschiedlichsten Schattierungen von Weiß. Statt Lederschuhen trugen die Menschen Sandalen, deren Sohlen aus getrockneten, fest miteinander verwobenen Blättern gefertigt waren. Weiche Lederriemen oder farbige Bänder gaben den Füßen Halt. Die Männer waren in weite Hosen und Tuniken gehüllt, die im Wind flatterten und in der feuchten Wärme sicher sehr angenehm waren. Sehnsüchtig betrachtete Ellin die luftigen Gewänder und wünschte sich, sie könnte sie gegen ihre schwere und viel zu warme Kleidung tauschen.

Kylian schlug einen Weg ein, der sie steil bergauf führte, vorbei an Gebäuden, die offensichtlich von den wohlhabenden Bürgern Huanacos bewohnt wurden. Kahl geschorene Männer und Frauen hasteten zwischen den prunkvollen Bauten umher, schleppten Krüge oder Körbe voll Obst und Gemüse. Manche hatten wohlgenährte Kinder an der Hand, die in reich bestickte Tuniken gehüllt waren. Andere befreiten die Häuser ihrer Herren von dem wuchernden Unkraut, fegten die Innenhöfe oder fächelten ihren Herren Luft zu, die in der Mittagshitze auf einem Balkon oder einer Hängematte im Garten lagen, auf ein weiches Kissen gebettet, und kühle Säfte schlürften.

»Wieso haben viele Bedienstete geschorene Häupter?«, fragte Ellin leise.

»Das ist das Zeichen ihres Sklavenstandes«, erklärte Kylian.

»Sklaven?«, sagte sie bestürzt. »Sie halten sich Sklaven?«

»Den meisten Sklaven hier ergeht es besser als den freien Bediensteten auf Lord Wolfhard Festung«, entgegnete Kylian.

»Wie kann es besser sein, jemandem zu gehören?«

Er warf ihr einen verächtlichen Blick zu. »Ihr wollt doch nicht behaupten, dass Ihr frei gewesen seid? Lord Wolfhard hat ebenso über Euch verfügt, wie andere über ihre Sklaven.«

Ellin schnaubte. »Das mag sein, dennoch halte ich die Sklaverei für verachtenswert. Woher kommen die Menschen überhaupt?«

»Es sind Kriegsgefangene oder auch die Frauen und Töchter von feindlichen Kriegern, die im Kampf getötet wurden, sowie Arme, die sich selbst in den Sklavenstand verkauft haben, um nicht zu verhungern.«

Ellin betrachtete die Sklaven mitleidig. Die meisten wirkten tatsächlich nicht unglücklicher als freie Bedienstete, trotzdem empfand sie eine tiefe Abneigung vor Menschen, die mit ihresgleichen handelten wie mit einer Ware. Mittlerweile hatten sie den Herrscherhügel erreicht und Ellin erhaschte einen ersten Blick auf den Palast. Ein aus glattem, weißem Stein gemauertes Gebäude, dass in mehrere Ebenen aufeinander gebaut worden, die nach oben hin immer schmaler wurden. Auf jeder Ebene befand sich eine Außentreppe, die zur nächsten führte. Umrahmt wurde das seltsame Gebäude von hohen Bäumen mit heller Rinde, an deren oberen Ende ein wilder Wust hellgrüner Blätter hervorspross. Eine dicke Mauer sicherte den Palast.

Als sie näherkamen, erspähte Ellin die mit roten Tuniken und weißen Hosen bekleideten Wachposten. Reglos standen sie um die Mauer herum und blickten aufmerksam auf das Tal hinab.

Ein wuchtiges Holztor versperrte ihnen den Weg in das Innere des Palastgeländes. Davor hatten sich düster dreinblickende Männer postiert, die mit gezücktem Säbel über den Einlass wachten. Kylian stieg ab und schlenderte auf die Wachposten zu.

Ellin betrachtete derweil die Mauer, deren Steine so geschickt ineinandergefügt waren, dass man nur bei genauem Hinsehen haarfeine Ritzen erkennen konnte. Die Baukunst der Huanacer war offenbar weiter entwickelt als die der Vecktaner, mit mehr Liebe zur Schönheit und einem Auge für Details. Für die Vecktaner musste alles einen praktischen Nutzen haben, das Aussehen war dabei zweitrangig.

Ein warmer Wind riss an ihrem Zopf und peitschte ihn in ihr Gesicht. Die Wachposten zogen an einem Seil, woraufhin sich das Tor überraschend leise öffnete. Kylian kehrte zurück und bat Ellin darum, vom Pferd zu steigen. Auch Geldis stieg mit seiner Hilfe von Pineos Rücken.

Ein breiter, gepflasterter Weg führte sie zum Eingang des Palasts. Mindestens zwanzig Wachmänner standen am Wegrand und beobachteten jeden ihrer Schritte. Erstaunt sah Ellin, dass es sich bei einigen Wachen um Frauen handelte, die mindestens genauso grimmig dreinblickten wie ihre männlichen Kameraden.

»Hinter dem Palast befindet sich der Götterhain«, flüsterte Jesh an Ellin gewandt. »Das ist ein heiliger Ort, den man nur mit Genehmigung der Herrscherin betreten darf.«

»Was ist so Besonderes an diesem Ort?«, fragte Ellin.

»Das ist schwer zu beschreiben, er ist einfach wunderschön. So erhaben und still«, erwiderte Jesh versonnen.

Am Ende des Weges traten zwei einfach gekleidete Männer mit geschorenen Häuptern auf sie zu, ergriffen die Zügel der Pferde und führten sie zum westlichen Ende der Mauer in einen flachen Unterstand. Ellin wunderte sich, dass Kylian dies ohne Gegenwehr zuließ, doch da er nicht zum ersten Mal in Huanaco weilte, war ihm die Prozedur wahrscheinlich vertraut. Nachdem die Grej Perlinos fortgeführt worden waren, betraten sie einen Torbogen, der sie in das Innere des Palastes führte.

Obwohl Fackeln die Gänge erhellten, war es angenehm kühl. Ein breiter Gang führte in den Innenhof, in dessen Mitte ein Springbrunnen stand. Umgeben war er von bunten Vögeln, die fröhlich zwitscherten, perfekt gestutzten Grünflächen, auf denen blassrosa Blumen wuchsen, sowie mehreren Steinbänken. Ein Bediensteter trat von irgendwoher auf sie zu und verneigte sich ehrerbietig. Ellin bemerkte, dass er zwar ebenfalls ein geschorenes Haupt hatte, sich aber am Hinterkopf ein daumengroßes Rund aus Haaren befand, das, zu einem dünnen Zopf geflochten, über seinen Rücken fiel. Seine Kleidung war von dunkelblauer Farbe und mit weißen Symbolen bestickt. Um die Hüfte hing ein Gurt mit einem beachtlichen Säbel. Schweigend führte er sie den Gang entlang zu einem gegenüberliegenden Ausgang. Entlang der Außenmauer steuerte er auf eine breite Treppe zu und begann, sie zu erklimmen. Sie folgten ihm, wobei Geldis sichtlich Probleme mit dem Aufstieg hatte. Ächzend quälte sie sich die Stufen empor. Auf der zweiten Ebene hielten sie inne. Der Diener bedeutete ihnen zu warten, und begab sich in das Innere des Palasts. Kurz darauf kehrte er mit zwei Sänftenträgern zurück. Sie stellten die Sänfte vor Geldis ab und baten sie mit einer Verbeugung auf dem gepolsterten Sitz Platz zu nehmen. Geldis dankte ihnen und setzte sich erleichtert. So ging es weiter die Stufen hinauf, wobei sich jede Treppe genau auf der entgegengesetzten Seite des Palastes befand, als die jeweilige zuvor und sie dazu zwang, das Gebäude immer wieder zu umrunden. Ellin fragte sich, warum der Aufstieg derart umständlich angelegt worden war, bis ihr der Gedanke kam, dass die Bauweise Feinden, denen es gelang, in den Palast einzudringen, den Weg nach oben enorm erschwerte. Bis sie die Gemächer der Herrscherin erklommen hätten, wäre sie mit Sicherheit durch irgendeinen Geheimgang geflohen. Bedienstete sah sie nicht, weswegen sie davon ausging, dass es für das Gesinde eigene Aufgänge gab.

Nach endlosen Stufen erreichten sie die Spitze des Gebäudes. Einen Moment lang hielten sie inne, um Atem zu schöpfen, folgten dann dem Korridor vor ihnen, der sie direkt in den Thronsaal führte. Die Türen standen offen, sodass sie ohne anzuhalten eintreten konnten. Ellin blickte sich um. Die Wände waren mit wunderschönen, bunten Teppichen verhängt, der Fußboden bestand aus glänzenden, weißen Steinplatten, die so glatt waren, dass sie das Sonnenlicht reflektierten. In der Mitte des Saales war ein riesiges, aus unzähligen bunten Steinen gefertigtes Mosaik in den Boden eingearbeitet, welches zwei prächtig gekleidete Menschen zeigte, die auf einem Hügel standen und auf ein blühendes Land hinabblickten. Das kunstvoll gearbeitete Mosaik reflektierte das Sonnenlicht, sodass Ellin den Eindruck hatte, dass sich die Menschen und die Landschaft bewegten. Entlang der Wände lagen runde Sitzkissen um flache Tische herum. Überall hingen Vorhänge von der Decke, die den Saal in kleine Bereiche teilten und ihm Behaglichkeit verliehen. Sie waren so zart, dass sie in der Brise, die durch den Thronsaal wehte, flatterten.

Am Ende des Mittelganges saß die Herrscherin, von Dienerinnen umringt, auf einem Thron, der ebenfalls aus glänzendem Stein gefertigt war. Samtkissen sorgten für ihre Bequemlichkeit. Als sie die Gruppe erblickte, erhob sie sich und winkte sie heran. Eilig folgten sie der Aufforderung und verneigten sich in gebührlichem Abstand. Nur Ellin nicht. Wie gebannt starrte sie auf die in strahlendem Weiß gekleidete Frau. Das fließende Gewand umwehte ihren Leib, ihr langes Haar war so schwarz, dass jedes andere Schwarz dagegen verblasste. Es wurde von weißen Bändern gehalten, in die schimmernde Perlen eingearbeitet waren. Im Gegensatz zu ihren Untertanen war sie bleich wie ein Wintermorgen. Ihre Augen leuchteten in einem warmen Braun, gesprenkelt mit funkelndem Gelb, wie Edelsteine im Licht der untergehenden Sonne. Ihr Gesicht, makellos und von unbestimmbarem Alter. Doch war ihre Schönheit nicht der Grund, warum Ellin den Blick nicht von ihr wenden konnte. Sie kannte diese Frau. Es war die Frau auf dem Turm aus ihrem Fiebertraum.

Hast du ihn getötet? Die Frage aus einem Traum war plötzlich verwoben mit der Wirklichkeit. Das konnte kein Zufall sein. Ihre Blicke trafen sich. Die Herrscherin neigte kaum merklich den Kopf, ihr Lächeln verblasste und wich einem fragenden Gesichtsausdruck. Sicher war Nosara es gewohnt, angestarrt zu werden, jedoch nicht so unverfroren und ohne einen Hauch von Demut. Doch Ellin schaffte es einfach nicht, den Blick abzuwenden und sich zu verneigen. Der Thronsaal verstummte. Geldis, die neben Ellin stand, stupste sie in die Rippen. »Verbeug dich, Mädchen. Schnell.«

Ellin befreite sich aus ihrer Starre und verneigte sich rasch. Angst überfiel sie. Würde die Herrscherin sie wegen ihres anmaßenden Verhaltens bestrafen? Vorsichtig linste sie nach links und rechts.

»Kylian«, sagte Nosara plötzlich in die Stille hinein, ergriff Kylians Hände und veranlasste ihn, aufzusehen.

»Ich habe mir schon ernsthafte Sorgen um Euch gemacht. Erzählt, wie geht es Euch?«

Das Lächeln, das sie ihm schenkte, wirkte so vertraut, dass es Ellin einen eifersüchtigen Stich bescherte. Zornesröte stieg in ihre Wangen, als sie sah, wie Kylian das Lächeln scheinbar ehrlich erwiderte. Missmutig blickte sie an sich hinab. Neben der Herrscherin wirkte sie wie eine schmutzige Bauernmagd. Eigentlich sollte ihr das egal sein. Doch das war es nicht. Zum ersten Mal erkannte sie deutlich, dass ihr etwas an Kylian lag.

»Ich bin wohlauf, Herrin«, antwortete er.

Die Herrscherin wartete, ob er fortfahren würde und lachte dann leise. »Wortkarg, wie immer. Aber es freut mich, Euch unverletzt und im Vollbesitz Eurer Kräfte zu sehen.«

Sie betrachtete den Rest der Gruppe. »Wie ich sehe, seid Ihr nicht in gleicher Gesellschaft. Wo ist Butan?«

»Er ist tot«, erwiderte Kylian knapp.

Nosara blickte ihn erstaunt an. »Wie konnte das geschehen?«

»Er wurde vergiftet.«

»Vergiftet? Von wem?«

Kylian senkte die Stimme. »Ich zöge es vor, unter vier Augen mit Euch darüber zu sprechen, Herrin.«

Nosaras Gesicht wurde ernst. »Dann hat es etwas mit dem Auftrag zu tun?«

»Ja, Herrin.«

Sie runzelte die Stirn. »Habt Ihr den Auftrag erfüllt?«

Kylian zögerte. »Teilweise. Wir konnten drei von Ihnen töten.«

Sie presste die Lippen aufeinander, und obwohl sich ihr Gesicht kaum veränderte, sah sie mit einem Mal ungehalten aus. Ihr feines Lächeln verblasste, wich einem unbestimmten Ausdruck von Missfallen. »Welche drei?«

»Die bronzehäutigen Männer«, antwortete Kylian.

»Sie waren nicht Teil Eures Auftrags«, entgegnete Nosara. Nun klang ihre Stimme ungehalten.

Kylian senkte den Kopf. »Ich weiß, Herrin. Wir haben versagt.«

Stille. Unter gesenkten Augenlidern sah Ellin nach Jesh und Nuelia. Sie wirkten ebenso angespannt wie Kylian.

»Nun gut«, sagte die Herrscherin schließlich. »Über die Einzelheiten sprechen wir später.«

Nosara musterte die anderen. Ellin hörte ihren eigenen Herzschlag, während sie die Augen auf den Boden gerichtet hielt und sich fühlte wie ein Insekt, welches jeden Augenblick zertreten werden konnte.

»Wie ich sehe, habt Ihr schwere Zeiten hinter Euch«, sagte die Herrscherin plötzlich wieder liebenswürdig. »Meine Diener werden Euch in die Gästekammern geleiten und Euch ein Bad sowie saubere Kleidung herrichten. Zur Feier Eurer unversehrten Rückkehr lade ich Euch zu einem Festmahl. Es beginnt, wenn der Nordstern am Himmel erblüht.«

Mit diesen Worten wandte sie sich ab und entfernte sich. Der Duft von wilden Blumen entstieg ihrem Gewand. Ellin sah auf und blickte ihr nach. Die Herrscherin ging leichtfüßig und elegant, als würde sie schweben.

Noch einmal verneigten sie sich tief und entfernten sich dann rückwärts aus dem Thronsaal. Der stumme Diener führte sie die äußeren Stufen hinab zur nächsten Ebene.

»Wohin bring er uns?«, fragte Ellin an Jesh gewandt.

»In die Gästekammern. Die obere Ebene des Palasts ist der Herrscherin vorbehalten. In der Zweiten werden hochrangige Gäste und die Leibdiener untergebracht. So geht es immer weiter, bis zur untersten Ebene, wo sich die niederen Soldaten- und Sklavenquartiere befinden.«

Ellin war gespannt, wo Nosara sie einquartieren würde und staunte, als der Diener Kylian und Geldis ein Quartier auf der zweiten Ebene zuwies, während er Nuelia, Jesh und sie in die dritte Ebene geleitete. Es verursachte ihr Unbehagen, dass die Gruppe nicht zusammenbleiben konnte.

»Wieso bekommen die beiden eine Kammer auf der zweiten Ebene zugewiesen und wir nicht?«, fragte sie leise.

Jesh beugte sich zu ihr hinüber. »Geldis bekommt aus Achtung vor ihrem Alter und ihren seherischen Fähigkeiten eine der besseren Kammern und Kylian, weil er der Anführer ist«, flüsterte er. »Doch wenn du mich fragst, hat die Herrscherin eine Schwäche für ihn. Ich vermute sogar, dass die beiden das Bett miteinander geteilt haben.«

Ellin sah ihn entrüstet an. »Wie kommst du darauf?«

Jesh zuckte mit den Schultern. »Wie sonst ist es zu erklären, dass sie zwar weiß, wer wir sind, es sie jedoch in keinster Weise zu stören scheint. Zudem wirft sie ihm zweideutige Blicke zu, wenn sie sich unbeobachtet fühlt. Und was eine Herrscherin will, das bekommt sie bekanntlich auch.«

»Aha«, erneut verspürte Ellin einen eifersüchtigen Stich. Jeshs Worte bestätigten ihre Befürchtungen. Nosara hegte mehr als nur ein flüchtiges Interesse an Kylian. War die Herrscherin gar der wahre Grund, warum er sich nicht zu seinen Gefühlen für sie bekannte? In welcher Welt könnte sie mit einer so mächtigen und schönen Frau konkurrieren? Sie hatte sich etwas vorgemacht. Kylian war nicht an ihr interessiert. Er mochte sie, wie man ein hilfloses Tierjunges mochte, mehr nicht. Sein wahres Interesse galt der Herrscherin. Sie war nicht nur gebildet und schön, sie konnte ihm auch zu Macht und Ansehen verhelfen und sein Auskommen sichern.

»Was ist? Du siehst traurig aus. Sorgst du dich um deine Zukunft?« Jeshs Frage riss sie aus ihren Gedanken.

Sie rang sich ein Lächeln ab. »Nein, nein. Ich bin einfach nur erschöpft von der Reise.«

Jesh ergriff ihre Hand. »Sorge dich nicht, alles wird gut, vertrau mir. Ich lasse dich nicht im Stich.«

»Ich weiß.«

Der Diener öffnete eine Tür und bedeutete Ellin und Nuelia einzutreten.

Ellin bedankte sich, woraufhin der Diener nickte, nicht unfreundlich, aber ohne ein Lächeln auf den Lippen. Sie wunderte sich darüber, dass er niemals sprach oder wenigstens einmal lächelte.

»Ist es den Bediensteten verboten, mit uns zu sprechen?«, fragte Ellin, nachdem sie die Kammer betreten hatten.

»Sie können nicht sprechen«, erwiderte Nuelia.

»Was? Warum nicht?«

»Man hat ihnen die Zunge herausgeschnitten.«

Entsetzt riss Ellin die Augen auf. »Nein. Wie kann man einem Menschen so etwas antun?«

»Um sie zu perfekten Palastdienern zu machen. Sie beschweren sich nicht, sie verraten keine Geheimnisse und sie sind unauffällig und still«, erklärte Nuelia.

Angewidert verzog Ellin das Gesicht. »Das ist barbarisch.«

Nuelia zuckte mit den Schultern. »Das mag sein, doch es erfüllt seinen Zweck.« Sie winkte Ellin herbei. »Nun vergesst die Leibdiener und lasst uns lieber die Kammer in Augenschein nehmen.«

Obwohl die Offenbarung ihr Unbehagen bereitete und sie gerne mehr über diesen grausamen Ritus erfahren hätte, fügte Ellin sich und sah sich um. Die Kammer war karg aber geräumig, die Wände weiß getüncht, das Mobiliar bestand aus zwei niedrigen Betten, einer Truhe und mehreren Sitzkissen. Eine Öffnung führte in eine weitere Kammer, in der ein flaches Becken in den Boden eingelassen war. Der Boden war mit demselben schimmernden Stein ausgelegt, den sie schon im Thronsaal bewundert hatte. Eine Stufe führte in die Mitte hinab. An der Wand befand sich ein langer, schmaler Tisch, auf dem Kleidung sowie gefaltete Tücher lagen. Darüber hing eine gerahmte Vanadiumscheibe. Auf der gegenüberliegenden Seite des Raumes offenbarte sich ein weiterer Durchgang, der mit einem Vorhang verhängt war.

Ellin erschrak, als der Vorhang zur Seite geschoben wurde und fünf Sklavinnen die Kammer betraten. Jede schleppte zwei große Eimer, gefüllt mit dampfendem Wasser, welches sie in das Becken kippten. Eine Dienerin folgte ihnen. Sie trug eine Schale mit duftenden Blüten und eine Flasche Badeöl.

»Man merkt sofort, dass hier eine Frau herrscht«, sagte Nuelia.

»Ach wirklich? Woran merkt Ihr das?«, fragte Ellin.

»Ein Bad mit wohlriechenden Essenzen zu versehen würde einem Mann im Traum nicht einfallen.«

Unwillkürlich dachte Ellin an die Felsenfestung. Baden bedeutete dort, in einem mit kochend-heißem Wasser gefüllten Bottich zu sitzen und sich mit einer Bürste den Dreck abzuschrubben, bis die Haut wund und rot war. Die Inanspruchnahme von Seife galt als Luxus, der nur hohen Herren und Damen von Stand vorbehalten blieb. Tief sog sie die lieblichen Düfte ein und konnte es plötzlich kaum erwarten, in das dampfende Wasser zu steigen.

»Darf ich als Erste baden?«, fragte sie.

Nuelia nickte. »Natürlich, doch es ist genug Platz für zwei. In Huanaco ist es üblich, dass die Menschen gemeinsam baden, es gilt als gesellig und festigt die freundschaftlichen Bande. Aus diesem Grund ist das Badebecken auch so groß.«

»Wirklich?« Ellin sah sie mit großen Augen an.

»Wirklich! Auf der Rückseite des Palasts befindet sich ein Gebäude, das einzig dem gemeinsamen Baden dient. Dort können mindestens zwanzig Frauen und Männer gleichzeitig baden.«

»Frauen und Männer? Gemeinsam? Niemals!«

Nuelia lachte, das erste Mal seit Butans Tod. »So verwerflich wie es sich anhört ist es nicht. Meistens baden Männer und Frauen getrennt, doch wenn sie es gemeinsam tun, zum Beispiel vor einem großen Fest oder nachdem sie den Bund geschlossen haben, dann verhüllen sie ihr Geschlecht.«

Sprachlos betrachte Ellin das Becken. Gemeinsames Baden war schon anstößig genug, doch wenn es sich dabei gar um Männer und Frauen handelte, schien ihr das regelrecht skandalös. Wie schafften es die Männer, den so offen zur Schau gestellten weiblichen Reizen zu widerstehen?

Nuelia seufzte. »Ich habe oft mit Butan gebadet.«

»Wirklich? Und Ihr habt Euch nicht geschämt?«

»Nein. Es war wunderschön.« Die Erinnerung erhellte Nuelias Gesicht und trieb zugleich Tränen in ihre Augen. »Ich vermisse ihn.«

Ellin griff nach ihrer Hand. »Habt ihr den Schwur geleistet?«

Nuelia schüttelte den Kopf. »Das war nicht nötig. Wir waren Gefährten bis in den Tod, im geistigen und auch im körperlichen Sinn.«

»Es tut mir so leid«, sagte Ellin leise. »Also … wenn … Ihr wirklich wollt, bin ich bereit … mit Euch gemeinsam zu baden. Ich bin zwar nur ein armseliger Ersatz für Butan, doch Ihr sollt nicht denken, dass Ihr ganz alleine seid.«

Nuelia lächelte sie traurig an. »Danke. Ich weiß, wie schwer Euch das fällt. Doch ich rate Euch, Ellin, löst Euch von den vecktanischen Moralvorstellungen. Sie sind nachteilig, vor allem für Frauen. Halten sich die vecktanischen Männer trotz keuscher Frauen etwa zurück? Soweit ich gehört habe, nehmen sie eine Frau notfalls auch mit Gewalt. Wenn Ihr mich fragt, ist das weitaus verwerflicher als gemeinsames Baden.«

Nervös nagte Ellin an ihrer Unterlippe. Nuelia hatte recht. Trotzdem war die Vorstellung befremdlich und verursachte ihr Unbehagen. Ihr Leben lang war sie dazu erzogen worden, ihren Körper zu verhüllen, um bloß keine männlichen Begierden zu wecken. Wenn sie allerdings an Lord Wolfhard und seine Männer zurückdachte, musste sie sich eingestehen, dass die hochgeschlossenen Kleider nicht allzu viel nutzten. Zudem war Nuelia kein Mann und es erschien ihr unhöflich, sie vom Baden abzuhalten, vor allem da sie nicht wusste, ob die Sklavinnen noch einmal heißes Wasser bringen würden. »Nein. Ich gewöhne mich besser gleich an die fremden Sitten. Die Götter werden es verstehen.«

»Das werden sie ganz sicher«, erwiderte Nuelia und begann, ihre Tunika aufzuschnüren.

15

Bleiche Wesen wandern über die Ebene. Ihre Leiber scheinen formlos und weich, wie Teig bevor er gebacken wird, doch ihr Wille ist fest und stark. Sie fühlen nichts und sie sehen nichts, sind weder warm noch kalt, weder Mensch noch Tier. Der Grund ihrer Existenz ist Zorn. Ein Zorn, klirrend und kalt, wie der Frost eines Winter-

morgens. Sie tragen ihn vor sich her wie ein totes Kind und zerstören alles auf ihrem Weg, was Wärme und Licht braucht. Die Welt um sie herum erstarrt.

Sie haben ein Ziel: Rache. Nur aus diesem Grund existieren sie.

»Verrat«, wispern sie. Stimmen wie splitterndes Glas.

»Ich kenne Euch!«, sagt Geldis.

»Wir sind die ersten Zwei«, erwidern sie.

»Wohin führt Euch Euer Weg?«

»Zu ihr.«

»Zu wem?«

»Zu ihr. Immer nur zu ihr.«

»Was wollt Ihr von ihr?«

»Rache.«

»Für was wollt ihr Euch rächen?«

»Für ihren Verrat.«

»Wer hat Euch verraten?«

»Sie.«

»Wer?«

»Nosara.«

Geldis schreckte aus dem Schlaf. Ihr Herz schlug schnell und stolperte immer wieder. Sie atmete tief ein und versuchte, sich zu beruhigen. Ächzend setzte sie sich auf. Haarsträhnen hatten sich aus ihrem Zopf gelöst und klebten an ihrer Wange. Mit zitternden Händen stopfte sie die Strähnen in den Zopf zurück, während sie über die Bedeutung der Vision nachdachte, denn um eine solche handelte es sich zweifelsohne. Was hatte Nosara mit Unan und Dau zu tun? Und warum bezichtigten sie die Herrscherin des Verrats?

Sie musste Kylian von der Vision berichten, nur er konnte entscheiden, ob sie Nosara davon in Kenntnis setzen sollten oder nicht. Nachdenklich blickte sie aus dem Fenster. Die Morgenröte tauchte die Berge in rotgoldenes Licht, eine sanfte Brise wehte herein und kühlte ihren erhitzten Leib. Vogelgesang und die leisen Stimmen der Diener und Sklaven, die sich im Morgengrauen erhoben, um ihr Tagwerk zu verrichten, erfüllten die Luft. Sie seufzte. Huanaco war ein wundervoller Ort zum Leben. Nie zu kalt und selten zu heiß. Warmer Regen, fruchtbare Hänge, ausreichend Weiden und unzählige Wildtiere sicherten den Lebensunterhalt der Menschen. Die Grenzen waren gut bewacht und der dichte Wald erschwerte einen feindlichen Übergriff. Hier sollte sie ihre letzten Tage verbringen. Nosara hieß sie sicher willkommen, könnte sie ihr mit ihren Visionen doch von großem Nutzen sein. Doch Geldis spürte, dass etwas unter der glatten Oberfläche schlummerte, ein dunkles Geheimnis. Nosara war nicht die barmherzige Herrscherin, für die sie sich ausgab. Etwas sagte ihr, das sie diesen Ort so schnell wie möglich verlassen sollten. Sie musste Kylian von ihren Bedenken berichten. Huanaco war kein sicherer Ort mehr, war es wahrscheinlich nie gewesen.

Ächzend stemmte sie sich hoch und schlurfte zum Waschtisch. Ihre Gelenke knackten, als sie sich nach dem Nachttopf bückte. Dieser elende, gebrechliche Leib. Es schien, als würde sich das Alter täglich mehr bemerkbar machen. Nicht mehr lange und sie würde vollends auf Hilfe angewiesen sein. Höchste Zeit, eine Nachfolgerin zu finden und sie zu unterweisen, solange sie noch ausreichend Kraft dafür hatte.

Nachdem sie ihre Notdurft verrichtet hatte, fiel ihr Blick in die polierte Vanadiumscheibe. Ihr Herz wurde schwer bei dem Anblick, der sich ihr bot. Zeitlebens war die Vergänglichkeit ein Feind gewesen, den sie nicht zu besiegen vermochte. Einst war sie jung und schön gewesen, mit rotem Haar, straffer Haut und einem Mund voll gesunder, weißer Zähne. Entbrannt in stürmischer Liebe zu einem Mann, der kein Mensch war, war sie ihm blind gefolgt, hatte ihr Leben mit ihm und den Seinen verbracht. Doch nun war sie eine alte Frau, traurig, einsam, gebrochen, dazu gezwungen, den einen, den sie liebte, an eine andere weiterzureichen. Nie hatte er ihr Anlass zur Eifersucht gegeben, selbst als sie älter geworden war und begonnen hatte, sich ihm zu verweigern, hatte er sich keiner anderen zugewandt. Sie wusste, dass er ab und an mit Prasifrauen verkehrte, doch er tat es diskret, nahm immer Rücksicht auf ihre Gefühle. Dabei hatte sie sich schon vor langer Zeit damit abgefunden, ihn eines Tages zu verlieren, hatte sich gewappnet gegen den Schmerz und die Eifersucht. Doch so sehr sie sich auch vorbereitet zu haben glaubte, der Schmerz, der nun in ihrem alten Herzen tobte, war schwer zu ertragen. Sie wusste, dass er eine neue Gefährtin finden musste. Eine, die gut für ihn war und sein bitteres Herz mit Liebe füllte. Eine wie Ellin.

Warum nur wehrte er sich gegen sie? Tat er es noch immer aus Rücksicht vor ihren Gefühlen? Oder glaubte er gar, Nosara für sich gewinnen zu können? So einfach sie andere zu durchschauen vermochte, bei ihm versagten ihre Fähigkeiten, schon immer. Anscheinend machte Liebe tatsächlich blind.

Sie seufzte tief. Der Tod saß ihr im Nacken, wie ein dunkler Fleck auf ihrer Haut, und wartete auf einen Augenblick der Schwäche, auf ein Stolpern ihres Herzens, einen Moment der Unachtsamkeit. Doch so leicht wollte sie sich seinem stetigen Fordern nicht überlassen.

Du musst dich noch ein wenig gedulden, Knochensammler. Trotzig schob sie das Kinn vor, straffte ihren Rücken und rief nach der Dienerin.

16

Ein Sonnenstrahl kitzelte Ellins Nase. Sie streckte sich wohlig. Seit vielen Sternenläufen hatte sie nicht mehr so gut geschlafen. Nach dem Baden hatte sie sich sauber und nach Blumen duftend das bereitliegende Gewand übergestreift und war mit Nuelia zum Festmahl geeilt. Die Speisen waren vorzüglich, das Beste, was sie je gegessen hatte. Exotisch gewürztes Fruchtmus, warmes, knuspriges Brot, zartes Fleisch, dessen Herkunft sie nicht einmal zu erahnen vermochte und gebackenes, mit Kräuteröl gewürztes Gemüse, bildeten einen Festschmaus, an den sie noch lange zurückdenken würde.

Anschließend war sie müde auf ihre weiche, nach getrocknetem Riedgras und Moos duftende Bettstatt gesunken und sofort eingeschlafen.

Sie blickte sich um. Nuelia war schon angekleidet und hantierte an ihrem Bündel herum.

Einen Laut des Wohlbefindens ausstoßend setzte sie sich auf.

Grinsend drehte Nuelia sich um. »Bist du endlich wach? Ich befürchtete schon, dass du den ganzen Tag verschläfst.«

Ellin blickte aus dem Fenster. Die große Sonne stand hoch. »Ich habe bis zur Mittagszeit geschlafen? Das ist unmöglich. Wieso habt Ihr … hast du mich nicht geweckt?«

Die vertrauliche Anrede kam ihr noch ein wenig zögerlich von den Lippen. Am Abend zuvor hatte Nuelia ihr vorgeschlagen, dass sie nun, nachdem sie nicht nur gemeinsam Abenteuer bestanden, sondern auch zusammen gebadet hatten, nicht mehr so förmlich miteinander sprechen müssten. Ellin hatte das Angebot dankbar angenommen, brachte es sie der kühlen Nuelia doch näher.

»Du hast in letzter Zeit einiges mitgemacht. Ich dachte mir, dass du ein wenig Erholung verdient hast. Aber nun beeil dich, wir wollen auf den Markt. Jesh brennt darauf, dir die Stadt zu zeigen.«

»Was ist mit Kylian? Wird er uns begleiten?«, fragte Ellin.

»Nein, er wurde von der Herrscherin zu einer Unterredung gebeten.«

Wieder ein eifersüchtiger Stich. Schnell wandte Ellin ihr Gesicht ab, um ihr Missfallen über Kylians und Nosaras Zusammenkunft zu verbergen. Zugleich ärgerte sie sich über ihre Gefühle, empfand sie als Verrat. Wie hatte sie nur zulassen können, dass dieser Mann sich ihr Herz stahl? »Nun gut, dann gehen wir eben alleine.«

Nuelia musterte sie schweigend. Nervös fuhr Ellin sich durch das zerzauste Haar, sprang aus dem Bett und eilte in den Nebenraum, wo frisches Wasser und saubere Kleidung für sie bereitstanden. Zum ersten Mal erlebte sie eine derartige Bequemlichkeit. Bisher war sie immer diejenige gewesen, die ihrem Herrn gedient hatte. Nun war sie der Gast und sie genoss die Annehmlichkeiten in vollen Zügen.

Wenig später machten sie sich auf den Weg zum Markt. Das huanacische Kleid, das sie trug, war so angenehm und luftig, dass sie die Tatsache ignorierte, dass es sich bei jedem Windhauch an ihre Rundungen schmiegte. Sie tröstete sich mit dem Gedanken, dass sie hier eher in ihrer vecktanischen Tracht auffallen würde, als in diesem Gewand. War das Gedränge bergab noch überschaubar, so verdichtete sich der Menschenstrom zusehends, je mehr sie sich dem Markt näherten. Die Stadt sprühte vor Leben. Wie Blut, das durch die Lebenswege eines Körpers pulsierte, strömten die Menschen durch die engen Gassen. Fasziniert betrachtete Ellin die ungewohnte Farbenvielfalt, nahm die fremden Gerüche in sich auf. Zwischen den umhereilenden Bewohnern waren Sklaven damit beschäftigt, die Straßen von Dreck und Unrat zu befreien und die Spuren des Urwalds zu beseitigen, der sich nach Kräften bemühte, die Stadt mit Flechten und Gräsern zu überziehen.

Jesh führte sie an den Ständen entlang und zeigte ihr, was der Markt von Huanaco zu bieten hatte. Dort gab es nicht nur exotische Speisen, wie geröstete Käfer oder gebackener Apinaschwanz, sondern auch Schmuck, Haarbänder, Stoffe, Kleidung und Spielwaren. Sogar lebende Tiere wurden feilgeboten. Jesh erstand ein Band, in das glitzernde Steine eingeflochten waren, und reichte es ihr. »Das ist für dich«, sagte er errötend.

Ellin berührte das Band, das im Sonnenlicht funkelte. »Es ist wunderschön, aber das kann ich unmöglich annehmen.«

»Ich bitte dich darum. Bitte. Nimm es an.«

»Aber wann soll ich denn so etwas Wunderschönes tragen?«

»Immer dann, wenn uns die Herrscherin empfängt oder während des Sternenfests. Dann funkelst auch du wie die fallenden Sterne.«

Ellin betrachtete sein Gesicht. Es wäre so einfach, könnte sie diesen anständigen und freundlichen Mann lieben. Doch entgegen aller Vernunft gehörte ihre Zuneigung Kylian. Es wäre unrecht, Jesh falsche Hoffnungen zu machen. »Es tut mir leid. Ich kann das nicht annehmen.«

Sein Gesicht verdüsterte sich, er sah aus wie ein gescholtener Junge. »Warum nicht? Ich erwarte keine Gegenleistung, wenn es das ist, was du denkst.«

»Das weiß ich doch«, erwiderte Ellin schnell. Doch sie wusste auch, dass Jesh mehr als nur freundschaftliches Interesse an ihr hegte, und dass sie genau aus diesem Grund das Geschenk auf keinem Fall annehmen durfte.

Enttäuscht ließ er den Arm sinken. Ein unbehagliches Schweigen breitete sich aus.

»In der Arena findet eine Hinrichtung statt«, sagte Nuelia, die soeben von einem der benachbarten Stände auf sie zutrat. »Eigentlich interessiere ich mich nicht für diese Spektakel, aber ich würde Ellin gerne die Arena zeigen, wenn sie genutzt wird.«

Ellin, froh über die Unterbrechung, willigte sofort ein. Jesh verstaute das Band in seiner Tunika und folgte ihnen schweigend.

Gemeinsam wühlten sie sich durch die Menge, bis sie zur Festarena gelangten, wo sich eine beträchtliche Menschenmenge versammelt hatte. Da die vorderen Reihen alle besetzt waren, nahmen sie auf einer der hinteren Bänke Platz. Nuelia bot an, einen Imbiss zu besorgen. Da Ellin nur ungern mit Jesh alleine bleiben wollte, behauptete sie, keinen Hunger zu haben, obwohl ihr Magen knurrte. Doch Jesh nahm das Angebot dankend an.

»Warum weist du mich ab?«, fragte er, kaum dass Nuelia außer Hörweite war. »Stört dich meine Herkunft?«

Ellin schüttelte den Kopf. »Nein, natürlich nicht.«

»Was ist es dann?«

»Ich …«, sie zögerte. »Ich bin noch nicht bereit für das, was du von mir willst. Zum ersten Mal in meinem Leben kann ich meinen Wünschen folgen und alleine entscheiden, wo ich leben und was ich tun möchte.«

»Ellin«, Jesh ergriff ihre Hände und sah sie an. »Könnte nicht ich deine Zukunft sein? Ich würde für dich sorgen und dich beschützen.«

»Wie stellst du dir das vor? Soll ich etwa als deine Bettgefährtin mit dir durch das Land ziehen und darauf hoffen, dass du bei deinen gefahrvollen Aufträgen nicht dein Leben verlierst?«

»Was denkst du von mir?« Er wirkte ehrlich entrüstet. »Niemals würde ich dich derart entehren. Ich …«, er zögerte. »Ich würde dich bitten, den Bund mit mir zu schließen.«

Ruckartig entzog sie ihm die Hände. »Jesh, das ist … ich danke dir für das Angebot, aber … ich kenne dich kaum und … es geht nicht.«

»Ich kenne dich gut genug. Mein Herz gehört dir, Ellin, schon seit dem Augenblick, als Kylian dich aus dem Wald getragen hat.«

Sie senkte den Kopf. »Ich möchte dich nicht kränken«, sagte sie schließlich. »Aber bitte versteh: Ich will nicht umherreisen. Ich suche ein Zuhause. Für das Nomadenleben bin ich ungeeignet und den Lebensbund möchte ich auch noch nicht schließen.«

Enttäuscht sackte Jesh in sich zusammen. »Aber du bist genau im richtigen Alter. Wieso willst du warten?«

Ellin sog die Luft in ihre Lungen und stieß sie mit einem Seufzer wieder aus. »Jesh …«, sie hob den Kopf und zwang sich, ihn anzublicken. »Ich weiß dein Angebot wirklich zu schätzen. Du bist ein ehrenwerter Mann, aber … ich teile deine Gefühle nicht.«

Schweigend betrachtete er die aufgeregte Menge um sie herum. »Versprich mir eines«, sagte er nach einer Weile.

»Ja?«

»Ich weiß nun, dass du nicht dasselbe empfindest wie ich aber ich glaube auch, dass ich dir nicht zuwider bin …«

»Natürlich nicht, ich schätze dich sehr«, versicherte sie eilig.

»Dann versprich mir, dass du über mein Angebot nachdenken wirst. Schlaf ein paar Nächte darüber und antwortet mir, bevor wir Huanaco verlassen.«

Ellin setzte zu einer Erwiderung an, doch im selben Moment trat Nuelia hinzu. Ihrem missmutigen Gesicht nach zu urteilen, war sie nicht in bester Stimmung.

»Was ist geschehen?«, fragte Ellin.

»Nur weil ich keine Huanacerin und eine Frau bin, wollte mir dieser betrügerische Händler mehr Prasis abknöpfen. Er kann von Glück reden, dass ich ihm nicht die Zunge herausgerissen habe.«

»Was hast du stattdessen getan?«, fragte Jesh.

»Nichts. Ich habe einfach die angemessene Summe gezahlt.«

Jesh lachte. »Ich kenne dich gut genug, um das nicht zu glauben.«

Nuelia griff den Kragen seiner Tunika und zog ihn zu sich heran. »Ich habe ihn gepackt und gedroht, die Wachen zu rufen, sollte er den Preis für die Spieße nicht noch einmal überdenken.« Sie ließ ihn los. Jesh plumpste auf die Bank zurück.

»Hier. Esst.« Sie reichte ihnen je einen köstlich duftenden Fleischspieß.

Jesh stöhnte vor freudiger Erwartung. »Ich könnte ein ausgewachsenes Bisott verschlingen.«

Nuelia nahm Platz und betrachtete Ellin. »Warum bist du so betrübt? Ist was passiert?«

»Nein«, versicherte Ellin. »Ich habe einfach nur Hunger. Mein Magen knurrt so laut, dass ich schon befürchtete, er könnte die grölende Menge übertönen.«

Zur Bestätigung biss sie in den Spieß, auf dem sich scharf gewürzte Fleischstücke mit Brot und geröstetem Gemüse abwechselten. Bevor Nuelia etwas erwidern konnte, ertönte ein tiefer, vibrierender Gong. Ellin sah auf und blickte in die Arena hinab. Aus einer Öffnung im Boden wurden zwei gefesselte, nur mit einem Lendenschurz bekleidete Männer hereingeschleift. Sie waren derart geschunden, dass sie kaum in der Lage waren, aus eigener Kraft zu gehen. Aus der Entfernung konnte sie es nicht genau erkennen, aber sie glaubte zu sehen, dass einem der Männer ein Auge fehlte. Die Menge brach in Jubel aus.

»Was haben die beiden verbrochen?«, fragte sie.

»Sie haben ihren Dienstherrn bestohlen, zudem hat einer der beiden dessen Tochter beigelegen«, erklärte Nuelia.

»Was haben sie denn gestohlen?«

»Schmuck, wertvolle Gewänder und die Familienehre. Die Wachen haben sie erwischt, als sie die Stadt verlassen wollten.«

Die Männer wurden in die Knie gezwungen. Ein schwarz gewandeter, spindeldürrer Mann mit schneeweißem Haar trat hinzu, hob seine Arme und sprach etwas.

»Das ist der Seelenhüter«, erklärte Nuelia. »Er fordert sie auf, sich reumütig zu zeigen, und die Götter um Vergebung zu bitten.«

Die Männer warfen sich auf den Boden und murmelten etwas. Der Sand vermischte sich mit ihrem Blut und klebte an ihren Wunden.

»Sie bereuen nun öffentlich ihre Tat«, fuhr Nuelia fort.

Aus der ersten Reihe erhob sich ein beleibter Mann. Er hielt eine junge Frau am Arm, die schluchzte und sich nach Kräften gegen seinen Griff wehrte. Der erlesenen Kleidung und der Familienähnlichkeit nach zu urteilen, handelte es sich um Vater und Tochter. Ellin beugte sich vor und betrachtete sie interessiert. Die junge Frau war in ihrem Alter, vielleicht auch etwas jünger. Unbarmherzig zerrte ihr Vater sie zu einer flachen, in der Mitte offenen Holzkonstruktion und zwang ihre Hände an das herabhängende Seil. Sie jammerte und wand sich in seinem Griff.

»Was tut ihr Vater da?«, fragte Ellin.

»Er zwingt sie dazu, die Hinrichtung vorzunehmen«, erklärte Nuelia.

Ellin hob überrascht die Augenbrauen. »Warum?«

»Weil sie ihre Jungfräulichkeit einem Unwürdigen geopfert und ihm verraten hat, wo der Familienschmuck aufbewahrt wird.«

»Woher weißt du das alles?«

Nuelia hob die Augenbrauen. »Wie könnte ich es nicht wissen? Im Palast spricht man von nichts anderem. Du musst immer die Ohren offen halten, Ellin, sonst entgeht dir nicht nur der Palastklatsch, sondern auch wichtige Informationen.«

Die zum Tode Verurteilten wurden zu der Vorrichtung gezerrt. Es gab einen kleinen Tumult, als sich einer der Diebe losriss und seine Hände der jungen Frau entgegenstreckte, die sofort das Seil losließ und sie ergriff. Aufschluchzend drückte er seine blutigen Lippen auf ihren Handrücken.

Sie lieben einander, dachte Ellin überrascht.

Mehrere Wachen lösten die Liebenden voneinander, zwangen den Kopf des sich heftig wehrenden Mannes in die Öffnung der Konstruktion und drückten ihn in eine flache Mulde. Er zappelte und schlug um sich, doch die Wachen waren in der Überzahl. Ellin kniff die Augen zusammen und reckte den Kopf, um besser sehen zu können.

Während der Hals des Mannes mit einem Lederriemen festgeschnallt wurde, zerrte der Vater die Hände seiner Tochter an das Seil zurück. Sie weinte so laut, dass ihr Schluchzen das aufgeregte Summen der Menge übertönte. Der Todgeweihte sagte etwas, woraufhin die junge Frau noch lauter schluchzte. Niemand beachtete ihre Tränen, im Gegenteil, je verzweifelter sie sich gebärdete, umso aufgeregter wurde das Publikum. Der Seelenhüter trat hinzu, hob die Arme gen Himmel und ließ seinen strengen Blick über die Arena schweifen. Die Menge verstummte. Als es still genug war, schloss er die Augen und begann, ein Gebet zu sprechen. Die Menschen senkten die Köpfe und taten, als würden sie ebenfalls beten, in Wahrheit gierten sie nach der Hinrichtung. Als der Seelenhüter fertig war, nickte er dem Vater zu, woraufhin dieser seine Hände auf die seiner Tochter legte und sie nach unten zog. Das Seil löste die Klinge, die am oberen Rand der Konstruktion hervorragte. Sie sauste nach unten. Der abgetrennte Kopf des Diebes rollte über den Boden. Blut floss auf den Sand und bildete eine schlammige Pfütze. Die junge Frau starrte auf den Kopf ihres Geliebten, blankes Entsetzen im Gesicht. Dann begann sie, zu schreien. Die Menge applaudierte und lachte, ergötzte sich an ihrem Leid. Ellin spürte Übelkeit in sich aufsteigen. Vor Abscheu hatte sie sogar vergessen, zu essen. Sie wollte sich das nicht länger ansehen. Entschlossen erhob sie sich und wandte sich zum Gehen. »Ich gehe in den Palast zurück.«

Nuelia sah zu ihr auf. »Wirklich? Es ist doch eine recht unblutige Hinrichtung. Da habe ich schon ganz andere gesehen. Manche werden gevierteilt, zu Tode geschleift oder bei lebendigem Leibe ausgeweidet.«

»Trotzdem ist es scheußlich«, erwiderte Ellin. »Aber ihr könnt gerne hier bleiben, ich finde den Weg zurück auch alleine.«

Jesh bot gar nicht erst an, sie zu begleiten, worüber sie froh war. Sie wollte allein sein. Vorsichtig schlängelte sie sich zwischen den Bänken hindurch zum Ausgang. Dann wanderte sie, an ihrem mittlerweile erkalteten Spieß nagend, durch die Straßen.

Würde dieser Ort wirklich ihr neues Zuhause werden? Auf den ersten Blick schienen die Menschen zivilisierter und redlicher zu sein als die Vecktaner. Bei genauerem Hinsehen fanden sich jedoch Grausamkeiten, die ebenso verabscheuungswürdig waren, vielleicht noch verabscheuungswürdiger, denn sie fanden unter der Herrschaft einer gerechten und weisen Herrscherin statt. Hinrichtungen, die als öffentliche Unterhaltung zelebriert wurden, Sklavenhaltung und nicht zuletzt die kaltblütige Verstümmelung von Bediensteten, nur damit sie still und diskret blieben – war das etwa nicht barbarisch? Und womit würde sie ihren Lebensunterhalt verdienen? Ohne die Uthra war sie hilflos und allein, vollständig den Launen ihres Dienstherrn ausgeliefert. Es wäre soviel einfacher, würde sie Jeshs Gefährtin werden und ihm gestatten, für sie zu sorgen. Doch weder konnte sie ihre Gefühle für Kylian verleugnen, nun, nachdem sie sich diese endlich eingestanden hatte, noch könnte sie es ertragen, mit den Uthra umherzuziehen und ihn immer in ihrer Nähe zu haben. Nah, doch unerreichbar.

Entgegen ihrer Beteuerungen verlief sie sich in dem Gewirr aus Gassen und gelangte in den Teil Huanacos, in dem die ärmeren Bürger lebten. Zwischen kleinen, aus einem Zimmer mit Hof bestehenden Häusern, standen Zelte, die nur aus vier Pfosten und einem Stoffüberwurf gefertigt waren. Von den Pfosten baumelten Kleiderbündel, Kochgeschirr, getrocknete Kräuter und Netze mit Brot und Fleisch herab. In der Mitte befand sich eine mit Steinen umsäumte Feuerstelle und am Boden lagen Felle ausgebreitet. Die Kleidung der Menschen war alt und fleckig und an vielen Stellen geflickt. Die Kinder hatten nur ein Stück Stoff um die Hüfte geschlungen und liefen ausnahmslos barfuß umher. Trotz dieser bescheidenen Verhältnisse schienen die Menschen fröhlich. Hier war nichts von dem Schmutz und der Hoffnungslosigkeit zu sehen, die vecktanische Armenviertel kennzeichnete. Die Kinder musterten sie neugierig. Ein altes, zahnloses Weib hielt ihr eine grob geschnitzte Figur entgegen. »Chwei Prachich«, nuschelte sie.

»Tut mir leid, ich habe keine Prasis«, erwiderte Ellin. Die Frau schnaubte abfällig. Sie glaubte ihr nicht.

Ellin hastete weiter. Am Ende des Weges beschattete sie ihre Augen und blickte in die Ferne, in der Hoffnung, den Herrscherhügel zu erspähen, doch sie sah nur Häuser, Wald und Pflanzungen. Wie weit hatte sie sich vom Palast entfernt?

»Sucht ihr etwas?«, fragte eine Stimme hinter ihr.

Ellin fuhr herum und erblickte eine zierliche, junge Frau mit kahl rasiertem Schädel. Ihr exotisches Gesicht mit den dunklen, mandelförmigen Augen, den perfekt geschwungenen Lippen und der zierlichen Nase wirkte makellos, wie das Gesicht einer Puppe. Ihrem Aussehen nach zu urteilen, stammte sie weder aus Huanaco noch aus Veckta oder einem anderen ihr bekannten Land. Um den Hals trug sie ein rotes Band, welches das Brandmal in ihrem Nacken nur notdürftig verdeckte.

»Ich habe mich verlaufen, ich suche den Herrscherpalast«, sagte Ellin.

Die Sklavin lächelte freundlich. »Da habt Ihr Euch in der Tat verlaufen. Der Palast liegt auf der anderen Seite der Brotfruchtkuppel.« Sie deutete auf den mit Pflanzungen übersäten Hügel zu ihrer Rechten.

»Könntet Ihr mir bitte den Weg beschreiben?«

»Ich kann Euch begleiten«, bot die Sklavin an.

Ellin winkte ab. »Oh nein, das müsst Ihr nicht tun.«

Die Sklavin neigte ihr Haupt. »Da ich in den Palast gerufen wurde, bin ich sowieso auf dem Weg dahin.«

Ellin atmete auf. Was für ein Glücksfall. Sie folgte der jungen Frau in eine schmale Gasse. »Wie heißt Ihr?«

»Mein Name ist Yasu.«

Als Ellin sich vorstellte, verneigte die Sklavin sich höflich und beständig lächelnd.

»Arbeitet Ihr im Palast?«, fuhr Ellin fort.

»Ich gehöre der Herrscherin und arbeite, wo auch immer sie mir befiehlt.«

Betreten sah Ellin zur Seite. Was sollte sie darauf erwidern? Über was unterhielt man sich mit einer Sklavin? Bevor sie den Gedanken vertiefen konnte, spuckte ihr jemand vor die Füße. Überrascht sah sie auf. Die Menschen am Straßenrand warfen ihnen verächtliche Blicke zu. Kinder deuteten auf sie, riefen Schimpfwörter und rannten weg, sobald Ellin sich nach ihnen umdrehte. Verwundert über dieses Verhalten, blickte sie wieder Yasu an, um zu sehen, was die Sklavin davon hielt. Doch Yasu schritt still und würdevoll voran, als würde sie nicht bemerken, was um sie herum geschah. Ellin musterte sie verstohlen. Für eine Sklavin war sie auffällig gut gekleidet, aber auch ungewöhnlich freizügig. Ihr besticktes Kleid war durchscheinend und offenbarte mehr als es verbarg. Der dunkle Schatten ihrer Brustwarzen schimmerte durch den Stoff. War das der Grund für das Verhalten der anderen?

»Welche Arbeit verrichtet Ihr im Palast?«, fragte Ellin.

Yasu reckte das Kinn. »Ich leiste den Gästen der Herrscherin Gesellschaft, sorge mit Gesang und Tanz dafür, dass sie sich wohlfühlen und ihnen nicht langweilig wird.«

»Oh. Dann seid Ihr so etwas wie eine Gauklerin?«

Yasu lächelte geheimnisvoll. »Ich werde gerufen, um einem Gast zu dienen, nicht vielen.«

Ellin runzelte die Stirn. »Welch eine Verschwendung. Bei uns treten die Gaukler immer vor ein möglichst großes Publikum. Warum will die Herrscherin bloß, dass Ihr nur einen Gast mit Euren Gaben erfreut?«

Yasu fuhr mit den Fingern über das Band um ihren Hals. »Singen und Tanzen ist nicht das Einzige, was ich tue.«

Ellin wartete, ob Yasu weitersprechen würde, doch das tat sie nicht. »Was macht ihr denn noch?«, fragte sie schließlich.

Betreten senkte die Sklavin ihren Blick. Und plötzlich verstand Ellin. Sie war so etwas wie eine Prasifrau. Schamröte schoss in ihre Wangen. »Vergebt mir, Yasu. Ich habe Euch in Verlegenheit gebracht, das war ungehörig von mir.«

Eine Weile liefen sie schweigend nebeneinander her.

»Ist es nicht schrecklich, sich wildfremden Männern hingeben zu müssen?« Nie zuvor hatte Ellin mit einer Prasifrau gesprochen. Sie wollte sich diese Gelegenheit nicht entgehen lassen.

»Man merkt, dass Ihr keine Bürgerin Huanacos seid«, antwortete Yasu.

»Woran merkt Ihr das?«

»Ihr sprecht unverblümt und Ihr verachtet mich nicht.«

»Warum sollte ich Euch verachten? Ihr habt doch keine andere Wahl, oder?«

»Nicht, seit meine Eltern bei einem Überfall getötet wurden.«

»Wo seid Ihr denn geboren?«

Yasus Blick verlor sich in der grünen Weite der huanacischen Berge. Ein sehnsüchtiger Ausdruck trat in ihre Augen. »Auf einer Insel vor der Küste Kismahelias. Der Herrscher, Fortas al Surani, hat mich seiner Schwester zum Geschenk gemacht.«

Betreten blickte Ellin zu Boden. »Das ist schrecklich.« So weit entfernt von Yasus Schicksal war das ihre nicht. Wäre sie nicht den Uthra, sondern Sklavenhändlern oder feindlichen Soldaten in die Hände gefallen, hätte sie genauso enden können.

»Ich beklage mich nicht«, sagte Yasu mit fester Stimme. »Für eine Sklavin ist es mir noch gut ergangen. Die Arbeit bringt mir viele Vorteile. Da niemand, nicht einmal die anderen Sklaven, mit den Gesellschafterinnen leben wollen, ist es mir vergönnt, in einem Haus außerhalb des Palasts zu wohnen. Die Gäste, die ich unterhalte, beschenken mich und sind zumeist höflich und sauber. Worüber sollte ich also klagen?«

Es fiel Ellin schwer, Yasus Worte Glauben zu schenken. »Macht es Euch denn gar nichts aus, zu einem Mann zu gehen und zu wissen, was er von Euch verlangt?«

Yasu seufzte. »Ich denke nicht darüber nach. Heute kann ich sagen, macht es mir nichts aus. Der Gast, dem ich später Gesellschaft leisten muss, ist von angenehmen Äußeren und beschenkt mich großzügig. Aber bitte verratet das niemandem, denn eigentlich muss ich der Herrscherin alles zeigen, was ich von ihren Gästen bekomme.«

Ellin versuchte vergeblich, sich ein solches Leben vorzustellen. In den Palast zu gehen, wohl wissend, dass dort ein Mann wartete, der über ihren Körper verfügen durfte, erschien ihr furchtbar. »Wo kommt er her, dieser Mann? Warum gesteht Nosara ihm eine Gesellschafterin zu?«

Yasu zuckte mit den Schultern. »Ich weiß nicht, woher er kommt. Er führt einen Söldnertrupp an, der im Dienste der Herrscherin steht.«

Ellin stockte der Atem. »Söldner? Wie ist sein Name?«

Yasu zögerte und beäugte Ellin misstrauisch. »Ich bin mir nicht sicher, ob ich ihn nennen darf.«

Ellin winkte ab und versuchte, ihrer Stimme einen gleichmütigen Klang zu geben. Im Grunde wusste sie, von wem Yasu sprach, doch sie wollte Gewissheit. »Seid unbesorgt. Ich kenne die Söldner, bin in ihrer Begleitung nach Huanaco gekommen. Mir war nicht klar, dass einer von ihnen so hoch in Nosaras Gunst steht.«

Yasu wirkte erleichtert. »Sein Name ist Kylian.«

Obwohl sie es geahnt hatte, hatte Ellin das Gefühl, als hätte ihr jemand den Boden unter den Füßen weggerissen. Etwas Bitteres brannte in ihrer Kehle und sie verspürte den Drang, sich zu übergeben.

»Was ist mit Euch? Habe ich etwas Falsches gesagt? Möchtet Ihr kurz ausruhen?«, fragte Yasu besorgt.

Ellin schüttelte den Kopf. »Nein, es geht schon. Ich war nur so … überrascht.«

»Warum?«

»Es wundert mich, dass Nosara einen Söldner bei Laune zu halten versucht.«

Yasu musterte sie skeptisch. Nur mit größter Mühe gelang es Ellin, ihre Erschütterung zu verbergen.

»Es ist ein Gunstbeweis, den die Herrscherin jedem geschätzten Gast zukommen lässt. Sie ist berühmt für ihre Großzügigkeit und Gastfreundschaft«, erklärte Yasu.

Ellin blickte zum Palast hinauf, der nicht weit entfernt vor ihr aufragte. Ihre Hände ballten sich zu Fäusten. Mit überraschender Klarheit erkannte sie, dass sie eine tiefe Abneigung gegen Nosara hegte. Hinter dem freundlichen Gebaren der Herrscherin brodelte etwas Dunkles, Berechnendes. Oder war es nur die Eifersucht, die sie das glauben ließ? Die Aura der Herrscherin war neutral und auch ihre Worte und Handlungen ließen nicht klar erkennen, ob sie ihnen wohlgesonnen war oder nicht. Dennoch verachtete Ellin sie. Aus welchem Grund auch immer.

Wenig später betraten sie den Herrscherpalast. Die Wachen musterten Yasu begehrlich, raunten ihr anzügliche Worte zu, die Ellin die Schamröte in die Wangen trieb.

Ein Diener trat hinzu und verneigte sich vor ihr.

Yasu nickte lächelnd. »Ihr seid nun in guten Händen, Ellin. Ich wünsche Euch alles, was Ihr Euch wünscht.«

Ellin blickte ihr nach. Anmutig trippelte die junge Sklavin den Weg Richtung Badehaus entlang. Sie hatte sich nicht von Yasu verabschiedet, sich nicht einmal bedankt. Die Eifersucht nagte an ihr wie ein hungriges Tier, ließ ihr die Worte im Hals steckenbleiben. In der Enge ihrer Kammer hielt sie es nicht lange aus und so begann sie, durch den Palast zu wandern. Langsam senkte sich die Abenddämmerung herab und mit ihr eine Mischung aus Wut und Traurigkeit.

Als sie in ihre Kammer zurückkehrte, war Nuelia bereits da und zog sich um. »Da bist du ja endlich. Beeil dich, das Nachtmahl wird gleich aufgetragen.«

Ellin wusch sich und streifte ein frisches Gewand über. Sie hoffte, Kylian an der Tafel vorzufinden, doch weder die Herrscherin noch Kylian nahmen an dem Mahl teil.

Schweigend würgte sie ein paar Bissen hinunter. Glücklicherweise fiel ihre Verstimmung niemandem auf, denn auch Jesh und Nuelia zeigten sich nicht gerade bester Laune. Geldis beäugte sie und schüttelte dann ihr altes Haupt. »Will ich wissen, warum ihr so verdrießlich seid?«

»Nein«, brummte Jesh und stopfte ein riesiges Fleischstück in den Mund.

Ellin nippte an ihrem Becher und hoffte auf ein baldiges Ende des Nachtmahls. Sie wollte alleine sein und sich ihren trüben Gedanken hingeben. Als sie endlich in ihre Kammer zurückkehrte, legte sie sich auf ihre Bettstatt, drehte Nuelia den Rücken zu und weinte sich lautlos in den Schlaf.

Im Morgengrauen klopfte es an der Tür. Benommen von einem seltsamen Traum, indem sie durch einen mit Schlamm gefüllten Fluss gewatet war und Gerstknollen gesammelt hatte, sah Ellin auf.

»Nuelia? Ellin?«, hörte sie Kylians leise Stimme. Nuelia erhob sich eilig und öffnete.

»Darf ich eintreten?«, fragte er.

Nuelia nickte wortlos und bat Kylian mit einer Geste hinein. Ellin setzte sich auf und zog die Decke bis unters Kinn. Ein Gefühl der Schwäche zog durch ihren Bauch und ihr Herz pochte verräterisch. Sie betrachtete Kylians Gesicht, suchte nach Spuren der vergangenen Nacht, einem Schmunzeln oder einem Anflug von schlechtem Gewissen. Doch er wirkte kühl und distanziert, wie immer. Nichts deutete darauf hin, dass er bei einer Sklavin gelegen hatte.

Vielleicht hat er ihre Gesellschaft auch abgelehnt, dachte sie. Aber warum sollte er das tun? Er war ein Mann. Männer lehnten einen Liebesdienst nicht einfach ab.

»Wir haben einen neuen Auftrag«, unterbrach Kylian ihre Gedanken.

Nuelia nickte, als wäre es selbstverständlich, dass ihr Bruder im Morgengrauen auftauchte und von einem neuen Auftrag berichtete.

»Die Herrscherin ist unzufrieden mit dem Ausgang unserer letzten Mission, darum bittet uns sie um einen Gefallen.«

Misstrauisch runzelte Nuelia die Stirn. »Einen *Gefallen*? Der da wäre?«

»Schon vor vielen Nächten erwartete Nosara eine wichtige Lieferung aus den südlichen Grenzgebieten Huanacos. Der Händlertrupp ist anscheinend auch aufgebrochen, jedoch niemals hier angekommen. Sie bat mich, die Gruppe zu suchen.«

Nuelia schnaubte unwillig. »Das ist ein Auftrag für Soldaten, nicht für uns. Was bezweckt sie damit?«

Kylian schüttelte den Kopf. »Ich weiß es nicht. Vielleicht soll es eine Wiedergutmachung für unser Scheitern sein, vielleicht will sie uns einfach nur beschäftigen. Ihre Gedanken sind schwer zu durchschauen.«

»Deinem frühen Auftauchen entnehme ich, dass wir heute noch aufbrechen sollen?«

Er nickte. »Wir treffen uns in einer Stunde bei den Pferden.«

»Was ist mit Ellin?«, fragte Nuelia.

Kylian, der Ellin bisher keines Blickes gewürdigt hatte, sah sie kurz an und wandte sich dann schnell wieder ab. »Es wäre besser, wenn sie uns begleitet. Die Herrscherin erwartet sicher, dass wir alle aufbrechen.«

Ellin verspürte kein Bedürfnis danach, die Uthra zu begleiten, doch wenn die Herrscherin sie nicht willkommen hieß, blieb ihr keine andere Wahl. »Könnt Ihr Nosara nicht sagen, dass ich kein Teil Eurer Gemeinschaft bin?«

Wieder warf Kylian ihr nur einen kurzen Blick zu, bevor er antwortete. »In Nosaras Augen seid Ihr es, und da sie uns im Moment nicht gerade wohlgesonnen ist, ziehe ich es vor, ihr nicht zu erzählen, dass sie unwissentlich einer geflohenen Dienerin Unterschlupf gewährt.«

Missmutig knetete Ellin an ihrer Decke herum. Dass Nosara ihm nicht wohlgesonnen war, hatte sie nicht davon abgehalten, ihm eine Gesellschafterin zu schicken.

Kylian erhob sich und verließ die Kammer. Nachdem er die Tür geschlossen hatte, stand sie auf und begann widerwillig, ihre Habseligkeiten zusammenzupacken. Anschließend folgte sie Nuelia zu den Ställen. Das Morgenmahl bestand aus kaltem Fleisch in einem der hiesigen Brote, welches sie im Stehen aßen, und einem bitteren aber äußerst anregenden Trank, der, wie Nuelia behauptete, die Einwohner Huanacos täglich tranken. Während ein Sklave die Pferde sattelte, diskutierte Kylian mit Geldis, die trotz seines Verbotes darauf bestand, die Gruppe zu begleiten.

»Hast du nicht gesagt, dass es für dich keine weitere Reise mehr geben wird?«, zischte er. »Musst du denn unbedingt das Schicksal herausfordern?«

Trotzig reckte Geldis den Kopf. »Dies ist keine Reise. Das Dorf der Händler liegt kaum zwei Tagesritte entfernt. Und wie wollt ihr sie überhaupt finden, ohne mich?«

»Wie du bereits sagtest«, entgegnete Kylian, »ist das Heimatdorf der Gesuchten nicht weit entfernt und es gibt nur einen Weg, den sie genommen haben können. Ihre Spuren zu finden dürfte nicht allzu schwer sein.«

»Ich werde euch begleiten. Ob dir das nun gefällt oder nicht. Kümmere dich lieber um Jalo.« Sie deutete auf den Hengst, der nach dem Sklaven schnappte, der ihn zu satteln versuchte. Jalo mochte es nicht, von jemand anderem als Kylian gesattelt zu werden und zeigte dies deutlich. Kylian brummte unwillig und schob den Sklaven zur Seite. Der verneigte sich tief und entschuldigte sich viele Male.

Jesh bekam ein eigenes Pferd, wenn auch kein Grej Perlino, Geldis und Ellin stiegen hinter Kylian und Nuelia auf. Zwei Wächter empfingen sie am Eingang des Stalles und führten sie zum Tor.

Der Ritt durch Huanaco verlief ruhig, bis auf ein paar Sklaven und Bedienstete waren die Wege menschenleer. Händler füllten die Auslagen ihrer Geschäfte, das Gesinde fegte die Höfe oder bereitete das Morgenmahl für ihre Herren. Wenn die Uthra vorbeiritten, hielten sie inne, hoben die Hand zum Gruß und gafften ihnen neugierig nach. Eine Reiterschar am frühen Morgen war zwar nur eine kleine Abwechslung vom Alltag, aber immerhin eine Abwechslung. Um die Mittagszeit passierten sie die Ausläufer der Stadt, die aus vereinzelten Hütten bestand, die fast völlig vom Urwald verschlungen wurden, und schlugen den Weg in südliche Richtung ein. Sie reihten sich hintereinander auf und betraten einen Trampelpfad, der sie mitten durch den Wald führte. Für Ellin sah er fast genauso aus, wie der Weg, der sie hierher geführt hatte. Anfänglich machten ihr das Summen und Brummen unzähliger Insekten, das Geschrei der Apinas, der vielstimmige Vogelgesang und das Rascheln, Knacken und Rauschen der Bäume nichts aus, doch im Laufe des Tages empfand sie die Geräuschkulisse als störend und nervenaufreibend. Das endlose Grün und die schlechte Stimmung taten ihr übriges. Kylians ständige Gegenwart zermürbte sie, warf immer neue Fragen auf, die endlos in ihrem Kopf herumkreisten. Was war es, was sie für ihn empfand? Hatte er wirklich bei Yasu gelegen? Und warum sprach er nicht mit ihr? Was verband ihn wirklich mit der Herrscherin? Sie suchte nach Antworten in seinem Gesicht, doch ebenso gut hätte sie einen Stein betrachten können und dabei nicht weniger erfahren.

Am Abend bereiteten sie ihr Lager auf einer der Plattformen, nicht ohne sie zuvor auf Spuren der verschwundenen Händler zu überprüfen. Ellins Muskeln schmerzten von dem langen Ritt auf dem unebenen Boden, doch trotz ihres steifen Ganges bot Kylian ihr nicht die schmerzlindernde Salbe an, die er zweifellos bei sich trug. Mit zusammengebissenen Zähnen kämpfte sie sich auf die Plattform hinauf, bereitete sich ein Nachtlager und legte sich, den Rücken den anderen zugewandt, hin.

Noch vor dem Morgengrauen machten sie sich wieder auf den Weg. Als sie die Ausläufer des Waldes erreichten, hatten sie noch immer keine Spur der Vermissten gefunden. Hoffnungsvoll untersuche Kylian die Quelle am Fuße des Berges, die ein beliebter Ruheplatz für Reisende war, doch auch dort blieb die Suche erfolglos.

Am Nachmittag betraten sie die Ebene von Huan, die der norlanischen Steppe ähnelte. Trockene Büschel, scharfkantige Steine und blattlose Bäume, so weit das Auge reichte. Am Horizont erhoben sich verschwommene Hügel. Sie waren nicht so hoch wie die Huanacischen Berge, doch fast ebenso dicht bewaldet. Dort lag Tihuan, das Heimatdorf der verschwundenen Händler. Kylians Stimmung verdüsterte sich zusehends. Wenn es ihnen bis zum Dorf nicht gelingen würde, eine Spur der Vermissten zu finden oder zumindest etwas über ihren Verbleib in Erfahrung zu bringen, bedeutete das, dass sie zum zweiten Mal an Nosaras Auftrag gescheitert waren. Wie alle Regenten schätzte es die Herrscherin nicht, enttäuscht zu werden und das wiederum könnte den Verlust ihres Lebensunterhalts und ihres Schutzes bedeuten.

Kylian fluchte leise und hob den Arm zum Zeichen, dass sie rasten würden. Sie setzten sich im Kreis um das Feuer herum, aßen ohne Appetit und beratschlagten über die weitere Vorgehensweise. Geldis schlug vor, noch eine Vision heraufzubeschwören, denn ihre Erste am Abend nach dem Aufbruch endete auf dieser Ebene und war wenig aufschlussreich gewesen. Aufgrund ihres geschwächten Zustands schlug Kylian das Angebot jedoch aus. Da sonst niemand eine zündende Idee hatte, beschlossen sie, weiterzureiten.

Kurz, nachdem sie sich wieder auf den Weg gemacht hatten, trug der Wind einen betörenden Duft heran, der Ellin an den holzigen Geruch der Gerstknollenfelder und an das fruchtig-herbe Aroma von Schwarzbeersaft erinnerte. Sie reckte den Kopf in die Luft und schnupperte. Der Duft weckte Erinnerungen an die glücklichen Tage ihrer Kindheit, als ihre größte Sorge der Frage galt, ob es im Anschluss an das Nachtmahl einen Nachtisch geben würde oder ob ihre Mutter bemerken würde, dass sie ihr Haarband verloren hatte.

Ellin schloss die Augen. Etwas an diesem Duft erfreute ihr Herz, berührte sie und weckte verloren geglaubte Gefühle. Sie sah nach den anderen. Auch Kylian schien von dem Duft angetan, genauso wie

Jesh, der einen überaus verzückten Gesichtsausdruck machte, und Nuelia, die glücklich lächelte, wahrend ihr eine Träne aus dem Auge rann. Nur Geldis blickte unbeeindruckt drein.

Unbewusst änderten sie die Richtung, folgten dem Geruch und je näher sie dem Ursprung des lieblichen Duftes kamen, umso intensiver wurde er und umso mehr dürstete es Ellin danach, zur Quelle zu gelangen. Dieser Wohlgeruch war nicht einfach nur ein Duft, es war ein Versprechen, die Verheißung von Glück, von immerwährender Liebe und von Freiheit. Zielstrebig folgten sie der unsichtbaren Fährte, als wäre ihr Ursprung das Ziel ihrer Reise. Nur nebenbei bemerkte Ellin die Veränderung des Bodens, der trockener wurde und rissig. Seltsame Blumen erhoben sich aus den Spalten, mit trichterförmigen Kelchen und langen, tentakelgleichen Blättern, die sich in das Erdreich klammerten. Je weiter sie ritten, umso größer wurden sie. Wie Soldaten reihten sie sich in tadelloser Gleichförmigkeit um eine riesige Blume in ihrer Mitte. Ein feines Netz aus wulstigen Rissen bedeckte den Boden. Wie gepflügte Ackerkrumen zogen sich die Spalten über die Ebene, machten ihn porös und rutschig. Immer öfter gerieten die Pferde aus dem Tritt, rutschten auf dem bröselnden Untergrund und bewegten sich nur noch widerwillig voran. Doch niemanden störte das, alle starrten auf die prächtige Blume, die in den Farben des Regenbogens schillerte, und aus deren weit geöffnetem Kelch ein unvorstellbar berauschendes Bouquet an Düften drang.

»Hier riecht es nach Meer und Leder und dem süßen Atem einer Frau«, sagte Kylian verträumt.

»Nein, es riecht nach Wald, feuchter Erde und frisch gepresstem Schwarzbeersaft«, seufzte Jesh.

Ellin konnte nicht sprechen, zu gefangen war sie von den Erinnerungen, die der Duft in ihr erweckte.

Stirnrunzelnd betrachtete Geldis sie. »Was ist denn mit euch los?«

Auch sie erinnerte der Geruch an Verschiedenes, jedoch nicht in der gleichen Intensität wie die anderen. Misstrauisch beäugte sie die Blumen, die mehr Lebewesen als Pflanze zu sein schienen. Das leichte Zucken ihre Blätter, der vibrierende Blütenkelch – sie kannte diese Gewächse. Angestrengt kramte sie in ihrer Erinnerung. Wo hatte sie diese seltsamen Blumen schon einmal gesehen? Eine Bewegung zu ihrer Rechten riss sie aus ihren Gedanken. Ellin glitt von Pineos Rücken und wankte der riesenhaften Blume entgegen. Kylian tat nichts, um sie aufzuhalten, auch nicht, als sie ihn anschubste und auf Ellin deutete.

»Bleib stehen«, rief sie, doch Ellin hörte nicht. Wie eine Schlafwandlerin stolperte sie vorwärts. Geldis schüttelte den Kopf und versuchte, das schwammige Gefühl zu vertreiben, das sich in ihrem Schädel ausgebreitet hatte. Hier stimmte etwas nicht.

»Kylian«, rief sie.

Er reagierte nicht. Mit einem abwesenden Grinsen im Gesicht starrte er auf die Blume. Auch Jesh und Nuelia machten nicht den Eindruck, als würden sie irgendetwas von dem wahrnehmen, was um sie herum geschah.

Ellin stolperte über einen losen Erdbrocken, taumelte ohne innezuhalten weiter. Kurz darauf strauchelte sie erneut und fiel der Länge nach hin. Sie hob den Kopf und blickte sich erstaunt um. Ihr Blick war klar.

Ächzend glitt Geldis vom Rücken des Pferdes und humpelte auf Ellin zu. »Steh auf!«

»Was?«, fragte Ellin verwirrt.

»Das ist ein Talanisfeld und die große Blume hinter dir ist die Königin. Es sind Fleischfresser. Steh auf und komm her! Wir müssen hier weg.«

Ellin machte noch immer ein überaus verwirrtes Gesicht.

»Aber sie duften so gut«, sagte sie versonnen.

Schlingen näherten sich ihren Beinen. Langsam, fast zärtlich wickelten sie sich um ihre Knöchel.

Geldis fluchte, wandte sich ab und hinkte zu Kylian zurück, der mittlerweile ebenfalls vom Rücken seines Pferdes geglitten war und zielstrebig auf die Königsblume zusteuerte.

»Kylian, wach auf«, schrie sie. »Seid ihr denn alle von Sinnen?« Sie schlug ihm hart ins Gesicht. Benommen schüttelte er den Kopf, setzte seinen Weg jedoch unbeirrt fort. Kurz entschlossen riss Geldis ein Stück Stoff aus ihrem Rock, zerteilte dieses in mehrere kleine Fetzen und knüllte sie zu kleinen Kugeln zusammen. Dann zerrte sie an Kylians Arm, bis er endlich stehenblieb, und stopfte ihm die Stoffkugeln in die Nase. »Komm zu dir, sonst sind wir bald alle tot!«

So schnell sie konnte lief sie zu Jesh und Nuelia und verstopfte auch ihre Nasen mit dem Stoff. Kylian blieb stehen und starrte unschlüssig auf die riesige Talanis, während Ellin von den Schlingen über den Boden gezerrt wurde und sich langsam aber unaufhaltsam dem Blütenkelch näherte.

»Kylian«, schrie Geldis. Er reagierte nicht. Kurzentschlossen humpelte sie hinter Ellin her und griff nach ihren Beinen, versuchte, sie aufzuhalten, doch die seildicken Schlingen hatten sich fest um die Beine geschlungen und zerrten sie mit der Kraft eines Ochsen unaufhörlich weiter.

»So helft mir doch«, rief Geldis. Schwindel erfasste sie. Kalter Schweiß perlte von ihrer Stirn. Keinesfalls durfte Ellin in das Innere des Kelches gelangen, der mit einer zähen, klebrigen Flüssigkeit gefüllt war, die jede Bewegung erschwerte und über Stunden und Tage hinweg zuerst die Kleidung, dann die Haut, das Fleisch und schließlich auch die Knochen zersetzte. Wer einmal im Kelch gefangen war, kam aus eigener Kraft nicht mehr hinaus, dazu verdammt, eines langsamen und qualvollen Todes zu sterben.

Zwecklos, dachte Geldis, hastete zu Kylian zurück, öffnete seine Schwertscheide und zog das Schwert hinaus. Es war schwer, zu schwer für eine alte Frau. Keuchend schleppte sie es zu der gefangenen Ellin, hob es drei Handbreit an und ließ es auf die Tentakel sausen. Eine tiefe Kerbe grub sich in die grünen Schlingen. Gelber Saft quoll hervor. Die Talanis gab einen tiefen, fast unhörbaren Ton von sich, mehr ein vibrierendes Brummen, denn ein wirklicher Laut. Die Schlingen lösten sich und zogen sich zurück. Der Boden vibrierte, die Erdrisse bröckelten unheilvoll. Keuchend zerrte Geldis die regungslose Ellin zurück. Ihr Herz trommelte gegen ihre Rippen, setzte immer wieder einen Schlag aus. Schon erhoben sich weitere Schlingen, krochen wie hungrige Schlangen auf sie zu.

Kylian, Nuelia und Jesh waren noch immer nicht aus ihrem Dämmerzustand erwacht. Mit verwirrten Gesichtern standen sie da und starrten in eine unbestimmte Ferne.

Feuer, schoss es Geldis durch den Kopf. *Feuer wirkt bei allen Lebewesen und gewiss auch bei diesem dämonischen Gewächs.*

Sie eilte zu den Grej Perlinos, die ohne die Führung ihrer Reiter nervös umhertänzelten, hin und her gerissen zwischen Angst und der

Treue zu ihrem Herrn. Hektisch wühlte sie in den Satteltaschen nach den Feuersteinen und humpelte dann an den Rand des Feldes, wo sie trockene Halme aus dem Boden rupfte. Anschließend schnitt sie eine Handvoll kleinere Schlingen ab, was ein leichtes Vibrieren der Königstalanis und einen weiteren Erdrutsch zur Folge hatte. Offenbar waren sämtliche Blumen miteinander verbunden.

Umso besser, dachte Geldis. *Dann werde ich der Dämonensaat mal kräftig einheizen.*

Mit zitternden Fingern schlug sie die Feuersteine aneinander. Funken sprühten und entzündeten die Halme, doch sie pustete zu heftig und löschte die winzige Flamme, anstatt sie zu entfachen. Leise fluchend versuchte sie es erneut. Aus den Augenwinkeln sah sie einen voll beladenen Handkarren am Rand des Feldes liegen. Er war mit Staub und trockener Erde bedeckt. Die Vorderräder hingen in einem breiten Spalt. Daneben lag ein schmutziges Bündel.

»Geldis?«, rief Kylian.

»Ich bin hier.«

»Wo ist mein Schwert?«

Das Schwert! Sie hatte es bei der Talanis liegenlassen. Mit großen Schritten kam Kylian auf sie zu.

»Kehr um, es liegt in Nähe des Blütenkelchs«, rief sie ihm entgegen.

Er warf ihr einen wütenden Blick zu, machte kehrt und rannte zu der Königsblume. Die Schlingen griffen nach ihm, doch er trampelte sie entweder nieder oder wich ihnen aus. »Sie hat Ellin«, schrie er.

Geldis blickte auf und beobachtete bestürzt, wie die Schlingen Ellin über den Rand des Kelches zogen, der mit wabernden Kontraktionen dabei half, sie hineinzubefördern.

Sie zwang sich zur Ruhe und konzentrierte sich auf ihr Vorhaben. Um die Talaniskönigin musste sich nun Kylian kümmern. Während sie vorsichtig auf die winzige Flamme blies, erwachten auch Jesh und Nuelia aus ihrer Starre und eilten Kylian zu Hilfe. Gemeinsam schlugen sie auf den Blütenkelch ein, der nun heftig zu vibrieren begann. Grüne Schlingen verschiedenster Größe schoben sich aus den Erdspalten und krochen auf die Uthra zu. Die Risse wurden rasch breiter. An vielen Stellen rutschte die Erde ab. Hektisch versuchte Geldis, die abgeschnittenen Schlingen zu entzünden. Sie kokelten zuerst und glühten dann still vor sich hin, brannten jedoch nicht. Schnell rupfte sie so viel trockenes Gras aus dem Boden, wie es ihr in der kurzen Zeit möglich war, stopfte es um die Blütenkelche herum und legte die glimmenden Schlingen darauf, bis ein kleines Feuer entstand.

Diesen Vorgang wiederholte sie mehrere Male an verschiedenen Stellen des Talanisfeldes. Kylian, Jesh und Nuelia versuchten derweil, Ellin aus dem Inneren des Kelches herauszuholen. Während Jesh und Nuelia die herannahenden Tentakel durchtrennten, stieß Kylian sein Schwert durch den glatten Blütenkelch. Eine zähe, nach Verwesung riechende Flüssigkeit ergoss sich aus den Öffnungen. Der Gestank drang bis zu Geldis vor. Sie schlug die Hand vor Mund und Nase und versuchte, den Würgereiz zu unterdrücken.

Kylian erbrach sich und schlug dann tapfer weiter auf den Blütenkelch ein, hieb Stück um Stück aus der schillernden Wand. Das tiefe, brummende Vibrieren wurde stärker und begann, in den Ohren zu schmerzen. Geldis flehte die Götter um Beistand an, während Kylian wie von Sinnen auf die Talanis einschlug. Plötzlich rutschte sein Fuß in einen hervorbrechenden Spalt. Er stürzte, zerrte sich wieder auf die Füße und hieb, wilde Flüche ausstoßend, weiter auf die Blume ein, bis sich die gesamte Flüssigkeit aus dem Inneren des Kelches nach draußen ergossen hatte. Unschlüssig stand er da und sah zu Geldis hin.

»Fass hinein und zieh sie raus«, rief Geldis und eilte zu ihm.

Kylian tat wie geheißen. Das Gesicht vom Blütenkelch abgewendet tastete er im Inneren herum. Der Verwesungsgestank war unerträglich. Kurz darauf zog er etwas heraus und schleuderte es angewidert von sich. Der schleimbedeckte Schädel landete ein paar Doppelschritte entfernt in einem Spalt. Als Nächstes hielt er einen Oberschenkelknochen in den Händen und schmetterte ihn wütend gegen die Talanis. »Such weiter, schnell«, drängte Geldis.

Endlich zog er einen Fuß aus dem Spalt, gefolgt von einem Bein. Jesh eilte herbei und half bei der Befreiung. Geldis befürchtete das Schlimmste, als sie Ellin schließlich durch den Schlitz nach draußen zerrten. Sie war über und über mit dem Verdauungssaft besudelt. Aufgeregt tastete sie nach ihrem Puls. Das Mädchen lebte. Kylian riss den Ärmel seiner Tunika ab und befreite ihr Gesicht von der stinkenden Flüssigkeit.

Ellin riss die Augen auf, würgte und erbrach sich. Panisch blickte sie um sich. »Was ist das? Was ist geschehen?«

»Wir sind in ein Talanisfeld geraten und ihrem dämonischen Duft erlegen«, erklärte Geldis.

Erneut würgte Ellin, erbrach sich aber nicht. Stattdessen begann sie, zu zappeln und zu jammern. »Befreit mich von diesem Zeug, es brennt«, schrie sie.

Kylian nahm sie auf die Arme und trug sie an den Rand des Feldes. Geldis folgte ihm humpelnd. Der Boden unter ihren Füßen gab nach, sie stolperte und stürzte. Kylian sprang über einen sich plötzlich auftuenden Spalt und wich geschickt den zuckenden Blumen aus. Bei den Pferden hielt er inne und blickte zurück. »Macht schnell. Das Feld stürzt in sich zusammen.«

Geldis winkte ab. »Geh. Bring Ellin zum Wasserfall in den Bergen. Wir kommen nach.«

Kylian nickte, warf die zappelnde Ellin auf Jalos Rücken und stieg hinter ihr auf. Jesh und Nuelia stolperten hustend zwischen dem dichter werdenden Qualm herum. Jesh rutschte so plötzlich in einen Spalt, als hätte ihn die Erde verschluckt. Sofort sprang Kylian vom Pferd und rannte zu der Stelle, wo Jesh im Boden verschwunden war. Er steckte in der Erde und krallte sich verzweifelt in den bröselnden Rand, um nicht noch weiter abzurutschen. Schon wickelten sich kleine Schlingen um seine Fußgelenke und zerrten ihn hinab. Nuelia zückte ihren Dolch, schob sich über den Rand und versuchte, die Schlingen zu durchtrennen. Kylian griff nach Jeshs Armen und zog. Der Qualm wurde immer dichter, beißend drang er in ihre Lungen, raubte den Atem und ließ sie husten. Mit vor Anstrengung verzerrtem Gesicht schob Jesh ein Bein über den Rand.

»Verflucht, beeil dich!«, blaffte er Nuelia an, die fieberhaft die Schlingen an seinem anderen Bein durchtrennte. Endlich war es geschafft. Mit Kylians Hilfe zog er sich nach oben. Hustend und würgend kniete er auf dem Boden. Kylian und Nuelia fassten ihn unter den Armen und zerrten ihn fort. Geldis folgte ihnen torkelnd. Keine Sekunde zu früh erreichten sie den Rand des Feldes, denn schon brach das gesamte Erdreich weg, stürzte in sich zusammen, als wäre darunter nichts gewesen als ein riesiger, luftleerer Raum. Zurück blieb ein Krater, auf dessen Grund die stinkenden Talanisblumen glimmten. In ihrer Mitte die zerfetzte Königin. Keuchend starrten sie in die Tiefe. Erst Ellins Schreie rissen sie aus ihrer Fassungslosigkeit. Mit wenigen Schritten war Kylian bei Jalo und sprang auf seinen Rücken. »Ich reite voraus«, er deutete an den Kraterrand. »Nehmt den Karren dort mit. Wir treffen uns an der Quelle des Huanaco Flusses.«

»Lass mich mit ihr vorausreiten«, bot Jesh an.

»Ich bin auf Jalo schneller als du«, entgegnete Kylian, gab dem Hengst die Sporen und galoppierte davon.

Wie ein Fisch zappelte Ellin auf dem Sattel herum, schrie, jammerte und weinte. Ihre Haut brannte wie Feuer, raubte ihr jeden klaren Gedanken. Bäume und Sträucher schossen in Windeseile an ihr vorbei, dunkle Rauchwolken verdüsterten den Himmel. Nur halb bei Sinnen nahm sie wahr, dass sie über die Ebene preschten und auf einen schmalen Pfad zuhielten, der sich zwischen den Hügeln vor ihr auftat.

Der Drang, sich die Haut vom Leib zu kratzen, nur damit dieses Brennen endlich aufhörte, war überwältigend. Kylian umklammerte ihre Arme und hielt sie davon ab, was sie wütend machte. Irgendwann erreichten sie den Pfad. Trittsicher erklomm Jalo den schmalen Aufstieg. Ellins Gegenwehr blieb ungebrochen, sie führte sich auf wie eine Furie und wechselte zwischen keifen und weinen, weil Kylian sie nicht kratzen ließ.

»Halt still«, schimpfte er. »Du fällst noch vom Pferd, wenn du nicht aufhörst zu zappeln.«

Ellin hörte ihm nicht zu. Ihre Gedanken drehten sich einzig um den Wunsch, ihre Fingernägel in ihrer Haut zu vergraben.

Endlich erreichten sie die Lichtung. Inmitten üppiger Vegetation quoll ein Wasserfall aus dem Gestein und ergoss sich in ein flaches Steinbecken. Von dort aus stürzte er weiter in die Tiefe, wo er sich von einem schmalen Rinnsal in einen reißenden Fluss verwandelte, der sich im Laufe unzähliger Sternenläufe eine Schneise in die Berge gegraben hatte. Ohne auf ihr Gezeter zu achten, zerrte Kylian sie vom Pferd und trug sie zu dem Wasserbecken, wo er sie mitsamt ihren Kleidern hineinsetzte. Herrlich kühles Wasser umfloss ihren Leib. Kurzerhand stieg Kylian hinterher, stellte sich zwischen ihre Beine und begann, sie zu entkleiden.

Das Brennen vernebelte ihre Sinne. Ein Teil von ihr schämte sich, als er ihre Beinkleider abstreifte und die Verschnürung an ihrer Tunika löste, ein anderer Teil hätte sich die Sachen am liebsten selbst vom Leib gerissen. Das verdammte Unterhemd klebte an ihrer Haut. Sie ergriff es und versuchte, es über den Kopf zu zerren. Es haftete an ihr wie eine Klette. Strampelnd, schimpfend und zerrend bemerkte sie kaum, dass Kylian sie losließ und sich abwendete.

»So helft mir doch«, bettelte sie.

Er tat es, wenn auch zögerlich, was Ellin mit einer wüsten Beschimpfung quittierte.

Als sie endlich entkleidet war, sackte sie in sich zusammen. Das Wasser kühlte ihre Haut, und schwemmte das entsetzliche Brennen fort. Sie seufzte erlöst. Kylian stieg aus dem Becken und entfernte sich. Langsam klärten sich ihre Gedanken und sie wagte einen ersten Blick auf ihren Körper. Die Haut war gerötet, an einer Handvoll Stellen hatte der Verdauungssaft begonnen, die obere Hautschicht wegzuätzen. Mit den Fingerspitzen fuhr sie über die rohen Stellen. Es schmerzte. Sie schlug sich die Hände vors Gesicht und weinte.

Als sie nur noch leise schluchzte, näherte Kylian sich. »Wie geht es Euch?«, fragte er sanft.

Sie schüttelte den Kopf, ihre Kehle war wie zugeschnürt.

Er beugte sich zu ihr hinab, schöpfte Wasser in die hohle Hand und ließ es über ihren Rücken rinnen. »Es war ein weiterer Schrecken in einer langen Reihe von furchtbaren Ereignissen.«

Ellin beugte sich vor und schlang die Arme um ihre Knie.

»Habt Ihr mich entkleidet?«

»Ja. Ihr seid zu aufgebracht gewesen, um es alleine zu tun.«

»Was ist passiert?«

Vorsichtig hob er ihre Haare an und spritzte Wasser in ihren Nacken. »Wir sind in ein Talanisfeld geraten. Die Talaniskönigin hat Euch in ihren Kelch gezerrt. Ihr Saft zersetzt den menschlichen Leib, auf diese Weise ernähren sie sich.«

Ellin verzog das Gesicht. »Das ist widerlich.« Sie blickte sich um. »Wo sind wir?«

»An der Quelle des Huanaco Flusses.«

»Und die anderen?«

»Sie kommen nach. Ich bin mit Euch vorausgeritten.«

Ein erneutes Schluchzen entrang sich ihrer Kehle. »Ich ertrage das nicht mehr.«

Wieder barg sie den Kopf in den Armen, ihre Schultern zuckten, während sie still in ihre Armbeuge weinte. Kylian erhob sich und kehrte kurz darauf mit einem Tuch zurück. Dieses tauchte er in das Wasser und begann, ihren Rücken und die Arme abzureiben.

»Wir reiten so schnell wie möglich nach Huanaco«, versprach er. »Dort seid Ihr sicher. Ich werde dafür sorgen, dass Ihr uns nie wieder begleiten müsst.«

Ellin nickte. »Wann kann ich aus dem Wasser hinaus?«

»Brennt Eure Haut noch?«

Sie schüttelte den Kopf. Kylian reichte ihr das Tuch. »Wascht Euch und taucht einige Male unter, um Eure Haare auszuspülen, dann könnt Ihr hinaus.«

Ellin tat wie geheißen. Bis auf die verätzten Stellen war die Rötung ihrer Haut nur noch ein unbedeutender Hauch.

»Habt Ihr etwas, womit ich mich abtrocknen kann?«, fragte sie.

Kylian, der gerade ein Feuer entfachte, blickte auf. »Nein.«

Seufzend wrang sie ihre Haare aus. »Was soll ich anziehen?«

Er erhob sich, stapfte zur Satteltasche und zog ein Hemd hervor. Es war an vielen Stellen geflickt, doch sauber und lang genug, um wenigstens ihre Schenkel zu bedecken.

Während sie sich ankleidete und anschließend nach einem Kamm suchte, entfachte er das Feuer.

Vorsichtig versuchte sie, die verknoteten Locken zu lösen. Vorne klappte es gut, doch am Hinterkopf hatte sie Schwierigkeiten.

»Könntet Ihr mir behilflich sein?«, bat sie an Kylian gewandt.

Kylian wirkte unangenehm berührt, doch er nickte und stellte sich hinter sie. Sicher wollte er ihr nichts abschlagen, um sie nicht aufzuregen.

Zaghaft nahm er Strähne für Strähne zur Hand und zog die Zinken durch ihr Haar, löste die Knoten, bis sie in dunklen, seidigen Wellen über ihren Rücken fielen. Ellin bedankte sich.

»Fühlt ihr Euch jetzt besser?«, fragte er. Seine Stimme klang belegt.

Sie zuckte mit den Schultern. »Ich bin sauber, doch ich fühle mich ausgelaugt.«

Kylian musterte sie prüfend. »Es tut mir leid, dass Ihr wegen uns so viel erleiden musstet.«

Sie seufzte resigniert. »Ihr seid nicht schuld an meinem Leid, ich wusste von vorneherein, dass nach meiner Flucht von der Felsenfestung kein sorgenfreies Leben auf mich wartet.«

Ohne, dass sie es verhindern konnte, traten erneut Tränen in ihre Augen. Ein unterdrücktes Schluchzen entrang sich ihrer Kehle. Sie sehnte sich nach Trost, nach starken Armen, die sie umfingen, Lippen, die ihr zuflüsterten, dass alles gut werden würde. Sie sehnte sich nach Kylian. Als spürte er ihr Sehnen, schlang er plötzlich die Arme um sie und zog sie zu sich heran. Sie legte den Kopf an seine Brust und ließ ihren Tränen freien Lauf. Ihre Schultern zuckten, während immer neue Tränen aus ihren Augen quollen. Kylian stand still und hielt sie fest umschlungen, ließ sie nicht los. Je mehr sie sich beruhigte, umso deutlicher nahm sie seinen Herzschlag und die Wärme seines Körpers wahr und erkannte plötzlich, dass sie ihm noch nie so nahe gewesen war, und dann auch noch leicht bekleidet. Mit rot verweinten Augen sah sie zu ihm auf. Zögerlich hob sie ihre Hand und legte sie an seine Wange. Ihre Lippen prickelten. Ehe sie sich versah, presste er seinen Mund auf ihren, roh zuerst, fast brutal. Erst als er merkte, dass sie seinen Kuss erwiderte, entspannte er sich. Der Kuss wurde weich, seine Zungenspitze strich zärtlich über ihre Lippen, die sich ihm bereitwillig öffneten. Hitze strömte durch ihren Leib und veranlasste sie dazu, sich ganz nah an ihn zu drücken. Mehr, sie wollte mehr. So verzweifelt sie kurz zuvor noch gewesen war, so gierig war sie nun nach seinem Kuss.

Ein leises Platschen schreckte sie auf. Jalo hatte sich an die Wasserstelle begeben, um seinen Durst zu stillen. Atemlos sahen sie einander an.

»Bitte verzeiht«, sagte Kylian und trat zurück. »Ich wollte Euch nicht zu nahe treten. Die anderen werden sicher bald hier sein. Ist Euch kalt, wollt Ihr Euch am Feuer wärmen?«

Hilflos versuchte er, die Stille mit Worten zu füllen.

»Mir ist nicht kalt«, versicherte Ellin. »Und Ihr seid mir auch nicht zunahe getreten.«

»Unsere Kleidung ist nass«, erwiderte er, ohne auf ihre Worte zu reagieren. »Ich muss sie zum Trocknen aufhängen.«

Er wandte sich ab, stürmte zum Feuer und entkleidete sich bis auf das Hemd. Sorgfältig breitete er die Sachen neben dem Feuer aus. Ellin beobachtete ihn verwirrt. Warum benahm er sich so seltsam? Sie hatten sich doch nur geküsst. Mit den Fingerspitzen fuhr sie über ihre Lippen. Der erste Kuss ihres Lebens. Niemals hätte sie sich vorstellen können, welche Begehrlichkeiten er in ihr weckte. Süß und schmerzvoll zugleich.

»Soll ich noch einmal nach Eurer Wunde sehen?«, fragte Kylian plötzlich. Es klang weniger wie ein Angebot als ein Befehl.

»Jetzt?«, fragte Ellin erstaunt. »Warum? Sie ist gut verheilt«

»Davon würde ich mich gerne selbst überzeugen.«

Ein wenig zögerlich setzte sie sich neben das Feuer, schob das Hemd hoch und versuchte krampfhaft, nicht auf seine nackten Beine zu starren. Er betastete die rosa Narbe und bestätigte ihr, wie gut die Wunde verheilt war. Der Heilungsverlauf ihrer Verletzung war Ellin jedoch egal, alles, was sie spürte, waren seine Hände auf ihrer Haut und die Röte, die in ihre Wangen schoss. Seine Berührung erschien ihr plötzlich in einem völlig anderen Licht.

Wesentlich länger als nötig verweilten seine Hände an ihrer Wade, bis er schließlich abrupt aufstand und Richtung Wasserbecken strebte.

»Was habt Ihr vor?«, fragte Ellin.

»Meine Haut brennt. Ich muss mich waschen.« Mit diesen Worten streifte er das Hemd ab, stieg in das Becken und durchquerte es, bis er zu dem Wasserfall gelangte.

Verstohlen betrachtete Ellin seinen muskulösen Körper, die verschlungenen Linien auf seiner Haut, das schwarze Haar. Erst als er sich in ihre Richtung drehte, blickte sie weg und tat, als würde sie etwas aus dem Boden zupfen.

»Schließt Eure Augen, ich komme raus«, bat er.

Ellin kniff die Augen zusammen. Ihr Herz pochte. Kylian zog ein Schlaffell aus der Satteltasche und wickelte sich darin ein. Anschließend setzte er sich neben sie, verrupfte einen Gerstfladen, spießte die Stücke auf einen Stock und röstete sie über dem Feuer. Ellins Blick fiel auf seine Beine und auf die Linien auf seiner Haut. Zum ersten Mal konnte sie sie aus der Nähe betrachten.

»Habt ihr das von Geburt an?«, fragte sie.

Er nickte. »Es ist das Zeichen unserer Abstammung.«

»Es ist schön.«

Er grinste. »Das hat noch niemand zu mir gesagt. Findet Ihr das wirklich?«

»Ja, es macht Euch zu etwas Besonderem.« Neugierig streckte sie die Hand aus und berührte die Innenseite seiner Schenkel. Die Zeichnung fühlte sich wärmer an als die restliche Haut. Mit den Fingerspitzen folgte sie dem verschlungenen Verlauf, bis Kylian seine Hand um ihre Knöchel legte und sie stoppte.

»Entschuldigt. Ist Euch das unangenehm?«

Er blickte sie eindringlich an. Flammen spiegelten sich in seinen Augen und etwas, dass sie als Begierde erkannte. Bei Lord Wolfhard hatte sie dieser Blick angewidert. Bei Kylian genoss sie ihn, wollte mehr davon. Seine Aura pulsierte aufgeregt.

»Ist Euch vorhin nicht klargeworden, dass ich ein Mann bin, Ellin?« Seine Stimme klang belegt.

Sie lächelte unsicher. »Ja und?«

»Es mag Euch vielleicht überraschen, doch ich habe die Bedürfnisse eines ganz normalen Mannes und die Berührung einer schönen Frau erweckt diese.«

Schamröte schoss in ihr Gesicht, als sie verstand. Doch unter der Scham regte sich noch ein anderes Gefühl: Triumph. Ihm verlangte nach ihr, genauso wie ihr nach ihm verlangte. Dieses Wissen ließ sie innerlich jubeln.

»Ist schon gut, es muss Euch nicht unangenehm sein«, sagte er. »Es ist nur lange her, seit ich … bei einer Frau gelegen habe, also verzeiht, wenn ich Euch bitte, mich nicht derart zu berühren. Ich möchte Euch nicht in Verlegenheit bringen.«

Er zupfte ein geröstetes Fladenstück von dem Stock und reichte es ihr. »Hier esst, Ihr habt sicher Hunger.«

Oh ja, sie hatte Hunger, doch nicht auf Gerstfladen. Und wenn er schon lange nicht mehr bei einer Frau gelegen hatte, dann konnte das nur bedeuten, dass er nicht mit Yasu das Lager geteilt hatte. Natürlich bestand die Möglichkeit, dass er log. Doch warum sollte er das tun? Er wusste ja nicht, dass sie Yasu begegnet war. Plötzlich drängte es sie danach, noch einmal von ihm geküsst zu werden, seine Lippen auf den ihren zu spüren, seine Zunge in ihrem Mund. Immerhin zählte sie siebzehn Sternenläufe, ein Alter, indem die meisten Frauen schon längst den Bund geschlossen hatten. Nie zuvor war sie geküsst worden, sie hatte es auch nie gewollt, doch jetzt wollte sie es, sehr sogar. Verstohlen betrachtete sie sein altersloses Gesicht, die gekrümmte Nase, die grünen Augen, das kräftige Kinn und die schmalen Lippen, über die sich eine feine Narbe zog. Spuren eines Kampfes, den er beinahe verloren hätte und der ihn zu dem gemacht hat, der er heute war. Den Geschmack des Gerstfladens nahm sie kaum wahr, so sehr war sie von der Bewegung seiner Lippen gefangen.

»Wollt Ihr etwas trinken?«, fragte er.

»Was?«

»Habt Ihr Durst?«

»Äh, ja.«

Er erhob sich, löste den Wasserschlauch vom Sattel und reichte ihn ihr. Sie trank mit großen Schlucken und reichte ihn dann an Kylian weiter. Nachdem auch er getrunken hatte, befühlte er seine Kleidung. »Sie ist fast trocken«, stellte er fest. »Darf ich Euch eine Frage stellen?«

Sie nickte träge. »Natürlich.«

»Könnt Ihr auch meine Aura sehen?«

»Natürlich, wenn ich mich darauf konzentriere.«

Er zögerte, als hätte er Angst vor dem, was sie ihm antworten würde. »Und … was seht Ihr?«

»Leuchtendes Grün, gemischt mit einem Hauch türkis, der sich immer dann verstärkt, wenn ihr angespannt oder wütend seid. Eure Aura ist meist ruhig und ausgeglichen, zuweilen wirkt sie jedoch kühl und fordernd. Und manchmal ist sie wie eine Wand.«

»Wann habt Ihr das zum ersten Mal gesehen?«

»In der Senke. Da war eure Aura kalt und fest, wie eine Mauer. Doch in Gegenwart Eurer Gefährten schimmert sie wie ein stiller, grüner Teich.«

»Und jetzt?«

Ellin öffnete ihren Blick. »Sie ist ruhig, doch feine Wirbel zeigen mir, dass Euch etwas in Erregung versetzt.«

Täuschte sie sich, oder errötete er?

Müde legte sie den Kopf auf ihre Knie und schloss die Augen. Ihre Haare ergossen sich über ihre Beine, kitzelten ihre Haut, die noch immer empfindlich war. Sie seufzte leise, während sie in einen leichten Schlummer glitt.

Sie erwachte, als er eine Haarsträhne aus ihrem Gesicht strich, und öffnete die Augen. Er zuckte zurück, als hätte sie ihn dabei ertappt, wie er etwas Verbotenes tat. »Bin ich etwa eingeschlafen?«

Er nickte lächelnd. »Das seid Ihr. Die anderen werden bald hier sein, deswegen habe ich mir erlaubt, Eure Sachen zu packen.«

»Auch die verschmutzten Kleider?«

»Ja. Ihr könnt sie mit Gallus waschen, vielleicht sind sie dann noch zu retten.«

Schwerfällig stand sie auf und streckte sich.

»Wie fühlt ihr Euch?«, fragte er.

Sie zuckte mit den Schultern. »Müde. Ich habe das Gefühl, ich könnte bis zum nächsten Sternenschauer schlafen.«

Sie machte einen Schritt in Jalos Richtung, stolperte über einen am Boden liegenden Ast und verlor den Halt. Bevor sie stürzte, fing Kylian sie auf. Instinktiv klammerte sie sich an seine Arme.

»Das war knapp«, sagte er, die Arme noch immer um ihre Taille geschlungen.

»Danke.« Sie sah zu ihm auf. Ihr aufgeregter Herzschlag pochte gegen seine Brust.

Kylian ließ sie nicht los. Sein Gesicht näherte sich dem ihren. Erwartungsvoll schloss Ellin die Augen. Ihre Lippen berührten sich. Stimmen, Schritte und das Schnauben eines Pferdes holten sie jäh in die Wirklichkeit zurück. Jesh, Nuelia und Geldis hatten den Pfad erreicht.

Hastig löste er sich von ihr. »Verzeiht mir, Ellin, ich weiß nicht, was in mich gefahren ist. Ich darf mich nicht so gehenlassen.«

Ellin fühlte sich, wie in kaltes Wasser getaucht. So sehr hatte sie den Kuss ersehnt. »Ich verstehe nicht.«

Er blickte sie ernst an. »Ihr bedeutet mir viel, Ellin, doch das mit uns darf nicht sein.«

Ernüchterung breitete sich in ihr aus. »Warum?«

Er griff sich an die Nasenwurzel und seufzte. »Aus vielerlei Gründen.«

Ein kalter Klumpen sackte in Ellins Eingeweide. »Warum habt Ihr mich dann überhaupt erst geküsst?«

»Das war ein Fehler, es tut mir leid, ich war unbeherrscht«, antwortete er.

»Ein Fehler?«

»Ja, und es wird nicht wieder vorkommen, das verspreche ich Euch.«

Mehr noch als seine Reue schmerzte sie die Tatsache, dass er noch immer so förmlich mit ihr sprach, wie mit einer Fremden. Sie hatte sich ihm regelrecht an den Hals geworfen und er wies sie ab, als wäre sie nichts weiter als eine aufdringliche Prasifrau. Mit steinerner Miene wandte er sich ab und verstaute das Fell in der Satteltasche. Ellin stand unschlüssig da und starrte auf seinen Rücken. Ihre Wangen brannten vor Scham, aber auch vor Zorn und sie verspürte den Drang, ihn mit Beschimpfungen zu überschütten. Plötzlich schien er ihr ferner denn je, so als hätte der Kuss alles zerstört, was sich zwischen ihnen entwickelt hatte. Sie öffnete ihren Blick und überprüfte seine Aura. Eine undurchdringliche, mit dunklen Wirbeln durchsetzte Wand. Bitterkeit und Enttäuschung stahlen sich in ihr Herz. Sie würde sich nicht vor ihm erniedrigen, indem sie ihm zeigte, wie sehr sie sein Verhalten verletzte.

»Ihr habt recht«, sagte sie in das Schweigen hinein. »Es war ein Fehler. Ich erwarte, dass Ihr Euch künftig beherrscht.«

Kylian presste die Lippen aufeinander und schwieg. Ruhig, fast schon gleichgültig packte er die Satteltasche. Nur das Zucken seines Auges verriet den Sturm, der in seinem Inneren tobte.

17

Zurück in Huanaco mied Ellin Kylians Gegenwart, zu verletzt war sie von seinen Worten. Da er viel Zeit bei den Pferden oder in Gesellschaft der Herrscherin verbrachte, war dies nicht allzu schwer. Die Ereignisse am Talanisfeld hatten Geldis so geschwächt, dass sie seitdem das Bett hüten musste. Ellin besuchte sie täglich. Während sie die Hand der alten Frau hielt und ihr die neusten Palastgeschichten erzählte oder ihre schmerzenden Glieder massierte, fragte sie sich immer wieder, ob die Herrscherin von dem Talanisfeld gewusst, sie vielleicht sogar absichtlich dorthin geschickt hatte.

Geldis' Aura wurde immer schwächer, war mittlerweile kaum mehr als ein zartes Flimmern. Ellin hatte das ungute Gefühl, dass die alte Seherin diese Welt bald verlassen würde. Heilerin Tinaè, die auf Geheiß der Herrscherin täglich nach ihr sah, verabreichte ihr stärkende Tränke, platzierte die hauchdünnen Stacheln des Humaschweins an verschiedenen Stellen ihres Leibes und rieb ihre Haut mit streng riechenden Tinkturen ein. Doch was die Heilerin auch versuchte, es half nur wenig. Auch nach fünf Nächten vermochte Geldis nicht, aufzustehen. Wenige Nächte vor dem Sternenfest saß Ellin, wie jeden Tag, an Geldis' Bettstatt und hielt ihre Hand. Plötzlich sah die alte Frau sie an, der trübe Schleier ihrer Augen hatte sich gelichtet. Klar und eindringlich blickte sie zu ihr auf.

»Du musst mir etwas versprechen«, sagte sie mit ungewohnt kräftiger Stimme.

Ellin lächelte. »Was immer du möchtest.«

»Ich kann dich nicht mehr lehren«, sagte sie. »Doch wenigstens kann ich dafür sorgen, dass ihr einander findet.«

Ellin blickte sie verständnislos an. War Geldis' Geist verwirrt?

»Es heißt, in der Nacht des Sternenfestes musst du denjenigen küssen, den du liebst, dann ist er für immer dein«, fuhr sie fort. »Kennst du diesen Brauch?«

Ellin schüttelte den Kopf. »Die Vecktaner halten nicht viel von Küssen und Liebe.«

Die Hand der alten Frau drückte ihre, erstaunlich fest, wenn man ihren Zustand bedachte. »Du musst ihn küssen«, befahl sie.

»Wen?«

Geldis lächelte traurig. »Kylian, du dummes Ding. Du sollst Kylian küssen.«

»Ich ...«, sie wollte ihr erzählen, dass sie einander schon geküsst hatten und dass er sie abgewiesen hatte, doch ein Blick in das runzelige Gesicht ließ sie innehalten. Warum sollte sie eine alte Frau betrüben, deren Zeit sich dem Ende zuneigte?

»Versprich es mir«, drängte Geldis.

»Ich verspreche es«, sagte Ellin und schämte sich gleichzeitig für die Lüge. Doch wie könnte sie die Bitte einer Sterbenden ausschlagen?

Offensichtlich war es Geldis' Wunsch und Hoffnung, sie und Kylian zu vereinen, aus welchen Gründen auch immer. Vielleicht hegte sie mütterliche Gefühle für ihn und wollte sichergehen, dass er glücklich war, vielleicht hoffte sie im Stillen, dass Ellin doch noch das Sehen erlernen und ihren Platz einnehmen würde. Was auch immer sie dazu bewog, sie wollte ihr die Hoffnung nicht nehmen und ihr den Frieden geben, den sie verdiente.

»Sei unbesorgt. Alles wird sich zum Guten wenden.« Das war keine Lüge, nur ein unbestimmtes Zugeständnis, doch es verfehlte seine Wirkung nicht. Vielleicht war Geldis auch einfach nur zu schwach, um weiter in sie zu dringen. Die alte Frau seufzte leise und schloss die Augen, ihre Brust hob und senkte sich, langsam und bei weitem nicht so oft, wie die eines Gesunden.

»Das ist meine letzte Nacht in der Welt der Lebenden, ich spüre es«, flüsterte Geldis. Sie hob ihre Hand und deutete auf das Fußende der Bettstatt. »Siehst du ihn? Er wartet auf mich.«

Ellins Augen folgten dem ausgestreckten Finger. Zuerst sah sie nur die Truhe und die Tür zur Badekammer. »Wen soll ich sehen?«

»Den Knochensammler. Er ist hier und wartet auf mich.«

Geldis zuliebe öffnete Ellin ihren Blick und sah genauer hin. Ein formloser Glanz durchschnitt die sonnige Wärme. Ein Unwissender würde es wahrscheinlich für funkelnden Staub im Strahl des hereinfallenden Lichts halten oder für eine Spiegelung des Wassers aus der Schale auf dem Waschtisch, doch Ellin wusste, dass Geldis recht hatte. Die Götter hatten ihren Boten entsendet, um sie in die jenseitige Welt zu geleiten. Tränen traten in ihre Augen.

»Du musst nicht traurig sein«, sagte Geldis. »Denn ich bin es auch nicht.«

»Ich werde dich vermissen«, wisperte Ellin und hob Geldis' Hand an ihre Lippen. »Kann ich irgendetwas tun, um dir deinen Weg zu erleichtern?«

Geldis stöhnte unterdrückt. »Hol Kylian, Nuelia und Jesh, ich möchte mich von ihnen verabschieden.«

Ellin verließ die Kammer mit dem Versprechen, später noch einmal nach ihr zu sehen. Schweren Herzens machte sie sich auf die Suche nach Nuelia, denn an die Tür von Kylians oder Jeshs Kammer wollte sie keinesfalls klopfen.

Nach dem Mittagsmahl machte sie sich erneut auf den Weg in Geldis' Kammer, doch eine Sklavin hielt sie auf und teilte ihr mit, dass Palastvorsteherin Tario sie zu sehen wünschte. Als Ellin die Vorratskammer betrat, trat die hagere Palastvorsteherin auf sie zu und teilte ihr mit deutlichem Missfallen mit, dass sie nach dem Sternenfest in die Dienste der Herrscherin treten würde. Ellins Herz klopfte aufgeregt. Kylian hatte Wort gehalten und Nosara um eine Anstellung für sie gebeten. Sie freute sich, gleichzeitig verspürte sie eine seltsame Schwermut, das Gefühl, das etwas unwiderruflich verloren ging.

Nach einer kurzen Ansprache, die Ellin nur mit halbem Ohr verfolgte, schickte Tario sie in die Wäschekammer, wo sie ihre Dienstkleidung in Empfang nehmen sollte. Es dauerte lange, bis sie jemanden fand, der für die Ausgabe der Kleidung zuständig war, was sie nervös und missmutig stimmte, da sie eigentlich nach Geldis sehen wollte.

Am Abend, sie hatte sich gerade umgezogen, um endlich in die Kammer der Seherin zu eilen, kehrte Nuelia zurück und teilte ihr mit, dass Geldis ihren sterblichen Leib verlassen hatte. Ellin war unerwartet traurig über ihren Tod und bekam eine Ahnung davon, was Kylian meinte, wenn er über den Verlust eines Weggefährten sprach.

Sie folgte Nuelia zu der Verstorbenen. Still und kalt lag Geldis auf ihrer Bettstatt. Die Falten in ihrem Gesicht hatten sich im Tode geglättet, ihre Augen waren geschlossen. Fast sah sie aus, als schliefe sie nur. Kylian kniete neben ihr. Mit Verzweiflung in der Stimme murmelte er Worte in der Sprache der Uthra und beachtete weder seine Schwester noch Ellin oder Jesh. Nuelia teilte die Totenwache ein, wobei Kylian sich nicht an die ihm bestimmten Zeiten hielt, sondern die ganze Nacht an Geldis' Bettstatt weilte. Tiefes Schweigen senkte sich auf Ellin hinab, in dem die Geräusche des Palasts umso deutlicher hervortraten. Sie fühlte sich wie in einer fremden Welt gefangen, einer Welt, die neben der Wirklichkeit existierte. Die Trauer lähmte ihre Glieder, machte jeden Schritt zu einer Herausforderung. Am liebsten wäre sie in ihre Kammer geeilt, um zu weinen, doch nach der Totenwache wurde sie erneut zur Palastvorsteherin gerufen, um einer langatmigen Einweisung über ihre zukünftigen Pflichten zu lauschen.

Am Abend des folgenden Tages wurde Geldis nach Huanacischer Sitte im Totenhain verbrannt. Ellin war überrascht, wie viele Menschen der Einäscherung beiwohnten. Erst als Nosara mitsamt Gefolge in den Trauerkreis trat, verstand sie die rege Anteilnahme. Geldis lag, in ein weißes Tuch gehüllt, auf einem grob gezimmerten, hölzernen Altar, der nach einem Gebet des Seelenhüters entzündet wurde. Ellin vermied es, Kylian anzusehen, der nur wenige Schritte entfernt in vorderster Reihe stand, und betrachtete stattdessen die Flammen, die sich durch das Holz fraßen und die sterbliche Überreste der alten Seherin verzehrten. Das Flackern erhellte die Nacht. Funken stoben in die Dunkelheit, wie leuchtende Geister, die Geldis' Seele in den Himmel trugen, und dann verglühten, so schnell, wie auch das Leben der alten Frau verglüht war. Als das Feuer fast heruntergebrannt war, trat eine große, schlanke Sklavin hervor. Ihre schwarze Haut schimmerte in dem warmen Licht, hob sich überdeutlich von dem weißen Gewand ab, welches sie trug. Stolz und anmutig wie eine Herrscherin, trat sie in die Mitte der Trauerenden und stimmte ein Lied an. Dunkel und volltönend hallte ihre Stimme durch die Nacht und Ellin glaubte, noch nie etwas Schöneres gehört zu haben als den göttlichen Gesang dieser Frau. Sie schloss die Augen und lauschte verzückt. Tränen rannen ihre Wange hinab, während gesungene Worte über Abschied, Tod und das Vergessen in ihren Ohren klangen. Die anschließende Stille, nur durchbrochen von dem Knistern des sterbenden Feuers und dem leisen Schluchzen der Menschen um sie herum, war so tief und bewegend, dass es ihr vor Traurigkeit fast das Herz zerriss.

Die Verbrennung neigte sich dem Ende zu, die Menschen traten vor, nahmen eine Handvoll Asche und verließen den Trauerkreis. In einer stillen Prozession stiegen sie auf ein Plateau, welches über den Berghang hinausragte, und übergaben Geldis' Asche dem Wind. Ellin sah, wie die Herrscherin auf Kylian zutrat und ihre blasse Hand auf seinen Arm legte, doch der eifersüchtige Stich, den sie sonst immer verspürte, blieb aus. Resigniert wandte sie sich ab und kehrte in ihre Kammer zurück. Zwar wurde im Thronsaal ein festliches Mahl aufgetischt, bei dem jeder, der Geldis kannte, die Gelegenheit bekam, für sie zu beten und sich ihrer ein letztes Mal zu erinnern, doch Ellin wollte lieber allein sein. Sie war müde. Schrecklich, schrecklich müde. Jede Faser ihres Leibes sehnte sich nach Ruhe und dem gnädigen Vergessen des Schlafes. Mit schweren Armen streifte sie das Nachtgewand über und legte sich in die Kissen. Doch Ruhe fand sie nicht. Tausend Gedanken schwirrten in ihrem Kopf umher, folterten sie mit ihrem Gesumm. Erst nachdem sie laut schluchzend ihr Gesicht in das Kissen drückte und mit den Fäusten so lange auf die Matratze einschlug, bis sie völlig erschöpft war, fand sie die ersehnte Ruhe.

Die folgenden Tage waren mit den Vorbereitungen auf das Sternenfest gefüllt. Je näher die Nacht der Sternenschauer rückte, umso geschäftiger wurden die Menschen im Palast. Kylian bekam sie nur während der Mahlzeiten zu Gesicht und dort ignorierten sie einander. Eine Art traurige Resignation hatte Ellin erfasst.

Am Vorabend des Sternenfestes sprach Kylian sie während des Nachtmahls unerwartet an.

»Ich habe eine gute Nachricht für Euch«, sagte er.

»Tatsächlich?«, erwiderte Ellin ohne ihn anzusehen. Dass er sie als Einziger aus seiner Gruppe noch immer so förmlich ansprach, versetzte ihr mittlerweile jedes Mal einen Stich.

»Ja. Nosara hat sich bereiterklärt, Euch in ihre Dienste zu nehmen, als Kammerdienerin für ihre Gäste.«

»Ich weiß«, entgegnete sie gleichgültig.

Er hob überrascht die Augenbrauen. »Woher wisst Ihr das?«

»Man hat mich bereits in meinen neuen Aufgabenbereich eingewiesen.«

»Nun, dann hoffe ich, dass jetzt alles zu Eurer Zufriedenheit ist.«

Sie zuckte die Schultern. »Sicher bin ich nicht halb so zufrieden, wie Ihr es seid.«

Er schaute verdutzt. »Wie meint Ihr das?«

Trotzig reckte sie das Kinn vor. »Nun, künftig darf ich *Eure* erlauchte Kammer herrichten, damit ihr *Euch* als Nosaras Gast auch wirklich wohlfühlt.« Ihre Stimme troff vor Herablassung. »Ich danke Euch für diese erfüllende Aufgabe.«

Kylian beugte sich vor. »Hütet Eure Zunge, Ellin. Nosaras Angebot ist überaus großzügig. Andere würden für eine Anstellung wie diese ihren rechten Arm geben.«

Kylian hatte recht, sie war undankbar, doch die Bitterkeit über seine Zurückweisung steckte wie ein Stachel in ihrem Fleisch und ließ sie gemeine Dinge sagen. »Richtet der Herrscherin meinen Dank aus und versichert ihr, dass ich meine Pflichten als Kammerdienerin sehr ernst nehmen werde.«

Kylian runzelte die Stirn und warf ihr einen tadelnden Blick zu, enthielt sich aber einer Erwiderung. »Wisst Ihr schon, wo Ihr wohnen werdet?«, fragte er stattdessen.

»Ich bekomme eine Kammer auf der Dienstbotenebene zugewiesen.«

»Gut. Dann seid Ihr ja bestens versorgt. Wenn Ihr mich nun entschuldigen würdet.« Er erhob sich und ging ohne ein weiteres Wort davon. Mit einem Anflug von schlechtem Gewissen blickte Ellin ihm nach. Immerhin hatte er Wort gehalten und ihr eine Anstellung verschafft, noch dazu im Herrscherpalast. Sie sollte zufrieden sein. Warum nur war sie es nicht?

Nuelia, die schräg gegenübersaß, warf einen Blick auf Jesh und beugte sich dann zu Ellin. »Was war das eben? Warum bist du so mürrisch?«

Ellin zuckte mit den Schultern und schwieg.

»Wenn du in derart schlechter Stimmung vor die Herrscherin trittst, wird diese nicht gerade erfreut sein«, warnte Nuelia. »Außerdem fällt dein Verhalten auf uns zurück.« Sie runzelte die Stirn und beäugte Ellin. »Ich weiß nicht, was zwischen dir und meinem Bruder vorgefallen ist, doch ihr solltet das klären.«

»Nicht nötig«, widersprach Ellin. »Zwischen uns ist alles gesagt.«

Nuelia schnaubte, lehnte sich zurück und verschränkte die Arme vor der Brust. »Das sehe ich.«

Für das Gesinde und die Sklaven begann der Tag des Sternenfestes schon vor dem Morgengrauen. Betriebsam huschten sie umher, bereiteten Unmengen köstlicher Speisen zu und verteilten bunte Laternen, die aus mit gefärbtem Fenn bespannten Holzstäben gefertigt waren. Traditionell formten die Frauen ihre Haare mit den fingerlangen Kernen der Korbfrucht, die zuvor im Ofen erhitzt wurden, zu Locken, und steckten sie anschließend zu kunstvollen Türmen auf. Sie umrandeten ihre Augen mit Kohle und verzierten ihre Lippen mit leuchtender Farbe, die aus dem Saft roter Beeren, gemischt mit ausgelassenem Fett, hergestellt wurde. Die gesamte Stadt summte wie ein Bienenstock und auch Ellin freute sich, trotz der erlittenen Verluste, auf das nächtliche Fest. Seit ihrer Kindheit hatte sie sich nicht mehr so frei und ausgelassen gefühlt. Die Sternenfeste auf der Felsenfestung hatte sie meist damit verbracht, dafür zu sorgen, dass Lord Wolfhard immer einen gefüllten Becher und ein Stück gebratenes Fleisch vor sich hatte. In Huanaco konnte sie zum ersten Mal wieder mit den anderen feiern. Aufgeregt betrachtete sie sich in der Vanadiumscheibe. Das bestickte Kleid stand ihr gut, auch wenn es für ihren Geschmack etwas zu weit ausgeschnitten war, und der muschelverzierte Gürtel, den sie von Nuelia bekommen hatte, wertete es um ein Vielfaches auf.

Nuelia und Ellin verzichteten auf die Hilfe einer Sklavin und frisierten einander, wobei Ellin, dank ihrer natürlichen Lockenpracht, nur ihr Haar hochstecken und einzelne Strähnen hervorzupfen musste. Nuelia dagegen weigerte sich, ihr Haar mit heißen Korbfruchtkernen zu malträtieren und ließ es glatt.

Sie trat neben Ellin und überprüfte ihr Spiegelbild. Statt fröhlich wirkte sie bedrückt und schweigsam.

»Du vermisst Butan«, stellte Ellin fest.

Nuelia nickte, Tränen standen in ihren Augen. »Und Geldis. Ich vermisse die beiden so sehr. Es gibt Augenblicke, da überlege ich ernsthaft, meinem Leben ein Ende zu setzen und Butan zu folgen. Mehr als ein Menschenleben habe ich bereits gelebt. Was will ich noch hier?«

Ellin griff nach ihrer Hand. »Du darfst nicht verzagen, Nuelia. Butan würde sicher nicht wollen, dass du so etwas tust.«

Nuelia nickte. »Ich weiß. Ich könnte es auch gar nicht tun, die Sorge um meinen Bruder hält mich davon ab.«

Sie wandte sich Ellin zu und legte die Hände auf ihre Schultern. »Sag mir, Ellin, liegt dir etwas an ihm?«

Ellin senkte den Kopf und blickte zu Boden. »Ich glaube schon.«

»Wie viel liegt dir an ihm? Glaubst du, deine Gefühle sind von Dauer?«

Ellin zuckte mit den Schultern. »Ich weiß nichts über die Liebe. Aus diesem Grund kann ich nicht sagen, wie tief meine Empfindungen sind. Zudem ist es müßig darüber nachzudenken, denn wir haben keine Zukunft.«

Nuelia seufzte. »Er erwidert deine Gefühle.«

Ellin schüttelte den Kopf und löste sich von ihr. »Es fällt mir schwer, das zu glauben, er weißt mich ab und hält sich von mir fern. Wie kann er da etwas für mich empfinden?«

»Er ist nur ein Mann und ein Sturkopf noch dazu«, erklärte Nuelia. »Gib nicht so schnell auf, heute Nacht ist die beste Gelegenheit, ihn für dich zu gewinnen.«

»Ich weiß nicht, er beachtet mich doch nicht einmal. Wie soll ich da seine Aufmerksamkeit erringen?«

»Zwing ihn dazu, dich zu beachten und habe keine Scheu, er wird dich nicht abweisen, er verzehrt sich nach dir, das weiß ich.«

»Keinesfalls werde ich mich ihm an den Hals werfen«, wehrte Ellin entrüstet ab. »Ich bin doch keine Prasifrau.«

Nuelia seufzte. »Ach Ellin, du sollst dich ihm nicht plump an den Hals werfen. Verstehst du denn gar nichts von der Kunst des Verführens? Wirf ihm Blicke zu. Wer Augen hat wie du, sollte damit keine Schwierigkeiten haben.« Sie klimperte mit den Lidern, bevor sie sachte an einer Locke zupfte, die über Ellins Wange fiel. »Berühre ihn unauffällig, lächle ein wenig und spiel mit deinem Haar. Auf diese Weise raubst du Männern den Verstand.«

Ellin hob die Augenbrauen. »Nuelia, ich hätte nicht vermutet, dass du weißt, wie man weibliche Reize einsetzt. Das erstaunt mich.«

Nuelia lachte. »Es gibt noch vieles, was du nicht über mich weißt. Beherzige meinen Rat und Kylian gehört noch vor dem Ende der Nacht dir.«

»Wirklich?«

»Ich spreche die Wahrheit. Es fehlt nur ein kleiner Schubs in die richtige Richtung und er wird nachgeben.«

Ellin überlegte. »Nun gut«, sagte sie schließlich. »Ich werde es versuchen, doch wenn er mich zurückweist, wird es mein letzter Versuch gewesen sein.«

»Ein Versuch ist alles, was ich von dir verlange «, bat Nuelia. »Und jetzt lass uns zum Fest gehen, Jesh und Kylian warten sicher schon auf uns.«

Als sie die Kammer verließen, bestaunte Ellin die bunten Laternen, die überall in Nischen standen oder von der Decke hingen und die Wände des Palasts in farbiges Licht tauchten. Der Gang durch die Korridore war wie ein Spaziergang durch eine buntleuchtende Traumwelt. Neben dem Brunnen im Innenhof, an dessen Rand ebenfalls kleine Laternen brannten, warteten Jesh und Kylian auf sie. Ellin lächelte sie strahlend an, wobei sie gezielt Kylians Blick suchte. Er wirkte verunsichert, als sie ihn so direkt ansah, und begann nervös an seinem Gürtel herumzunesteln.

Gemeinsam schlenderten sie zum Festmahl, welches auf einer Lichtung im Palastgarten stattfand. Feuerschalen erhellten die Nacht. An den Bäumen hingen bunte Laternen, Sitzkissen und Bergblüten lagen auf der Wiese verstreut um eine lange Tafel herum, auf der allerlei Köstlichkeiten kredenzt wurden. Die Bäume rauschten in einer warmen Brise, Flammen tanzten in den Laternen wie gefangene Lichtgeister und Musikanten spielten eine sehnsuchtsvolle Weise. Die Diener und Sklaven sorgten dafür, dass die Becher immer gefüllt und die Teller nie leer wurden. Die Stimmung war ausgelassen, wofür nicht zuletzt allerlei vergorene und gebraute Getränke verantwortlich waren. Mehrmals erhoben sie ihre Becher und gedachten Butan und Geldis, die für immer in ihren Herzen wohnten. Ellin und Kylian richteten nie das Wort aneinander, doch wenn sich ihre Blicke trafen, geschah dies ohne die übliche Befangenheit. Immer wieder wanderte Ellins Hand wie zufällig zur selben Schale oder zum gleichen Krug wie Kylians, sodass sich ihre Finger berührten. Als sie ihren Platz verließ, um ihre Notdurft zu verrichten, ging sie so nah an ihm vorbei, dass ihr Gewand seinen Rücken streifte. Sie zweifelte daran, dass diese Annäherungsversuche Wirkung zeigen würden, doch was hatte sie schon zu verlieren? Zudem machte das unauffällige Bezirzen Spaß, wie sie feststellte.

Im Anschluss an das Essen schlug Nuelia vor, in die Stadt zu gehen und mit den Menschen zu feiern. Der Vorschlag wurde von allen begeistert aufgenommen. Nach dem üppigen Mahl drängte es sie nach Bewegung und ein wenig Abwechslung.

Fröhlich schlenderten sie den Berg hinab. Überall in der Stadt brannten bunte Lichter und von allen Seiten erklang Musik. Die Menschen tanzten und sangen auf den Straßen. Der Duft von gebratenem Fleisch, gegrilltem Gemüse und den überall verstreuten Bergblüten hüllte sie ein. An jeder Ecke saßen Gaukler und zeigten ihre Kunststücke. Frauen verkauften Ketten aus frischen Bergblüten und Glücksspieler boten Wurf und Kartenspiele an oder baten um Einsätze für Käferrennen oder Waldhornwetthüpfen. Auf dem Marktplatz hielten sie inne und betrachteten die Musikanten. Die Menschen fassten sich bei den Händen und zogen durch die Straßen.

»Lasst uns mitmachen«, schlug Jesh vor und zog Ellin in die Menge.

Ellin zierte sich zuerst, doch nach den ersten Schritten löste sich ihre Befangenheit und sie reihte sich lachend in die hüpfende Menschenschlange ein. Ausgelassen sprangen sie durch die Gassen, sangen fröhliche Weisen, bis sie völlig außer Atem waren. Nach einer großen Runde kehrten sie zum Marktplatz zurück, wo sie kurz innehielten, um einen Becher Wasser und einen großen Gerstschnaps zu trinken, der so stark war, dass Ellin husten musste. Beschwingt griff sie nach Kylians und Nuelias Hand und zog sie in die nächste vorbeiziehende Schlange. Kylian an der einen und Nuelia an der anderen Hand sprang Ellin voran. Ihr Lachen vereinte sich mit dem Lachen der andcren, hell und leuchtend schwamm es auf den Wellen ausgelassener Fröhlichkeit. Der Nordstern strahlte am nachtblauen Himmelszelt, heller als je zuvor, die Luft vibrierte. Im Schatten der Festarena hielten sie atemlos inne. Lachend warf Ellin sich in das Gras, während Nuelia Jeshs Hand ergriff und ihn in die nächste Menschenschlange zog. Kylian stand ein wenig unschlüssig da und blickte ihnen nach.

Kurz entschlossen griff Ellin nach seiner Hand und zog ihn neben sich in das kühle Gras. Die Wirkung des Gerstschnapses verlieh ihr Mut. »Entspannt Euch«, sagte sie. »Wir reihen uns in die nächste Schlange.«

Er sah sie an, im Grün seiner Augen ein leuchtender Funke. »Ellin«, sagte er leise und schluckte schwer. Wie ein wohliger Schauer rieselte seine Stimme über ihre Haut. Der Alkohol kribbelte in ihrem Bauch und sie fühlte sich ein wenig benebelt.

»Küss mich«, wisperte sie.

Und das tat er. Ohne zu zögern, schlang er die Arme um ihre Schultern, zog sie zu sich heran und küsste sie mit einer Leidenschaft, die ihr den Atem raubte. Freude, Glück und Verlangen durchströmten sie und veranlassten sie dazu, sich ganz nah an ihn zu drücken. Die Welt um sie herum verschwamm zu einer weit entfernten Wirklichkeit, die keinen Platz hatte in ihrem Sinnesrausch.

Ihr Kuss wurde von einer Reihe Gongschläge unterbrochen, die den Beginn des Sternenschauers und damit den Beginn eines neuen Sternenlaufs verkündeten. Dröhnend hallten sie durch die Nacht, bis in jeden Winkel der Stadt. Ellins erhitzter Leib vibrierte unter dem tiefen Laut.

Kylian erhob sich, nahm sie bei der Hand und führte sie einen kleinen Hügel hinauf, wo sich bereits unzählige Menschen versammelt hatten, um das Spektakel zu beobachten. Im Vorbeigehen erstand er eine Bergblütenkette und legte sie um ihren Hals. Der Nordstern strahlte wie eine kalte Sonne aus bleichem Licht, umrahmt von den leuchtenden Spuren fallender Sterne, die nur wenige Augenblicke funkelten und dann verglühten.

»Man sagt, es sind die Kinder des Nordsterns, die auf die Welt herabfallen, um uns Licht und Hoffnung zu schenken«, sagte Ellin.

Zärtlich steckte Kylian eine Locke ihres Haares hinter ihr Ohr und berührte ihre Wange. »Es tut mir leid, wenn ich dir Kummer bereitet habe.«

Ellin lächelte ihn an. Dass er sie plötzlich duzte, entging ihr nicht. »Ich verzeihe dir.«

Er umfasste ihre Wangen mit seinen Händen und küsste sie zart. »Wie soll es jetzt weitergehen, mit uns?«

Sie legte ihren Zeigefinger an seine Lippen. »Lass uns jetzt nicht darüber sprechen. Ich möchte diese Nacht genießen, ohne an das Morgen zu denken.«

»Du hast recht«, erwiderte er. »Lass uns glücklich sein und sei es nur für eine Nacht.«

Eine Weile betrachteten sie die fallenden Sterne und spazierten dann auf den Gipfel des Herrscherhügels hinauf. Dort setzten sie sich Arm in Arm an die Palastmauer und beobachteten den Himmel.

»Ich will dich an meiner Seite haben, als meine Gefährtin auf Lebenszeit«, sagte Kylian plötzlich in die Stille hinein.

Ellin betrachtete ihn erstaunt. »Ist das dein Ernst?«

»Ja. Ich will dein Gefährte sein.« Er sah sie an. »Was sagst du dazu?«

Ellin zögerte. »Was ist mit anderen Frauen? Ich kann nicht mit dir zusammen sein, wenn es noch andere gibt.«

Er runzelte die Stirn. »Warum sollte es andere geben? Von welchen Frauen redest du überhaupt?«

»Von Frauen wie Yasu.«

Er schluckte und wich zurück. »Du weißt davon? Woher?«

»Ist das denn wichtig?«

»Nein, doch ich wollte nicht, dass du davon erfährst. Ich weiß, wie du über die Sklaverei und über Prasifrauen denkst.« Er nahm ihre Hände in seine. »Mein Herz gehört dir, Ellin, und wenn du einwilligst, meine Gefährtin zu werden und den Bund mit mir zu schließen, dann wird es keine andere Frau für mich geben, das schwöre ich bei Mabon, meinem Gott und bei meinem Leben.«

Sie wollte ihm glauben, doch ein letzter Rest Misstrauen veranlasste sie zu einer weiteren Frage. »Woher dieser plötzliche Sinneswandel? Bisher hast du dich gegen mich gewehrt.«

Er seufzte, wirkte plötzlich unangenehm berührt. »Die Vorstellung, dich zu verlieren, macht mir mehr Angst als der Wunsch, mein Leben mit dir zu teilen.«

Das war nicht ganz das, was sie hatte hören wollen, aber doch mehr als sie von Kylian erwartet hatte. Ein strahlendes Lächeln breitete sich in ihrem Gesicht aus. »Es würde mich sehr glücklich machen, den Rest meines Lebens mit dir zu verbringen.«

»Auch wenn das bedeutet, dass du mit uns umherreisen musst?«, fragte er und sah sie aufmerksam an. Ihre Antwort auf diese Frage war ihm offensichtlich wichtig.

Sie nickte. »Auch wenn es das bedeutet, ja.«

Er beugte sich vor und küsste sie, überwältigte sie mit Gefühlen, die sie nie für möglich gehalten hätte. Zum ersten Mal begehrte sie einen Mann, wollte das mit ihm tun, was Männer und Frauen miteinander taten. Doch nicht hier, am Fuße der Palastmauer. Nach einer Weile schob sie ihn von sich

»Wir gehen zu weit.«

»Verzeih mir«, flüsterte er, während seine Lippen über ihren Hals wanderten. »Ich will dich nicht entehren.«

»Dann hörst du jetzt besser auf«, wisperte sie.

Seufzend legte er sich auf den Rücken und zog sie in seine Arme. Eng umschlungen betrachteten sie die fallenden Sterne. Eine nie gekannte Zufriedenheit durchströmte Ellin und das sichere Gefühl, dass nichts und niemand ihr etwas anhaben konnte, solange Kylian an ihrer Seite war.

18

Helligkeit drang durch Ellins geschlossene Lider. Vorsichtig öffnete sie die Augen und blinzelte in die grelle Morgensonne. Obwohl sie noch immer in Kylians Armen lag, fröstelte sie ein wenig. Kylian murmelte leise im Schlaf. Lächelnd stützte sie sich auf den Ellenbogen und betrachtete sein Gesicht. Er wirkte entspannt, ein winziges Lächeln kräuselte seine Lippen, als träumte er einen schönen Traum. Zärtlich fuhr sie mit den Fingerspitzen über seine Lippen. Das war der Mann, den sie liebte, so sehr, dass sie es kaum erwarten konnte, den Bund mit ihm zu schließen und für den Rest ihres Lebens zu ihm zu gehören. Unglaublich, wenn sie bedachte, wie alles begonnen hatte.

Ihre Gedanken wanderten zu Affra und Mathýs. Sie fragte sich, was sie davon halten würden, wenn sie wüssten, dass sie die Gefährtin eines Uthra werden wollte. Wahrscheinlich würde Mathýs den Kopf schütteln und sie mit vorwurfsvollem Schweigen strafen, während Affra sie mit einer langen Rede von diesem Vorhaben abzubringen versuchen würde.

Kylian streckte sich und öffnete die Augen.

»Du bist hier, es war kein Traum«, stellte er lächelnd fest.

»Nein, das war es nicht.«

Er zog sie zu sich hinab und küsste sie.

Ein Schatten fiel über ihr Gesicht. »He, ihr seid ja immer noch da«, rief ein Wachposten. »Die Sternennacht ist vorüber. Steht gefälligst auf und haut ab.«

Beschämt fuhren Ellin und Kylian auseinander, erhoben sich und eilten in den Palast. Kylian begleitete sie in ihre Kammer hinauf und verabschiedete sich mit einem unanständig langen Kuss. Beschwingt schloss Ellin die Tür. Sie fühlte sich so leicht wie ein Vogel, als könnte sie die Flügel spreizen und in eine goldene Zukunft fliegen. Leise vor sich hin summend wusch sie sich, zog sich um und schlenderte in den Speisesaal, wo Nuelia und Jesh bereits auf sie warteten.

»Ich grüße euch«, sagte sie. »Ist Kylian noch nicht da?«

»Nein, aber er wird sicher gleich kommen«, erwiderte Nuelia und zwinkerte ihr zu. Jesh wiederum starrte auf seinen Teller, als wolle er ihn mit seinen Blicken zerbrechen.

»Nun ist es also endlich geschehen«, flüsterte Nuelia, als Ellin Platz nahm. Ellin nickte. »Werdet ihr den Bund schließen?«, fuhr sie fort.

Wieder nickte Ellin, sagte jedoch nichts, da sie Jesh nicht kränken wollte. Seinem Verhalten nach zu urteilen, wusste er von Kylian und ihr. Er schmetterte seinen Löffel auf den Tisch, erhob sich und stapfte wütend davon.

Betreten blickte Ellin ihm nach. Nuelia schubste sie aufmunternd an. »Mach dir nichts draus. Er ist verletzt, weil du dich für meinen Bruder entschieden hast, doch er wird es überstehen.«

Ellin nickte stumm. Das schlechte Gewissen nagte an ihr und verdarb ihr den Appetit. Halbherzig knabberte sie an einer in Kräuteröl gebackenen Brotscheibe herum.

Kylian erschien nicht zum Frühstück, doch als sie später in ihrer Kammer weilte, klopfte er an die Tür und teilte ihr mit, dass die Herrscherin einen neuen Auftrag für sie hatte und sie in zwei Tagen abreisen würden. Sie wäre gerne noch eine Weile in Huanaco geblieben, vor allem jetzt, nachdem Kylian und sie endlich zueinandergefunden hatten, doch sein zufriedenes Lächeln und ein Kuss, der heiße Wellen durch ihren Körper jagte, entschädigten sie für die schlechte Nachricht. Bevor er ging, reichte er ihr ein Päckchen und lud sie zu einem gemeinsamen Nachtmahl im Palastgarten ein. Der Inhalt entpuppte sich als wunderschönes, cremefarbenes Kleid, das mit kleinen, silberweißen Muscheln verziert war.

Ellins Herz hüpfte vor Freude über das Geschenk und auf den Abend zu zweit und sie begann entsprechend früh mit den Vorbereitungen. Schon bevor die Abendröte die Nacht ankündigte, nahm sie ein langes Bad, rieb ihre Haut mit Bergblütenöl ein und kämmte ihr Haar, bis es seidig schimmerte. Nachdem sie sich angekleidet hatte, betrachtete sie sich in der Vanadiumscheibe. Das Kleid schmiegte sich an ihren Leib, als wäre es für sie gemacht und betonte ihre Rundungen auf eine fast schon anzügliche Weise. Kylian bewies einen überraschend guten Geschmack. Sie drehte sich, sodass der duftige Rock um ihre Beine schwang. Wie eine zärtliche Berührung strich der Stoff über ihre Haut, kühl und weich.

Zur Feier des Tages ließ sie ihre Haare offen und so ergossen sich die Locken über den Rücken, gehalten nur von kleinen Zöpfen, in die sie weiße Bänder geflochten hatte. Sie lächelte. Zum ersten Mal in ihrem Leben fand sie sich schön.

»Du bist wunderschön«, erklang eine Stimme hinter ihr.

Erschrocken fuhr sie herum. »Jesh! Warum kommst du einfach in die Badekammer? Hast du nicht das Band gesehen?«

»Nein, bitte verzeih. Ich wollte ein Bad nehmen, bevor wir abreisen. Wer weiß, wann ich das nächste Mal die Gelegenheit dazu habe.« Sein Blick glitt über ihren Körper. »Das Kleid ist sehr hübsch.«

Verlegen blickte Ellin an sich hinab. »Es ist viel zu schade für ein Nomadenleben.«

»Du kannst es ja tragen, wenn du den Bund mit Kylian schließt«, entgegnete Jesh. Ein verächtlicher Unterton stahl sich in seine Stimme.

Ellin sah auf. »Es tut mir leid. Ich wollte dich nicht kränken.«

Er betrachtete sie schweigend. Nervös nestelte sie an dem Gürtel herum.

»Warum hast du mir nicht gleich gesagt, dass du ihn willst und nicht mich?«, fragte er schließlich. »Warum hast du zugelassen, dass ich mich zum Narren mache?«

Ellin seufzte. »Ich hätte es dir gesagt, wenn ich angenommen hätte, dass Kylian und ich tatsächlich zueinander finden. Bis zum Sternenfest sah es nicht danach aus.«

Jesh ließ die Schultern sinken. »Er ist nicht gut für dich.«

»Wieso sagst du so etwas?«

»Weil es eine Tatsache ist. Er wird dich nicht glücklich machen. Niemals.«

Ellin stemmte die Arme in die Hüften und funkelte ihn herausfordernd an. »Woher willst du das wissen?«

»Ich kenne ihn. Er mag loyal, gerecht und ein guter Kämpfer sein, doch er ist auch hartherzig und berechnend. Ihr seid zu verschieden.«

Ellin schüttelte den Kopf. »Aus dir spricht die Eifersucht, sonst nichts.«

»Es mag Eifersucht sein, doch meine Liebe zu dir ist aufrichtig, Kylians dagegen nicht.«

Sie trat einen Schritt zurück. »Wie kannst du behaupten, dass seine Gefühle nicht aufrichtig sind?«

Jesh schnaubte. »Denk doch mal nach. Du hast die Gabe, und Geldis wollte dich lehren zu sehen, damit du ihren Platz einnehmen kannst.«

»Und was willst du mir damit sagen? Dass Kylian mich nur genommen hat, um einen Ersatz für Geldis zu haben?«

»Ja.«

Ellin steckte eine vorwitzige Locke hinters Ohr. »Du vergisst, dass Geldis mich nicht mehr lehren konnte, bevor sie starb, und dass Kylian und ich den Lebensbund schließen. Wir lieben uns wie einst Butan und Nuelia!«

Jesh ballte die Hände zu Fäusten und starrte sie schweigend an. Etwas lag ihm auf der Zunge, doch er sprach es nicht aus.

»Ich weiß, du bist verletzt«, fuhr Ellin fort. »Doch ich kann das, was ich fühle, nicht ändern. Bitte versuche, Kylian und mir zu vergeben. Du weißt, wie viel mir an dir liegt.«

Ein bitteres Lachen erklang. »Anscheinend nicht genug.«

Zögerlich trat sie auf ihn zu und legte eine Hand auf seinen Arm. Er zuckte kaum merklich zurück. »Ich bitte dich aufrichtig um Vergebung und ich bitte dich darum, ein Freund zu sein. Mehr kann ich nicht tun.«

Er reagierte nicht auf ihre Bitte, betrachtete sie nur stumm.

»Warum führen wir diese Unterhaltung überhaupt?«, fuhr sie fort.

»Ich will, dass du ihn verlässt, denn er wird dich ins Unglück stürzen«, stieß Jesh hervor.

Ruckartig zog Ellin ihre Hand zurück und setzte zu einer Erwiderung an, doch Jesh ließ sie nicht zu Wort kommen. »Und ich sage das nicht aus Eifersucht.«

»Wieso glaubst du das so fest?«

Er antwortete nicht. Das Schweigen dehnte sich aus, eine unangenehme Wahrheit mit sich tragend, die danach verlangte, ausgesprochen zu werden. »Jesh? Antworte mir!«, forderte Ellin.

»Es wird dir ergehen wie Geldis einst«, sagte er schließlich. »Kylian wird dich benutzen, bis du alt und grau bist und dann wird er dich fallenlassen und durch eine Jüngere ersetzen.«

Haltsuchend wich Ellin zurück, tastete nach dem Tisch in ihrem Rücken. Eine eisige Faust umklammerte ihr Herz. »Ich verstehe nicht.«

Er folgte ihr, seine Augen blickten plötzlich hart und unbarmherzig. »Du wirst sein, was Geldis für ihn war, solange bis er deiner überdrüssig wird.«

Ellin schluckte trocken. Etwas Kaltes und Schweres sackte in ihren Bauch, machte ihre Knie weich. »Bedeutet das, Geldis und Kylian waren mehr als nur Weggefährten?«

Er nickte. »Sie haben zwar nie den Bund geschlossen, doch sie haben sich das Lager geteilt, bis Geldis alt und unansehnlich wurde.«

»Was?« Ellin war starr vor Schreck. »Sprichst du die Wahrheit?«

»Frag Nuelia. Es ist wahr.«

Tausend Gefühle und Gedanken strömten auf sie ein. Mitleid für Geldis, die mit ansehen musste, wie ihr Gefährte sich einer Jüngeren zuwandte. Enttäuschung darüber, dass Kylian dies vor ihr verheimlicht hatte. Schmerz über den begangenen Verrat, Wut darüber, dass sie sich zu einer Spielfigur hatte machen lassen und Traurigkeit über den zerplatzten Traum.

Sie wandte sich ab, versuchte, ihren Schmerz vor Jesh zu verbergen. Er griff nach ihrer Hand, doch sie entzog sie ihm. Taub und schwer waren ihre Glieder, ihr Körper fühlte sich an wie ein Stein, in dem ein nutzlos schlagendes Herz pulsierte.

»Bitte geh«, wisperte sie. »Ich möchte alleine sein.«

»Es tut mir leid«, sagte Jesh leise. »Ich dachte, du solltest es wissen, bevor du dich zu etwas hinreißen lässt, was du später vielleicht bereust.«

Sie antwortete nicht. Schweigend verließ sie das Bad und sank auf ihre Bettstatt. Kylian würde noch viele Sternenläufe erleben, weit mehr als sie. Diese Tatsache war ihr zwar bewusst gewesen, doch erst jetzt verstand sie, was das bedeutete. Sie würde altern, er nicht, zumindest nicht im gleichen Maße. Und wie könnte er sie lieben und begehren, wenn sie aussah wie Geldis?

Die Seherin war seine Gefährtin gewesen. Niemals hätte sie das für möglich gehalten, aber nur wegen ihres Alters. Wäre sie jung und schön gewesen, hätte sie es sofort in Betracht gezogen. Könnte sie es ertragen, an Kylians Seite zu stehen, während ihm junge Dinger schöne Augen machten und der welken Frau an seiner Seite abfällige Blicke zuwarfen oder schlimmer noch, sie nicht einmal beachteten?

Nein! Das könnte sie nicht. Niemals!

Das Erkennen ihrer Vergänglichkeit traf sie wie Lord Wolfhards Rute: unvorbereitet und schmerzhaft – und hinterließ tiefe Wunden und Verzweiflung. Wie lange würde er noch leben, wenn sie das Zeitliche segnete? Wie lange würde er noch jung und stark sein, während ihr Körper zu Asche verbrannte? Und was war mit Kindern? Könnten sie überhaupt welche bekommen?

So viele Fragen, auf die es nur eine Antwort gab: Sie konnte nicht Kylians Gefährtin werden. Niemals. Ihre Liebe war nur Illusion, ein kurzer Traum, der für die Dauer einer Nacht ihr Leben mit Glück erfüllt hatte, und für ihn vielleicht nicht einmal das. Für ihn war es wahrscheinlich nur Berechnung gewesen, höchstens noch Begehren, aber keinesfalls Liebe. Die alte Seherin starb, also brauchte er eine Neue. Wer wäre da geeigneter als eine junge, heimatlose Frau, die noch dazu übersinnlich begabt war? Wann war aus seiner anfänglichen Verachtung Interesse erwachsen? Wann war er plötzlich freundlich geworden? Erst als er ihre Talente erkannt hatte. Zuvor hätte er sie halbtot am Wegrand ausgesetzt, wenn die anderen ihn nicht daran gehindert hätten.

Jesh sprach die Wahrheit. Kylian war nicht der Richtige für sie, er war ja nicht einmal ein Mensch.

Ein leises Klopfen an der Tür schreckte sie aus ihren Gedanken. »Ja?«

»Ich bin es, Kylian.«

Ellin wischte die Tränen von den Wangen, atmete tief ein und versuchte, ihr aufgebrachtes Gemüt zu beruhigen. Entschlossen stand sie auf und öffnete die Tür. Sein ungewohnt strahlender Blick zerriss ihr fast das Herz.

»Ich grüße dich, Liebste. Du siehst wunder …«, er stutzte. »Hast du geweint? Was ist passiert?«

»Ich weiß von dir und Geldis«, stieß sie ohne Umschweife hervor. Erneut schossen Tränen in ihre Augen.

Kylian schob sie in die Kammer zurück und schloss die Tür. »Wer hat dir das gesagt?«

»Macht das einen Unterschied? Warum hast du es mir verschwiegen?«

»Jesh, dieser verfluchte Kerl«, zischte er. »Es ist die Eifersucht, die aus ihm spricht.«

»Und doch ist es die Wahrheit«, entgegnete Ellin.

Er seufzte. »Ich wollte nicht, dass du dich unwohl fühlst, zudem wollte ich den Ausdruck auf deinem Gesicht vermeiden, den du nun so offen zur Schau trägst.«

Herausfordernd starrte Ellin ihn an. »Und Geldis? Was denkst du, wie sie sich gefühlt hat? Wann wirst du einen Ersatz für mich finden? In zehn Sternenläufen, in zwanzig? Oder erlaubst du mir, länger zu bleiben, wenn ich deine Liebschaften dulde?«

»Was zwischen Geldis und mir war, liegt schon lange zurück und es war nicht dasselbe wie das zwischen dir und mir.«

Ellin ballte die Hände zu Fäusten und unterdrückte ein Schluchzen. »Nichts ist anders, Kylian. Es ist dieselbe Geschichte, doch diesmal wird sie anders enden. Ich bin nicht so dumm und reise mit euch durch das Land, bis du meiner überdrüssig wirst, wenn ich alt und grau bin.«

Kylians Gesichtsausdruck wechselte von besorgt zu wütend. Ellin wich vorsichtshalber einen Schritt zurück.

»Sprich nicht über Dinge, von denen du keine Ahnung hast, nur weil ein eifersüchtiger Bengel dir eine Halbwahrheit erzählt hat«, presste er mühsam beherrscht hervor.

»Wahrheit oder nicht«, erwiderte sie mit gesenkter Stimme. »Die Tatsache bleibt, dass Geldis deine Gefährtin gewesen ist, bis sie alt und unansehnlich wurde. Ich habe kein Verlangen danach, ihr Schicksal zu teilen. Du bist ein Uthra, Kylian, und Uthra und Menschen passen nun einmal nicht zueinander.«

Schmerz flammte in seinen Augen auf und so etwas wie Bestürzung. »Ist das wirklich deine Überzeugung?«

Trotzig schob sie das Kinn vor. »Ja. Mir ist klargeworden, dass ich dumm und unvernünftig gewesen bin. Wir sind zu verschieden. Ich bleibe in Huanaco und gehe meinen eigenen Weg, ohne dich.«

Kylian schluckte schwer. Einen Augenblick lang verharrten sie in Schweigen und starrten einander an. In Ellins Inneren tobte ein Sturm, der sie unbarmherzig in seine Richtung trieb. Nur mit eisernem Willen widerstand sie der Versuchung, sich in seine Arme zu werfen.

»Bist du dir wirklich sicher?«, fragte er mit rauer Stimme. »Ich werde nicht betteln.« Sein versehrtes Auge zuckte nervös.

Ellin nickte und bemühte sich, ihrer Stimme Festigkeit zu verleihen. »Das brauchst du auch nicht. Ich bin mir sicher.«

»Dann leb wohl«, erwiderte er leise und verließ die Kammer.

»Leb wohl«, wisperte Ellin.

Die halbe Nacht weinte sie leise vor sich hin, sank nur gelegentlich in einen leichten Schlaf. Im Morgengrauen stand sie auf und packte ihre Sachen zusammen. Nuelia war nicht in die Kammer zurückgekehrt, deshalb erschrak sie, als sie plötzlich hinter ihr stand.

»Du siehst nicht gut aus«, stellte Nuelia fest.

Erschrocken fuhr Ellin herum. »Nuelia. Wo bist du gewesen?«

Gleichmütig zuckte Nuelia mit den Schultern. »Bei meinem Bruder. Ich muss mein Bündel packen, nach dem Morgenmahl verlassen wir Huanaco.«

Überrascht zog Ellin die Augenbrauen hoch. »Heute schon?«

Nuelia nickte. »Auf Kylians Wunsch brechen wir einen Tag früher auf.«

Ellin enthielt sich einer Erwiderung und faltete stattdessen ihre verschlissene Tunika zusammen. Auch Nuelia packte ihre Kleidung zusammen, bevor sie die Sandalen gegen festes Schuhwerk tauschte und den Waffengurt umschnallte. An der Tür hielt sie noch einmal inne. »Du begehst einen Fehler.«

Ellin schnaubte. »Ach wirklich? Egal was ich tue, jeder scheint anzunehmen, dass ich einen Fehler mache und genau aus diesem Grund treffe ich fortan meine eigenen Entscheidungen.«

»Ich weiß nicht, was zwischen meinem Bruder und dir vorgefallen ist, doch du hast ihn zutiefst verletzt, Ellin.«

Äußerlich ungerührt packte Ellin weiter ihre Sachen zusammen. Sie wollte nicht, dass Nuelia merkte, wie sehr der Abschied sie schmerzte. »Kylian hat mich ebenso tief verletzt. Ich denke, dass deine Gründe, mich in die Arme deines Bruders zu treiben, nicht ganz uneigennützig waren.«

Nuelia nahm ihr Bündel vom Rücken und stellte es auf den Boden. »Das musst du mir erklären.«

Ellin hielt inne und zwang sich, Nuelia anzusehen. »Du willst nicht mehr für deinen Bruder verantwortlich sein und du willst, ebenso wie er, eine Seherin in eurer Gruppe. Wer käme da gelegener als ich?«

Nuelia machte eine wegwerfende Handbewegung. »Das ist Unsinn. Wenn du uns für derart berechnend hältst, dann ist deine Menschenkenntnis nicht halb so gut, wie ich dachte. Sieh mich an, Ellin, sieh auf meine Aura.« Sie breitete die Arme aus und drehte sich einmal um sich selbst. »Ist dies die Aura von jemandem, der dir Schlechtes will?«

»Es ist nicht nur das«, erwiderte Ellin, verzweifelt um eine Ausrede bemüht. »Ihr seid Uthra und ich bin ein Mensch. Wie könnte ich mein kurzes Leben mit dem von Kylian verbinden? Das kann niemals gutgehen. Ich will nicht enden wie Geldis.«

»Ah, jetzt verstehe ich«, sagte Nuelia. »Jesh hat dich mit Halbwahrheiten gefüttert. Warum hörst du auf ihn? Er ist nur ein eifersüchtiger Dummkopf.«

»Was er ist und warum er mir offenbart hat, dass Geldis und Kylian das Lager geteilt haben, ist bedeutungslos. Meine Entscheidung steht fest, ich bleibe in Huanaco.«

Nuelia seufzte resigniert. »Wie du willst, vielleicht ist es tatsächlich besser so. Wer weiß, wie lange unserer Gruppe noch zusammenbleibt, jetzt, wo Butan und Geldis tot sind und Kylian und Jesh einander im Zorn begegnen.«

»Es ist ganz sicher besser. Ich wäre nur eine Last auf eurem Weg«, stimmte Ellin zu. So schwer es auch fiel, sie musste stark bleiben.

»Also dann. Ich wünsche dir alles, was du dir wünschst«, sagte Nuelia.

Ellin verzog das Gesicht, ihre Augen schwammen in Tränen. »Ich dir auch, Nuelia und ich hoffe, dass wir uns eines Tages wiedersehen.«

Nuelia lächelte. »Das werden wir gewiss, zumindest solange wir noch im Dienst der Herrscherin stehen.«

Sie umarmten einander. Nachdem Nuelia gegangen war, sank Ellin erneut auf ihre Bettstatt und gab sich ein letztes Mal ihrer Trauer hin. Anschließend schwor sie sich, keine weiteren Tränen mehr zu vergießen und nach vorn zu schauen. Sie begann damit, indem sie zur Herrscherin eilte und um eine Audienz bat.

Nosara zeigte sich überrascht, dass Ellin nun doch in Huanaco bleiben wollte, doch da sie Kylian versprochen hatte, ihr eine Anstellung zu geben, beauftragte sie ihren Leibdiener, ihr eine der Dienstbotenunterkünfte zuzuweisen. Sie bekam eine winzige Kammer auf der vierten Ebene, die kaum genug Platz für eine Bettstatt bot, doch Ellin war froh, überhaupt ein Dach über dem Kopf zu haben und nicht fortgeschickt zu werden. Sie aß etwas Obst und Käse in der Speisekammer hinter der Küche und begab sich dann zur Palastvorsteherin, um nach Arbeit zu fragen. Ein wenig Ablenkung würde ihr guttun. Tario empfing sie mürrisch und zeigte deutlich, wie sehr es ihr missfiel, Ellin wiederzusehen. Sie schickte sie in das Badehaus zum Kämmerer, um ihre Dienstkleidung zurückzuholen. Als Ellin den Weg Richtung Badehaus einschlug, entdeckte sie die Uthra, die gerade Richtung Tor ritten. Jesh saß auf einem Gescheckten, gefolgt von Nuelia, die auf Pineo ritt. Kylian führte sie an. Aufrecht saß er auf Jalos Rücken, das schwarze Haar trug er offen, nur die vorderen Partien hatte er zu einem Knoten am Hinterkopf zusammengefasst. Ihr Herz wurde schwer und sie verspürte den unwiderstehlichen Drang, ihm nachzueilen.

»Sieh mich an«, wisperte sie.

Doch Kylian blickte nicht zurück. Schon passierte die Gruppe das große Tor und verschwand aus ihrer Sicht. Ellin rang um Beherrschung, wischte die einsame Träne fort, die sich aus ihren Augen gestohlen hatte und über ihre Wange lief. Sie fühlte sich, als hätte ihr jemand das Herz herausgerissen und stattdessen einen Klumpen Eis in ihre Brust gelegt. Einsamkeit und das schreckliche Gefühl, einen Fehler zu begehen, überfiel sie. Hatte sie Kylian überhaupt die Möglichkeit gegeben, sich zu erklären? Hatte sie Jeshs Beweggründe hinterfragt, so wie sie es bei Kylian und Nuelia getan hatte? Nein. In ihrer kindischen Wut hatte sie alles weggeworfen, einfach so. Dabei wusste sie nichts über Geldis' und Kylians Verbindung, außer dass sie die Schlaffelle miteinander geteilt hatten. Doch das war lange vor ihrer Zeit gewesen. Hatte die Eifersucht ihre Sinne benebelt? Immerhin hatte Geldis ihr deutlich zu verstehen gegeben, dass sie wollte, dass sie Kylians Gefährtin wurde. Aber warum sollte sie das wollen, wenn sie ihn doch geliebt hatte? Nun war Geldis tot und Kylian fort. Niemand war mehr da, den sie hätte fragen oder mit dem sie sich hätte beraten können. Sie war allein in einer fremden Stadt, ohne Vertraute, ohne Freunde, ohne Familie.

Mit bleiernen Schritten folgte sie dem Weg zum Badehaus. Ihr Körper schien so schwer und unbeweglich wie ein Felsbrocken. Sie schluckte die Tränen, die mit aller Macht nach draußen drängten. Sie durfte nicht mehr weinen, sie musste nach vorne schauen.

Von diesem Tag an verging die Zeit in ruhiger Gleichförmigkeit. Ellin bekam die Herrscherin nie zu Gesicht, ihre Anweisungen erhielt sie von der Palastvorsteherin Tario, die ihr auch nach Wochen noch immer mit Misstrauen begegnete. Sie verrichtete ihre Arbeit, wie sie es gelernt hatte, sorgfältig und still. Niemand schlug sie, niemand beschimpfte sie und sie erhielt sogar ein paar Prasis für ihre Dienste, die sie, bis auf wenige Ausnahmen, an einem geheimen Ort verwahrte. Sie hätte zufrieden sein können. Doch sie war es nicht. Nicht nur, dass sie Kylian, Nuelia und Jesh vermisste, auch die Arbeit bereitete ihr keine Freude. Nun, da ihr die Angst vor Lord Wolfhards Rute nicht mehr ständig im Nacken saß, bemerkte sie, wie unbefriedigend und langweilig die Arbeit als Kammerdienerin war. Wenn sie durch die Straßen Huanacos spazierte, betrachtete sie die Auslagen der Geschäfte und wünschte sich, sie könnte mehr tun als nur die Bettstatt der Gäste zu richten, Kleider zu bürsten, die Kammern zu fegen, frische Tücher bereitzulegen und die Wanne mit Duftölen und Blüten zu füllen. Sie wollte Schmuck herstellen oder Schuhe oder, wie ihre Eltern einst, Feldfrüchte säen und Handel betreiben.

Du bist ein unzufriedenes Ding, schalt sie sich. *Es ist noch nicht lange her, da hättest du alles für ein Dach über dem Kopf, regelmäßige Mahlzeiten und eine anständige Arbeit gegeben.* Immerhin stand sie im Dienste der Herrscherin, wie konnte sie da unzufrieden sein?

Wie in jedem Palast, so herrschte auch in Huanaco eine strenge Hierarchie, wobei die Sklaven an unterster Stelle standen. Zwar wurden sie nicht wirklich schlecht behandelt, jedoch längst nicht so gut wie das Gesinde. Beging ein Sklave einen Fehler, so wurde er gezüchtigt. Nicht im gleichen Maße, wie es Lord Wolfhard täte, doch Ohrfeigen oder Tritte waren keine Seltenheit. Zudem verrichteten sie die niederen Dienste, wie Nachttöpfe lehren, Wasser schleppen, die Unterkleidung waschen und Böden schrubben. Sie schliefen gemeinsam in einer großen Kammer und aßen erst, wenn das Gesinde ihre Mahlzeit beendet hatte. Auch war es ihnen, bis auf wenige Ausnahmen, auf das Strengste untersagt, das Badehaus zu benutzen, während das Gesinde zu bestimmten Zeiten die Möglichkeit bekam, in die warmen Fluten zu steigen. Was Ellin jedoch am meisten erstaunte, waren die stummen Leibdiener. Obwohl sie wussten, dass ihnen die Zungen herausgeschnitten wurden, und es ihnen untersagt war, den Bund zu schließen und eine Familie zu gründen, meldeten sie sich freiwillig für diesen Dienst. Die Zeremonie der Zungenentfernung wurde Beschneidung genannt und vor den Augen der Herrscherin und der Bediensteten vollzogen. Auch Ellin musste daran teilnehmen, obwohl es ihr zutiefst widerstrebte. Tapfer und stolz schritt der zukünftige Palastdiener, ein junger Mann, nicht älter als sie selbst, den Gang des Thronsaals entlang, bis er zu einem blauen Teppich gelangte, der zu Füßen der Herrscherin ausgebreitet worden war. Zahllose dunkle Flecken darauf zeigten ihr, wie viele Männer dort schon ihre Zungen verloren hatten.

Der junge Mann kniete sich hin. Die Herrscherin hieß ihn willkommen, versprach ihm Ansehen und Ehre und lobte seinen Mut. Drei Soldaten und ein altes Weib traten auf ihn zu. Er legte den Kopf in den Nacken, öffnete den Mund und streckte seine Zunge hinaus. Ellin bemerkte Schweißperlen auf seiner Stirn und seinen unsteten Blick. Er hatte Angst. Während die Soldaten den Mann umklammerten, bis er sich nicht mehr rühren konnte, kniff die Alte eine Zange in seine Zunge, zog sie so weit wie möglich aus dem Mund und nahm dann einen Dolch zur Hand. Geschickt trennte sie die vordere Zungenhälfte ab und hielt sie hoch, damit alle sie sehen konnten. Jubel erklang, Hochrufe auf den tapferen Mann, der seine Stimme für die Herrscherin geopfert hatte.

Der junge Diener gurgelte. Blut floss aus seinem Mund. Schnell goss die Alte eine klare Flüssigkeit über die Wunde, nahm dann ein Tuch und stopfte es ihm in den Mund. Der Diener verdrehte die Augen und sackte zu Boden. Die Soldaten trugen den bewusstlosen Mann hinaus. Die Zeremonie war zu Ende. Wenn er überlebte, würde man ihm den Kopf rasieren und er durfte seinen lebenslangen Dienst beginnen.

Während der Beschneidung hatte Ellin sich zwingen müssen, nicht wegzusehen und statt anschließend mit den anderen zu feiern, ging sie in den Palastgarten und versuchte, die grausige Zeremonie aus ihren Gedanken zu vertreiben. Mehr denn je sehnte sie sich nach einem vertrauten Gesicht, nach Verständnis und Nähe. Nach Kylian.

Ihr Tag begann sehr früh. Kurz vor Morgengrauen stand sie auf und kümmerte sich um das leibliche Wohl der Gäste. Nach dem Morgenmahl bereitete sie die Gästekammern vor, legte frische Tücher bereit, füllte die Wasserkannen, richtete die Bettstatt und räumte, wenn nötig, ein wenig auf. Zur Mittagszeit hatte sie frei, es sei denn die Palastvorsteherin Tario hatte eine besondere Aufgabe für sie. Gewöhnlich nutzte sie die Zeit für einen Besuch in der Stadt, einen Spaziergang im Palastgarten oder um im Gebetshaus zu meditieren. Am Abend kümmerte sie sich um die Bäder und die Festkleidung der Gäste. Fast täglich wurde sie in die Stadt gesandt, um einer oder allen drei Gesellschafterinnen, die in einem kleinen Haus am Stadtrand lebten, die Nachricht zu überbringen, dass ihre Dienste benötigt wurden. Im Gegensatz zum Gesinde behandelten die Sklavinnen Ellin freundlich und zuvorkommend. Oft tranken sie zusammen einen Becher Mirabeerensaft und unterhielten sich eine Weile. Die Menschen auf der Straße spuckten weiterhin aus oder machten verächtliche Gesten, wenn Ellin die Liebessklavinnen zum Palast begleitete, doch mit der Zeit lernte sie, die Verachtung der Menschen zu ignorieren.

So verging die Zeit, während sich der beißende Schmerz ihrer verlorenen Liebe in einen dumpfen Kummer verwandelte. Jede Nacht stand sie am Fenster und blickte zum Nordstern hinauf, bis ihn der schwarze Himmel verdunkelte und die Welt um sie herum in Finsternis hüllte. Dann tastete sie sich zu ihrer Bettstatt, legte sich hin und stellte sich vor, wie es wäre, neben Kylian zu liegen, in seinen Armen einzuschlafen. So gelang es ihr, sich ein wenig geborgen zu fühlen, zumindest während der Nacht. Wenn der Morgen graute, erwachte sie in der Wirklichkeit, allein in einer Stadt, die vielleicht niemals ihr Zuhause sein würde. Jeden Tag wartete und hoffte sie auf die Rückkehr der Uthra. Kylian nur in ihrer Nähe zu wissen würde sie trösten, dessen war sie gewiss. Doch jeder Blick über die weiten Hügelkuppen war vergeblich. Die Gäste kamen und gingen, ohne dass die Uthra zurückkehrten.

19

Jesh verschränkte die Arme vor der Brust und blitzte Kylian zornig an. »Seit wie vielen Nächten irren wir nun schon umher? Wie sollen wir sie ohne Geldis' Visionen finden? Ich bin es leid und sehe keinen Sinn, in dem was wir tun.«

Kylian warf ihm einen abfälligen Blick zu. Auch seine Wut war noch immer nicht verraucht. »Es ist unser Auftrag, sie zu finden und wir machen so lange weiter, bis wir sie finden.«

»Ich sage, kehren wir um und gestehen der Herrscherin, dass wir ohne Geldis' Visionen im Dunkeln tappen«, widersprach Jesh.

»Was du sagst, ist ohne Bedeutung. Ich sage, wir finden sie.«

Jesh presste die Lippen aufeinander und wandte sich ab.

»Vielleicht sollten wir die Herrscherin um eine ihrer Seherinnen bitten?«, schlug Nuelia vor.

»Vielleicht sollten wir uns nach einer anderen Einnahmequelle umsehen. Unsere Zeit als Söldner ist vorbei«, entgegnete Jesh.

Kylian runzelte die Stirn. »Was redest du da, Bruder? Hat dir dein Zorn etwa die Sinne vernebelt?«

Jesh kniff die Augen zusammen. »Wohl eher deine, *Bruder*. Wir sind am Ende, siehst du das nicht? Butan und Geldis sind tot, unsere Verbundenheit ist dahin. Es ist vorbei.«

»Glaubst du das wirklich?« Kylian wirkte ehrlich fassungslos. »Willst du uns verlassen und lieber alleine umherziehen, nur wegen *ihr*?«

Seit sie Huanaco verlassen hatten, vermieden sie es, Ellins Namen zu nennen oder sie auch nur zu erwähnen. Sie mochten höflich miteinander umgehen, doch der Zorn brodelte unter der Oberfläche und wartete darauf, dass ihre Selbstbeherrschung bröckelte. Jesh enthielt sich einer Erwiderung. Sein wütender Blick sprach Bände. Nuelia trat zwischen sie und ergriff Kylians Arm. »Beruhigt euch. Wir sind müde, hungrig und verdrossen, kein Wunder nach wochenlanger vergeblicher Suche. Lasst uns einen Unterschlupf vor dem nahenden Unwetter suchen und später eine Entscheidung treffen.«

Wie zur Bestätigung ihrer Worte ertönte ein fernes Grollen. Kylian betrachtete den Himmel. Graue Wolkenberge schoben sich vor die Sonnen und verdunkelten den Tag. Immer wieder zuckten Blitze hervor und verloren sich in den Weiten des Horizonts.

»Du hast recht. Doch die Sache ist noch nicht erledigt. Morgen werden wir das ein für alle Mal klären.« Mit großen Schritten stapfte er auf Jalo zu und schnürte sein Bündel an den Sattelgurt. Nuelia folgte ihm und deutete auf eine Staubwolke in der Ferne. »Reiter.«

Kylian zog den Knoten zu. »Dann sollten wir schleunigst verschwinden. Lasst uns nach Osten reiten. Am großen Felsen finden wir sicher eine Höhle, die uns vor dem Unwetter schützt.«

Die Reiterschar näherte sich rasch. Bevor die Uthra das Weite suchen konnten, hatten sie sie bereits entdeckt und hielten nun direkt auf sie zu. Ein reich gekleideter Mann auf einem schwarzen Hengst führte die Gruppe an. Das vecktanische Wappen prangte auf seinem Schild. Sein roter Bart war von grauen Fäden durchzogen und wer ihn näher betrachtete, bemerkte unweigerlich den grausamen Zug um seinen Mund.

Die Reiter hielten inne. »Seid gegrüßt, ihr Wandersleute«, sagte der Bärtige. »Mein Name ist Lord Hanold Wolfhard, ich bin der Herr von Veckta.«

Kylian musterte ihn abschätzend, ohne eine Spur von Höflichkeit oder Demut. Lord Wolfhard runzelte unwillig die Stirn.

»Wer seid Ihr?«, fragte er an Kylian gewandt.

Nuelia lenkte Pineo an Kylians Seite und neigte den Kopf. »Seid gegrüßt, Lord Wolfhard. Ihr müsst meinen Bruder entschuldigen, er ist Fremden gegenüber misstrauisch. Zu viele Diebe und Wegelagerer trifft man hier.«

Wolfhard musterte sie abschätzend. »Sehen wir etwa aus wie Diebe?«

»Nein«, versicherte Nuelia. »Doch man kann nie vorsichtig genug sein.«

»Da mögt ihr Recht haben. Woher kommt ihr?«, fragte Wolfhard.

»Aus Huanaco, wir stehen im Dienste der Herrscherin«, erwiderte Nuelia.

»Oh gut. Huanaco ist unser Ziel. Dann könnt Ihr mir sicher sagen, wie wir auf dem schnellsten Weg dahin gelangen. Ich befürchte fast, wir haben den Weg verloren und jetzt naht auch noch dieses Unwetter.« Er deutete in die Wolken, aus denen sich erste Tropfen stahlen.

Nuelia zeigte ihm einen Pfad zu ihrer Rechten. »Dieser Weg führt Euch zu einem Plateau …«

»… was wollt Ihr in Huanaco?« unterbrach Kylian sie.

Lord Wolfhard runzelte die Stirn, seine Augen verengten sich. »Das geht Euch nichts an.«

Unauffällig huschte sein Blick über Kylians Waffengurt. Dass sie alles andere als Wandersleute waren, war unschwer zu erkennen. Kylian merkte, wie schwer es dem Herrn von Veckta fiel, sich zurückzuhalten. Sicher würde er ihm gerne eine Abreibung verpassen wegen seines vorlauten Mundwerks. »Nun, wenn Ihr den Grund Eurer Reise nicht preisgeben wollt, dann können wir Euch mit dem Weg leider nicht behilflich sein«, sagte Kylian.

Fast gleichzeitig wanderten ihre Hände zu den Schwertern.

»Mir scheint, Ihr seid ein recht dreister Bursche, der nicht weiß, was sich in Gegenwart eines Herrn gehört«, presste Wolfhard mühsam beherrscht hervor. »Doch ich will Gnade vor Recht ergehen lassen, wenn Ihr bereit seid, uns zu helfen. Wir sind auf der Suche nach einer entflohenen Diebin und haben gehört, dass sie sich in Huanaco versteckt hält. Sie hat braunes Haar und ungewöhnlich blaue Augen. Eine Narbe ziert ihre Wange und nicht zu wenige davon ihren Leib. Habt Ihr sie gesehen?«

Unbändiger Zorn wallte in Kylian auf, bei dem Gedanken daran, was dieser Mann Ellin angetan hatte. Nuelia warf ihm einen warnenden Blick zu. »Was hat sie denn gestohlen?«, fragte er mühsam beherrscht.

Wolfhard beugte sich vor. »Hat Euch noch niemand gesagt, dass zu viel Neugier tödlich ist? Habt Ihr das Mädchen gesehen oder nicht?«

Kylian zuckte mit den Schultern, hob die Augenbrauen und sah den Herrn von Veckta herausfordernd an.

Lord Wolfhard spie aus. »Hüllt Euch in Schweigen, wenn Ihr wollt, doch seid versichert, dass ich der Herrscherin von ihren unwilligen Untergebenen berichten werde.«

Kylian schnaubte. »Was lässt Euch glauben, dass Euch die Herrscherin überhaupt empfängt? Soviel ich weiß, gehört Veckta nicht zu ihren Verbündeten.«

Grinsend deutete Lord Wolfhard auf eine Truhe, die auf dem Rücken eines Lastengauls befestigt war. »Ich bin überzeugt davon, dass sie sich meinen Wünschen gegenüber offen zeigen wird. Ich habe ein paar sehr gute Argumente.«

Kylian lenkte Jalo nah an Wolfhard heran, umfasste den Nasenriemen seines Pferdes und beugte sich zu ihm. »Ihr seid in Huanaco nicht willkommen, Herr von Veckta. Besser Ihr kehrt um und kümmert Euch um Wichtigeres, als eine entflohene Dienerin.«

Lord Wolfhard richtete sich auf, ein falsches Grinsen auf den Lippen. Mit einem heftigen Ruck riss er an dem Zügel und zwang sein Pferd, Kylians Griff zu trotzen, woraufhin es nervös zu tänzeln begann. Kylian ließ den Riemen los.

»Ich sagte nichts von einer Dienerin«, zischte er gefährlich leise.

»Ach nein? Dann habe ich mich wohl verhört«, entgegnete Kylian.

Lord Wolfhard richtete seinen behandschuhten Finger auf ihn. »Seid gewarnt, elender Wurm, sollte ich Euch noch einmal begegnen, wird es Euch schlecht ergehen.« Dann gab er seinem Pferd die Sporen und galoppierte mit seinem Gefolge davon.

»Verdammt, Kylian. Was hast du dir dabei nur gedacht?«, schimpfte Nuelia, kaum dass sich Lord Wolfhards Schar entfernt hatte.

»Hast du es nicht gehört?«, fragte er. »Er sucht nach Ellin, und wenn er Nosara gibt, was auch immer in der Truhe ist, ist sie verloren. Nosara lässt sich eine Belohnung bestimmt nicht entgehen. Wie hat er nur herausgefunden, wo sie sich befindet?«

»Du hast ihre Lage nicht gerade verbessert, indem du den Kerl provoziert hast«, sagte Nuelia vorwurfsvoll.

»Nuelia hat recht. Jetzt wird er sich unser erinnern und alles daransetzen, uns zu vernichten. Vielleicht hätten wir die Möglichkeit gehabt, Ellin unauffällig aus dem Palast zu holen, doch mit deinem Jähzorn hast du wieder einmal alles zerstört«, schimpfte Jesh.

Kylian ballte die Hände zu Fäusten und funkelte Jesh zornig an. »Es steht dir nicht zu, mir Vorhaltungen zu machen. Wärest Du nicht gewesen, befände sie sich jetzt nicht in dieser Lage.«

»Wenn du dich verhältst, wie ein verzogenes Kind, steht es mir durchaus zu«, entgegnete Jesh.

»Hört endlich mit der Streiterei auf«, befahl Nuelia. »Lasst uns lieber überlegen, was wir jetzt tun wollen.«

Ein Donnerschlag zerriss die Stille. Schlagartig öffnete der Himmel seine Schleusen. Kylian ignorierte den Regen. »Was schon? Wir reiten nach Huanaco.«

20

Ellin schlenderte an der Palastmauer entlang. Sie liebte es, sich außerhalb der Mauer aufzuhalten und die Aussicht auf die Stadt und die umliegenden Berge zu genießen. Wenn sie ihren Blick über das endlose Grün schweifen ließ, fühlte sie Ruhe und fast so etwas wie Zufriedenheit. In wenigen Tagen würde sie achtzehn Sternenläufe zählen und es stimmte sie traurig, dass niemand hier war, um diesen Tag mit ihr zu teilen. Auf der Felsenfestung würde Affra sicher ihre berühmten Rotbaumnussfladen mit Mirabeerenmus zubereiten und Mathýs würde ihr irgendein seltenes Elexier oder ein Buch schenken. Außer der Sklavin Yasu hatte sie niemanden, mit dem sie auch nur ansatzweise so etwas wie Freundschaft verband und Yasu war nicht frei, was bedeutete, dass sie sich nicht verabreden konnten. Nur wenn Ellin sie besuchte oder sie zum Palast geleitete, hatten sie Zeit für kurze Gespräche.

Eine Staubwolke erregte ihre Aufmerksamkeit. Obwohl sie glaubte, alle Hoffnung auf die Rückkehr der Uthra verloren zu haben, schlug ihr Herz ein wenig schneller. Hoffnungsvoll beschattete sie ihre Augen und spähte in die Ferne. Die Reiter preschten über die Hauptstraße und hielten direkt auf den Herrscherhügel zu. Die Uthra konnten es nicht sein, dafür waren es zu viele. Ellin zählte zwölf Mann. Wider besseren Wissens war sie enttäuscht.

Niedergeschlagen schlenderte sie Richtung Haupttor. Die Schar näherte sich in hohem Tempo, was in Huanaco, wie sie mittlerweile wusste, höchst ungewöhnlich war. Es zeugte von Achtung, wenn man sich dem Palast in gemäßigtem Tempo näherte und damit bekundete, dass man keine schlechten Absichten hegte. Mittlerweile hatten der Trupp den Herrscherhügel erreicht. Ellin beschloss, in den Palast zurückzukehren und die Gästekammern zu überprüfen, bevor Tario sie rufen lassen musste.

Die Berittenen waren nun nahe genug, dass sie erste Einzelheiten erkennen konnte. Ihr Atem stockte. Ungläubig betrachtete sie die Schilde, auf denen unübersehbar Lord Wolfhards Wappen prangte. Wie eine Drohung leuchtete das Antlitz des Felsgreifers auf dem glänzenden Schild, die schwarzen Flügel gespreizt, der Schnabel weit geöffnet. Ihr Herz setzte einen Schlag aus, nur um dann in wildem Galopp gegen ihre Rippen zu trommeln. Erschrocken drückte sie sich gegen die Mauer, als hoffte sie, mit ihr zu verschmelzen. Die vecktanische Reiterschar war mittlerweile ganz nah. Zu ihrem grenzenlosen Entsetzen erkannte sie Lord Wolfhard an der Spitze des Zuges. Keuchend rutschte sie an der Mauer hinab und starrte auf den Mann, der sie so sehr zu hassen schien, dass er ihr bis ins ferne Huanaco folgte.

Vielleicht ist er nicht wegen dir gekommen, versuchte sie sich zu beruhigen, doch war das nur ein verzweifelter Versuch, sich etwas vorzumachen. Tief in ihrem Inneren wusste sie, so sicher, wie sie wusste, dass auf jeden Tag eine Nacht folgte, warum Lord Wolfhard nach Huanaco gekommen war. Und sie konnte ihm nicht entfliehen. Mit an Sicherheit grenzender Wahrscheinlichkeit würde die Herrscherin sie an ihn ausliefern.

Es gab nur einen Ausweg. Sie musste fliehen. Auf der Stelle.

Mit zitternden Knien wartete sie, bis die Reiter das große Tor passiert hatten, nahm dann das rückwärtige Tor, welches das Gesinde benutzte, und huschte Richtung Palast. Im Vorbeigehen sah sie, wie Lord Wolfhard und seine Männer absaßen, dabei waren sie umringt von einer großen Schar Palastwachen, die mit gezücktem Säbel jede ihrer Bewegungen überwachten.

Wenigstens sind sie kein willkommener Besuch, das könnte mir etwas Zeit verschaffen, hoffte sie, während sie durch die Hintertür schlüpfte.

Der Palast war gespickt mit kleinen Gängen und Treppen, die versteckt zwischen den Mauern lagen. Die Herrscherin hatte sie für das Gesinde anlegen lassen, damit sie, sollte sie beschließen durch den Palast zu wandeln, nicht von umhereilenden Dienstboten gestört wurde. Ellin hastete in die vierte Ebene hinauf und rannte durch den Korridor in ihre Kammer. Dort raffte sie ihre Kleider zusammen und verschnürte sie gemeinsam mit allem, was ihr sonst noch nützlich erschien, in ihrem Bündel. Ein Klopfen an der Tür ließ sie zusammenfahren. Hastig stopfte sie das Bündel unter die Bettstatt. »Ja?«

Der Kämmerer trat ein. »Es sind unerwartet Gäste angekommen. Ihr sollt fünf einfache Doppelkammern auf der dritten und die große Kammer auf der zweiten Ebene vorbereiten.«

»Um wen handelt es sich?«, fragte Ellin mühsam beherrscht.

Der Kämmerer machte eine verächtliche Geste. »Der Herr von Veckta mit Gefolge. Die Götter allein wissen, was er hier zu suchen hat.«

Ellin neigte ihr Haupt. »Gut, ich werde mich umgehend auf den Weg machen.«

Der Kämmerer verneigte sich ebenfalls und entfernte sich.

Ellin schloss die Tür, legte die Stirn an das kühle Holz und versuchte, ihren aufgeregten Herzschlag und das Zittern in ihren Beinen zu beruhigen. Die Zeit eilte. Hastig legte sie ihre Dienstkleidung an, nahm das Bündel unter den Arm und verließ die Kammer. Angespannt lauschte sie und huschte dann so leise wie möglich zur Treppe. Dort kam ihr ein Sklave entgegen, der sie zwar verstohlen musterte, jedoch nicht wagte, Fragen zu stellen. Die Begegnung erinnerte sie unangenehm an ihre Flucht von der Felsenfestung. Gesenkten Hauptes verließ sie den Palast und eilte den Weg entlang zum kleinen Tor. Mit jedem Schritt wuchs ihre Zuversicht, aber auch ihre Angst, entdeckt zu werden.

»Ellin.«

Der Schreck fuhr ihr in die Glieder. Sie stockte, wandte sich dann langsam um. Tario wieselte auf sie zu. »Ellin, wo gehst du hin? Die Kammern müssen hergerichtet werden. Hat dir Sil nicht Bescheid gegeben?« Ellin krallte ihre schweißfeuchten Hände in ihr Bündel. »Ich wurde beauftragt, Yasu zu rufen«, sagte sie. Ihre Stimme klang furchtsam und dünn. Als würde sie etwas verbergen.

Tario hielt inne und schöpfte Atem. »Von wem?«

»Von Sil. Er hat die Anweisung direkt von der Herrscherin.«

Die Palastvorsteherin runzelte die Stirn. »Wie kann das sein? Die Herrscherin hat mir aufgetragen, die Gästekammern herzurichten.«

Ellin zuckte mit den Schultern. »Sil teilte mir mit, dass Ihr oder eine der Sklavinnen diese Aufgabe übernehmen sollt.«

Nun wirkte Tario ungehalten. Sie konnte es nicht leiden, wenn man ihre Befehle umging. »Das kann nicht sein. Die Gästekammern sind deine Aufgabe. Folge mir, ich werde mit Sil sprechen.«

»Das geht nicht«, widersprach Ellin hastig. »Ich soll Yasu so schnell wie möglich Nachricht geben. Die Herrscherin wird zornig, wenn ich ihre Befehle missachte.«

Tario musterte sie abschätzend. Ihr Blick blieb an dem Bündel hängen. »Was trägst du da mit dir herum?«

»Kleider, die die Gesellschafterinnen anziehen sollen.«

»Kleider? Was für Kleider?«

Fest drückte Ellin das Bündel an sich. »Ich weiß es nicht. Das Bündel wurde mir so übergeben.«

Die Palastvorsteherin trat einen Schritt auf sie zu. »Du führst doch etwas im Schilde. Ist es ein Streich? Willst du mich bei der Herrscherin herabwürdigen, indem du meine Befehle missachtest?«

Ellin wich zurück. »Aber nein, natürlich nicht. Bitte verzeiht, ehrenwerte Tario, aber ich muss gehen.« Abrupt wandte sie sich um und rannte davon. Tario rief sie zurück, doch sie ignorierte die Rufe. Das Tor war nicht mehr fern. Bis die Palastvorsteherin ihrer Verwirrung Herr werden und herausfinden würde, was vor sich ging, war sie längst in den Straßen der Stadt untergetaucht. Die Wächter lächelten ihr freundlich entgegen. Sie kannten Ellin und machten ihr jedes Mal schöne Augen, wenn sie den Palast verließ. »Wohin des Weges, junge Dienerin?«

»Ich muss zu den Gesellschafterinnen«, sagte sie.

Die Torwächter nickten wissend. »Was tragt Ihr da bei Euch?«

»Kleidung. Der Gast hat anscheinend besondere Vorlieben.«

Die Männer lachten und machten eine anzügliche Geste. Ellin kicherte geziert, schaffte es sogar, ein wenig zu erröten. »Bitte meine Herren. Ich bin eine unschuldige Jungfer.«

Eine Schweißperle rann ihren Nacken hinab, verfing sich im Ausschnitt ihres Gewandes. Lachend winkten die Torwächter sie durch. So schnell sie es wagte, eilte sie den Hügel hinab, wohl wissend, dass die Blicke der Männer ihr folgten. Kaum war sie weit genug entfernt, warf sie sich das Bündel auf den Rücken und rannte los. Sie rannte, bis ihre Lungen brannten und sie kaum noch Luft bekam. Der Wald war nah. So schnell es ihre müden Beine und ihre brennenden Lungen zuließen hetzte sie an den letzten Häusern der Stadt vorbei. Vor dem Haus der Sklavinnen, zwang sie ein stechender Schmerz zwischen ihren Rippen dazu, innezuhalten. Sie beugte sich vor, presste eine Hand auf die Seite und schöpfte keuchend Atem.

Yasu stand im Hof und nahm Wäsche von der Leine. »Ellin?«, rief sie überrascht. »Was macht Ihr hier?«

Ellin blickte auf. Noch immer rang sie nach Atem. »Ich soll … ich muss …«, verzweifelt suchte sie nach einer Ausrede.

»Ihr seid ja ganz außer Atem. Kommt doch herein und ruht Euch aus«, bot Yasu an.

Ellin blickte sich um. Eine Handvoll Kinder und ein paar alte Frauen beobachteten sie neugierig. Schnell huschte sie in den Hof und sank auf einen Holzschemel. Sie war schweißgebadet.

Yasu musterte sie und das Bündel. »Wo wollt Ihr denn hin?«

Ellin barg ihr Gesicht in den Händen und schüttelte den Kopf. Ihre Kehle war wie zugeschnürt. Yasu kniete sich neben sie und legte eine Hand auf ihre Schulter. »Was ist passiert? Ihr seht aus, als wäret Ihr auf der Flucht.«

Und plötzlich sprudelten die Worte aus nur so Ellin heraus, wie eine unterirdische Quelle, die endlich einen Weg an die Oberfläche gefunden hatte. Schluchzend erzählte sie vom gewaltsamen Tod ihrer Eltern, von Lord Wolfhard, von den Uthra, von Butans Tod und von Kylian.

Yasu hörte schweigend zu. Als Ellin geendet hatte, sahen sie einander an, mit so unterschiedlichen Augen, die doch dieselbe Trauer und Einsamkeit kannten. Yasu erhob sich, verschränkte die Arme vor der Brust und blickte in den wolkenlosen Himmel hinauf.

»Vielleicht sollten wir unsere Lebenswege vereinen«, sagte sie.

»Wie meint Ihr das?«

Yasu sah auf Ellin hinab. Die Traurigkeit in ihren Augen war einer trotzigen Entschlossenheit gewichen. »Lasst mich mit Euch gehen.«

Ein Augenblick der Freude durchströmte Ellin, doch sogleich gewann die Vernunft wieder die Oberhand. »Das dürft Ihr nicht. Ihr wäret heimatlos, immer auf der Flucht. Und wenn man uns erwischt, wird man uns hart bestrafen, vielleicht sogar hinrichten.«

Erneut blickte Yasu in den Himmel hinauf. »Spätestens morgen Abend werde ich wieder in den Palast gerufen, um diesen Mann, von dem Ihr gesprochen habt, zu unterhalten. Die ganze Nacht ist es ihm gestattet, über mich und meinen Körper zu verfügen. Haltet Ihr das für ein lebenswertes Leben?« Eindringlich sah sie Ellin an. Ein dunkles Feuer loderte in ihren Augen. Der Ausdruck lange unterdrückter Wut über ihre Knechtschaft. »Es gibt gute Männer und es gibt Männer wie den Herrn von Veckta. Ich muss ihnen gleichermaßen dienen, egal ob ich sie verabscheue oder nicht. Wenn ich mit Euch fliehe, habe ich wenigstens die Hoffnung auf ein eigenes Leben, dann gehöre ich wieder ganz allein mir, auch wenn ich dafür sterben muss.«

Ellin erhob sich und trat auf Yasu zu. »Lasst Euch nicht aus einer Laune heraus zu etwas hinreißen, was ihr später vielleicht bereut.«

Yasu schnaubte. »Ihr wäret überrascht, wenn Ihr wüsstet, wie oft ich in meine Kissen weine und über Flucht nachdenke. Ich kann so tun, als wäre mein Leben gar nicht so schlimm, doch tief in meinem Inneren verabscheue ich jeden Augenblick, den ich mit Nosaras Gästen verbringen muss.«

Ellin betrachtete die puppenhaften Gesichtszüge der Sklavin. Von Anfang an hatte sie geahnt, dass das, was Yasu tun musste, auch durch die Gunstbeweise der Gäste nicht zu entschädigen war. »Und ihr seid sicher, dass Ihr das tun wollt?«

Yasu nickte und eilte in das Haus. Ellin blieb im Hof zurück, fassungslos über das, was soeben geschehen war. Sie hatte eine Verbündete gefunden, einfach so, im Vorbeigehen. Ein Lächeln huschte über ihr Gesicht. Hoffnung keimte in ihr auf und wandelte ihre Verzweiflung in Zuversicht.

Die große, schwarze Frau, die während der Totenfeier für Geldis gesungen hatte, trat aus dem Haus und stellte sich mit verschränkten Armen vor Ellin auf. Ihr kahl rasierter Schädel glänzte in der Sonne.

»Wieso tut Ihr das?« Ihre Stimme klang vorwurfsvoll.

»Was tue ich denn?«, fragte Ellin.

»Ihr führt Yasu ins Verderben. Sie ist eine Sklavin! Wenn man sie erwischt, ist sie so gut wie tot.«

»Ich verstehe Eure Sorge, Manua«, sagte Ellin. »Doch ist es alleine Yasus Entscheidung. Ihr ist ein kurzes Leben in Freiheit mehr wert, als ein langes Leben in Gefangenschaft.«

Manua schnaubte. »Wegen ihrer Flucht werden wir unsere Privilegien verlieren. Man wird uns zwingen, wieder in den Palast zu ziehen, um bei den Schweinen zu leben, denn niemand sonst wird uns in seiner Nähe dulden. Man wird uns verbieten, Geschenke anzunehmen und wer weiß, vielleicht werden wir sogar dafür bestraft, dass wir Yasu nicht aufgehalten haben.«

»Ihr könnt uns gerne begleiten«, schlug Ellin vor.

Manua machte eine abfällige Geste. »Niemals. Ihr werdet dort draußen entweder verhungern oder von wilden Tieren gefressen. Und wenn nicht, wird man euch irgendwann fangen, spätestens dann ist euer Leben verwirkt. Ich verspüre kein Bedürfnis, dieses Schicksal zu teilen.«

Yasu trat aus dem Haus, unter dem Arm ein großes Bündel.

»Ich bin bereit«, sagte sie atemlos.

»Tu es nicht!«, bat Manua.

Yasu umarmte sie, ihre Haut war so hell, wie Manuas dunkel war. Aufgrund des Größenunterschieds sah es aus, als würde ein Kind seine Mutter umarmen.

»Leb wohl, Manua«, sagte Yasu.

Manua presste die Lippen aufeinander. »Du dummes Ding, das wirst du bereuen.« Sie zögerte. »Hast du wenigstens Brot und Trockenfleisch mitgenommen?«

Yasu nickte. Manua schob sie von sich. »Dann geh, du verrückte kleine Sklavin! Geh und blicke nicht zurück.«

Ellin nahm Yasu bei der Hand. Fast rechnete sie damit, dass sie es sich anders überlegen würde, doch die Sklavin zögerte nicht. Gemeinsam verschwanden sie in den Wald.

Anfänglich versuchten sie, abseits der Pfade zu bleiben, doch das dichte Gestrüpp aus Farnen, Schlingpflanzen und riesigen Wurzeln machte ein Vorwärtskommen fast unmöglich. Zudem stießen sie auf allerlei wildes Getier, von dem sie nicht wussten, ob es ihnen gefährlich werden konnte oder nicht. Als eine tiefschwarze Schlange aus dem Schatten zwischen den Bäumen huschte und ihnen zischend den Weg versperrte, beschlossen sie, lieber auf dem Pfad zu bleiben. Immer wieder hielten sie inne und horchten auf Verfolger, doch außer den Geräuschen des Waldes und der Tiere war nichts zu hören. Als die

Nacht hereinbrach, kletterten sie auf einen Baum, verscheuchten die vorwitzigen Apinas und bereiten ein Nachtlager. Sie teilten sich ein karges Mahl und schliefen aneinandergekuschelt ein.

21

Mit leuchtenden Augen blickte Nosara auf die geöffnete Truhe. Schmuck und Prasis waren ein Anblick, dem sie sich nicht zu entziehen vermochte. Zwar war der Schmuck nicht so filigran und sauber gearbeitet wie der Schmuck aus Kismahelia, doch dafür war er massiv und protzig und über und über mit Edelsteinen bestückt. Sie zog eine lange Kette aus dem Wust und hielt sie gegen das hereinfallende Sonnenlicht. Der Anhänger bestand aus einem makellosen, goldgefassten Blutstein, der das Licht reflektierte und einen roten Glanz auf ihr Gesicht zauberte.

»Nur dass ich das richtig verstehe, Lord Wolfhard, Ihr bietet mir diese Truhe samt Inhalt im Tausch gegen eine einfache Dienerin?« Während sie sprach, blieb sie in die Betrachtung des Blutsteins vertieft.

Lord Wolfhard nickte. »So ist es, Herrin.«

Langsam ließ sie die Kette sinken und beäugte den knienden Mann zu ihren Füßen. »Warum? Was ist so besonderes an dem Mädchen?«

Trotz und Wut flammten in Wolfhards Gesicht auf. Offensichtlich widerstrebte es ihm, ausgefragt zu werden. Nosara gefiel es, wie er sich abmühte, eine freundliche Miene zu wahren.

»Sie ist eine Verräterin und sie besitzt etwas, das mir gehört«, gab er widerwillig zu.

Nosara bedeutete ihm, sich zu erheben und wies ihm einen Platz auf einem Sitzkissen zu. Wolfhard musterte das Kissen argwöhnisch, bevor er sich unbeholfen setzte. Schweigend beobachtete sie, wie er umständlich auf dem Polster herumrutschte und versuchte, eine bequeme Sitzposition zu finden. Auf ihren Wink hin reichte ihm ein

Diener einen Würzwein. Eine spezielle Mischung, die Lord Wolfhards Zunge lösen sollte. Er leerte ihn in einem Zug, machte ein überraschtes Gesicht und schnupperte an dem Becher.

Nosara beugte sich vor und lächelte ihn verführerisch an. »Schmeckt Euch der Wein?«

Lord Wolfhard nickte. Sein Blinzeln zeigte ihr, dass die Wirkung bereits eintrat.

»Das nenn ich ein starkes Gebräu. Was ist das?«, fragte er.

»Eine geheime Mischung aus seltenen Früchten und Gewürzen. Ich habe ihn von meinem besten Weinbauer kreieren lassen. Möchtet Ihr noch einen Schluck?«

Lord Wolfhard rülpste und grinste. »Immer her mit dem Gesöff.«

Sofort trat der Diener hinzu und füllte seinen Becher auf. Vertraulich legte Nosara eine Hand auf Wolfhards Schultern und beugte sich noch ein wenig näher. »Was hat die Dienerin, das Euch gehört, Lord Wolfhard?«

Mit gerunzelter Stirn blinzelte er sie an. Es dauerte einen Augenblick, bis er antwortete. »Land«, murmelte er schließlich. »Wertvolles Land.«

»Warum verdingt sie sich als Dienerin, wenn sie Land besitzt?«

Wolfhard krallte die Hände in das Kissen. Er schwankte, hielt sich nur mühevoll gerade. »Ihre Mutter war meine in Schande gezeugte Halbschwester«, nuschelte er. »Das Ergebnis einer Liebschaft meines Vaters mit einer Dienstmagd. Ein Bastard, noch dazu ein Mädchen.«

Er hob seinen Becher, wartete, bis der Diener ihn auffüllte, bevor er fortfuhr.

»Nach dem Tod meines Bruders war ich der einzige Sohn und legitime Erbe des Reiches. Doch als seine Bastardtochter den mittellosen, was weiß ich wievielten Sohn eines unbedeutenden Gutsherren geheiratet hat, übertrug er ihr als Mitgift einen großen Teil des fruchtbarsten, vecktanischen Landes.« Wütend kippte er den Würzwein ab und wischte sich mit dem Handrücken über den Mund. »Er schenkte dieser Hure *mein* Land!«

»Warum erhebt das Mädchen keinen Anspruch darauf?«, fragte Nosara mit schmeichelnder Stimme.

Er schnaubte. »Das blöde Ding weiß gar nicht, dass ihre Eltern das Besitzrecht hatten. Deswegen habe ich sie zu mir geholt. Solange sie in meinem Dienst steht, gehen die Erträge des Landes an mich und wenn sie, die Götter mögen es verhüten, ums Leben kommt …«, er lachte hämisch, »… während ich ihr Herr bin und sie keinen Gefährten hat, fällt das Land automatisch an mich, als ihren Dienstherren und nächsten Anverwandten.«

Nosara lehnte sich zurück, legte einen Finger an die Lippen und musterte ihn nachdenklich. »Ihr seid ausgesprochen gerissen, Lord Wolfhard. Vor Euch sollte man sich wohl in acht nehmen.«

Wolfhard lachte grölend. »Das könnt Ihr laut sagen, Herrin. Ich lasse mir meinen Grund und Boden nicht von dem Bastardbalg einer Hure streitig machen.«

Nosara seufzte leise. Angesichts Wolfhards frauenverachtender und ungehobelter Art, fiel es ihr schwer, freundlich zu bleiben. Glücklicherweise hatte sie ihr ganzes Leben lang das falsche Lächeln perfektioniert, mit dem sie Männer um den Finger wickelte. Niemanden gelang es, hinter ihre Fassade zu schauen, wenn sie es nicht wollte. »Darf ich Euch etwas Persönliches fragen?«

Wolfhard nahm einen weiteren Schluck und blickte mit trüben Augen zu ihr auf. »Nur zu, Herrin.«

»Warum habt Ihr das Mädchen überhaupt am Leben gelassen?«

Gespielt erbost riss er die Augen auf. »Wollt Ihr mir etwa unterstellen, ich sei des Mordes an einer Blutsverwandten fähig?«

»Aber nein, doch mir scheint, dass Ihr bei ihren Eltern keine Gnade habt walten lassen. Warum also bei der Tochter?«

Schwankend beugte Wolfhard sich zu ihr. Wenn er so weitertrank, würde er bald umkippen. »Zuerst hatte sie einfach nur Glück. Doch dann ersann ich einen Plan. Ich wollte sie büßen lassen, ihr das Leben zur Hölle machen, also nahm ich sie in meine Dienste. Nach einer Weile stellte ich fest, dass sie ein verdammt hübsches Ding ist und so beschloss ich, mich eine Weile an ihr zu erfreuen, sie vielleicht sogar zu meiner Gefährtin zu machen, wenn ihr versteht, was ich meine.« Er feixte und deutete auf die Dienerinnen. »Was sind das eigentlich für Glatzköpfe da hinten?«

Kalt blickte Nosara auf ihn hinab. Die Dienerin Ellin bedeute ihr nichts, doch sie wusste aus eigener Erfahrung, wie schwer es war, gegen männliche Dominanz zu bestehen. Sie überlegte, wie sie diesen Tölpel, der ihr zungenlösendes Gebräu so willig in sich hineinschüttete, für ihre Zwecke nutzen könnte. Vielleicht könnte sie ihn dazu bringen, sich im Kampf gegen ihren Bruder mit ihr zu verbünden, oder ihr dabei helfen, ihren Fehler mit Unan und Dau wiedergutzumachen, nachdem die Uthra bisher so schmählich versagt hatten.

»Das sind meine Sklavinnen«, erwiderte sie.

»Wenn sie Haare hätten, wären sie gar nicht mal so hässlich«, stellte Wolfhard fest und leckte sich über die Lippen.

»Wenn Ihr es wünscht, werde ich eine meiner Sklavinnen beauftragen, Euch heute Nacht Gesellschaft zu leisten«, bot sie an.

Zufrieden strich Lord Wolfhard über seinen Bart. »Das wäre ganz nach meinem Geschmack.«

Ächzend richtete er sich auf. »Eine Bitte hätte ich, Herrin. Wäre es möglich, die entflohene Dienerin zu sehen?«

»Natürlich. Ich werde sie holen lassen, wenn Ihr es wünscht.«

Ein Beben ging durch Wolfhards Leib, erregt rutschte er auf dem Kissen herum. »Ich kann es kaum erwarten, ihr endlich von Angesicht zu Angesicht gegenüberzustehen.«

Nosara beauftragte einen Diener, Ellin zu holen. »Aber haltet Euch zurück«, warnte sie an Lord Wolfhard gewandt. »Solange sie hier im Palast weilt, ist sie unantastbar. Ihr dürft sie sehen, ihr aber nichts zuleide tun.«

Wolfhard verzog den Mund und brummte unwillig. Nosara konnte sich lebhaft vorstellen, was er gerne mit dem Mädchen tun würde. Im Grunde war es ihr egal. Den Preis hatte er bereits bezahlt. Doch sie wollte ihn reizen, seine Gier entfachen, damit er ihr alles zusicherte, nur um an das Mädchen zu gelangen.

Kurze Zeit später kehrte der Diener in Begleitung des Kämmerers und der Palastvorsteherin zurück. Sie verneigten sich tief und verharrten in dieser Haltung, ein deutliches Zeichen von schlechten Nachrichten.

»Was ist? Wo ist Ellin?«

»Sie ist fort, Herrin«, antwortete Tario.

Nosara erhob sich. »Was bedeutet das, sie ist fort? Wohin ist sie gegangen?«

Sil und Tario warfen sich auf die Knie. »Verzeiht, Herrin, sie hat den Palast verlassen.«

»Wann?«

»Kurz, nachdem die Gäste eingetroffen sind.«

»Wisst ihr, wohin sie gegangen ist?«

Tario drückte die Stirn auf den Boden. »Ich weiß es nicht, edle Herrscherin. Ich sah sie, als sie zum hinteren Tor ging. Sie hatte ein Bündel bei sich und schien in großer Eile.«

»Und es kam Euch nicht in den Sinn, sie aufzuhalten?«

»Doch, aber sie sagte mir, sie hätte den Auftrag, die Sklavinnen zu holen.«

Nosara befahl den Wachen, zum Haus der Sklavinnen zu gehen und nach Ellin zu suchen. Dann trat sie auf die Palastvorsteherin zu. Heißer Zorn pochte in ihrer Brust. »Steh auf!«

Zitternd erhob Tario sich. Nosara holte aus und schlug ihr ins Gesicht. Lord Wolfhard murmelte beifällig.

»Ich bestrafe dich mit fünf Hieben auf die Handflächen. Zudem wirst du bis auf weiteres bei den Sklaven leben. Und sollten wir die Dienerin nicht finden, wirst du deinen Stand als Palastvorsteherin verlieren und bis an dein Lebensende Sklavendienste verrichten. Jetzt verschwinde aus meinen Augen.«

Tario verneigte sich tief. Tränen rannen ihre Wangen hinab. Ein Mauerwächter trat hinzu und warf sich auf den Boden.

»Was willst du?«, fragte Nosara ungehalten.

»Herrin, die Söldner sind zurück.«

Nosara runzelte die Stirn. »Tatsächlich? Hoffentlich kommen wenigstens sie mit guten Nachrichten. Führt sie herein.«

Hinter sich hörte sie, wie Lord Wolfhard einen überraschten Ruf ausstieß, als er die Uthra erblickte.

»Was gibt es Neues? Habt ihr den Auftrag erledigt?«, fragte Nosara ohne eine Begrüßung.

Kylian und Nuelia verneigten sich. »Leider nein, Herrin. Es ist uns bisher nicht gelungen, Unan und Dau zu finden.«

»Warum seid Ihr dann hier? Sucht, bis Ihr sie gefunden habt.«

»Herrin, durch Geldis' Tod haben wir jede Möglichkeit verloren, sie zu finden«, erklärte Kylian. »Sie sind nicht wie Menschen, sie hinterlassen keine Spuren.«

»Dann nehmt Euch eine neue Seherin.«

»Wir haben bereits eine neue Seherin, Herrin. Wir sind hier, um sie zu holen.«

Ungeduldig wedelte Nosara mit der Hand. »Holt sie und belästigt mich nicht mit langweiligen Details.«

Kylians schluckte nervös. Sein Blick huschte zu Wolfhard und der Truhe, die geöffnet neben dem Thron stand. Er wirkte nicht überrascht. Wusste er, was hier vor sich ging? »Verzeiht, aber die Seherin steht in Euren Diensten.«

Schnaubend beugte Nosara sich zu ihm hinab. »Wer ist sie?«

»Es ist die Kammerdienerin Ellin.«

»Ellin? Wieso wollt Ihr gerade sie?«

»Geldis hat sie gelehrt, sie kennt uns und ist mit unserer Lebensweise vertraut.«

Nachdenklich legte Nosara den Zeigefinger an die Lippen, während sie Kylian musterte. Eindeutig ging es ihm nicht um eine Seherin. Er wollte das Mädchen. Warum auch immer. »Das geht nicht. Ich kann sie Euch nicht geben«, sagte sie. »Aber da ich freundlich und großmütig bin, überlasse ich Euch vorübergehend meine persönliche Seherin. Sie ist fast so gut wie Geldis, ihre Fähigkeiten werden Euch genügen.«

Kylian ballte die Hände zu Fäusten. Seine Anspannung war deutlich zu sehen. »Das ist wahrhaft großzügig von Euch, edle Herrscherin. Bitte verzeiht unsere Dreistigkeit, aber wir brauchen Ellin.« Flehend blickte er zu ihr auf. »Ich bitte Euch, Herrin. Es ist von größter Wichtigkeit, dass sie uns begleitet.«

Nosara runzelte die Stirn. Nie zuvor hatte der stolze Kylian gebettelt. Warum tat er es jetzt? Wegen einer Dienerin noch dazu. Oder wusste er um ihre Abstammung? Das konnte nicht sein. »Ich möchte unter vier Augen mit Euch sprechen.«

Demütig folgte er ihr in eine kleine Kammer, die privaten Besprechungen diente. Ein runder Tisch und fünf samtbezogenen Stühle bildeten das gesamte Mobiliar.

»Nun sagt mir, warum Ihr das Mädchen wirklich wollt!«, forderte sie, sobald sie die Tür hinter sich geschlossen hatte.

»Sie ist talentiert und …«, setzte Kylian an.

Nosara hob die Hand. »Bevor Ihr Euch in nutzlosen Ausreden verliert, möchte ich Euch sagen, dass ich weiß, wer sie ist. Und im Anbetracht eures Verhaltens und weil sie mit Euch umhergereist ist, gehe ich davon aus, dass Ihr es ebenfalls wisst.«

»Zieht Ihr in Erwägung, sie auszuliefern?«, fragte Kylian mit dumpfer Stimme. Ein Anflug von Panik huschte über sein Gesicht.

»Natürlich. Lord Wolfhard bot mir eine Truhe voll Schmuck. Ich liebe Schmuck. Zudem könnte mir der Herr von Veckta noch von Nutzen sein.«

»Ihr dürft ihm nicht trauen, Herrin.«

Nosara lächelte nachsichtig. »Das weiß ich doch. Glaubt Ihr denn, ich wäre so dumm, ihn auch nur einen Augenblick lang unbeobachtet zu lassen?«

Unvermittelt sank Kylian auf die Knie. »Überlasst Ellin mir und ich begebe mich in Eure Hände. Ich werde jeden Auftrag, und sei er noch so gefährlich, ohne Lohn verrichten. Herrin, ich flehe Euch an. Nehmt mich an ihrer statt. Lasst mich Euer Sklave sein.«

Ein erregender Schauer rieselte Nosaras Rücken hinab. Das wurde ja immer besser. Einen entzückten Laut ausstoßend, umfasste sie sein Kinn und hob sein Gesicht an, sodass er sie ansehen musste. »Das ist ein verlockendes Angebot. Ihr seid ein stolzer Mann, frei geboren und von außergewöhnlicher Herkunft. Seid Ihr sicher, dass ihr Euch wegen einer Frau in den Stand eines Unfreien begeben wollt?«

Seine gequälte Miene verriet ihr, dass er es nicht war. Doch er nickte.

Schweigend musterte sie ihn wie die Schmuckstücke zuvor, wog den Wert seines Angebots gegen Lord Wolfhards Offerte ab. »Gut«, stimmte sie schließlich zu. »Aber Ihr leistet den Eid jetzt und hier.«

Kylians offensichtliche Qual zauberte ein Lächeln auf ihr Gesicht. Er musste dieses Mädchen wahrhaft lieben. Die Erkenntnis versetzte ihr einen eifersüchtigen Stich, den sie energisch verdrängte. Die Herrscherin von Huanaco war über Gefühle erhaben. Dennoch. Der Gedanke verstimmte sie. Kylian sollte sie verehren und lieben und nicht dieses blauäugige Ding.

»Dann sprecht mir nach«, forderte sie betont kühl. »Ich, Kylian, Gesandter des Lichts, Abkömmling des unsterblichen Mabon, stelle mich von nun an, bis ans Ende meines leiblichen Seins, in die Dienste der Herrin Nosara al Surani, Herrscherin von Huanaco.«

Er wiederholte die Worte.

»Ich fordere keinen Lohn, nur das, was ich am Leib trage und zum Überleben brauche«, fuhr sie fort.

Auch diese Worte sprach Kylian nach.

»Das Wort der Herrscherin ist fortan mein Befehl und sollte ich nicht in der Lage sein, ihrem Willen zu folgen, nehme ich jede Strafe an, die sie über mich verhängt«, beendete sie.

Kylian sprach den letzten Satz.

»Nun gehörst du mir.« Sie lächelte und gab einen glucksenden Laut von sich, der entfernte Ähnlichkeit mit einem Kichern hatte. Die Tatsache, dass er nun ihr Leibeigener war, zerstörte zugleich jede Hoffnung, die er auf eine Zukunft mit diesem Mädchen hatte. Ob ihm das bewusst war?

»Und ich habe auch sogleich eine besondere Aufgabe für dich. Wenn du sie zu meiner Zufriedenheit erfüllst, werde ich die Dienerin freilassen. Bis dahin wird sie unter meinem Schutz stehen.«

»Was geschieht, wenn ich während der Erfüllung meines Auftrags mein Leben verliere?«, fragte er.

»Wenn du den Auftrag erfolgreich beendest, werde ich das Mädchen vor Lord Wolfhard schützen und dafür sorgen, dass sie ihren Anspruch auf das Land ihrer Mutter geltend macht. Dafür gebe ich dir mein Wort als Herrscherin. Solltest du jedoch versagen, sehe ich mich gezwungen, das Angebot dieses rotbärtigen Barbaren anzunehmen.«

Kylian riss überrascht die Augen auf. »Das Land ihrer Eltern? Hat Ellin etwa Besitzrechte auf ein freies Gut?«

»Oh ja, das hat sie. Sie hat das Erbrecht auf eines der ertragreichsten Ländereien an den Grenzen Vecktas. Und nicht nur das, mein Lieber, in ihr fließt das Blut der Wolfhards. Sie ist die Tochter von Wolfhards in Schande gezeugter Halbschwester.«

Fassungslos starrte Kylian sie an. »Das ist also der Grund, warum er danach trachtet, sie in seine Finger zu bekommen. Er will das Land haben.«

Nosara nickte und strich mit den Fingerspitzen über seine Wange. »Du siehst, wenn du meinen Auftrag erfüllst, sorgst du nicht nur dafür, dass Ellin am Leben bleibt, sondern verhilfst ihr auch zu ihrem Recht.«

»Dann sagt mir, was ist Euer Auftrag, Gebieterin?«

»Töte meinen Bruder!«

Entsetzt riss er die Augen auf. »Herrin, das ist Wahnsinn.«

»Nein, das ist Vernunft. Kismahelia und Huanaco müssen wieder vereint werden, nur so werden wir eine Großmacht sein, vor der andere Länder erzittern. Und was ist besser, als eine bedeutende Herrscherin, die das Land in eine glorreiche Zukunft führt?«

»Euren Bruder zu töten ist Selbstmord.«

Gleichmütig zuckte Nosara mit den Schultern. »Du bist schnell und geschickt. Wenn es jemandem gelingt, dann dir.«

Er senkte den Kopf, sackte förmlich in sich zusammen. »Darf ich Ellin noch einmal sehen?«

»Nein. Ich bestehe darauf, dass du dich umgehend auf den Weg machst, denn ich möchte vermeiden, dass Gerüchte noch vor dir meinen Bruder erreichen. Ich lasse ein Schreiben aufsetzen, damit du auch sicher eine Audienz bei ihm erhältst.«

Kylian verneigte sich, zum Zeichen seines Einverständnisses, erhob sich und verließ die Kammer.

Zufrieden betrachtete sich Nosara in der Vanadiumscheibe an der Wand. Ihr Gesicht strahlte wie die aufgehenden Wintersonnen. Die Tatsache, dass Ellin geflohen war, erschien ihr kaum einen Gedanken wert. Kylian würde es nie erfahren. Und Lord Wolfhard würde sie erzählen, dass sie ihre Söldner ausgeschickt hatte, um das Mädchen zu finden. Damit konnte sie ihn sicher eine Weile hinhalten. Und wenn er irgendwann beschließen sollte, die Heimreise anzutreten, würde sie tatsächlich Soldaten ausschicken, um Ellin vor ihm zu finden. Auf diesem Weg bekäme sie ein Unterpfand, welches sie gegen die Uthra und gegen Lord Wolfhard einsetzen konnte. Ihr melodisches Lachen hallte durch den Saal, ein Laut, den die Bediensteten sehr selten zu hören bekamen. Alles verlief ganz in Nosaras Sinne.

22

Ellin und Yasu irrten ziellos umher und lebten in ständiger Angst vor Entdeckung. Doch waren es keine etwaigen Verfolger, die sie in Gefahr brachten, sondern der Dschungel selbst. Unter jedem Blatt, so schien es Ellin, lebte irgendein seltsames Tier. Schon am ersten Tag wurden sie von haarigen Viechern gejagt, mit spitzen Stoßzähnen und tellergroßen Unterkiefern. Im allerletzten Moment erklommen sie einen Baum, von dem aus sie sich über einen Bach an das andere Ufer retten konnten. Am Morgen des zweiten Tages streiften sie grünweiße Blätter, wonach sie einen brennenden Ausschlag bekamen, der stundenlang anhielt. Ein anderes Mal wurden sie nachts von einem Stechlingschwarm überfallen, der sie in einer summenden Wolke umschwärmte. Sie retteten sich, indem sie von dem Baum sprangen und kopflos in den nächsten Tümpel stürzten, ungeachtet der Gefahren, die dort lauern mochten. Am Abend des vierten Tages wurde Yasu von einem rindenfarbenen Käfer gebissen, der aussah wie ein winziger, fetter Wurm. Der Biss, der sich genau zwischen Zeigefinger und Daumen befand, blutete kaum, schmerzte jedoch heftig. Ellin legte in kühles Wasser getränkte Tücher darauf. Mit Unbehagen erinnerte sie sich an Butans Biss und hoffte inständig, dass der Käfer nicht giftig gewesen war. Doch allem Anschein nach war er es. Yasus Zustand verschlechterte sich so rapide, dass Ellin angstbebend an ihrer Seite weilte und jede Regung sorgenvoll zur Kenntnis nahm. War Yasu schon immer blass gewesen, so war sie nun bleich wie ein Salzstein und schwitzte stark. Am Abend klagte sie über Übelkeit und übergab sich mehrere Male, bis sie nur noch eine gelbliche Flüssigkeit hervorwürgte. Anschließend schlief sie erschöpft ein.

Die ganze Nacht hindurch lauschte Ellin auf Yasus Atem und tastete nach ihrem Puls. Am nächsten Morgen erwachte die Sklavin und fühlte sich zu Ellins großer Erleichterung besser. Die sorgenerfüllte Nacht hatte ihr verdeutlicht, wie sehr sie sich an Yasus Anwesenheit gewöhnt hatte. Zum ersten Mal in ihrem Leben hatte sie jemanden, der verstand, was sie fühlte und ihre Hoffnungen und Wünsche teilte. Sie zwang Yasu, etwas zu essen und beäugte währenddessen die Umgebung. Zu den Gefahren des Waldes hatte sich das unbestimmte Gefühl des Beobachtetwerdens gesellt. Es war nicht so, dass sie jemals Menschen oder auch nur menschenähnliche Wesen erblickte, eher ein unbewusstes Wissen um ihre Gegenwart, das Erahnen aufmerksamer Blicke, die ihnen überallhin zu folgen schienen. Das Gefühl war mittlerweile so übermächtig, dass sie bei jedem Knacken oder Rascheln zusammenzuckte und mit pochendem Herzen den Wald absuchte. Manchmal glaubte sie, Augen zu sehen, die sie betrachteten, ein Stück Haut, braun wie Baumrinde, mit grüner Bemalung oder eine Hand, die das Dickicht zerteilte, doch sicher war sie nie. Es könnten ebenso gut auch Trugbilder gewesen sein, welche ihr angespanntes Gemüt ihr vorgaukelten.

»Was meinst du, wie lange müssen wir noch diesen furchtbaren Wald durchwandern?«, fragte Ellin.

Yasu zuckte mit den Schultern. »Als ich nach Huanaco gebracht wurde, hat es drei Nächte gedauert, bis wir den Wald durchquert hatten, doch da wir wesentlich langsamer sind und auch nicht genau wissen, welcher Pfad der richtige ist, gehe ich davon aus, dass wir etwas länger brauchen werden.«

Ellin seufzte. Im Grunde war es egal, wie lange sie brauchten, sie hatten sowieso kein Ziel. Trotzdem wollte sie diesen Dschungel endlich hinter sich lassen.

»Ich habe mir etwas überlegt«, sagte Yasu in ihre Grübeleien hinein. »Warum gehen wir nicht nach Tuipan?«

»Was ist das?«

»Das ist die Insel, auf der ich geboren wurde.«

Ellin begann, an ihrer Unterlippe zu nagen. »Und wie gelangen wir dahin?«

»Wir müssten zuerst nach Kismahelia und dort eine Überfahrt finden.«

Eine Insel war gut. Auf einer Insel würde Lord Wolfhard sie als Letztes suchen, vor allem da er eine tiefe Abneigung gegen Schiffe hegte. Weder konnte er schwimmen, noch vertraute er schwankenden Booten. »Die Idee ist gut. Ich bin der Meinung, wir sollten es versuchen«, stimmte sie zu.

Immerhin hatten sie nun ein Ziel, was gut war. Nicht gut war, dass ihre Vorräte zuneige gingen. Trotz der üppigen Vegetation gestaltete sich das Finden von Essbarem schwierig, denn weder Ellin noch Yasu kannten sich mit den Wurzeln, Kräutern und Knollen Huanacos aus. Nur selten fanden sie vertraute Gewächse. Eines Morgens fingen sie ein Tier, welches Ähnlichkeit mit dem vecktanischen Waldhorn hatte und beschlossen, es zu probieren. Zu Ellins Freude schmeckte es auch so.

Am folgenden Tag gelangten sie zu einer der Plattformen. Hinter einem Gebüsch versteckt warteten sie, bis die Nacht hereingebrochen war, und kletterten anschließend hinauf. Im Vergleich zu ihren bisherigen Schlafplätzen war sie recht bequem. Sie konnten mit ausgestreckten Beinen schlafen und dank des Feuers, das sie in der Feuerschale entzündeten, blieben sie von krabbelndem und fliegendem Getier weitestgehend verschont.

Am Morgen wurden sie von Stimmen geweckt. Die Sonnen standen hoch am Himmel, sie hatten lange geschlafen. Zu lange. Durch das Dickicht war nicht zu erkennen, wer den Pfad entlangkam. Hastig stopften sie ihre Sachen in die Bündel, kletterten von der Plattform hinab und versteckten sich zwischen den Wurzeln eines riesigen Mamonbaumes. Keinen Augenblick zu früh, denn schon betrat die Gruppe die Lichtung. Erleichtert nahm Ellin zur Kenntnis, dass es sich um einen Händlertrupp handelte, der ohne innezuhalten vorüberzog. Sobald der Trupp außer Hörweite war, krochen sie wieder hervor und setzten ihren Weg fort.

»Es kann nicht mehr weit sein«, sagte Yasu.

»Woraus schließt du das?«, fragte Ellin. Ihr Magen knurrte vernehmlich. Wehmütig dachte sie an die leckeren Speisen im Palast zurück.

»Es geht schon seit längerem nicht mehr bergab.«

Ellin freute sich auf das Ende der grünen Hölle. Kismahelia war ein weites und trockenes Land, hatte Yasu erzählt, und sicher einfacher zu durchqueren als die dicht bewaldeten Hügel Huanacos.

Im Laufe des Tages veränderte sich der Wald dramatisch. Die mächtigen Mamonbäume mit den riesigen Wurzeln verschwanden, die Vegetation dünnte aus und der Boden ebnete sich. Am Abend erreichten sie eine weite Grasfläche, auf der nur noch kleinere Bäume und Sträucher wuchsen. Da die Dunkelheit nahte, beschlossen sie, ihr Nachtlager auf einem Baum am Waldrand aufzuschlagen. Ellin lehnte sich gegen einen Ast und betrachtete den Nordstern. Ihr achtzehnter Namenstag war vorübergezogen, ohne dass sie es bewusst wahrgenommen hatte. Zum ersten Mal seit ihrer Flucht dachte sie intensiv an Kylian. Solange sie noch in Huanaco weilte, hatte sie sicher sein können, ihn eines Tages wiederzusehen. Doch nun war sie auf dem Weg in ein weit entferntes Land und die Hoffnung auf ein Wiedersehen für immer verloren. Erinnerungen an die Nacht des Sternenfestes erschienen vor ihrem geistigen Auge. Wie sie getanzt und sich geküsst hatten, und wie sie eng umschlungen im weichen Gras gelegen und die fallenden Sterne betrachtet hatten. Zärtliche Gesten und geflüsterte Liebesschwüre und seine warmen Lippen auf ihrer Haut. Die schönste Nacht ihres Lebens war vergangen, in der Zeit verloren, wie alles Vergängliche dieser Welt. Der Nordstern schickte sein fahles Licht zu ihr hinab. Das gleiche Licht, welches auch Kylian sehen konnte. Wenigstens etwas, das sie miteinander verband. Sie merkte kaum, wie Tränen ihre Wangen hinabrannen, erst Yasus Hand, die zärtlich über ihre Wange strich, holte sie in die Wirklichkeit zurück. »Sei nicht traurig«, wisperte sie. »Irgendwo auf dieser Welt gibt es einen Platz für uns, wir müssen ihn nur finden.«

Ellin nickte stumm.

»Denkst du an ihn?«, fragte Yasu.

Wieder ein Nicken.

»Ich weiß nicht viel über die Liebe, aber ich bin mir sicher, dass er auch an dich denkt.«

»Habt ihr das Lager miteinander geteilt?«, fragte Ellin unvermittelt und sah Yasu ernst an.

Die Sklavin wirkte unangenehm berührt. »Wieso fragst du das jetzt?«

»Weil ich Gewissheit haben möchte.«

Yasu mied ihren Blick. »Ich möchte nicht darüber sprechen Ellin. Das ist mir unangenehm.«

»Ich weiß, es ist taktlos von mir, danach zu fragen. Ich möchte nur endlich die Wahrheit erfahren. Natürlich weiß ich, dass du ihm schon früher Gesellschaft leisten musstest. Alles, was ich wissen möchte, ist, was das letzte Mal geschah.«

Nervös strich Yasu sich über das stoppelige Haar. »Ist es dir wirklich so wichtig?«

Ellin nickte und blickte Yasu flehend an. »Die Ungewissheit zermürbt mich. Ich weiß, dass ich ihn wahrscheinlich nie mehr wiedersehen werde, doch bevor ich ihn vergessen kann, muss ich wissen, ob er die Wahrheit gesprochen hat.«

Yasu seufzte. »Also gut. Ich erzähle dir von der Nacht.« Sie riss ein paar Blätter ab und begann, sie zu zerrupfen. »Schon als ich seine

Kammer betrat, wirkte er angespannt und abwesend. Deshalb habe ich vorgeschlagen zu baden, was normalerweise allen Männern gefällt. Doch im Badebecken saß er einfach nur da und strich schweigend über die Blüten im Wasser. Er sah mich nicht einmal an. Auch mein Angebot, ihn zu waschen, lehnte er ab. Also habe ich für ihn getanzt. Er hat mir zwar zugesehen, doch wirklich gesehen hat er mich nicht. Es war, als blicke er durch mich hindurch. Nach dem Tanz hat er sich angekleidet, mich um Verzeihung gebeten und ist gegangen.«

»Wirklich?«

Yasu nickte. »Das ist die Wahrheit. Ich hatte Angst, dass mich die Herrscherin bestrafen würde, doch sie übergab mir stattdessen einen Armreif, den er für mich dagelassen hatte. Er hatte sie glauben lassen, eine angenehme Nacht mit mir verbracht zu haben.«

Ein leises Lächeln huschte über Ellins Gesicht, begleitet von einem seltsamen Gefühl, das sich in ihrer Brust ausbreitete, warm und ziehend. Ein Anflug von Genugtuung gepaart mit Erleichterung und Wehmut.

»Sag Ellin, hast du jemals die Zeichen auf seiner Haut gesehen?«, fragte Yasu.

»Ja.«

»Was bedeuten sie?«

»Das sind die Zeichen seiner Herkunft. Er trägt sie seit seiner Geburt.«

Yasu schaute verständnislos, fragte jedoch nicht weiter nach. »Weißt du, ich beneide dich«, sagte sie plötzlich.

Überrascht blickte Ellin auf. »Wieso?«

»Du kannst lieben und geliebt werden. Ich bezweifle, dass es mir vergönnt sein wird, diese Erfahrung zu machen. Ich werde für den Rest meines Lebens allein bleiben.«

Betroffen griff Ellin nach ihrer Hand. »Du bist nicht allein. Ich werde bei dir bleiben.«

»Versprichst du das?« Yasus Mandelaugen sahen sie hoffnungsvoll an.

»Ich verspreche es.«

»Lass uns einen Pakt schließen«, schlug Yasu vor. »Wir versprechen, füreinander zu sorgen, wie es Gefährten auf Lebenszeit tun und einander niemals im Stich zu lassen.«

Ellin nickte. »Gefährtinnen auf Lebenszeit – das hört sich gut an.« Sie umarmten einander, stachen sich dann mit einem Dorn in die Hand und verschlangen ihre Finger miteinander, damit sich ihr Blut vermischte.

»Gefährtinnen auf Lebenszeit«, schwor Yasu.

»Gefährtinnen auf Lebenszeit«, stimmte Ellin zu.

Die Nacht verging ereignislos. Am Morgen kletterten sie den Baum hinab und durchwanderten die Ebene. Da sie hungrig waren, suchten sie nach essbaren Früchten, Samen und Wurzeln, doch alles, was sie fanden, war eine Handvoll Kräuter, die ihre knurrenden Mägen nur ungenügend füllten. Bis zur Abenddämmerung schleppten sie sich dahin und sahen nichts, als endlose Weite, halbvertrocknete Büsche und Gras. Die Nacht verbrachten sie im Windschatten eines Dornbuschs und lauschten mit gezückten Messern auf das schreckliche Geheul wilder Sandläufer, die auf der Suche nach Beute die Finsternis durchstreiften. Am Morgen setzten sie ihren Weg fort. Der Hunger schwächte ihre Glieder und machte sie wortkarg, einzig ihre knirschenden Schritte waren zu hören. Als die Sonnen ihren höchsten Stand erreichten, erblickten sie in der Ferne eine Karawane, die langsam nordwärts zog. Trotz ihrer Angst zwang der Hunger sie dazu, sich den Händlern zu zeigen und um etwas zu essen zu bitten. Sie bekamen ein paar altbackene Fladen und kleine, schrumpelige Äpfel, die sie gierig verschlangen. Je weiter sie südwärts zogen, umso weicher und sandiger wurde der Boden. Am Abend schließlich erreichten sie das Große Wasser, das in weichen Wellen die Küste umspülte. Ellin, die noch nie zuvor das Große Wasser gesehen hatte, betrachtete fasziniert die endlose, blaue Fläche. Lange Gräser wehten im Wind und überall lagen Muscheln, bunte Steine und glitschige Schlingpflanzen im Sand. Yasu stieß einen entzückten Ruf aus und begann, kleine blaue Muscheln aufzulesen.

»Was machst du da?«, rief Ellin ihr nach.

»Das sind Humbamuscheln, die durch das zurückweichende Wasser an den Strand gespült wurden. Sie sind wohlschmeckend und nahrhaft«, erwiderte Yasu.

Nun begann Ellin, ebenfalls Muscheln aufzusammeln. Nachdem sie ihre Röcke gefüllt hatten, suchten sie einen windgeschützten Platz hinter einer Düne und legten ihre Beute ab. Anschließend sammelten sie Gräser und dürre Zweige, die der Wind herbeigeweht hatte, und entzündeten ein Feuer. Yasu zeigte Ellin, wie man die Muscheln öffnete und das glitschige Fleisch herauslöste. Dieses spießten sie auf dünne Stöckchen und rösteten es über den Flammen. Der Nordstern glänzte am Himmel, als sie endlich ihre Mahlzeit verspeisten. Die schwabbelige Konsistenz und der fettige Geschmack des Muschelfleisches waren gewöhnungsbedürftig, doch Ellins knurrender Magen besiegte ihre Vorbehalte. Heißhungrig stopfte sie das Fleisch in sich hinein. Anschließend wickelte sie sich in ein Tuch und schlief auf der Stelle ein.

Kurz, nachdem der Nordstern hinter dem Horizont versunken war, wurde sie von leisem Wiehern geweckt. Erschrocken richtete sie sich auf und lauschte. Ein frischer Wind fegte über sie hinweg und das beständige Rauschen der Wellen übertönte fast das dumpfe Geräusch der Pferdehufe. Mit klopfendem Herzen drückte sie sich an die schützende Düne. Sie überlegte, ob sie Yasu wecken sollte, doch da das Feuer heruntergebrannt war und sie nicht annahm, dass die Reiter sie in der Finsternis entdecken würden, entschied sie sich dagegen. Es bestand kein Grund, Yasu jetzt schon in Angst und Schrecken zu versetzen. Die Reiter näherten sich. Ellin konnte ihre Stimmen hören. Sie fragte sich, wer in der dunkelsten Nacht am Wasser entlangritt, wo man nicht einmal die eigene Hand vor Augen sehen konnte? Eigentlich fiel ihr nur einer ein, der das konnte. Ihr Herz hüpfte aufgeregt und sie verspürte den plötzlichen Drang, sich bemerkbar zu machen. Schon hatten die Reiter ihren Schlafplatz passiert und entfernten sich. Ellin zögerte. Sollte sie es tun? Nein. Es war zu gefährlich, schließlich wusste sie nicht mit Sicherheit, ob es sich wirklich um die Uthra handelte. Der Gedanke, dass Kylian ganz nah war, vielleicht sogar das gleiche Ziel hatte, ließ sie nicht mehr los.

Den Rest der Nacht grübelte sie und betrachtete dabei das schwarze Wasser, in dem von Zeit zu Zeit leuchtende Wesen auftauchten und wieder verschwanden. Einmal glaubte sie etwas unglaublich Großes zu erblicken, das sich wie ein fahles Schattenbild in der Ferne erhob. Im Morgengrauen weckte sie Yasu und sie setzten ihren Weg fort. Nach und nach kamen Boote und kleinere Schiffe in Sicht, die in Strandnähe ankerten, sowie windschiefe Hütten und Siedlungen.

»Freie Fischer«, erklärte Yasu, als sie Ellins fragenden Blick bemerkte. »Sie leben immer in Nähe des Großen Wassers.«

»Könnten wir sie nicht fragen, ob sie uns nach Tuipan bringen?«, fragte Ellin hoffnungsvoll.

Yasu schüttelte den Kopf. »Ihre Boote sind zu klein um die gefährlichen Gewässer vor Tuipans Steilküste zu umschiffen. Sie würden wie eine Nussschale an den Felsen zerschellen.«

Ellin betrachtete die im Wasser schaukelnden Boote und fragte sich, wie mächtig ein Schiff wohl sein musste, um das Große Wasser zu überqueren.

Die Menschen am Strand hielten inne, wenn sie vorbeiliefen, doch niemand sprach sie an. Da sie in Nähe der Behausungen und Siedlungen kaum Muscheln fanden, bettelten sie die Fischersfrauen an, die mit überkreuzten Beinen vor den Hütten saßen und die Fangnetze flickten, Fische ausnahmen oder Wäsche wuschen. Halbnackte Kinder rannten umher, gefolgt von dicken, pelzigen Tieren mit flossenartigen Beinen. Die Männer werkelten an ihren Booten, schleiften und fetteten Angelhaken und Messer oder lagen auf den Planken und hielten ein Nickerchen. Wenn sie Ellin und Yasu erblickten, hielten sie inne und musterten die beiden Frauen. Manche riefen ihnen einen freundlichen Gruß zu, andere machten zweideutige Angebote.

»Sie warten auf das Ansteigen des Wassers, damit sie hinausfahren können«, erklärte Yasu, während sie ein Tuch um ihr Haupt schlang, um die Haarstoppeln zu verbergen. Das Sklavenband an ihren Hals hatte sie schon im Wald abgenommen, doch das Brandmal, das sie lebenslang als Sklavin kennzeichnete, ließ sich nicht so leicht verbergen. Die meisten Fischersfrauen behandelten Ellin und Yasu abweisend und jagten sie davon. Nur eine erbarmte sich ihrer und schenkte ihnen eine Handvoll winziger Fische und einen Gerstfladen. Yasu ignorierte das Verhalten der Männer und deren Frauen, doch Ellin fiel es schwer, so zu tun, als machten ihr die Worte nichts aus. Sie war froh, als sie eine Mahlzeit beisammenhatten und sich von den Hütten entfernen konnten. Die Fische waren nicht besonders ergiebig, doch in Verbindung mit dem Gerstfladen und ein wenig Muschelfleisch füllte es ihre hungrigen Bäuche.

Als sich die Dunkelheit herabsenkte, bereiteten sie ein Nachtlager hinter einer Düne, so weit wie möglich von den Hütten entfernt, doch in Sichtweite. Das stetige Rauschen der Wellen wiegte sie in einen tiefen Schlaf, aus dem sie erst spät am nächsten Morgen erwachten. Ellin erschrak, als sie die Augen aufschlug und in die Gesichter mehrerer Kinder blickte, die sie lachend betrachteten. Hastig rafften sie ihre Sachen zusammen und setzten ihren Weg fort. Wenig später hielten sie inne, zogen ihre Kleider aus und wuschen sich im Großen Wasser. Vor ihnen ragte ein beeindruckendes Felsmassiv bis weit in das Wasser hinaus. Wie eine natürliche Grenze trennte es die Dünen von der dahinter liegenden Halbinsel.

Yasu deutete auf einen entfernten Punkt hinter dem Felsen. »Dort liegt Kismahelia.«

Ellin kämmte ihre verknoteten Haare, während Yasu Fleisch aus Muscheln pulte und es auf Stöcke spießte. Nach dem Essen zogen sie frische Kleidung an und richteten einander so gut wie möglich her. Yasu drapierte ein Tuch so um ihren Kopf, dass es auch den Hals verbarg. Dann begannen sie, das Felsmassiv zu umrunden.

»Wir müssen uns beeilen«, mahnte Yasu. »Sonst schließen sie das Tor.«

Kurz vor der Abenddämmerung tauchte die Stadtmauer vor ihnen auf. Im Gegensatz zu Huanaco war Kismahelia vollständig von einer drei Mann hohen Sandsteinmauer eingefasst. Geschützt durch das Große Wasser auf der einen und dem Felsmassiv auf der anderen Seite, war es Angreifern fast unmöglich, sich der Stadt unbemerkt zu nähern.

So sehr sie sich auch anstrengte, es gelang Ellin nicht, die Größe der Stadt zu erfassen. Schier endlos zog sie sich über die gesamte Halbinsel bis weit in das Landesinnere hinein. In der Ferne ragte ein hoher Turm über der Mauer empor bis in den Himmel hinauf, genau wie der, den sie einst in ihrem Traum gesehen hatte. Ein mulmiges Gefühl breitete sich in ihr aus.

Hast du ihn getötet? Noch immer hallten die Worte in ihrem Kopf und erinnerten sie an den seltsamen Traum. Konnte es ein Zufall sein, dass sie von Kylian, Nosara und diesem Turm geträumt hatte, bevor sie ihnen überhaupt begegnet war? Handelte es sich bei dem Traum vielleicht gar nicht um einen Traum, sondern um eine Vision? Ein Vorbote des Kommenden? Doch auch wenn es sich um eine Vision gehandelt hatte, vermochte sie nicht, sie zu deuten und für Umkehr war es sowieso zu spät. Sie musste ihrem Schicksal folgen, konnte gar nichts anderes tun. Es gab kein Zurück.

Das Stadttor stand offen. Die Wachen ließen sie unbehelligt passieren. Kaum dass sie Kismahelia betreten hatten, blickte Yasu sich nervös um.

»Hast du Angst?«, fragte Ellin.

Yasu verzog das Gesicht. »Ein wenig. Ich befürchte, dass mich jemand erkennt und ich wieder in Fortas' Hände gerate.«

»Ist er ein ebenso grausamer Herr wie Lord Wolfhard?«

Yasu schüttelte den Kopf. »Nein, aber er ist sicher nicht erfreut, wenn er erfährt, dass das Geschenk an seine Schwester geflohen ist.«

Ellin ergriff Yasus Hand, drückte sie beruhigend und blickte sich um. Die Häuser standen dicht beieinander, nur die wenigsten verfügten über einen Hof oder Garten. Was in Huanaco der Kampf gegen den wuchernden Urwald war, war in Kismahelia der Kampf gegen den Sand. An den Mauerecken der Häuser erhoben sich kleine Sandverwehungen, und wenn man Luft holte, schien man immer auch ein paar Körnchen einzuatmen. Selbst die Menschen wirkten staubig und hell. Wie die Bürger Huanacos trugen sie Kleidung in allen Schattierungen von Weiß, doch ihre Häupter verbargen sie unter langen Tüchern, die sie mit Lederriemen oder geflochtenen Bändern um ihren Kopf geschlungen hatten. Für Yasu war das von Vorteil, denn so fiel ihr verhülltes Haupt nicht auf. Die meisten Menschen liefen barfuß, was sich auch Ellin und Yasu in den letzten Tagen angewöhnt hatten. Sand in den Schuhen rieb an den Füßen.

»Wir müssen etwas zu essen und einen Schlafplatz finden«, sagte Ellin. »Hast du einen Vorschlag?«

Yasu deutete die Straße hinab Richtung Wasser. »Wir könnten am Hafen unter einem Bootssteg schlafen. Wo wir etwas zu essen herbekommen sollen, ist mir allerdings ein Rätsel.«

In Hafennähe passierten sie einen Markt, dessen Händler in Begriff waren, ihre Stände zusammenzupacken. Die große Sonne schob sich bereits hinter den Nordstern und tauchte die Stadt in ein weiches, goldenes Licht. Ellin trat auf eine Obsthändlerin zu und bat um angeschlagene Reste. Seltsamerweise fiel ihr das Betteln in der Stadt um einiges schwerer als bei der Karawane oder den Fischerhütten am Strand. Die Händlerin sah sie nur abfällig an und schüttelte ihre

Zöpfe. Trotz der Niederlage, zwang Ellin sich dazu, es beim nächsten Händler zu versuchen, doch auch bei ihm gingen sie leer aus.

»Wenn Ihr keine Prasis habt, müsst ihr Euch welche verdienen«, sagte er.

»Das würden wir gerne«, erwiderte Ellin. »Aber wie?«

Er grinste. »Zwei hübschen Dingern wie Euch sollte das doch nicht allzu schwer fallen.«

Yasu zog an Ellins Arm. »Hör nicht auf ihn, lass uns einfach weitergehen.«

Nach den Worten des Händlers wagten sie nicht mehr, um Essen zu betteln. Hungrig und müde schlenderten sie am Hafen entlang und suchten nach einem Unterschlupf. Schließlich legten sie sich neben den Rumpf eines Schiffswracks, welches an den Strand gespült worden war und versuchten, trotz ihrer knurrenden Mägen, einzuschlafen. Die Nacht verlief relativ ruhig. Hin und wieder torkelten betrunkene Seeleute an ihnen vorbei, grölten schmutzige Lieder und schreckten sie mit ihrem dissonanten Gesang aus dem Schlaf. Doch die Männer bemerkten die beiden Frauen nicht, die tief im Schatten des Schiffswracks kauerten. Kurz vor Morgengrauen erhoben sie sich mit steifen Gliedern, strichen ihre Kleider glatt, setzten sich an die Hafenmole und warteten auf den anbrechenden Tag.

Sobald die Stadt zum Leben erwachte, begannen sie, sich nach einer Überfahrt zu erkundigen, mit wenig Erfolg. Bei den meisten Schiffen, die zu den Inseln segelten, handelte es sich um Sklavenschiffe, in denen Ellin und Yasu jedoch keinesfalls reisen wollten. Schließlich beschlossen sie, sich aufzuteilen und sich direkt bei den Schiffskapitänen nach ihrer Fahrtroute zu erkundigen und um eine Überfahrt zu bitten. Der Hunger machte Ellin schwindelig und sie musste sich immer öfter abstützen oder ausruhen, um wieder zu Kräften zu kommen. Fast war sie versucht, etwas zu Essen zu kaufen, doch da sie die wenigen Prasis, die sie besaß, für die Bezahlung der Überfahrt benötigte, verwehrte sie sich diese Schwäche. Bevor sie nicht am Verhungern war, würde sie nichts von ihrem Ersparten ausgeben. Sie erspähte ein Schiff, welches soeben mit riesigen Körben, Kisten und Käfigen beladen wurde, in denen sich Obst, Trockenfleisch, Gemüse und allerlei lebende Tiere befanden. Bei dem Anblick wurde ihr erneut schwindlig und ihr Magen knurrte so laut, dass sie sicher war, dass es jeder im Umkreis eines Doppelschrittes hören konnte. Beschämt sah sie sich um. Niemand beachtete sie. Ein junger Bursche schnappte sich einen Korb Mirabeeren und balancierte ihn über den schmalen Steg an Bord des Schiffes. Immer wieder sah er nach Ellin, die neben den Körben stand und ihn anlächelte. Er errötete, stolperte und fiel die Stufen hinab. Die Mirabeeren kullerten über die Planken. Es gab Gelächter und Geschrei, ein dicker, glatzköpfiger Mann eilte herbei, das Gesicht vor Zorn gerötet. »Du elender Tölpel«, schrie er und schlug mit einem schmalen Stock auf den armen Jungen ein.

Niemand beachtete Ellin. Der Duft von frischgebackenen Gerstfladen wehte in ihre Nase und ließ ihr das Wasser im Mund zusammenlaufen.

Ohne zu überlegen schnappte sie einen Strang Trockenfleisch und ein paar Äpfel und stapfte davon.

»He du«, rief jemand hinter ihr. »Bleib stehen, du diebische Aasmeise.«

Ihr Herz schlug ihr bis zum Hals. Sie hatte Essen gestohlen! Wieso hatte sie Essen gestohlen? Jemand packte sie an der Schulter und hielt sie fest. Sie versuchte, sich loszureißen, doch schon griff eine weitere Hand nach ihr.

»Halt ein, Weib«, sagte die Frau, die Ellins Arm umklammert hielt. Sie war groß, kräftig wie ein Mann und hatte ein braunes, wettergegerbtes Gesicht.

Die Äpfel purzelten zu Boden. »Bitte lasst mich«, flehte Ellin. »Es war nicht meine Absicht, zu stehlen.«

»Das kannst du dem Büttel erzählen«, sagte ein hagerer Mann zu ihrer Rechten.

Panik stieg in ihr empor. »Ich bezahle die Waren«, bot sie an und griff mit der freien Hand nach ihrem Bündel. »Ich habe Prasis, bitte.«

Panisch blickte sie sich um. Menschen blieben stehen und beobachteten die Szene, deuteten auf sie, tuschelten und lachten hämisch.

»Das hättest du anbieten sollen, bevor du unser Essen stiehlst«, sagte die Frau und zerrte sie den Weg entlang Richtung eines flachen, fensterlosen Gebäudes, welches sich am Ende des Hafenbeckens befand. Eine Menschentraube folgte ihnen, lachte über die zappelnde Ellin, die verzweifelt versuchte, sich aus dem Griff ihrer Häscher zu winden.

Je näher sie dem Gebäude kamen, umso unbändiger wehrte sie sich. Sie schimpfte und flehte und schließlich gelang es ihr, einen Arm aus dem festen Griff zu lösen.

»Jetzt reicht es«, sagte die Frau und das Letzte, was Ellin sah, war die Faust, die auf ihr Gesicht zuraste. Dann wurde alles dunkel.

»Ihr habt mich bestohlen!« Ihre Stimme klingt ungewohnt hart und kalt.

Lord Wolfhard tritt auf sie zu und blickt sie herablassend an. »Nichts habe ich gestohlen, elender Bastard. Es gehört mir. Ich bin der Herr von Veckta.«

Ganz alleine steht sie vor ihm und verlangt nach ihrem Recht. Sie müsste Angst haben, doch sie ist völlig ruhig.

»Ihr seid ein Mörder und ein Dieb, Wolfhard, und ich werde dafür sorgen, dass Ihr Eure gerechte Strafe erhaltet«, sagt sie.

Höhnisch lachend greift er nach einem Dolch auf dem Tisch.

»Ich werde dir eigenhändig die Haut vom Leib ziehen, du vorlaute Hure.«

Sie stemmt die Arme in die Hüfte, sieht ihn herausfordernd an. »Ich warne Euch, gebt mir, was mir gehört.«

»Du warnst mich? Du?« Lord Wolfhard lacht so laut, dass sein Wanst wackelt. Dann wird er plötzlich ernst und tritt so nah an sie heran, dass sie die Poren in seiner Haut sehen kann. »Du bist tot, verfluchtes Weib«, zischt er und sticht zu. Die Klinge bohrt sich durch ihre Haut, dringt in ihren Leib. Sie wartet auf den Schmerz, doch er bleibt aus. Ihre Augen wandern nach unten. Tief steckt die Klinge in ihrem Bauch, nur das Heft schaut noch heraus. Sie fühlt das kühle Metall, glatt und schwer. Sie müsste bluten, doch sie blutet nicht. Kein einziger Tropfen rinnt aus ihr heraus.

Das ist nicht mein Leib, denkt sie, das bin ich nicht.

Sie blickt auf, sieht Lord Wolfhard an. Er wirkt verwirrt und überrascht. Eine seltsame Kälte erfasst ihren Körper, kriecht ihre Beine hinauf wie eine Schlange aus Eis. Erschrocken blickt sie an sich hinab. Ihre Haut verblasst, wird durchscheinend, wie gewalktes Fenn. Die Klinge rutscht aus ihrem Bauch und fällt zu Boden. Kein Blut.

Lord Wolfhards entsetzter Blick ist das Letzte, was sie sieht, während sich ihr Körper in bleichen Rauch wandelt und vergeht.

Sie erwachte stöhnend aus einem seltsamen Traum und blickte sich verwirrt um. Um sie herum war es dunkel und still und es roch durchdringend nach menschlichen Ausdünstungen und faulendem Gras. Wo war sie? Vorsichtig tastete sie ihre Umgebung ab. Sie lag auf einem dünnen Haufen Riedgras, darunter kalter Stein und Sand.

Hämmernde Kopfschmerzen und ein scharfes Stechen hinter der Stirn trieben ihr Tränen in die Augen und entlockten ihr ein weiteres Stöhnen. Vorsichtig griff sie an ihr Nasenbein und betastete es. Die Haut war geschwollen und empfindlich, doch die Nase schien nicht gebrochen zu sein.

Die Erinnerung kehrte zurück und mit ihr die Angst. Sie hatte gestohlen und war erwischt worden. Welche Strafe wartete nun auf sie? Auf der Felsenfestung wurde ein Dieb entweder ausgepeitscht oder ihm wurden ein oder mehrere Finger gebrochen oder abgeschlagen, je nach Schwere der Tat. Anschließend sperrte man ihn so lange in den Kerker, bis der Bestohlene entschied, dass der Gerechtigkeit genüge getan worden war. Wie schwer wog der Diebstahl von Äpfeln und Trockenfleisch?

Leise fluchend setzte sie sich auf. Der erwartete Schwindel blieb aus, allerdings fing ihr Magen wieder an, zu knurren. Aufgrund der vollkommenen Dunkelheit um sie herum nahm sie an, dass es tiefe Nacht war. Nur durch eine kleine Öffnung in der Tür fiel ein winziger Lichtschimmer. Sie lauschte. Nicht weit entfernt raschelte es, jemand oder etwas schabte über das Riedgras.

»Hallo?«, flüsterte sie. »Ist da jemand?«

Niemand antwortete. Vorsichtig erhob sie sich und tastete sich an der Wand entlang. Ihr Fuß stieß schmerzhaft gegen einen Bottich. Sie beugte sich hinab und befühlte das Gefäß. Uringestank wallte ihr entgegen. Trotz ihres Ekels nutzte sie die Gelegenheit und verrichtete ihre Notdurft, bevor sie ihren blinden Weg fort, bis sie zu der schmalen Tür gelangte. Dort hielt sie einen Moment inne, befühlte die Furchen und Risse im Holz und versuchte, durch die Öffnung nach draußen zu blicken. Sie erspähte einen düsteren, von einer Öllampe erhellten Flur mit so niedriger Decke, dass ein großer Mann den Kopf einziehen musste, um ihn zu durchqueren.

»Hallo? Ist da jemand?«, rief sie. Alles blieb still. Sie hob den Arm, sofort berührte ihre Hand die Decke. Vorsichtig tastete sie sich weiter vor, bis ihre Füße gegen etwas Weiches stießen. Sie ging in die Knie und griff danach. Das raue Tuch ihres Bündels erkannte sie sofort. Blind suchte sie nach der Öffnung, zog die Schnur auf und steckte eine Hand in das Innere. Am Boden befand sich ein geheimer Spalt, in den sie die gesparten Prasis eingenäht hatte. Die Münzen waren noch da. Erleichtert befühlte sie die holprigen Ränder, zog dann ein dünnes Tuch und den Trinkschlauch heraus und nahm das Bündel an sich. Den modrigen Riedgrashaufen ignorierend wickelte sie sich in das Tuch, setzte sich auf den Boden und trank einen Schluck Wasser. So saß sie teilnahmslos und stumm und wartete auf den Morgen.

Sonnenstrahlen fielen durch die schmalen Ritzen im Mauerwerk wie Speere aus Licht und tauchten den Kerker in staubige Helligkeit. Eine schemenhafte Gestalt öffnete die Tür und schob eine Schale hinein. Ellin musterte sie gleichgültig. Trotz ihres Desinteresses knurrte ihr Magen laut, ihr Appetit regte sich.

Sie kroch auf die Schale zu, nahm sie zur Hand und prüfte den Inhalt. Ein Gerstfladen und eine muffig riechende Fischsuppe. Ehe sie sich versah, hatte sie den halben Gerstfladen in den Mund gestopft, kaute ihn gierig, und spülte ihn mit einem großen Schluck Suppe runter, die wider Erwarten genießbar war. Nachdem sie ihr karges Mahl verschlungen hatte, trank sie etwas Wasser und lehnte sich gegen die Mauer. Der Tag verging quälend langsam. Ab und an vernahm sie Stimmen, ein Lachen, das Rücken von Stühlen. Türen wurden geöffnet und wieder geschlossen. Der Duft von gebratenem Fleisch drang in ihre Nase, doch niemals sah jemand nach ihr. Als das trübe Licht des Kerkers schwand, wurde die Tür erneut geöffnet und eine weitere Schale hineingeschoben.

»Bitte wartet«, rief Ellin, doch die Tür fiel ins Schloss, bevor sie auch nur die Möglichkeit hatte, sich zu erheben.

Sie aß das verkochte, nach altem Fett schmeckende Gemüse und erlaubte sich, ein paar Tränen zu vergießen, bevor sie wieder in dumpfe Lethargie verfiel. Stunden später vernahm sie leise Stimmen und sich nähernde Schritte. Die Tür wurde geöffnet.

»Besuch«, knurrte eine männliche Stimme.

»Ellin?« Yasu betrat den Kerker.

Ellin erhob sich, eilte auf ihre Freundin zu und umarmte sie. »Oh Yasu. Ich bin so froh, dass du gekommen bist. Geht es dir gut?«

Yasu nickte und ergriff ihre Hände. »Man hat mir gesagt, dass du gestohlen hast. Warum hast du das getan?«

»Ich weiß nicht warum, es ist einfach geschehen. Ich hatte so schrecklichen Hunger.« Beschämt senkte sie den Kopf. »Ich habe alles zerstört, es tut mir leid.«

»Mach dir darüber keine Gedanken, ich werde einen Weg finden, dich hier rauszuholen«, erwiderte sie.

»Aber wie?«

»Ich weiß es noch nicht. Doch mit Sicherheit müssen wir uns von den Prasis für die Überfahrt trennen.«

»Was geschieht, wenn der Betrag nicht ausreicht?«

Yasu zögerte und biss auf ihre Unterlippe. »Dann wirst du am Gerichtstag in den Palast gebracht, wo über dein Vergehen verhandelt wird«, sagte sie schließlich.

Ellins Augen weiteten sich. »Und wie wird meine Bestrafung aussehen?«

»Einen Sternenlauf Sklavendienste auf dem Schiff des Bestohlenen, eine öffentliche Auspeitschung oder Kerkerhaft. Der Herrscher entscheidet nach Belieben darüber.«

»Kann man sich freikaufen?« Ellin erinnerte sich daran, dass Edelleute sich oft von Lord Wolfhard durch die Übergabe von Prasis oder wertvollem Schmuck von ihren Verfehlungen befreien ließen. Doch selbst wenn dies auch in Kismahelia möglich war, und sie zweifelte nicht daran, dass dem so war, so verfügte sie weder über ausreichend Prasis noch über andere wertvolle Güter, die sie zum Tausch für ihre Freiheit anbieten könnte.

»Bestechung ist immer möglich«, erwiderte Yasu. »Was glaubst du denn, wie ich in deine Zelle gelangt bin? Ein paar Prasis in die Tasche des Büttels öffneten mir die Tür.«

Ellin hob die Augenbrauen. Sie hatte angenommen, die Einzige zu sein, die über Zahlungsmittel verfügte. »Wo hattest du die Prasis her?«

Yasu lächelte schelmisch. »Glaubst du denn, ich hätte die Geschenke zurückgelassen, die mir Nosaras Gäste gaben? Allerdings hatte ich gehofft, dass wir mit dem Verkauf des Schmucks ein neues Leben beginnen können.« Sie seufzte leise.

»Oh Yasu, bitte verzeih mir. Du musst deinen Schmuck nicht wegen meiner Dummheit verkaufen.«

Yasu sah sie ernst an. »Wir haben uns im Wald geschworen, dass wir füreinander sorgen, richtig? Gefährtinnen auf Lebenszeit! Ich nehme diesen Schwur sehr ernst. Ich lasse dich nicht im Stich.«

Ellins Augen füllten sich mit Tränen. Ein neuer Gedanke schoss ihr durch den Kopf. »Was geschieht, wenn dich jemand als entflohene Sklavin erkennt?«

Yasu warf einen nervösen Blick über ihre Schulter. Der Büttel war nicht zu sehen. »Das wird nicht geschehen«, wisperte sie. »Ich hole dich hier raus. Versprochen.«

Sie versuchte, überzeugend zu wirken, doch Ellin bemerkte sehr wohl den furchtsamen Schatten, der über ihr Gesicht huschte.

Schritte näherten sich. Der Büttel trat geduckt in den Kerker. Zum ersten Mal konnte Ellin ihn betrachten. Er war ungewöhnlich groß und hatte einen eckigen, mit einem wilden Wust dunkelblonder Haare bedeckten Schädel. Sein linker Arm war kürzer als der Rechte und wirkte deformiert.

»Zeit zu gehen, werte Dame«, sagte er. Trotz der höflichen Anrede troff seine Stimme vor Herablassung. »Es sei denn, Ihr wollt Eurer diebischen Gefährtin Gesellschaft leisten.« Er lachte über seinen vermeintlich gelungenen Scherz.

Yasu und Ellin umarmten einander. »Alles wird gut«, versprach Yasu. Ellin nickte, den Tränen nahe.

»Ich weiß«, presste sie hervor.

23

Kylian verneigte sich ehrerbietig. Alles hing davon ab, ob Fortas seinen Worten Glauben schenkte, wirkte er doch weit weniger wie ein Bote als wie das, was er wirklich war. Ein Meuchelmörder, ausgesandt um den Herrscher von Kismahelia zu töten.

»Es ist löblich und überaus erfreulich, dass Nosara meiner gedenkt und mir ihre Grüße schickt. Aber warum schickt sie Euch? Ihr seid so wenig ein Bote wie mein Diener ein Herr.« Fortas' Lippen kräuselten sich zu einem freudlosen Lächeln. Trotz seiner Männlichkeit ähnelte er Nosara weit mehr, wie Kylian es erwartet hätte. Der Körper feingliedrig und grazil, das Haar in gleicher Länge wie Nosaras, glatt und schwarz wie die dunkelste Nacht, dazu winterblasse Haut und ein altersloses Gesicht. Wie seine Schwester regierte er sein Land allein und hatte ihm zu Ansehen und Wohlstand verholfen. Das Geschwisterpaar ähnelte einander nicht nur äußerlich.

Angestrengt versuchte Kylian es sich nicht anmerken zu lassen, dass er sich in die Enge getrieben fühlte. »Sie trug mir auf, Euren Besuch zu erbitten und, im Falle einer gnädigen Zusage, Euch sicheres Geleit zu geben.«

Fortas hob die Augenbrauen. »Denkt sie etwa, dass ich nicht in der Lage bin, für meinen eigenen Schutz zu sorgen und über ausreichend fähige Männer verfüge?«

»Natürlich nicht, Herr, doch ich bin ein erfahrener Kämpfer, der das Vertrauen der Herrscherin genießt und so übertrug sie mir die Aufgabe, für Eure Sicherheit zu sorgen.«

Fortas beugte sich vor und beäugte Kylian argwöhnisch. »Das ist in der Tat sehr freundlich von meiner Schwester, doch frage ich mich, warum sie meinen Besuch erbittet, anstatt umgekehrt. Fürchtet sie um ihre Sicherheit? Ist Kismahelia etwa kein Ort der Gastfreundschaft und des Willkommens für sie?«

Kylians Anspannung wuchs. Das Verhältnis der Geschwister war weniger vertraut, als er gehofft hatte. Die vielen Jahre ihrer getrennten Herrschaft hatten sie einander entfremdet. Gedachte man der Familiengeschichte der al Suranis, dann war es nicht verwunderlich, dass ihre Blutsverwandtschaft von gegenseitigem Misstrauen geprägt war.

»Die Wege sind unsicher, Herr. Kürzlich erst verlor sie wertvolle Güter wegen eines dämonischen Talanisfeldes. Sie fürchtet um ihr Leben und hofft, dass Ihr über mehr Mut verfügt als sie.« Kylian hoffte inständig, dass Fortas seine Worte nicht als das entlarven würden, was sie waren: eine dreiste Lüge.

Fortas' Lachen hallte durch den Saal, hell und seidig wie das Lachen einer Frau. Die neben dem Thron kauernden Untergebenen stimmten mit ein und kicherten leise. Kylian fiel auf, dass es sich ausnahmslos um gutaussehende, leicht bekleidete Männer handelte, die sich in Hautfarbe, Größe und Statur derart voneinander unterschieden, als hätte Fortas sie nur aufgrund ihrer Vielfalt und ihres angenehmen Äußeren in seine Dienste genommen.

Die einzige Frau im Saal stand zu seiner Rechten. Sie war von kleinem Wuchs, schmal, mit langem, weißem Haar, das wie Fäden aus gesponnenem Schnee anmutete. Die dunklen Augen unter den fast unsichtbaren Augenbrauen musterten die Anwesenden aufmerksam. Wäre sie nicht die einzige Frau inmitten einer Reihe überaus ansehnlicher Männer, hätte sie Kylian wohl kaum bemerkt, so trist wirkte ihr Äußeres. Nur das seltsame Haar zog die Blicke auf sich. Sie beugte sich zu Fortas hinab und flüsterte ihm etwas ins Ohr, woraufhin er noch ein wenig lauter lachte.

Kylian blickte sich unauffällig um, erwog die Möglichkeit, den Herrscher auf der Stelle zu töten. Die Leibwachen wirkten unaufmerksam. Die verweichlichten Vasallen hatten nur Augen für ihren Herrn und hätten Kylian sowieso nichts entgegenzusetzen, einzig die Frau schien ein scharfes Auge auf ihn zu haben. Er versuchte einzuschätzen, zu was sie fähig war. War sie eine Kämpferin, wie Nuelia, oder eher eine weise Beraterin? Unter dem weiten Kleid war nicht zu erkennen, ob sie stramm und kräftig war, doch sie trug einen Waffengurt mit einem Dolch. Kylians Hand wanderte zu seinem Schwertknauf. Sollte er es wagen?

Fortas stemmte sich hoch und trat auf ihn zu. »Steht auf, Kylian.«

Kylian erhob sich, hielt aber weiterhin den Kopf gesenkt.

»Ich werde über Nosaras Ansinnen nachdenken. Ein Diener wird Euch in Eure Kammer geleiten. Ich erwarte Euer Erscheinen, wenn der Nordstern am Himmel erblüht. Wir werden gemeinsam speisen. Vielleicht könnt Ihr mir im Anschluss eine kleine Kostprobe Eures Könnens liefern, um Eure Fähigkeiten als mein Beschützer unter Beweis zu stellen.« Er wedelte mit der Hand zum Zeichen, dass er entlassen war. Kylian verneigte sich und verließ den Saal. Er hatte die Gelegenheit ungenutzt verstreichen lassen. Warum? Je länger er wartete, umso größer war die Gefahr, enttarnt zu werden.

Die scharfen Blicke der Frau, die ihm folgten, ahnte er mehr, als dass er sie sah.

»Was schaust du so ernst, Bela? Gefällt dir unser Gast etwa nicht?«, hörte er Fortas beim Hinausgehen sagen.

Gerne hätte er innegehalten, um den beiden zu lauschen, doch der Diener, der ihn in seine Kammer geleitete, drängte ihn vorwärts. Eines war gewiss. Die Vertraute des Herrschers misstraute ihm und ihrem Blick nach zu urteilen würde sie ihn lieber tot sehen als in der Nähe ihres Herrn.

24

Der vernarbte Tisch war übersäht mit dunklen Flecken verschiedenster Herkunft. Fettspritzer, Tinte, sogar braune Reste getrockneten Blutes trugen zum unappetitlichen Äußeren bei. Unzählige Gesetzesbrecher hatten schon an diesem Tisch gesessen und auf ihr Urteil gewartet. Ellin hockte auf einem Schemel. Zerzaust, ungewaschen und bleich und starrte auf das schartige Holz. Die Haut über ihrem Nasenbein war noch immer geschwollen und ein dunkler Bluterguss zog sich bis unter ihr linkes Auge. Ihr gegenüber saß der hünenhafte Büttel, sowie der glatzköpfige Schiffskapitän, der seinen Wanst umfasste wie eine Schwangere. Außerdem ein Schreiber, der genauso aussah, wie alle Schreiber, die sie bisher zu Gesicht bekommen hatte: klein, schmächtig und bleich. Zu ihrer Rechten stand Yasu und hielt einen prall gefüllten Beutel in der Hand.

Trotz, dass ihr die Möglichkeit gegeben wurde, eine Übereinkunft zu treffen, zitterten Ellins Knie unkontrollierbar. Nervös nagte sie an ihrer Unterlippe, biss kleine Hautfetzen ab und schmeckte das hervorquellende Blut.

»Warum sollten wir, trotz der eindeutigen Schuld, den Vorwurf des Diebstahls fallenlassen?«, fragte der Büttel ohne Umschweife, während er einen begehrlichen Blick auf den Beutel in Yasus Hand warf.

»Der Diebstahl geschah aus Hunger und Verzweiflung«, sagte Yasu. Ellin bemerkte, wie mühevoll sie um Selbstvertrauen und Festigkeit rang.

»Viele Menschen hungern und jeder ist zuweilen verzweifelt, doch gibt uns das noch lange nicht das Recht zu stehlen.«

»Aus diesem Grund biete ich euch dreißig Prasis, als Entschädigung für die gestohlenen Waren und als Wiedergutmachung. Wie ich hörte, ist dies ein angemessener Preis.«

Die Augen des Büttels leuchteten auf und auch der Schiffskapitän konnte sich eines aufgeregten Keuchens nicht erwehren. Yasu hatte Ellin erzählt, dass ein großer Teil der Prasis in die Schatzkammern des Herrschers wandern würden und dreißig Prasis somit nur die offizielle Entschädigungssumme war, die, die der Schreiber zu Papier bringen würde. Die Summe, die darüber hinaus über den Tisch gereicht wurde, sah man als kleine Spende für die Unannehmlichkeiten an.

Der Büttel bedeutete dem Schreiber, innezuhalten. Die Prozedur schien diesem vertraut, denn er hatte die Feder bereits beiseitegelegt. »Das ist in der Tat der übliche Preis für das Stehlen von Essen. Zeigt mir die Prasis und dann entscheidet der Bestohlene, ob er gewillt ist, sich mit einer Entschädigung zu begnügen.«

Yasu öffnete den Beutel, zählte dreißig Münzen auf den Tisch und fügte zehn weitere hinzu.

Der Büttel schob den verkrüppelten Arm über den Tisch und strich die Münzen in seine gesunde Hand. »Mir scheint es zu wenig. Seht ihr hier dreißig Prasis liegen?«, fragte er an den Kapitän gewandt.

»Keineswegs«, antwortete dieser. »Habt Ihr nun genug, um Euch freizukaufen oder nicht?«

Yasu öffnete den Beutel erneut und zählte zehn weitere Münzen ab. Diesmal strich der Kapitän sie ein. »Das waren zehn Prasis«, sagte er. »Fehlen noch zwanzig.«

Yasu leerte den Beutel, die restlichen Münzen kullerten über das Holz. Der Kapitän sammelte sie auf und zählte sie ab. »Das sind siebzehn Prasis.«

Ellins Herz stockte. War das genug? Er hatte zwanzig verlangt und nicht siebzehn. Was wenn die Männer jetzt so taten, als hätten sie nicht genug Münzen bei sich getragen, die Prasis einstrichen und sie wieder in den Kerker warfen?

Ängstlich wartete sie auf die Reaktion des Kapitäns, der sie schweigend musterte. Seine Augen blitzten vergnügt, er weidete sich an ihrer Furcht.

»Ihr habt nur siebenundzwanzig Prasis«, sagte er schließlich. »Ausgemacht waren dreißig, wenn ich mich recht erinnere.«

Ellins Mund wurde trocken. Nervös knetete sie ihre Hände.

»Bitte guter Mann. Habt Erbarmen. Wir haben Euch alles gegeben, was wir besitzen«, flehte sie.

»Hattet ihr Erbarmen mit meinen hungrigen Matrosen, als ihr Euch so dreist an ihrem Essen bedient habt?«, fragte er lauernd.

Trotz ihrer Angst verspürte Ellin den Wunsch, ihm ins Gesicht zu spucken und mit Beschimpfungen zu überschütten. Immerhin hatten der Büttel und der Kapitän siebenundsechzig Prasis eingestrichen, mehr als das Doppelte der offiziell geforderten Summe.

»Vielleicht kann ich die fehlenden Prasis abarbeiten«, schlug Yasu plötzlich vor.

Der Kapitän beugte sich interessiert vor. »Und wie wollt Ihr das tun, junge Frau?«

Yasu legte den Kopf schief und lächelte scheu. »Ich bin auf einer Insel geboren und weiß, wie einsam das Leben auf See ist. Vielleicht kann ich Euch eine Nacht lang Gesellschaft leisten, um Euch die bevorstehende Zeit der Einsamkeit mit einer angenehmen Erinnerung zu versüßen.«

Der Kapitän hob die Augenbrauen, lehnte sich zurück und faltete erneut die Hände vor dem Bauch. Er tat, als würde er nachdenken, dabei konnte selbst der Einfältigste sehen, dass er an Yasus Angel hing. Die leuchtenden Augen und der beschleunigte Atem verrieten ihn.

»Ich bin einverstanden«, sagte er schließlich und erhob sich. »Bis Ihr die Schuld Eurer Gefährtin abgearbeitet habt, bleibt sie jedoch im Kerker.«

Panisch blickte Ellin zu Yasu auf. Sie wollte nicht an diesem Ort bleiben und darauf angewiesen sein, dass ein bestechlicher Büttel und ein gieriger Kapitän Wort hielten. Yasu legte beruhigend die Hand auf ihre Schulter.

Der Kapitän umrundete den Tisch und hielt vor Yasu inne. »Was wollt Ihr speisen?«

Yasu hob überrascht die Augenbrauen. An ein gemeinsames Mahl hatte sie bei ihrem Vorschlag sicher nicht gedacht.

»Ich weiß durchaus, was sich gehört, werte Dame«, erklärte er liebenswürdig. »Denkt nicht, dass ich ein Barbar bin.«

Lächelnd neigte Yasu ihr Haupt. »Was immer Euch beliebt, ich bin nicht wählerisch.«

Der Kapitän lachte dröhnend. »Eine Frau, die sich nicht ziert, das ist mir recht. Wir beide werden eine Menge Spaß miteinander haben«. Er kniff in Yasus Gesäß, tupfte sich den Schweiß von der Stirn und verließ das Gebäude.

Der Büttel nahm Ellin am Arm und zog sie in den Kerker zurück.

25

Bedrückt schlenderten Jesh und Nuelia die Hafenstraße entlang.

»Wir können doch nicht einfach abwarten. Kylians Vorhaben ist Selbstmord«, sagte Jesh wohl zum hundertsten Mal. »Warum ist er nur so starrköpfig?«

Nuelia blieb ihm eine Antwort schuldig. Was hätte sie auch erwidern sollen? Tagelang hatten sie erfolglos versucht, ihren Bruder von seinem Vorhaben abzubringen. Doch all das Flehen, Betteln, Schimpfen und Drohen hatte nichts genutzt. Kylian blieb fest entschlossen, den Herrscher von Kismahelia zu töten. Natürlich hatten sie darauf bestanden, ihn zu begleiten, woraufhin er sich bei Nacht davongestohlen und alleine in den Palast begeben hatte. Seitdem grübelten sie verzweifelt über eine Möglichkeit nach, wie sie ihn aus Fortas' und Nosaras Klauen befreien könnten. Über die Sorge um sein Wohl vergaß Jesh sogar seine Wut auf ihn. In ihrem Elend bemerkten sie Yasu nicht, die den Kerker verließ und eine ebenso trostlose Miene machte wie sie. Erst als sie schon fast aneinander vorbeigelaufen waren, fiel Nuelias Blick auf die junge Sklavin. Mit gerunzelter Stirn betrachtete sie die zarte Frau mit den mandelförmigen Augen.

»Kenne ich dich?«, fragte sie und hielt inne. Ihr Instinkt sagte ihr, dass diese zufällige Begegnung eine Bedeutung hatte. Einen Wert, den sie nicht auf den ersten Blick erkannte.

Yasu blickte erschrocken auf. »Wie bitte?«

»Du kommst mir bekannt vor. Habe ich dich nicht schon einmal in Huanaco gesehen? Du stehst in Diensten der Herrscherin, richtig?«

Yasu erbleichte und wich zurück, einen Moment lang sah es so aus, als wollte sie fliehen. »Ihr verwechselt mich mit jemandem.«

»Das glaube ich nicht, ich vergesse nie ein Gesicht.« Angestrengt kramte Nuelia in ihrer Erinnerung. »Du bist eine Liebessklavin. Kylian hat mir von dir erzählt.«

Yasu blinzelte nervös. »Ihr irrt Euch, glaubt mir. Nie zuvor bin ich in Huanaco gewesen. Verzeiht meine Eile, doch ich habe eine wichtige Verabredung.« Sie machte Anstalten weiterzugehen.

Yasus Verhalten bestätigte Nuelias Ahnung. Etwas stimmte nicht. Noch konnte sie nicht zu erkennen, was und ob es überhaupt etwas mit ihr und Jesh zu tun hatte, doch würde sie es herausfinden. In ihrem langen Leben hatte sie gelernt, dass man einem vermeintlichen Zufall immer Beachtung schenken sollte. Sie warf Jesh einen bedeutungsvollen Blick zu und nickte in Yasus Richtung. Jesh trat vor, ergriff Yasus Arm und hielt sie fest.

»Wir wollen dir nichts tun«, sagte er. »Erzähl uns nur, was dich nach Kismahelia geführt hat, dann lassen wir dich gehen.«

Yasu versuchte, sich aus seinem Griff zu befreien.

»Zappel nicht so herum«, zischte Nuelia. »Die Menschen schauen schon nach uns. Als entflohene Sklavin solltest du es vermeiden, Aufsehen zu erregen.« Das war geraten, doch nach Yasus Verhalten zu urteilen, lag sie mit ihrer Vermutung richtig.

Die Sklavin atmete schwer. Mit tränenfeuchten Augen sah sie zu Nuelia und Jesh auf. »Werdet Ihr mich ausliefern?«

»Nein, dein Schicksal liegt nicht in unserer Hand«, versprach Nuelia. »Wir wollen einzig wissen, was dich nach Kismahelia führt.«

Yasu schüttelte den Kopf. Tränen der Verzweiflung quollen aus ihren Augen. »Bitte. Lasst mich gehen.«

Nuelia seufzte. »Du verheimlichst etwas. Sag mir einfach, was es ist und ich schwöre, ich werde dich nicht mehr behelligen.«

Yasu musterte Jesh und Nuelia. »Seid ihr tatsächlich Kylians Gefährten? Wenn ja, dann weiß ich, dass ihr Söldner seid.«

Nuelia nickte. »Das sind wir. Doch wir haben kein Interesse an einer entflohenen Sklavin, wurden auch nicht geschickt, um eine einzufangen. Mich interessiert nur, was dich hierhergeführt hat.«

Yasu reckte den Kopf und blickte plötzlich trotzig drein. »Ich weiß genau, auf wen ihr es abgesehen habt.«

Amüsiert hob Nuelia die Augenbrauen. »Ach ja? Auf wen denn?«

»Auf Ellin«, stieß sie hervor.

»Ellin?« Überrascht hob Nuelia die Augenbrauen. »Wohl kaum, denn dann wären wir in Huanaco und nicht hier.«

Yasu presste die Lippen zusammen und schaute zu Boden. Sie antwortete nicht, doch ihre schuldbewusste Miene verriet, dass sie etwas verheimlichte.

»Wir sind Ellins Freunde«, beteuerte Jesh. »Wäre sie mit dir geflohen, wäre das die beste Nachricht seit langem.«

Misstrauisch beäugte Yasu die beiden. »Sprecht Ihr die Wahrheit?«

»Das tun wir«, versicherte Jesh und ließ Yasu los. »Um sie zu schützen, hat Kylian sich auf einen Handel mit Nosara eingelassen, der sein Leben fordern wird. Wäre Ellin bei dir, könnten wir ihn retten.«

»Also sprich! Befindet sie sich in Kismahelia?«, drängte Nuelia.

Yasu nickte. »Wir sind gemeinsam geflohen, nachdem Ellin den Herrn von Veckta entdeckt hat.«

»Nosara, diese hinterhältige Schlange«, zischte Nuelia.

Geräuschvoll stieß Jesh den Atem aus. »Wo ist sie?«

Yasu deutete auf das fensterlose Gebäude. »Sie ist im Gefängnis.«

Ungläubige Gesichter starrten auf sie hinab.

Yasu erzählte ihnen von ihrem Verhängnis und ließ auch den Teil mit der Bestechung und der Vereinbarung mit dem Schiffskapitän nicht aus. Als sie geendet hatte, schlug Jesh vor, zuerst Ellins Restschuld zu begleichen und sie aus dem Kerker zu befreien. Gemeinsam begaben sie sich zu dem Schiff und überreichten die fehlenden Prasis. Der Kapitän wirkte nicht glücklich darüber, doch ein Blick auf den gut bestückten Waffengurt der Uthra ließ ihn schnell zur Vernunft kommen.

Der Büttel unterschrieb die Entlassungspapiere, jedoch erst nach einer kleinen Drohung seitens Jesh, der ihm mit einem lässigen Schwung seines Schwertes zeigte, dass er ausgesprochen gut mit der Waffe umzugehen wusste. Dann war Ellin frei. Schmutzig und zerzaust fiel sie ihnen in die Arme und schwor ewige Dankbarkeit für die Hilfe. Sie schluchzte und lachte vor Freude und Erleichterung und bemerkte erst auf der Straße, dass Kylian fehlte.

Auf ihre Frage nach seinem Verbleib antworteten Jesh und Nuelia nur ausweichend und schlugen ihr naserümpfend vor, sich zuerst einmal zu waschen und etwas zu essen, bevor sie die Freude über ihre Freilassung wieder trüben würden. Sie führten sie in ein kleines Gasthaus, wo sie sich eine Kammer teilten. Nuelia untersuchte Ellins Gesicht und verstrich eine Heilsalbe auf den blau unterlaufenen Stellen. Anschließend befreite Ellin sich notdürftig vom Schmutz des Kerkers, entwirrte ihr Haar und zog frische Kleidung an.

Nuelia bat sie, sich auf das Bett zu setzen und berichtete ihr dann schonungslos von Nosaras Intrige und Kylians Vorhaben. Als sie geendet hatte, saß Ellin mit tränenfeuchten Augen da und starrte an die Wand. »Wir müssen ihn aufhalten«, wisperte sie.

»Das versuchen wir seit Tagen, bisher jedoch ohne Erfolg. Jeden Moment könnte er den tödlichen Streich gegen Fortas führen.«

»Wir könnten zum Palast gehen und dem Herrscher die Wahrheit berichten«, schlug Ellin vor.

»Man kann nicht einfach in den Palast marschieren. Fortas ist sehr vorsichtig. Fremde werden nur im Hof und im öffentlichen Teil des Palasts geduldet. Es ist ein langer Weg bis in seine Privatgemächer«, gab Yasu zu bedenken.

»Können wir nicht einfach nach Kylian fragen?« Ellin blickte von einem zum anderen.

Yasu schüttelte den Kopf. »Die Wächter sind keine Laufburschen. Sie werden keine Nachricht überbringen, zumindest nicht für uns.«

»Was ist mit Bestechung?«, fragte Nuelia.

»Wären die Palastwächter bestechlich, würden sie nicht lange leben«, erwiderte Yasu.

Nuelia lief nervös in der Kammer umher. »Irgendetwas müssen wir tun. Uns rennt die Zeit davon.«

»Wir brauchen eine Lüge, die uns schnellen Zugang verschafft«, sagte Yasu.

»Die Wahrheit würde uns gewiss schneller zum Herrscher bringen«, fügte Ellin hinzu.

»Die Wahrheit bringt uns alle auf das Blutgerüst«, prophezeite Jesh.

Nach diesen Worten verfielen sie in betretenes Schweigen, bis Ellin plötzlich vom Bett sprang und herausfordernd in die Runde blickte. »Ich gehe zum Palast, folgt mir oder lasst es bleiben. Ich werde nicht länger hier herumsitzen und darauf warten, dass Kylian einen tödlichen Fehler begeht. Unzählige Male hat er sein Leben für uns aufs Spiel gesetzt, wir schulden ihm zumindest den Versuch, ihn zu befreien.«

Jesh, Nuelia und Yasu betrachteten sie zweifelnd. »Wenn wir gehen, begeben wir uns in große Gefahr«, gab Nuelia zu bedenken.

»Wenn wir gehen, sollten wir eine Geschichte erfinden, die der Wahrheit zwar ähnelt, aber Kylians Schuld verringert, ansonsten ist sein Leben in jedem Fall verwirkt«, fügte Jesh hinzu.

Entschlossen verschränkte Ellin die Arme vor der Brust. »Dann denkt euch etwas aus, und zwar schnell, denn ich gehe noch heute zum Palast, soviel ist sicher.«

26

Das Nachtmahl ging vorüber, ohne dass Kylian die Gelegenheit genutzt hatte, den Herrscher zu töten. Zwar hatte er vor Betreten des Thronsaals seine Waffen ablegen müssen, doch hätte er Fortas mit dem unter seinem Wams versteckten Dolch jederzeit umbringen können. Selbst ohne die Waffe könnte er den Herrscher ins Jenseits befördern. Eine freundliche Umarmung, ein kräftiger Ruck, schon wäre das Genick des Regenten gebrochen wie ein Zweig. Immer wieder fragte er sich, warum er es nicht getan hatte. Oft genug war er dem Herrscher nah gewesen, denn dieser hatte offensichtlich Gefallen an ihm gefunden. Ständig suchte er seine Nähe und versuchte ihn mit zweideutigen Späßen zu erheitern. Bela dagegen gab ihm deutlich zu verstehen, wie sehr sie ihm misstraute und auch Fortas' Vasallen waren nicht gut auf ihn zu sprechen, zog er doch die gesamte Aufmerksamkeit ihres Herrn auf sich.

Fortas hingegen wirkte arglos und unbekümmert, das perfekte Opfer für einen hinterhältigen Anschlag. Nur als er im Anschluss an das Mahl Zeuge von Kylians Kampfkunst geworden war, hatte er für eine kleine Weile nachdenklich dreingeblickt. Der Schaukampf war ein bestürzend kurzes Zwischenspiel gewesen, in dem Kylian sich als der weitaus Überlegenere herausgestellt hatte. Innerhalb eines Lidschlags hatte er den Gegner, einen von Fortas' Meisterkämpfern, entwaffnet und ihm seine eigene Klinge an den Hals gedrückt. Fortas hatte verhalten applaudiert, doch seine Augen sprachen Bände.

Wütend trommelte Kylian mit der Faust gegen die Wand. Er durfte nicht mehr zögern. Ellins Leben hing am seidenen Faden. Wenn es ihm nur gelänge, Fortas alleine oder nur in Begleitung seiner weibischen Vasallen zu treffen, ohne Leibwachen und ohne Bela, dann könnte er vielleicht sogar fliehen. Selbst wenn er anschließend das gesamte kismahelische Reich auf den Fersen hätte, so hätte er zumindest eine Chance.

Mach dir nichts vor. Du wusstest von Anfang an, dass du sterben wirst.

Sein Blick wanderte zum Fenster und schweifte über die Dächer der Stadt. Dicht gedrängt standen die Häuser innerhalb der kismahelischen Stadtmauern und beherbergten eine unvorstellbar große Zahl Menschen. Es wäre ein Leichtes, in der Menge unterzutauchen. Die kleine Sonne versank bereits hinter dem Horizont. Sehr bald schon würde er sich mit Fortas treffen, um auf den *Thron der Götter* hinaufzusteigen, um die Sterne zu betrachten. Dort, in luftiger Höhe, musste es geschehen. Der Herrscher von Kismahelia würde noch in dieser Nacht sterben.

Ein Sklave holte ihn ab und geleitete ihn zu einem Tor am rückwärtigen Teil des Palasts, wo Fortas samt Gefolge auf ihn wartete. Erleichtert bemerkte Kylian, dass Bela nicht unter ihnen weilte.

»Seid gegrüßt«, sagte Fortas mit einem herzlichen Lächeln.

Kylian verneigte sich ehrerbietig. War der Herrscher tatsächlich der naive Tölpel, oder verbarg er hinter der lächelnden Fassade ebensolche Untiefen wie seine Schwester? Nun, er würde es sehr bald herausfinden, spätestens, wenn er den Dolch zückte, um ihn in Fortas' Herz zu stoßen.

Sie durchwanderten den Innenhof, umrundeten einen mehrstöckigen Brunnen und steuerten auf einen fensterlosen, Turm zu, der sich an den Grenzen der westlichen Palastmauer in den Himmel erhob. Die Treppen schraubten sich um die Mauer herum nach oben. Eine endlose Spirale aneinandergereihter Stufen. Fortas ging vorweg. Kylian folgte ihm und seinen Getreuen. Auf halber Strecke hielt der Herrscher inne und befahl allen, bis auf Kylian und einem der Leibwachen, auf der Plattform zu warten. Niemand wagte ihm zu widersprechen, doch die empörten Gesichter zeigten deutlich, was die Untergebenen von diesem Befehl hielten. Ein junger, blauäugiger Geck mit blonden Locken sank auf die Knie und verbeugte sich tief. »Edler Herrscher. Verzeiht mein ungebührliches Verhalten, aber die Sorge um Euer Wohl zwingt mich dazu, Euch dringend davon abzuraten, alleine mit dieser zwielichtigen Gestalt auf den Thron der Götter hinaufzusteigen.«

Fortas schmunzelte und strich ihm zärtlich über das goldene Haar. »Mein guter Zenat. Sorge dich nicht um mich, ich bin bei Wajid in guten Händen. Er wird mich beschützen.«

Zenat verbeugte sich nun so tief, dass seine Stirn den Boden berührte. »Vergebt mir meine Dreistigkeit, Herr. Wajid ist ohne Zweifel ein Meisterkämpfer, doch der Fremde scheint ihm ebenbürtig. Nehmt mich mit Euch und ich werde Eure Augen und Ohren sein, auf dass es ihm nicht gelingen möge, Euch auch nur ein Haar zu krümmen.«

Fortas zögerte. Wütend starrte Kylian auf den eitlen Gecken. Liebend gerne würde er ihm die Zunge herausreißen für seine triefenden Worte.

Fortas stieß einen gespielten Seufzer aus. »Also gut. Begleite uns, Zenat. Doch halte dich im Hintergrund.«

Zu viert stiegen sie auf den Turm, wobei sich Zenats eifersüchtiger Blick in Kylians Rücken bohrte wie der Pfeil des Jägers in das Fleisch seiner Beute. Je höher sie stiegen, umso schwerer ging ihr Atem. Nicht nur, dass der Aufstieg schier endlos anmutete, auch wurde die Luft dünner je näher sie der Turmspitze kamen. Der Wind frischte auf und riss an ihren Kleidern und Kylian musste sich festhalten, um nicht von den Stufen geweht zu werden. Endlich erreichten sie die obere Plattform. Kylian beugte sich vor, schöpfte Atem und sah sich um. Schwindelerregend war der Ausblick auf das in Abendröte getauchte Kismahelia, das sich wie eine käferkleine Stadt unter ihnen ausbreitete. Er verstand nun, warum der Turm Thron der Götter genannt wurde, denn er bot einen wahrlich atemberaubenden Blick auf die umliegenden Ländereien. Die Welt unter ihm schien so fern wie der Horizont. Das Große Wasser floss weit, bis an den Rand des lodernden Himmels und selbst die Hügel von Thal waren als nebulöse Schemen zu erkennen. Für einen Augenblick vergaß Kylian seine Bürde und betrachtete staunend das vor ihm liegende Land.

»Überwältigend, nicht wahr?« Fortas trat an seine Seite und lächelte ihn an. Der lange Aufstieg schien fast spurlos an ihm vorübergegangen zu sein.

»In der Tat, ein Fest für die Augen«, stimmte Kylian zu.

»Das ist mein Land.« Fortas machte eine ausholende Geste. »Es ist ein gutes Land, mit aufrechten Bürgern, die in Frieden und Wohlstand leben und einem Herrscher, der es zu dem gemacht hat, was es jetzt ist.«

Kylian sah den Herrscher an. Sein sonst so weiches Gesicht war ernst, fast schon streng.

»Ich kenne meine Schwester«, fuhr er fort. »Sie ist schön und überaus klug, doch sie ist auch boshaft und voll Neid. Schon lange habe ich darauf gewartet, dass sie ihre Hände nach Kismahelia ausstreckt, und versucht, sich das zu nehmen, was mir gehört.« Sein Blick schweifte in die Ferne. »Ich kann es ihr nicht einmal verdenken. Liegt es doch in der Natur der al Suranis immer mehr zu wollen, als was uns gegeben ist.«

»Was ist mit Euch? Verlangt es Euch nicht auch nach ihrem Reich?«, fragte Kylian.

Fortas lächelte unergründlich. »Das will ich nicht leugnen, doch bin ich viel zu genusssüchtig, um mich in eine Zeit und kraftraubende Fehde zu stürzen. Ich liebe das Leben, mit allem, was es mir zu bieten hat. Essen, Trinken, Tanzen, Musik, die Liebe, warum sollte ich meine Energie auf etwas verschwenden, das mein Leben in keinster Weise bereichern wird? Ich kann nur aus einem goldenen Becher trinken und auf einem Fest tanzen. Kismahelia ist groß genug für mich, ich brauche Huanaco nicht.«

Die letzten Sonnenstrahlen erhellten das fein geschnittene Gesicht, sodass der Herrscher von innen heraus zu leuchten schien, wie eine goldene Statue. Unwillkürlich fragte Kylian sich, ob nicht vielleicht doch göttliches Blut in den Adern der al Suranis floss. Betroffen wandte er sich ab. »Warum erzählt Ihr mir das?«

Fortas holte tief Luft. »Ich möchte, dass Ihr bei mir bleibt, Kylian, als mein oberster Leibwächter.«

Hinter ihnen schnaubte Zenat verächtlich. Fortas warf ihm einen strengen Blick zu, woraufhin er in die Knie ging und demütig die Stirn auf den Boden drückte. »Verzeiht, mein Gebieter.«

Fortas wandte sich wieder Kylian zu. »Nun, was sagt Ihr dazu?«

»Das kann ich nicht«, erwiderte er.

»Warum nicht?«

»Ich bin ein loyaler Diener Eurer Schwester. Für mich wäre es wie Verrat.«

Fortas stieß ein freudloses Lachen aus. »Dann verratet mir, Kylian, ist es weniger abscheulich, wenn eine Schwester ihren Bruder verrät oder ein Untergebener seine Herrin?«

»Verrat ist immer abscheulich, egal in welcher Form.«

Fortas beugte sich vor, seine Lippen näherten sich seinem Ohr. »Und warum seid Ihr hier, Meisterkämpfer? Wollt ihr wirklich den einen Verrat begehen, um den anderen zu verhindern?«

Kylian schluckte. Fortas wusste um seinen Plan, wenn auch nicht im Detail, doch mit dem untrüglichen Gespür der al Suranis erkannte er die Bedrohung und versuchte, sie durch geschicktes Verhandeln abzuwenden. Wie von selbst wanderte seine Hand zu dem Dolch unter der Tunika. Fortas' Augen folgten seiner Bewegung.

»Wie hat sie Euch gefügig gemacht?«, fragte er mit leiser Stimme, sodass weder Zenat noch Wajid verstehen konnte, was er sagte. »Hat sie Euch verzaubert, Euch wundersame Dinge versprochen?«

»Sagen wir einfach, sie hat etwas gegen mich in der Hand«, entgegnete Kylian.

»Hat sie das? Erzählt es mir. Erleichtert Euer Gewissen, bevor Ihr sterbt. Was hat meine Schwester gegen Euch in der Hand?«

Kylian schüttelte den Kopf. »Zu spät«. Mit einem schnellen Griff schob er die Tunika zur Seite und zog den Dolch hervor.

27

Ellin trat aus der Tür und erblickte einen riesigen Hof mit einem beeindruckenden, mehrstöckigen Brunnen aus glänzendem, weißem Stein, über dessen Ränder sich klares Wasser ergoss. Ungeduldig griff Bela nach dem Ärmel ihrer Tunika und zerrte sie weiter. »Nicht stehenbleiben, wir müssen zum Herrscher«, rief sie. Ihre Stimme klang besorgt, fast schon ängstlich.

Laut hallten ihre Schritte durch die hereinbrechende Nacht, während sie über den einsamen Hof rannten. Noch war der Nordstern nicht zu sehen, die Hoffnung nicht verloren. Sicher würde Kylian warten, bis die Sonnen vollständig versunken waren. Aber selbst wenn es ihr gelingen würde, ihn von dem Mord abzuhalten, so war er trotzdem in Gefahr. Bela hatte ihr zwar zugesichert, sein Leben im Austausch für Informationen zu verschonen, doch niemand konnte vorhersagen, wie der Herrscher auf diesen Verrat reagieren würde. Sollte er sich zornentbrannt gegen die Vereinbarung stellen und Kylians Tod befehlen, gab es nichts, was sie oder irgendjemand dagegen tun konnte.

Ellin hastete die Stufen des Turms hinauf als wäre eine Stymphalidenschar hinter ihr her. Ein einziger Gedanke hämmerte in ihrem Kopf: Hoffentlich komme ich nicht zu spät.

Die Torwachen folgten ihr polternd, doch nur Bela schaffte es, mit ihr Schritt zu halten.

»Kylian«, rief sie immer wieder, doch sie war viel zu weit weg.

Schwer atmend stolperte sie auf die mittlere Plattform, auf der die Leibdiener und Wachen warteten. Ellin ignorierte ihre fragenden Blicke und hastete an ihnen vorbei. Bela und die Wachen folgten ihr. Weiter, immer weiter stieg sie empor. Ihre Lunge brannte. Nur noch wenige Stufen trennten sie von der Aussichtsplattform. Keuchend beugte sie sich vor und rang nach Atem, hielt sich die Rippen, die stachen, als hätte ihr jemand ein Messer in den Leib gerammt.

»Kylian«, japste sie. Ihre Stimme hatte alle Kraft verloren. Der Wind pfiff um ihre Ohren und zerrte an ihrem Kleid. Sie hörte das

Keuchen der Leibwachen eine Ebene unter ihr. Sie versuchten, sie einzuholen. Mit letzter Kraft erklomm sie die letzten Stufen und hielt inne. Ein Leibwächter hielt Kylian von hinten umklammert und drückte einen Säbel an seinen Hals. Ein hübscher, blonder Jüngling neben ihm fuchtelte hektisch mit einem Dolch herum. Kylians eigener Dolch lag vor seinen Füßen. Ein elegant gekleideter Mann stand vor ihm. Der frappierenden Ähnlichkeit nach zu urteilen handelte es sich um Nosaras Bruder, den Herrscher von Kismahelia.

»Kylian«, rief Ellin und rannte auf ihn zu.

Fortas und Kylian blickten gleichzeitig auf.

»Ellin?«, stieß er fassungslos hervor. Mit weit aufgerissenen Augen starrte er sie an, als wäre sie ein dämonisches Trugbild. Seine Miene ein Bildnis abgrundtiefer Bestürzung.

»Aber wie … woher wusstest du … *wie bist du hierher gekommen*?«, fragte er, ohne auf den Säbel zu achten, der sich in sein Fleisch bohrte. Der Jüngling drehte sich nervös um und richtete seinen Dolch auf Ellin.

»Ich befand mich nie in Nosaras Gewalt. Ich floh, bevor sie meiner habhaft werden konnte«, erklärte Ellin. »Sie hat dich angelogen und benutzt.« Kylian erbleichte.

Fortas runzelte unwillig die Stirn. »Wer seid Ihr? Wie könnt Ihr es wagen, einfach so den Thron der Götter zu stürmen?«

Ellin verneigte sich. »Verzeiht mein dreistes Eindringen, großer Herrscher, doch ich habe eine dringende Nachricht.«

»Und die wäre?« Fortas wirkte überaus ungehalten.

Der Leibwächter löste seinen Säbel von Kylians Hals, bog mit Hilfe eines zweiten Wächters seine Arme auf den Rücken und zwang ihn in die Knie. Kylian keuchte vor Schmerz.

»Kylian ist das Opfer einer Intrige und Eure Schwester plant Euren Sturz«, stieß Ellin hastig hervor. »Dafür hat sie sogar unsterbliche Wesen ausgesandt, die Euch töten sollen.«

Fortas schob sich an dem gebeugten Kylian vorbei und trat auf sie zu. Seine Neugier war geweckt. »Und wer seid Ihr, dass Ihr glaubt, mir eine Nachricht wie diese überbringen zu müssen?«

Ellin sank auf die Knie. »Mein Name ist Ellin Rhywallon. Ich stand im Dienste der Herrscherin und habe zufällig von ihrem Komplott gegen Euch erfahren.«

Fortas strich seine Haare zurück. »Wieso sollte ich Euch Glauben schenken? Ich kenne Euch nicht. Ihr seid keine Bürgerin meines Landes. Warum solltet Ihr mich warnen?«

»Ich tue es für Kylian und weil ich Euch für einen gerechten Herrscher halte. Und ich habe Zeugen. Sie warten am Fuße des Turms, um meine Aussage zu bestätigen.«

»Mein Herr …«, warf Kylian ein.

Fortas hob seine Hand. »Schweigt still. Ihr hattet Eure Chance.« Er deutete auf Ellin. »Ihr kommt mit mir und berichtet mir alles, was Ihr wisst.« Energisch schob er sich an Ellin vorbei und begann, den Turm hinabzusteigen. Ellin folgte ihm. Auch Kylian wurde von den Wächtern nach unten gezerrt.

Am Fuße des Turms hielt der Herrscher inne und betrachtete Nuelia, Jesh und Yasu. Seine Augen verweilten bei der Sklavin. »Wer bist du?«

Yasu verneigte sich. »Mein Name ist Yasu, Herr.«

Fortas runzelte die Stirn. »Ich erinnere mich an dich. Du warst ein Geschenk an meine Schwester. Was tust du hier?«

Yasu schien unter seinem strengen Blick förmlich zu schrumpfen, mit hängenden Schultern, wie ein schuldbewusstes Kind, stand sie da und starrte zu Boden.

»Ich werde Euch alles erklären«, warf Ellin ein.

Fortas' Gesicht verdüsterte sich, mürrisch winkte er mehrere Wächter heran und befahl ihnen, die Gruppe in den Palast zu geleiten. Die Leibwachen ließen Kylian los und stießen ihn an Ellins Seite.

»Wie ist dir gelungen, zu fliehen?«, flüsterte er. »Und was ist mit deinem Gesicht geschehen?«

Unwillkürlich griff Ellin sich an die geschundene Nase. »Es sieht schlimmer aus, als es ist. Ich floh, nachdem ich zufällig beobachtet habe, wie Lord Wolfhard nach Huanaco kam, noch bevor irgendjemand wusste, was er wollte. Nosara hat dich nur glauben lassen, ich wäre in ihrer Hand, um dich gefügig zu machen.«

Eine Zornesfalte erschien auf seiner Stirn. »Diese verlogene Schlange«, zischte er. »Wie hast du mich gefunden?«

»Das war eine glückliche Fügung. Nuelia und Jesh sind Yasu begegnet, als sie das Gefängnis verließ, indem ich saß. Sie haben mich befreit und mir alles erzählt.«

»Du warst im *Gefängnis*?«

Beschämt blickte Ellin zur Seite. »Ja, das ist auch der Grund für mein entstelltes Gesicht. Doch davon erzähle ich dir später.«

Sie passierten den Brunnen und näherten sich dem Palast.

»Warum ist Yasu bei euch?«

»Yasu ist mit mir zusammen geflohen. Wir sind nach Kismahelia gereist, um mit einem Schiff nach Tuipan zu fahren.«

»Nach Tuipan? Ich war überzeugt davon, dass du dich in Nosaras Hand befindest und stattdessen wanderst du in Begleitung einer Sklavin umher.« Er griff nach ihrer Hand und drückte sie. »Ich bin so froh, dass dir nichts passiert ist.«

Mittlerweile hatten sie die Tür zum Palast durchschritten. Die Wachen führten sie in den Keller. Bevor sie die Treppen in das düstere Gemäuer hinab stiegen, hielt Fortas inne und musterte sie einem nach dem anderen. »Bis ich weiß, was geschehen ist, seid Ihr meine Gefangenen. Solltet Ihr in der Lage sein, mich von Euren ehrlichen Absichten zu überzeugen, erhaltet Ihr selbstverständlich Eure Freiheit zurück … irgendwann.« Er wandte sich um und rauschte davon.

Die Wachen sperrten sie in zwei gegenüberliegende Zellen. Ellin, Yasu und Nuelia teilten sich eine Zelle. Blattgrassäcke dienten als Schlafgelegenheit und für ihre Notdurft stand ein Eimer in der Ecke. Die Kammer verfügte über ein vergittertes Fenster, durch das sie den sandigen Boden des Innenhofs sehen konnten. Eine Funzel spendete ein wenig Licht.

»Es hätte uns schlimmer treffen können, anscheinend ist das eine der besseren Zellen«, stellte Nuelia fest.

Yasu ließ sich auf einen Schlafsack fallen. »Der Herrscher ist erzürnt.«

»Das kann ich ihm nicht verdenken«, schnaubte Ellin. »Wir stürmen in den Palast und überfallen ihn mit einer haarsträubenden Geschichte. Das muss ihm dreist und unverschämt vorkommen. Lord Wolfhard hätte uns allesamt auspeitschen lassen.«

»Und dazu noch eine entflohene Sklavin«, fügte Yasu hinzu.

Ellin setzte sich neben sie und griff nach ihrer Hand. »Keine Angst, es wird alles gutgehen. Er wird sich bestimmt beruhigen. Ich habe seine Aura gesehen und sie ist nicht dunkel und schlecht. Zudem haben wir eine glaubhafte Entschuldigung für deine Flucht.«

Yasu seufzte. »Ich hoffe, dass unser Gebilde aus Wahrheit und Lüge nicht in sich zusammenfällt. Was ist, wenn sie Kylian alleine befragen? Er kennt unsere Geschichte nicht.«

»Kylian wird nichts sagen«, versprach Nuelia. »Er kann sich denken, dass wir einen Plan haben, und weiß, dass er ihn zunichtemacht, wenn er zuviel verrät.«

In dieser Nacht schliefen sie wenig, zu ungewiss war ihre Zukunft. Ellin sehnte sich nach Kylian, der nur wenige Schritte entfernt in seiner Zelle hockte und auf Fortas' Entscheidung wartete. Am Morgen bekamen sie Wasser und eine Schale Gerstbrei. Kaum dass sie gegessen hatten, wurden sie von vier bewaffneten Soldaten in den Thronsaal geführt. Man bedeutete ihnen, auf die Knie zu fallen und sich vor dem Herrscher zu verbeugen. Fortas saß auf seinem Thron und beäugte sie misstrauisch.

»Nun berichtet mir von den Intrigen meiner Schwester«, befahl er. »Und fasst Euch kurz, meine Geduld ist heute überaus begrenzt.«

Nuelia blickte auf, blieb aber in kniender Haltung. Sie räusperte sich und begann von ihrem Auftrag zu berichten, in dessen Verlauf sie auf Unan und Dau gestoßen waren. Sie erzählte ihm von ihrer Vermutung, dass sie den Auftrag hatten, Fortas zu töten, doch diesen aus unbekannten Gründen nicht erfüllen wollten oder konnten.

Fortas beugte sich vor und stützte den Kopf auf die Hand. »Was waren das für Wesen? Beschreibt sie!«

Nuelia tat wie geheißen. Auch verschwieg sie nicht, dass die beiden mit Waffengewalt nicht zu besiegen waren und dass ihr Biss ihrem Gefährten das Leben gekostet hatte.

Fortas befahl einem Leibwächter, Bela herbeizuholen. »Vielleicht weiß sie, um welche Wesen es sich handelt«, sagte er.

Nachdem Nuelia ihre Version der Geschichte beendet hatte, ergriff Ellin das Wort und behauptete, ein Gespräch zwischen Lord Wolfhard und der Herrscherin belauscht zu haben, indem sie einen Komplott gegen Fortas schmiedeten. Dieses wurde durch die Sklavin Yasu bestätigt, die Lord Wolfhard später angeblich Gesellschaft geleistet hatte. Sie berichtete, dass Lord Wolfhard mit dem Plan, Fortas zu töten, geprahlt hätte. Da sie wegen dieses Wissens um ihr Leben fürchteten, waren sie aus Huanaco geflohen. Bevor Fortas weitere

Fragen stellen konnte, betrat Bela den Thronsaal. Ihre Haare hatte sie zu einem kunstvollen Turm aufgesteckt, wodurch sie größer wirkte, als sie tatsächlich war.

Fortas trug Nuelia auf, Unan und Dau erneut zu beschreiben.

»Nun?«, fragte er, als sie ihre Beschreibung beendet hatte. »Kannst du uns sagen, um welche Wesen es sich handelt?«

»Dass sie gefährlich und nicht menschlich sind, ist sicher«, sagte sie mit ausdrucksloser Stimme.

»Musst du mich denn immer auf die Folter spannen?«, erwiderte Fortas ungehalten. »Sag uns, was sie sind und ob meine Schwester sie tatsächlich ausgeschickt haben könnte, um mich zu töten.«

Bela faltete die Hände und legte sie an die Lippen. Sie schwieg. Fortas trommelte ungeduldig auf der Armlehne herum.

»Nun. Was ist?«, drängte er.

»Ich vermute, es handelt sich um Tulpa«, sagte Bela schließlich. »Und ja, ich halte es für möglich, dass Eure Schwester sie erschaffen hat. Ob zu dem Zweck, Euch zu töten, kann ich nicht sagen, bevor ich sie nicht befragt habe.«

Fortas seufzte. »Tulpa sagt mir nicht viel. Was sind das für Wesen?«

Bela musterte den Herrscher, als versuchte sie abzuwägen, ob er die Wahrheit verkraften würde. »Tulpa sind geistige Projektionen«, erklärte sie schließlich. »Sie werden von Magie begabten Wesen aus sich selbst heraus erschaffen und von ihrem oder seinem Willen gelenkt. Der Vorteil eines Tulpa liegt auf der Hand: Er ist eine tödliche Waffe und fast unbesiegbar. Doch seine Erschaffung birgt auch Gefahren. Je länger er in dieser Welt weilt, umso schwerer wird es, ihn zu kontrollieren. Und wenn es dem Schöpfer nicht mehr gelingt, ihn zu kontrollieren oder rechtzeitig zu vernichten, kann ein Tulpa sich sogar gegen seinen Macher wenden.«

Ellins Herz machte einen Sprung. Nun verstand sie, warum Unan und Dau keine Aura hatten. Sie waren weder Mensch noch Tier, weder Dämon noch Lichtwesen. Sie waren nichts, eine leere Hülle, geschaffen nur durch den Willen eines Menschen. Ein seelenloses Abbild seiner selbst.

»Wie kann man sie vernichten?«, fragte Fortas.

»Ihr Schöpfer kann das tun, indem er sich von ihnen lossagt und ihr Herz durchstößt. Andere brauchen Bannsprüche und das magische Licht.« Bela warf Nuelia einen bedeutungsvollen Blick zu. »Die Herrscherin hat Euch ausgeschickt, um die Tulpa zu vernichten?«

Nuelia nickte.

»Dann wusste sie um die Gefährlichkeit dieser Wesen.«

Nuelia runzelte die Stirn. »Wie meint Ihr das?«

»Wenn ihr jemanden bei euch gehabt hättet, der Magie beherrscht, hättet ihr sie vernichten oder zumindest schwächen können.«

»Wie?«, fragte Nuelia.

»Mit Mabons Licht, dass Ihr zweifellos in Euch tragt.«

Nuelia rang um Fassung. Woher wusste Bela, wer sie waren? »Aber warum hat Nosara sie nicht getötet, als sie merkte, dass sie ihrem Willen entgleiten?«, fragte sie.

Bela zuckte mit den Schultern. »Es ist nicht leicht, einem Teil seiner selbst einen Dolch in den Leib zu rammen. Denn nichts anderes sind die Tulpa: Teile deiner selbst. Ein winziges Seelenstück zu einem sichtbaren Abbild geformt.«

»Hättet, könntet, würdet. Dummes Geschwätz«, warf Fortas ein. »Die Frage ist doch: Können mir die Tulpa gefährlich werden, oder kann ich sie beruhigt meiner verräterischen Schwester überlassen?«

Bela senkte ihr Haupt. »Verzeiht, Herrscher. Ich bin abgeschweift. Wenn die Tulpa nicht mehr kontrolliert werden, tun sie, was sie wollen. Dabei kann es durchaus geschehen, dass sie sich ihres ursprünglichen Auftrags erinnern und beschließen, ihn auszuführen.«

Fortas erhob sich und schritt die Stufen hinab. »Ich habe genug gehört. Ich werde mich mit meinen Beratern zusammensetzen und eine Entscheidung treffen.«

»Was geschieht mit uns?«, fragte Nuelia.

»Ihr bleibt in Gewahrsam, bis ich weiß, wie ich vorgehen werde. Aber zuvor bringt mir Kylian. Ich möchte ihn befragen.«

Ellin, Nuelia und Yasu wurden in ihre Zelle zurückgebracht. Sie waren betrübt, doch nicht ohne Hoffnung. Die Anhörung hätte besser aber auch schlechter verlaufen können. Gegen Abend bekamen sie Essen und Trinken, erfuhren jedoch weder etwas über Kylians Befragung noch über Fortas' Besprechung.

»Es behagt mir nicht, dass wir von seinem gutem Willen abhängig sind«, sagte Ellin. »Das Blut seiner Schwester fließt auch in ihm und das lässt nichts Gutes erhoffen.«

»Hat sich seine Aura verändert?«, fragte Yasu.

»Sie ist noch immer hell und leuchtet wie die Abendsonne, doch gibt es auch dunkle Stellen darin.«

»Was bedeuten das?«, wollte Nuelia wissen.

»Es bedeutet, dass er eine dunkle Seite hat, die hoffentlich niemals die Oberhand gewinnt. Noch ist er uns nicht feindlich gesonnen, doch ich kann nicht sagen, ob das auch so bleibt. Er scheint mir leicht beeinflussbar und wer weiß, was ihm seine Berater vorschlagen werden.«

Frustriert stocherte Nuelia in ihrer halbleeren Schale herum. »Die Magierin Bela scheint großen Einfluss auf ihn zu haben und selbst ich kann sehen, dass sie uns nicht besonders mag.«

Ellin schnaubte. »So wie fast alle Untergebene, die zu Fortas' Füßen liegen. Wir sind Eindringlinge, die ihren Frieden zerstören.«

Um die Mittagszeit des nächsten Tages kamen Soldaten und brachten sie in den Thronsaal. Kylian und Jesh waren bereits da und knieten in respektvollem Abstand vor dem Herrscher. Fortas wirkte angespannt und übernächtigt, seine Gesichtszüge seltsam schlaff. Bela stand an seiner Seite, ein strenges Abbild seiner Stimmung. Das Haar hatte sie zu einem straffen Zopf zusammengefasst, der ihr kantiges Gesicht betonte. Mit undurchdringlicher Miene blickte sie auf sie hinab.

»Nun verkünde ich Euch meine Entscheidung«, begann Fortas ohne Umschweife. »Zuerst zu meiner zurückgekehrten Sklavin. Sie wird mit zehn Hieben bestraft und dient fortan in meinem Haus als Küchenmagd.«

Ellin schielte zu Yasu. Ein erleichtertes Lächeln erhellte ihr Gesicht. Zehn Hiebe waren zu verkraften und ein Leben als Küchenmagd allemal besser, als eine Liebessklavin zu sein.

»Entgegen der Empfehlung meiner Berater wird Kylians Leben verschont«, fuhr der Herrscher fort. »Doch steht er in Lebensschuld, was bedeutet, dass er mir ohne Bezahlung dienlich sein wird, bis er das Zeitliche segnet oder ich beschließe, ihn freizugeben. Dies wird mit meinem Zeichen besiegelt und auf seine Haut gebrannt. Seine Gefährten dagegen tragen einen Teil der Schuld. Um ihre Schuld zu tilgen, werden sie für einen Sternenlauf in meine Dienste treten. Nach Ablauf dieser Frist steht es ihnen frei, zu gehen.«

Fortas erhob sich, stieg die Stufen hinab und trat auf Kylian zu. »Erheb dich.«

Kylian kam auf die Füße und sah den Herrscher an. Fortas beugte sich vor, sein Mund verweilte neben Kylians Ohr. »Nur meiner Barmherzigkeit und deinem anziehenden Äußeren hast du es zu verdanken, dass du noch lebst«, flüsterte er. »Doch ist dies deine letzte und einzige Gelegenheit, Reue zu zeigen.«

Kylian schluckte. »Warum werde ich gebrandmarkt?«

Fortas Augen verengten sich. »Bedanke dich für meine Güte, oder ich höre auf die Empfehlung meiner Berater«, zischte er.

Widerwillig neigte Kylian sein Haupt. »Verzeiht. Ihr seid zu gütig, edler Herrscher.«

Ellin, die in seiner Nähe kniete und alles verstanden hatte, konnte am Klang seiner Stimme hören, wie sehr ihn die Vorstellung, das sichtbare Zeichen der Leibeigenschaft zu tragen, quälte.

»Nun zu meinem ersten Auftrag«, sagte Fortas laut. »Kylian wird sich in Begleitung seiner Gefährten, einer Soldatenschar und meiner geschätzten Magierin auf die Suche nach den Tulpa begeben, sie befragen und vernichten. Ich erwarte schnelle Ergebnisse, also enttäuscht mich nicht!«

Damit wandte er sich ab und stolzierte zu seinem Thron zurück.

»Geht, bereitet Euch vor. Eure Reise beginnt im Morgengrauen«, sagte er und scheuchte sie hinaus.

»Darf ich Euch noch eine Frage stellen, edler Herrscher?«, fragte Ellin.

Fortas blickte sie überrascht an. »Sprecht.«

»Besteht die Möglichkeit, die Sklavin Yasu zu kaufen und wenn ja, zu welchem Preis?«

Der Herrscher schnaubte. »Ihr seid wahrlich dreist, eine derartige Frage zu stellen.«

»Verzeiht, keinesfalls will ich anmaßend erscheinen, es ist nur etwas, was ich gerne wissen möchte.«

»Der Preis entspricht den üblichen Bedingungen. Eine junge, gesunde Sklavin kostet einhundertfünfzig Prasis.«

Ellin verneigte sich und dankte dem Herrscher. Eilig verließ sie den Thronsaal.

Am Abend wurden sie in den Hof gebracht, wo Kylian bis auf seine Beinkleider entblößt und bäuchlings auf einen langen Holztisch geschnallt wurde. Er fluchte und wehrte sich nach Kräften. Mehrere Soldaten mussten ihn festhalten. Fortas saß ein paar Doppelschritte entfernt auf einem tragbaren Thron, umringt von seinen Untergebenen und verfolgte das Geschehen. Erstaunte Ausrufe erklangen, als Kylians Zeichnung offenbart wurde. »Was ist das?«, flüsterte es von allen Seiten.

Fortas runzelte die Stirn, beugte sich vor und betrachtete die verschlungenen Zeichen. Ein Ausdruck von Unsicherheit stahl sich in sein Gesicht.

Währenddessen rührte eine rot gewandete Gestalt mit einer Zange in einer glutgefüllten Schale. Erstaunt sah Ellin, dass es sich um Bela handelte, die das Brandeisen aus der Glut holte.

Fortas räusperte sich und erhob sich. »Mit diesem Brandmal wirst du als mein Eigentum gekennzeichnet«, sagte er und nickte Bela zu, die daraufhin das glühende Eisen auf Kylians Nacken senkte. Zwei Soldaten hielten seinen Kopf, vier Weitere hielten die Gliedmaßen und einer zog die Haare nach oben. Trotzdem gelang es ihnen nur unter größter Mühe, Kylian ruhig zu halten. Das Brandzeichen traf auf seine Haut. Es zischte leise. Der Geruch von verbranntem Fleisch erfüllte die Luft. Kylian biss die Zähne zusammen und stöhnte. Ellin schlug die Hand vor den Mund, um das Schluchzen zu unterdrücken, das sich ihre Kehle hinaufdrängte. Es dauerte nur einen Augenblick, dann war die Prozedur vorüber.

Fortas' Untergebene lachten und applaudierten, der Herrscher selbst blickte ungewöhnlich ernst.

»Bringt ihn in seine Kammer und schickt Heilerin Wu zu ihm«, befahl er und wandte sich Ellin zu. »Übrigens, nur für den Fall, dass Ihr darüber nachgedacht habt: Kylian ist unverkäuflich.«

Die Untergebenen quittierten Fortas' Worte mit einer weiteren Lachsalve.

Die Soldaten lösten Kylians Fesseln. Ellin eilte an seine Seite und ergriff seinen Arm, um ihm auf die Beine zu helfen. Mitgefühl zerriss ihr Herz und das Wissen, dass er sich über den körperlichen Schmerz hinaus zutiefst gedemütigt fühlte. Ächzend setzte er sich auf und stieß als Erstes die Soldaten von sich.

»Eines Tages wirst du dafür büßen«, zischte er an Bela gewandt.

Sie lächelte nur, warf das Brandeisen in die Schale zurück und folgte Fortas und seinem Gefolge in den Palast.

Ellin begleitete Kylian in die Kammer, die er mit Jesh teilte und beaufsichtigte Heilerin Wu bei der Versorgung der Wunde. Mit stoischem Gleichmut ließ er die Behandlung über sich ergehen, sprach weder mit Ellin noch mit Jesh. Auch als sie sich auf sein Bett setzte und tröstend ihre Hand auf seinen Rücken legte, richtete er nicht das Wort an sie, sondern wandte sich ab und starrte an die Wand.

»Wie kann ich dir helfen?«, fragte sie.

»Du kannst mir nicht helfen. Geh. Ich möchte allein sein.«

Mittlerweile kannte Ellin ihn gut genug, um zu erkennen, dass er sich weder trösten noch anfassen lassen wollte. Obwohl seine Abweisung schmerzte, strich sie aufmunternd über seinen Arm, erhob sich und verließ die Kammer.

28

Der fünfte Tag ihrer Suche neigte sich dem Ende zu und noch immer hatten sie die Tulpa nicht gefunden. Ihre Gruppe hatte Kismahelia in nordwestlicher Richtung verlassen, war am dritten Tag jedoch nach Osten abgebogen und hatte die Grenze nach Klippen überschritten. Vor ihnen lag die Schwarze Leere, ein brütend heißes Ödland aus schwarzem Gestein und Sand, unbewohnbar und still. Leer, wie sein Name sagte. Die Luft flimmerte vor Hitze und das vollständige Fehlen von Farbe schmerzte in den Augen. Tief hing die große Sonne über der nachtfarbenen Einöde und wandelte das Land in einen Glutofen. Ellin beschattete ihr Gesicht und versuchte, das Ende der Schwarzen Leere zu erblicken, doch soweit das Auge reichte, zog sich das abgestorbene Land dahin. Selbst Nuelia und Jesh verstummten und betrachteten unbehaglich die vor ihnen liegende Wegstrecke. Der Eingang des Tunnels, der sich tief unter der Schwarzen Leere durch das Erdreich bohrte, wurde von einem steinernen Torbogen markiert und befand sich nur wenige Doppelschritte entfernt. Glatte Stufen führten in weit verzweigte Gänge, in denen sich schon mancher Reisende verirrt und nie mehr wieder hinausgefunden hatte. Es war ein Abstieg ins Ungewisse.

Ellin fasste Mut und folgte den anderen nach unten. Nuelia entzündete eine Fackel und lächelte ihr aufmunternd zu. Trotz der Lichter, die überall um sie herum entflammten, wich ihr Unbehagen nicht. Argwöhnisch beäugte sie die rissigen Wände und die feste, dunkle Erde, die einen Tunnel bildeten der aussah, als hätte sich ein riesiges Tier durch das Erdreich gefressen. Der Gang war zwei Doppelschritte breit und ebenso hoch. Die Pferde der Soldaten scheuten die finstere Enge, selbst die Grej Perlinos tänzelten nervös.

Kylian klopfte gegen Jalos Hals und sprach beruhigend auf ihn ein. »Ich werde vorausreiten«, sagte er und setzte sich an die Spitze des Zuges. Seit er als Unfreier gebrandmarkt worden war, gab er sich noch wortkarger und mürrischer als zuvor. Weder schenkte er den Soldaten Beachtung, noch seinen Gefährten. Nur wenn er sich unbeobachtet fühlte, bemerkte Ellin, dass er Bela hasserfüllten Blicke zuwarf.

Je weiter sie in den Gang hineinschritten, umso wärmer und stickiger wurde die Luft. Furcht legte sich auf Ellins Herz. Das Gefühl, lebendig begraben zu sein verstärkte sich mit jedem Schritt. Dunkle Gedanken schwirrten durch ihren Kopf und steigerten die innere Unruhe bis hin zur Panik. Was, wenn sie zu wenige Fackeln bei sich trugen oder nicht genug Essen oder Wasser? Was, wenn sie sich verirrten oder einer von ihnen verletzt wurde?

Bela schloss zu ihr auf und musterte sie mit gerunzelter Stirn. »Habt Ihr Angst?« Ellin zuckte mit den Schultern. Vor der Magierin wollte sie gewiss keine Schwäche zeigen.

Bela lächelte herablassend. »Ihr gewöhnt Euch besser an die Enge.«

Ellin warf ihr einen missmutigen Blick zu. »Und was wenn nicht?«

Das Gesicht der Magierin wurde ernst. »Dann müssen wir Euch fesseln und knebeln und Euch auf den Rücken der Pferde binden.« Sie griff nach Ellins Arm und drückte ihn fest, fast brutal.

»Lasst Euch nicht von der Angst beherrschen. Dies ist nur ein Weg. Er mag uns in die Tiefe führen, doch irgendwann führt er uns auch wieder hinaus.«

Ellin nickte, senkte den Kopf und konzentrierte sich auf ihren Atem. Schwer und drückend war die Luft, die sie in ihre Lungen sog, es fühlte sich an, als würde sie versuchen, Flüssigkeit zu atmen. Wie ein heißer Strom pulsierte das Blut durch ihren Leib und pochte gegen die Schläfen. Wenn es tief unter der Erde schon so warm war, wie warm würde es dann erst an der Oberfläche sein? »Unerträglich«, hatte Nuelia gesagt. »Eine glutheiße Steinwüste, die kein lebendes Wesen zu durchqueren vermag.«

»Macht Euch die Enge denn gar nichts aus?«, fragte Ellin. Bela lächelte und schüttelte den Kopf. »Im Gegenteil, ich mag die Wärme und die Enge um mich herum.«

Das erstaunte sie. »Wirklich? Wie kann das sein?«

»Es liegt wohl in meinem Blut«, erwiderte Bela geheimnisvoll. Ellin betrachtete die kleine Magierin. Ihr weißes Haar leuchtete in der Düsternis und sie atmete so ruhig, als würde sie durch den Palastgarten spazieren. Sie schwitzte auch nicht oder blickte sich angstvoll um wie die anderen.

Im Licht der Fackeln offenbarten sich Abzweigungen und Nischen, die noch schmaler und enger waren als der Haupttunnel. Nichts war zu hören als keuchender Atem, Schritte und das Hufgeklapper und Schnauben der Pferde. Niemand sprach. Ob es daran lag, dass kaum genug Luft zum Atmen geschweige denn zum Reden vorhanden war, oder dass ihnen einfach nicht der Sinn danach stand, vermochte Ellin nicht zu sagen. Stunde um Stunde folgten sie dem Gang, bis ihre Beine schmerzten und ihre Lunge nach frischer Luft lechzte. Mittlerweile war es wahrscheinlich tiefe Nacht. Sie sehnte sich nach einer Verschnaufpause.

Wie auf Kommando hielt die Gruppe plötzlich inne. Der Gang mündete in eine kleine Höhle, von der aus drei weitere Gänge in verschiedene Richtungen abzweigten. Die Höhlendecke war so niedrig, dass die Männer den Kopf einziehen mussten, um sie zu betreten, doch wenigstens schien die Luft ein wenig angenehmer.

»Hier werden wir rasten«, entschied Kylian.

Bela öffnete die Satteltasche eines Lastpferdes und zog ein bauchiges Gefäß sowie eine Flasche mit brauner, sirupartiger Flüssigkeit heraus. Nachdem sie die Flüssigkeit in das Gefäß gefüllt hatte, steckte sie einen Docht hinein und entzündete ihn. Ellin betrachtete die

Lampe staunend. Nachtöllampen waren teuer und deshalb nur selten in Gebrauch. Soweit sie wusste, gab es auf der Felsenfestung keine Einzige davon. Dabei waren sie ungemein praktisch. Sie brannten lang und gleichmäßig, rußten und rauchten nicht und verbreiteten ein angenehmes Licht. Hell genug, um gut zu sehen, aber nicht gleißend.

Die anderen löschten die Fackeln. Die Nachtöllampe spendete ausreichend Helligkeit für ihre Verrichtungen. Ellin aß einen Gerstfladen mit Kräuterschmalz und leerte ihren Wasserschlauch. Gerne hätte sie sich gewaschen, denn sie fühlte sich verschwitzt und schmutzig, doch der knappe Wasservorrat ließ nur eine Handvoll Wasser zu, mit der sie notdürftig die schwarzen Spuren aus ihrem Gesicht rubbelte. Anschließend legte sie sich in eine Mulde am Boden, stopfte das Bündel unter ihren Kopf und schloss erschöpft die Augen.

»Ellin, wir müssen weiter.« Jemand rüttelte sie an der Schulter. Jesh.

Verwirrt öffnete sie die Augen. Es erschien ihr, als wäre sie eben erst eingeschlafen. Da sie den Himmel nicht sehen konnte, war sie nicht in der Lage es genau zu beurteilen.

»Ist es denn schon Morgen?«, fragte sie mit kratziger Stimme. Ihr Mund war staubtrocken und ihre Kehle brannte vor Durst.

»Nein«, erwiderte Jesh. »Doch wir müssen uns beeilen. Wir sind nicht allein.«

Sofort war Ellin hellwach. »Was heißt das?« Erst jetzt bemerkte sie Jeshs besorgte Miene und die Hast der anderen.

»Die Nox hausen in den Stollen«, wisperte er.

»Die Nox?« Sie sah ihn verdutzt an.

Jesh half ihr auf die Füße. »Für Erklärungen bleibt keine Zeit. Wir müssen weiter.«

Hastig raffte sie ihr Bündel zusammen, während sich die Gruppe bereits am mittleren Tunnel formierte. Kylian winkte sie zu sich heran. »Du bleibst an meiner Seite«, flüsterte er und ergriff ihre Hand. Es war das erste Mal seit der Brandmarkung, dass sie einander berührten. Trotz ihrer Furcht spürte Ellin jeden einzelnen Finger, der sich zwischen ihre schob. Er dirigierte sie zwischen sich und Jalo und legte ihre Hand an die Mähne des Hengstes.

»Halt dich fest. Wir können nicht reiten, der Tunnel ist zu tief.«

Jalos Ohren zuckten hektisch. Aufmerksam blickte er umher. Ellin krallte ihre Hand in das weiche, silbrige Haar. Die Pferde der Soldaten waren kaum zu bändigen, sie tänzelten und scheuten, wenn sie am Zügel gepackt wurden. Jesh eilte zu Hilfe und redete in der Sprache der Uthra auf sie ein, was sie zumindest so weit beruhigte, dass sie sich führen ließen, wenn auch widerstrebend. So verließen sie die Höhle und schlugen ein hohes Tempo an. Da Ellin noch immer schrecklichen Durst hatte, zerrte sie ihr Bündel vom Rücken und kramte nach ihrem Wasserschlauch.

»Was machst du?«, fragte Kylian ungehalten.

»Ich habe Durst.«

Ohne seinen Schritt zu verlangsamen, nahm er ihr das Bündel ab und fischte den Wasserschlauch heraus. Jalo tänzelte nervös.

Vor jeder Abzweigung, vor jeder Nische oder Ausbuchtung hielten sie inne und lauschten, während Kylian in die finsteren Gänge leuchtete. Ein seltsames Raunen und Wispern erfüllte die Luft. Weder konnte Ellin sagen, wodurch die Geräusche verursacht wurden noch woher sie kamen, nur dass sie ihr einen kalten Schauer über den Rücken jagten.

Sie passierten einen weiteren Gang, so schmal und tief, dass sie nur geduckt hindurchlaufen könnte. In der Ferne erblickte sie ein seltsames Glühen, weit weg, wie ein einsames Schiff am Horizont. Das Wispern näherte sich und mit ihm das Glühen, das plötzlich aus sämtlichen Öffnungen wallte. »Was ist das?«, fragte Ellin.

Kylian sah sie verwirrt an. »Was meinst du?«

Sie deutete auf den Schein, der sich wie rot-leuchtender Rauch in den Tunnel ergoss. »Das seltsame Glühen. Siehst du es denn nicht?«

Er schüttelte den Kopf. Ein leises Zischen erklang, gefolgt von einem Sirren.

»Runter«, befahl er und zerrte sie mit sich zu Boden. Kleine Kugeln schossen aus den Gängen hervor, schlugen gegen die Wände und zerplatzten. Dabei ergoss sich eine Flüssigkeit aus ihrem Inneren und tropfte auf den Boden. Eine Kugel schlug in den Hals eines Soldaten. Er schrie auf und presste eine Hand auf die Wunde.

»Ich muss ihm helfen«, sagte Ellin, doch Kylian umklammerte ihren Arm und hielt sie fest. »Nein! Du bleibst bei mir. Wir müssen hier weg. Ich zähle bis drei, dann rennen wir.«

Ellin warf einen Blick auf den Rest der Gruppe. Zwei Soldaten schossen Pfeile in die Tunnel, die mit einem Kugelhagel erwidert wurden. Ihre Pferde scheuten, rissen sich los und stoben davon, als wäre ihnen ein Dämon auf den Fersen. Bela, Nuelia und Jesh, die über keine Fernwaffe verfügten, sprangen auf die Pferde, legten sich flach auf den Rücken und zwängten sich an Kylian und Ellin vorbei.

»Worauf wartet ihr?«, rief Nuelia im Vorbeireiten. »Macht, dass ihr wegkommt.«

Kylian zerrte Ellin auf die Füße und rannte los. Der Tunnel füllte sich mit sirrenden Kugeln und dem seltsamen roten Schein. Ein gebeugtes, bleiches Wesen sprang aus einer Nische. Es war kaum größer als ein Kind, mit schneeweißem Haar und nebelgrauen Augen. Die Kleidung, die es am Leib trug, war offensichtlich nicht für das Wesen gemacht, denn sie war an den Gliedmaßen mehrfach umgeschlagen und wurde um die Hüfte mit einem Seil gehalten. Es hielt ein metallisch schimmerndes Blasrohr an die Lippen. Kylian schlug ihm den Kopf ab, bevor es hineinblasen konnte.

Hinter ihnen sprangen weitere Nox aus den Gängen, setzten ihre Blasrohre an die Lippen und schickten die Kugeln in den Tunnel hinaus. Ein Soldat brach zusammen, sein Wams färbte sich rot. Ellin duckte sich, als eine Kugel direkt über ihrem Kopf hinwegzischte.

»Spring auf Jalos Rücken«, befahl Kylian.

»Was ist mit dir?«

»Ich springe hinter dir auf.«

Mit beiden Händen krallte Ellin sich in Jalos Mähne und sprang. Kylian half ihr, indem er sie nach oben schob. Wegen der tiefen Decke und den umhersirrenden Kugeln drückte sie sich flach auf den Rücken des Hengstes und schlang die Arme um seinen Hals. »Jetzt du«, rief sie Kylian zu.

Er lächelte traurig und ließ eine Hand auf Jalos Flanken klatschen. Der Hengst wieherte und galoppierte davon. Entsetzt blickte Ellin zurück. »Nein!« Doch es war zu spät. In Windeseile galoppierte Jalo durch den Tunnel davon, die Wände rasten an ihr vorbei. Kylians Gestalt wurde rasch kleiner.

Nox sprangen in den Weg, versuchten das Pferd aufzuhalten, doch Jalo stürmte über sie hinweg, als wären sie nichts weiter als am Wegrand stehende Sträucher. Ellin war es egal. In Gedanken war sie bei

Kylian und dem, was er getan hatte. Plötzlich wieherte der Hengst schrill und stieg empor. Sie verlor den Halt und stürzte zu Boden. Aus den Augenwinkeln sah sie, wie Jalo gegen die Tunneldecke stieß, ein blutiges Rinnsal quoll aus seinem Hals.

»Jalo, ruhig«, presste sie hervor, während sie versuchte, sich aufzurichten. Ihre Schulter schmerzte, der Arm knickte ein.

Wie von Sinnen stampfte Jalo auf dem Boden herum. Ellin schob sich rückwärts, um sich vor seinen Hufen in Sicherheit zu bringen. Dann rappelte sie sich auf und näherte sich mit ausgestrecktem Arm.

»Jalo, ruhig«, wiederholte sie, legte eine Hand auf seine Flanken und streichelte ihn. Er wieherte schrill und schnaubte. »Ruhig.« Zaghaft tastete sie nach seinem Hals. Es fiel ihr schwer, nicht hektisch zu werden, denn hinter ihr näherten sich die Nox. Sie grub ihre Hände in die Mähne und versuchte, sich auf seinen Rücken zu hieven, doch ein stechender Schmerz, der von ihrer Schulter aus durch ihren Arm schoss, verhinderte es. Sie stieß eine Verwünschung aus.

»Jalo, du musst dich hinknien«, wisperte sie und drückte das nervöse Pferd nach unten. Jalo schnaubte unwillig, tänzelte ein paar Schritte und blieb dann stehen. Mittlerweile waren die ersten Nox in Sichtweite. Kugeln sirrten und schlugen unmittelbar hinter ihr in das Gestein. Entschlossen klammerte Ellin sich erneut an Jalos Mähne. Sie musste es schaffen, den Schmerz zu ignorieren. Mit zusammengebissenen Zähnen zog sie sich auf den Pferderücken hinauf. Rasende Schmerzen brandeten durch ihre Schulter bis in die Fingerspitzen hinab. Sie stöhnte und presste die Schenkel gegen Jalos Leib. »Lauf.«

Eine Kugel sirrte an ihrem Ohr vorbei. Der Hengst galoppierte davon, ließ die Nox und ihre tödlichen Kugeln hinter sich. Je weiter er sich entfernte, umso finsterer wurde es. Der rote Schein verblasste, bis nichts mehr zu sehen war als die undurchdringliche Schwärze. Ängstlich klammerte Ellin sich an den Pferdeleib, die Augen zugekniffen. Eine halbe Ewigkeit, so schien es ihr, rannte Jalo durch die Finsternis, bis er plötzlich seinen Schritt verlangsamte. Sie öffnete die Augen und erblickte einen hellen Schimmer, der den Tunnel vor ihr erhellte und rasch näherkam. Ehe sie sich versah, preschte der Hengst die Stufen hinauf ins Freie.

Gleißendes Licht empfing sie. Geblendet kniff sie die Augen zusammen und ließ sich vom Rücken des Pferdes gleiten. Sie war schweißgebadet und zitterte am ganzen Leib. Erschöpft sank sie zu Boden. »Wo ist Kylian?«, fragte jemand über ihr.

Vorsichtig öffnete sie die Augen und erblickte Nuelia und Jesh, die mit besorgter Miene auf sie hinabblickten. Sie schüttelte den Kopf, Tränen rannen ihre Wange hinab.

Nuelia erbleichte. »Ist er …?«

»Er ist zurückgeblieben«, schluchzte Ellin. »Ich weiß nicht, was mit ihm geschehen ist.«

Jesh reichte ihr einen Wasserschlauch, den sie gierig leerte. »Was sollen wir jetzt tun?«, fragte er.

»Wir warten auf Kylian«, erwiderte Nuelia.

»Was ist mit den Nox?«, fragte Bela hinter ihnen.

»Wenn sie es wagen, heraufzukommen, werden wir sie töten«, zischte Nuelia.

Bela schnaubte unwillig. »Wir sollten diesen Ort so schnell wie möglich verlassen. Die Nox hassen die Sonnenmenschen.«

Nuelia trat auf sie zu, stemmte die Arme in die Hüfte und blitzte sie zornig an. »Ich sage, wir bleiben hier und warten auf meinen Bruder!«

»Vielleicht sollten wir ihn suchen«, warf Jesh ein.

Bela schnaubte abfällig. »Ihr glaubt doch nicht im Ernst, dass ich in dieses Höllenloch zurückkehre. Der Trottel ist tot, findet Euch damit ab.«

Nuelia rammte ihr die Faust ins Gesicht. »Nennt ihn nicht so, verfluchtes Weib. Mein Bruder lebt.«

Bela fiel zu Boden und umklammerte ihre Nase. Blut quoll zwischen den Fingern hervor. Ihre Augen blitzten vor Wut. »Wenn wir hier bleiben werden wir alle sterben«, prophezeite sie.

Ellin ließ ihren Blick über die Schwarze Leere schweifen. Irgendwo tief unter dem glühenden Gestein kämpfte Kylian um sein Leben. Sie beschattete ihre Augen. Inmitten des verbrannten Landes ragte etwas Großes, Dunkles in den Himmel hinauf.

»Was ist das?«, fragte sie an Jesh gewandt und deutete auf das seltsame Gebilde.

Jeshs Blick folgte ihrem ausgestreckten Finger. »Das ist das Bildnis des Feuergottes Agni.«

»Warum wurde es in der Schwarzen Leere errichtet?«

»Um ihn milde zu stimmen, damit er die Welt nicht in eine feurige Wüste wie diese hier verwandelt.«

Ellin runzelte die Stirn. Die Statue kam ihr vage bekannt vor. Sie war noch nie hiergewesen, und auch ihr Vater hatte ihr nie davon erzählt und doch hatte sie das Gefühl, sie schon einmal gesehen zu haben. Fasziniert starrte sie auf das schwarze Gebilde. Es übte eine eigentümliche Anziehungskraft auf sie aus, lockte sie mit einem verborgenen Wissen. Eine ganze Weile ließ sie den fernen Schemen auf sich wirken. Das Abbild des Feuergottes hütete ein Geheimnis, das spürte sie, und obwohl sie keine Ahnung hatte, warum es wichtig sein sollte, es zu ergründen, sagte ihr Instinkt, dass sie es zumindest versuchen musste.

29

Barfuß läuft sie über ungewöhnlich warmen Stein. Dunkelheit hält sie umfangen. Blind tastet sie sich an rauen Wänden entlang, folgt einer unsichtbaren Spur, die sie immer tiefer in das Gewölbe führt. All ihre Sinne sind auf einen einzigen Punkt gerichtet, ein Hauch von Türkis in einer verbrannten Welt. Zischen und Gemurmel um sie herum. Tapsende Schritte.

Vor einer Öffnung hält sie inne. Dahinter liegt eine Höhle, so klein, dass kein ausgewachsener Mann ausgestreckt darin liegen kann, doch groß genug, um sich zu verstecken. Der türkise Hauch ist nun ganz nah.

»Kylian«, wispert sie.

Ein Stöhnen und eine fiebrige Hand, die ihre sucht.

»Die Kugeln sind vergiftet«, wispert er. »Geldis sagt, ich brauche die Feuerblumen.«

»Feuerblumen?« Ellin betrachtet ihn verwirrt.

»Bitte«, erwidert er. »Steige hinauf und bring mir die Feuerblumen.«

Ellins Blick wandert nach oben zur Höhlendecke. Eine schmale Öffnung, kaum breit genug für einen ausgewachsenen Menschen, führt in die Höhe. Sie streckt die Hände aus, berührt den Durchgang. Heiße Luft weht ihr entgegen.

»Worauf wartest du?«, erklingt Geldis Stimme hinter ihr. »Steig hinauf.«

Erschrocken dreht sie sich um. Kylian ist fort. Statt seiner steht Geldis vor ihr und betrachtet sie ernst. In ihren Händen hält sie hellbraune Kugeln, die mit winzigen Stacheln bewehrt sind. Sie knistern leise und vibrieren, selbst ein Atemzug lässt ihre filigrane Hülle erzittern.

»Hier«, sagt Geldis und hält ihr die Kugeln hin. Als Ellin danach greifen will, reißen sie auf und zerfallen in winzige Teile, die in der Luft zerbröseln und vergehn.

Ruckartig erwachte Ellin. So sicher, wie sie wusste, dass sie sich in unmittelbarer Nähe der Schwarzen Leere befand, so sicher wusste sie, dass dies kein Traum gewesen war. Sie blickte sich um. Der Nordstern stand hoch am Himmel und warf seinen schwachen Schein auf die Welt. Nuelia, Jesh und die Soldaten schliefen. Bela saß auf einem Stein und hielt Wache. Weder Kylian noch die Nox waren aufgetaucht. Letztere warteten wahrscheinlich auf die Verdunklung des Nordsterns. Ellins Blick wanderte zum Tunneleingang. Sie musste Kylian suchen. Wenn sie allein ging, würden die Nox sie sicher nicht bemerken. So leise wie möglich erhob sie sich, entzündete eine Fackel und schlich zum Torbogen.

»Wohin geht Ihr?«, fragte Bela.

Ellin beschleunigte ihren Schritt. Sie musste in den Tunnel steigen, bevor irgendjemand sie aufhalten konnte. Bevor die Vision verblassen und ihren Mut mit sich nehmen würde. Zwei Stufen auf einmal nehmend hastete sie die Treppe hinab und rannte in den Gang hinein. Die Fackel flackerte und fauchte neben ihrem Ohr. Sie rannte, bis sie ihre schmerzenden Lungen zu einem gemäßigten Schritt zwangen. Ängstlich spähte sie in abzweigende Gänge, Nischen und Höhlen, suchte nach einem Lebenszeichen von Kylian. Ein roter Schein vor ihr zwang sie in einen schmalen Gang, dem sie bis zu einer weiteren Abzweigung folgte. Dort entschied sie sich für den rechten Weg, nur um kurz darauf feststellen zu müssen, dass sie auf die sich schnell nähernde Aura mehrerer Nox zulief. Erschrocken hielt sie inne. Der rot leuchtende Nebel quoll um die Ecke und leckte an ihren Füßen. Schnell trat sie die Fackel aus und duckte sich in eine Nische. Keinen Augenblick zu früh, denn schon schlichen die Wesen an ihrem Versteck vorbei. Ihre Haut schimmerte unnatürlich bleich in der Finsternis, das schlohweiße Haar, lang und glatt wie das einer alten Frau, fiel über ihre Rücken wie Spinnweben. Mit angehaltenem Atem wartete Ellin, bis sie verschwunden waren, dann kraxelte sie aus ihrem Versteck und tastete nach den Feuersteinen in ihrer Tunika. Vergeblich. Sie hatte sie in ihrem Bündel vergessen. Panik drohte sie zu überwältigen, ihr schwindelte und sie musste sich an der Wand festhalten, um nicht umzukippen. Ihr keuchender Atem hallte durch die Finsternis. Sie hatte keine Ahnung, wo sie sich befand und wie weit sie vom Eingang entfernt war. Orientierungslos starrte sie in die Schwärze.

Konzentrier dich, Ellin, befahl sie sich. *Du brauchst keine Augen, um zu sehen.*

Sie schloss die Lider, atmete tief ein und aus, wie sie es immer tat, wenn sie sich beruhigen wollte. Dann begann sie, sich vorsichtig an der Wand entlangzutasten. Sobald sie an eine Abzweigung geriet, lauschte sie ihrer inneren Stimme und entschied dann, welche Richtung sie einschlagen würde. So gelangte sie zu einer kleinen Öffnung, so schmal und niedrig, dass sie sich flach auf den Boden legen musste, um hindurchzukriechen. Sie legte die nutzlose Fackel auf den Boden und kroch in den Tunnel hinein. Die Wand war an dieser Stelle sehr dick und sie musste einige Doppelschritte weit kriechen, was ihr einen kurzen Anflug von Panik bescherte. Am anderen Ende erhob sie sich und stieß schmerzhaft mit dem Kopf gegen die niedrige Decke. Geduckt blickte sie sich um.

Nichts. Nur undurchdringliche Schwärze. Ihr Blick wanderte zur Decke. Da, direkt über ihr ein Fleck. Um eine Winzigkeit heller als die Schwärze um sie herum. Sie tastete danach. Ihre Hände verschwanden in einer Öffnung, die schräg nach oben führte. War es ein Ausgang oder nur der Übergang zu einer weiteren Höhle? Egal, sie würde ihm folgen, wo auch immer er endete. Ächzend hievte sie sich in die Öffnung hinauf und schob sich nach oben. Die geprellte Schulter jagte eine Woge des Schmerzes durch ihren Arm. Die Öffnung endete in einer Höhle, die genauso klein, dafür aber höher war als die vorherige. Ellin duckte sich und hielt verdutzt inne. Sie konnte die Decke erkennen und einen weiteren Durchgang, der den Blick auf den Sternenhimmel freigab. Ein dreifußhoher Stein lag direkt unter der Öffnung. Sie stieg hinauf und steckte den Kopf durch die Decke. Um sie herum entfaltete sich die Steinwüste der Schwarzen Leere, über ihr der Nordstern, umgeben von zahllosen kleinen Sternen, die wie hoffnungsvolle Lichtpunkte am Himmel schwebten. Ein Murmeln schreckte sie auf. Mit einem Aufschrei rutschte sie von dem Stein und fiel auf ihr Hinterteil. Ihr Herz raste. An der Wand gegenüber nahm sie eine Bewegung wahr. Eine bleiche Hand tastete auf dem Boden herum. Dann ein Klirren, das Blitzen eines Schwertes und wieder ein Stöhnen.

Erleichterung durchflutete sie, als sie ihn erkannte. »Kylian.«

»Ellin?« Seine Stimme war kaum mehr als ein Flüstern und erinnerte sie schmerzlich an die sterbende Stimme ihrer Mutter.

Sie kroch zu ihm. »Kannst du sprechen?«

»… bin … verletzt«, hauchte er. »… Verdammte … Nox.«

Die Erleichterung wich Besorgnis. Sie musste ihn untersuchen, doch es war zu dunkel, um etwas zu sehen. »Wo bist du verletzt? Hat dich eine der Kugeln getroffen?«

Kylian regte sich ächzend und deutete auf seine rechte Brust. Ellin zerrte das Wams und das Hemd nach oben und betastete die Stelle. Er knirschte mit den Zähnen, als sie ihre Finger auf die Wunde legte.

»Steckt die Kugel noch in deiner Brust?

»… Ja …«

»Ich muss sie so schnell wie möglich entfernen. Doch dafür muss ich dich hier rausbringen. Kannst du gehen?«

Er versuchte sich an einem Lachen. Es klang eher wie ein ersticktes Husten. »Kann nicht … zu spät … das Gift …«

Eine Schweißperle rann ihre Schläfe hinab, während sie verzweifelt nach einer Lösung suchte. Sie rief sich die Vision ins Gedächtnis und erinnerte sich plötzlich auch an den Traum von der schwarzen Statue, den sie in der Nacht nach Lord Wolfhards Schlägen geträumt hatte. Zweimal schon hatte sie von den Feuerblumen geträumt. Das konnte kein Zufall sein. »Ich glaube ich weiß, was dich retten kann«, sagte sie um einen zuversichtlichen Ton bemüht. Er blickte sie an, das Weiß seiner Augen leuchtete unheimlich. Zitternd schob er seine Hand in ihre. »Ich liebe … dich … Ellin.«

Sie entzog ihm ihre Hand. »Sei still! Sprich nicht, als würdest du sterben. Ich werde dich retten.«

Er lächelte gequält. »Tut mir … leid.« Einen Herzschlag lang hielt er ihren Blick. Dann schloss er die Augen, sein Kopf fiel zur Seite.

Ellin unterdrückte die aufsteigende Panik und zwang sich zur Ruhe. Solange er atmete, lebte er. Angespannt tastete sie nach seinem Puls. Er flatterte wie die Flügel einer Libelle.

»Ich bin gleich wieder da, halt durch«, flüsterte sie.

So schnell es die schmerzende Schulter zuließ hievte sie sich durch das Loch in der Decke. Ihre Hände krallten sich in etwas Heißes, Körniges. Kurz darauf stand sie inmitten der Schwarzen Leere. Über ihr leuchtete der Nordstern, unter ihr harter, ölig glänzender Sand und verbrannter Fels. Die Luft war trocken und die brütende Hitze selbst bei Nacht kaum zu ertragen. Sie blickte sich um. Ein finsterer Schatten erhob sich westwärts und wies ihr den Weg. So schnell es in dem unwegsamen Gelände möglich war, schlängelte sie sich zwischen den Felsen hindurch. Noch vor dem Versinken des Nordstern musste sie in die Höhle zurückkehren, sonst würde sie sich verlaufen. Tiefe Furchen durchzogen den holprigen Boden, wie willkürlich gezogene Ackerkrumen.

Ihre Füße versanken in dem heißen Sand, der in ihre Schuhe sickerte und an ihrem Fleisch rieb. Die scharfkantigen Felsen rissen an ihrer Kleidung und hinterließen leichte Verbrennungen auf ihrer Haut. Innerhalb kürzester Zeit war ihre Kleidung schweißgetränkt, der Mund staubtrocken. Die Haare klebten an ihrem Kopf wie nasser Seetang.

Endlich tauchte die Statue des Feuergottes vor ihr auf, riesenhaft und pechschwarz. Sie glänzte ölig wie der Sand und strahlte eine dunkle, uralte Magie aus, die Ellin trotz der Hitze erschauern ließ. Der Körper sah aus, als wäre er aus erstarrten, ineinander verschlungenen Flammen geformt, aus denen dünne, fingerlose Arme ragten. Ein gespaltener Schädel, eine Hälfte wie der Kopf eines Tieres, mit spitzen Zähnen und lidlosen Augen, die andere skelettiert, mit tiefen Höhlen, wo Mund und Nase sein sollten. Ellin zwang sich, den Blick von der Statue zu lösen und begann, den Boden abzusuchen. Obwohl sie sich gänzlich auf diese Aufgabe konzentrierte, fand sie keine einzige Feuerblume. Hatte sie sich geirrt? Hatte ihre Vision getrogen? Gab es überhaupt so etwas wie Feuerblumen? Hektisch stapfte sie um die Statue herum, ohne fündig zu werden. Das Licht des Nordsterns verblasste bereits.

Verzweifelt sank sie auf die Knie, kroch am Boden herum und wühlte hektisch in dem schwarzen Sand. Endlich erspähte sie ein runzeliges Etwas. Ein winziges Stück des Blütenkelchs ragte fast unsichtbar zwischen den öligen Körnern hervor. Vorsichtig befreite sie die Kugel und zupfte sie aus dem Boden. Nun, da sie wusste, nach was sie suchen musste, fand sie ein Stück weiter eine zweite Kugel und auch eine Dritte. Da sie nicht sicher war, wie viele sie brauchen würde, sammelte sie, was sie tragen konnte, und machte sich dann auf den Rückweg. Die Zeit eilte, sie konnte kaum noch einen Doppelschritt weit sehen. Zu ihrem Glück war der Eingang der Höhle durch einen besonders großen, spitz zulaufenden Fels markiert, den sie selbst in der Dunkelheit gut erkennen konnte. Erleichtert glitt sie durch die Öffnung.

Kylian war noch immer bewusstlos. Er atmete flach, fast sah es aus, als würde er gar nicht atmen. Unschlüssig starrte sie auf die Blumen in ihrer Hand. Musste er sie essen oder sollte sie die Dinger auf seine Wunde legen? Sachte platzierte sie die Kugeln auf den Boden, behielt eine in der Hand und zerdrückte sie. Das Innere war leer. Die Blume bestand nur aus einer hauchfeinen, stachelbewehrten Hülle, die einen feurigen Hauch verströmte, wie heißer Dampf. Der metallische Geruch von Feuersteinen stieg in ihre Nase.

Kylian gab gurgelnde Laute von sich, weil er nicht mehr schluckte. Die Zeit drängte. Sie musste etwas tun.

Kurzerhand schob sie sein Hemd hoch, steckte einen Finger in die Wunde und pulte die Kugel heraus. Ein barbarischer Akt, der auch dem stärksten Mann einen Schmerzenslaut entlockt hätte, doch Kylian war in tiefer Bewusstlosigkeit gefangen und rührte sich kaum. Warme Feuchtigkeit klebte an ihren Fingern, und obwohl sie es nicht sehen konnte, wusste sie, dass ihre Hände rot waren von seinem Blut. Die Kugel in seiner Brust war in zwei Teile zerbrochen und hatte ihren flüssigen Kern in sein Fleisch ergossen. Schnell zerbröselte sie eine Handvoll Blumen und stopfte eine Hälfte in Kylians geöffneten

Mund, die andere Hälfte streute sie in seine Wunde, drückte sie ganz tief hinein. Zuletzt verschloss sie das Loch in seiner Brust mit einer unversehrten Blume, presste sie in sein Fleisch, sodass sie ihren feurigen Hauch nach innen entleerte. Für einen Augenblick gewahrte sie wieder das Leuchten, das sie schon während Butans Bestattung bemerkt hatte. Die Zeichen auf seinem Körper erstrahlten, doch auch diesmal verschwand es so schnell, wie es gekommen war.

Hierfür wird er einen hohen Preis bezahlen, schoss es ihr durch den Kopf.

Von einem Augenblick zum Nächsten wurde die Welt schwarz. Der Nordstern war verblüht, der lichtlose Teil der Nacht brach an.

Sie legte sich an Kylians Seite, den Kopf an seine Schulter gelehnt und wartete auf den Morgen. Der Durst war fast unerträglich, genauso wie die stickige Wärme und die Sorge um den Mann, den sie mehr liebte, als sie es je für möglich gehalten hätte. Während der Nacht hielt sie seine Hand, lauschte auf seine Atemzüge und träumte von Wasser.

Gegen Morgen wurde die Hitze unerträglich. Besorgt blickte Ellin auf die Morgenröte, die durch die Öffnung schimmerte. Sobald die große Sonne aufging, würde sich die Höhle in einen Glutofen verwandeln. Sie mussten ihren Unterschlupf schleunigst verlassen.

Ächzend setzte sie sich auf und tastete nach Kylians Puls. Er war noch immer zu schnell, aber schon kräftiger.

»Kylian«, rief sie und rüttelte an seiner Schulter. Wortlos bewegte er die rissigen Lippen, krächzte wie ein Verdurstender.

»Wach auf. Wir müssen die Höhle verlassen.«

Er zuckte, rührte sich jedoch nicht.

Erneut rüttelte sie an ihm. »Bitte Kylian, du musst aufwachen, sonst verglühen wir.« Ihre Augen brannten, wollten sich mit Tränen füllen. Sie rappelte sich auf, schob ihre Hände unter seine Arme und versuchte, ihn zur Öffnung zu ziehen. Sein schlaffer Leib hing in ihrem Griff wie ein erlegtes Bisott, bleischwer und massig. Mit aller Kraft, die sie noch aufbringen konnte, zerrte sie ihn zu dem Loch im Boden. Jeder Muskel in ihrem Körper schmerzte. Flimmernde Hitze brannte sich durch ihre Kleider.

Kylian versuchte, die Augen zu öffnen, doch seine Lider flackerten und fielen immer wieder zu.

»Stoß dich mit den Beinen ab«, bat Ellin schluchzend. Benommen stemmte er die Fersen in den Boden und schob. Neben der Öffnung hielt sie inne, hockte sich zu seinen Füßen und stieß ihn Stück für Stück vorwärts. Endlich rutschte er in den Spalt hinein und verschwand. Sie hörte, wie er über den rauen Fels schabte, kurz darauf einen dumpfen Schlag, als er auf den Boden der unteren Höhle prallte. Sie spürte einen brennenden Schmerz im Nacken, wo ein Sonnenstrahl auf ihre nackte Haut traf. Schnell schob sie sich durch die Öffnung und rutschte ebenfalls nach unten. Hart prallten ihre Füße auf den Fels. Ein stechender Schmerz jagte durch ihre Beine den Rücken hinauf. Kylian lag bewusstlos am Boden, er hatte eine Platzwunde am Hinterkopf. Blut sickerte in sein Haar. Mit letzter Kraft riss sie einen Fetzen von seinem Untergewand ab und drückte es auf die Wunde, bevor sie keuchend zu Boden sank. Außerstande sich auch nur einen Fingerbreit zu rühren.

Wir werden hier unten sterben, dachte sie, bevor sie in gnädige Bewusstlosigkeit glitt.

»Ellin? Kylian?«, leise Stimmen, unendlich fern. Ein Lichtschein streifte ihre geschlossenen Augen. Ihr Körper fühlte sich seltsam schwerelos und taub an. War sie tot?

»Ellin? Kylian?«, erneut erklang das Rufen, lauter diesmal.

Wir sind hier, wollte sie sagen, doch ihre trockene Kehle konnte keinen Laut produzieren, nur ein Krächzen, das ungehört hinter den dicken Mauern verhallte.

»Sie sind nicht hier«, hörte sie jemanden sagen. Jesh? Nuelia? Ellins Finger zuckten, sie musste sich bemerkbar machen, bevor sie sich entfernten. Sie öffnete die Augen. Es war so dunkel, dass sie sie auch genauso gut hätte zulassen können. Ihre Kehle brannte. Die Zunge fühlte sich an wie ein dicker, pelziger Wurm. Sie versuchte, ihre Füße zu bewegen, doch ihr Wille drang nicht bis zu ihren Beinen vor.

Wieder ein Lichtschein. »Wartet! Hier liegt eine Fackel«, sagte eine Stimme.

Ellin öffnete die Lippen. *Wir sind hier*, versuchte sie zu rufen. Ein ersticktes »wwwhhhrrr«, kam aus ihrem Mund. Sie spürte, wie ihr Verstand mit der drohenden Bewusstlosigkeit rang. Schatten legten sich auf ihre Augen, dunkler und tiefer als die Höhle um sie herum und zogen sie in den Abgrund. In rasender Geschwindigkeit glitt sie durch den Tunnel, in der Ferne ein Licht, silbrig und strahlend. Es rief und lockte sie. Neugierig folgte sie dem verlockenden Glanz, wollte eintauchen in das verheißungsvolle Gleißen, ihren gepeinigten Leib verlassen, der sich so hartnäckig an das Leben klammerte.

Lass mich frei, bat sie, doch das wunde Fleisch hielt sie erbarmungslos fest, stemmte sich gegen den Sog und zog sie zurück in die trostlose Wirklichkeit.

Ihre Augen öffneten sich. Weit und klar war ihr Blick, den sie nun umherschweifen ließ. Es war Tag und sie befand sich nicht mehr in der Höhle, nicht einmal mehr in Nähe der Schwarzen Leere, soweit sie das beurteilen konnte. Sie lag im Schatten einer mächtigen Hebeleiche. Ein laues Lüftchen wehte über sie hinweg. Wie lange war sie bewusstlos gewesen? Und wie war sie hierhergelangt? Sie drehte den Kopf und blickte sich um. Kylian lag zwei Doppelschritte entfernt. Er wirkte blass und hielt die Augen geschlossen, doch seine Brust hob und senkte sich gleichmäßig. Nuelia saß neben ihm und füllte seinen Wasserschlauch auf.

»Ellin, du bist wach«, stellte sie fest. »Wie fühlst du dich?«

Ellin räusperte sich. »Durstig. Wo sind wir?« Ihre Stimme hörte sich rau und fremd an.

»In den Hügeln von Thal. Sie grenzen an Klippen und die Schwarze Leere, sind aber von weit angenehmerer Temperatur.« Nuelia kam zu ihr und hielt ihr den Wasserschlauch hin. »Hier trink, ihr seid beinahe verdurstet.«

Ellin setzte sich auf und nahm den Schlauch. »Wie habt ihr uns gefunden?«

»Das haben wir Bela zu verdanken. Sie hat uns durch die Stollen geführt, als wäre sie dort geboren. Wenn du mich fragst, trägt sie noxisches Blut in sich. Allerdings hat es einiges an Überredungskünsten meinerseits bedurft, um sie dazu zu bewegen, uns zu führen.« Sie grinste und deutete auf ihr Schwert.

Ellin rang sich ein Lächeln ab. »Wie geht es Kylian?«

Nuelia warf ihrem Bruder einen mitleidigen Blick zu. »Den Umständen entsprechend gut. Er schläft. Wie hast du ihn nur gefunden?«

Ellin erzählte ihr von ihrer Vision und den Feuerblumen.

»Du hast meinem Bruder das Leben gerettet«, stellte Nuelia fest. »Für die Gefahr, in die du dich deswegen begeben hast, würde ich dir am liebsten den Hals umdrehen und dir gleichzeitig auf Knien danken.« Sie verzog das Gesicht, halb Grinsen, halb schlechtes Gewissen.

»Du wirkst bedrückt. Ist etwas nicht in Ordnung?«, fragte Ellin.

»Jalo ist tot«, erwiderte Nuelia. »Eine vergiftete Kugel steckte in seinem Hals.«

Erschrocken schlug Ellin die Hand vor den Mund. »Jalo? Bei den Göttern, das ist furchtbar. Weiß Kylian es schon?«

Nuelia schüttelte den Kopf. »Er ist noch nicht aus seiner Bewusstlosigkeit erwacht. Er wird erschüttert sein, wenn er es erfährt.«

»Wer wird es ihm sagen?«

Nuelia zuckte mit den Schultern. »Ich bin seine Schwester, also muss ich es wohl tun. Doch darüber mache ich mir noch keine Sorgen. Wir wissen ja noch nicht einmal, wann er überhaupt erwacht. Im Moment sieht es so aus, als würde er noch eine ganze Weile schlafen.«

Jesh trat hinzu und reichte ihr eine Schale mit Kräuterbrühe und einem Stück Fleisch. »Willkommen zurück.«

Ellin stillte zuerst ihren Durst und machte sich dann über das Essen her. Anschließend sichtete sie die Schäden an ihrem Körper. Sie fand leichte Verbrennungen, einen großen blauen Fleck und ein paar Schürfwunden, die alle mit einer streng riechenden Paste bestrichen waren. Jemand hatte sie gewaschen, ihre Wunden versorgt und ihr frische Kleidung übergestreift. Sie kämmte sich notdürftig, ging dann zu Kylian und wartete auf sein Erwachen, doch er verschlief den restlichen Tag und auch die folgende Nacht. Nuelia flößte ihm Brühe und Wasser ein und bettete seinen Kopf auf frischem Moos. Am nächsten Morgen sah er nicht mehr ganz so blass aus, was Ellin zum Anlass nahm, das Loch in seiner Brust zu untersuchen. Vorsichtig entfernte sie die verkrusteten Reste der Feuerblumen und legte einen frischen Verband an. Auch die Kopfwunde heilte gut, die Beule war auf die Größe eines Thalmeiseneis geschrumpft. Doch obwohl sein körperlicher Zustand nicht dagegen sprach, erwachte er nicht.

Am nächsten Tag war Ellin beunruhigt und untersuchte seinen Körper nach versteckten Verletzungen, fand jedoch keinen Hinweis auf seine unnatürlich lange Bewusstlosigkeit. Erst als sie seinen

Rücken abtastete, stellte sie überrascht fest, dass die Linien auf seiner Haut verblasst und nur noch als schwache Schemen zu erkennen waren. Wie eine alte Narbe, bei der man genau hinsehen musste, um sie zu entdecken. Sie schob seine Beinkleider hoch und untersuchte seine Beine. Auch dort war die Zeichnung verblasst. Besorgt winkte sie Nuelia herbei. »Was glaubst du hat das zu bedeuten?«

Nuelia starrte bestürzt auf die glatte Haut ihres Bruders. »Bei den Göttern, das kann nur eines bedeuten«, wisperte sie.

»Was? Wird er sterben?«

Nuelia rieb ihre Stirn und schloss die Augen. Ellin schnaubte.

»Nuelia, was geschieht mit ihm? So sprich doch endlich mit mir.«

»Mabon hat ihn verlassen«, antwortete Nuelia dumpf.

»Und das bedeutet was?«

»Es bedeutet, dass er seine Lebenskraft verliert und wird wie ein Mensch.«

Alles, was Ellin verstand waren die Worte *Lebenskraft* und *verlieren*. Sie umklammerte Nuelias Arm. »Wird er sterben?«

Nuelia schüttelte den Kopf. »Nicht jetzt und hier, doch in zwanzig oder dreißig Sternenläufen. Wenn kein Wunder geschieht, ist er fortan wie ein einfacher Mensch. Ich habe so etwas schon einmal erlebt, als ein Uthra unserem Gott abgeschworen hat und dem Dämonenkult beigetreten ist.«

Ellin starrte Nuelia mit weit aufgerissenen Augen an. »Aber wie ist das passiert?«

Nuelia zuckte mit den Schultern. »Ich weiß es nicht.«

Ein Schatten fiel auf sie, als Bela hinzutrat und Kylian musterte.

»Was wollt Ihr?«, fragte Nuelia barsch.

»Ich bemerkte Eure bestürzten Gesichter und hielt es für angebracht, mich nach dem Befinden Eures Bruders zu erkundigen.«

»Er lebt«, zischte Nuelia. »Das ist alles, was zählt.«

Bela lachte, kurz und freudlos und deutete auf Kylians Rücken. »Wird er das genauso sehen, wenn er erwacht?«

Ellin und Nuelia antworteten nicht. Zu viel Wahrheit steckte in Belas Worten.

»Die Gabe des Feuergottes hat ihn gerettet«, fuhr Bela fort. »Doch dieses Geschenk war zugleich ein Fluch, der sein inneres Licht verzehrte, seid ihr Euch dessen bewusst, Ellin?«

Hierfür wird er einen hohen Preis bezahlen. Die Worte hallten in Ellins Gedanken wider. Sie hatte es gewusst. In dem Augenblick, als sie die Feuerblumen in seinem Fleisch versenkte, hatte sie es gewusst. Sein Überleben im Tausch gegen seine Lebenskraft. Aus dem Uthra, dem Gesandten des Lichts, war ein einfacher Mensch geworden. Ein Mensch wie sie. Wie würde er das verkraften? Würde er ihr die Schuld geben? Würde er sie gar hassen?

»Seht Euch vor«, warnte Bela wie zur Bestätigung. »Wenn er erwacht, werden seine hasserfüllten Blicke nicht mehr ausschließlich mir gelten.«

Ellin schluckte trocken. Bela hatte recht.

»Geht, kümmert Euch um Eure eigenen Belange und verschont uns mit Euren Prophezeiungen«, knurrte Nuelia.

Bela zog die Augenbrauen hoch und lächelte herablassend. »Wie undankbar Ihr seid. Doch Ihr werdet schon sehen, dass es keine gute Entscheidung war, ihn zu retten. Manchmal muss man sich dem Schicksal beugen, ob es einem gefällt oder nicht.« Damit wandte sie sich ab und stolzierte davon.

Nuelia legte eine Hand auf Ellins Arm. »Gräme dich nicht. Du hast getan, was du tun musstest. Ich bin mir sicher, dass mein Bruder es dir danken wird, wenn auch nicht sogleich.«

Ellin nickte. Nuelias Worte waren gut gemeint, doch konnten sie nicht verhindern, dass sie sich von diesem Moment an vor Kylians Erwachen fürchtete, vor der Enttäuschung und dem Schmerz in seinen Augen. Würde er sie hassen für das, was sie ihm angetan hatte? Bela hatte die Wahrheit gesprochen. Kylian wäre lieber tot als ein einfacher Mensch zu sein, noch dazu ein Unfreier.

Am vierten Tag war es so weit. Kylian schlug die Augen auf. Ellin saß zwischen den Wurzeln der Hebeleiche und nähte einen Riss in ihrer Tunika. Sie mochte diesen Platz, der alte Baum wirkte beruhigend und klärte ihre Gedanken. Jesh war mit Bela und einem Soldaten auf der Jagd, zwei andere Soldaten schnitzten an Speeren. Nur Nuelia, die neben ihrem Bruder saß und Erdknollen zerteilte, bemerkte, wie er erwachte. Ellin hörte sie sprechen. Kylians krächzende Stimme zerriss ihr fast das Herz. Mit zitternden Fingern stieß sie die Nadel durch den Stoff ihrer Tunika und spürte kaum, wie sie sich in den Finger stach. Erst der hervorquellende Blutstropfen brachte den Schmerz mit sich und mahnte sie zur Achtsamkeit. Natürlich würde Nuelia es ihm nicht sofort erzählen, doch wie lange konnte sie es vor ihm zu verheimlichen? Würde er es vielleicht sogar spüren? Egal. Spätestens, wenn er einen Blick auf seine Beine warf, würde er es sehen. Sie wagte einen Blick über den Wurzelrand. Kylian hatte sich aufgesetzt und starrte Nuelia fassungslos an.

»Jalo«, rief er und barg seinen Kopf in den Händen. Nuelia legte beruhigend die Hand auf seine Schulter. Er stieß sie von sich. Trost zu empfangen fiel ihm wie immer schwer. Schnell senkte Ellin den Kopf und konzentrierte sich wieder auf ihre Naht, die immer unsauberer wurde. Als sie mit der Tunika fertig war, zog sie ein Kleid aus ihrem Bündel und begann, einen Riss am Saum zu vernähen. Nach einer Weile spähte sie erneut über den Wurzelrand. Kylian kam wackelig auf die Beine und stützte sich an dem Baumstamm ab. Sein Blick fiel in ihre Richtung. Sofort senkte sie den Kopf, trieb die Nadel in den Stoff ihres Kleides, als hinge ihr Leben davon ab. Ihre Wangen brannten. Sie hörte, wie er nach Nuelia rief.

Bis zum Abendmahl gelang es ihr, ihm aus dem Weg zu gehen, doch am gemeinschaftlichen Feuer konnte sie ihm nicht mehr ausweichen. Ihr fiel kein Grund ein, warum sie nicht mit den anderen speisen sollte und früher oder später musste sie ihm sowieso gegenübertreten. Gesenkten Hauptes setzte sie sich an das Feuer, so weit wie möglich von Kylian entfernt, nahm die gebratenen Erdknollenscheiben und das Wühlhornfleisch, welches ihr Jesh reichte, und begann zu essen. Sie spürte Kylians Blick, doch sie hielt den Kopf stur über die Schüssel gebeugt. Nachdem sie gegessen hatte, entschuldigte sie sich, eilte zu ihrem Fell, legte sich hin und tat, als würde sie schlafen.

Ein Schatten fiel durch ihre geschlossenen Lider. »Ellin?«

Widerwillig öffnete sie die Augen. Kylian. Natürlich. Aus der Nähe betrachtet sah er besorgniserregend blass aus. »Warum meidest du meine Nähe?«

In diesem Moment wünschte sie sich, er wäre mehr wie die hohen Herren, die nie direkt aussprachen, was sie dachten, um sich und andere nicht in Verlegenheit zu bringen. Doch Kylian war kein hoher Herr, er verlangte nach einer Antwort.

»Ich bin müde«, erwiderte sie. »Die Schwarze Leere steckt mir noch in den Knochen.«

Sein Schweigen sagte ihr, dass er wusste, dass sie log. Trotzdem hoffte sie, dass er sie mit dieser Ausrede davonkommen lassen würde.

»Ich wollte dir danken, ohne dich wäre ich …«, fing er an.

»Schon gut«, unterbrach sie ihn. »Du musst mir nicht danken. Ruh dich aus, wir sprechen ein anderes Mal darüber.«

Wieder ein kurzes Schweigen. »Wie du willst, für heute lasse ich es gut sein, doch morgen will ich den Grund für dein Verhalten erfahren.« Er wartete noch einen Augenblick, bevor er sich mit einem »Schlaf gut«, abwandte und ging.

Ellin kniff die Augen zu und vergrub sich in dem Fell. Es dauerte lange, bis sie endlich einschlief und schon im Morgengrauen erwachte sie wieder, wagte aber nicht, aufzustehen. Sie legte sich auf den Rücken und starrte zur Baumkrone hinauf. Sonnenstrahlen blitzten durch die Blätter und kitzelten ihr Gesicht. Einerseits fürchtete sie sich vor dem Augenblick, wenn Kylian die Wahrheit entdecken würde. Andererseits wünschte sie sich, es endlich hinter sich zu haben.

Als die anderen sich erhoben, stand auch Kylian auf, nahm sein Bündel zur Hand und stapfte zu dem Wasserlauf am Fuße des Hügels. Ellins Herz machte einen Sprung. Es war so weit. Angespannt spähte sie zwischen den Baumwurzeln hindurch und wartete. Es dauerte lange, sehr lange, bis er in das Lager zurückkehrte. Mit großen Schritten stapfte er auf Nuelia zu und zog sie zu seiner Schlafstatt. Seine Miene bestätigte Ellins schlimmsten Befürchtungen. Er sah aus, als wäre er dem Dunklen persönlich begegnet. Es folgte eine geflüsterte Auseinandersetzung, deren Wortlauf sie nicht verstand. Am Ende warf Kylian Ellin einen befremdlichen Blick zu, setzte sich dann mit versteinerter Miene auf seine Schlafstatt und starrte in die Ferne. Wie aus Stein gemeißelt saß er da, Stunde um Stunde, bis die Sonnen der Dunkelheit wichen und sein Gesicht im nächtlichen Schatten verschwand. Er aß nichts und trank nichts, saß nur da und starrte. Niemand wagte, ihn anzusprechen, selbst die spitzzüngige Bela machte einen großen Bogen um ihn.

Ellin erschrak, als Nuelia zu ihr trat und sich neben sie auf die Wiese setzte. »Er hat es herausgefunden«, begann sie.

Ellin seufzte. »Wie trägt er es?«

Unsicher rupfte Nuelia Grashalme aus dem Boden. »Es hat ihn hart getroffen. Der Verlust seiner Freiheit und Jalos Tod waren schon ein Schock, doch der Verlust seiner Zeichnung erschüttert die Grundfesten seines Seins.« Sie richtete ihren Blick auf Ellin. »Was bleibt ihm jetzt noch? Er ist ein Unfreier, recht – und heimatlos und nun hat ihn auch noch Mabon verlassen.«

»Glaubst du, dass er sich eines Tages davon erholen wird?«

Nuelia zuckte mit den Schultern. »Ich weiß es nicht. Wenn es ihm überhaupt je gelingen wird, so wird es zumindest eine ganze Weile dauern.«

Ellin senkte den Kopf. »Kann ich mit ihm sprechen oder soll ich mich lieber fernhalten?«

»Warte, bis er zu dir kommt. Doch behalte ihn im Auge, er ist schwermütig und hadert mit dem Leben.«

Ellin nickte. Sie würde ihn unauffällig beobachten. Das Letzte, was sie wollte, war, dass er sich etwas antat.

Am nächsten Morgen zogen sie weiter. Kylian ignorierte sie und auch die anderen und sprach nicht ein einziges Wort. Ernst und kalt ritt er auf dem Pferd eines gefallenen Soldaten. Sein Verhalten verbitterte Ellin. Obwohl sie einander liebten, schien es, als könnten sie doch niemals zueinanderfinden. Immer stand etwas zwischen ihnen. Fast wünschte sie sich, dass sie ihn endlich gehenlassen, oder ihn zumindest nicht mehr jeden Tag vor Augen haben würde. Sie fragte sich, ob ihre Gefühle überhaupt normal waren. Nie war sie zwei Menschen begegnet, die so viel füreinander getan und so wenig dafür bekommen hatten wie Kylian und sie. Wie konnte sie da von Liebe sprechen? War die Beziehung von Mann und Frau nicht nur ein Zweck, den die Götter ersonnen hatten, um den Fortbestand ihrer Art zu sichern? Verstohlen musterte sie ihn. Ein gebrochener Mann auf einem Pferd. Finster, gleichgültig und kalt. Seine Aura eine erstarrte Korona aus dunkelgrünem Licht. In seinem erkalteten Herz blieb kein Platz mehr für sie. Kein Platz für Hoffnung und Zuversicht und schon gar nicht für Liebe.

Tag für Tag ritten sie durch das Land und suchten Unan und Dau, während Kylian seine innere Dunkelheit zur Schau trug wie eine menschliche Schwarze Leere, sodass selbst Nuelia seine Nähe mied. Jeden Tag rief Bela Visionen hervor und behauptete, dass sich Unan und Dau in der Nähe befinden würden, doch nie fanden sie auch nur eine Spur der beiden.

Eines Morgens erwachte Ellin und beschloss, zu dem kleinen Wasserlauf zu gehen, den sie zufällig entdeckt hatten, um sich zu waschen. Sie verspürte das Bedürfnis, allein zu sein und sei es nur für eine kleine Weile. Mittlerweile waren sie im Schiefland Gebiet, welches mit rotbraun gestreiften Felsen von bizarrer Form überzogen war. Wie verunstaltete Steinriesen ragten sie empor und verbargen den Wasserlauf vor neugierigen Blicken. Vorsichtig tastete sie sich am Rand des grotesk gewölbten Gesteins entlang, überquerte eine natürlich entstandene Steinbrücke, die zwei Felsen miteinander verband, und kletterte zu dem Wasserlauf hinab. Sie entkleidete sich und badete in dem kühlen Nass. Anschließend wickelte sie sich in ein Tuch und wendete ihr Gesicht der Morgensonne zu. Die Felsen starrten auf sie hinab mit kantigen, gelb- und rotbraunen Rillen, die wie die Ringe eines uralten Baumes von alten Zeiten und Vergänglichkeit erzählten. Schon lange vor ihrer Geburt waren sie auf dieser Welt gewesen und würden noch lange nach ihrem Tod hier sein. Sie schloss die Augen und ließ die Erhabenheit des Ortes auf sich wirken.

»Ihr habt uns gesucht«, sagte eine leise Stimme.

Ellin fuhr herum. Ein kalter Schauer rieselte über ihre Haut. Unan und Dau standen vor ihr und blickten ruhig und erwartungsvoll auf sie hinab. Sie sprang auf, das Tuch, welches ihre Blöße verdeckte, fest umklammert und starrte auf die unheimlichen Wesen.

»Wie habt Ihr uns gefunden?«, fragte sie mit bemüht fester Stimme.

Unans Lachen klang wie ein Dolch, der über gefrorenes Eis gezogen wird. »Wir folgen Euch, seit Ihr Kismahelia verlassen habt.«

»Warum?«

Unan trat auf sie zu, sein kalter Leib berührte fast den ihren. Instinktiv wich Ellin zurück.

»Wir sind verloren«, wisperte er.

»Sprecht nicht in Rätseln zu mir«, stieß Ellin hervor. »Ich weiß, was Ihr seid und ich weiß, was Ihr wollt. Warum sagt ihr mir nicht einfach, warum Ihr gekommen seid!«

Unan sah zu seinem Gefährten hin. »Was wollen wir, Dau?«

Dau lächelte freudlos. »Was wir schon immer wollten. Rache.«

»Und was hat das mit uns zu tun?«

»Ihr müsst uns helfen«, sagte Unan.

»Euch helfen? Wieso?« Ellin wich einen weiteren Schritt zurück. Wasser leckte an ihren Füßen.

»Ihr müsst uns helfen«, wiederholte Unan, als hätte er ihre Frage nicht vernommen. Sein Blick bohrte sich in ihren, so kalt und tief. »Ihr könnt sehen«, wisperte er. »Also werdet Ihr uns helfen.«

»Ich kann nichts für Euch tun«, wehrte Ellin ab, während sie in Gedanken die Fluchtmöglichkeiten auslotete. »Bela ist die Seherin, nicht ich.«

Unan trat einen Schritt auf sie zu, öffnete den Mund und entblößte kleine, spitze Zähne. »Ich muss Euch nicht töten. Doch ich werde es tun, wenn Ihr Euch weigert.«

Seine Stimme klang plötzlich unglaublich tief, hallte wie ein dämonisches Echo von den Felsen wider.

Ellin schluckte. »Was … was wollt Ihr, dass ich tue?«

»Wir haben sie verloren«, klagte Dau.

»Zeigt uns, wo sie ist«, fügte Unan hinzu.

Ängstlich blickte sie von einem zum anderen. »Sprecht Ihr von Nosara?«

Bei der Erwähnung der Herrscherin keuchte Unan aufgeregt. »Wo ist sie, zeig sie uns!«, befahl er und griff nach ihrem Arm. Es fühlte sich an, als würde ihr Blut gefrieren, dort wo er sie berührte. Sie stieß einen erschrockenen Schrei aus.

Ein Knirschen und Schritte hinter ihr. »Lasst sie los!«, befahl Bela.

Nuelia und die Soldaten kletterten die Felsen hinab. Kylian näherte sich mit Jesh von der anderen Seite. Unan und Dau standen still und beobachteten die Uthra.

»Wollt Ihr erneut gegen uns kämpfen?«, fragte Unan an Kylian gewandt. Ein Schmunzeln umspielte seine Lippen.

Kylian trat näher, Wut und Hass im Blick. »Ihr habt uns bedroht und einen der Unseren getötet«, zischte er. »Jetzt ist es an der Zeit für Rache.« Er erhob sein Schwert.

Unan seufzte theatralisch. »Nur zu. Versucht Euer Glück. Ich nahm an, dass Ihr es mittlerweile besser wüsstet. Hab ihr denn aus unserer letzten Begegnung nichts gelernt?«

Er öffnete den Mund, entblößte die todbringenden Zähne, warf sich auf Ellin und versuchte, sie zu beißen. Mit einem Sprung war

Kylian bei ihm, riss seinen Kopf zurück und stieß das Schwert in seine Brust. Schnell trat Ellin aus der Gefahrenzone.

»Was tut Ihr da?«, rief Bela wütend. »Ihr weckt nur seinen Zorn.«

»Ich hasse ihn«, brüllte Kylian. »Ich will ihn ein für alle Mal vernichten.« Wie ein Irrsinniger stach er auf den Tulpa ein. Wieder und wieder versenkte er sein Schwert in dem dämonischen Fleisch.

Unan begann, sich aufzulösen. Dau stand unschlüssig daneben und beobachtete Kylians Attacke. Dann sprang er auf ihn zu und versuchte, ihn zu beißen.

»Nein«, rief Ellin und schubste Dau zur Seite. Schon bohrte sich Kylians Schwert in Daus Leib. Wieder und wieder stieß er zu, bis sich der Tulpa auflöste und verschwand. Bela zog derweil fünf Scheiben aus dem Beutel, den sie am Gürtel trug, und warf sie den Soldaten und Jesh zu. Sie glänzten hell wie das Sonnenlicht und warfen breite Strahlen an die Felsen. Geblendet kniff Ellin die Augen zu, als einer der Strahlen ihr Gesicht traf.

»Macht schnell, bevor sie verschwinden«, befahl Bela.

Jesh und die Soldaten verteilten sich und richteten die Scheiben so aus, dass sich ihre Strahlen überlappten. Das Licht bildete eine Kuppel über Unan und Dau, die gerade dabei waren, sich wieder zu materialisiern. Dicht aneinandergedrängt versuchten sie, dem Gleißen zu entfliehen.

»Was tut Ihr da?«, fragte Ellin erstaunt und wich zurück, bis sie außerhalb der Lichtkuppel stand. Kylian folgte ihr.

»Wir bannen sie«, erklärte Bela. »Der Magie der Lichtscheiben können sie nicht entfliehen. Nun sagt mir, Tulpa, warum ihr den Herrscher von Kismahelia töten wollt.«

Unan und Dau betrachteten sie, ihre Augen funkelten zornig.

»Antwortet mir«, befahl Bela und bewegte die Scheibe, die sie in den Händen hielt. Die Lichtkuppel wölbte sich wie das Zerrbild in einer verbeulten Vanadiumscheibe. Es zischte leise, als ein Strahl Unans Arm streifte. Qualm stieg an der Stelle empor, wo er den Tulpa berührte. Unan stieß einen kehligen Laut aus.

»Es war der Wunsch unserer Erschafferin und ihr Wunsch ist unser Befehl«, zischte er.

»Warum habt ihr den Befehl bisher noch nicht ausgeführt?«, fragte Bela.

Unan zuckte mit den Schultern. »Wir waren zornig. Unsere Erschafferin hat uns hintergangen.«

»Wie?«

»Sie schwor uns, dass wir die Einzigen sind, doch dann sahen wir, dass sie weitere von unserer Art geschaffen hat.«

Bela zog die Augenbrauen hoch. »Es gibt noch andere wie euch?«

Die beiden Tulpa grinsten listig. »Oh ja.«

»Wo sind sie?«

»Nosara bannte die Namenlosen und hält sie gefangen«, stieß Dau erregt hervor. Alter Zorn blitzte in seinen Augen auf. »Wir waren die ersten zwei und wir hatten einen Namen. So konnten wir fliehen.«

»Wo hält sie die Namenlosen gefangen?«, fragte Bela.

»In einer Höhle, unter dem Herrscherhügel.«

»Und was hat sie mit ihnen vor?«

Er zögerte, als würde er gegen einen letzten Rest Loyalität ankämpfen. Bela bewegte die Scheibe. Licht traf auf Unans Haut.

Der Tulpa verzog das Gesicht und stieß einen klagenden Laut aus. »Sie will Kismahelia unterwerfen«, stieß er gequält hervor.

Bela schnaubte abfällig. »Dafür benötigt Nosara mehr als eine Handvoll Tulpa. Wie viele hat sie erschaffen?«

Unan zuckte mit den Schultern.

»Viele«, antwortete Dau schnell.

»Wie viele?«

Unan warf Dau einen warnenden Blick zu. Dau schüttelte den Kopf.

»So viele wie die Zahl der Finger an den Händen von zehn Männern«, sagte er.

Hundert? Erschrocken schlug Ellin die Hand vor den Mund.

Bela verengte die Augen zu Schlitzen. »Das kann unmöglich sein. Wie hat sie es geschafft, so viele von euch zu erschaffen? Und warum habt ihr euch nicht gleich an ihr gerächt?«

Die Tulpa zuckten die Schultern.

»Ich warte«, sagte Bela und bewegte die Scheibe gerade so viel, dass der Lichtstrahl direkt vor Unans Gesicht vorüberzuckte.

Er bleckte die Zähne und grollte leise. »Gebt uns frei«, zischte er.

»Antwortet mir, dann gebe ich euch frei«, erwiderte Bela.

Unan fixierte sie. »Ihr lügt.«

Bela grinste. »Vielleicht, vielleicht auch nicht. Wenn ihr jedoch nicht antwortet, sterbt ihr auf jedem Fall.«

Sie bewegte ihre Lippen, wie zu einem stillen Gebet und anschließend die Scheibe. Das Licht traf auf Unans Wange. Sofort bildete sich eine dunkle Stelle, die rasch größer wurde. Schwarze Rauchkringel stiegen empor. Unan schrie und versuchte, dem Strahl zu entfliehen, der sich unbarmherzig durch sein Gesicht fraß.

»Hört auf«, rief Dau. »Ich sage Euch, was Ihr wissen wollt.«

Bela hielt inne. »Ich höre.«

»Der Wille der Herrscherin ist unbeugsam und stark und ihr gesegnetes Blut half ihr dabei, so viele von unserer Art zu erschaffen. Es bereitete ihr Vergnügen, zu sehen, wie aus ihrem Geist heraus unbesiegbare Wesen entstanden. Sie hat uns durch ihren Willen erschaffen und nur durch ihre Hand können wir vergehen. Wenn sie stirbt, müssen wir mit ihr sterben, deswegen wagten wir es nicht, uns zu rächen«, sagte Dau. »Nun gebt uns frei.«

Bela warf einen Blick in die Runde. Jeder wusste, was diese Worte bedeuteten. Nosara musste sterben, um die Tulpa mit einem Schlag zu vernichten. Sie lächelte zufrieden und nickte den Soldaten und Jesh zu, woraufhin sie einen Schritt vortraten und den Kreis enger zogen. So eng, dass Unan und Dau nun inmitten des gleißenden Lichts standen.

»Tut mir leid«, sagte Bela kalt. »Aber gehenlassen kann ich euch nicht.«

Das Licht fraß sich durch die Leiber der Tulpa wie Feuer durch Papier. Schreckliche Schreie ausstoßend, hoch und schrill, wie ein sterbendes Tier, wanden sie sich in Agonie. Das Kreischen hallte von den Felsen wieder, vervielfältigte sich und drang von allen Seiten auf die Gruppe ein. Die Tulpa lösten sich auf in einer Rauchwolke aus Klagen und Vergänglichkeit.

Ellin wollte die Hände auf die Ohren pressen, doch da sie das Tuch festhalten musste, war sie gezwungen, die Todesschreie mitanzuhören. Tief in ihrem Inneren wusste sie, dass Unan und Dau sterben mussten. Sie waren gefährlich und unmenschlich, ohne Gewissen, doch im Angesicht ihres qualvollen Todes verspürte sie so etwas wie Mitleid für diese verlorenen Kreaturen und wünschte sich, Nosara hätte den Mut besessen, es selbst zu tun.

Ewig, so schien es Ellin, dauerte es, bis die Tulpa verglühten und zu Asche zerfielen. Belas selbstgefälliges Grinsen brannte sich zusammen mit den Todesschreien in ihr Gedächtnis, und sie fragte sich, ob nicht die Menschen die wahren herzlosen Kreaturen auf dieser Welt waren.

»Wir brechen sofort auf«, befahl Bela, nachdem es vollbracht war. »Der ehrwürdige Herrscher muss es so schnell wie möglich erfahren.«

Alle gingen davon, nur Ellin hielt einen Augenblick inne und blickte auf das schwarze Häufchen, das einst Unan und Dau gewesen war. Eine Brise wirbelte die Asche auf und wehte sie davon.

Am Abend, bevor sie Kismahelia erreichten, suchten sie Schutz in der Scheune eines nahegelegenen Weilers, denn ein Gewittersturm kündigte sich an. Riesige Wolkenberge verdunkelten den Himmel, machten den Tag zur Nacht. Blitze zischten über den Horizont. Kaum hatten sie dem Bauern zwei Prasis überreicht und den Unterschlupf betreten, begann es zu regnen als hätten die Götter einen Damm niedergerissen, dessen entfesselte Kraft sich nun über sie ergoss.

Die gleißenden Blitze durchschnitten die Finsternis wie feurige Schwerter, gefolgt von ohrenbetäubendem Donner und dem Tosen des wasserfallartigen Regens auf dem Riedgrasdach.

Ellin zog das Schlaffell bis über die Nase und starrte mit weit aufgerissenen Augen in die Dunkelheit, die unablässig von zuckendem Licht erhellt wurde. Wasser tropfte durch die Decke und platschte auf den gestampften Boden. Ein besonders heller Blitz, gefolgt von einem ohrenbetäubenden Donnerschlag ließ sie zusammenzucken. Die Erde vibrierte. Der Pflug und die Werkzeuge an der Wand klirrten. Angstvoll krallte sie sich in das Schlaffell, überzeugt davon, dass sich jeden Moment der Boden unter ihr auftun und sie verschlingen würde. Seit ihrer Kindheit, als ein mächtiger Blitz in das Gerstknollenfeld neben der Scheune eingeschlagen war und eine Feuersbrunst entfesselt hatte, dem die gesamte Ernte und ein Großteil der Tiere zum Opfer gefallen waren, fürchtete sie Gewitterstürme.

Aus dem Augenwinkel gewahrte sie eine Bewegung. Jemand kroch heran und legte sich neben sie. Sie lugte unter der Decke hervor und sah, wie Kylian seine Felle ausbreitete.

»Was tust du hier?«, fragte sie überrascht.

Seit dem Verlust seiner Zeichnung hatte er nicht mir ihr gesprochen, sie nicht einmal angesehen.

»Ich weiß, dass du Angst hast«, wisperte er.

»Das ist nicht wahr«, entgegnete sie trotzig.

Seine Hand tastete unter ihre Decke und legte sich auf ihren Arm. Blitze erhellten sein Gesicht. »Doch, es ist wahr, du hast es mir erzählt, erinnerst du dich nicht?«

Der nächste Blitz zerriss den Himmel gefolgt von einem mächtigen Donnerschlag.

Sie fuhr zusammen, drückte sich unwillkürlich näher an ihn heran. Wie von selbst schlangen sich ihre Arme um seinen Leib. Für den Moment war es ihr egal, dass er nicht mit ihr gesprochen hatte. Er war da, um sie zu trösten und das war genau das, was sie jetzt brauchte. Sie hörte, wie er den Atem anhielt und in der Bewegung verharrte, nur das schnelle Klopfen seines Herzens zeigte ihr, dass er genauso aufgeregt war wie sie. Es musste ihn einiges an Kraft und Überwindung gekostet haben, seine Dunkelheit abzustreifen, nur um ihr beizustehen.

Zaghaft fuhr seine Hand über ihren nackten Arm. Eine unverfängliche und tröstende Geste, und doch verursachte sie ihr eine Gänsehaut, die sich von den Füßen bis unter die Kopfhaut zog. Sie seufzte leise, spürte, wie sie sich entspannte. Der Gewittersturm rückte in weite Ferne. Vorsichtig schob sie eine Hand unter sein Hemd und berührte die Haut, dort wo einst die feinen Linien gewesen waren. Er ließ es geschehen und so wagte sie sich weiter hinauf, folgte dem imaginären Verlauf der verlorenen Zeichen bis zu den Schulterblättern und dem Nacken, wo sie nach dem wulstigen Brandzeichen tastete. Plötzlich atmete er ruckartig und erbebte. Sie nahm an, dass er wegen ihrer Berührung zitterte, bis sie merkte, dass er weinte. Immer wieder verkrampfte sich seine Brust. Feuchtigkeit tropfte auf ihr Haar. Sie hielt ihn fest und tat, als würde sie seine Tränen nicht bemerken, und doch liebte sie ihn in diesem Augenblick mehr als je zuvor. Tief sog sie den Duft seiner Haut ein, sperrte die Donnerschläge aus und lauschte stattdessen seinem Herzschlag. Keuchend vergrub er die Hände in ihrem Haar. Die Erde erbebte unter der entfesselten Kraft des Gewittersturms so wie ihr Körper, der sich in einem eigentümlichen Zustand zwischen Angst, Trauer und Verlangen befand.

Geschluchzte Entschuldigungen, tränenreiche Küsse, zaghafte Berührungen vermischten sich mit dem berstenden Himmel, bis ihre Verzweiflung in tausend Teile zersprang und die Welt um sie herum verstummte. Erschöpft sank Ellin in einen tiefen, traumlosen Schlaf.

30

Als sie nach Kismahelia zurückkehrten und Fortas von Nosaras Vorhaben berichteten, war er zuerst schockiert, später wütend und am folgenden Tag wild entschlossen, sich an seiner Schwester zu rächen. Obwohl kein Freund von kriegerischen Handlungen, gab er den Befehl, die Soldaten, die sich über ganz Kismahelia und noch weit darüber hinaus verteilt hatten, herbeizurufen und auf eine Schlacht vorzubereiten. Anschließend zog er sich mit seinen Beratern zurück und plante den Feldzug. Auf Belas Rat hin entsendete der Herrscher Boten in das benachbarte Thal, um das Regentenpaar um Unterstützung zu bitten. Viele Sternenläufe lang lebten Kismahelia und Thal nun schon in so etwas wie freundschaftlicher Symbiose. Der Herr und die Herrin von Thal und ihr Volk mochten auf den ersten Blick unzivilisiert wirken, hausten sie doch in einfachen Hütten, Zelten und Höhlen, bemalten ihre Körper und trugen aus Knochen und Federn gefertigten Kopfschmuck, doch hinter ihrem barbarischen Äußeren verbarg sich eine gesittete Lebensweise mit strengen Regeln sowie eine reiche Kultur. Dank des fruchtbaren Bodens und der großen Weideflächen waren viele Thalaner Bauern und Viehzüchter. Ganze Sippen zogen umher und trieben die Viehherden über das Land oder lebten inmitten ihrer Felder. Sie belieferten Kismahelia mit Fleisch, Früchten, Gemüse und Holz. Kismahelia revanchierte sich mit feinen Stoffen, filigranem Schmuck, Papier und Fisch. In regelmäßigen Abständen fragte die Herrin von Thal bei Fortas an, um eine ihrer fünf Töchter mit ihm zu verbünden, doch so ansehnlich die jungen Frauen auch waren, so verspürte der Herrscher scheinbar nicht das geringste Bedürfnis danach, den Bund mit einer von ihnen zu schließen. Dennoch hoffte er, dass ihm der Herr und die Herrin von Tahl eine Gruppe Thalanischer Buschstreiter zur Verfügung stellen würden, denn sie kannten sich hervorragend in Wäldern aus und waren dafür ausgebildet, sich unbemerkt an Feinde heranzupirschen. Sie allein waren in der Lage, die Schattenkrieger, die Huanacos Wälder bewachten, auszuschalten und so den Weg für Fortas' Soldaten zu ebnen.

Da Kylian über Kampfgeschick verfügte, nahm er unfreiwillig einen wichtigen Platz im Kreis von Fortas' Beratern ein und bekam zudem einen hundert Mann umfassenden Soldatentrupp zugeteilt, den er auf Trab bringen und anschließend in die Schlacht führen sollte. Da er noch immer Fortas' Leibeigener war, konnte er sich dem Befehl nicht widersetzen, obwohl sich alles in ihm dagegen sträubte. Auch von Jesh und Nuelia wurde erwartet, dass sie sich an dem Feldzug beteiligten, doch waren sie nicht gezwungen, einen wenig kampferprobten Soldatentrupp zu führen.

Während die Uthra schon im Morgengrauen zu den Waffenübungen eilten, schlief Ellin aus und wanderte anschließend durch den Palast oder schlenderte durch die Straßen Kismahelias. Allerorts steckten die Menschen die Köpfe zusammen und tuschelten. Überall konnte man geflüsterte Worte vernehmen, die Anspannung und Angst spüren, die die Menschen aufgrund des bevorstehenden Gefechts befallen hatte. Viele fürchteten sich vor einem Krieg mit Huanaco, denn Fortas war vieles, aber keinesfalls ein ruhmreicher Feldherr. Sein Heer bestand aus einer Ansammlung gelangweilter Gecken, die die Zeit seit dem Angriff der Inselräuber eher in den Betten willfähriger Frauen denn mit Waffenübungen verbracht hatten. Zu lange schon hatte das Land in Frieden gelebt, umgeben von Verbündeten oder dem unwirtlichen Klippen, wo nur die Nox lebten, die sich nicht für menschliche Belange interessierten. Das einfache Inselvolk vor der Küste Kismahelias war indessen froh, wenn es unbehelligt blieb. Nur die Alten erinnerten sich an die Tage von Nosaras und Fortas' Machtübernahme, an die Teilung des Reiches und die Angst vor einem Geschwisterkrieg. Die nachfolgende Generation wuchs auf in Wohlstand und Frieden, das einstmals vereinte Reich nur eine Geschichte oder eine vage Erinnerung in ihren Köpfen. Doch nun, völlig unvermittelt, stand das Land vor einem Krieg. Eine Veränderung kündigte sich an und sie brachte einen neuen Herrscher hervor. Einen entschlossenen, mutigen Herrscher, der von der Balustrade seines Palastes aus eine bewegende Rede über Verrat und Vergeltung und die Zukunft Kismahelias hielt. Seine Untertanen jubelten ihm zu, zuerst halbherzig doch am Ende seiner Ansprache erstrahlten ihre Augen in ehrfürchtigem Glanz und auch der größte Zweifler hob seine Hände und pries den göttlichen Herrscher Fortas al Surani.

Am zwölften Tag nach Belas Rückkehr führte Fortas seine Streitmacht durch die Straßen Kismahelias. Hoch erhobenen Hauptes ritt er voran, gewandet in einer weißen Lederrüstung, die aus der Haut der Schneekatze gefertigt war. Die Menschen verneigten sich, ehrfürchtig und demütig. Fast jeder opferte den Göttern, was er gerade noch entbehren konnte und betete um die siegreiche Rückkehr ihres Herrschers, Fortas al Surani, der so edel, schön und von göttlichem Geblüt war.

Ellin folgte dem Heer im Gesindetross. Seit der Nacht des Gewittersturms hatte sie Kylian kaum gesehen und war nicht ein einziges Mal mit ihm alleine gewesen. Als Leibeigener durfte er nicht gehen, wohin er wollte und hatte auch keinen Anspruch auf freie Zeit. Wenn sie ihn sah, suchte sie nach Anzeichen in seinem Gesicht, die auf eine Verzweiflungstat hindeuten könnten, nach Hass oder einem verbitterten Blick, doch sie sah nur Resignation und ein Lächeln, wenn er sie erblickte. Nuelia hatte ihr seinen Wunsch übermittelt, sie möge in Kismahelia bleiben, während er mit Fortas nach Huanaco zog. Doch Ellin ertrug die Vorstellung nicht zurückzubleiben, jeden Tag auf seine Rückkehr hoffend, und so packte sie ihr Bündel und begab sich zum Lagerplatz für das Gefolge und bat um eine Anstellung im Gesindetross.

Die ersten Tage wurde sie dem Küchengesinde zugeteilt, doch als sie die Brandwunden eines Kochs, die er sich beim Brotbacken zugezogen hatte, gekonnt versorgte, nahm sie der Heiler Ecarius unter seine Fittiche. Er war noch recht jung, zählte höchstens fünfundzwanzig Sternenläufe, doch er versorgte die Verletzten flink und fachkundig. Aus praktischen Gründen, wie er sagte, trug er sein Haar kurz, und da er nicht besonders gut sehen konnte, blinzelte er, wenn er sich konzentrierte. Ellin mochte den Heiler und freute sich auf die Arbeit mit ihm. Auf diese Weise würde sie es sofort erfahren, sollte Kylian etwas zustoßen.

Mittlerweile war es ihr egal, dass sie noch keine Gelegenheit bekommen hatten, über die Nacht in der Scheune zu sprechen. Sie spürte einfach, dass sie zusammengehörten. Es war, als hätte die Gewitternacht eine grundlegende Veränderung gebracht, die sich über jeden Zweifel und jede Meinungsverschiedenheit erhob. Wie und wie lange sie leben würden, was vorher gewesen war und wie ihre gemeinsame Zukunft aussehen würde, war unwichtig geworden angesichts ihrer tiefen Verbundenheit.

Das Heer marschierte durch Kismahelia. Vier Tage nach Aufbruch erhielten sie Verstärkung von einem Trupp Thalanischer Buschstreiter, die an den Ufern des großen Wassers zu ihnen stießen. Ellin bestaunte die halbnackten Krieger, deren gebräunte Leiber mit weißen Symbolen verziert waren und die aus Federn und Knochen gefertigte Kränze auf den Häuptern trugen. Um die Hüfte hatten sie ein breites Lederband geschlungen, an dem nicht nur ihre Waffen befestigt waren, sondern auch Schmuck, Edelsteine, winzige Knochen und sogar Haare. Je älter ein Krieger war, umso reicher verziert war der Gürtel.

»Für jeden Feind, den er besiegt, darf sich ein Buschstreiter etwas von ihm an seinem Gurt befestigen. Trägt der Besiegte keinen Schmuck, so muss ein Teil seines Leibes herhalten«, erklärte Ecarius.

Ellin verzog das Gesicht. »Mir scheint das eine recht fragwürdige Sitte zu sein.«

Ecarius neigte den Kopf. »Lasst Euch nicht von ihrem Äußeren täuschen, die Thalaner sind gebildet und ehrenhaft. Alle Buschstreiter können lesen und sich in manierlicher Weise unterhalten. Nur im Krieg und während des Grummetfestes ist es ihnen erlaubt, sich ungesittet zu benehmen.«

Ellin hob die Augenbrauen. »Was ist das Grummetfest?«

»Es entspricht in etwa dem vecktanischen Erntefest. Freudenfeuer werden entzündet und es gibt reichlich Essen, Trinken und Musik. Die Thalaner danken den Göttern für fruchtbare Felder, aber auch für fruchtbare Tiere und Menschen.«

»Haben sie dafür besondere Rituale?«

Ecarius schmunzelte. »Oh ja. In der Nacht des Grummetfestes ist es ihnen erlaubt, sich ungeniert miteinander zu paaren. Egal wo, egal mit wem. Auf den Feldern, den Viehweiden, hinter der Hütte, vor der Höhle, wo auch immer es ihnen beliebt. Kinder, die in dieser Nacht gezeugt werden, bekommen eine Milchgeiß geschenkt und dürfen mit Vollendung des dreizehnten Sternenlaufs in die Dienste des Herrscherpaares treten.«

Ellin beobachtete die Thalaner mit einer Mischung aus Abscheu und Faszination. Sie verneigten sich vor Fortas, jedoch nicht so tief, wie es die Untergebenen normalerweise taten. Der Anführer, ein großer Mann mit wachem Blick und scharfgeschnittenem Gesicht, trat unaufgefordert vor und sprach mit Fortas. Der Herrscher nickte und deutete auf eine Stelle neben dem Gesindetross, woraufhin sich die Buschstreiter erhoben und direkt auf sie zukamen. Ellin erschrak. Würden sie ihr Lager etwa neben dem Gesindetross aufschlagen?

Ein aufgeregter Bote riss sie aus ihren Gedanken. Eine Soldatin war unter die Hufe eines Schlachtrosses geraten. Sie hatte einen gebrochenen Arm, Prellungen und eine große Beule am Kopf. Ellin half dem Heiler beim Schienen des Armes und umwickelte ihn dann mit Leintüchern. Der Koch rief sie anschließend in die Küche, bat sie um Hilfe bei den Vorbereitungen für das Nachtmahl und belohnte sie dafür mit kleinen Leckereien, die er vom Essen des Herrschers abzweigte. So war sie durchweg beschäftigt und hatte keine Zeit, sich um das Lager der Buschstreiter zu sorgen, die ihre Zelte tatsächlich direkt neben dem Gesindetross errichtet hatten. Am Abend war sie so müde, dass sie selbst inmitten feindlicher Krieger geschlafen hätte.

Um die Mittagszeit des folgenden Tages erreichten sie die Grenze Huanacos. Wie ein grünes Zauberland tauchte die Hügelkette vor ihnen auf. Drei Wege führten von Süden aus durch den Wald in die Stadt. Das Heer teilte sich auf und marschierte auf dem jeweiligen Pfad voran. Eine angespannte Stille erfasste die Menschen. Ab sofort befanden sie sich in Feindesland. Da sie auf den schmalen Pfaden nur zu viert nebeneinander laufen konnten, wurde das Heer zu einem langgezogenen Wurm aus menschlichen Leibern und damit leichte Beute für einen Hinterhalt. Die Buschstreiter huschten durch den Wald auf der Suche nach Nosaras Schattenkriegern, die Fortas' halbe Armee töten könnten, ohne auch nur gesehen zu werden. Die Thalaner sahen Dinge, die einfache Soldaten nicht sahen, und bemerkten selbst kleinste Veränderungen in der Umgebung oder im Verhalten der Tiere. Wie Waldgeister huschten sie in dem Dickicht umher, behände, flink und fast unsichtbar.

Die erfolgreiche Durchquerung des Urwalds war entscheidend, denn wenn sie fast vollzählig nach Huanaco gelangen würden, erhöhte das die Wahrscheinlichkeit eines Sieges beträchtlich.

Der Gesindetross wagte sich als Letzter in den Wald, nur gefolgt von einer zwanzig Mann umfassenden Soldatenschar, die ihrem Schutz diente. Die meisten Diener kannten nur das trockene Kismahelia und zeigten sich entsprechend überwältigt von der grünen Pracht. Ellin dagegen war der Wald noch allzu vertraut.

Sie kamen nur langsam voran, blieben jedoch vor feindlichen Übergriffen verschont. Die erste Nacht verbrachten sie auf dem Pfad, und da sie auch in der Dunkelheit mit einem Angriff rechneten, schliefen sie in und unter den Wagen oder kauerten sich hinter Schilden oder zwischen die Zuggäule. Anfänglich blieb alles ruhig, doch kaum verschwand das Licht des Nordsterns, griffen die ersten Schattenkrieger an. Ellin bekam außer den Rufen, Schreien und dem Klirren von Schwertern nichts von den Kämpfen mit und so hoffte sie, dass es den Thalanern gelingen würde, die Schattenkrieger abzuwehren. Im Feuerschein bereitete sie mit Ecarius alles für die Versorgung Verwundeter vor, doch die Zeit verstrich, ohne dass ein Verletzter gebracht wurde. Mit klopfenden Herzen saß sie neben dem Feuer, starrte in die Finsternis und wartete. Irgendwann verstummte der Kampfeslärm und sie döste ein, bis sie von lautem Rufen geweckt wurde. Die Morgenröte schimmerte durch die Blätter. Das Feuer war heruntergebrannt, nur die verkohlten Reste glimmten leise vor sich hin. Soldaten bahnten sich einen Weg durch die Menschenschlange. Sie trugen mehrere Verletzte. Die Hälfte war auf dem Weg zum Lager des Heilers gestorben und bei denen, die noch atmeten, war es fraglich, ob sie überleben würden. Ecarius zog die Pfeile aus ihren Leibern, nähte und verband Wunden und verabreichte schmerzstillende Tränke. Die Sklaven schleppten Tragen herbei und betteten die Verwundeten darauf. Zwar war es den Buschstreitern gelungen, die Schattenkrieger abzuwehren, doch würden sie in der nächsten Nacht gewiss wiederkehren. Die Heerführer drängten zur Eile und so setzte sich die Menschenschlange wieder in Bewegung, kaum dass die Verletzten auf Tragen gebettet worden waren. Essen, waschen, die Notdurft verrichten, alles geschah in großer Hast. Weder gab es Pausen, noch wurden die Langsameren berücksichtigt. So geschah es, dass der Gesindetross immer weiter zurückfiel und erst am späten Abend, als die Soldaten bereits rasteten, wieder aufschließen konnte. In der Nacht wurde erneut gekämpft, diesmal schien der Gefechtslärm näher als zuvor. Die Diener kauerten sich ängstlich auf den Boden oder versteckten sich unter den Wagen. Auch Ellin und Ecarius zogen es vor, im schützenden Karren zu verweilen. Bis zum Morgengrauen drangen das Zischen der Pfeile, das Klirren der Schwerter und das Schreien der Verletzten an ihre Ohren. Niemand schlief in dieser Nacht. Ellin betete für Kylian, froh darüber, dass er nicht ahnte, wie nah sie der Gefahr war. Als die ersten Sonnenstrahlen durch das Blätterdach krochen, krabbelten sie müde und mit schweren Gliedern aus dem Wagen und sahen nach den Verwundeten. Nur zwei hatten die Nacht überlebt. Schon wurden weitere Verletzte gebracht, deren Aussicht auf Überleben ebenso gering war, wie das ihrer Kameraden. Die Schattenkrieger waren hervorragende Schützen und trafen ihr Ziel mit tödlicher Präzision. Zum ersten Mal befand sich auch ein Buschstreiter unter den Verwundeten, doch er starb während Ecarius den Pfeil aus seinem Bauch entfernte. Nach dem Verzehr eines halben Gerstfladens mit Kräuterschmalz marschierten sie weiter. Ellin war vollkommen erschöpft, hatte sie doch in der ersten Nacht kaum und in der zweiten Nacht gar nicht geschlafen. Den anderen erging es nicht besser, jeder trug die Zeichen der Schlaflosigkeit und folgte gebeugt den ausgetretenen Spuren.

Gegen Abend hielten sie plötzlich inne. Weiter vorn gab es einen Tumult. Lautes Rufen erklang und das vertraute Zischen der Pfeile. Erschrocken zerrte das Gesinde die Tragen mit den Verwundeten unter die Wagen und suchte dann ebenfalls Schutz.

»Sie wollen die Verpflegung stehlen«, rief ein vorbeihastender Soldat.

Ellin warf Ecarius einen besorgten Blick zu. Ohne Verpflegung würden sie Hunger leiden und hungrige Soldaten waren schlechte Kämpfer, vom Durst ganz zu schweigen. Ihre Augen wanderten über das Dickicht. Ein huschender Schatten erregte ihre Aufmerksamkeit. Mit klopfendem Herzen starrte sie in den Wald hinein. Da war er wieder. Ein dunkler Schemen. Wie ein Geist glitt er von Baum zu Baum. Ellin hielt den Atem an. Schon schoss der erste Pfeil aus dem Dickicht hervor, traf einen verwundeten Soldaten. Die Frauen schrien. Ellin griff nach Ecarius' Hand.

Die Schattenkrieger trugen ihren Namen zu Recht. Wie Schatten huschten sie zwischen den Bäumen umher. Ihre Pfeile kamen aus dem Nirgendwo und trafen immer ihr Ziel. Die Soldaten stürmten in den Wald und versuchten, die Feinde zu töten, doch einer nach dem anderen brach getroffen zusammen. Plötzlich traten die Schattenkrieger aus dem Dickicht hervor und sprangen auf den Weg. Sie trugen eng anliegende Kleidung, die aussah wie Baumrinde. Ihre Haare glänzten ölig und lagen straff am Kopf und ihre Gesichter waren mit brauner und grüner Farbe bemalt, sodass sie mit dem Wald regelrecht zu verschmelzen schienen. Nur ihre Augen leuchteten unheilvoll.

Flink wie Apinas kletterten sie auf die Wagen und durchtrennten die Seile, die die Vorratskisten umspannten. Das Gesinde beachteten sie nicht, behielten sie nicht einmal im Auge, als wären sie nur hilfloses Getier. Starr vor Angst sah Ellin zu, wie die Schattenkrieger die Vorratskisten abluden, sie in Windeseile in den Wald schleppten und ganz nebenbei die herbeieilenden Soldaten töteten. Ein Schattenkrieger fand ihren Blick. Wie gebannt starrte sie in sein bemaltes Gesicht, unfähig ihre Augen abzuwenden. Die Abenddämmerung warf dunkle Schatten auf seine Haut. Er sah aus wie ein Waldgott aus uralter Zeit, rachsüchtig und gefährlich. Ein Lächeln umspielte seine Lippen, als er ihre Angst bemerkte und bevor er wieder mit dem Wald verschmolz, zwinkerte er ihr zu.

Schlagartig wurde es still. Die Schattenkrieger waren verschwunden und mit ihnen die gesamten Vorräte. Niemand rührte sich. Ellin ließ den Kopf auf die Arme sinken und schloss die Augen. Erst jetzt bemerkte sie, dass sie am ganzen Leib zitterte. Die Buschstreiter huschten herbei und verfolgten die Spur der Schattenkrieger, doch es war zu spät. Sie waren schon längst verschwunden.

Langsam kroch das Gesinde aus den Verstecken und beobachtete die vergebliche Suche. Hoffnungslosigkeit breitete sich aus wie eine ansteckende Krankheit. Die Nacht war entsprechend unruhig. Das Gesinde sprach nur im Flüsterton miteinander, und auch nur wenn es unbedingt nötig war, niemand kam wirklich zur Ruhe. Ellin starrte in die Dunkelheit und hing ihren Gedanken nach. Die Kämpfe hatten sich wieder nach vorn verlagert und der Gefechtslärm drang nur gedämpft an sie heran.

Am Morgen rafften sie zusammen, was noch übrig war – und das war verschwindend wenig – und setzten ihren Weg fort. Soldaten kamen herbei, teilten ihnen mit, dass der erste Trupp den Wald passiert hatte, und erkundigten sich nach den verbliebenen Vorräten. Im Angesicht der leeren Wagen machten sie betretene Gesichter und verfluchten die Schattenkrieger für ihre Tat. Im Laufe des Tages rückten sie Stück für Stück voran. Wenn sie anhalten mussten, was sehr oft geschah, suchten sie erfolglos nach kleinen Beutetieren. Die Tiere waren vor der Menschenschar in die Tiefen des Waldes geflohen. So sammelten sie, was sie in der näheren Umgebung finden konnten, pflückten Wildkräuter, gruben Wurzeln aus und schnitten Pilze, doch war es bei Weitem nicht genug, um alle satt zu bekommen. Soldaten kamen und verlangten nach Essen für die Heerführer und die Buschstreiter, nahmen alles mit und ließen nichts für das Gesinde übrig. Ellin hoffte inständig, dass es in Huanaco genug Vorräte geben würde, um die Meute satt zu bekommen. Während des Tages rückte der Kampfeslärm immer näher, am Abend war er so nah, dass sie die Rufe und Schreie der Soldaten und das Klirren einzelner Schwerter hören konnte. Immer wieder wurden Verwundete herbeigeschleift, die Ellin und Ecarius so gut es ging versorgten, doch wie zuvor starben die meisten schon während der Behandlung. Auch in der Nacht riss der Verletztenstrom nicht ab. Im spärlichen Licht des Feuers nähten und verbanden sie Wunden, entfernten Pfeilspitzen und amputierten Glieder. Der Gestank von Blut, Erbrochenem und Fäkalien hing über dem Lager wie eine Glocke. Sobald Ellin die Augen schloss, sah sie nichts als blutiges Fleisch, Gedärme und Knochen vor ihrem geistigen Auge.

Im Morgengrauen verstummte der Kampfeslärm und eine gespenstische Stille senkte sich über den Wald. Das Gesinde packte zusammen und schlurfte kraftlos dem Waldrand entgegen.

31

Wie ein rachsüchtiger Dämonengott preschte Kylian durch die Reihen der feindlichen Soldaten, die in Scharen über die Lichtung auf den Wald zuströmten. Erbarmungslos metzelte er jeden nieder, der seinen Weg kreuzte. Irgendwann war er umringt von Toten und Sterbenden, die Luft geschwängert von Blut, Rauch und Schweiß. Keuchend blickte er sich um. Seine Muskeln brannten und er war schmutzig, verschwitzt und besudelt mit dem Blut zahlloser huanacischer Soldaten. Die wenigen Überlebenden hechteten zwischen den brennenden Häusern davon. Jubelgeschrei brach aus. Fortas' Heer hatte Huanaco nicht nur besiegt, es hatte die Stadt regelrecht überrannt. Kylian fragte sich, ob Nosara sich zu sehr auf ihre Schattenkrieger verlassen hatte, zu sicher gewesen war, das Huanaco nicht eingenommen werden konnte. Schon immer hatte sie sich überlegen gefühlt und sicher niemals damit gerechnet, dass Fortas sie offen angreifen würde.

Er blickte zum Waldrand, wo der Herrscher inmitten seiner Leibwachen stand. Während des Gefechts hatten sie über ihn gewacht und dafür gesorgt, dass er sich so wenig wie möglich an dem Kampf beteiligte. Fortas sah sich um, bleich, aber gefasst. Man konnte sehen, dass der Anblick des Krieges etwas Neues für ihn war, doch wirkte er eher neugierig als betroffen. Im Gegensatz zu den Soldaten war er sauber, die Rüstung unbefleckt und seine Haare sahen aus wie frisch gekämmt. Er wirkte, als könnten ihm der Schmutz und das Elend um ihn herum nicht das Geringste anhaben, was ihm etwas Übermenschliches, fast schon Göttliches verlieh.

Ein Schatten huschte durch den Wald. Blätter raschelten. Kylian kniff die Augen zusammen und spähte zwischen die Bäume. Es war windstill. Die Buschstreiter hatten sich am Wegrand versammelt, sie konnten es nicht sein. Aus den Augenwinkeln sah er, wie Fortas auf einen gefallenen Soldaten zutrat und sich nach etwas bückte. Kylian wendete sein Pferd und blickte zu den Leibwachen. Sie standen mit dem Rücken zum Waldrand und beobachteten den Herrscher.

»Herr«, rief Kylian. »Begebt Euch zu Euren Leibwachen zurück.«

Fortas blickte auf und sah ihn an. »Kylian«, rief er und hob ein verbeultes Schild. »Wir haben gesiegt.«

Ein Warnruf erklang, gefolgt von einem Schrei. Ohne zu überlegen presste Kylian die Schenkel in die Flanken seines Pferdes und preschte voran. Vor dem Herrscher bremste er abrupt ab. Etwas sirrte durch die Luft. Ein Pfeil. Er spürte einen Ruck. Sein Oberschenkelknochen knirschte. Ein widerlicher Laut begleitet von einem glühenden Strom, der durch seinen Körper jagte. Die Leibwachen kamen herbei und umzingelten sie, versuchten, ihren Herrn vor der unsichtbaren Gefahr zu beschützen. Buschstreiter rannten in den Wald, um den Schützen zu suchen. Kylian sah es wie durch einen Nebel. Rasender Schmerz tobte durch sein Bein. Er spürte, wie er das Gleichgewicht verlor und versuchte, sich am Sattelknauf festzuhalten, doch alle Kraft hatte ihn verlassen, war fortgerissen worden von dem daumendicken Pfeil, der in seinem Fleisch steckte. Wie in Zeitlupe rutschte er von seinem Pferd und fiel. Mit einem dumpfen Laut schlug er auf dem Boden auf. Der Aufprall presste die Luft aus seinen Lungen. Er keuchte, hob den Kopf und blickte auf sein Bein hinab. Die Beinkleider tränkten sich mit seinem Blut. Rasend schnell.

»Verflucht«, zischte er, dann wurde es dunkel.

32

Als der Gesindetross aus dem Wald trat, war das Gefecht vorüber. Überall lagen Tote und Sterbende die den Boden mit ihren Ausscheidungen und ihrem Blut tränkten. Frauen, Kinder und auch Männer liefen zwischen den Gefallenen umher und suchten nach ihren Liebsten. Niemand beachtete die Gruppe, die sich aus dem Dickicht schälte. Benommen blickte Ellin sich um. So weit das Auge reichte bedeckten die Gefallenen den Boden. Sie fragte sich, ob Kylian unter den Opfern war und erwog, nach ihm zu suchen. Langsam schlängelten sie sich um die toten Leiber herum und betraten die Ausläufer der Stadt. Ellin kannte die Folgen eines Gefechts nur durch Wolfhards Männer, die, wenn sie von einem Kampf zurückkehrten, erschöpft, vielleicht auch verwundet waren, doch froh am Leben zu sein. Sie hockten im Hof herum, bekamen zu essen und zu trinken und ihre Wunden wurden versorgt, während in der Festung alles seinen gewohnten Lauf nahm. Hier jedoch herrschte das Chaos. Häuser brannten, Menschen zogen durch die Straßen, riefen nach ihren Kindern, Eltern oder Gefährten. Sklaven flohen in den Wald. Plünderer nutzten die Gunst der Stunde, stahlen Schmuck und Geschmeide aus verlassenen Häusern. Verwundete Krieger wankten umher, blutverschmierte, schartige Krummschwerter in der Hand, während andere hinter Mauern huschten, um sich zu verstecken. Fortas' Heer hatte ganze Arbeit geleistet. Die Stadt war besiegt.

Der Weg zum Herrscherhügel war mit erschöpften und verwundeten Kriegern gepflastert, die mit stumpfen Augen in eine unbestimmte Ferne starrten. Obwohl Ellin es kaum erwarten konnte, zum Palast zu gelangen, mussten Ecarius und sie immer wieder innehalten, um Verletzte zu behandeln. Auch die Huanacischen Heiler und Heilerinnen waren unermüdlich im Einsatz. Niemand machte einen Unterschied, ob es sich bei den Verwundeten um Krieger oder Bürger aus Kismahelia oder Huanaco handelte.

Die Sonnen standen hoch am Himmel, als sie endlich die Palastmauer erreichten. Ellin war so erschöpft, dass sie kaum noch aufrecht stehen konnte. Sie passierte vier Buschstreiter, die am Tor Wache hielten, und wankte den Weg entlang Richtung Eingang. Der Palasthof war mit abgekämpften Soldaten übersät. Sklaven eilten umher und verteilten Wasser, Brot und Trockenfleisch. Ihre Fragen nach Kylian wurden nur mit einem Schulterzucken beantwortet. Niemand schien ihn zu kennen, geschweige denn etwas über seinen Verbleib zu wissen.

»Wir müssen uns ausruhen«, sagte Ecarius. »Es nutzt keinem, auch nicht deinem Liebsten, wenn wir vor Erschöpfung zusammenbrechen.«

Ellin musste ihm recht geben. Ihre Augen tränten und brannten und sie zitterte vor Schwäche. Nie zuvor hatte sie sich so ausgelaugt gefühlt. Der Heiler warf einen Blick in die Runde. »Aber wo sollen wir einen ungestörten Platz finden?«

Ellin nahm ihn bei der Hand, zog ihn in das Innere des Palasts und führte ihn einen geheimen Gang hinauf auf die dritte Ebene. Dort in einer winzigen Kammer, in der Öle, getrocknete Blüten und Badetücher aufbewahrt wurden, legten sie sich auf den Boden und schliefen sofort ein.

Es war finstere Nacht, als sie erwachte. Ecarius schnarchte leise. Sie rappelte sich auf, tastete sich an der Wand entlang zur Tür und lugte hinaus. Normalerweise brannten nur wenige Fackeln im Dienstbotengang, und da niemand da war, um wenigstens diese zu entzünden, lag der Gang ebenso im Dunkeln, wie die Kammer. Nur auf der oberen Ebene glimmte ein einsames Licht. Einige von Nosaras Bediensteten hielten sich dort versteckt und schliefen auf den Treppenstufen. Vorsichtig kletterte Ellin an ihnen vorbei. Oben angekommen wurde sie von zwei Bewaffneten gestoppt, die sich vor der Tür postiert hatten.

»Hier ist das Reich des Herrschers«, sagte der Kleinere mit mürrischer Stimme.

»Ich gehöre zum Gesinde des Herrschers«, erklärte Ellin. »Ich bin die Gehilfin des Heilers Ecarius.«

»Der Herrscher hat eine Heilerin und braucht Eure Hilfe nicht. Wir dürfen Euch nicht hineinlassen. Geht und wartet, bis er Euch rufen lässt.«

Ellin sah ein, dass sie nichts ausrichten konnte. Die Wachen würden sie nicht in den Thronsaal lassen. Sie seufzte. »Sagt, meine Herren, ist ein Mann namens Kylian bei ihm? Er hat langes, schwarzes Haar, ist von schlankem Wuchs und trägt eine Narbe über dem linken Auge.«

Die Wachen warfen einander einen kurzen Blick zu. »Wir kennen ihn«, sagte der Größere von beiden. »Er hat dem Herrscher das Leben gerettet.«

Ellins Herz begann zu klopfen. »Ist das wahr? Geht es ihm gut?«

»Warum wollt Ihr das wissen?« Der Soldat musterte sie.

»Wir sind einander zugetan«, erklärte Ellin und spürte, wie sich ihre Wangen röteten.

Die Wachen grinsten anzüglich. »Wer hätte gedacht, dass Heerführer Kylian ein Liebchen hat, mürrisch, wie der ist?«

»Dann sagt mir nur, ob es ihm gutgeht. Ist er unverletzt?«

Die Wachen zögerten. »Er hat den Pfeil eines Schattenkriegers abgefangen, der für den Herrscher bestimmt war«, antwortete der Größere von beiden.

Ellin riss die Augen auf. Die Schattenkrieger verfehlten nie ihr Ziel und ihre Schüsse waren fast immer tödlich. »Er ist verwundet? Wisst Ihr, wie schwer seine Verletzung ist?«

Der Kleinere machte ein mitleidiges Gesicht. »Der Pfeil ist sehr dick und hat sich bis auf den Knochen gebohrt. Heerführer Kylian hatte Glück, dass ein erfahrener Heiler in der Nähe war, dem es gelang, die Blutung zu stoppen.«

Ellins Knie wurden weich. »Aber er ist noch am Leben?«

»Ich glaub' schon. Heilerin Wu kümmert sich um ihn.« Er tätschelte unbeholfen ihre Hand. »Seid unbesorgt, die kann Tote wieder zum Leben erwecken.«

Der Große grinste und machte eine Geste, als würde er einen Frauenleib nachfahren. »Oh ja, von der würde ich auch gerne mal wiederbelebt werden.« Sie lachten.

Ellin stand der Sinn nicht nach derben Späßen. Kylian war verletzt, wahrscheinlich schwer, und sie konnte nichts tun, um ihm zu helfen.

»Könnt Ihr mich wirklich nicht hineinlassen?«, flehte sie.

Die beiden schüttelten den Kopf. »Nein, der ausdrückliche Befehl lautet, niemanden in den Thronsaal zu lassen.«

»Darf ich mich wenigstens nach seinem Befinden erkundigen?«

»Wenn Ihr uns was zum Beißen mitbringt, dürft ihr kommen, so oft es Euch beliebt«, sagte der Kleine und rieb sich den Bauch.

Ellin nickte, wandte sich zum Gehen und kehrte in die Kammer zurück. Ecarius schlief tief und fest. Da sie schmutzig und verschwitzt war, beschloss sie, einen Abstecher ins Badehaus zu machen. Sie nahm ein Badetuch und ihr Bündel zur Hand und verließ den inneren Gang. Die Nachtluft war frisch, eine kühle Brise wehte über die Bergspitze, die Flammen in den Laternen zuckten wild. Schnell stieg sie die Stufen hinab in den windgeschützten Innenhof. Die Wiese war mit schlafenden Menschen übersät. Das Schnarchen der Soldaten erfüllte die Luft, gepaart mit Grunzen, Stöhnen und Furzen. So leise wie möglich huschte sie an den ihnen vorbei und betrat das Badehaus. Auch hier hatten etliche Menschen Zuflucht gesucht und gefunden.

Auf Zehenspitzen trippelte sie in einen schmalen Gang, der zu einer ebenso schmalen Treppe führte. In der unteren Ebene war es finster und kalt und so hatten sich nur einige Wenige dort eingefunden, um zu ruhen. Trotzdem musste sie achtgeben, um nicht unversehens über einen Schlafenden zu stolpern. Am Ende des Ganges zog sie einen Vorhang zur Seite und betrat eine Nische. Sie war zu kurz und schmal, um darin zu liegen, doch sie beherbergte einen kleinen Wandbrunnen, aus dem sauberes Wasser in ein halbrundes Becken floss. Leise zog sie den Vorhang zu und befestigte ihn mit einer Schnur an der Wand. Dann entkleidete sie sich bis auf das Untergewand, zog ein Stück Seife aus einer Mulde und wusch sich. Normalerweise reinigten sich die Besucher des Badehauses mit dem eisigen Wasser nur, wenn sie anschließend in die heiße Quelle stiegen, doch Ellin war froh, ihren Körper von Blut und Schmutz befreien zu können, selbst wenn sie dabei bibberte. Da auch ihre Reisekleidung schmutzig war, zog sie das Kleid hervor, welches ihr Kylian geschenkt hatte und streifte es über. Zärtlich strich sie über die Muscheln. Sobald sie ihre Sachen gereinigt und getrocknet hatte, würde sie es sofort wieder ausziehen, denn sie wollte es auf keinem Fall ruinieren. Eines Tages, so schwor sie sich, würde sie es tragen, nämlich dann, wenn sie mit Kylian den Bund schloss.

Als sie fertig war, verließ sie das Badehaus und eilte in den Palast zurück. Da sie in der Nacht nichts mehr ausrichten konnte und sie noch immer müde war, beschloss sie, sich wieder hinzulegen.

Zitternd schmiegte sie sich an Ecarius und dachte an Kylian. Er war verletzt doch am Leben. Wenn die Beinwunde nicht brandig wurde, hatte er gute Überlebenschancen. Natürlich würde sie gerne bei ihm sein und ihn selbst pflegen, doch sie tröstete sich mit dem Gedanken, dass Heilerin Wu wusste, was sie tat, sonst würde sie nicht in Diensten des Herrschers stehen. Über diesen Gedanken schlief sie ein.

Auch in den folgenden Tagen schaffte sie es nicht, in den Thronsaal zu gelangen, doch sie erfuhr von den Wachsoldaten, dass Kylian sich auf dem Weg der Besserung befand. Mit jeder Faser ihres Leibes sehnte sie sich nach seiner Nähe. Am Tag war sie mit der Pflege der Verletzten und dem Beschaffen von Essen beschäftigt, doch in der Nacht lag sie neben Ecarius auf dem harten Boden, starrte an die Decke und dachte an Kylian.

Am nächsten Tag stieg sie im Morgengrauen zum Thronsaal hinauf, in der Hand zwei Äpfel, die sie aus dem Bündel sterbender Soldaten genommen hatte. Das Essen war knapp und wurde streng rationiert, fast jeder hungerte. Die Wachen standen vor der Tür und blickten ihr erwartungsvoll entgegen. »Guten Morgen, Heilerin. Was führt Euch her, so früh am Morgen?« Sie lachten, wussten sie doch genau, warum sie gekommen war.

»Das Übliche«, erwiderte Ellin und reichte ihnen die Äpfel.

Sofort bissen die beiden hinein und bedankten sich mit einem kurzen Nicken.

»Lasst Ihr mich heute hinein?«, fragte sie.

Die Wachen zuckten mit den Schultern. »Unsere Antwort ist und bleibt die Gleiche, wir sind nicht befugt, euch die Tür zum Thronsaal zu öffnen.«

Ellin seufzte. »Na gut. Dann sagt mir wenigstens, wie es Heerführer Kylian geht?«

»Gut. Heilerin Wu war nur kurz bei ihm, und als ich ihn sah, saß er aufrecht. Sollen wir ihm etwas von Euch ausrichten?«

»Könntet Ihr das tun?«, fragte Ellin hoffnungsvoll.

»Bei jedem Wachwechsel müssen wir uns beim ersten Heerführer melden, der ebenfalls im Thronsaal residiert.«

Ellin klatschte in die Hände. »Das ist wundervoll. Bitte richtet ihm aus, dass ich in Huanaco bin. Das wird ihm nicht gefallen, doch schenkt seinem Gezeter keine Beachtung. Sagt ihm, dass ich auf der dritten Ebene neben der Badekammer nächtige.«

Die Wachen nickten und versprachen, die Nachricht zu überbringen. Beschwingten Schrittes machte Ellin sich auf den Weg zu den Verletzten, deren Zahl mittlerweile so stark geschrumpft war, dass sie im Badehaus untergebracht werden konnten. Die unverletzten Soldaten hatten sich in Huanaco verteilt und schliefen in den Häusern der Bürger oder kampierten am Waldrand. Draußen fiel Ellins Blick auf den dichten Qualm, der seit zwei Tagen den Himmel verdunkelte. Auf der Suche nach Nosara hatten Fortas' Soldaten den Garten und den Götterhain in Brand gesteckt, in der Hoffnung, sie auszuräuchern. Das Feuer schwelte noch immer. Der Anblick erinnerte Ellin an ihr brennendes Zuhause am Tag des Überfalls und stimmte sie traurig. Wehmütig hielt sie inne, sprach ein kurzes Gebet und gedachte ihrer Eltern, die einen solch sinnlosen Tod gestorben waren.

Die Stimme eines Mannes riss sie aus ihren Gedanken. Erschrocken blickte sie auf. Der Mann trug die zerlumpte Uniform eines huanacischen Soldaten und hatte einen tiefen Schnitt am Kopf, der sein Haupthaar wie ein Scheitel teilte. Verkrustetes Blut klebte in seinen Haaren, die von ungewöhnlich heller Farbe waren.

Nervös blickte er sich um. »Seid Ihr eine Heilerin?«

Ellin nickte stumm, die Traurigkeit in ihr war noch nicht gewichen.

»Wir haben einen Verletzten und brauchen dringend Hilfe.«

»Warum bringt Ihr ihn nicht hierher?«

»Das geht nicht«, erwiderte der Mann, während er einen unsteten Blick in die Runde warf.

Beschwichtigend legte Ellin die Hand auf seinen Arm. »Seid unbesorgt. Wir machen bei der Behandlung von Verwundeten keinen Unterschied zwischen den Männern aus Kismahelia und Huanaco.«

»Das wissen wir«, sagte der Mann. »Doch der Verletzte ist ein hoher Herr und er weigert sich, sich in den Palast bringen zu lassen.«

Ellin runzelte die Stirn. »Was hat er für Verletzungen?«

»Ein Schwertstreich traf ihn an der Schulter. Wir haben die Wunde gereinigt, doch nun hat er Fieber und die Verletzung ist rot und entzündet. Bitte begleitet mich. Es soll Euer Schaden nicht sein.«

Mit diesen Worten fischte er ein paar Prasimünzen aus der Hosentasche und hielt sie ihr hin. Seine Hände waren schmutzig, die Fingernägel lang und eingerissen, als würde er schon eine ganze Weile in der Wildnis leben.

Ellin sah auf die Münzen in seiner Hand und überlegte. Es war nicht ungefährlich, einem feindlichen Soldaten zu folgen, sie brauchte eine Begleitung. »Also gut. Wartet hier, ich muss dem Heiler Bescheid geben und ein paar Kräuter holen.«

Der Soldat fasste sie am Arm und sah sie flehentlich an. »Es eilt, Herrin. Könnt Ihr nicht sogleich mit mir kommen?«

Ellin runzelte die Stirn. »Das kann ich nicht. Ich bin nur eine Heilgehilfin und mein Meister wartet bereits auf mich. Nun lasst mich los.«

Eilig nahm der Soldat die Finger von ihrem Arm, trat einen Schritt zurück und senkte den Kopf. »Verzeiht, ich mache mir große Sorgen um meinen Dienstherrn und habe mich gehen lassen.«

Ellin betrat das Badehaus und suchte nach Ecarius. Er befand sich in der Lagerkammer, wo er den Heilkräutervorrat sortierte. Als er von Ellins Vorhaben erfuhr, zeigte er sich wenig begeistert, willigte jedoch ein, sie zu begleiten. Hastig packten sie Instrumente und Elixiere ein und verließen das Badehaus. Der Soldat trat hinter einem Baum hervor. Er wirkte übellaunig. Einen Augenblick lang hatte Ellin das Gefühl, als würde es ihm nicht gefallen, Ecarius an ihrer Seite zu sehen, doch er fing sich sogleich wieder und verneigte sich unterwürfig. Misstrauisch konzentrierte sie sich auf seine Aura. Sie war unruhig und düster, jedoch nicht feindlich.

»Wo befindet sich der Verwundete?«, fragte Ecarius.

Der Soldat deutete in eine unbestimmte Ferne. »Auf einer Lichtung im Wald.«

Ellin warf dem Heiler einen fragenden Blick zu, doch der zuckte nur mit den Schultern und setzte sich in Bewegung. Je näher sie dem Wald kamen, umso unruhiger wurde sie. Der Soldat irrte in den Straßen umher wie ein Fremder und sah sich immer wieder nervös um. Mehrere Male mussten sie umkehren, da er den falschen Weg eingeschlagen hatte. Ellin musterte ihn. Die Hose, die er trug, reichte ihm nur bis knapp über die Knöchel und die Tunika spannte um seine Brust. Wieso trug er keine passende Kleidung? Und wieso verirrte er sich ständig, wenn er doch aus Huanaco stammte?

Ein mulmiges Gefühl beschlich sie und verlangsamte ihre Schritte. Der Soldat winkte, trieb sie zur Eile an. Seine Aura verdunkelte sich und waberte aufgeregt um ihn herum. Sie erreichten den Waldrand.

»Ecaruis«, flüsterte Ellin. »Mir ist nicht wohl bei der Sache.«

Ungerührt schritt Ecarius weiter voran. »Wenn du Angst hast, kehr um«, bot er an. »Ich schaffe das auch alleine.«

Sie wollte den Heiler auf keinem Fall mit feindlichen Soldaten alleine lassen, also folgte sie ihm den Waldweg entlang bis zu einer kleinen Lichtung.

Lauf weg rief ihre innere Stimme. Sie stockte, blickte sich unbehaglich um. Ein riesiger Kerl, mit dicken, struppigen Augenbrauen und den Muskelbergen eines Hufschmieds trat hinter einem Baum hervor. Das grob gewebte Hemd klebte an seiner schweißfeuchten Haut, das Lederwams hatte er ausgezogen, doch Ellin erkannte Wolfhards Soldaten auch ohne das Wams mit dem Wappen des Felsgreifers. Er lachte hämisch, zog ein Schwert und trat auf Ecarius zu.

Ellin spürte einen Stich im Rücken und warmen Atem an ihrem Ohr. »Willkommen, Dienerin.«

Sichtlich verwirrt blickte Ecarius auf die Männer, die sich nun in einem Kreis um sie herum aufstellten. »Was soll das? Wo ist der Verwundete?«

Der Soldat, der sie zur Lichtung geführt hatte, wandte sich an den Hünen mit den struppigen Augenbrauen. »Der Kerl ist einfach mitgekommen, Ludolf, er wollte das Weib nicht alleine gehen lassen.«

»Pech für ihn«, erwiderte Ludolf, hob sein Schwert und schlug dem Heiler mit einem Streich den Kopf ab. Ellin schrie auf. Ecarius' Schädel prallte gegen eine Baumwurzel und kullerte dann über den Boden.

Ludolf schnickte ihn achtlos zur Seite, trat auf Ellin zu, umfasste ihr Kinn und drehte ihr Gesicht hin und her. »Bist du dir sicher, dass dieses Weib hier die entflohene Leibdienerin ist, Heirich?«

Ein zweiter Soldat mit pockennarbigem Gesicht und hängender Unterlippe näherte sich und musterte sie. »Das ist sie. Ich habe sie auf der Felsenfestung gesehen.«

Ludolf lachte und entblößte eine lückenhafte Zahnreihe. »Was für ein Glück, das du sie entdeckt hast. Für diese Beute wird uns Lord Wolfhard reich belohnen. Anscheinend hat es sich doch gelohnt, an diesem von Dämonenweibern verseuchten Ort zu verweilen.« Er schubste sie grob in Heirichs Arme.

»Fesselt sie und werft sie auf mein Pferd. Wir machen, dass wir hier verschwinden.«

33

Kylian erwachte aus dem tiefen Schlaf eines Kranken, dessen Genesung mit großen Schritten voranschreitet. Sofort griff er nach seinem Bein. Es fühlte sich noch immer ein wenig taub an. Er versuchte, mit den Zehen zu wackeln und freute sich, als es ihm gelang. Dann blickte er sich um. Zu seiner Rechten lag einer der Heerführer. Sein Kopf war bandagiert und er atmete flach. Heilerin Wu hatte ihm erzählt, dass sein Schädelknochen gebrochen und sein Überleben unwahrscheinlich war. Jeden Morgen blickte Kylian als Erstes auf den Schwerverletzten, immer befürchtend, dass er über Nacht gestorben sein könnte. Doch auch am fünften Tag nach seiner Verwundung lebte er noch, sein Zustand blieb jedoch besorgniserregend.

»Halt durch, Soldat.« Kylian schob seine Beine unter der Decke hervor und stemmte sich vorsichtig hoch. Die Beinwunde pochte und stach, doch er kämpfte sich verbissen auf die Füße. Weiter hinten konnte er die Stimmen von Soldaten vernehmen, die sich darüber unterhielten, dass Herrscherin Nosara noch immer nicht gefunden worden war. Erzürnt über das Verschwinden seiner Schwester versprach Fortas demjenigen, der sie aufstöberte, eine reiche Belohnung. Kylian vermutete, dass sie sich in den Tiefen des Herrscherhügels versteckt hielt oder in den Wald geflohen war, wo ihr die Schattenkrieger Schutz und Zuflucht gewährten. Er griff nach dem Stock an der Wand und humpelte in den Thronsaal. Mit verkniffener Miene saß Fortas auf Nosaras Thron und studierte eine Karte. Die Gecken, die in Kismahelia stets zu seinen Füßen gehockt hatten, waren verschwunden, nur Bela stand bei ihm und blickte mit konzentrierter Miene über seine Schulter. Nichts mehr erinnerte an den heiteren Mann von einst. Noch immer versetzte Belas Anblick Kylian einen Stich, zu tief saß der Groll wegen des Brandmals.

Fortas sah auf. »Kylian, du bist auf den Beinen, das freut mich.«

Kylian verneigte sich so gut er es vermochte. »Dank den Künsten von Heilerin Wu geht es mir von Tag zu Tag besser. Ich danke Euch für ihre Dienste.«

Fortas winkte ihn zu sich heran. »Komm, setz dich zu uns. Wir studieren die Karte Huanacos, um einen Hinweis auf das Versteck meiner Schwester zu finden.«

Kylian humpelte zum Thron und plumpste auf ein Sitzkissen. Ein scharfer Schmerz schoss sein Bein hinab, als er sich fallenließ. Auf einen Wink des Herrschers reichte ihm ein Diener einen Becher mit verdünntem Würzwein. Er stürzte ihn durstig hinunter und nahm dann die Karte entgegen, die ihm der Herrscher reichte.

Sie war umfangreich und überaus detailliert. Alle Wege, Höhlen, Plattformen und größeren Gebäude waren darauf verzeichnet.

»Ich habe alles überprüfen lassen«, sagte Fortas. »Doch niemand hat auch nur eine Spur von meiner Schwester gefunden.«

»Konzentriert Euch nicht nur auf das, was auf dieser Karte verzeichnet ist«, riet Kylian. »Sicher gibt es einen oder auch mehrere Geheimgänge, durch die Nosara geflohen sein könnte.«

Fortas griff nach der Karte und faltete sie zusammen. »Du bist schon oft in diesem Palast gewesen. Sind dir die geheimen Wege denn nicht bekannt?«

»Nein, Herr. Aber es gibt bestimmt jemanden, der sie kennt. Ein loyaler Diener, ein Leibwächter oder die Palastvorsteherin vielleicht.«

»Wir haben das Gesinde bereits befragt«, warf Bela ein. »Doch selbst unter Todesandrohung behaupten alle, nichts über Nosaras Verbleib zu wissen.« Sie bedachte den Herrscher mit einem vorwurfsvollen Blick. »Die Folter würde so manche Zunge lösen, wenn ich sie denn anwenden dürfte.«

Fortas hob beschwichtigend die Hand. »Warte noch ein oder zwei Tage. Sollten wir Nosara bis dahin nicht gefunden haben, ziehen wir diese letzte, barbarische Möglichkeit in Betracht.« Er wandte sich Kylian zu. »Glaubst du, du könntest etwas herausfinden? Ich würde dich für die Ergreifung meiner Schwester reich belohnen.«

Kylian neigte den Kopf. »Wenn Ihr das wünscht, Herr.«

»Wenn es jemandem gelingen könnte, dann dir. Lass dich von deinem Instinkt leiten. Sobald du dich stark genug fühlst, erlaube ich dir, dich frei im Palast zu bewegen.« Er wedelte mit der Hand, als Zeichen dafür, dass Kylian entlassen war.

Auf dem Weg zu seinem Lager begegnete er den Wachsoldaten, die soeben abgelöst wurden.

»Ihr seid Heerführer Kylian, richtig?«, fragte der Kleinere. »Ich habe eine Nachricht für euch.«

Kylian runzelte die Stirn. Er war nicht Stimmung für unwichtige Botschaften.

»Von der Heilerin Ellin«, fügte der andere hinzu.

Kylian riss die Augen auf. »Von *Ellin*? Das kann nicht sein.«

»Sie versucht schon seit Tagen, zu Euch zu gelangen, doch wir mussten ihr den Zugang verweigern. Sie wird erfreut sein, zu hören, dass Ihr wieder auf den Beinen seid.«

»Ellin ist hier? *In Huanaco*?«, stieß er ungläubig hervor. »Irrt ihr auch nicht?«

»Wohl kaum. Sie gab sich als Eure Gefährtin zu erkennen«, erwiderte der Größere von beiden. »Wir sollen Euch ausrichten, dass sie neben der Badekammer auf der dritten Ebene nächtigt. Sie hofft auf euren Besuch, sobald Ihr wieder laufen könnt.«

Kylian schnaubte. »Bei allen Dämonen, was tut sie hier? Wisst ihr, wie sie hierher gekommen ist?«

Der Kleine zuckte mit den Schultern. »Ich nehme an, sie hat sich dem Gesindetross angeschlossen.«

»Ich muss sie sehen, sofort.« Ohne ein Wort des Dankes humpelte er an den beiden Soldaten vorbei und verließ den Thronsaal. Die lange Treppe erwies sich als unerwartetes Hindernis. Bereits nach wenigen Stufen hatte er Schweißperlen auf der Stirn vor Anstrengung und Schmerz. Auf der zweiten Ebene rief er zwei Sklaven herbei und befahl ihnen, eine Sänfte zu holen. Sie weigerten sich zuerst, doch nachdem er sich als Heerführer und Lebensretter des Herrschers zu Erkennen gab, beugten sie sich seinem Willen.

Freude gepaart mit Wut durchströmte ihn. In seinem Inneren wusste er, dass Ellin nach Huanaco gekommen war, weil sie sich um ihn sorgte und ihn aufrichtig liebte. Gleichzeitig ärgerte er sich darüber, dass sie sich über seine Bitte, sie möge in Kismahelia bleiben, hinweggesetzt und sich unbedacht in Gefahr begeben hatte.

Zu seiner Enttäuschung fand er die Kammer verlassen vor. Nur ihr Bündel lag in der Ecke neben einem zerknitterten Tuch.

»Wo sind die Verletzten untergebracht?«, fragte er die Sänftenträger.

»Im Badehaus, Herr.«

»Bringt mich dorthin.«

Je mehr er sich dem Badehaus näherte, umso aufgeregter wurde er. Es erschien ihm wie ein Traum, dass er Ellin gleich sehen, sie in seine Arme schließen würde. Humpelnd betrat er das Gebäude und blickte sich um, konnte sie aber nirgends entdecken. Er hielt eine alte Heilerin auf. »Verzeiht, ich suche die Heilgehilfin Ellin.«

Die alte Frau beäugte ihn mit sauertöpfischer Miene. »Sie ist nicht hier.«

»Könnt Ihr mir sagen, wo sie sich befindet?«

»Sie hat am Morgen das Badehaus in Begleitung von Heiler Ecarius verlassen.« Die Alte wandte sich ab und setzte ihren Weg fort. Kylian humpelte ihr nach. »Beantwortet mir noch eine letzte Frage.«

Stöhnend verdrehte die Alte die Augen. »Was?«

»Wisst Ihr, wo die beiden hingegangen sind?«

»Ich vermute zu einem Kranken oder Verwundeten.«

Ihr Gesicht zeigte deutlich, wie albern sie seine Frage fand. Flink wuselte sie davon. Ungeduldig versuchte Kylian sein Glück bei den Helfern, doch niemand konnte ihm sagen, wohin Ellin und Ecarius gegangen waren. Mittlerweile schmerzte sein Bein beträchtlich und so beschloss er widerwillig, sich zum Thronsaal zurücktragen zu lassen. Sicher würde Ellin am Abend in den Palast zurückkehren, dann konnte er sie in ihrer Kammer aufsuchen. Allein das Wissen um ihre Nähe und die Hoffnung auf ein baldiges Wiedersehen trösteten ihn.

Im Thronsaal sackte er auf sein Lager, aß einen Gerstfladen und schlief anschließend trotz des schmerzhaften Pochens in seinem Bein sofort ein. Als er erwachte, war es tiefe Nacht, der Nordstern bereits versunken. Alle bis auf die Wachen schliefen. Nur wenige Fackeln brannten. Der verletzte Heerführer an seiner Seite stöhnte.

Kylian schob sich von seinem Lager und stellte zufrieden fest, dass sein Bein weniger schmerzte als zuvor und beweglicher war. »Heerführer Jorus, seid Ihr wach?«

Jorus stöhnte erneut, seine Lippen bewegten sich, als versuchte er, etwas zu sagen. Plötzlich riss er die Augen auf und starrte ihn aus blutunterlaufenen Augen an. »Der Berg …«, krächzte er. »Fortas … im Götterhain.«

Kylian nahm ein Tuch aus der Schale und befeuchtete Jorus Lippen. »Beruhigt Euch.«

Der Heerführer atmete hektisch, hob seine Hand und krallte sich in Kylians Arm. Schweißperlen sammelten sich auf seiner Stirn. »Ihr müsst … den Herrscher … warnen.«

»Warnen? Wovor?« Kylian beugte sich vor, damit Jorus sich beim Sprechen nicht so anstrengen musste.

»Nosara ist … im Wasser … Götterhain …« Seine Stimme verlor sich in einem Röcheln.

»Sprecht Ihr von Nosaras Versteck? Habt Ihr es entdeckt?« Der Heerführer verdrehte die Augen. Kylian griff nach seiner Schulter und schüttelte ihn. »Bleibt wach. Sagt mir, sprecht Ihr vom Versteck der Herrscherin? Habt Ihr es gefunden?«

Jorus' Glieder begannen zu zucken. Seine Pupillen verdrehten sich, bis nur noch das Weiße zu sehen war. Schaumiger Speichel quoll aus seinem Mund, vermischt mit Blut. Kylian drückte ihn auf das Lager und versuchte, seinen zuckenden Körper zu halten. »Ich brauche die Heilerin, schnell«, rief er.

Wenige Augenblicke später fiel der Heerführer in sich zusammen und lag still. Kylian tastete nach seinem Puls.

»Was ist passiert?«, fragte der herbeigeeilte Wachsoldat.

»Der Heerführer hatte einen Anfall.«

»Ist er tot?«

Er schüttelte den Kopf. »Nein, sein Herz schlägt noch, wenn auch schwach. Holt Heilerin Wu, sie soll nach ihm sehen.«

Der Soldat nickte und entfernte sich. Kylian erhob sich und blickte aus dem Fenster. Noch war es Nacht, doch der Morgen nahte. Ein kaum wahrnehmbarer Hauch von Grau schimmerte am Horizont. Er beschloss, in den Götterhain zu gehen und Jorus' Worte zu überprüfen. Wenn es ihm tatsächlich gelänge, Nosaras Versteck zu finden, sie vielleicht sogar zu stellen und ihrem Bruder auszuliefern, könnte er Fortas als Belohnung um seine Freilassung bitten. Unwillkürlich wanderte seine Hand zu dem Brandmal im Nacken. Das äußere Zeichen seiner Schande würde ihn für den Rest seines Lebens an die Knechtschaft erinnern. Auch der Verlust seiner Zeichnung würde wie eine dunkle Wolke über ihm schweben, solange er lebte. Nur die Hoffnung auf Liebe und eine Familie, eine Zukunft mit Ellin, die nun nicht mehr vor ihm sterben musste, ließ ihn das alles ertragen. Entschlossen schnappte er seinen Waffengurt und humpelte zur Tür.

Trotz der Verbesserung seines Zustands war der Abstieg schmerzhaft und anstrengend. Mit zusammengebissenen Zähnen arbeitete er sich Stufe um Stufe abwärts. Auf der dritten Ebene hielt er kurz inne und überlegte, nach Ellin zu sehen, doch sie schlief sicher tief und fest. Außerdem wollte er keine Zeit mehr verlieren. Mit etwas Glück würde er ihr noch am selben Tag als freier Mann gegenübertreten. Dieser Gedanke gab ihm Mut und dämpfte seine Schmerzen. So schnell es sein verletztes Bein zuließ, überquerte er den Innenhof und schlug den Weg zum Götterhain ein. Erst einmal war er in Nosaras Begleitung im heiligen Garten gewesen, doch er erinnerte sich noch gut an die farbenfrohen Blüten, deren Duft die Sinne betörte. Die weißen Bäume, die wie regungslose Wächter am Wegrand standen sowie das Plätschern unzähliger kleiner Wasserfälle, die von den moosbewachsenen Hängen perlten und den Garten in einen immergrünen Talkessel verwandelte. Es war ein magischer Ort, der eine tiefe Ruhe ausstrahlte und die Gedanken klärte.

Der Geruch nach Asche und verbranntem Holz stieg in seine Nase, noch bevor er den Götterhain erreichte. Mit einem mulmigen Gefühl kletterte er über die Eisenpforte, die aus den Angeln gehoben worden war und nun verbogen am Boden lag. Selbst im Dunkeln sah er, dass er ein totes Reich betrat. Die Bäume waren nur noch verkohlte Stumpen, die wie faule Zähne aus der verbrannten Erde ragten. Keine Blume, kein Blatt, nicht ein Hauch von Grün war geblieben. Der heilige Hain war zu Asche verbrannt. Das Morgengrauen kroch am Himmel herauf und je heller es wurde, umso schrecklicher wurde der Anblick, der sich ihm bot. Verkohlte Tiere lagen auf dem Weg, die Leiber grotesk verzerrt. Alles war mit einer dicken, grauen Ascheschicht bedeckt und der beißende Geruch fast unerträglich. Kylian humpelte durch die Asche und eilte auf den Teich zu. Nichts als graues Wasser, auf dessen Oberfläche tote Fische trieben. Er umrundete den Teich, einmal, zweimal, doch weder fand er ein Versteck noch einen geheimen Eingang. Frustriert hielt er inne und rief sich die Worte des Heerführers in Erinnerung. *Nosara ist im Wasser. Götterhain.*

Jorus sagte *im Wasser*, was bedeutete, dass sich irgendwo am Grund des Teichs eine Höhle oder ein Durchgang befinden musste. Andererseits – der Heerführer war schwach und verstört gewesen, vielleicht hatte er nur fantasiert und gar nicht von Nosaras Versteck gesprochen.

Leise fluchend beäugte Kylian den Teich. Das Wasser war nicht tief, normalerweise konnte man bis auf den Grund blicken, doch nun war es trüb und schlammig und stank fürchterlich. Alles Grübeln half nichts. Er musste sich vergewissern. Kurzentschlossen rutschte er die Böschung hinab und ließ sich in die Brühe gleiten. Glücklicherweise ragten sein Kopf und die Schultern über die Wasseroberfläche hinaus. Langsam lief er am Ufer entlang und spähte auf den Boden. Mancherorts konnte er bis auf den Grund sehen, doch an vielen Stellen war das Wasser zu trüb, um etwas zu erkennen. Er musste näher ran. Angespannt versuchte er, die Seite des Teiches zu orten, die von der Stadt abgewandt lag. Durch den Brand sah alles gleich aus, doch dank seines Instinkts konnte er die Himmelsrichtungen auch in schwierigen Lagen und in völliger Dunkelheit bestimmen. Er durchquerte den Teich bis an das gegenüberliegende Ufer und schob mit seinen Füßen die am Grund liegenden Steine zur Seite. Als dies nichts nutzte, hielt er sich Mund und Nase zu und tauchte unter. Das Wasser war ekelhaft. Schritt für Schritt kroch er an der Böschung entlang, schob Schlingpflanzen und glitschiges Laichkraut zur Seite und entdeckte plötzlich einen höhlenähnlichen Eingang.

Er tauchte auf. Die Bergwand war mindestens zehn Doppelschritte entfernt. Wenn er dort hineintauchte und der Tunnel endete nicht in einer trockenen Höhle, würde er ertrinken. Ein aufgeregtes Kribbeln in seiner Magengrube warnte ihn. Das Verlangen nach Freiheit hingegen drängte ihn dazu, es zu versuchen. Es mochte ein Wagnis sein, doch eines, das er eingehen musste. Er füllte seine Lungen mit Luft, hielt den Atem an und tauchte unter. Ranziges Wasser drang in seine Nase. Der Tunnel war so eng, dass er sich an den Schlingpflanzen hindurchziehen konnte. Da er noch immer nicht vollständig genesen und auch nicht gewohnt war, die Luft anzuhalten, dauerte es nicht lange, bis der Drang zu atmen fast übermächtig wurde. Er unterdrückte die aufsteigende Panik und konzentrierte sich stattdessen auf den Schimmer, der nicht weit entfernt das dunkle Wasser zerteilte. Kurz darauf durchstieß er die Wasseroberfläche, spie schmutziges Teichwasser aus und sog gierig die Luft in seine Lungen. Dann sah er sich um. Eine hohe Steindecke spannte sich über eine weitläufige, von einem seltsamen blauen Schimmer erhellte Höhle. Zwei Gänge führten in entgegengesetzte Richtungen. Kylian stieg aus dem Wasser und zog sein Schwert. Das Kribbeln in seinem Bauch griff auf den gesamten Körper über. Angespannt und wachsam lauschte er in die Stille. Ein kaum wahrnehmbares Geräusch, es hörte sich an wie ein Säuseln, lockte ihn in den linken Gang. Mit jedem Schritt wurde es lauter. Das Wispern unzähliger Menschen erfüllte die Luft, köderte ihn, trieb ihn voran.

Und dann sah er sie.

Männer, Frauen und Kinder. Sie kauerten hinter einer Gitterwand in einem höhlenähnlichen Raum. Magische Zeichen auf dem Boden verbreiteten den blauen Schein. Die Menschen starrten ihn an. Ihre tiefliegenden Augen glühten fiebrig, die in Lumpen gehüllten Leiber ausgemergelt und bleich. Einer streckte hilfesuchend eine Hand zwischen den Gitterstäben hindurch, das Gesicht grotesk verzerrt, so als litte er große Schmerzen. Es zischte und seine Haut qualmte, dort wo er das blaue Licht berührte. Schnell zog er seine Hand zurück und stieß einen qualvollen Schrei aus. Die anderen fielen in sein Jammern mit ein, rauften sich die Haare, zerkratzten ihre Wangen mit Fingernägeln, die so lang und spitz waren wie kleine Dolche. Sie gebärdeten sich wie Tiere, gefangen in einem menschlichen Leib. Mitleid, Ekel und Zorn übermannten Kylian, als er die Wesen betrachtete. Was hatte Nosara nur getan?

»Wo ist die Herrscherin?«, fragte er.

»Nosara«, zischte eine Frau und versuchte, einen der Gitterstäbe zu umfassen. Sofort begann ihre Hand zu qualmen. Wimmernd zuckte sie zurück. »Wo ist sie? Wo ist unsere Herrin?«

Ihre Haare waren tiefschwarz und zerzaust, die Haut so durchscheinend wie gewalktes Fenn. Nichts Herrschaftliches war an ihr, nur Verzweiflung und Schmutz, und doch erinnerte sie Kylian an Nosara. »Wo ist sie?«, fragte der Mann neben ihr und sofort fielen die anderen ein. *Wo ist sie? Wo ist sie? Wo ist sie?*, erklang es aus einer Vielzahl von Kehlen. Wie ein unendliches Echo hallten die Worte von den Wänden wider. Die Wesen stierten ihn an, als verspräche er allein die Erlösung von ihren Qualen.

»Könnt ihr mir sagen, wo sie sich aufhält?«, versuchte Kylian es erneut.

»Nosara, unsere Herrin, wo ist sie?«

»Wo ist unsere Herrin?«

»Bring sie zu uns.«

»Wir brauchen sie.«

»Wo ist sie?«

Wieder erbebten die Wesen, zerrten an ihren Kleidern, rissen sich Haare aus, verblassten. Bestürzt stellte Kylian fest, dass sie versuchten, sich aufzulösen, doch etwas hinderte sie daran. Qualvolles Stöhnen, Schreie, Flehen. Entsetzt wich er zurück. Eiseskälte kroch seinen Rücken hinauf. Die Haare an seinem Körper stellten sich auf.

»Suchst du mich?«, fragte eine Stimme hinter ihm.

Kylian fuhr herum. Die Wesen gerieten in Aufruhr. *»Herrin«*, riefen sie. *»Nosara, unsere Gebieterin, sie ist hier.«*

Nosara stand im Schatten des Tunnels, eine verängstigte Zofe und einen stummen Palastdiener hinter sich. Ihre blasse Haut schimmerte wie Perlen im nächtlichen Sternenglanz.

»Ich wusste es. Wenn mich jemand findet, dann du«, sagte sie. »Schon immer hatten wir eine besondere Verbindung zueinander.«

»Ihr habt mich belogen und benutzt, wieso?«, stieß Kylian ohne Umschweife hervor.

Nosara trat lautlos aus dem Schatten, schön wie eh und je. Das weiße Gewand floss an ihrem Körper hinab wie ein Wasserfall aus Seide.

Sie ist hier, unsere Herrin, gebiete über uns, befreit uns, wisperten die gefangenen Tulpa.

Nosara bedachte ihn mit einem nachsichtigen Lächeln, als wäre er ein Kind, das aus Unwissenheit einen Fehler begangen hatte. »Ich bin eine Herrscherin, Kylian. Manchmal muss eine Herrscherin Dinge tun, die für andere nur schwer verständlich sind. Ich nahm an, du würdest meine Gründe verstehen.«

»Wie soll ich Euch verstehen? Ihr habt mich Eurem Bruder zum Fraß vorgeworfen, wohl wissend, dass Ihr Euren Teil der Abmachung nicht würdet einhalten können.«

Ihr Lächeln verschwand ebenso schnell, wie es gekommen war, wich dem gebieterischen Herrscherblick. »Du hast deinen Teil der Abmachung ebenso wenig eingehalten. Erneut hast du mich bitter enttäuscht.« Sie hob ihre Hand, schob seine Haare zur Seite und entblößte das Brandzeichen. »Du gehörst jetzt meinem Bruder, wie ich sehe. Dabei hast du mir die Treue geschworen – bis in den Tod.«

Kylian schnaubte verächtlich. »Vor nicht allzu langer Zeit hätte mir Eure Enttäuschung noch den Schlaf geraubt und ich hätte alles in meiner Macht stehende getan, um Euch zufriedenzustellen. Diese Zeiten sind vorbei. Ihr habt keine Macht mehr über mich.«

Zorn umwölkte ihr Gesicht, doch sogleich lächelte sie wieder. Sie griff nach seiner Hand und legte sie an ihr Herz. Kühl war ihre Haut unter dem dünnen Stoff und doch brannte sie sich in Kylians Finger wie ein glühendes Eisen.

»Unsere Herzen waren eins, mein Lieber, bis dieses blauäugige Mädchen deines aufgeweicht und dich in einen Schwächling verwandelt hat. Wie konntest du das zulassen?« Sie hielt ihn mit ihrem Blick gefangen, verlockte ihn mit blassrosa Lippen und dem Ansatz ihrer Brüste unter seiner Hand.

Kommt zu uns, befreit uns, Herrin, Gebieterin.

»Wie konntest du annehmen, dass ich diesen Verrat ungesühnt lasse?«, flüsterte sie. Ihre Stimme so sanft, wie eine zärtliche Berührung.

Kylian blinzelte, entzog sich ihrem Griff und wich zurück. »Welcher Verrat? Zwischen uns war nichts. Weder ward Ihr meine Gefährtin, noch waren wir in Freundschaft miteinander verbunden. Es machte Euch nichts aus, mich zum Opfer Eurer Intrige zu machen. Warum also sollte ich für Euch in den Tod gehen?«

Komm zu uns, wir lieben dich, wir verehren dich, du bist unsere Herrin. Gebiete über uns.

Das Flehen der Tulpa ignorierend, runzelte Nosara die Stirn, unwillig, fast schon zornig. »Oh doch, du weißt, dass es ein Band gab zwischen uns, wenn auch kein körperliches. Ich war deine Gebieterin und du liebtest mich, genauso sehr wie ich dich liebte. Ich mag Dir unrecht getan haben, doch vergiss nicht, dass ich eine Herrscherin bin. Eine Herrscherin darf keine Rücksicht auf persönliche Gefühle nehmen.«

Kylian betrachtete sie bestürzt. Hatte sie recht? War die Plänkelei zwischen ihnen mehr gewesen als das Spiel mit ihrer Eitelkeit?

»Das ist nicht wahr. Ihr ward meine Herrin und ich Euer Untertan, mehr nicht«, entgegnete er verunsichert.

Nosara trat auf ihn zu. Ganz nah. »Sieh in dein Herz, Kylian. Es war meins, lange bevor es ihres war.«

Er schluckte trocken. Ihr blumiger Duft hüllte ihn ein wie eine Wolke, betörte ihn wie der Duft der Talanis.

»Hilf mir, mein Land zurückzugewinnen«, fuhr sie fort. »Wir befreien die Tulpa und vernichten meinen Bruder. Dann wirst du an meiner Seite herrschen, als mein Gefährte.« Ihre Lippen streiften seine Wange. Noch nie hatte sie ihn so berührt. »Ich alleine kann die Tulpa nicht beherrschen, doch mit deiner Kraft und dem Licht, dass dein Gott dir schenkte, können wir sie führen. Stell dir vor, Kylian, ein Uthra und ein Mensch göttlichen Geblüts gemeinsam auf dem Thron. Niemand würde es mehr wagen, Hand an deinesgleichen zu legen. Du könntest Rache nehmen für das, was dir die Menschen angetan haben.«

Gebieterin. Befrei uns, lass uns hinaus, wir kämpfen für dich.

Die Stimmen der Tulpa schwollen an. Aufgeregt schabten sie über die Gitterstäbe, kratzten Spuren in die Höhlenwand.

Wie erstarrt lauschte Kylian Nosaras Worten, die so zärtlich und verführerisch klangen. Fast zu spät sah er das Blitzen in ihrer Hand. Instinktiv sprang er zur Seite, hob sein Schwert und stieß es nach vorn. Der Dolch in Nosaras Hand zerschnitt sein Wams und schlitzte die Haut auf. Blut quoll hervor. Doch auch Kylians Schwert hatte sein Ziel gefunden. Es steckte in Nosaras Bauch. Das weiße Gewand färbte sich rasend schnell rot. Die Zofe stieß einen spitzen Schrei aus. Der Palastdiener zog den Säbel und stürmte auf ihn zu.

Kylian deutete auf das Blut, dass Nosaras Gewand tränkte. »Halt ein. Du kannst sie nicht retten. Es ist zu spät.«

Der Diener stoppte abrupt und starrte mit schreckensweiten Augen auf seine Herrin. Die Zofe sank wimmernd zu Boden. Nosara indessen blickte fassungslos an sich hinab. Der Dolch rutschte aus ihrer Hand und fiel klirrend zu Boden. Die Tulpa verfielen in irre Raserei, warfen sich herum, schrien, jaulten und rüttelten an den Gitterstäben. Eine Symphonie des Grauens hallte von den Wänden wider.

Nosaras Beine knickten unter ihr weg. Kylian fing sie auf und bettete sie auf den Boden. Mit einem Ruck zog er das Schwert aus ihrem Leib, damit sie schneller starb und nicht länger als nötig leiden musste. Sie lag still wie eine Statue, gab keinen Laut von sich und starb, wie sie gelebt hatte. Würdevoll und ungerührt.

Nur ihre Augen verrieten ihre Angst.

»Habt keine Furcht«, sagte Kylian. »Gleich ist es vorbei.«

Die Schreie der Tulpa erstarben, verebbten in Röcheln und endeten schließlich in einem wispernden Hauch, der verwehte wie Wind. Kylian hielt Nosaras Kopf. Der Glanz ihrer Augen verblasste bereits. Sie hob die Hand und suchte nach seiner. Als er sie ergriff, lächelte sie, blickte zur Decke und starb.

Kylian sah auf. Die Höhle hinter den Gitterstäben war leer.

34

Fest verschnürt lag Ellin auf dem Pferderücken. Der Sattelknauf bohrte sich in ihren Bauch. Die Seile rieben an ihrer Haut. Die Männer zeigten sich ungewöhnlich schweigsam, obwohl sie doch allen Grund zur Freude gehabt hätten. Immerhin hatten sie die ersehnte Leibdienerin im Gepäck und würden sicher eine großzügige Belohnung erhalten. Ellin nahm an, dass ihnen der Kampf noch in den Knochen steckte und sie müde und griesgrämig machte. Resigniert ließ sie den Kopf hängen und gab sich ihrem Elend hin. Weder Kylian noch Nuelia oder Jesh wussten, dass sie sich in der Gewalt von Lord Wolfhards Soldaten befand, sie wussten ja nicht einmal, dass sie Fortas' Heer begleitet hatte. So sehr sie sich auch den Kopf zermarterte, sie fand keinen Ausweg. Diesmal würde kein Kylian bei Nacht in das Lager schleichen und ihr zur Flucht verhelfen. Diesmal war sie wirklich allein.

Die Männer behandelten sie den Umständen entsprechend gut. Sie gaben ihr Essen und Trinken und erlaubten ihr, im Liegen zu schlafen. Doch je länger sie unterwegs waren, umso zudringlicher wurden ihre Blicke. Langsam aber sicher gewann die Erleichterung darüber, überlebt zu haben, die Oberhand und der Wunsch, dies entsprechend zu feiern. Ellin hoffte inständig, dass Lord Wolfhards Befehl, sie nicht anzurühren, weiterhin Gültigkeit besaß. Und sie hoffte, dass die Soldaten nicht auf die Idee kommen würden, sie trotzdem mit Gewalt zu nehmen, nur um anschließen zu behaupten, dass es ein anderer gewesen war. Immerhin war sie schon vor geraumer Zeit aus der Felsenfestung geflohen.

Am vierten Tag ihrer Gefangenschaft war sie kaum noch in der Lage, ungestört ihre Notdurft zu verrichten oder sich zu waschen. Die begehrlichen Blicke der Soldaten gepaart mit unsittlichen Bemerkungen folgten ihr auf Schritt und Tritt, sodass sie keinen anderen Ausweg mehr sah, als sich nicht mehr zu waschen und nur wenig zu trinken, damit sie nicht so oft ihre Notdurft verrichten musste. Am Mittag des fünften Tages passierten sie einen Weiler, und obwohl sie hätten weiterreiten können, hielten sie inne. Aufgeregt betrachteten die Männer die Hütten, die um ein einfaches Gehöft siedelten. Die Bewohner befanden sich auf den Feldern direkt hinter der Siedlung.

»Da müsste doch was zu trinken und ein williges Weib aufzutreiben sein«, sagte Ludolf. »Lasst uns hinunterreiten und uns nehmen, was uns gefällt.«

»Wir können nicht einfach über den Weiler herfallen, wir sind noch immer in Thal, hier gelten andere Gesetze«, warnte Heirich. »Zückt eure Börsen, denn nur damit bekommen wir ein wenig Spaß. Die Menschen hier sind arm und sicher froh über ein paar Prasis.«

Die anderen brummten unwillig, griffen aber sogleich in ihre Taschen und wühlten nach den erbeuteten Schätzen. Floran und Burk, die Jüngsten in der Gruppe, wurden beauftragt, Ellin zu bewachen und das Nachtlager vorzubereiten, was sie mit lauten Flüchen zur Kenntnis nahmen, glaubten sie doch, um ihren Spaß gebracht zu werden. Grob zerrten sie Ellin vom Pferd und banden sie fester als nötig an einen Baum. Ihre Blicke waren mörderisch. Sie spuckten auf den Boden, traten gegen Bündel, zerrten die Sattel von den Pferden und feuerten sie in die Ecke. Erst als die anderen zurückkehrten, zwei Frauen sowie ein kleines Fass mit sich führend, erhellten sich ihre Mienen und Ellin wagte, aufzuatmen. Jedoch nicht lange. Den Anblick von feiernden Soldaten war sie durch Lord Wolfhards Saufgelage gewohnt, doch dass sie sich vor den Augen aller nacheinander mit den Frauen paarten, bestürzte sie zutiefst. Wie Tiere fielen die Männer über die Frauen her und wie Tiere rammelten sie, rücksichtslos und ohne Scham. Niemand beachtete Ellin und als die Soldaten kurz vor Morgengrauen in den besinnungslosen Schlaf von Betrunkenen fielen, rappelten sich die ebenfalls angetrunkenen Frauen auf, rafften ihre Kleider zusammen und schlichen in den Weiler zurück.

Sofort begann Ellin, an ihren Fesseln zu zerren, behielt dabei jedoch die Soldaten im Blick, damit nicht einer zufällig erwachte und sie ertappte. Sie mühte sich nach Kräften, ihre Handgelenke aus den Seilen zu lösen, versuchte es sogar mit den Zähnen. Ohne Erfolg. Heirich verstand sich darauf, einen unlösbaren Knoten zu knüpfen. Sie erlaubte sich, ein paar Tränen zu vergießen, während sie hasserfüllt die schnarchenden Männer betrachtete. Kylian mochte eigensinnig und schweigsam sein, doch im Vergleich zu diesem Abschaum war er fast schon ein Heiliger. Traurig schloss sie die Augen und gab sich wohl zum hundertsten Mal der Erinnerung an die Nacht des Sternenfestes hin. Kylian und sie, Arm in Arm im weichen Gras, die fallenden Sterne im Blick. Liebesschwüre und seine Lippen auf ihrer Haut. Sie bewahrte diese Bilder wie einen Schatz, denn sie halfen ihr dabei, der grausamen Welt für eine kleine Weile zu entfliehen.

»Aufstehen, Süße.« Heirich zerrte sie auf die Füße. »Wir haben Zeit verloren und müssen uns beeilen.«

Ellin warf ihm einen giftigen Blick zu. Ihr Herz pochte wild, weil sie so brutal aus dem Schlaf gerissen wurde.

Er grinste sie an. »Na? Hat das Zusehen Spaß gemacht? Schade, dass du nicht mitgefeiert hast. Ein wenig Spaß würde dir sicher nicht schaden.« Er kniff ihr in den Po, hob sie hoch und hievte sie auf den Rücken des Pferdes. Sie stieß eine Verwünschung aus und spie ihm vor die Füße. Er lachte über ihre Wut. »Lord Wolfhard wird dich schon zähmen«, prophezeite er, während er hinter ihr aufstieg.

Verkatert aber zufrieden zog die Schar weiter. Am Nachmittag passierten sie die Grenze zu Veckta, was den Soldaten ein andauerndes Jubelgeschrei entlockte. Die Belohnung war nah.

Albträume quälten Ellin in der folgenden Nacht. Sehr bald schon würden sie den Hammerfels erreichen und den Weg zur Festung erklimmen. Angst und Verzweiflung überfielen sie, füllten ihre Träume mit Blut und Tod. Wie der Vorbote auf kommendes Leid war der nächste Tag trüb und kalt. Ein scharfer Wind blies über das Land und ließ sie frösteln. Sie bekam keinen Bissen mehr hinunter und trank nur noch, wenn ihr Hals so trocken wurde, dass er schmerzte.

Die Männer gaben noch besser auf sie acht als bisher. Heirich band die Seile so fest, dass sie ihre Haut durchscheuerten, bis das rohe Fleisch hervorblitzte und sie jegliches Gefühl in Händen und Füßen verlor.

Nachdem sie den Wald durchquert hatten, folgten sie einem Weg, der sie bis zum Fuß des Hammerfelsens führte, wo er schließlich abknickte und eine Weile zwischen Berg und Waldrand verlief. Kurz bevor der Nordstern versank, gelangten sie an den nördlichen Aufstieg. Dort, im Schatten des Berges, schlugen sie das letzte Nachtlager auf. Die Felsenfestung starrte auf sie hinab wie ein blutrünstiger Dämon, der auf seine langersehnte Beute wartete. Ellin wagte nicht, sie anzusehen. Bilder marterten ihren Geist, von Lord Wolfhards gierigem Blick, seinem haarigen Leib, der Rute in seiner Hand und von der Steilküste im Süden, wo die zum Tode verurteilten in die Tiefe gestürzt wurden. Verzweifelt versuchte sie, die düsteren Gedanken zu verdrängen, doch bei der Vorstellung, welche Qualen auf sie warteten, stieg Übelkeit in ihr auf und stürzte sie regelmäßig in kopflose Panik. Jeder Atemzug brachte sie näher zur Festung. Sie wünschte sich, ihr Geist könnte ihren Körper verlassen und entfliehen. Die ganze Nacht flehte sie die Götter um Rettung oder ihren Tod an, doch als der Morgen graute, war sie weder frei noch tot.

Die Soldaten brachen früh auf und hetzten die Pferde den Berg hinauf, Peitschen knallend und keuchend.

Der Aufstieg verging in einem Nebel aus Angst und Verzweiflung. Gerade eben waren sie aufgebrochen und im nächsten Augenblick kam das Tor in Sicht. Ellin lugte zwischen ihren zusammengekniffenen Augenlidern hervor. Ihre Kehle war staubtrocken und ihr Bauch schmerzte vor Hunger und Durst.

Die Soldaten hielten inne. Ludolf stieg vom Pferd und hämmerte gegen das Tor, ein Laut der Ellin erzittern ließ. Die Torwachen öffneten und begrüßten die Ankömmlinge. Als sie Ellin erblickten, pfiffen sie anerkennend und beglückwünschten die Männer zu ihrem Fang. Ellin wurde vom Pferd gezerrt und auf die Füße gestellt, doch ihre Beine waren taub und so sackte sie zu Boden. Das Gesinde hielt inne und starrte sie an, manche mitleidig, andere eher feindselig. Ein Soldat brüllte irgendetwas. Sie hörte gar nicht hin. In ihren Ohren rauschte das Blut, pochte gegen ihre Schädeldecke und sie schlotterte am ganzen Leib. Plötzlich verfielen alle in hektische Betriebsamkeit.

Soldaten hasteten vorbei, Menschen spähten aus den Fenstern, Türen wurden geöffnet und wieder geschlossen. Ein massiger Mann trat in den Hof und kam mit großen Schritten auf sie zu, sein Umhang flatterte im Wind. Ellin wurde auf die Füße gezerrt. Jemand stützte sie. Wie durch einen Schleier sah sie Lord Wolfhards Gestalt. Sein Gesicht mit dem grausamen Grinsen. Die Rute an seinem Gurt. Die Welt um sie herum verblasste, der Boden geriet in Schräglage und rutschte weg. Dunkelheit senkte sich auf ihre Sinne.

Kaltes Wasser ergoss sich über ihren Kopf und holte sie in die Wirklichkeit zurück, eine Wirklichkeit, in die sie nur widerwillig zurückkehrte. Sie öffnete die Augen und sah sich um. Man hatte sie entkleidet und in einen Zuber gesetzt. Eine rundliche Magd war dabei, ihn mit Wasser zu füllen.

»Was tut Ihr da?«, fragte Ellin.

»Befehl von Lord Wolfhard. Ihr sollt gebadet und in seine Gemächer gebracht werden.«

Ein weiterer Wasserschwall ergoss sich über ihr. Sie schluckte und prustete. »Könnt Ihr das Wasser nicht wenigstens erwärmen?«

Die Magd schnaubte abfällig, ergriff einen weiteren Eimer und leerte ihn in den Zuber. Bibbernd schlang Ellin die Arme um sich.

»Wascht Euch«, befahl die Magd, warf ein Stück Gallus in das Wasser und ergriff einen grobzinkigen Kamm. Bevor Ellin sich wehren konnte, grabschte sie nach ihren Locken und zerrte den Kamm hindurch. Ellin schrie auf, als ihr Kopf brutal nach hinten gerissen wurde.

»Ich mache das selbst«, fauchte sie und entriss der Magd den Kamm.

Diese zuckte mit den Schultern. »Wie Ihr wollt, doch beeilt Euch. Bald werden die Wachen kommen, um Euch abzuholen.«

Unter ihrem strengen Blick seifte Ellin sich ein und begann dann, die Knoten aus ihren Haaren zu lösen. Plötzlich wurde die Tür aufgerissen. Affra stürmte in die Kammer. Hektische rote Flecken zierten ihr Gesicht. In der Hand trug sie ein gefaltetes Kleid und einen Becher. »Hinaus mit dir«, fuhr sie die Magd an.

Diese schob trotzig die Unterlippe vor und verschränkte die Arme vor der Brust. Affra stellte den Becher ab, holte aus und schlug ihr ins Gesicht. »Wage nicht, dich meinen Befehlen zu widersetzen.«

Die Magd hielt sich die Wange und blitzte Affra zornig an. »Wartet nur. Wenn ich dem Herrn davon berichte, wird es Euch schlecht ergehen.«

Kurzerhand packte die Köchin sie am Arm, zerrte sie hinaus und warf die Tür zu.

»Ellin.« Sie nahm dem Becher wieder zur Hand und trat neben den Zuber. »Wie haben sie dich nur in die Finger bekommen, Kind?«

Ellin, die plötzlich merkte, wie schrecklich durstig sie war, leerte den Becher in einem Zug. Dann stieg sie aus dem Wasser und wickelte sich in das Tuch, das Affra ihr reichte. Die Köchin breitete die Arme aus. Ehe Ellin sich versah, fand sie sich in einer kräftigen Umarmung wieder, die an ihrer Selbstbeherrschung rüttelte.

»Oh Affra, er wird mich umbringen«, schluchzte sie. »Was soll ich nur tun?«

Die Köchin hielt sie umklammert und wiegte sie wie ein kleines Kind. »Ich weiß es nicht. Die Götter mögen uns beistehen.«

»Wartet er bereits auf mich?«

Affra schüttelte den Kopf. »Nein, noch ist er bei seinen Männern, um deine Ergreifung zu feiern. Doch er wird kommen, bald. Oh Ellin, wie soll ich dir nur helfen?«

»Du kannst mir nicht helfen«, wisperte sie und drückte die Köchin nur noch fester. »Ich bin verloren.«

Sie schluchzten beide und erschraken, als es leise klopfte. Mathýs betrat die Kammer mit besorgtem Blick. Schon immer war er dünn gewesen, doch mittlerweile war er regelrecht dürr. Sorgenfalten umrahmten seine Augen.

»Du dummes Ding«, sagte er. »Du dummes, dummes Ding.«

»Mathýs.« Sie löste sich aus Affras Armen und trat auf den alten Heiler zu.

»Bei allen Göttern, kleide dich zuerst an«, sagte er, als sie ihn umarmen wollte. Stattdessen legte er eine Hand auf ihre Wange. »Du dummes Ding.«

Ellin nahm das Dienstgewand vom Tisch und schlüpfte schnell hinein.

»Was können wir tun?«, fragte Affra an den Heiler gewandt.

»Nichts«, brummte er. »Wolfhard wird mit ihr machen, wonach auch immer ihm der Sinn steht.«

Ellin sank gegen den Waschzuber und schlug die Hände vors Gesicht. »Oh Göttin des Erbarmens steh mir bei. Er wird mich umbringen, hab ich recht?«

»Wenn es nur das wäre, würde ich mich weit weniger sorgen«, entgegnete Mathýs ungerührt. »Doch bevor er dich tötet, will er sich an dir rächen und nur die Götter wissen, was ihm alles einfällt, um dich zu quälen.«

Schluchzend sank Ellin auf die Knie. Seine Worte waren hart und unbarmherzig. Warum sprach er so mit ihr?

»Ich biete dir einen Ausweg«, fuhr er fort und kniete sich ächzend vor ihr nieder. Aus seinem Wams zog er einen Lederbeutel hervor und öffnete ihn. Grünbraune Kügelchen lagen darin. Sie rochen muffig, nach Staub und feuchtem Holz.

»Das sind Kugeln aus Teufelspilzen und Schlafkraut«, erklärte er. »Isst du eine Kugel, wirst du benommen und schläfrig, nimmst du zwei oder drei, bekommst du Visionen, deine Glieder werden taub. Nicht so sehr wie nach dem Gebrauch von Gaiabeerensaft, doch genug, um nicht allzu viel zu spüren. Isst du fünf oder mehr, verlierst du das Bewusstsein und wachst vielleicht nie wieder auf.« Sein Blick heftete sich auf ihr Gesicht. »Du entscheidest. Doch ich warne dich. Lord Wolfhard will sicher keine besinnungslose Gefangene, also überlege gut, wie viele du essen willst.« Er hielt kurz inne, bevor er fortfuhr.

»Solltest du es jedoch vorziehen, zu sterben, dann iss alle auf einmal.«

Affra schnappte hörbar nach Luft. »Nimm nicht alle, Ellin. Bitte Lord Wolfhard darum, dein Leben zu verschonen. Fleh' ihn an wenn nötig. Unterwerf dich seinem Willen und bitte um Verzeihung. Er ist ein Barbar, doch irgendwo in ihm steckt auch ein Mensch.«

Mit zitternden Fingern ergriff Ellin eine Kugel und betrachtete sie. Mathýs bot ihr einen Ausweg. Den einzig möglichen Ausweg. Sie sah auf und blickte in die Gesichter der beiden Menschen, die ihr so viel bedeuteten und die in diesem Moment ihr Leben aufs Spiel setzten, um ihr zu helfen. Sie zwang sich zu einem Lächeln. »Was auch immer geschieht, ob ich lebe oder sterbe, ich möchte, dass ihr wisst, wie dankbar ich euch bin.«

»Ach Kind«, schluchzte Affra.

Mathýs stieß einen verächtlichen Laut aus und wandte sich ab. Erfolglos versuchte er, den verräterischen Glanz in seinen Augen zu verbergen.

»Ich habe eine Bitte«, fuhr Ellin fort.

Affra nickte und sah sie erwartungsvoll an.

»Wahrscheinlich wird früher oder später ein Mann hier auftauchen und mich suchen. Sein Name ist Kylian. Sollte ich nicht mehr am Leben sein, dann sagt ihm, dass ich ihn liebe und dass ich mit Freuden mein Leben mit ihm geteilt hätte.«

Die Köchin riss die Augen auf. »Sprichst du von dem seltsamen Fremden, in dessen Begleitung du gesehen wurdest?«

Ellin nickte. »Noch etwas …«, ihre Stimme brach, sie schluckte schwer. Ein dicker Kloß im Hals verwehrte ihren Worten den Weg.

Affra ergriff ihre Hand. »Es ist schon gut, weine nur, wenn du musst.«

Ellin schüttelte den Kopf und räusperte sich. »Keine Zeit. Bitte … sagt es ihm nicht, wenn Lord Wolfhard mich mit Gewalt genommen und gefoltert hat. Sagt ihm, ich sei gestorben, bevor es so weit kam.« Sie wischte die Tränen von den Wangen, die aus ihren Augen strömten. »Er soll sich nicht für den Rest seines Lebens mit dieser Vorstellung quälen. Er hat genug erlitten.«

Affra gab einen erstickten Laut von sich, halb Schluchzen, halb Keuchen.

»Versprecht es mir!«, forderte Ellin. »Denn er wird kommen, das ist sicher.«

»Wir versprechen es«, sagte Mathýs. »Doch rede nicht, als wärest du bereits tot. Noch kann sich alles zum Guten wenden.«

Ellin lachte bitter. »Wie denn? Selbst wenn Lord Wolfhard mein Leben verschont, wird es nicht mehr sein wie zuvor. Nichts wird mehr sein, wie es einmal war, wenn er mit mir fertig ist.«

Von draußen erklangen Schritte. Zwei Wachen stürmten mit gezogenen Schwertern in die Kammer, dicht gefolgt von Skavos und der Magd. Schnell schob Mathýs Ellin den Lederbeutel mit den Kugeln in die Tasche. Schon zerrten die Männer sie hoch und schleiften sie zur Tür. »Ihr werdet Eurer gerechten Strafe nicht entgehen«, zischte Skavos an Affra und Mathýs gewandt, bevor er den Wachen folgte. Die Magd feixte.

35

Nosaras Leichnam wurde im Palasthof aufgebahrt, damit jeder sich auf seine Weise von ihr verabschieden konnte. Fortas hatte veranlasst, dass sie gewaschen wurde und ihr bestes Gewand trug, denn niemand sollte die Herrscherin als blutige Leiche in Erinnerung behalten. Mit grimmiger Miene achteten die Buschstreiter darauf, dass niemand die Tote schändete, indem er sie mit faulem Obst bewarf oder sie anspuckte. Sie war eine Herrscherin, wenn auch eine gefallene.

Auf den ersten Blick wirkte Fortas zufrieden und erleichtert, doch Kylian merkte, dass er den Tod seiner Schwester betrauerte. Immer wieder verlor sich sein Blick und ein wehmütiger Ausdruck stahl sich in seine Augen. Manchmal senkte er den Kopf, als wäre er zu schwer, um ihn ganz alleine zu tragen und seufzte. Trotzdem gab er ein Festmahl zur Feier seines Sieges und lobte Kylian öffentlich für seine Heldentat. Nach der gewünschten Belohnung gefragt, bat dieser um seine Freiheit. Zwar lehnte Fortas den Wunsch nicht ab, sagte aber auch nicht ja. Er versprach lediglich, die Bitte einer wohlwollenden Prüfung zu unterziehen und ihm eine Antwort nach der Ansprache an das huanacische Volk und die folgende Bestattungszeremonie zu geben.

Kylians Wunsch nach Freiheit wurde umso dringlicher, je länger Ellin verschollen blieb. Niemand wusste, wohin Heiler Ecarius und seine Gehilfin verschwunden waren. Da Fortas ihn häufig in Anspruch nahm, hatte er kaum Zeit, nach ihr zu suchen und so bat er Nuelia und Jesh darum, es an seiner statt zu tun. Am Tag vor Nosaras Bestattung kam ein Wachmann zu ihm und führte ihn zu dem Hügel, auf dem täglich mehrere Gefallene verbrannt und ihre Asche in die Winde verstreut wurden. Nuelia und Jesh erwarteten ihn bereits. Nervös blickte Kylian seine Gefährten an. Er befürchtete das Schlimmste.

»Soldaten haben die Leiche von Heiler Ecaruis gefunden«, sagte Nuelia. »Jemand hat ihn enthauptet.«

»Wo?«, fragte er.

»Auf einer Lichtung im Wald.«

Kylians Glieder wurden taub, sein Gesicht war wie aus Stein gemeißelt. »Was ist mit Ellin?«

Nuelia zuckte mit den Schultern. »Von ihr fehlt jede Spur.«

Auf Kylians Geheiß führte der Soldat sie zu der besagten Stelle. Sorgfältig untersuchte Kylian die Spuren, die nur noch schwer zu deuten waren. Er fand Fußspuren von Mensch und Pferd, zählte die Abdrücke, die von schwerem Schuhwerk zeugten, und kam zu dem Schluss, dass es sich nicht um die Spuren Huanacischer Soldaten handelte. Hinter einem Baum fand er schließlich den Beweis: eine verschmutzte Soldatentracht, die achtlos dorthin geworfen worden war, sowie ein zerfetztes, unter Blättern und Zweigen verborgenes Wams mit dem Abbild des Felsgreifers. Nun war er sich sicher: Vecktanische Soldaten hatten Ellin verschleppt. Das Ziel ihrer Reise war unschwer zu erraten genauso wie das, was geschehen würde, sobald sie die Felsenfestung erreichten. Lord Wolfhard würde Ellin foltern, schänden und töten. Panik und der Drang, auf der Stelle die Verfolgung aufzunehmen, überfiel ihn. Nuelia trat hinzu und legte eine Hand auf seine Schulter.

»Sei vernünftig«, sagte sie. »Wenn du jetzt gehst, bist du ein Leibeigener auf der Flucht und wirst zum Gejagten. Warte bis zu Nosaras Bestattung. Ich bin mir sicher, dass Fortas dir die Freiheit gewähren wird.«

Fluchend schüttelte Kylian ihre Hand ab und trat gegen einen abgebrochenen Ast. »Ich darf keine Zeit verlieren.«

»Bruder«, sagte Jesh. »Nur noch die Abenddämmerung trennt dich von der Freiheit.«

»Was, wenn Fortas sich weigert, mir die Freiheit zu schenken?«, zischte Kylian.

»Dann kannst du immer noch fliehen«, entgegnete Jesh. »Tu nichts Unbedachtes. Nicht jetzt, wo deine Freilassung zum Greifen nah ist.«

Kylian verschränkte die Arme hinter dem Kopf und stapfte wütend auf der Lichtung herum. Sein linkes Auge zuckte. Nur mit größter Mühe gelang es ihm, seine Impulse zu unterdrücken und einen vernünftigen Gedanken zu fassen.

»Könnt ihr vorausreiten?«, fragte er schließlich.

»Wir stehen noch immer in Fortas' Dienst«, erwiderte Nuelia.

»Dann fragt euren Hauptmann, ob ihr Huanaco für eine Weile verlassen dürft.«

Nuelia schnaubte. »Wie stellst du dir das vor? Selbst wenn uns der Heerführer ziehen lässt, was sollen wir tun, wenn wir die Felsenfestung erreichen? Wir können sie wohl kaum im Alleingang stürmen.«

Ungeduldig wedelte Kylian mit der Hand. »Was weiß ich. Tut meinetwegen so, als würdet ihr verhandeln wollen, bietet Lord Wolfhard Reichtümer, Land, irgendwas, was ihn davon abhält, sie umzubringen. Sobald ich meine Freiheit erlangt habe, folge ich euch.«

»Wir werden es versuchen, doch erhoffe dir nicht zu viel«, erwiderte Nuelia. »Vielleicht …«, sie zögerte.

»Was?«, fragte Kylian unwirsch.

»Vielleicht ist es an der Zeit, sie loszulassen. Sieh es ein, du kannst sie nicht retten. Ihr Schicksal liegt nicht länger in deiner Hand.«

Fassungslos starrte Kylian seine Schwester an. »Wie kannst du das sagen? Zahllose Sternenläufe habe ich damit verbracht, mich selbst zu bemitleiden und alles und jeden zu hassen. Ellin schenkte mir Hoffnung. Sie hat mich befreit. Ich werde sie retten, das bin ich ihr schuldig. Und jetzt geht mir aus den Augen. Tut, was ihr für richtig haltet, ich folge meinem eigenen Weg.«

»Bruder …«, setzte Nuelia an, doch Kylian hob die Hand und gebot ihr zu schweigen.

»Spar dir deine Worte. Du kannst meine Meinung nicht ändern.«

Jesh umfasste Nuelias Arm. »Komm, lass uns gehen.«

Sie zögerte kurz, nickte dann und folgte ihm. Kylian wartete, bis sie die Lichtung verlassen hatten, nahm das Wams mit dem vecktanischen Wappen zur Hand und betrachtete es. Sein Körper bebte vor Wut und unbändigem Hass auf den Herrn von Veckta. Ihm die Kehle durchzuschneiden wäre noch viel zu milde für dieses Scheusal. Mit einem zornigen Schrei schleuderte er das Wams von sich, bestieg sein Pferd und preschte in den Palast zurück.

Nosaras Einäscherung fand in der Festarena statt. Fortas' Soldaten hatten sich rund um die Arena platziert und wachten über die zahllosen Menschen, die sich eingefunden hatten, um der Zeremonie beizuwohnen. Die Menge verharrte in angespanntem Schweigen. Fortas Miene war unbeweglich und kalt, durch nichts ließ er erkennen, wie es in seinem Inneren aussah. Kylian war sich sicher, dass er schrecklich nervös sein musste. Der Herrscher erhob sich, ließ seinen Blick über die Festarena schweifen und wartete geduldig, bis auch das letzte Wispern verklungen war. Dann begann er mit seiner Rede. Er sprach von einem geeinten Reich und einer goldenen Zukunft, bevor er Bela zur Hofherrin von Huanaco ernannte, wo sie in seinem Namen regieren und Recht sprechen würde. Er selbst würde nach Kismahelia zurückkehren. Zum Zeichen seiner Großzügigkeit und seines Edelmuts sicherte er jedem, der ihm offiziell die Treue schwor, eine Belohnung, gemessen an seinem Stand und seinen Vermögensverhältnissen zu. Die Nachricht verbreitete sich wie ein Lauffeuer unter den Anwesenden. Stürmischer Beifall brandete auf und Hochrufe auf den neuen Herrscher, der sich so freundlich und großzügig zeigte.

Der Seelenhüter trat vor, kaum dass Fortas seine Rede beendet hatte, breitete die Arme aus und sprach ein Gebet. Auf ein unsichtbares Kommando hin wurden die Scheite unter dem hölzernen Altar, auf dem Nosara aufgebahrt war, entzündet. Der Seelenhüter streckte die Arme vor und legte die Handflächen ineinander, als würde er Wasser schöpfen. »Wir halten die Seele der göttlichen Herrscherin in unserer Hand«, rief er.

Die Menschen in der Arena ahmten die Geste nach. Als Nächstes schleuderte der Seelenhüter die Arme empor, als würde er einen kleinen Vogel in die Freiheit entlassen. »Befreit ihre Seele von der weltlichen Mühsal und schickt sie hinauf zum Thron der Götter.«

Die Menschen taten es ihm gleich. Hunderte Arme hoben sich empor und entließen Nosara in die Ewigkeit.

Kylian stand neben Fortas und wartete ungeduldig auf das Ende der Zeremonie. Die Menschen um ihn herum wirkten ergriffen, während er nur daran denken konnte, dass Ellin sich in Lord Wolfhards Gewalt befand. Endlich, nach gefühlten Stunden, war die Verbrennung vorüber. Die stummen Palastdiener sammelten Nosaras Asche, um sie in einer feierlichen Prozession den Herrscherhügel hinaufzutragen und sie in die Winde zu verstreuen.

»Kylian«, sagte Fortas plötzlich. »Komm zu mir.«

Kylian trat auf den Herrscher zu, kniete sich nieder und beugte sein Haupt. Das verletzte Bein schmerzte bei der ungewohnten Bewegung, doch er schenkte dem keine Beachtung.

Fortas räusperte sich. »Ich habe nachgedacht.«

Unwillkürlich ballten sich Kylians Hände zu Fäusten. Sein Körper vibrierte vor innerer Anspannung. Dies war der alles entscheidende Moment.

»Sieh mich an«, befahl der Herrscher.

Kylian blickte auf. Seine Brust hob und senkte sich im Rhythmus seines aufgeregten Herzschlags.

»Ich bot dir Reichtum, Frauen, ein hohes Amt in meinem Reich, doch du hast alles abgewiesen«, sagte Fortas. »Stattdessen willst du mich verlassen. Warum? Bin ich dir kein guter Herr gewesen?«

Kylian schluckte. »Euer Angebot ist überaus großzügig und Ihr seid ein gütiger Herrscher, doch mehr als alles andere verlangt es mich danach, frei zu sein. Ich tauge nicht für das höfische Leben, so verlockend es für andere auch sein mag.«

»Wie ich hörte, warst du ein loyaler Untertan meiner Schwester und auch in meinen Diensten hast du dich als ehrenwert und mutig erwiesen. Daher fiel mir die Entscheidung schwer.« Er hielt inne.

Kylian hielt den Atem an, fixierte den Herrscher mit seinem Blick.

»Ich habe lange überlegt, sehr lange, ob ich Euch aus meinen Diensten entlassen soll oder nicht, und bin zu folgendem Schluss gelangt …«

Kylian stieß die Luft aus seinen Lungen. Fortas war zur förmlichen Anrede zurückgekehrt.

Das konnte nur eines bedeuten.

»Hiermit entlasse ich Euch aus meinen Diensten. Ihr seid frei.« Er reichte Kylian eine Schriftrolle. »Dieses Schriftstück bestätigt meine Worte. Ihr werdet es brauchen, falls irgendjemand Euer Brandmal bemerkt.«

Kylian drückte die Stirn auf den Boden. »Ich danke Euch, edler Herrscher. Eure Güte ist ein Zeichen Eures göttlichen Geblüts.«

Fortas schmunzelte und erhob sich. »Ich muss zugeben, Eure Schmeichelei gefällt mir noch mehr als Eure Kampfkunst. Versprecht mir, sollte Euch Euer Weg eines Tages nach Kismahelia führen, müsst Ihr mir einen Besuch abstatten.«

Kylian erhob sich. »Ich verspreche es.«

Fortas nickte. »So sei es denn. Ich wünsche Euch alles, was Ihr Euch wünscht.«

Andächtig schritt der Herrscher die Stufen hinab, bestieg die bereitstehende Sänfte und führte die Prozession zum Herrscherhügel an.

Ungeduldig wartete Kylian, bis Fortas außer Sicht war, wühlte sich dann durch die Menge und verließ die Arena. Der Grauschimmel, den er vor dem Haus der Sklavinnen zurückgelassen hatte, stand gesattelt bereit. Er schwang sich auf den Rücken des Pferdes und preschte in die Dunkelheit davon.

36

Die Soldaten schleiften Ellin durch den Korridor, der zu Lord Wolfhards Gemächern führte. Die Wachmänner vor der Tür blickten betreten zur Seite, während sie die Tür öffneten, um sie einzulassen. Lord Wolfhard glänzte mit Abwesenheit, was Ellin erleichtert zur Kenntnis nahm. Skavos zog vier Seile hervor und befestigte sie an den Bettpfosten. Die Magd kicherte hämisch. Unauffällig steckte Ellin die Hand in die Tasche und klaubte drei von Mathýs Kugeln aus dem Lederbeutel. Als sie auf das Bett geworfen wurde, schob sie sich die Kugeln in den Mund und drückte sie mit der Zunge in die Backentasche.

Die Soldaten wickelten die Seile um ihre Handgelenke und zurrten sie so fest, dass sie tief in ihr Fleisch schnitten. Ellin spürte den scharfen Schmerz auf ihrer wunden Haut und sog zischend die Luft zwischen die zusammengebissenen Zähne. Ungerührt machten die Soldaten weiter.

»Viel Spaß«, spottete Skavos beim Hinausgehen, was die Magd mit einem weiteren Kichern quittierte.

Ellin hatte gehofft, die Kugeln noch eine Weile aufheben zu können, doch sie begannen bereits, sich aufzulösen. Ein bitterer Geschmack gemischt mit muffiger Süße füllte ihren Mund. Sie blickte sich um. Das Schlafgemach sah aus wie immer, nur der Waschtisch schien neu. An der gegenüberliegenden Wand hingen die ausgestopften Kadaver zweier Tiere, eine Schneekatze und ein Apina, sowie ein großes Horn. Wider Erwarten fühlte sie sich nun, da sie sich tatsächlich in Lord Wolfhards Gemächern befand, ruhiger. Es war, als hätte sie schon immer gewusst, dass es eines Tages so weit kommen würde. Mit plötzlicher Gewissheit erkannte sie, dass sie in dieser Nacht sterben würde. Entweder durch Lord Wolfhards Hand oder durch ihre eigene, denn weder würde sie um Verzeihung bitten, noch um Gnade winseln. Sie hoffte nur, dass die Teufelspilze ihre Wirkung taten und sie nicht, von Schmerz und Demütigung überwältigt, doch noch um Erbarmen flehen würde. Sie verbot sich den Gedanken an Kylian und konzentrierte sich stattdessen auf die leblose Kreatur an der Wand, deren weißes Fell unglaublich weich, fast schon seidig anmutete. Sie stellte sich vor, wie sie es berührte, wie die zarten Haare durch ihre Finger glitten, sie kitzelten.

Die Schneekatze verschwamm vor ihren Augen, die Kammer drehte sich, was ihr Übelkeit verursachte. Schnell schloss sie die Lider, versuchte mit tiefen Atemzügen, den Schwindel zu vertreiben. Als sie die Augen wieder öffnete, war die Schneekatze verschwunden. Obwohl sie darüber erstaunt sein sollte, ließ sie die Tatsache seltsam unberührt. Eine Bewegung zu ihrer Linken erregte ihre Aufmerksamkeit. Da war sie. Die Schneekatze. So lebendig wie ein Fisch im Wasser. Sie sprang auf das Bett und tapste mit geschmeidigen Schritten auf sie zu und sie lachte, hoch und piepsig. Es klang wie das Lachen eines Kindes. »Was bist du?«, fragte Ellin. Ihre Stimme klang dumpf, als hätte sie einen Knebel im Mund. Die Schneekatze kicherte. Hitze kroch in Ellins Glieder, brachte ihre Wangen zum Glühen. Das Tier legte sich an ihre Seite und schmiegte sich an ihren Leib. Ihr Fell war wie Eis und kühlte ihre erhitzte Haut.

»Hast du einen Namen?«, murmelte Ellin. Irgendwo in den Tiefen ihres Gehirns erkannte sie, wie unsinnig diese Frage war und sie stieß ein freudloses Lachen aus. Die Schneekatze hob den Kopf und blickte sie an, mit Augen vom strahlenden Blau einer Lobeliablume.

Unan, hallte es in ihrem Kopf.

»Unan?« Der Name brachte etwas in ihr zum Schwingen, eine ferne Erinnerung. Über ihrem Kopf wölbte sich die Kammer wie die Kuppeldecke eines Gebetshauses.

»Unan«, wisperte Ellin. Krampfhaft versuchte sie, wenigstens einen klaren Gedanken zu fassen. Die Schneekatze kletterte auf ihre Brust, bohrte ihre Krallen in ihre Haut. Sie spürte es kaum, sah nur, wie sich das Kleid dunkel färbte von ihrem Blut.

Blutrache hallte es in ihrem Kopf. *Sein Blut für dein Blut.*

Sie versuchte, die Hände zu bewegen, doch durch die Seile waren sie taub und gefühllos. Die Wände rückten von ihr ab. Ihr Körper schien sich aufzublähen, als versuchte er, die entstandene Weite zu füllen. Ein ekelhaftes Gefühl. Fremd. Unmenschlich. Die Schneekatze sprang von ihrer Brust und landete zwischen ihren Beinen, nur waren es ihrer plötzlich Zwei. Ellin keuchte.

Blutrache schrie es in ihrem Kopf und immer wieder: *Sein Blut für dein Blut!* Die Schneekatzen kicherten im Duett.

Sie ist in dir, suche sie, lass sie hinaus. Das war Geldis' Stimme. *Sie ist in dir.*

Ja, dachte Ellin unsinnigerweise. *Ich spüre sie. Sie ist in mir.*

Befreie sie! Lass sie hinaus.

Ellin kniff die Augen zu und tastete nach der Wesenheit in sich. Schimmernde Spuren zogen sich durch ihren Körper wie ein Adergeflecht aus Licht. Da war sie, ganz tief in ihr drin. Eine zusammengekauerte Gestalt, haarlos, fast ein Kind noch. Ihre lobeliablauen Augen blickten sie an, fragend und auch ein wenig vorwurfsvoll.

»Hilf mir«, wisperte Ellin. Das Kind schüttelte den Kopf und wich zurück. Es hatte Angst. *Bitte,* flehte Ellin. *Komm heraus und hilf mir.*

Ihr Geist wanderte durch die Tiefen ihrer Seele, ein stilles Flehen hallte durch ihren Körper, strömte die leuchtenden Spuren entlang bis in den entferntesten Winkel. Das Kind horchte auf und folgte ihrer Stille. Nur nebenbei nahm Ellin wahr, wie die Tür geöffnet wurde und Lord Wolfhard in die Kammer trat. Es war ihr egal. Zu tief war sie in sich selbst versunken. Stumm flehte sie das kleine Wesen um Beistand an, bis ein Ruck durch ihren Leib ging und sie brutal an die Oberfläche geschleudert wurde.

»Wer wird denn hier schlafen«, hörte sie Lord Wolfhards Stimme. »Aufwachen, hübsches Kind, wir haben viel vor heute Nacht.«

Sie hielt die Augen geschlossen, doch ihre Sinne verharrten dicht unter der Oberfläche. Ihr Kopf flog herum, als Lord Wolfhard sie hart ins Gesicht schlug. Sie spürte es kaum.

»Sieh mich an!«, befahl er.

Sie zwang sich, die Augen zu öffnen. Das Kind folgte ihr, wartete. Lord Wolfhards Gesicht schwamm direkt über ihrem. Eine schwarze Wolke hüllte ihn ein, in der rote Flecken tanzten wie verspritztes Blut.

»Na also, wer sagt's denn. Nichts ist besser als eine gute, alte Ohrfeige, nicht wahr?«

Seine Hand schloss sich um ihre Kehle. Die schwarze Wolke kroch in ihr Gesicht, raubte ihr den Atem. Der Blutdurst hatte ihn fest im Griff. »Willkommen zu Hause, Ellin.«

Seine Lippen verzogen sich zu einem wölfischen Grinsen. Langsam, ganz langsam drückte er ihre Kehle zu. Sie rang nach Luft und begann zu zappeln. Immer fester schlossen sich seine Finger um ihren Hals, drückte ihren Kehlkopf gegen die Luftröhre. In ihrem Kopf dröhnten Gongschläge. Sie riss an ihren Fesseln. Ihre Lippen öffneten sich in dem verzweifelten Versuch, Atem zu schöpfen.

Ich sterbe, dachte sie. Mutter. *Ich sterbe.* Der Gedanke hatte etwas Tröstliches.

Unvermittelt löste sich Wolfhards Pranke. Köstliche Luft strömte in ihre Lungen. Sie keuchte.

»Oh ja, wir werden viel Spaß miteinander haben«, feixte er. Genüsslich zog er die Rute hervor und hielt sie vor ihr Gesicht. »Sicher erinnerst du dich an die hier?«

Langsam, fast zärtlich zog er sie über ihre Wangen und die nackte Haut an ihrem Hals. »Möchtest du wissen, was wir alles tun werden?« Er leckte sich über die Lippen. »Zuerst werde ich dich entkleiden, bis du nackt und bloß vor mir liegst. Dann werde ich dich ein wenig mit der Rute kitzeln«, er ließ sie durch die Luft sausen und direkt neben ihrem Gesicht auf das Kissen klatschen.

»Ein paar Hiebe hier«, er kniff in ihr Gesäß. »Ein kurzer Schlag da«, seine Hand wanderte zur Innenseite ihres Oberschenkels. »Wir wollen ja nicht, dass du das Bewusstsein verlierst, doch genug, damit du spürst, wie ernst es mir ist. Und während meine Rute dein Fleisch in Fetzen peitscht, werde ich dich zureiten wie eine wilde Stute.«

Ellin starrte ihn an. Sie hatte seine Worte vernommen, doch waren sie so verzerrt aus seinem Mund gesprudelt, dass sie deren Sinn nicht zu begreifen vermochte.

Das Kind in ihr wartete und lauschte.

Komm, dachte Ellin. *Komm heraus. Er wird dir nichts tun. Er kann dir nichts tun.*

Erwartungsvoll blickte Wolfhard auf sie hinab. Was auch immer er sehen wollte, er fand es nicht. Hart schlug er ihr ins Gesicht.

»Hast du mich verstanden, Hure?«

Ellin reagierte nicht, konnte nicht. Ihre Wange kribbelte.

Wolfhard umfasste ihr Kinn. »Und weißt du, was ich mit dir tun werde, wenn ich deiner überdrüssig bin?« Er legte die Rute zur Seite und zog einen Dolch aus dem Gürtel. »Dann werde ich dich hiermit bearbeiten. Und während dein Bastardblut aus vielen, kleinen Schnitten aus dir herausläuft, werde ich dich den Soldaten übergeben, auf dass sie dich vor meinen Augen zu Tode rammeln. Na, wie gefällt dir das?«

Komm, dachte Ellin nur. *BITTE!*

Etwas zerrte an ihrem Gesicht. Sie blickte nach rechts und sah, wie Lord Wolfhard langsam den Dolch von der Stirn über ihre Wange zog. Blut rann über ihre Haut und tränkte die Haare. Der Schmerz kam langsam und gedämpft, doch er kam. Sie biss die Zähne zusammen und kniff die Augen zu.

Hilf mir, bitte.

Etwas strömte aus ihr heraus, kein Blut, nur ein eisiger Hauch. Er zerrte und ruckte an ihrem Leib. Sie erschauerte.

»Spürst du den Schmerz?«, fragte Wolfhard erregt.

Ellin öffnete die Augen. Ihre Blicke folgten dem kalten Sog in die linke Ecke der Kammer. Die Luft flimmerte. Feiner Nebel zog herauf. Eine Gestalt begann, sich zu materialisieren.

»Sieh mich an, verfluchtes Weib!«, geiferte Wolfhard und setzte den Dolch an ihre Lippen. Mit sanftem Druck zog er die Klinge über die Unterlippe und das Kinn. Sofort quoll Blut hervor. Ellin spürte, wie es ihren Hals hinabrann. »Du bist tot, genau wie deine Eltern«, zischte er an ihrem Ohr.

Sie richtete ihre Augen auf ihn. »Ihr … irrt Euch … Ihr … seid … tot«, wisperte sie.

Die Schneekatzen schlichen am Fußende des Bettes herum und kicherten.

Auch Lord Wolfhard lachte spöttisch bevor er seinen Mund auf ihren presste und das Blut von ihren Lippen leckte. Sein Atem roch nach Gerstschnaps und fettem Fleisch. Er legte eine Hand auf ihre Brust und drückte sie. Deutlich konnte Ellin seine Erregung spüren.

»Was ich dir schon immer sagen wollte«, keuchte er. »Ich habe deine Eltern töten lassen.«

Trotz ihrer Benommenheit horchte sie auf. Seine Worte waren wichtig, sie musste sich konzentrieren.

»Sicher fragst du dich jetzt, warum?« Er starrte sie an, wartete auf ihre Reaktion. Sie zwang sich zu einem Nicken. »Deine Mutter war meine Halbschwester, hast du das gewusst? Sie war ein elender Bastard, eine Hure. Und mein Vater hat ihr Land geschenkt, als sie den Bund geschlossen hat. Land, Ellin, welches nach ihrem tragischen Tod in deinen Besitz übergegangen ist.« Er überlegte kurz. »Vielleicht hätte ich dich zu meiner Gefährtin gemacht, damit das Land an mich zurückfällt, doch mit deiner trotzigen Flucht hast du diese Möglichkeit zerstört. Jetzt musst du leider sterben, damit ich das zurückbekomme, was mir gehört.«

Ellin sog scharf die Luft ein. Diese Information war bedeutungsvoll, doch sie schaffte es nicht zu erkennen, warum. Vielmehr beäugte sie die zierliche Gestalt, die in der Ecke der Kammer kauerte und sie mit großen Augen betrachtete. Eine kindliche Ausgabe ihrer selbst, zart und rein wie eine gefrorene Götterblüte. Sie trug ein weißes Gewand, das ihr bis zu den Knien reichte.

»Komm«, krächzte Ellin und lächelte. Wolfhard stutzte und sah sie an, als hätte sie den Verstand verloren. Dann folgte er ihrem Blick und erstarrte.

»Bei den Göttern, wer ist das?«, stieß er hervor.

Das Mädchen erhob sich und blickte fasziniert an sich hinab.

Wolfhard sprang auf und stapfte auf das Kind zu. »Was tust du hier? Wie bist du in meine Gemächer gelangt?«

Er schnappte nach ihr. Das Mädchen wich geschickt aus.

»Bleib stehen!«, befahl er.

Das Mädchen sah zu Ellin hin. »Bist du meine Freundin?«

Ellin nickte schwach. Noch immer war die Welt um sie herum seltsam verzerrt. »Ja.«

»Tut er dir weh?«, fragte das Mädchen, während es Lord Wolfhards Griff ein weiteres Mal entwich.

»Ja«, wisperte Ellin.

»Warum tust du meiner Freundin weh?«, fragte sie an Lord Wolfhard gewandt. Er fluchte und schlug nach ihr.

Das Mädchen wich kichernd aus. »Du kriegst mich nicht, alter Mann.« Sie hüpfte zur Bettstatt und beugte sich über Ellin. »Soll ich ihm wehtun?«, fragte sie verschwörerisch.

Ja, dachte Ellin, *tu ihm weh! Sein Blut für mein Blut.*

»Was soll ich tun?«, fragte das Mädchen. »Sag es und ich tue es.«

Ellin zermarterte ihr Gehirn nach einer Antwort. Träge flossen ihre Gedanken dahin, zu träge um etwas Nützliches herauszufiltern. Was sollte sie tun? Lord Wolfhard schnappte das Mädchen, zerrte es vom Bett und schüttelte es. Sofort verlor ihre Substanz an Festigkeit.

»Beiß ihn«, hauchte Ellin. »Beiß ihn, schnell.«

Das Mädchen kicherte und biss zu, bohrte ihre spitzen, kleinen Zähne in Wolfhards Haut. Er schrie auf, riss sie von seinem Arm und schleuderte sie von sich. Hart prallte sie gegen die Wand, war aber sofort wieder auf den Beinen.

»Du verdammtes Balg«, schrie er. »Das wirst du mir büßen.«

Wutentbrannt stürmte er dem Mädchen nach, jagte sie durch die Kammer. Er erwischte ihre Haare, riss sie zurück und hob die Hand zu einem Schlag. Das Kind begann, sich aufzulösen und als seine Hand auf sie niederfuhr, war es nur bleicher Rauch, den er aufwirbelte. Von der Wucht seines Hiebes stolperte er und blickte dann erstaunt auf seine leeren Finger.

»Was ist das für ein dämonisches Wesen?« Sein Kopf ruckte zu Ellin herum, die soeben bemerkte, dass die tote Schneekatze wieder an der Wand hing.

»Das ist dein Werk«, schrie er. »Du hast den Dämon heraufbeschworen. Verdammte Zauberin!« Er schnappte den Dolch und stürmte auf sie zu. »Ich töte dich, du Hure.«

Das Mädchen sprang auf seinen Rücken, krallte sich an ihm fest und versenkte ihre Zähne in seinem Hals.

Taumelnd drehte er sich im Kreis, versuchte, das Kind von seinem Rücken zu zerren. Erfolglos. Das Mädchen hielt ihn umklammert wie eine Talanisschlinge. Er stolperte und fiel gegen die Wand.

»Löse meine Fesseln«, rief Ellin, die sich langsam etwas klarer fühlte. Das Mädchen sprang von Wolfhards Rücken, tänzelte leichtfüßig auf sie zu und begann, die Knoten zu lösen.

»Beeil dich«, drängte Ellin, als sie sah, wie Lord Wolfhard sich aufzurappeln versuchte.

»Werden wir für immer Freunde sein?«, fragte das Mädchen.

Ellin nickte, antwortete jedoch nicht. Langsam wurde ihr bewusst, was sie da geschaffen hatte, doch war jetzt nicht der richtige Zeitpunkt, sich dem zu stellen. Zuerst musste sie fliehen. Wolfhard stand gegen die Wand gelehnt und hielt sich am Waschtisch fest, seine Arme zitterten. Der Dolch entglitt seiner Hand und fiel zu Boden.

»Was hat sie mit mir gemacht?«, fragte er.

Ellin löste das Seil von ihrem Handgelenk und schob sich vom Bett. Vorsichtig stellte sie sich auf die Füße, spürte, wie das Blut in ihre Arme und Beine zurückfloss. Die Kammer drehte sich ein wenig, doch der Boden unter ihren Füßen wirkte einigermaßen fest.

»Hilfe, Wachen«, rief Wolfhard mit kraftloser Stimme.

Zielstrebig ging Ellin auf ihn zu. »Euer Tod ist besiegelt«, sagte sie kalt. »Kein Heiler dieser Welt vermag Euch jetzt noch zu retten.«

»Bastard«, zischte er und rief erneut nach den Wachen. Seine Beine knickten ein. Hilflos rutschte er an der Wand hinab zu Boden.

Ellin lächelte kalt. »Macht Euren Frieden mit dem Gott Eurer Wahl und bittet um Vergebung, denn Euer Ende naht.«

»Nein«, stieß er ungläubig hervor. »Was hast du mit mir gemacht?«

Sie beugte sich zu ihm hinab, Rachedurst und Zorn brannten in ihrem Bauch. »Der Biss des Kindes ist wie Gift. Es wir Euren Leib zerfressen und Euch langsam töten.«

»Hilf mir.« Er griff nach dem Saum ihres Kleides. »Bitte. Ich bin doch dein Fleisch und Blut, dein Oheim.«

Angewidert löste sie sich von ihm. »Spart Euren Atem und sagt mir, wie ich unbehelligt hier hinauskomme. Vielleicht verrate ich Euch dann, was Euch retten kann.«

Sie wusste, dass Lord Wolfhard einen geheimen Fluchtweg hatte, damit er im Falle einer Belagerung oder eines feindlichen Angriffs ungesehen fliehen konnte, doch sie wusste nicht wo. Wolfhard griff sich an den Hals und stöhnte.

»Entscheidet schnell, die Zeit rennt Euch davon«, drängte sie.

»Woher weiß ich, dass du dein Versprechen halten wirst?«

Sie grinste. »Ihr wisst es nicht, vertraut einfach auf meine Barmherzigkeit.«

Mit zitternder Hand deutete er auf die Wand neben dem Waschtisch. »Dort ist der Eingang. Du musst den versteckten Mechanismus unter dem Waschtisch bedienen, dann öffnet sich die Tür. Nun sag mir, wie ich geheilt werden kann.«

»Gleich«, erwiderte sie. »Zuerst will ich sehen, ob Ihr die Wahrheit sprecht.« Sie hielt inne und überlegte. »Außerdem müsst ihr noch etwas unterzeichnen.« Sie huschte in das Nebenzimmer. Auf dem Schreibtisch fand sie Pergament und Feder. Hastig schrieb sie etwas auf, ihre Hände zitterten. Als sie fertig war, nahm sie das Schriftstück an sich und kehrte zu Lord Wolfhard zurück. Mittlerweile war seine Haut blass und schweißig. Er sah aus, als hätte er Fieber.

»Beeil dich, ich sterbe«, keuchte er.

Ellin schüttelte den Kopf. »So schnell sterbt Ihr nicht, zuvor warten noch unvorstellbare Qualen auf Euch, glaubt mir.«

Wolfhards Gesicht verzog sich, er wimmerte.

Sie hielt ihm das Schriftstück hin. »Hier. Unterzeichnet das.«

Seine Augen glitten über die Zeilen. »Was ist das?«

»Das ist eine Erklärung, in der Ihr bestätigt, dass das Land meiner Mutter an mich übergeht und ihr auf jegliches Recht verzichtet, auch auf die Steuerabgaben.«

Wolfhards Gesicht verdüsterte sich. »Niemals«, stieß er hervor. Speichel tropfte aus seinem Mund.

»Ach nein?« Ellin winkte das Mädchen herbei, das es sich auf dem Bett bequem gemacht hatte und leise vor sich hin summte. Wolfhards Augen weiteten sich ängstlich.

»Was ist schon ein bisschen Land im Tausch gegen Euer Leben?« Sie hielt ihm das Schriftstück und die Feder hin. Das Mädchen setzte sich an seine Seite und betrachtete ihn.

Wolfhard ergriff das Dokument. Seine Hände zitterten so stark, dass er kaum vermochte, die Feder zu halten.

»Wartet, ich helfe Euch.« Sie legte ihre Hand um seine und führte sie zum Pergament. Deutlich konnte sie seinen Widerwillen spüren, doch sie drückte ihn unnachgiebig abwärts. Die Feder kratzte über das Pergament und hinterließ eine fast unleserliche Signatur. Doch das war bedeutungslos, wichtig war das herrschaftliche Siegel. Als er fertig war, nahm sie das Dokument und trug es zum Schreibtisch zurück. Der Siegelstempel mit dem Wappen des Felsgreifers stand in der Mitte. Sie träufelte Wachs auf das Schriftstück und drückte den Stempel hinein. Ein zufriedenes Lächeln huschte über ihr Gesicht. Das Land ihrer Mutter gehörte nun ihr, für immer, und da Lord Wolfhard sowieso sterben würde und er keine Nachkommen hatte, war auch niemand da, der es ihr wieder streitig machen würde.

Stimmen auf dem Korridor erinnerten sie daran, dass sie sich noch immer auf Feindesland befand. Sie hastete in das Schlafgemach zurück und kniete sich vor dem Waschtisch auf den Boden. Der Mechanismus bestand aus einem kleinen Hebel, der sich unter dem Teppich befand. Sie klappte ihn um, woraufhin sich eine schmale Öffnung in der Wand auftat.

»Nun sag mir endlich, was mich heilen wird«, forderte Lord Wolfhard mit kraftloser Stimme. Er atmete schwer.

Ellin stand auf und sah ihn an. »Ein Sud aus Lundkraut und Bergspitzrinde.« Fast war sie versucht, zu lachen, denn Bergspitzrinde wirkte stark anregend, was bedeutete, dass er die Qualen bei vollem Bewusstsein erleben würde.

»Ich kann nicht sagen, dass ich Euch wünsche, was auch immer ihr Euch wünscht«, fuhr sie fort. »Nur dass ich hoffe, dass Ihr eines Tages büßen werdet.« Sie griff nach dem Dolch und steckte ihn in den Gürtel, dann nahm sie eine Fackel von der Wand, winkte das Mädchen herbei und betrat den Geheimgang.

»Das wirst du bereuen«, zischte Lord Wolfhard mit letzter Kraft.

Ellin lachte. »Nein, Oheim, Ihr werdet es bereuen, schon sehr bald.«

Der Tunnel durch den Hammerfels war niedrig und eng und führte steil bergab. In regelmäßigen Abständen machte er einen Knick, nur um sich anschließend weiter bergab zu winden. Es musste unzählige Sternenläufe gedauert haben, diesen Pfad aus dem Gestein zu schlagen.

Das Mädchen hinter ihr summte eine Melodie, die Ellin an die Lieder erinnerten, die ihre Mutter einst für sie gesungen hatte. Der Gesang wirkte zugleich unheimlich und tröstend. Immer wieder hielt sie inne und lauschte auf Verfolger, konnte jedoch nichts hören als die tiefe Stille des Berges um sie herum. Etliche Stunden liefen sie bergab, bis sie zu einer schmalen Öffnung gelangten. Die Fackel flatterte, warf zuckende Schatten an die Wand. Draußen erwarteten sie eine sternenklare Nacht und ein rauer Wind, der über das schmale Plateau, auf dem sie stand, wehte. Sie versuchte, gegen den tosenden Wind anzuschreien, doch das Mädchen sah sie nur verständnislos an und zuckte mit den Schultern. Sie entdeckte eine weitere Öffnung, die sie in das Innere des Felsens zurückführte, und gab dem Mädchen das Zeichen, ihr zu folgen. Der Weg war nicht mehr so steil, dafür aber kurviger. Leuchtende Augen starrten sie aus dunklen Nischen an und schreckten zurück, sobald sie sich mit der Fackel näherte.

»Was ist das?«, fragte das Mädchen, eher neugierig als ängstlich.

»Das sind Flughunde«, erklärte Ellin. »Sie hausen in dunklen Höhlen und fliegen nur bei Nacht in die Welt hinaus.«

Das Mädchen kicherte.

»Warum lachst du?«, fragte Ellin.

»Ich freue mich.«

»Worauf?«

»Auf die Welt. Wirst du sie mit zeigen?« Arglos klang ihre Stimme und aufgeregt, voller Vorfreude auf das, was sie erwartete. Schmerzlich wurde Ellin bewusst, dass sie sehr bald eine Entscheidung treffen musste. Eine Entscheidung über die Existenz des Mädchens. Sie hatte sie befreit, doch war eine Tulpa auf Dauer nicht zu kontrollieren.

Eine kühle Hand ergriff ihre. »Wir sind doch Freundinnen, oder?« Erwartungsvoll sah das Mädchen sie an. Diese blauen Augen. Ihre Augen.

Sie zwang sich zu einem Lächeln. »Natürlich sind wir das.« Sie tat, als wische sie Spinnweben aus dem Weg und löste ihre Hand. Nach weiteren endlos anmutenden Stunden ebnete sich der Boden. Ellin war mittlerweile so erschöpft, dass sie sich kaum noch auf den Beinen halten konnte.

»Ich glaube, wir sind am Fuße des Berges angelangt«, sagte sie.

Wieder kicherte das Mädchen und klatschte vergnügt in die Hände. Der Weg machte eine letzte Biegung nach links und endete jäh in einer kreisrunden Höhle. Verwirrt blickte Ellin sich um. Wo befand sich der Ausgang?

Sie hob die Fackel und leuchtete die Wände ab. Das Gestein war undurchdringlich. Auch die Decke offenbarte keinen Durchgang. Nervös begann sie, den Höhlenboden abzusuchen, doch auch dort fand sie keine Öffnung. Leise fluchend setzte sie sich auf einen flachen Stein, stütze den Kopf auf die Hände und schloss die Augen. Bleierne Müdigkeit zerrte an ihren Sinnen.

»Bleiben wir jetzt hier?«, fragte das Mädchen.

Ellin schreckte hoch. »Äh … nein, doch ich kann den Ausgang nicht finden.«

Mit großen Augen sah das Mädchen sich um. »Vielleicht ist er ja versteckt.«

Ellin runzelte die Stirn. Das war gar nicht so abwegig. Sie erhob sich und begann erneut, die Wände abzusuchen. Akribisch untersuchte sie jeden Zoll nach einem verborgenen Mechanismus oder einer unsichtbaren Tür. Das Mädchen setzte sich auf den Boden und summte leise vor sich hin. Nachdem sie die Hälfte der Höhle abgesucht hatte, stellte sie besorgt fest, dass die Fackel fast heruntergebrannt war. Ohne Licht waren sie verloren. Sicher waren Lord Wolfhards Häscher schon auf dem Weg, um sie zurückzuholen. Wütend trat sie gegen den Stein, auf dem sie gesessen hatte. Er bewegte sich nicht, doch der Tritt schmerzte. Sie betrachtete den Brocken und fragte sich plötzlich, wie er wohl in eine Höhle gelangen konnte, die so rund und glatt wie ein Flusskiesel war.

»Hilf mir mal«, sagte sie und griff nach dem Stein.

Das Mädchen eilte herbei. Gemeinsam schoben sie den Fels zur Seite und legten eine Öffnung von einem Schritt Breite frei.

»Der Ausgang«, stellte Ellin erleichtert fest.

Das Mädchen kicherte. Die Öffnung war eng, Erde bröselte von den Wänden, als Ellin in den Tunnel kroch. Sie atmete tief durch und versuchte, die aufsteigende Panik zu unterdrücken. Die Enge im Berg war gerade noch erträglich gewesen, doch in diesem feuchten Loch fühlte sie sich wie in einem Grab. So schnell sie konnte robbte sie vorwärts, nur ihr keuchender Atem verriet ihre Angst. Kurz darauf spürte sie einen Lufthauch. Über sich konnte sie die Schlitze einer Falltür erkennen, die vom fahlen Licht der aufgehenden Sonnen erhellt wurden. Hastig drückte sie die Falltür nach oben und stemmte sich in den kühlen Morgen hinaus. Das Rauschen der Bäume begrüßte sie. Der Wind wehte den Geruch von feuchter Erde und Moos herbei. Neugierig blickte Ellin sich um. Sie befand sich am Fuße des Hammerfelsens, nur wenige Doppelschritte vom Wald entfernt.

Sie überlegte, ob sie gleich in den Wald hineingehen oder sich lieber zum nördlichen Abstieg begeben sollte. Da sie jedoch nicht genau wusste, wie weit dieser entfernt war und auch nicht Gefahr laufen wollte, Lord Wolfhards Häschern in die Arme zu laufen, beschloss sie, in den Wald zu gehen. Das Mädchen würde sie schützen. Zudem musste sie so schnell wie möglich einen sicheren Schlafplatz finden, denn sie konnte sich kaum noch auf den Beinen halten.

»Hör zu«, sagte sie. »Wir gehen in den Wald. Dort leben gefährliche Kreaturen. Sollten wir einer begegnen, musst du sie töten, bevor sie uns tötet. Verstehst du das?«

Das Mädchen nickte. »Wenn du das wünschst. Das wird sicher Spaß machen.«

Ellin rang sich ein Lächeln ab und stapfte auf den Wald zu. Mit letzter Kraft stieg sie auf den erstbesten Baum und legte sich auf einen breiten Ast. Das Mädchen ergriff ihre Hand.

»Danke«, sagte es.

»Wofür?«, murmelte Ellin, schon halb im Schlaf gefangen.

»Dafür, dass du mir das Leben geschenkt hast.«

Obwohl der Wald im Vergleich zur Felsenfestung windgeschützt und warm war, erwachte sie frierend. Das Mädchen strahlte keine Wärme ab, im Gegenteil, es schien sich von Ellins Wärme zu nähren. In der Ferne hörte sie Stimmen und das Wiehern von Pferden, doch die Laute entfernten sich rasch. Ellin fragte sich, ob Lord Wolfhard noch lebte oder ob er bereits im Sterben lag. Immerhin war er zweimal gebissen worden, einmal davon direkt in den Hals. Sie hielt es für sehr wahrscheinlich, dass dies seinen Tod beschleunigte.

Das aufdringliche Knurren ihres Magens und ihre zittrigen Knie erinnerte sie daran, dass sie seit geraumer Zeit nichts mehr gegessen hatte und so hielt sie nach Kräutern und Nüssen Ausschau. Gierig stopfte sie eine Handvoll Mooskopfpilze in sich hinein. Das Mädchen beobachtete sie neugierig.

»Hast du Hunger?«, fragte Ellin.

Sie schüttelte den Kopf. »Nein. Ich finde es lustig, wie du deinen Mund bewegst.« Sie schlug die Zähne aufeinander und tat, als würde sie kauen. Unwillkürlich musste Ellin lachen. Das Mädchen fiel in ihr Lachen mit ein.

Anschließend stillte sie ihren Durst an Blättern, auf denen sich der Morgentau gesammelt hatte. Das Mädchen beobachtete ihr Tun, bevor sie ebenfalls ein Blatt zur Hand nahm und sich das Wasser übers Kinn laufen ließ.

In der Nacht lagen sie nebeneinander. Verstohlen betrachtete Ellin das Antlitz des Mädchens. Es hatte die Augen geschlossen, doch die Pupillen bewegten sich unter den Lidern. Plötzlich schlug sie die Augen auf. »Warum schaust du mich an?«, fragte sie.

»Warum schläfst du nicht?«, erwiderte Ellin erschrocken.

»Ich schlafe nicht, ich tue nur, was du tust.«

»Bist du denn nicht müde?«

»Nein.«

Unbehaglich rutschte Ellin von ihr ab und starrte in die Baumwipfel.

»Willst du, dass ich schlafe?«, fragte das Mädchen.

»Ja.«

Eine Weile lagen sie schweigend nebeneinander. Ellin war schon fast eingeschlafen, als sie ein Geräusch am Fuße des Baumes aufhorchen ließ. Ein leises Grollen und Zischen. Der durchdringende Geruch nach modrigem Laub drang bis zu ihnen hinauf.

»Was ist das?«, fragte das Mädchen.

»Eine gefährliche Bestie. Als ich das erste Mal diesen Wald durchquerte, hätte sie mich beinahe getötet.«

Das Mädchen riss die Augen auf. »Hattest du Angst?«

»Große Angst und ich war sehr krank.«

Zaghaft berührte sie Ellins Wange. »Das tut mir leid. Soll ich es für dich töten?«

Ellin war erstaunt, mit welcher Leichtigkeit die Tulpa das Töten anbot, als wäre es nichts weiter als eine kleine Gefälligkeit. »Könntest du das denn?«

Das Mädchen kicherte. »Natürlich.« Im nächsten Moment sprang sie vom Baum.

Ellin beugte sich über den Rand. Furchtlos stürzte sich das Mädchen auf die Kreatur, sprang auf ihren Rücken und umklammerte ihren Hals. Die Kreatur heulte auf und schnappte nach ihr, dann bäumte sie sich auf und versuchte, das Mädchen abzuwerfen. Als auch dies nicht gelang, hechtete sie in die Dunkelheit davon. Angespannt spähte Ellin zwischen den Bäumen hindurch. Sie konnte nichts sehen, hörte nur das Knurren und Schreien, das Brechen von Ästen und dann ein wildes Geheul. Ob es das Mädchen oder die Bestie war, die da heulte, konnte sie nicht sagen. Vögel flatterten erschrocken auf und jagten davon. Dann wurde es still.

Mit angehaltenem Atem lauschte sie in die Nacht. War das Mädchen tot?

»Sie wird uns nicht mehr belästigen«, sagte eine Stimme hinter ihr.

Erschrocken fuhr Ellin herum. Das Mädchen zog sich über den Rand, ein breites Grinsen auf den Lippen. Sie sah aus wie zuvor, ihr Kleid war ordentlich und sauber. Nur der schwere, süßliche Duft nach modrigem Laub und Blut, den sie mit sich trug, verriet den Kampf.

»Ist es tot?«, fragte Ellin unsinnigerweise.

»Ja, sie ist tot, sie und all ihre Jungen«, erwiderte das Mädchen zufrieden.

Ellin riss die Augen auf. »Ihre Jungen? Hatte die Kreatur Nachwuchs?«

Das Mädchen legte sich auf den Rücken und faltete die Hände über dem Bauch. »Noch nicht, aber es wäre sehr bald so weit gewesen.«

Etwas Bitteres stieg in Ellins Kehle. »Sie war trächtig?«

»Sie hatte Jungen im Bauch. Ich habe jedes Einzelne herausgeholt und getötet.«

Ellin erbleichte. Unwillkürlich fiel ihr Blick auf die Hände des Mädchens. Sie waren sauber, kein Schmutz, kein Blut.

»Wie konntest du das tun?«, fragte sie. »Das war unbarmherzig und grausam.«

Erstaunt sah das Mädchen sie an. »Aber ich dachte, ich sollte sie töten, damit sie dir nichts mehr zuleide tun kann.«

Ellin schüttelte den Kopf. Wie sollte sie diesem Wesen erklären, was Mitleid und Erbarmen bedeutete? Sie war kein Mensch, nur ein abgetrennter Teil ihres Geistes, in eine menschliche Hülle gebannt. Dazu verdammt, ihr zu folgen. Sie war außerstande, zwischen Recht und Unrecht zu unterscheiden, kannte keine Regeln, nur den Willen ihrer Schöpferin.

Betreten richtete das Mädchen sich auf. »Ich habe es für dich getan. Willst du jetzt nicht mehr meine Freundin sein?« In ihren

Augen stand Enttäuschung, aber auch Zorn. Denselben Zorn, den Ellin auch in Unans Augen gesehen hatte. Sie überwand sich und griff nach ihrer Hand. »Natürlich will ich noch deine Freundin sein.«

Das Mädchen entspannte sich. »Das nächste Mal mache ich es besser, das verspreche ich.«

Ellin nickte. »Lass uns jetzt schlafen, ich bin müde.«

»Ja, lass uns schlafen.« Das Mädchen legte sich zurück und kniff die Augen zu.

Trotz ihrer Müdigkeit lag Ellin hellwach. Während sie den Dolchgriff umklammert hielt, schlugen ihre Gedanken Purzelbäume. Sie musste das Mädchen töten. Sie war eine Tulpa, unberechenbar und gefährlich. Doch sie hatte sie vor Lord Wolfhard gerettet und vor der Kreatur und nicht zuletzt war sie ein Teil von ihr. Wenn sie das Mädchen tötete, würde sie einen Teil von sich selbst töten.

Die ganze Nacht hielt sie den Dolch umklammert, schwankend zwischen Mitleid und Entschlossenheit. Irgendwann fiel sie in einen unruhigen Schlaf. Als sie erwachte, lag das Mädchen noch immer mit geschlossenen Augen neben ihr. Ächzend setzte Ellin sich auf, griff nach einem Blatt über ihr und ließ den Morgentau in ihren Mund laufen. »Gehen wir jetzt weiter?«, fragte das Mädchen erwartungsvoll.

Ellin nickte, streckte sich und machte sich an den Abstieg. Das Mädchen folgte ihr. Ein paar Doppelschritte entfernt lag der Kadaver der Kreatur am Boden. Ihre Kehle war zerfetzt, die kahlen Beine mehrfach gebrochen. In einem unnatürlichen Winkel standen sie vom Körper ab. Doch am schlimmsten war der Anblick des aufgerissenen Bauches, aus dem die toten Jungen quollen, die winzigen Mäuler im Todeskampf geöffnet, die Köpfe verdreht. Mit blinden Augen starrten sie ins Leere. Über allem lag der durchdringende Geruch nach Blut und Verwesung. Übelkeit stieg in Ellin empor.

Beifallheischend sah das Mädchen sie an. »Das habe ich für dich getan.«

Ellin zwang sich zu einem Lächeln. »Danke. Geh du voran.«

Leichtfüßig stieg das Mädchen über den Kadaver hinweg, klatschte dabei in die Hände vor Freude. Ellin wandte ihr Gesicht ab, während sie die toten Leiber umrundete.

Sie musste das Mädchen töten. Sofort. Wenn sie es jetzt nicht schaffte, würde sie es niemals schaffen. Lautlos zog sie den Dolch aus dem Gürtel und schlich näher. Ihre Hände zitterten. Krampfhaft umklammerte sie den Griff. Jetzt bloß nicht zögern.

Das Mädchen summte eine vertraute Melodie. Ellin hob den Dolch.

»Weißt du was?«, sagte das Mädchen. »Ich habe noch gar keinen Namen. Möchtest du mir einen Namen geben?« Sie drehte sich um. Ihre Augen blitzten vergnügt und sie lächelte. Ellin stieß die Klinge in ihre Brust. Das Lächeln des Mädchens erstarb. Ein Ausdruck abgrundtiefer Bestürzung verdunkelte ihre Augen.

»Es tut mir leid«, schluchzte Ellin. »Es tut mir so unendlich leid. Ich musste es tun.«

»Warum?«, hauchte das Mädchen. »Du bist doch meine Freundin.«

»Deine Existenz ist an meinen Willen gebunden«, sagte Ellin mit tränenerstickter Stimme. »Und so wie du durch meinen Willen entstanden bist, wirst du auch durch meinen Willen vergehen.«

»Aber warum? Wir sind doch Freundinnen«, wisperte das Mädchen, ihre Stimme nur noch ein zarter Hauch. Ellin schluchzte.

Diese blauen Augen, ihre Augen, voll Entsetzen und Schmerz.

»Ich will bei dir sein«, flehte das Mädchen. Ganz und gar menschliches Blut quoll aus der Wunde und tränkte das Kleid. Ihre Beine knickten ein. Langsam sackte sie zu Boden. Ellin kniete sich an ihre Seite, nahm ihre Hand und weinte, bis das Mädchen sich aufzulösen begann und verging.

Eine schreckliche Kälte kroch durch ihre Eingeweide, als die bleiche Gestalt immer durchscheinender wurde und schließlich verschwand. Sie krümmte sich und hielt ihren Bauch, der sich anfühlte wie ein gefrorener Stein. Unmenschliche Laute drangen aus ihrem Mund, eine Mischung aus Klagen, Heulen und Schreien.

Es dauerte lange, bis sie ihrer Verzweiflung Herr wurde und endlich in der Lage war, aufzustehen und ihren Weg fortzusetzen. Ein kaltes, schwarzes Loch schien sich in ihrer Brust aufzutun, gleich unterhalb des Herzens. Eine Stelle, die sich anfühlte, als hätte man ihr einen Teil ihrer Lebenskraft geraubt, ihn gewaltsam herausgerissen, wie ein ungeborenes Kind. Während sie die Ausläufer des Waldes passierte, war sie sich sicher, dass sie niemals wieder dieselbe sein würde.

37

Lord Wolfhard starb. Niemand wusste, wie er verwundet worden war und wie es der Leibdienerin gelungen war, zu fliehen. Man fand ihn am Boden liegend. Das Einzige, was er sagte, war: *Lundkraut, Bergspitzrinde, schnell*, bevor er das Bewusstsein verlor.

Heiler Mathýs eilte herbei und machte sich sofort daran, die Heilkräuter zu besorgen, doch als er sie verabreichen wollte, war Lord Wolfhard weder in der Lage zu schlucken noch zu sprechen. Der Heiler untersuchte ihn aufs Gründlichste, fand jedoch nur zwei Bisse, bei denen es sich unmöglich um die Bisse eines Erwachsenen handeln konnte. Die Abdrücke seien die eines Kindes, höchstens zehn oder elf Sternenläufe alt, erklärte er jedem, der es hören wollte. Fassungslosigkeit breitete sich aus wie eine ansteckende Krankheit. Niemand konnte sich einen Reim auf Lord Wolfhards seltsame Schwäche und die Bissspuren machen, und so schickte man Soldaten aus, um die Leibdienerin Ellin zu finden. Nur sie konnte Auskunft über die Geschehnisse geben. Doch die Männer kehrten unverrichteter Dinge wieder zurück. Lord Wolfhard starb zwei Tage nach der Verwundung und alle, die ihn pflegten oder aus anderen Gründen an seinem Totenbett weilten, waren entsetzt über die Qualen, die er erleiden musste und das, obwohl Heiler Mathýs es doch noch geschafft hatte, ihm Lundkraut und Bergspitzrinde zu verabreichen.

Die folgende Totenfeier war eines Regenten würdig. Die besten Speisen wurden aufgetragen und große Fässer vergorener Schwarzbeersaft und Gerstschnaps wurden angeschlagen und jedem, sogar dem Gesinde zugänglich gemacht. Die Menschen auf der Festung trauerten in vecktanischer Weise. Sie fraßen wie ein ausgewachsenes Bisott und betranken sich bis zur Besinnungslosigkeit. Obwohl es niemand laut sagte, so war es doch ein offenes Geheimnis, dass niemand, außer vielleicht Skavos, um Lord Wolfhard trauerte. Die wichtigste Frage, die sich den Vecktanern nun stellte, war, wer Lord Wolfhards Nachfolge antreten würde. Jeder, der glaubte, mit ihm verwandt zu sein, kam zur Festung und behauptete sein Recht, doch auch verschiedene Adelige betonten ihren herrschaftlichen Stand und damit ihren Anspruch auf die Regentschaft. Die Festung füllte sich mit Menschen, selbst im Innenhof und vor den Festungsmauern wurden Zelte errichtet. Affra hatte alle Hände voll zu tun die hungrigen Mäuler zu stopfen, vor allem da sich die Vorräte langsam aber sicher dem Ende neigten. Sobald die achttägige Trauerzeit vorüber war, würden die Lords der fünf vecktanischen Provinzen einen Nachfolger wählen. Noch immer fragte Affra sich, wie es Ellin gelungen sein mochte, Lord Wolfhard zu töten, denn auch wenn ihr Mathýs versichert hatte, dass die Bisse nicht von Ellin stammten, war sie sicher, dass sie etwas damit zu tun haben musste.

Mehrmals täglich ging Affra zum Tor und befragte die Wachposten zu den Neuankömmlingen, doch Ellins Gefährte entdeckte sie nicht. Auch an diesem Morgen machte sie sich auf den Weg, wühlte sich durch die immer größer werdende Menge. Das Tor stand offen. Unzählige Besucher begehrten Einlass. Den meisten wurde der Zutritt mittlerweile verwehrt, nur hohe Herren ließ der oberste Heerführer hinein. Affra fiel ein Mann auf, der mit verschränkten Armen vor Skavos stand und ihn herablassend musterte, während dieser wild gestikulierend auf ihn einredete. Er hatte langes, schwarzes Haar, eine gekrümmte Nase, schmale Lippen und eine Narbe über dem linken Auge. Sein Waffengurt war reich bestückt. Trotz der verschlissenen Kleidung wirkte er stolz und erhaben wie ein Edelmann. Affras Herzschlag beschleunigte sich. Dieser Mann entsprach genau Ellins Beschreibung. Kurzentschlossen trat sie neben die beiden Männer. »Seid gegrüßt, Skavos.«

Skavos unterbrach seine Rede und sah sie an. »Was wollt Ihr?«

»Wie jeden Morgen werfe ich einen Blick hinaus, in der Hoffnung, dass Ellin in die Festung zurückkehrt und erklärt, was Lord Wolfhard das Leben gekostet hat.«

Bei der Erwähnung von Ellins Namen zuckte der Fremde kaum merklich zusammen und musterte sie dann aufmerksam.

Skavos schnaubte. »Pah, diese Mörderin wird sicher nicht zurückkehren. Wie könnt Ihr so dumm sein, darauf zu hoffen?«

»Heiler Mathýs beteuert ihre Unschuld, warum also nicht? Besser, als alleine durch die Wildnis zu irren.« Affra warf Kylian einen bedeutungsvollen Blick zu, den dieser schweigend erwiderte. »Jemand sollte sie finden, bevor sie einem Untier oder Schlimmerem in die Hände fällt.«

Kylian hob die Augenbrauen und nickte fast unmerklich. Er hatte verstanden. Affra zwinkerte ihm zu. Er lächelte, was sein strenges Gesicht um ein Vielfaches freundlicher erscheinen ließ.

»Kennt Ihr diesen Mann?«, fragte Skavos von einem zum anderen blickend.

Affra machte eine unschuldige Miene. »Nein, wie kommt Ihr darauf?«

Misstrauisch runzelte Skavos die Stirn. »Wie auch immer.« Er wandte sich wieder Kylian zu. »Um es kurz zu machen: Söldnerdienste sind hier nicht vonnöten.«

Kylian verneigte sich kurz. »Das tut mir leid. Ich wünsche Euch, was immer Ihr Euch wünscht.« Er warf Affra einen letzten Blick zu, stieg auf sein Pferd und verließ die Festung. Affra blickte ihm nach und verspürte den aberwitzigen Drang, ihm zu folgen. Ihr ganzes Leben lang war die Felsenfestung ihr Zuhause gewesen, doch urplötzlich erwachte in ihr der Wunsch, diese kleine Welt hinter sich zu lassen. Sie ahnte, wohin Ellins Weg sie führen würde und zum ersten Mal fragte sie sich ernsthaft, ob sie ihr folgen sollte. Vor Skavos konnte sie dem Fremden natürlich nicht sagen, dass sie glaubte, dass Ellin zum Land ihrer Mutter zurückkehren würde. Wenn er das Mädchen gut kannte, würde er sicher von alleine darauf kommen.

Skavos riss sie aus ihren Gedanken. »Was starrt Ihr ihm nach? Habt Ihr den Verstand verloren, mit einem jungen Gecken zu plänkeln?«

Affra musterte Skavos. Er wirkte gehetzt und noch missmutiger als sonst. »Warum seid Ihr schlechter Stimmung, Skavos? Fürchtet Ihr um Eure Stellung, jetzt wo Euer Herr tot ist?«

»Schweigt still, Weib. Ich werde dem neuen Herrn ebenso gut dienen wie Lord Wolfhard. In welcher Stellung auch immer.«

Affra grinste abfällig. »Seid Euch dessen nicht so sicher.« Sie ließ ihn stehen und ging davon. Statt in die Küche zu gehen und sich den Essensvorbereitungen zu widmen, stapfte sie in ihre Kammer hinauf und begutachtete ihre wenigen Habseligkeiten.

Sollte sie die Festung wirklich verlassen? War das nicht abwegig und überstürzt? Andererseits – sie war es leid, den Launen der hohen Herren ausgeliefert zu sein und sie war die Felsenfestung leid, die sich so kalt und düster über das unwirtliche Land um sie herum erhob. Lieber wollte sie Ellin dabei helfen, ihren Grund und Boden zu bewirtschaften und dafür sorgen, dass sie keiner übers Ohr haute.

Ja, es war an der Zeit für ein Wagnis, bevor das Alter einen Neuanfang verhindern und sie für immer an diesem freudlosen Ort binden würde. Hastig packte sie ihre Sachen zusammen, schnallte sich das Bündel auf den Rücken und verließ ihre Kammer.

38

Ellin irrte umher, ziellos wie ein Vagabund. Sie schlief auf Bäumen, aß, was sie am Wegrand fand und wusch sich in Bächen und Seen. Weder dachte sie an das Vergangene noch an die Zukunft. Sie lebte in den Tag hinein wie ein wildes Geschöpf. Ansiedlungen und Weilern blieb sie fern und auch die Wege mied sie, wann immer es möglich war. Die Urkunde in ihrer Hand war mittlerweile verschmutzt und an den Rändern angestoßen, doch sie hielt sie fest umklammert und betrachtete sie jeden Tag.

Sie wusste, dass sie früher oder später nach Hause zurückkehren musste.

Aus irgendeinem Grund fürchtete sie sich davor.

Trotz der Umwege, und ohne dass sie sich bewusst dafür entschieden hatte, näherte sie sich dem Gerstfeldtal, umrundete es, wie ein Jäger die Beute, ging bis über die Grenze nach Thal, und kehrte wieder zurück. Eines frühen Morgens erklomm sie einen Hügel und blickte auf das schlafende Gerstfeldtal hinab. Sanft wiegte sich das hohe Gras der Weideflächen im Wind. Linker Hand zogen sich die Felder dahin. Die Blätter der Gerstpalmen rauschten. Ein vertrauter Laut, der sie schmerzhaft an ihre Kindheit erinnerte. Der Weiler, in dem ihre Mume Tilda wohnte, schmiegte sich an den Fuß des Hügels. Still und anheimelnd lagen die Häuser im Morgenlicht. Irgendwo am östlichen Rand der Felder befand sich der Hof, auf dem sie ihre Kindheit verbracht hatte, nun bewohnt von einem fremden Lehnsherrn. Unwillkürlich traten ihr Tränen in die Augen. Das tiefe Sehnen nach einer Familie zerrte an ihrem Herzen. Unschlüssig setzte sie sich in das feuchte Gras und betrachtete die Ansiedlung. Dann zog sie die Urkunde hervor, rollte sie auf und las wohl zum hundertsten Mal, was darauf geschrieben stand, nur um anschließend erneut ihre Augen über die Felder und Weiden wandern zu lassen. Zu ihren Füßen lag ihr Land. Sie war die Herrin vom Gerstfeldtal. Unglaublich. Vorsichtig rollte sie die Urkunde zusammen, steckte sie in ihren Gürtel und erhob sich.

Es war an der Zeit, nach Hause zu gehen.

Das kleine Haus mit dem umzäunten Garten und dem Stall wirkte vertraut und fremd zugleich. Oft hatte sie die Tage bei ihrer Mume verbracht und ihr bei der Gartenarbeit geholfen. Sie fasste Mut und klopfte. Stimmen wurden laut, ein Stuhl schabte über den Boden. Jemand entriegelte die Tür.

»Sei gegrüßt, Mume«, sagte Ellin, als Tildas Antlitz in der Tür erschien. Mehr denn je glich die Mume Ellins Vater mit den rotbraunen Locken und den Sommersprossen auf den Wangen.

Tilda riss die Augen auf. »Bist du das Ellin?«

Sie nickte, ihre Augen füllten sich mit Tränen.

»Oh Ellin, du lebst. Welch Freude.« Tilda zog sie in ihre Arme und drückte sie fest. Hinter ihr schoben sich zwei pausbäckige Jungen aus der Tür und betrachteten sie neugierig. Sie ähnelten einander wie ein Ei dem anderen.

»Kinder, das ist eure Mume Ellin«, sagte Tilda.

Ellin wischte die Tränen fort und kniete sich vor die beiden Jungen. »Sind das deine Söhne?«

»Ja, das ist Janus und das ist Josch«, stellte sie die Zwillinge vor.

»Du hast sie nach meinem Bruder und meinem Vater benannt?« Ellin war gerührt.

Tilda nickte. »Natürlich. Wären Sie Mädchen geworden, hätte ich sie nach dir und deiner Mutter benannt.«

Schniefend drückte Ellin die Jungen an sich, die sich in ihrer Umarmung spürbar unwohl fühlten. Neugierig spähte sie an ihnen vorbei ins Haus. »Wo ist dein Gefährte?«

»Er musste früh fort. Er ist Viehheiler und wurde zu einer trächtigen Stute gerufen«, erklärte Tilda. »Aber komm herein, iss etwas und mach dich frisch. Du siehst müde und geschunden aus.« Sie musterte Ellin. »Und du bist so dünn.«

Sie ergriff ihre Hand und zog sie in das Haus hinein. »Du musst mir alles erzählen, Kind. Es gab so viele Gerüchte, eines haarsträubender als das andere.«

Während Ellin warme Gerstfladen mit Kräuterschmalz aß und dazu einen großen Becher Schwarzbeersaft trank, stillte sie Tildas Neugier, erzählte ihr von ihrer Zeit auf der Felsenfestung, von ihrer Flucht und der Reise mit den Uthra. Tilda und die Kinder hörten ihr staunend zu.

»Lord Wolfhard höchstselbst war hier und hat nach dir gesucht«, sagte Tilda, als Ellin von Lord Wolfhards Ankunft in Huanaco erzählte. »Er drohte, sollten wir dir Unterschlupf gewähren, würde er den Weiler niederbrennen und die gesamte Ernte vernichten. Er war überzeugt davon, dass wir dich versteckt halten. Ich bin mit den Kindern in die Gerstknollenfelder geflohen. Wir fürchteten um unser Leben. Lord Wolfhard und seine Männer haben das Haus auseinandergenommen, die Möbel zerschlagen und den Boden aufgerissen. Schließlich mussten sie einsehen, dass du nicht hier bist. Bevor sie den Weiler verließen, haben die Soldaten die Töchter und die Frau vom Hufschmied in Westweiler geschändet und ihm ein Schwert in die Brust gerammt, als er versuchte, die Männer aufzuhalten.«

Ellin schlug die Hand vor den Mund. »Das ist ja schrecklich. Und das alles meinetwegen.«

Beruhigend legte Tilda eine Hand auf ihren Arm. »Du trägst keine Schuld. Lord Wolfhard war ein schlechter Mensch. Du hast recht daran getan, zu fliehen. Irgendjemand musste diesem Scheusal einmal die Stirn bieten. Als wir von seinem Tod erfuhren, haben wir ein Freudenfeuer entzündet und einen Teil unserer Ernte den Göttern geopfert und sie angefleht, uns einen gnädigeren Herrn zu schicken. Aber nun erzähl weiter, wie ist es dir in diesem fernen Land ergangen?«

Ellin erzählte bis zum Mittag, immer wieder unterbrochen von Tildas Ausführungen. Nur ihre Gefangennahme und die Zeit in Lord Wolfhards Gemächern wandelte sie ab. Sie behauptete, sich kaum an etwas erinnern zu können, wegen Mathýs Kugeln, und dass sie sich unvermittelt im Geheimgang wiedergefunden hätte, in der Hand die Besitzurkunde.

Tilda runzelte die Stirn. »Aber wie ist er zu Tode gekommen? Die Vecktaner rätseln über sein Ableben und die Geschehnisse dieser Nacht. Kannst du dich denn an gar nichts erinnern?«

Ellin schüttelte den Kopf. »Nein, die ganze Nacht ist in einem verzerrten Nebel gefangen.«

Tilda seufzte. »Ich hoffe nur, dass dich der neue Herr nicht des Mordes beschuldigt.«

»Könnte er das denn?«

»Selbstverständlich. Der Herr von Veckta kann tun, was auch immer ihm beliebt«, erwiderte Tilda.

»Aber warum sollte er das tun? Schließlich war Lord Wolfhards Ableben sein Gewinn.«

Tilda schnaubte. »Nun hast du so viel gesehen und erlebt und vermagst nicht, dir vorzustellen, warum er das tun sollte?«

Ellin überlegte kurz und senkte dann den Kopf. »Wegen des Landes.«

»Richtig. Eine verurteilte Mörderin verliert ihre Rechte und sämtliches Hab und Gut.«

»Dann war alles umsonst«, stellte sie entsetzt fest.

Tilda strich über ihre Wange. »Lass den Mut nicht sinken. Wir finden schon einen Ausweg.«

Schritte erklangen vor dem Haus. Tildas Gefährte betrat die Kammer. Er war nicht groß, aber kräftig und muskulös. Sein schütteres, blondes Haar und den Bart trug er kurz, seine Augen blitzten fröhlich. Tilda begrüßte ihn strahlend und stellte ihm Ellin vor.

»Guntar, das ist die Tochter meines Bruders, Ellin.«

Er nahm ihre Hände in seine und schien sich ehrlich zu freuen, bekam aber kaum Gelegenheit in angemessener Weise Höflichkeiten auszutauschen, da Janus und Josch an seinen Beinen hingen und um Aufmerksamkeit bettelten. Er nahm seine Söhne hoch, ein jeden auf einen Arm, und drehte sich im Kreis. Wehmütig beobachtete Ellin, wie ausgelassen er mit seinen Söhnen spielte. Sie beneidete Tilda um ihr Glück.

Nach dem Mittagsmahl half sie ihrer Mume bei der Hausarbeit und dem Versorgen der Tiere, die schon ungeduldig auf Futter warteten. Anschließend wusch sie sich am Brunnen hinter dem Haus. Janus und Josch tollten im Garten herum und warfen einander einen aus alten Kleidern gefertigten Ball zu. Nachdem Ellin sich gewaschen hatte, zeigte ihr Tilda ihre Schlafstatt, eine schmale Pritsche in der Kammer der Jungen, in der auch die Vorräte gelagert wurden. Tilda und ihr Gefährte schliefen in einer Nische unter dem Dach, die nur über eine Leiter zu erreichen war.

In der Nacht lauschte Ellin auf die Atemzüge der Kinder und dachte unwillkürlich an die Tulpa, die sie geschaffen hatte. Warum hatte sie ein Kind geschaffen und nicht, wie Nosara, Erwachsene? Und warum hatte das Mädchen ausgesehen wie sie? Die lobeliablauen Augen verfolgten sie Tag und Nacht und bis in ihre Träume.

Janus und Josch erwachten im Morgengrauen. Leise kichernd stolperten sie aus der Kammer. Ellin hielt die Augen geschlossen und tat, als ob sie schliefe, bis sie das Klappern der Töpfe und Tildas energische Stimme vernahm.

Sie pellte sich aus dem Fell, erhob sich und öffnete die Tür. Guntar saß mit seinen Söhnen am Tisch und löffelte Gerstbrei.

Tilda deutete auf einen Stuhl. »Komm, setz dich, gewiss hast du Hunger.«

Ellin lächelte dankbar und nahm Platz. Tilda stellte ihr eine Schale mit Gerstbrei hin, während Guntar ihr ein Glas wilden Honig und Schwarzbeeren reichte.

»Tilda hat mir über dein Dilemma berichtet«, fing er an.

Schweigend rührte Ellin einen Löffel Honig in den Brei.

Tilda setzte sich neben sie und griff nach den Schwarzbeeren. »Guntar hat einen Vorschlag, den du dir anhören und in Ruhe überdenken solltest, bevor du eine Entscheidung triffst.«

»Ich bin für alles offen, solange es mein Land vor dem Zugriff des neuen Lords schützt«, sagte Ellin und sah Guntar erwartungsvoll an.

Guntar nickte bedächtig. »Zwei Dinge müsstest du tun. Erstens: Du musst dir einen Gefährten nehmen und möglichst schnell ein Kind bekommen, denn selbst wenn du als Mörderin verurteilt wirst, ob gerechtfertigt oder nicht, geht das Land immer zuerst an dein Kind. Wenn du den Bund schließt, aber kinderlos bist, fällt das Land nach vecktanischem Gesetz an den Gefährten. Da er das Land jedoch nicht durch Geburtsrecht erhalten hat, könnte der neue Lord die vollständige Enteignung verlangen, was zwar unüblich und langwierig, jedoch nicht unmöglich ist. Um dies zu verhindern, müsste das Allod im Besitz zweier Familien gleichen Standes sein.« Er räusperte sich. Ellin ahnte, was er nun vorschlagen würde.

»Tilda ist die Schwester deines Vaters und ihm vom Blute gleichgestellt. Somit hätte sie einen gerechtfertigten Anspruch auf das Allod. Wenn du ihr die Hälfte des Landes überträgst, bist du zweifach abgesichert«, fügte Guntar schließlich hinzu.

Schweigend nagte Ellin an ihrer Unterlippe. Der Vorschlag klang vernünftig.

»Im Weiler gibt es einige ansehnliche Junggesellen«, nahm Tilda den Gesprächsfaden auf. »Ich bin mir sicher, dass wir einen geeigneten Mann für dich finden werden.« Sie ergriff Ellins Hand. »Und glaube mir, wir möchten dich nicht um dein Land betrügen, es wäre nur zu deinem Schutz.«

»Sicher, doch gehört es dann nicht mehr mir. Du, Guntar und mein Gefährte würden zu gleichen Teilen darüber verfügen.«

Tilda zuckte mit den Schultern. »Natürlich könntest du nicht mehr allein entscheiden, doch musst du auch die Last nicht alleine tragen. Grundbesitz ist ein Privileg und zugleich eine Bürde.«

»Das kann ich mir denken. Mehr noch als das Land zu übertragen widerstrebt es mir, einen Gefährten zu wählen. Ich möchte nicht an einen Mann gebunden sein, der mir fremd ist.«

Tilda seufzte. »Irgendwann musst du dich binden. Keine Vecktanerin sollte alleine bleiben, das schickt sich nicht. Du brauchst den Schutz eines Mannes.«

Ellin lag eine spitze Erwiderung auf den Lippen. Immerhin war die Gefährtin des Hufschmieds geschändet worden, obwohl sie mit einem Mann verbunden war. Und auch ihrer Mutter hatte es nichts genutzt, im Gegenteil. Doch sie wollte keine unnötige Auseinandersetzung beginnen. »Ich habe einen möglichen Gefährten, doch er ist im fernen Huanaco und weiß nicht, wo ich bin«, sagte sie stattdessen.

Erstaunt hob Tilda die Augenbrauen. »Tatsächlich? Aber warum ist er dort und nicht hier bei dir?«

Ellin zuckte mit den Schultern. »Ungünstige Umstände haben uns getrennt. Zudem steht er in lebenslangem Dienst des Herrschers von Kismahelia und kann nicht gehen, wohin er will.«

»Das ist nicht gut. Du brauchst einen Mann, der hier mit dir leben kann. In wenigen Tagen wird ein neuer Herr gesalbt und es wird nicht lange dauern, bis er bemerkt, dass das Gerstfeldtal eine neue Besitzerin hat.«

Missmutig rührte Ellin in ihrem Brei herum. Alles war so schrecklich verworren. Statt nachhause zu kommen und Frieden zu finden, warteten nur weitere Sorgen auf sie.

»Ich habe einen Gesellen«, warf Guntar ein. »Er ist ein redlicher Bursche, gesund und ansehnlich. Vielleicht solltet ihr einander kennenlernen?«

»Was ist mit deinem Bruder?«, fragte Tilda. »Er bewirtschaftet ein kleines Lehen am Ronnefluss. Zwar hat er bei einem Unglück ein Ohr und zwei Finger seiner linken Hand verloren, doch er ist ein fleißiger und gutherziger Mann.«

Guntar brummte zustimmend. »Marin habe ich vergessen. Er hat Erfahrung in der Landbestellung, ist des Lesens und Schreibens mächtig und sucht schon eine ganze Weile nach einer passenden Gefährtin.«

Beide blickten Ellin erwartungsvoll an, offensichtlich zufrieden mit ihren Plänen. Janus und Josch kicherten.

Ellin lächelte unverbindlich. »Zu gegebener Zeit könnt ihr mir die beiden vorstellen, anschließend entscheide ich, ob ich mit einem von ihnen verbunden werden will. Doch zuerst möchte ich mich um die Belange meines Landes kümmern. Ich muss dem Lehnsherrn einen Besuch abstatten. Er soll ausreichend Zeit bekommen, das Gut zu räumen.«

Tilda und Guntar zeigten sich verwundert über ihr Zögern, versprachen jedoch, abzuwarten, zumindest, bis sie das Gutshaus bezogen haben würde. Ellin glaubte ihnen nicht. Sie hatte das sichere Gefühl, dass Guntar sich noch am selben Tag auf den Weg zu seinem Bruder machen würde, um ihm Ellin als Gefährtin vorzuschlagen. Natürlich wusste sie, dass Tilda nur das Beste für sie wollte, doch die Aussicht auf eigenes Land und die Angst davor, dieses sogleich wieder zu verlieren, würde ihre Mume dazu veranlassen, Ellin so schnell wie möglich einem Gefährten zuzuführen. Und wer käme da gelegener als der Bruder ihres Mannes?

39

Ellin trat ins Freie und betrachtete die weiten Felder um sich herum. Eine Windböe zerrte an ihren Kleidern. Das Rauschen der Blätter und der holzige Duft der Gerstknollen erfüllte die Luft. Die Erntezeit nahte. Bald würden unzählige Helfer umherhasten, die Ruhe hektischer Betriebsamkeit weichen. Die Luft trug den Geruch nach Regen mit sich. Sie hob den Kopf und betrachtete den Himmel. Die grauen Wolkenberge bestätigten ihre Ahnung. Ein Unwetter nahte.

Seit Affra auf dem Gut weilte, fühlte Ellin sich nicht mehr so allein. Zudem war sie eine Verbündete in dem andauernden Streit um ihre Zukunft. Sie vermisste Kylian schmerzlich, ebenso wie Yasu, und fragte sich täglich, ob sie die beiden jemals wiedersehen würde. Affra hatte ihr zwar erzählt, dass Kylian auf der Felsenfestung gewesen war, doch wusste sie nicht, ob er seine Freiheit zurückerlangt hatte oder nur geflohen und mittlerweile vielleicht wieder eingefangen worden war. Sie seufzte. Im Augenblick musste sie sich um ihr Land kümmern, für Liebesdinge blieb kein Platz. Immerhin war sie Lady Rhywallon, Herrin über das Gerstfeldtal, zumindest solange der neue Herr von Veckta ihr das Land nicht entreißen würde. Zwar hatte sie Tilda und Guntar einen Teil des Landes übertragen und das Schriftstück vor Zeugen unterzeichnet, doch solange sie keinen Gefährten hatte, blieb ihr Anteil angreifbar. Tilda und Guntar hatten mit ihren Kindern das Gutshaus bezogen, während Ellin freiwillig mit einer der Gesindehütten vorlieb genommen hatte. Die Hütte war geräumig, verfügte sogar über eine eigene Kochstelle und eine kleine Schlafkammer. Sie genoss das Alleinsein. Nichts war schöner als nach einem arbeitsreichen Tag in ihrem gepolsterten Stuhl zu sitzen, aus dem Fenster zu schauen und die Felder zu betrachten. In diesen Momenten fand sie die Ruhe, nach der sie sich so lange gesehnt hatte. Ihre Wunden verheilten, doch die Narben auf ihrer Haut und in ihrer Seele würden sie den Rest ihres Lebens an die Geschehnisse erinnern.

Ein Blitz am Himmel erinnerte sie an das bevorstehende Unwetter. Schnell ging sie zur Scheune und sperrte die Zuggäule ein, die unruhig mit den Hufen stampften. Auch sie spürten den nahenden Regen. Anschließend scheuchte sie die Geißen in den Stall und verriegelte das Gatter. Affra rief nach ihr und winkte vom Eingang des Gutshauses. Ellin beeilte sich, denn die Köchin mochte es nicht, wenn man zu spät zu den Mahlzeiten kam. Schnell wusch sie die Hände am Brunnen und betrat das Haus. Tilda, Guntar, die Kinder, zwei Knechte und eine Magd saßen an einem langen Tisch, während Affra einen großen Topf Suppe, warme Gerstfladen und Kräuterschmalz auftrug. Ellin setzte sich neben die Jungs und wuschelte durch ihre Haare. Sie beschwerten sich lautstark und kicherten.

»Mein Bruder lässt dich grüßen«, sagte Guntar. »Er fragt, ob er dir morgen seine Aufwartung machen darf. Ich habe ihm in deinem Namen eine Zusage erteilt.«

Ellin lächelte gequält. Jeden Abend lenkten Tilda und Guntar die Gespräche auf ihre Weigerung, sich einen Gefährten zu nehmen. Einige Männer aus der Umgebung hatten bereits Interesse bekundet und darum gebeten, sie umwerben zu dürfen, allen voran Guntars Bruder. Bisher hatte sie dankend abgelehnt, doch Tildas und Guntars mahnende Reden und vorwurfsvolle Blicke waren mittlerweile nur noch schwer zu ertragen und verdarben ihr jedes Mal den Appetit. Früher oder später würde sie sich für einen Bewerber entscheiden oder zumindest Interesse heucheln müssen.

»Ich habe keine Zeit für Tändeleien. Die Ernte naht und die Arbeit reißt nicht ab«, versuchte sie auszuweichen.

Guntar runzelte die Stirn und sah sie streng an. »Hulda wird deinen Teil der Arbeit übernehmen. Du darfst nicht länger warten, Ellin. Jeden Tag kann Lord Falkberg hier auftauchen, um die Besitzverhältnisse des Gerstfeldtals zu prüfen. Ich bin das Oberhaupt dieser Familie und ich befehle dir, Marins Werben nachzugeben.«

Ellin erwiderte seinen Blick ungerührt. Von den Worten eines Mannes ließ sie sich gewiss nicht mehr einschüchtern. »Du kannst mir nichts befehlen. Weder bin ich deine Tochter noch deine Untergebene.«

Guntar ballte die Hände zu Fäusten und donnerte sie auf den Tisch. »Nach vecktanischem Gesetz steht der Wille eines Mannes über dem einer Frau. Ich bin das Familienoberhaupt und kann dir sehr wohl befehlen.«

Ellin betrachtete ihn schweigend. Sein Ausbruch verdeutlichte ihr, wie angespannt er war. Seit Lord Falkberg zum Herrn von Veckta gewählt worden war, setzten Tilda und Guntar ihr immer stärker zu.

Tilda legte beschwichtigend eine Hand auf ihren Arm. »Warum nur wehrst du dich so hartnäckig gegen den Bund? Marin ist fleißig und ehrbar, einen besseren Gefährten wirst du nicht finden.«

Ellin entzog sich ihrem Griff. »Das ist mir gleich. Viele Sternenläufe lang war ich einem Manne untertan, der über mein Leben wachte und nach Belieben über mich verfügen konnte. Doch diese Zeiten sind vorbei. Nie wieder lasse ich einen Mann über mich bestimmen.«

Guntar setzte zu einer Erwiderung an, doch Tilda gebot ihm mit einer Geste zu schweigen. »Affra. Kannst du sie nicht zur Vernunft bringen? Sie braucht einen Gefährten, und zwar dringend, wie ich feststellen muss.«

Affra lächelte Ellin aufmunternd zu. »Das Mädchen hat sich bisher wunderbar allein durchgeschlagen. Sie wird den Bund schließen, wenn sie bereit dazu ist. Gebt ihr doch ein wenig Zeit. Der neue Herr von Veckta hat Etliches zu tun, bevor er sich den Herrschaftsgebieten seines Landes widmet. So schnell wird er nicht hier erscheinen.«

Guntar schnaubte. »Abzuwarten ist wie das Spiel mit dem Feuer. Niemand kann sagen, wann Lord Falkberg auf das Gerstfeldtal aufmerksam werden wird. Spätestens nach der Ernte wird er bemerken, dass die Speicher der Felsenfestung leer bleiben und den Grund dafür erfahren wollen.«

»Wir können ihm ja die Abgaben in Höhe des Steuerwerts liefern«, schlug Ellin vor. »Das verschafft uns einen halben Sternenlauf.«

»Das könnten wir, doch könnten wir uns die Abgaben auch sparen, wenn du endlich einen Gefährten wählen würdest«, entgegnete Guntar.

»Ich kenne Ellin. Euer Drängen verursacht nur, dass sie sich umso mehr gegen den Bund wehrt«, warf Affra ein.

Tilda schnaubte und wandte sich Ellin zu. »Was bist du nur für eine Vecktanerin? Du solltest gehorsam und fügsam sein, anstatt dich wie ein aufsässiges Kind zu benehmen. Deine Eltern würden dein Verhalten sicher nicht gutheißen.«

Fast täglich brachte Tilda ihre Eltern ins Spiel, wenn ihr kein anderes Argument mehr einfiel. Obwohl Ellin sich darüber ärgerte, zuckte sie nur mit den Schultern und enthielt sich einer Erwiderung. Das Wortgefecht führte zu keiner Einigung. Es war besser, es zu beenden, anstatt es weiter zu schüren.

Sobald sie ihre Schale geleert hatte, entschuldigte sie sich mit der Ausrede, sie müsse noch einmal nach den Geißen sehen und verließ das Haus.

Blitze zuckten umher. Jeden Augenblick würde der Himmel seine Schleusen öffnen. Sie hastete über den Hof, betrat ihr kleines Reich und war einmal mehr froh darüber, dass sie eine eigene Wohnstatt besaß. Wie jeden Abend wusch sie sich gründlich, bürstete ihre Haare, streifte ihr Nachtgewand über und setzte sich auf ihren Lieblingsplatz. Der Regen trommelte auf das Dach. Sie schloss die Augen und atmete tief ein und aus, bis sie spürte, wie sich ihr Körper entspannte. Vielleicht hatten Tilda und Guntar Recht. Sie brauchte einen Gefährten, jemanden, der ihr dabei half, den Hof zu führen. Es war leichtsinnig, noch länger zu warten. Kylian würde nicht mehr kommen. Sie weilte nun schon seit achtundzwanzig Nächten im Gerstfeldtal. Er hatte ausreichend Zeit gehabt, sie zu finden. Entweder war er nach Kismahelia zurückgekehrt, ums Leben gekommen oder er hatte sie vergessen. Bei dem Gedanken zog sich ihr Herz schmerzhaft zusammen. Sie musste diese unsinnige Liebe aus ihrem Kopf und ihrem Herzen verbannen und endlich vernünftig werden. Guntars Bruder war sicher nicht die schlechteste Wahl. Sie seufzte resigniert. Morgen würde sie Marin in Augenschein nehmen, und wenn er so war, wie Guntar ihn beschrieben hatte, würde sie seinem Werben nachgeben und ihn zum Gefährten nehmen.

Ein leises Klopfen riss sie aus ihren Gedanken. Hoffentlich war es nicht Tilda, die ihr erneut ins Gewissen reden wollte. Sie sprang auf, eilte zur Tür und öffnete sie. Ihr Herz setzte einen Schlag aus. Eine plötzliche Schwäche ließ sie schwanken.

»Kylian.« Im nächsten Moment lag sie in seinen Armen und presste ihre Lippen auf seine. Minutenlang küssten sie einander, bis Ellin bemerkte, dass sie noch immer in der geöffneten Tür standen und Kylian tropfnass war.

»Komm rein.« Sie zog ihn in die Kammer und verriegelte die Tür. »Du bist ja völlig durchnässt. Zieh dich aus, wir müssen deine Sachen trocknen, bevor du unterkühlst.«

Während sie ihm beim Entkleiden half, sahen sie einander unentwegt an.

»Wo bist du so lange gewesen?«, fragte sie, während sie die Verschnürung an seinem Wams löste.

»Ich bin umhergewandert und habe nachgedacht«, erwiderte er.

Ellin nickte. »Ich verstehe.«

Kylian ergriff ihren Arm und zwang sie damit, ihn anzusehen. »Wirklich?«

»Ja.«

Er streifte das Wams ab und zog sie in seine Arme. Ein Schauer, der nichts mit seiner feuchten Kleidung zu tun hatte, rieselte über Ellins Rücken.

»Ich muss dir so viel sagen, dass ich gar nicht weiß, wo ich beginnen soll«, wisperte er.

Ellin lehnte ihren Kopf an seine Schulter, genoss die Wärme seiner Haut. Unschickliche Gedanken stahlen sich in ihren Kopf. »Das hat Zeit.«

»Ich liebe dich«, flüsterte er. Sein Atem streifte ihr Ohr.

»Ich liebe dich auch«, erwiderte sie.

Er schluckte und wirkte auf einmal nervös. Sie blickte auf. Sein linkes Auge zuckte. Zärtlich strich sie darüber. »Was hast du?«

»Kann ich … kann ich bei dir bleiben?«

»Meinst du heute Nacht?«

»Nein, ich meine für immer.« Sein Gesicht blieb ernst.

Überrascht hob Ellin die Augenbrauen. »Du willst sesshaft werden? Bist du dir sicher?«

Er zögerte nicht, hatte es sich offensichtlich gut überlegt. »Ja.«

Ein strahlendes Lächeln erhellte ihr Gesicht. Mit sanftem Druck schob sie ihn zur Bettstatt. »Du kannst bleiben, solange du willst.«

»Wir müssen über so vieles sprechen«, sagte er, als er auf das Bett plumpste.

»Aber nicht jetzt.« Sanft drückte sie ihn auf das Kissen und senkte ihre Lippen auf seine. Wenn er überrascht war von ihrem Übermut, so zeigte er es nicht. Nur ein leises Keuchen verriet, was ihre Küsse bei ihm bewirkten.

Hektisch nestelte er an der Verschnürung ihres Nachtgewandes herum und bedeute ihr schließlich, sich auf den Bauch zu legen.

Andächtig zog er das Gewand bis zu ihrer Taille hinab. Dann betrachtete er die feinen Narben auf ihrem Rücken, folgte ihrem Verlauf mit seinen Fingern. Ellin erschauerte. Seine Lippen senkten sich auf ihre Haut, berührten zärtlich jede einzelne Narbe, als könnte er sie durch seine Küsse verschwinden lassen.

»Ich bin froh, dass diese Bestie ihr gerechtes Ende gefunden hat«, murmelte er zwischen den Küssen. »Wirst du mir erzählen, was mit ihm geschehen ist?«

Ellin drehte sich um und blickte ihn an. Obwohl sie bis zur Taille nackt war, schämte sie sich nicht und sie hatte auch keine Angst. Sie mochte unerfahren sein, doch seine Nähe war ihr so vertraut, als hätten sie das Lager schon vor langer Zeit miteinander geteilt. »Vielleicht, eines Tages. Noch kann ich nicht darüber sprechen.«

Kylians Hand fuhr über ihren Arm bis hinauf zur ihrer Brust. Er zögerte. »Hat er … hat er dir Gewalt angetan?«

»Dazu kam er nicht.« Sie verschränkte die Arme in seinem Nacken und zog ihn zu sich hinab. Sie wollte von ihm berührt werden und ihn endlich spüren. Überall. »Ich habe so lange auf dich gewartet, Kylian, lass uns diese Nacht nicht mit Gesprächen über einen Toten verschwenden.«

Er lächelte. »Du hast recht, wir haben lange genug gewartet.« Seine Lippen senkten sich auf ihre. Endlich ließ er sich von seinem lange unterdrückten Verlangen leiten.

Zwei Tage später schlossen sie den Bund. Tilda und Affra bezeugten den Schwur. Guntar blickte ein wenig missmutig drein, hatte er doch gehofft, dass Ellin seinen Bruder zum Gefährten nehmen würde, doch war ein fremder Mann an ihrer Seite immer noch besser als gar kein Mann. Ellin wunderte sich über Kylians Sinneswandel. Er, der nie hatte sesshaft werden wollen, war plötzlich bereit, sich an Land und eine Gefährtin zu binden.

Sie wusste, dass er seine Schwester und Jesh vermisste und als die Ernte vorüber war, schlug sie ihm vor, die beiden zu suchen. Kylian lehnte ihren Vorschlag ab.

»Eines Tages«, sagte er, »werden sie ihren Weg hierher finden.«

Ellin hoffte inständig, dass er recht behalten möge. Zudem sparte sie jeden Prasi um eines Tages Yasu freikaufen zu können, denn den

Schwur, den sie im Wald von Huanaco geleistet hatten, hatte sie nicht vergessen.

Jeder Tag glich dem vorherigen. Die Ruhe und Beschaulichkeit ihres neuen Lebens half dabei, ihre geschundenen Seelen zu heilen.

Stundenlang saßen sie vor dem Fenster ihrer Hütte und redeten, doch niemals sprachen sie über die Nacht in Lord Wolfhards Schlafgemach und auch nicht darüber, wie es ihr gelungen war zu fliehen. Manchmal erwachte Ellin tränenüberströmt und rief nach dem Mädchen, dass sie für immer verloren hatte. Dann zog Kylian sie in seine Arme und tröstete sie. Er stellte keine Fragen. Eines der vielen Dinge, die sie so sehr an ihm liebte.

Dass Lord Wolfhard sie nicht geschändet hatte, hatte er in ihrer ersten gemeinsamen Nacht bemerkt, doch dass etwas Schreckliches geschehen sein musste, konnte sie nicht leugnen. Manchmal griff sie sich an die leere Stelle unter ihrem Herzen und fragte sich, ob dieser kalte Schmerz je vergehen würde.

Die Zeichen auf Kylian Haut kehrten nicht zurück und eines kühlen Morgens entdeckte Ellin ein graues Haar auf seinem Kopf. So wie sie nicht über die Nacht in Lord Wolfhards Gemächern sprach, redete Kylian nicht über den Verlust seiner Zeichnung. Beide akzeptierten, dass es Dinge gab, die zu schmerzhaft waren, um sie laut auszusprechen.

Jede Nacht liebten sie einander mit einer Leidenschaft, die Ellin erstaunte, und obwohl ihrer Vereinigung stets auch ein Hauch Verzweiflung anhaftete, war sie zutiefst dankbar, für das Glück, das ihr so unerwartet zuteilgeworden war. Täglich dankte sie den Göttern für das fruchtbare Land und den liebevollen Mann an ihrer Seite und wenig später auch für das Kind, dass in ihrem Leib heranwuchs und die leere Stelle unter ihrem Herzen füllte.

Ende

„Geschichten aus den Tiefen der nordischen See
erzählen von einer todkranken Schriftstellerin,
die sich an die einsame Küste Nordirlands zurückzieht.
Von einem geheimnisvollen Fremden mit dem Blut des Meeres in den Adern,
der dazu bestimmt ist, für die Liebe das größte aller Opfer zu bringen.
Sie erzählen die Geschichte eines weißen Narwals, und die einer Liebe,
so tief wie der Ozean.“

Dieser Klappentext steht auf dem Buch, das Kjell von seiner sterbenden
Mutter geschenkt bekommt. Es ist ihr Vermächtnis. Ihr letztes Geschenk
an ihn. Kjell flüchtet sich in die Welt des Buches,
und beginnt bald zu spüren, wie Fiktion und Wirklichkeit verschmelzen.
Die fantastischen Fäden des Romans verweben sich mit seinem Leben,
Kapitel für Kapitel erkennt er, wer er wirklich ist –
und wie sehr das unglaubliche Mysterium, das sich ihm langsam
zwischen den Zeilen offenbart, sein Leben verändern wird.
Das Meer verbirgt viele Geheimnisse, aber das Größte lebt in ihm selbst.